HEYNE

Zum Buch

»Arnulf trat ins Freie hinaus. Die Abendsonne war durch die Wolken gebrochen und tauchte die breitschultrige Statur des Gefangenen in goldenes Licht. Südlich der Siedlung erhob sich der Osning, – irgendwo jenseits davon lag Arnulfs Heimat, lag das Reich der Franken. Nicht einmal eine Meile entfernt, konnte er den Pass sehen, wie ein Tor in die Freiheit ... Aber der Eindruck trog: Auf den Hügeln links und rechts vom Durchlass standen Wachtürme, die Tag und Nacht besetzt waren; weiter oben thronte eine Burganlage auf dem Höhenzug. Von dort konnte man das ganze Land überblicken. Nein, eine Flucht würde scheitern ...«

Zum Autor

Robert Focken wuchs in Holzminden an der Weser auf. Nach ersten journalistischen Gehversuchen folgten längere Reisen durch Afrika und den Mittleren Osten. In Bonn studierte Focken anschließend Geschichte und gründete eine Familie. Seiner Leidenschaft für Geschichte tat auch die Tätigkeit bei einer Bank keinen Abbruch. Viele Jahre und einige graue Haare später entstand die Idee für die Arnulf-Erzählung: Ein fränkischer Krieger, in dessen Abenteuern die Regierungszeit Karls des Großen erlebbar wird. Robert Focken lebt im Vordertaunus.

ROBERT FOCKEN

Arnulf

DAS SCHWERT DER SACHSEN

ROMAN

WILHELM HEYNE VERLAG
MÜNCHEN

Sollte diese Publikation Links auf Webseiten Dritter enthalten, so übernehmen wir für deren Inhalte keine Haftung, da wir uns diese nicht zu eigen machen, sondern lediglich auf deren Stand zum Zeitpunkt der Erstveröffentlichung verweisen.

MIX
Papier aus verantwortungsvollen Quellen
FSC® C014496

Verlagsgruppe Random House FSC® N001967

2. Auflage
Vollständige deutsche Erstausgabe 01/2018

Redaktion: Catherine Beck
Umschlaggestaltung: Nele Schütz Design unter Verwendung von shutterstock/Kiselev Valerevich
Satz: Vornehm Mediengestaltung GmbH, München
Druck und Bindung: GGP Media GmbH, Pößneck
Printed in Germany
ISBN 978-3-453-47150-4

www.heyne.de

Das Frankenreich im Jahr 774: *Viele der Edlen haben den König Karl – der später der Große genannt wurde – über die Alpen nach Italien begleitet, um die Langobarden in die Knie zu zwingen. Die Nordgrenze bleibt nahezu ungeschützt zurück: Karl hat seinen gelehrten Berater Einhard als Statthalter eingesetzt, der mit wenigen Hundert Panzerreitern von der Eresburg aus über den trügerischen Frieden wacht. Irgendwo in der Waldwildnis nördlich der Grenzfeste aber leckt Herzog Widukind seine Wunden: Der Führer der Westfalen hat sich nicht mit seiner Schlachtenniederlage gegen die Truppen Karls abgefunden! Früher oder später wird er die Gaue aufwiegeln und die anderen Sachsenstämme für einen neuen Angriff gewinnen. Nicht zuletzt Vergeltung für die Zerstörung der Irminsul will Widukind nehmen – und weiß nicht, dass er bei einem Scharmützel eben den gefangen genommen hat, der das Heiligtum in Flammen aufgehen ließ: den Krieger Arnulf, genannt sax hamar. Die Halbschwester des Herzogs nämlich, die stolze, eigenwillige Erika, bewahrte das Geheimnis; dies und noch ein anderes, ebenso schwerwiegendes. So lautet Arnulfs bittere Einsicht zu Beginn des zweiten Bandes: Sein Überleben liegt nicht mehr in seiner Hand …*

Eine Namensliste sowie Erläuterungen althochdeutscher Begriffe und Ortsnamen finden sich im Anhang

1

Vor der Siedlung Korbach, im Frühjahr 774

Halblaute Worte unterbrachen die Stille. Widukind hörte Dagos leises Lachen.

»Das Seil ist gespannt, Herzog! Fünfzig Schritt vor dem Tor, außerhalb des Fackellichts!«

»Gut«, raunte Widukind. »Hoffen wir, dass die Kerle auch rauskommen ...«

Schemenhaft sahen sie die Umrisse des Palisadenzaunes von Korbach vor sich. Seit Anbruch der Dunkelheit harrte der Westfalenherzog mit einer Handvoll Krieger in einer kleinen Vertiefung nördlich des befestigten Edelhofes aus. Immer noch klangen die getragenen Gesänge der Christen herüber. Widukind spürte das Kribbeln aus seinem Innern aufsteigen, das sich vor jedem Gefecht einstellte.

»Ich sage, die Franken machen einen Ausfall!« Dago kniete direkt neben ihm. »Bei Wodan, nach den ersten Brandpfeilen *müssen* sie rauskommen ... ich wette um Eure junge Fuchsstute, Herzog, dass sie kommen! Was setzt Ihr ein?«

Widukind lächelte in sich hinein. Dago war einer seiner Schildmänner, der engsten Kampfgefährten. Und einer, der das Wettspiel liebte. »Die Stute«, murmelte Widukind, »gegen Euren Sattel mit den Silberbeschlägen, den Ihr aus Nordelbien mitbrachtet!«

Dago streckte eine Hand aus, Widukind meinte ihn grinsen zu sehen. »Es gilt«, raunten sie gleichzeitig.

Etwa drei Dutzend Frankenkrieger bewachten die Siedlung. Dago hatte dies herausgefunden, als er sich vor nicht allzu langer Zeit unter die Arbeiter gemischt hatte, die beim Kirchenbau helfen mussten; sächsische Grundherren, die sich mit den Franken gutstellen wollten, schickten ihnen ihre Knechte. Der Krieger räusperte sich. »Sie singen noch für ihren Gott, in dem Steinbau, mit ihrem Priester …«

Widukind schnaubte verächtlich. »Sie singen *für ihren Gott?*«, fragte er und verlagerte das Gewicht auf das rechte Knie, leise knirschte sein Kettenhemd. »Werdet Ihr das Dach treffen?«

Dago wandte ihm sein Gesicht zu. Wolken verdeckten die Mondsichel, es war fast völlig dunkel. »Der Runenmeister hat die Pfeile geweiht«, murmelte der Gefährte. Er zog einen Pfeilschaft aus dem Köcher, den er an der Seite trug, und ging mit den Fingern über das Holz in der Mitte, wo ein winziges, zackenartiges Zeichen eingeschnitzt war. »Und ich habe einen Richtungsstock ausgelegt, im letzten Licht. Wir müssen beim Zielen hoch genug anhalten, das ist alles. Die Pechlappen machen die Pfeile schwer …«

Widukind grunzte zufrieden, denn alles war vorbereitet: Ein paar Schritt hinter ihnen warteten Krieger mit einem Brandtopf. Auf der Südseite des Anwesens harrte unweit des Tores ein weiterer Trupp: Er würde Warnung geben, wenn fränkische Krieger wider Erwarten die Siedlung verließen, bevor es losging. Ein flackernder Lichtpunkt bewegte sich jetzt auf der Palisade: eine Wache mit Harzfackel. Die acht bis neun Fuß hohen Holzbalken der Umwallung waren kein echtes Hindernis für entschlossene Angreifer. Lange hatte Widukind überlegt, ob er Korbach nicht einfach stürmen sollte. Da war die heranwachsende Kirche, eine der ersten auf sächsischer Erde: Sie musste zerstört werden. Nebenbei würden Pferde und die wertvollen Schuppenpanzer der Besatzung als Beute anfallen. Aber ein offener Angriff blieb riskant für einen Kriegsherrn, dessen Gefolgschaft kaum mehr als hundert Krieger zählte! Er musste seine Kräfte gut einteilen, denn jenseits von Korbach lockte ein ganz anderes, bedeutsameres Ziel: die Eresburg[1]! Der Verlust der Festung an die fränkischen Erobe-

1 Das heutige (Ober-)Marsberg in Ostwestfalen

rer ein Jahr zuvor war das Fanal für einen schändlichen Rückzug gewesen …

Das Gesinge war vorbei! Eine geradezu unheimliche Stille breitete sich aus. Der Herzog nahm den Geruch des Pechs war, als sein Kamerad die ersten Pfeile aus dem Köcher holte. Schon machte sich Dago mit zwei anderen daran, ein Feuer zu entzünden. Sie hatten dafür einen Eimer mit Zunder und Kleinholz mitgebracht. Stahl schlug auf Feuerstein, und nach vorsichtigem Pusten züngelte eine Flamme aus dem Eimer, halbwegs abgedeckt zur Siedlung hin durch die mächtigen Rundschilde der Männer. Dago tauchte den ersten Pfeil mit dem stinkenden Pech in den Brandtrog, sofort fing er Feuer. Der Krieger richtete sich zu voller Größe auf und zog die Sehne aus, bis seine rechte Hand fast die Wange berührte – die Pfeilspitze zeigte in den Nachthimmel. Mit einem lauten Schlag löste sich der Pfeil, stumm verfolgten die Falen den feurigen Bogen, der in den Himmel stieg, wieder an Höhe verlor und sich auf die Dächer der Siedlung senkte. Ein sattes *»Wock!«* verkündete den Aufschlag.

Dago ließ den Bogen sinken. »Im Dach, Herzog!«

Im Grunde konnte man es nur ahnen, wenn man nicht die Augen einer Eule hatte; knapp ragte das Dach der großen Halle über die Palisadenhöhe hinaus. Prompt taten die anderen beiden Schützen es Dago gleich, Brandpfeil um Brandpfeil surrte los, um in weitem Bogen auf die große Halle Korbachs niederzugehen. Bald sahen sie erste Flammen emporzüngeln – Widukinds Herz schlug schneller. Endlich, nach unfassbar langer Zeit, erscholl der erste Warnruf. *»Fiur!«*

»Na also«, sagte Dago grimmig. »Dachte schon, wir hätten die Wachen gleich mitdurchbohrt!«

»Schießt, was Ihr könnt!«, stieß Widukind hervor. Von der Palisade aus konnte man sie mit dem Feuertopf sehen, das stand fest – die Franken könnten versuchen zurückzuschießen. Oder einen Ausfall wagen … Schon verschmierten Pechtropfen die Bogenhölzer. Die Bogner wischten es so gut wie möglich mit ledernen Handschuhen ab, um sofort das nächste, qualmig-stinkende Geschoss aufzulegen. Der Dachfirst war mittlerweile von den Flammen beleuchtet. Widukind fluchte in sich hinein, nur zäh breitete das Feuer sich aus. Die letzten Wochen waren zu feucht gewesen. Enttäuschung rollte durch seine Adern wie ein Kältestoß, erstmals an diesem Abend fröstelte er unter Wolfsfell und Kettenhemd. Lautes Rufen drang jetzt herüber, die Franken versuchten, mit Wassereimern zu löschen. *Waren sie mutig genug für einen Ausfall?*

»Das reicht! Los, zu den anderen!«

Auf das Kommando des Herzogs hin griffen sie Waffen, Schilde und Pfeilköcher und liefen zu den Pferden – nur der Feuertopf blieb zurück. Udo, ein junger Halbfreier, hielt das Ross des Herzogs. »Ihr heizt ihnen ein, Herr!«, rief er mit mühsam gedämpfter Aufregung.

»Nicht genug«, schnappte Widukind und schwang sich in den Sattel. Sie umritten Korbach in einem halbkreisförmigen Bogen, da das Tor auf der Südseite lag. Widukind steuerte die dunklen Umrisse der Walnussbäume an, unter denen eine Schar fälischer Krieger mit Blick auf das Tor kauerte. Hier führte Widukinds Vetter Ingmar das Kommando. »Die Kreuzanbeter trauen sich nicht raus«, rief er dem Herzog missmutig entgegen. »Das Gesinge hat ihr Mark weich gemacht!« Er hatte eine dünne Stimme, die nicht zu seinen massiven Umrissen passen wollte.

Widukind stieg vom Pferd und starrte wie die anderen auch auf das dunkle Tor. »Sie wären mutiger, Ingmar, wenn Ihr nicht neulich im Forst ihre Holzhauer massakriert hättet«, bemerkte er trocken.

Ingmar schnaubte ein kurzes, hartes Lachen und versuchte, Widukinds Gesichtszüge zu erkennen; war das ein Tadel seines Blutsverwandten? Er beschloss, dass ihm das gleichgültig war. Für ein paar Augenblicke verfolgten sie still das Schreien und Klappern hinter dem Tor. Köpfe einiger Frankenkrieger tauchten auf dem

Wehrgang über dem Tor auf, schwarz hoben sie sich gegen den Feuerschein im Hintergrund ab. Auch sie konnten mit dem Bogen umgehen, aber im Dunkeln waren die Sachsen für sie wie Geister …

»Verdammte Feiglinge«, murmelte Dago. »Wegen Euch verliere ich einen guten Sattel!«

»Still!«, zischte Widukind. »Der Torbalken!«

Tatsächlich hörten sie nun das schwere Reiben von Holz auf Holz. Gebannt starrten sie auf die aufschwingenden Torflügel knapp hundert Schritt vor ihnen: Ein Trupp Franken kam heraus, zu Fuß, im Laufschritt – im Fackellicht konnte Widukind die Eisenschuppen auf den Panzern der vorderen Männer erkennen. Sie würden die Reste des Feuertopfes auf der anderen Seite der Palisade ansteuern, weil es das Einzige war, was sie vom Feind sahen. Es mochten zwanzig Mann sein, weniger noch, als Widukind selbst dabeihatte. Das Kribbeln kam zurück, heftiger als zuvor, er spürte jede Faser und jeden Muskel. Seine Rechte umfasste den Griff seines Schwertes *bluot trinkar*.

»Zum Teufel …!« Die ersten Franken stürzten über das Seil, fluchten, rappelten sich hoch – ein Augenblick der Verwirrung …

»Schießt!«, brüllten Ingmar und Dago gleichzeitig. Zehn Bogenschützen hatten sie dabei – ihre erste Salve traf die Franken vollkommen überraschend. Drei oder vier Mann schrien getroffen auf oder gingen zu Boden. Aber schon die zweite Runde Geschosse blieb in den Schilden stecken, flog über die Frankenkrieger hinweg und bohrte sich in die Palisaden. Widukind warf sich in den Sattel. »Schießt auf die Palisadenwachen!«, schrie er Ingmar zu. »Die anderen – mir nach!«

»Aber … Rabendreck!« Ingmar knirschte mit den Zähnen. Widukind wollte den fränkischen Ausfall niederreiten und sein Schwert in Frankenblut tauchen – wie viel ruhmloser war es, von weit hinten auf die feindlichen Bogner zu schießen!

Wie Gespenster aus dem Dunkeln sprengten Widukinds Reiter heran. Verblüfft und erschrocken machten die ersten Franken kehrt. Sie versuchten, das Tor zu erreichen – nur wenige

Schritt hinter ihnen lockte die Sicherheit! Andere hoben ihre Schilde, schickten einen Gottesruf in die Nacht und erwarteten die Angreifer mit gezogenem Schwert. Die schiere Wucht des Pferdeangriffs warf die ersten Männer nieder. Widukind durchschlug einen Speer, den ihm ein Franke entgegenstieß, und hieb den Mann mit dem zweiten Streich zu Boden. Blitzschnell sah er sich um: Dago war zu seiner Linken, während sein anderer Schildmann Liudolf rechts mit fürchterlichen Schwertschlägen einen fränkischen Schild traktierte. Widukind sprang vom Pferd, fegte mit einem Tritt den Schild des Verwundeten vor ihm zur Seite und rammte ihm *bluot trinkar* in den Hals, oberhalb des Saums des Schuppenpanzers. Erst als er die Klinge zurückzog, sah er einen Franken mit riesiger Streitaxt auf sich losgehen. Widukind riss den Schild hoch, dumpf dröhnte das Lindenholz, die Wucht des Schlages jagte einen Schmerzstoß bis ins Schultergelenk. Er ließ sich auf das rechte Knie fallen und erwischte den linken Knöchel des Franken mit einem sensenartigen Hieb. Schreiend ging der andere zu Boden. Sofort war Dago zur Stelle und beförderte den Franken mit zwei schnellen Speerstößen ins Jenseits.

Wer konnte, wich zurück: Ein halbes Dutzend Franken eilte, humpelte durch das noch halb offene Tor – sie nahmen ihren eigenen Bognern die Sicht, die jetzt auf die Sachsen anlegten. Ein Pfeil schlug mit dumpfem Geräusch in die Flanke von Widukinds Pferd ein, der Apfelschimmel wieherte erschrocken und lief in die Nacht hinein.

»Zurück!«, donnerte Widukind. Doch in diesem Augenblick durchzuckte ihn ein wilder Gedanke … Er packte den toten Frankenkrieger vor sich und wuchtete den schlaffen Körper auf seine rechte Schulter. Dann rannte er los, auf seine Leute bei den Walnussbäumen zu. Schon nach wenigen Schritten schlug ein Pfeil mit schmatzendem Geräusch in die Schulterlast ein. Zwei Herzschläge später drängte Dago sein Pferd neben den schwer atmenden Stammesführer. »Springt auf, Herzog!« Widukind widerstand der Versuchung: Im Laufen, ohne auch nur langsamer zu werden, wuchtete er die schwere Last quer über den Hals von Dagos Pferd. »Passt auf ihn auf«, schrie er dem verblüfften Schildmann zu. Atemlos erreichten sie Ingmars Bogner. Udo, der Lite, kam seinem Herrn mit dem Apfelschimmel entgegen; er hatte das verwundete Tier eingefangen. »Er wird Euch nach Hause tragen, Herr! Die Pfeilspitze saß nicht tief.«

Widukind strich dem Burschen über die Wange, dann tätschelte er den Hals des Hengstes. Erleichterung durchschauerte seinen Körper. Alles war gut gegangen, selbst die halb verrückte Kühnheit, einen Panzerkrieger vom Kampffeld fortzuschleppen!

Eilig verschwanden die Sachsen ins Dunkle und schwenkten auf den Weg Richtung Arolsen ein, einer Engernsiedlung nordöstlich von Korbach. Nach ein paar Meilen machten sie halt, um in die Dunkelheit zu lauschen. Kein Hufgetrappel, kein Waffenklirren: Niemand verfolgte sie. Noch immer lag die Leiche des Frankenkriegers quer über Dagos Gaul.

»Was wollt Ihr mit dem toten Kreuzanbeter, Vetter?«, krächzte Ingmar.

»Nichts«, sagte Widukind rau. »Nehmt ihm den Panzer ab. Den Rest brauchen wir nicht!«

Alle starrten auf die Leiche, aus der noch der Pfeil ragte. Dago versuchte, ihn mit einer Hand herauszureißen, doch die Spitze steckte zu fest. Mit einem Grunzen brach er den Schaft schließlich eine Handbreit über dem Rücken des Toten ab. Die Mondsichel war zwischen den Wolken hervorgekommen und warf blasses Licht auf die Eisenschuppen, die den Oberkörper des Toten bedeckten.

»Das war leichtsinnig«, murmelte Ingmar, gerade laut genug, dass Widukind es hören konnte.

Während zwei Krieger die Lederverschlüsse des Schuppenpanzers aufschnitten, wandte sich der Herzog gut gelaunt seinem

Vetter zu. »Die Franken vor dem Tor ohne Eure Bogner anzugreifen, *das* wäre leichtsinnig gewesen!«

Ingmar brummte etwas, noch nicht ganz versöhnt. »Wo sind Bothos Leute, verdammt? Sollten sie hier nicht irgendwo warten?«

»Allerdings«, nickte Widukind und kratzte sich unter dem bärtigen Kinn. Eine halbe Hundertschaft hatte ihm der Engernfürst zugesagt – oder besser sein Halbbruder, Wolfger. Sie sollten an der Straße nach Arolsen Aufstellung beziehen, um etwaige Verfolger der Falen niederzumachen … Niemand in der Dunkelheit konnte Widukinds bitteres Lächeln sehen, als der Herzog daran dachte, wie Botho taktiert hatte: Gewiss, er hasste die Franken. Aber der Schlachtensieg König Karls über Engern und Falen wirkte nach wie eine Knochenkrankheit.

»Eine Meile voraus ist ein fränkischer Wirtschaftshof«, fiel Liudolf ein. Die Kette um seinen Hals mit dem silbernen Donarhammer und durchlochten Münzen klirrte leise beim Reiten – »Silberhals« nannten sie ihn zu Hause. »Sie haben sich's gemütlich gemacht, wetten? Fressen den Franken die Würste weg und jagen die Weiber ins Heu!«

Widukind schüttelte unwillig den Kopf. »Damit gewinnt man keinen Krieg«, murmelte er. Seine Blicke gingen voraus, bohrten sich in die Dunkelheit. *Wolfgers Leute mussten hier irgendwo sein …* Wolfgers Halbbruder Botho war Herzog der Engern – ohne seine Unterstützung war alles umsonst.

»Was erwartet Ihr, Vetter?«, höhnte Ingmar. »Die Weiber der Engern waren nie mehr als Bettwärmer für die Franken. Heraus kommen Bastardkinder, keine Kämpfer!«

Raues Lachen lief durch die Gruppe der Männer. Da ertönte ein Zuruf aus dem nahen Waldrand, und sofort ging Widukinds Hand zum Schwertgriff. »He da, Söhne Saxnoths!«

Schemenhaft löste sich eine Gruppe von mehreren Reitern aus dem Dunkel des Waldrandes. Einer von ihnen ritt direkt auf Widukind zu. »Heil, Herzog! Wir dachten schon, die Panzerreiter hätten Euch erwischt …«

Erleichtert reichte Widukind dem anderen die Hand. Die heisere, fast brüchige Stimme war nicht zu verkennen. »Wolfger! Ihr habt Wort gehalten!«

»Was sonst? Ich habe fünf Dutzend Krieger unter den Bäumen, Ihr seid in Sicherheit!«

»Sicherheit?«, schnauzte Ingmar los. »Wir haben zwanzig von ihnen aufgeschlitzt, vor ihrer Dreckspalisade, und Ihr …«

»Das reicht, Ingmar«, sagte Widukind scharf. »Also – wo können wir von Mann zu Mann reden?«

Kurze Zeit später trabte die Kavalkade aus Engern- und Falenkriegern auf die geduckten Umrisse eines fränkischen *curtis*, eines Wirtschaftshofes, abseits der Straße zu. Seit dem vergangenen Sommer erschienen solche Höfe in wachsender Zahl im Grenzland. Widukind kamen sie vor wie fremdartige Disteln, die sich auf einer Wiese breitmachten: Vorläufer einer Landnahme. Dieses Land war die Heimat der Engern, des Sachsenstammes, der an der Grenze zum Frankenreich siedelte. Danach aber würden die Westfalen an die Reihe kommen, dann alle anderen sächsischen Lande …

Ein großes Wohngebäude, Arbeitsschuppen und Vorratsscheunen auf Stelzen, umzogen von einem Steckenzaun: Der Hof lag still und dunkel inmitten einiger Felder abseits der Straße. Als sie das Zauntor mit zwei Axthieben öffneten und ihre Pferde hindurchdrängten, schlugen Hunde an. Bevor die Krieger die Haustür einschlagen konnten, öffnete sie sich von allein: Ein Mann ohne Hose stand im Türrahmen, ein Öllicht in einer, eine kurze Axt in der anderen Hand; die Tunika hing ihm bis auf die nackten Knie.

Die Eindringlinge lachten auf. Ingmar sprang auf die Schwelle und fegte den Hausherrn mit einem kräftigen Schildstoß zur Seite, worauf mehr als ein Dutzend Männer ins Haus eindrangen. Als Letzte traten Wolfger und Widukind über die Schwelle.

Dago hatte eine Fackel entzündet: Im hinteren Teil des Raumes kam eine Frau mit Angstschluchzern aus einem Bett hervor, gefolgt von einem Mann, einem Kind und einem jungen Hund.

»Licht!«, herrschte Ingmar sie an. »Und bring Fleisch und Bier, wenn Ihr den nächsten Tag erleben wollt!«

Der Hausherr, eine dünne Gestalt mit zu langen Armen, bekreuzigte sich. »*Almahtigan*!« Angsterfüllt musterte er die Eindringlinge. »Wolfger? Aber Ihr seid doch …« Er brachte den Satz nicht zu Ende, eine Faust landete in seinem Gesicht.

»Tisch auf, Bastard!«

Neben der rußig-schwarzen Feuerstelle war ein Tisch mit einer Bank und ein paar grob gezimmerten Stühlen, auf der sich die sächsischen Führer niederließen. Mit dem Handrücken wischte Widukind ein Holzkreuz mit steinernem Ständer von der Tischplatte. Eilig schleppte die Frau im dünnen, wadenlangen Nachthemd einen Krug Bier und Stürzbecher herbei. Ingmar wollte ihr offenes Haar greifen, doch sie entwand sich, ohne ein Wort zu sagen. Zwischen die Becher ließ Dago auf ein Nicken Widukinds hin den fränkischen Schuppenpanzer krachen.

Durchdringend sah Widukind den Engern an. »Gute Geschenke sind solche, die man nicht kaufen kann, heißt es bei uns. Der Panzer ist für Euch!«

Wolfger nickte mit dünnem Lächeln; er war von hagerem Körperbau, seine Augen lagen tief in den Höhlen, und aus dem Gesicht sprang eine Hakennase hervor, die ihm etwas Raubvogelhaftes verlieh. Seine Hand strich respektvoll über die daumennagelgroßen Eisenplatten des Panzers, die auf dickes Leder genietet waren – die Rüstung bot ebenso viel Schutz wie ein Kettenhemd und ungleich mehr als ein Lederpanzer. Sie tranken auf den Sieg, auf die Herzöge und ihre Väter, und dann musste Widukind erzählen, wie man die Franken überrascht hatte. Gebannt lauschten die Engern der Schilderung, wie er den toten Frankenkrieger vom Kampfplatz geschleppt hatte. Stolz nickten die Falenkrieger im Takt der Erzählung, wo sonst gab es einen wie den Herzog Widukind?

Als Widukind geendet hatte, stützte Wolfger die Ellenbogen auf die Tischplatte und knetete seine Hände mit langen, dürren Fingern: »Ich danke Euch, Herzog! Aber wer diesen Panzer trägt, der ist ein Franke – oder ihr Todfeind, nicht wahr?«

Widukind schluckte eine erste Aufwallung von Ärger hinunter. »Wer sich Fale oder Enger nennt und *kein* Feind der Franken ist – was ist der anderes als ein *Feigling?*«

Für einen Augenblick war nichts zu hören als das Wimmern der Hausherrin im Hintergrund und das Schmatzen der Männer, die Brot und Schinken in sich hineinstopften. Dann lösten sich Wolfgers Züge, seine Lippen entblößten spitze Zähne. »Wir wissen, dass Ihr die Eresburg angreifen wollt, Herzog. Und wir fragen uns, warum? Eure Höfe liegen fern von hier, die Franken bedrohen das Westfalenland nicht!«

»*Noch* nicht«, knurrte Widukind und leerte seinen Becher in einem großen Zug. »Aber es wird nicht lange dauern, dann werden sie auch bei uns einfallen! Der Frankenkönig hat tausend oder zweitausend Panzerreiter, er kann jederzeit zuschlagen – selbst wenn er den Heerbann seines Volkes zu Hause lässt!«

Wolfger nickte bedächtig und musterte Widukinds Gesicht mit der Ruhe eines Geiers. »Wisst Ihr, was man sich auf unseren Höfen erzählt, Herzog? Dass Ihr gern Herzog *aller* Stämme wärt – auch der Engern, auch der Ostfalen und der Nordelbier! Und dass Ihr deshalb einen neuen Krieg mit den Franken wollt …«

Widukind atmete durch. *Das dumme Geschwätz, das er schon so oft gehört hatte.* »Glaubt Herzog Botho diesen Unfug auch, Wolfger? Ich kann es mir nicht vorstellen.«

Wolfger wiegte den Kopf, wie alte Leute es mitunter tun. »Er ist bereit, Euch zu vertrauen – aber denkt immer an eins: Dies ist *unsere* Heimat! Ihr wollt die Burg? Gut, aber das Kommando muss bei *uns* liegen, Herzog!«

»Warum nicht?« Widukind zwang sich zu einem Lächeln und schloss die rechte Hand zur Faust. »Wichtig ist nur eines, dass wir *zusammenstehen!* Hören wir auf, einander zu misstrauen! Lasst uns unsere Speere nur noch gegen die Franken wenden!«

Wolfger grinste jetzt, eine für andere Menschen unheimliche Miene. »Darauf wollen wir trinken, Herzog!« Er prostete Widukind zu, alle setzten die Becher an.

»Ich will nicht nur darauf trinken, Wolfger.« Widukind hob die Rechte: »Niemand hier im Raum, kein Enger und kein Fale, hat mehr Kreuzanbeter getötet als ich! Ich leiste diesen Schwur, und ihr alle sollt mein Zeuge sein: Wenn wir die Eresburg zurückgewonnen haben, rufe ich die Falen zum *thing*! Ich will das größte Heer nach Süden führen, das je auf sächsischer Erde zusammenkam! Und ich will so lange kämpfen, bis ihr König selbst in seinem Blut liegt! Bei Wodans Auge, *ik swur!*«

2

In der Westfalensiedlung Bylanuelde[2], im Frühjahr 774

Sie werden dich umbringen, Junge.« Weder Drohung noch Mitgefühl schwangen in den Worten des Alten mit. Es war eine Feststellung.

»Ach ja?« Arnulf presste stoßartig die Luft durch die Nase. »Glaubst du, ich hätte Angst vorm Sterben?« Seine Stimme war fest. So fest, als glaubte er diese Worte selbst. In Wirklichkeit hatte er so viel Angst vor dem Tod wie davor, irgendwann so jämmerlich zu enden wie der Sklave vor ihm, der da mit dem fast fertigen Korb im Stroh des Arbeitsschuppens saß – seit wie vielen Stunden?

»Du hast Glück gehabt, bisher«, murmelt der Alte. »Aber Glück ist wie Tau auf dem Gras.«

»Bei Gott, das weiß ich selbst!« Arnulf schoss einen grimmigen Blick auf den Korbflechter ab. »Wolltest du mir nicht etwas Neues erzählen?« Das Gesicht des Alten war ein Netz von Linien, mit weißen, wuchernden Augenbrauen, die länger waren als das graue Haupthaar – geschorenes Sklavenhaar. Ohne Unterlass zogen seine hornigen Finger neue Weidenzweige durch die Rippen des halb fertigen Korbes, der vor ihm auf dem Boden lag. Er lebte schon viele Jahre in Bylanuelde, kannte die Geschichten der Menschen und auch die von Arnulf: Als Führer einer fränkischen Kriegsschar, die eine Heidentaufe im Grenzland sichern sollte, war Arnulf von Herzog Widukind überrascht worden. Arnulfs Männer waren getötet worden, ihn selbst hatte man leben lassen – warum auch immer …

---

2 Bielefeld

Der Alte schwieg. Arnulf wartete. Fünf Fuß gegenüber dem Greis kauerte der Hesse auf seinen Hacken, die muskulösen Unterarme lagen auf den Knien und schienen dadurch noch breiter. Er betrachtete den Dreck unter seinen Fingernägeln und in den Längsrillen seiner Finger: Dreck vom Feld, von der Knochenarbeit des Pflügens. Schließlich verlor er die Geduld. »Also«, sagte er halbwegs freundlich. »Rede mit mir. Was weißt du?«

Prompt hob der Sklave den Kopf. »Ich gehöre zum Haus von Dago Silberhals, Widukinds Schildmann. Dagos Frau sagte, dass sie bald zurück sind aus dem Engernland – der Herzog mit seinen Kriegern. Sie holen sich die Eresburg zurück, verstehst du?«

»Dafür braucht Widukind ein Heer«, knurrte Arnulf. »Woher will er das nehmen? Dreihundert Panzerreiter verteidigen die Burg!« *Dreihundert – von denen Arnulf sax hamar einer gewesen war.*

»Der Herzog«, fuhr der Alte bedächtig fort, »wird die Fürsten der Engern auf seine Seite ziehen, die an der Grenze leben ... er muss die Burg haben, um seine *ahta* wiederherzustellen, verstehst du?«

»Kann sein«, sagte Arnulf langsam und begann zu ahnen, worauf der Alte hinauswollte; er selbst hatte in vorderster Reihe im Frankenheer gekämpft, das auf dem Blutfeld zwischen Korbach und Eresburg das Ansehen des Westfalenherzogs zerstört hatte!

Der Alte blinzelte misstrauisch nach links und rechts, bevor er weitersprach. Der Werkschuppen stand mit ein paar anderen Baracken am Rand der Siedlung, die aus kaum einem Dutzend verstreuter Langhäuser bestand – man konnte nie wissen, wer hinter einer Wand lauschte. »Der Herzog«, sagte der Alte endlich, »wird alles daransetzen, die Burg zurückzuerobern. Und wenn er nach Bylanuelde zurückkehrt, wird es Feiern geben. Er wird seinen Leuten etwas bieten: Zweikämpfe, verstehst du? Kriegsgefangene, Mann gegen Mann. Oder Mann gegen Bär. Vielleicht sogar ...«

»Was?«

Der Alte ließ den Korb sinken und musterte den Jüngeren aus faltig-eitrigen Augenschlitzen. »Gottesopfer. Zu Ehren Wodans ...

Sie schneiden dem Opfer die Kehle durch und vermengen das Blut mit einem Heidengebräu. Die Priester trinken es.«

Abrupt richtete sich Arnulf aus der Hocke auf. »Lieber mit der Waffe in der Hand sterben«, murmelte er und verspürte ein Brennen an seinem linken Mittelfinger: Dort hatte der Ring des Königs gesessen, den er herausragenden Kriegern gab. Bis vor zwei Wochen – dann hatte Arnulf diesen Ring einem der fahrenden Händler zugesteckt. Oder waren es schon drei Wochen? Es war ein unbeobachteter Moment gewesen, als Arnulf dabei gewesen war, Stapel mit Fellen auf den Wagen des Händlers zu wuchten. Der Friese hatte behauptet, die Eresburg zu kennen. Arnulf hatte ihn den Namen Einhards zweimal wiederholen lassen. *Die Scara soll mich rausholen!* Der Friese hatte genickt, als verstünde er ... *War dieser Kerl jemals in der Burg angekommen?*

Über ihm raschelte es: Schwalben, die ihr Nest unter dem Strohdach bauten. Nebenan, in einem festen Holzbau, fluchten zwei Kerle beim Einspeichen eines neuen Wagenrades; einen Steinwurf vor dem Werkschuppen standen Halbwüchsige mit ihren Pferden beieinander und begutachteten einen Dolch, den einer herumreichte. Die Söhne wohlhabender Freier ...

»Du hast Widukinds Bruder getötet«, raunte der Sklave. »In der großen Schlacht – stimmt das?«

Arnulf schien etwas zu streifen wie einen Mantelsaum: eine Anwandlung von Furcht. »Wer erzählt das? Hast du das auch von Dagos Weib?«

Der Alte schüttelte den Kopf. Mit einer knotigen Hand wischte er sich Dreck oder Eiter aus den Augen. »Ein Edling aus dem Engerngebiet war hier. Er hat dich auf dem Feld gesehen, beim Pflügen. Du siehst aus wie der Franke, den sie *hamar* nennen – das hat er zu meiner Herrin gesagt. Wie der Krieger, der Witigo getötet hat ...«

Arnulfs Brustkorb hob und senkte sich. Wie von selbst ging seine Rechte zum Gürtel, dort, wo ihn die leere Schlaufe der Streitaxt an bessere Tage erinnerte. Wie eine Verlängerung seines Armes war diese Axt gewesen. »Dann ist es also wahr?«

Der Alte zwinkerte wieder, wagte aber nicht, Arnulf anzusehen.

Arnulf schwieg. Sein Blick ging nach unten, auf die schwarze Erde zwischen seinen Zehen. *Sklaven trugen keine Schuhe.* Das erschwerte die Flucht. Aber alles war besser, als öffentlich aufgeschlitzt zu werden.

Hatte der verdammte Friese den Ring für sich behalten?

»Erzähl es niemandem, Alter«, knurrte Arnulf ohne Hoffnung, dass das etwas ändern würde.

Der alte Mann nickte gleichmütig und zog das rechte Bein an, um sich aufzurichten. Überrascht erkannte Arnulf, dass der eine Fuß nur noch ein Stumpf war.

»Ist schon lange her«, murmelte der Greis, als hätte Arnulf die Frage laut gestellt. »Ich wollte fliehen. Sie haben mich eingefangen und ausgepeitscht. Und dann – mit dem Schwert, weißt Du …«

»Die Bastarde«, sagte Arnulf, und es klang beinahe sanft.

»Schon lange her«, wiederholte der Alte ohne Zorn. »Damals lebte Dagos Vater noch.« Er zog den fertigen Korb an sich, als wäre er ein Kind, und murmelte etwas in sich hinein, das nach »Speck« klang; ja, er mochte einen Happen Fleisch für seine Arbeit bekommen. Oder ein paar Eier – dieser Sklave hatte sich eingerichtet im Tal des Jammers.

Arnulf trat ins Freie hinaus. Die Abendsonne war durch die Wolken gebrochen und tauchte die breitschultrige Statur des Gefangenen in goldenes Licht. Südlich der Siedlung erhob sich der Osning, der wie ein bewaldeter Riegel in der Landschaft lag – irgendwo jenseits davon lag Arnulfs Heimat, lagen der Hessengau und das Reich der Franken. Und mitten in diesem Querriegel, nicht einmal eine Meile entfernt, konnte er den Pass sehen, wie ein Tor in die Freiheit … Aber der Eindruck trog: Auf den Hügeln links und rechts vom Durchlass standen Wachtürme, die Tag und Nacht besetzt waren; weiter oben thronte eine Burganlage auf dem Höhenzug. Von dort konnte man das ganze Land überblicken. Auf der Straße selbst kamen fast täglich Wagen und Reiter aus südlicher Richtung, die weiter nach Norden wollten, oder bis zur

Weser und darüber hinaus zu den Ostfalen. Nein, eine Flucht nach Süden würde scheitern …

Nachdenklich lief er in Richtung der Unterkunft. Die Werkschuppen lagen am westlichen Rand einer Gruppe verstreuter Langhäuser mit strohgedeckten Giebeldächern. Zwischen ihnen standen Vorratsspeicher auf Stelzen, auf denen Storchpaare mit dem Nestbau begonnen hatten. Die Siedlung hatte keine Palisade, im Kriegsfall zog man sich in die Fliehburg auf dem Berg zurück. Wieder sah er die Halbwüchsigen mit ihren Pferden. Weitere Knaben waren hinzugestoßen, ausgerüstet mit langen, angespitzten Eschenhölzern: Behelfsspeere, mit denen die Jungmänner den Kampf zu Pferde übten. Und gelegentlich einen Sklaven angingen, aus reinem Übermut …

Als Arnulf sich mit der Hand durchs Gesicht fuhr, spürte er den Dreck vom Acker im Bart. Kurz entschlossen ging er zum Bach hinab, der die Siedlung nach Süden begrenzte. Am Ufer stieg er über das gebleichte Schwemmholz hinweg, das das letzte Hochwasser mitgebracht hatte, und kniete auf einem flachen, ins Wasser ragenden Stein nieder. Er zog die stinkende Tunika über den Kopf und schruppte sich den Dreck mit den Händen ab. Noch immer kam ihm sein Spiegelbild fremd vor: An das kurz geschnittene Haupthaar hatte er sich nicht gewöhnt; es war übel, so herumzulaufen! Der Bart war gewachsen, er sah damit älter aus als Anfang zwanzig – aber warum sich rasieren unter diesen Sachsen, die Haare hatten wie Wisente im Winter? Er grinste seinem Wasserbild Mut zu – seine Augen leuchteten noch. *Du hast den Blick von einem, der glaubt, dass alles gut wird!* Esiko, ein Hundertschaftsführer der Scara, hatte ihm das zugeworfen. Esiko und Einhard mussten ihn für tot halten – falls der friesische Händler nicht doch Arnulfs Geschichte erzählt hatte. Aber was, wenn sie zu dem Schluss kamen, dass ein Vorstoß nach Bylanuelde zu gefährlich war? War Arnulf das Leben von zwanzig Männern wert, die solch ein Abenteuer kosten konnte?

Er musste sich selbst helfen! Und auf Gott vertrauen … *Aber war Gott noch bei ihm?* Er würde beten. Beten konnte nicht schaden! Als er die Tunika wieder überzog, tuschelte jemand hinter ihm. Er bemerkte zwei junge Mägde, die ein paar Schritt weiter Wasser schöpften; die eine hatte rote Flecken auf den Wangen und lächelte ihm zu. Arnulf wusste, dass sie zum Gesinde von Widukinds Hof gehörte, immer wieder hörte er schlüpfrige Bemerkungen der männlichen Knechte über das Mädchen.

»Sklave, was trödelst Du mit Weibern rum?« Die Jungmänner waren den Frauen gefolgt, zwei von ihnen kamen nun zu Pferde auf den Hessen zu. Die sächsischen Silben klangen abgehackter und zugleich kehliger als das heimische Fränkisch, und doch hatte Arnulf die Worte sofort verstanden. Ohne zu antworten, ohne die Burschen anzusehen, zog er den Gürtel über der Tunika fest und lief in Richtung der Häuser zurück. Da hielt ihm der vordere der Halbwüchsigen den Eschenspeer vor das Gesicht, wie jemand, der einen Hund abrichten will. »Ich hab dich was gefragt, Sklave!« Er sah aus wie viele der heranwachsenden Falen: schulterlange Mähne, aber nichts als ein paar Kräuselhaare an der Kinnspitze. Das Kinn stand ein wenig vor, und zusammen mit dem kalten Blick ließ ihn das niederträchtig aussehen.

»Lasst mich durch«, murmelte Arnulf.

»Du … du sprichst mich mit Herr an, hörst du? Ich bin der Sohn von Ingmar, mein Vater ist ein Edling!« Der Jungmann sah sich zu seinem Kameraden um, der mit ein paar Schritt Abstand aus dem Sattel zuschaute und den Speer in einer Hand wog. Er schien unentschlossen, wie weit man es mit diesem Kreuzanbeter treiben durfte. Doch dann richtete der Edlingsohn die Speerspitze direkt auf Arnulfs Augen. »Sag ›Es tut mir leid, Herr‹! Los!«

Arnulf musterte den anderen mit starrem Blick. Der Sporn war nur zwei Handbreit von seinen Augäpfeln entfernt. Arnulf atmete tief ein und stellte sich vor: *Den Kerl vom Pferd reißen, ihm die Faust ins Gesicht rammen, immer wieder …* »So was sage ich nur zu Männern mit Bärten, Junge!« Mit einer schnellen Bewegung tauchte er unter der Spitze hinweg und lief rasch am Hinterteil des Pferdes vorbei. Brennend heiß spürte er die Blicke des Burschen in seinem Rücken.

»Du Bastard! Das wirst du noch bereuen!«

Arnulf umkreiste eine Horde schwarzbrauner Jagdhunde mit kurzem Fell, die sich um die Reste eines Rehlaufes balgte. Der Leitrüde hob kurz den Kopf, erkannte den Sklaven und biss sofort wieder den nächsten Hund weg. Die Hunde gehörten Marbold: Der Halbfreie war so etwas wie Arnulfs Herr, er beaufsichtigte die Sklaven, die nicht selbst in Widukinds Haus untergebracht waren. Sie lebten im nordwärtigen Drittel des gut zwanzig mal sieben Schritt großen Langhauses. Im südlichen Abschnitt waren Ziegen und Schafe untergebracht, in der Mitte lebte Marbolds Familie: Der Eingang war mit geschnitzten Balken verziert, die oben in gekreuzten Pferdeköpfen ausliefen. Arnulf zögerte; er hätte hineingehen und fragen müssen, was für morgen anlag. Doch ihm war nicht danach. Und dann lief er fast in Marbods massigen Körper hinein. Der Lite stand mit verschränkten Armen im Türrahmen des Sklavenquartiers. Der dunkelblonde Bart reichte ihm auf die Brust, massive Augenbrauen gaben seiner Miene etwas Strenges. Arnulf murmelte einen Gruß und wollte sich an ihm vorbeidrängen.

»Nun, *kneht*? Zufrieden mit dem Tagewerk?«

»Zufrieden?« Die Frage entsprach irgendwie dem kruden Humor des Falen. »Pflügen mit einem Räderpflug ist schlimm genug«, sagte Arnulf, weil ihm nichts Besseres einfiel; »aber Eure Holzpflüge, die stammen noch von den Ahnen! Man muss sie in den Boden drücken …«

»Du jammerst wie ein Weib«, sagte Marbold und erlaubte sich ein Grinsen. »Aber bitte, wenn du dir für Männerarbeit zu gut bist …« Er rief den Hunden ein scharfes Kommando zu, worauf sie sich verzogen.

»Was dann?«, fragte Arnulf mit unbewegtem Gesicht.

Marbold spuckte aus. »Einer der Träger von Widukinds Weib hat sich den Fuß gebrochen. Morgen früh gehst du zum Hof des Herzogs hinauf, zwei Stunden nach Sonnenaufgang. Verstanden?«

»Ich soll eine Verkrüppelte … *skizan*!« Er sah Marbold furchtloser an, als es sich für einen Knecht gehörte. Für einen Augenblick konnte er nicht einmal mehr an Flucht denken – zu groß war die Demütigung, die hier drohte.

»Es wird dich Demut lehren«, grollte Marbold mit den Händen in den Hüften. »Ich bin ein Lite, ein Halbfreier, wie ihr Franken sagt. Schon mein Großvater hat an Widukinds Sippe gezinst. Und meine Kinder werden das ebenfalls tun … Dafür stehen wir unterm Schutz des Herzogs. Niemals wird sich das ändern. Und genauso sicher wird es immer Knechte geben, die das tun, was die Freien und Liten nicht tun wollen. Nimm das an, desto weniger wirst du leiden.« Er gab den Weg frei, Arnulf betrat mit starrer Miene das Halbdunkle der Gesindeunterkunft. Doch dann schickte der Sachse ihm noch eine Warnung hinterher: »Und denk nicht *daran*, Franke! Die Hunde finden immer deine Fährte!«

3

Auf der Eresburg[3]*, im Frühjahr 774*

Wieder war Einhard die Stufen zum großen Wachturm hinaufgestiegen. Die beiden Krieger, die, an die Brustwehr gelehnt, miteinander geplaudert hatten, murmelten einen respektvollen Gruß. Tatsächlich hatten sich die Wachen an das plötzliche Auftauchen ihres Burgherrn auf dem Wall und auf den Türmen gewöhnt. Einhard trieb seit geraumer Zeit eine innere Unruhe um: Wie Tinte im Fässchen fühlte sich sein Körperinneres an, wenn sie vor dem Schreiben durchgeschüttelt wird. Sein linker Zeigefinger strich über den goldenen Ring, den er Tage zuvor über den Daumen gezogen hatte. Auf der abgeflachten Seite waren ein C und R eingeprägt, *Carolus Rex*: Solche Ringe gab der König Kriegern, die sich in der Schlacht ausgezeichnet hatten. Ein Fernhändler, ein Friese, hatte ihm vergangene Woche den Ring ausgehändigt, als er auf der Burg seine Waren feilbot. Angeblich stammte das Stück von einem fränkischen Gefangenen im Westfalenland: von Arnulf *sax hamar*. Zwei Tagesmärsche nordwestlich des Paderborns[4] befand sich angeblich auch einer der Höfe Widukinds. Der Herzog der Westfalen war der Erzfeind der Franken. War es möglich, ihn in seinem Bau zu überraschen und Arnulf zu befreien? Oder würde so ein Vorstoß in einer Katastrophe enden, für die Einhard dann die Verantwortung trug? Was hätte der König an seiner Stelle befohlen? Hätte er nicht die Hundertschaften der *unfortha* losgeschickt, der furchtlosen Panzerkrieger, um einen seiner tapfersten Krie-

3 (Ober-)Marsberg in Ostwestfalen

4 Paderborn: »Quelle(n) der Pader«

ger zurückzuholen? Kühn, wie Karl nun einmal war, hätte er sich wahrscheinlich an die Spitze der Truppe gesetzt ... Einhard seufzte und zog fröstelnd den blauen Wollmantel enger um die Schultern. Er, der Burgherr, war kein Krieger! Aber er befehligte den Hundertschaftsführern der Scara, die diesen Außenposten verteidigten. Eine Laune des Königs war es gewesen, ihn hier im Norden als Statthalter zurückzulassen: einen gelehrten, viel belesenen Mann mit nicht mehr vollem Haar, der am Hof dank Verstand und Tüchtigkeit zum *Consiliarius* aufgestiegen war, zum Ratgeber ... Er hatte diese Burg zu verteidigen, die für die Sicherheit der ganzen Grenzmark stand!

Mit einem Ohr hörte er, wie die beiden Wachen den Namen von Hauptmann Erwein erwähnten, und den seiner Unterführer. Dazu immerhin hatte Einhard sich gestern durchgerungen: eine Hundertschaft zur Pader zu schicken, oder besser zum Sklavenmarkt, der nahe der Quellen im Frühjahr und im Herbst stattfand. So ein Markt war Umschlagplatz für Nachrichten aller Art: Gut möglich, dass dort einer der Händler mehr über einen versklavten Frankenkrieger wusste ... Fast zwanghaft polierte sein Zeigefinger die Buchstaben auf dem Ring. *Aber was, wenn die Heiden unterdessen die Burg selbst angriffen?* So unwahrscheinlich, ja unmöglich das war, die Vorstellung verfolgte Einhard ... Der Blick des Burgherrn ging nach Norden, das schmale Tal der Diemel entlang, als würde ein Magnet seinen Kopf in diese Richtung ziehen. Eine Bergflanke mit dichtem Urwald stieg ein Stück links des Flusses an; rechts vom Ufer, in nordöstlicher Richtung, schoben sich hinter dem grasigen Talgrund zwei steile und ein etwas flacherer Hügel ineinander. Fünfhundert oder sechshundert Fuß über Einhard zog ein Adler seine Kreise, still, nahezu ohne Flügelbewegung – wie weit mochte man von dort oben sehen? Noch war das Graubraun des Laubwaldes nur mit einem grünen Flaum überzogen; noch konnte man jeden Feind erkennen, der versuchte, sich heimlich zu nähern. Doch schon in zwei oder drei Wochen würde das Grün frischer Blätter wie eine Schutzdecke über der Wildnis liegen ...

Der Adler tauchte nach unten. Er schien etwas auf der grasigen Ebene anzuvisieren, dem sogenannten Reitgrund, der sich unmittelbar nördlich des Burgberges erstreckte. Aus dem Augenwinkel bemerkte Einhard die verstohlenen Blicke der Turmwachen – er erkannte Ansgar, einen stiernackigen, kampferprobten Krieger, der wie Einhard selbst vom oberen Main stammte. Den Burgherrn peinigte der Gedanke, dass der Veteran seine Unruhe spürte. Wahrlich, mit fünfeinhalb Fuß Körpergröße und einer schmächtigen Gestalt wirkte der Hofmann auf seine Soldaten nicht besonders Ehrfurcht gebietend.

»*Skizan*!« Ansgars Schuppenpanzer knirschte leise, als er einen Arm ausstreckte in Richtung Norden, die lederne Unterarmschiene wie ein Rohr, aus dem eine Faust mit dickem Zeigefinger hervorragte. »Flüchtlinge, ich sag's Euch!« Er spuckte über die Brustwehr. »Schon wieder!« Zwei Gefährte, das vordere ein Ochsenwagen, waren jetzt zu erkennen. Sie hielten auf die kleine Sachsensiedlung zu, die auf Höhe des Reitgrundes am Diemelufer lag.

»Oder unsere Getreidelieferung«, sagte Einhard mit erzwungener Ruhe und hoffte inständig, dass es so wäre. Wenig später erkannte er auf dem hinteren, von Eseln gezogenen Karren einige Frauen und Kinder, eng aneinandergekauert. Schon hatten die Wagen die Siedlung durchquert, nicht mehr als ein größerer Wirtschaftshof, umbellt von ein paar Hunden, deren Gekläffe der Wind zu den Männern auf dem Turm trug. Einhard presste die Lippen zusammen – der Krieger hatte recht. Da kamen Sachsen, oder Engern, wie sie sich in dieser Gegend nannten. Sie würden behaupten, dass man sie von Haus und Hof vertrieben hatte, weil sie die Taufe genommen hatten. Wie von selbst ging der Blick der drei Männer zu den Verschlägen aus Leinwand und Holzstecken hinab, die in der Vorburg errichtet worden waren: Dort kampierten seit einigen Tagen einige Dutzend christlicher Engern. Der alte Südwall trennte die Vorburg vom eigentlichen Burggelände ab, das sie nur zum Wasserholen betreten durften. Der sogenannte Königswall, eine halbkreisförmig den Hügel hinablaufende Mauer aus Holz und Stein, umgrenzte das Refugium der Engernflüchtlinge – dieser zusätzliche Wall war im letzten Herbst angelegt worden, um einen möglichen Angreifer besser abwehren zu können. Und Angreifer konnten nur von Süden kommen, über die große Rampe, die zum Tor führte …

»Prokurator! Herr!« Eine schlaksige, rotwangige Gestalt stand am Fuße des Turmes, die Arme in die Hüften gestemmt. Nur Einhards Schreiber Tristan sprach ihn so an. Er konnte sich den groben Kerlen um ihn herum überlegen fühlen, wenn er lateinische Ausdrücke benutzte. »Besuch aus Korbach, Herr! Der Diakon!« Tristan wischte sich Haarsträhnen aus der Stirn.

Einhard zuckte zusammen: Der Diakon kam eigentlich nur sonntags – und das war gerade drei Tage her! Korbach lag ein Stück weit südlich der Burg, dort, wo früher die Siedlungsgrenze zwischen Franken und Sachsen verlaufen war. Der Ritt bis zur Eresburg dauerte immerhin drei bis vier Stunden; dass Emeran schon wieder erschien, ließ Einhard nichts Gutes ahnen. »Er soll in die Halle kommen«, rief Einhard hinab. »Nein – bring ihn in mein Studierzimmer … und sag Hauptmann Erwein, dass er mit seinen Leuten noch nicht losreiten soll.« Tristan blickte mit dem Kopf im Nacken nach oben, als schulde Einhard ihm Erklärungen für diese Aufträge, die Hände nach wie vor in den Hüften, fast schon provozierend.

»Beweg dich, Junge!«, entfuhr es dem Burgherrn. »Für eine Salzsäule bist du zu hübsch!«

Einhard hörte knurrige Geräusche der Belustigung bei den beiden Turmwachen. Tristan war ein auffallend gut aussehender Bursche von neunzehn oder zwanzig Jahren. Sein feines und gleichzeitig unernstes Wesen passte genauso wenig in diese Umgebung wie Einhard selbst. Langsam stieg er die Trittbretter zum Wehrgang hinab, die auf der Innenseite der Turmbohlen angebracht waren. Es würde nicht um den Kirchenbau gehen, ahnte Einhard. In jedem Fall war es besser, wenn er erst selbst mit dem Geistlichen sprach – bevor Hauptmann Esiko sich einmischte. *Harto* nannten die Krieger ihren Anführer – Gespräche mit ihm arteten regelmäßig in der Machtfrage aus: Wer gab die Kommandos auf der Burg? Esiko liebte den Kampf und hasste das Gehorchen. Und wusste längst, dass Einhard keine Ahnung vom Kriegführen hatte.

Der Burgherr lief am mit Steinen eingefassten Brunnen vorbei, wo zwei Flüchtlingsfrauen schnaufend den schweren Wassereimer hochzogen. Er nickte ihnen zu, sie schlugen schamhaft die Augen nieder. Der Brunnen bildete in der Mitte der Anlage ein Dreieck mit einem niedrigen Steinhaus – der ewig rauchenden, stinkenden Schmiede – und dem massiven Hauptgebäude. ›Studierzimmer‹ war eine etwas pompöse Bezeichnung für Einhards persönliche Kammer. Fränkische Zimmerleute hatten die Kammer nach der Eroberung an die Rückseite des Hauptgebäudes angefügt, das sich wie eine Festung in der Festung erhob: Eng gefugte Eichenbohlen, kleine Fensteröffnungen und ein kegelförmiges, mit Rinderhäuten beschlagenes Dach: hässlich und zweckdienlich. Als Einhard eintrat, stand der Besucher zwischen Schreibpult und Fenster – einem übergroßen Fenster, zweimal zweieinhalb Fuß, ausgefüllt mit straff gespannter, dünner Ziegenhaut, durch die bei Sonnenschein genügend Licht einfiel, um lesen zu können. Emeran, der Priester, hatte eine blutige Schmarre auf der Stirn. Die dunklen Augen wirkten größer als sonst. Das schmale, asketische Gesicht und darüber die in der Mitte gescheitelten, langen Haare: *Jesus, kurz vor der Kreuzigung.*

»Heil, Statthalter! Gottes Segen …«

»Und Gottes Segen mit Euch, Emeran!« Einhard rieb sich die Hände, wie um sich Mut zu machen. »Ist heute Mittwoch? Da erwarte ich höchstens Gernot, den Baumeister …«

Fahrig strich Emerans Hand über das Elfenbeinkreuz auf seiner Brust. »Wir sind von den Sachsen überfallen worden! Widukind führte sie, die Männer haben ihn erkannt!«

Einhard sog die Luft ein, ohne auszuatmen.

4

In der Westfalensiedlung Bylanuelde, im Frühjahr 774

Die Morgenluft roch nach Frühling und frischem Leben. Mücken umsummten Arnulfs Kopf. Er spürte die Strahlen der Sonne auf Rücken und Schultern, als er vor dem Anwesen des Sachsenherzogs stand. Aber er misstraute diesem Morgen – eine Frau tragen zu müssen war sklavisch. Dass sie verkrüppelt war, machte es noch schlimmer: Von diesem Fluch konnte etwas an Arnulf hängen bleiben … Das Anwesen des Falenherzogs lag im nördlichen Teil der Siedlung, nahe dem seichten Wasserlauf, der fast parallel zum weiter südlich fließenden Bach floss. Drei alte, weit ausgreifende Weidenbäume schirmten das Haus halbwegs von den Blicken der anderen Höfe ab. Es war größer als die anderen Gebäude Bylanueldes, das schindelgedeckte Dach wurde von einem Dutzend umlaufender Balken gestützt, die kunstvolle Schnitzereien aufwiesen. Für ein paar Augenblicke betrachtete er die geschnitzten Pferdeköpfe auf den gekreuzten Balken über dem First – dann hörte er ein hässliches Krächzen irgendwo über sich. Es war wie eine kleine Warnung, dieses Schnarren: ein Rabe – ein Strauchdieb und Hexenfreund war dieser Vogel! Die Haustür ging auf, und ein untersetzter Mann in heller, makelloser Tunika trat heraus. Er trug den breiten, mit Bronze und Silberbeschlägen verzierten Gürtel, den man bei den wohlhabenderen Freien sah.

»Dich schickt Marbold?« Seine Rechte hielt eine zwei Ellen lange Rute, die spielerisch gegen den Unterschenkel klopfte.

»Ja, Herr.« Der Mann hieß Baldur, er war so etwas wie der Hofmeister Widukinds.

»Warte dahinten!« Der Stock zeigte nach rechts.

Arnulf trottete zur Hausecke und lehnte sich gegen einen jungen Apfelbaum, dessen Zweige voller kräftiger Knospen waren. Von hier aus konnte er die Ställe und Wirtschaftsgebäude hinter dem Haus einsehen: Zwei Männer scheuchten eine Horde Schweine aus einem mit Stecken umgebenen Verschlag; man würde sie in den Wald treiben. Hinter dem Schweinestall trabten zwei Stuten mit ihren Fohlen im Pferdegatter herum. Arnulfs wirkliche Aufmerksamkeit aber galt einem kleinen, strohgedeckten Haus am anderen Ende des Hofes, vierzig bis fünfzig Schritt hinter dem Haupthaus, unweit des Bachufers. Die beiden Fenster schienen größer, die ledernen Fenstereinsätze neuer und sauberer als bei den anderen Häusern. Erika, die Halbschwester Widukinds, lebte dort. Erika, seine ehemalige Geisel ... Von einem Knecht hatte er gehört, dass sie manchmal bei den Angehörigen ihrer Mutter auf dem Hof Enger weilte, nördlich von Bylanuelde. Plötzlich hoffte Arnulf, dass sie in diesem Augenblick aus dem Haus treten würde – *oder fürchtete er es?*

Wieder meldete sich der Rabe mit hässlichem Krächzen. Als wäre es ein Zeichen, hielten vom Hof aus zwei große Hunde auf ihn zu: Jagdhunde mit kräftigem Brustkorb, starken Läufen und kurzen, steifen Ohren, schwarzgrau wie Wölfe. Instinktiv wusste Arnulf, dass dies Widukinds Hunde waren. Eins der Tiere stieß Arnulf die Schnauze in die Seite, entblößte lange Eckzähne und fing an zu knurren.

Die Sonne stand ein ganzes Stück höher, als Baldur endlich mit den anderen Trägern unter dem Vordach erschien. Jetzt fiel ihm ein, dass Arnulfs nackte Sohlen ein Risiko waren. Er schickte einen jungen Hausknecht los, um Abhilfe zu schaffen. Für einen Moment empfand Arnulf Genugtuung – *Schuhe!* Seine Zehen waren bräunlich, die Spitzen fast schwarz, und manchmal fühlte er die verhornten Fußsohlen kaum noch; dass er sich im Winter nichts abgefroren hatte, war ein Wunder!

Im Hauseingang erschien eine Frau in weißem Kleid, mit einer dunkelblauen Manteldecke über den Schultern, zusammengehalten von einer goldenen Fibel. Sie stützte sich auf zwei lange Krücken. Ihre hohe Stirn wurde von einem dicken Golddraht betont, der um ihren Kopf lief und die beiden Zöpfe umschloss. Wenig später landete ein Paar Bastsohlen mit dünnen Lederriemen vor Arnulfs Füßen. Während er die Behelfslatschen befestigte, warf er einen heimlichen Blick auf die Beine von Galswintha. Ihr Kleid endete auf Wadenhöhe. Unten schauten mit Stoffbändern umwickelte Beinlinge hervor. Die Füße waren nach innen gedreht. *Hatte sie schiefe Knie?* Auf das Kommando von Baldur traten die Knechte an den Tragestuhl heran. »Du, Franke! Nach vorn!« Baldurs Gerte zeigte auf den Platz vorne links.

Galswintha setzte sich in den thronartigen, aus einem einzigen Klotz geschnitzten Stuhl, der vorne und hinten in zwei Tragestangen auslief. Die hager wirkende Frau strahlte trotz der Verkrüppelung etwas Stolzes, Unnahbares aus. Die Träger hoben an, und die Sänfte schwebte über dem Boden.

Mit ein paar Gertenschlägen verscheuchte Baldur die Hunde, die den Trupp umsprangen. »Zum Runenmeister, Herrin?«

Sie nickte.

Unter Baldurs Führung überquerten sie auf einer geländerlosen Brücke den Bach und liefen zwischen weidenden Rindern einen sanft ansteigenden Hang hinauf. Hütejungen neigten respektvoll die Köpfe und achteten darauf, dass ihre Tiere genügend Abstand zu der Gruppe hielten. Sie steuerten einen großen, runden Holzbau mit Spitzdach an, dessen Wände mit sonnengebleichten, langhörnigen Rinderschädeln behängt waren. Arnulf hatte die Kulthalle noch nie betreten. Seine rechte Faust hielt den Tragegriff eisern umschlossen, doch es dauerte, bis er sich an das langsame und gleichmäßige Schreiten der anderen Träger gewöhnt hatte. Der Bursche, der rechts vorne trug, grinste Arnulf unverhohlen zu, eine Art stilles Willkommen; seine schwarzen Haare waren fast zu lang für einen Sklaven, und er hatte quicklebendige Augen, die ständig nach rechts und links blickten. Galswintha plauderte derweil mit den zwei Zofen, die dem Zug folgten.

»Wohin gehen wir?«, raunte Arnulf dem Schwarzhaarigen zu.

Baldur drehte abrupt den Kopf und sah Arnulf scharf an. »Was war das?«

Arnulf musste in diesem Augenblick einem Bodenloch ausweichen, es war nicht leicht, dabei das Trageholz ruhig zu halten. Der Stuhl kippelte. Da explodierte seine Wange in glühendem Schmerz, als ihn die Gertenspitze traf. Er kam aus dem Tritt, und der nächste Schlag traf ihn am Hals; die Träger kamen zum Stehen.

»Ihr hättet ihn belehren sollen, Baldur!«, rief Galswintha – ein freundlicher Hinweis, nicht einmal eine Mahnung.

Baldur neigte den Kopf zur Herzogin hin. Dann knurrte er Arnulf von der Seite ins Ohr: »Du bist aus dem Frankenreich, ja? Habt ihr da Esel, die sprechen?«

»Nein.«

»Wir auch nicht. Also halt dein Maul! Weiter!«

Zähneknirschend setzte sich Arnulf in Bewegung, die Augen auf den Boden gerichtet. Prompt hörte er wieder das durchdringende Krächzen in der Luft. *Verspottete ihn dieses Drecksvieh?*

Augenblicke später sah er den Raben auf einer mannshohen Pyramide aus kürbisgroßen Steinen landen, etwa einen Steinwurf vor dem Rundbau. Baldur ließ sie halten. Prompt erhob sich der Vogel mit kräftigem Flügelschlag und flog in die Krone einer riesigen, schrundigen Esche, die sich mit zwei anderen Bäumen hinter dem Kultbau erhob; die Stämme waren wulstig und verwachsen, als stünden sie seit ewigen Zeiten dort.

Vorsichtig setzten die Träger Galswinthas Stuhl im Gras ab. Mit Hilfe ihrer Zofen stand die Herzogin auf und schleppte sich auf ihren Krücken dem Eingang entgegen, der ein Dach und Seitenwände hatte und wie ein kurzer Tunnel wirkte. Im Schatten dieses Daches stand ein sehniger, weißhaariger Mann. Der Runenmeister war in schlichtes Leinen gekleidet, das von einem strickartigen Lederstreifen zusammengehalten wurde. Er stand dort so ruhig und aufrecht, als wäre er mit der Erde verwachsen, und plötzlich wusste Arnulf, dass er diesen Mann auf dem Schlachtfeld bei Korbach gesehen hatte, im Herzen der sächsischen Stellung, kurz vor dem Höhepunkt des Gefechts.

Der Hesse blickte vorsichtig nach rechts: Sein Nebenmann blickte immer noch heiter drein. Die beiden Zofen sprachen im Flüsterton, am lautesten aber waren die Jagdhunde, die die Gruppe eingeholt hatten und sie hechelnd umsprangen. Arnulf sah Galswintha eine Verbeugung andeuten, dann übergab ihr der Weißhaarige etwas, das in Tuch eingeschlagen war. Langsam, mit zäher Anstrengung schleppte sie sich wieder zum Tragholz zurück. In einem Bogen liefen sie nun auf der diesseitigen Seite des Baches um die Siedlung, über Weiden, die noch mit dem braunen Gras des Winters durchsetzt waren. Sie stießen auf den Fahrweg, der auf den Durchlass im Höhenzug zuführte. Wagenräder hatten tiefe Spuren hinterlassen; der Untergrund hier war feucht, fast schon sumpfig, und die Träger mussten aufpassen, wo sie hintraten. Dann bogen sie nach links ab. Auf einem schraubenförmig ansteigenden Weg keuchten die Männer den Rabenberg hinauf. Dieser Hügel überblickte die ganze Siedlung, die Kuppe war auf der gleichen Höhe wie der sich südlich anschließende Osning. Die Sonne schien jetzt mit sommerlicher Kraft, Arnulf schwitzte am ganzen Körper, als sie oben ankamen. Seine Schulter schmerzte, und im rechten Unterarm staute sich das Blut. Doch die einzige Hautstelle, die er wirklich fühlte, war die glühende Wange. *Wie lange würde er brauchen, um Baldur zu packen und ihm den Hals zu brechen?* Auf dem Plateau ragte eine Gruppe mächtiger Buchen in den Himmel. Beim Näherkommen erkannte Arnulf, dass sie einen groben Kreis bildeten, in dessen Mitte sich einige weiß gekleidete Gestalten um einen hüfthohen Felsblock bewegten. Pferde waren in der Nähe angebunden, und auch von der anderen Seite des Hügels hielten mehrere Frauen und Männer auf die Baumgruppe zu, ihre Pferde am Zügel hinter sich. Arnulf war froh, als Baldur sie nahe der silbrig grauen Bäume halten ließ. Er murmelte etwas zu Galswintha hin, das Arnulf nicht verstand.

»Frijas Segen«, antwortete sie und erhob sich mithilfe ihrer Dienerinnen aus der Trage. Entschlossen, mit der Würde einer stolzen, wenn auch versehrten Fürstin humpelte Galswintha mit den Frauen zwischen die Bäume.

Baldur gab den Trägern einen Wink: Ihr wartet hier! Er selbst schlenderte zur gegenüberliegenden Seite des Heiligtums, wo mehrere Männer herumstanden und sich unterhielten.

Arnulfs dunkelhaariger Nebenmann hockte sich mit zufriedenem Gesicht auf einen breiten, halb verwitterten Baumstumpf. Keiner von ihnen sagte etwas, und eine Zeit lang beobachteten sie, wie die Frauen den Felsen in der Mitte der Buchen umkreisten und dabei eine auf- und abschwellende Weise sangen. Er setzte sich zu dem anderen Knecht. »Hast du immer so gute Laune?«

Der andere grinste. »Nicht, wenn Baldur mich trifft ... Tut's noch weh? Er schlägt nie besonders fest, finde ich.«

Arnulf betastete die Schwellung der linken Gesichtshälfte. »Mein Name ist Arnulf[5]«, schob er hinterher.

»Klingt besser als ›Esel‹, wenn du mich fragst«, lachte der andere. Sein Gesicht war eher schmal, dichte, kurze Bartstoppeln rahmten die Züge ein. »Ich bin Heden. Schleppe die Herzogin schon eine Weile durch die Gegend. In ihrem Haus hast du immer gut zu essen. Aber leg dich nicht mit ihr an – die lässt eine Magd durchpeitschen wegen drei Tropfen verschütteter Milch.«

»So brutal sieht sie gar nicht aus.« Arnulfs Blick ging wieder zu der Frau auf Krücken, die angehalten hatte und – wie die Segen heischenden um sie herum – eine Getreideähre in der Hand hochhielt, oder etwas, das so aussah.

Heden erriet Arnulfs Frage. »Sie rufen die Mutter Frija an«,

---

5 Der Name ist eine Zusammenziehung von »Ar« (Adler) und »(W)ulf« (Wolf)

sagte der Knecht, »Wodans Weib. Die Frauen bitten sie um Gesundheit und – na ja, Fruchtbarkeit ...«

»Was ist mit den Füßen der Herzogin?«, fragte Arnulf halblaut.

»Manche sagen, es sei ein Fluch ... Das fing vor zwei, drei Sommern an. Sie hat häufig im Bett gelegen mit Beinschmerzen. Kein Heiler hat ein Mittel dagegen. Aber vielleicht erbarmt sich Frija ... Ihrem Mann ist es, glaube ich, egal.« Er zog einen Mundwinkel nach oben und zwinkerte.

»Widukind? Du meinst – er hat noch eine andere Frau?«

»Da ist eine Litin«, nickte Heden. »Die Tochter Marbolds. Sie teilen das Lager, sagt man ...«

Marbold hatte mehrere Töchter, aber Arnulf wusste sofort, wen Heden meinte. Gunda war groß, hatte einen langen, schönen Hals und Augen, die einen Mann auf eine besondere Weise ansahen.

»Und Marbold lässt sich das gefallen?«, fragte Arnulf zögernd.

Heden zuckte die Achseln. »Widukind ist ihr verfallen, sagt man. Wer weiß, vielleicht hätschelt er deshalb die Liten ... nimmt sie sogar mit in den Kampf. Halbfreie! Wofür kämpfen die, frage ich mich?«

»Vielleicht für die volle Freiheit.« Arnulf dachte nach. »Du wurdest nicht als Knecht geboren, stimmt's? Dafür grinst du zu viel ...«

»Es ist besser, nicht alles so ernst zu nehmen, mein Freund.« Doch nun wirkte das Feixen angestrengt. »Ich bin aus Thüringen, vom nördlichen Grabfeld. Die Falen raubten mich, da war ich noch ein ...« Heden brach ab und schnellte hoch. »Holla«, zischte er. »Hier kommt Ärger!«

Von rechts, aus Richtung der Bäume, nahte Galswintha mit Baldur und den Zofen. Von links kam Marbolds Tochter Gunda, die ihr Pferd am Zügel führte, in Begleitung ihrer jüngeren Schwester. Auf Höhe des Baumstumpfes würden sie zusammentreffen. Galswintha hatte Gunda erkannt, Arnulf sah ihre Züge erstarren. Sie wurde langsamer, die Füße schleiften wie nutzloser Ballast über den Boden. Gundas Wangen nahmen Farbe an. Der Pfad, an dessen Rand der

Tragestuhl stand, war hier gesäumt von Brombeerbüschen und Ginster – Gunda und ihre Schwester hätten sich in die Sträucher drücken müssen, um Galswinthas Gruppe zu umgehen. Stattdessen blieben nun alle stehen und funkelten einander an wie Raubkatzen.

»Was willst du hier, Schandweib?«, zischte Galswintha.

Gunda schien Luft zu holen. »Ich habe dasselbe Recht auf Frijas Segen wie Ihr, Galswintha!«

»Du redest vom Recht? Das Pferd, das du da führst – es gehört mir! Ich selbst habe es eingeritten!«

»Dieses Ross ist fränkische Kriegsbeute, Widukind hat es meinem Vater geschenkt!« Gunda legte eine Hand wie zum Schutz auf die helle Stelle über den Nüstern des Braunen. Sie warf einen kurzen Blick zur Seite, auf Arnulf und die anderen Trägerknechte und auf die Gestalten hinter Galswintha. Ihre Stimme klang nicht einmal böse. »Aber wenn Ihr wieder einmal reiten wollt, überlasse ich es Euch gern ...«

Galswintha wurde bleich vor Wut. Sie zischte Baldurs Namen, der sich wohlweislich im Hintergrund gehalten hatte. Stattdessen trat nun eine schlanke junge Frau mit hellbraunem, in einem Knoten gebändigtem Haar vor, selbstbewusst und anmutig.

Arnulf atmete durch.

»Genug, Gunda!« Erika musterte die Litin kühl. »Es ist nicht gut, neben dem Heiligtum zu streiten. Geht Eures Weges, aber erweist der Herzogin Respekt!«

Gunda presste die Lippen zusammen, neigte abrupt den Kopf und drängte sich ohne ein weiteres Wort an der Gruppe vorbei.

Schwer ließ sich Galswintha in den Stuhl fallen. »Sie hat Glück, dass Ihr dazwischengegangen seid, Erika ... vertrocknen soll diese Hure!« Wütend sah sie sich um, und die Träger senkten den Blick. »Fort von hier, Baldur! Worauf wartet Ihr?«

Bevor Baldur das Kommando geben konnte, hatten die Träger bereits angehoben. Doch direkt vor Arnulf, das Gesicht zu ihm gewandt, stand Erika. Ihre Blicke kreuzten sich. Plötzlich spürte er mit jedem Blutstoß seine aufgeplatzte Wange.

»Seid Ihr mit Eurem neuen Träger zufrieden, Galswintha?« In Erikas Augen lag funkelnder Spott, aber vielleicht auch eine Prise Mitleid.

Mürrisch zuckte die Verkrüppelte die Schultern. »Einer wie der andere ... Ein paar Dinge muss er noch lernen.«

»Dieser Sklave ist etwas Besonderes, Herzogin«, sagte Erika nüchtern. »Er hielt Wache über mich, als ich bei den Kreuzanbetern gefangen war. Weißt du noch, wie du mir die Anrede verweigert hast, *kneht*? Du wolltest mich nicht mit ›Edelfrau‹ ansprechen!«

Arnulf wusste es nur zu gut.

»Antworte, du Esel!« Baldurs Gerte zischte über Arnulfs Schulter.

Er zuckte zusammen und hätte fast das Trageholz losgelassen. Und nun war Galswintha neugierig geworden. »Sieh mich an, Sklave! Bist du also ein Edling? Warst du einer der Vasallen von *kunig* Karl?«

Die Träger setzten den Stuhl ab.

Arnulf bemühte sich, normal zu sprechen. »Ich führte Männer, Herrin, aber ... ich war ein Freier, ein *friling*, wie Ihr sagt.«

Sie nickte, als hätte sie davon gehört. »Sag mir: Bist du froh, noch am Leben zu sein?«

Arnulf fuhr sich mit der Zunge über die Lippen. »Der Tod ist ein gnädiges Ende, sagt man ... Vielleicht will mein Gott mich vorher noch quälen.«

»Warum soll dein Gott das tun?« Sie klang nicht mehr spöttisch, sondern empört. »Was für dummes Zeug! Hat euer Christengott nichts Besseres zu tun?«

»Sie glauben, dass der eine Herr in den Wolken über Tod und Leben jedes Wesens entscheidet«, sagte Erika ruhig. »Sie wissen nichts von den Nornen und der Weltenesche.«

»Wirklich?« Ein grausamer Zug spielte nun um Galswinthas Mund. »Wenn Baldur dir noch die andere Wange zerschlägt, ist er dann dein Gott Jesus, ja? Weil er dich quält?«

Baldur bog die Rute zwischen beiden Händen, unschlüssig sah er Galswintha an, dann Arnulf.

»Nein«, knirschte Arnulf mit mühsam beherrschtem Zorn. »Er ist nur ein Feigling, der Knechte prügelt.«

»Du Hundsfott!« Baldur machte einen Schritt auf Arnulf zu. Die Rute zischte durch die Luft. Arnulf wehrte den Schlag mit einem hochgerissenen Arm ab. Als Baldur erneut ausholte, bremste ihn eine weibliche Stimme.

»Das ist unwürdig, Hofmeister!«

Alle sahen Erika an, und Arnulf durchrieselte es heiß. Auf Galswinthas Gesicht aber wechselten Überraschung und Misstrauen. »Du jammerst für einen Kreuzanbeter, Schwägerin? Weißt du nicht, dass seine Leute die Irminsul zerstört haben? Ich hätte an der Säule für gesunde Beine flehen können, viele Krankheiten wurden dort geheilt!«

Erikas Wangen hatten Farbe bekommen. »Ich bin sicher, dass auch Frija Euch erhören wird, Herzogin.«

Galswintha hatte die Beherrschung wiedergewonnen. »Ja, vielleicht wird sie das … Vielleicht werde ich dem Herzog entgegenlaufen, wenn er vom Feldzug zurückkehrt. Und jetzt fasst an, ihr Nichtsnutze!«

Träume können schlimmer sein als der Tod – weil sie immer wiederkommen. Widukind schwang die Langaxt. Der Hieb traf ihn am Hals, wie ein Henkersbeil. Seine Hand ging zu der klaffenden Wunde – Blut? Nein … er hörte das feine Rascheln einer Maus im Stroh. Keuchend richtete er sich auf. Für ein paar Atemzüge vernahm er im stockdunklen Raum nur das Schnarchen der anderen. Bald trieben neue Bilder vorbei, wie Wolken am Abendhimmel: die kupferfarbenen Haare Raglas und ihre Brüste, die so gut in seine Handteller passten. Sie trug sein Kind aus – oder war dieses Kind schon geboren? Was wurde aus ihr, wenn er nicht zurückkehrte?

Ragla war zäh. Als Marketenderin war sie es gewöhnt, mit rauen Kerlen zurechtzukommen. Sie konnte sich einem der Offiziere auf der Burg anbieten; vielleicht würde sich Einhard sogar versuchen lassen ... *Nein, der nicht!* Esikos tiefe Stimme echote in seinem Hinterkopf: »Pergament im Kopf und Pergament zwischen den Beinen!« Dann das harte Lachen ... Irgendwann hatte Einhard in einem vertraulichen Moment erzählt, dass seine Frau jung gestorben war, mit einem ungeborenen Kind. Arnulf ahnte, dass dieser schmächtige, asketische Mann sein Weib abgöttisch geliebt hatte. Aber war das ein Grund für ewige Keuschheit? Der Burgherr hatte den hessischen Krieger ohne Hintergedanken als Bewacher Erikas eingesetzt, die ihnen bei der Eroberung der Eresburg in die Hände gefallen war. Ihr feuriges Temperament, ihre fröhliche Überheblichkeit hatten Arnulf in den Bann geschlagen. Während er den Mäusen lauschte, die nach Essbarem in den Bündeln der Knechte suchten, erschien ihr Gesicht in der Dunkelheit, die Wangen von der Winterkälte gerötet, die Augen groß, aufgerissen, vor dem Mund den Atemnebel. Ihre Blicke und seine Gier nach Gold hatten ihn zu einer großen Leichtsinnigkeit verleitet: Oberhalb von Arolsen hatten sie vom Waldrand aus verfolgt, wie der Hessengraf und seine Halsabschneider die Engernsiedlung plünderten – während die Männer der Siedlung die Taufe in der Diemel über sich ergehen ließen ... Am Ende waren sie Widukind in die Arme gelaufen. Warum lebte er noch? Wegen ihrer Fürsprache!

5

Auf der Eresburg, im Frühjahr 774

B*ing, bing, bing …*

Das Hämmern riss nicht mehr ab. Seit gestern hämmerten stämmige Männer mit rauchschwarzen Gesichtern in der Burgschmiede ohne Unterlass Waffen oder Werkzeuge zurecht, Einhard hatte vergessen, was genau. Gern hätte der *gilerito* ihnen befohlen, einmal drei Stunden Ruhe einzuhalten. Doch er hatte andere, ernsthaftere Sorgen. Von einer Sorte, die garantiert keine Pause einlegen würde …

Er stand im offenen Tor, dem inneren der Burganlage. Von dort verfolgte er mit vor der Brust verschränkten Armen, wie die sächsischen Flüchtlinge in der Vorburg ihre Lager abbrachen. Innerlich wappnete er sich gegen ihre anklagenden Blicke: ein Gefühl, als spanne er sämtliche Muskeln im Ruhezustand an. Weichheit war seine größte Schwäche. Mehr als einmal hatte ihm der König das vorgeworfen! Und so stand er unter dem Wehrgang, der das Haupttor überdachte, und betrachtete den Abzug der Neuchristen mit steinerner Miene. Mit mehr Gelärme als nötig schnürten sie Zeltbahnen zusammen, banden Vieh an die Wagen und stritten zu allem Überfluss noch über den Besitz von Ziegen und Schweinen. Beunruhigend freilich war etwas ganz anderes: Einhard hatte binnen einer Stunde mehrere Männer beobachtet, die sich erbrachen. Und ein Weib hockte immer noch hinter einem Verschlag aus Stoff an der Innenseite des Walls – der Abort der Engern. Den Burgherrn beschlich ein übler Verdacht.

Eine etwa fünfzigjährige Alte und ein Junge liefen auf ihn zu, um noch einmal am Brunnen Wasser zu schöpfen. Dreck klebte an den Eimern … Einhard nahm den Geruch der beiden schon wahr, als sie noch mehrere Schritte entfernt waren. Schon überlegte er, mit welchen Worten er ihnen den Zugang zum Wasser verbieten würde – da trat Ansgar den beiden in den Weg, wuchtig und unmissverständlich. »Wollt Ihr das Brunnenwasser verderben, Ihr Satansjünger? Sauft Ziegenmilch, wenn ihr durstig seid!«

Eingeschüchtert machten die beiden kehrt. Ansgar räusperte sich und sagte wie zur Entschuldigung: »Sollen sie sich in Korbach und auf den Wirtschaftshöfen ausbreiten …«

Einhard nickte mit unbeweglichem Gesicht. Wieder gingen seine Gedanken zu Widukind und von Widukind zu Arnulf, dem Verschollenen. Wer sagte, dass Widukind diesen friesischen Händler nicht dafür bezahlt hatte – damit ein fränkischer Stoßtrupp nach Norden ritt, in einen gut vorbereiteten Hinterhalt? *War Arnulf wirklich noch am Leben?* Er musste sich eingestehen, dass er diesen Heißsporn irgendwie gemocht hatte. Frustriert grub er die Schneidezähne in die Unterlippe, bis es schmerzte. *Sie mussten Widukind stellen!* Der Überfall auf Korbach roch nach niemand anderem – und das hieß, dass er *nicht* in Bylanuelde war, wie vom Friesenhändler behauptet. Einhard spürte Galle im Hals, als er seine Entscheidung vom Vortag umstieß. »Ansgar, könnt Ihr Hauptmann Erwein irgendwo sehen?«

Bing, bing, bing …

Der Veteran versuchte das Gewirr aus Pferden und Kriegern auf dem Burghof zu durchblicken. »Vor den Pferdeställen, Herr … Esiko wird ihm noch ein paar Worte mitgeben.«

Einhard lächelte freudlos, ließ Ansgar stehen und machte sich auf den Weg quer über den Burghof. Die Pferdeställe waren auf gut hundertfünfzig Schritt Länge in den westlichen Wall hineingebaut; dahinter kamen flache Baracken aus grob behauenen Kiefernstämmen, in denen die Krieger untergebracht waren. Einhard wich kleinen Pyramiden von Pferdeäpfeln aus und steuerte eine größere Gruppe schuppengepanzerter Krieger an, einige bereits aufgesessen, andere mit dem Pferd am Zügel. Sie hatten kurze Kinn- oder Schnurrbärte. Alle trugen den schlichten, aus flachen Eisenspangen zusammengefügten Helm, für den ein tüchtiger Schmied nicht mehr als einen Tag brauchte. Irgendwer hatte einen Witz gemacht, hartes Gelächter dröhnte über den Burghof – und brach ab, als die Männer Einhard erkannten. Er ging direkt auf Hauptmann Erwein zu, der sich äußerlich nur durch einen Helm mit Nasenschutz und einer Spitze mit rot gefärbtem Rosshaar von den anderen unterschied. Am Helmschmuck konnten seine Leute ihn aus der Ferne erkennen, und – so spotteten die Jüngeren insgeheim – an seinen Falten: Er hatte das etwas verwitterte Gesicht eines Sechzigjährigen. Doch dieser Mann konnte höchstens ein paar Jahre älter sein als Einhard selbst, ahnte der Burgherr. Der Offizier neigte leicht den Kopf, als Einhard vor ihm auftauchte; alle anderen wichen ein oder zwei Schritte zurück. Der durchdringende Geruch der Pferde überlagerte alle anderen Ausdünstungen.

»Ich habe mich anders entschieden, Hauptmann. Ihr werdet die Diemelufer abreiten und nach den Abtrünnigen suchen … Sie haben zwölf Pferde gestohlen, nicht wahr? Bringt sie als Erstes zurück, danach sehen wir weiter!«

Erweins Gesicht wurde noch faltiger; dass acht Krieger aus seiner Hundertschaft davongelaufen waren, war peinlich für den Offizier; dass sie noch zwölf gut ausgebildete, teure Kriegspferde mitgenommen hatten, war peinlich für den Burgherrn.

»Das Diemelufer sind wir die letzten Tage abgeritten«, gab Erwein schleppend zurück. Er war hochgewachsen und blickte automatisch auf Einhard hinunter. »Die Kerle haben sich nach Norden abgesetzt, zu ihren Sippen, wenn Ihr mich fragt«, sagte Erwein in rauem Ton. Die Rechte umschloss lose den Schaft der Stoßlanze, sein Zeigefinger lag auf einem eisernen Querstück, das eine Spanne unterhalb der Spitze angeschmiedet war.

Bing, bing, bing … die Querstange verhinderte, dass die Spitze zu tief eindrang und zwischen Knorpeln und Knochen stecken blieb.

»Eure Meinung schätze ich, Erwein«, sagte Einhard hölzern. »Aber Ihr macht das, was ich Euch sage!«

»Ist recht, Statthalter«, gab Erwein mürrisch zur Antwort und warf einen verdächtigen Blick in Richtung Schmiede. »Aber *harto* meint auch, dass wir nach Arnulf und seinen Leuten suchen müssen!«

Tatsächlich kam Esiko mit schwingenden Armen und raschen, raumgreifenden Schritten auf sie zu. Er war von athletischem Körperbau, der vom straff sitzenden Schuppenpanzer betont wurde; ein Bild mühsam gebändigter Kraft, das Einhard an einen Panther denken ließ, den er einmal in einem römischen Tiergarten gesehen hatte. *Harto* kam mit diesem Eisennagel-Blick auf Einhard zu, der den Statthalter förmlich durchbohrte. Und zu allem Überfluss kam er mit einem anderen, tödlichen Problem.

»Gailo ist krank!«, warf der Offizier dem Burgherrn hin, als wäre es Einhards Schuld. »Scheißt nur noch Brühe, ohne Unterlass!«

Einhard hielt Esikos Blick stand. Er hatte es geahnt – Hauptmann Gailo, der Dritte der Hundertschaftsführer, war ihm gestern schon fiebrig vorgekommen.

»Wie viele Krieger …«

»Sechs«, schnappte Esiko. »Gestern Abend waren es zwei! *Skizan*, Einhard, diese Heiden oder Neuchristen – wir hätten sie niemals reinlassen dürfen!«

»*Beherrscht Euch*, Hauptmann«, zischte Einhard. »Warum habt Ihr Widukind noch nicht gestellt? Wieso kann er durch die Gegend reiten und halb Korbach niederbrennen?«

Eine wellenartige Bewegung lief durch Esikos Kiefermuskeln. »Wir sind jede zweite Nacht draußen, legen Hinterhalte, warten auf das Schwein … aber wir können nicht überall sein, verflucht!« Esikos Augenbrauen bildeten eine Verdickung über der Nasenwurzel, die Nase selbst war wie ein Sporn, der auf Einhards Gesicht gerichtet war.

Unwillkürlich wich Einhard ein paar Zoll zurück. »Unsere Leute in Korbach brauchen Verstärkung, Hauptmann … Welche Hundertschaft kann noch Krieger abgeben?«

»Keine!«, grunzte Esiko. »Die faulen Kerle sollen einen Graben anlegen und die Palisade verstärken! Zum Teufel mit Korbach, wichtig ist nur die Burg! Wer die hat, hat das Grenzland!«

»Spart Euch die Belehrungen!«, presste Einhard hervor. Schmerzlich wurde ihm bewusst, dass selbst die Wachen auf den Wällen nun dem Schlagabtausch folgten. »Wart Ihr nicht im März an Herzog Bothos Hof in Gutingi[6], Hauptmann?«

Der Offizier nickte grimmig.

»Botho paktiert mit Widukind!«, fuhr Einhard fort.

»Wer sagt das?«

»Emeran, der Priester – er hat es von einigen der Getauften!«

»Zur Hölle …!« Esikos linker Zeigefinger bohrte sich in den stoppeligen Kiefer – zumindest sah es so aus, denn die ersten beiden Glieder fehlten. Doch sein nächster Satz fiel weniger laut aus. »Botho wird uns Arbeiter schicken, für die Erweiterung der Wälle und das Ausforsten im Tal. Das hat er zugesagt!«

»Wo sind diese Arbeiter?«, fragte Einhard kalt. »Hier kommen immer nur Leute an, die das Kreuz schlagen und von Bothos Kriegern vertrieben wurden!«

Wütend starrte Esiko den Burgherrn an, der nun *ihm* Belehrungen erteilte. »Wenn der Enger mich belogen hat, wird er es bereuen …«

Einhard räusperte sich. »Wir müssen endlich den Wald hinter dem Reitgrund lichten, Hauptmann, Ihr selbst hattet darauf gedrungen! Wie weit seid Ihr damit?«

Esiko musterte Einhard wie eine Raubkatze, die von einer verrückten Maus angegangen wird. »Krieger sind keine Holzhauer! Aber – wenn es nottut …«

»Fangt damit an, heute noch!« Einhard hatte es laut und klar ausgesprochen. *Er* war der Burgherr!

6 Göttingen

Am Nachmittag konnten die Männer auf dem Wall die ersten Bäume am Rand des Reitgrundes niedersinken sehen. Er diente den Engern aus der Siedlung am Fuß des Burgberges als Viehweide, doch oft genug ließ Esiko dort Reiterangriffe üben. Von Osten und Nordosten stießen zwei Wege auf diese Weide, die zwischen den Hügeln gegenüber der Burg hervorkamen: Um in diese schlauchartigen Zugänge hineinsehen zu können und nicht vom Auftauchen feindlicher Kriegsscharen überrascht zu werden, mussten Hunderte von Bäumen fallen. Einhard nutzte die Zeit, um nach den Kranken zu sehen, und nach dem Mann, der sich um sie kümmerte: der Medicus Grimo. Im Grunde war er nicht mehr als ein Pferdeheiler und Warzenbeschwörer, aber welcher der Krieger war je einem richtigen Arzt begegnet?

Die Baracke, die Einhard betrat, war ein quadratischer Raum mit drei Dutzend Bettstellen: ein scharfer Geruch von ungewaschenen Männerkörpern, schlecht gegerbtem Leder und rohem Holz. Und der Gestank von Halbverdautem. Rechts trennte eine Holzwand den Wohnbereich der nächsten dreißig oder vierzig Mann ab. Durch die Luken der Vorderseite fiel spärliches Licht vom Burghof ein; das Dach war etwa in der Mitte des Raumes durchbrochen, über einer gemauerten Feuerstelle. Im trüben Deckenlicht erblickte Einhard zwischen Feuerstelle und einer Bettstatt eine untersetzte, fleischige Gestalt mit kurzem Hals. Grimo hatte den Kopf in den Nacken gelegt und soff in tiefen Zügen aus einem Bierkrug.

»Euch schmeckt's noch, Grimo, immerhin!«

Der Krieger setzte abrupt den Krug ab, Flüssigkeit spritzte auf den Boden. »Das Wasser ist vergiftet, Herr!« Grimo wischte sich mit dem Handrücken die Tropfen vom Schnurrbart, der sich breit über die schweineartigen Wangen hinabzog. »Das Wasser hat unsere Leute krank gemacht!«

»Sauft Bier, von mir aus«, sagte Einhard langsam und deutlich. »Aber den Kranken gebt Ihr Wasser vom Fluss, hört Ihr? Flößt ihnen alle paar Stunden zwei oder drei Becher ein, sonst verdursten sie!«

Ungläubig sah Grimo Einhard an, dann den schlaffen Körper, der sich in einem kastenartigen Bett hin und her bewegte; Mistelzweige, ein Schwertgehänge, Lederbeutel und mehrere Amulette hingen über dem Kopfende von Haken in einem Querbalken herab. »Herr – er hat böse Säfte im Körper, die wollen raus!« Grimo stieß einen Rülpser zur Bekräftigung aus.

Einhard atmete tief durch – neben Rohheit sah er eine gewisse Neugier in Grimos Augen. Und neugierigen Menschen trat Einhard mit gutem Willen gegenüber. Er erklärte dem Krieger-Medicus, dass die Kranken schlicht und einfach austrockneten – weil ihre Körpersäfte, gute wie böse, ausgeschieden wurden. Dies war Einhards Vermutung, seitdem er einmal ein halbes Heer in Italien an der Krankheit namens *hokka* hatte eingehen sehen.

Grimo nicke und rülpste andächtig.

»Ab sofort trinkt hier jeder aus einem *Becher*, versteht Ihr? Die spült Ihr mit Essig aus, bevor sie ein anderer benutzen darf! Kommt heute nach Sonnenuntergang zu mir und berichtet. Und wascht Euch die Hände!«

Die frische Luft vor der Unterkunft ließ Einhard aufatmen. Er blickte nach unten: Dicke schwarze Käfer umkreisten ein paar Schritt vor ihm Pferdeäpfel. *Gott hatte die Welt sinnvoll eingerichtet: Was der eine nicht mehr wollte, trug der andere dankbar davon. Aber die hokka …* Er spürte wieder dieses Gefühl aus dem unteren Leib nach oben steigen – und diesmal erreichte es seine Brust: *Angst.* Sie brauchten Verstärkung, dringend!

6

Widukinds Lager an der Diemel, im Frühjahr 774

Heilsrufe ertönten, als Widukind zurückkehrte. Das Versteck war ein Gehöft an einem seichten Zufluss der Diemel, abseits der Straße, die am Fluss entlangführte. Die früheren Besitzer waren tot oder geflüchtet; auf den Äckern stand Unkraut, die Ställe waren leer und dienten nun den Pferden als Unterkunft. Mit Zeltbahnen und ein paar schlanken Baumstämmen hatten die Falen eine Art Dach errichtet, das eine Feuer- und Kochstelle vor dem Haus überwölbte. Rückten sie zusammen, war Platz für die meisten der mittlerweile hundert Streiter. Es war mehr ein Räuberversteck als ein Feldlager, dachte Widukind, als er aus dem Sattel sprang und die Zügel seines Pferdes dem jungen Liten Udo zuwarf. *Aber vom Räuber zum Feldherrn war es nur ein Schritt – wenn auch ein großer!*

Auf dem Weg zum Wasserfass neben dem Hauseingang drückte er Hände, klopfte Schultern und verteilte aufmunternde Worte. Da waren neue Gesichter, Verstärkungen waren eingetroffen, gut so! Auf der Wasseroberfläche des Fasses sah er sein kräftig durchblutetes Gesicht, der blonde Bart war zu lang, mehr als zwei Zoll störten ihn! Er stieß die Schöpfkelle ins Wasser und leerte sie mehrmals in gierigen Zügen. Zwölf Stunden im Sattel: Die Beine glühten. Noch am späten Morgen hatte er mit dem Engernherzog das Brot gebrochen und Eide der Freundschaft ausgetauscht, am Zusammenfluss von Fulda und Werra – der Edling war ihm von Gutingi aus entgegengekommen, immerhin. Botho hatte ihn in der Halle eines reichen Gefolgsmannes bewirtet, der Boden war mit Otterfellen bedeckt, die Wände mit den Schilden erschlagener

Frankenkrieger. Am Vorabend waren Bier und Met in Strömen geflossen, Priester hatten Geschichten vom Bau der Welt erzählt, und auch von Wodans Abenteuern mit einigen Götterfrauen. Trinksprüche wurden hin und her geschleudert – und doch blieb dieser Botho für Widukind am Ende ein undurchsichtiger Kerl, ein Mann mit lächerlichen Eitelkeiten und erdigen Gelüsten. Konnte man ihm trauen? Nach Mitternacht – die Hälfte der Zecher lag trunken zwischen den Bänken – hatte Botho eine der Sklavinnen gepackt und ihren Oberkörper direkt vor Widukind auf den Tisch gedrückt, dass Becher und Bratenreste davonflogen. Er hatte ihr den Kleidersaum über dem nackten Hinterteil hochgezogen, so wie man die Schale von einer Frucht abzieht: »Die ist für einen Falenhengst, Mann! Greift zu!« Doch dafür war der Herzog, der ein Pferd im Banner führte, nicht betrunken genug gewesen …

»Zu viel Wasser tut nicht gut, Herzog.« Grinsend hielt Dago ihm einen Krug mit Bier hin.

Widukind setzte den Tonkrug an die Lippen, nahm einen Schluck und gab das Gefäß zurück. »Trinkt selbst, Dago! Meine Schildmänner sollen keinen Durst leiden!«

Stolz flackerte über Dagos Gesicht, als er den Krug ansetzte, trank und ihn an Liudolf weiterreichte. Dreißig oder vierzig Augenpaare waren auf sie gerichtet. Widukind fühlte das Vertrauen der Männer wie ein körperliches Band; diese Krieger würden mit ihm sterben oder ruhmvoll zurückkehren, im Stich lassen würden sie ihn nicht!

»Einen Ochsen und achtzig Männer bringe ich mit!« Ein hagerer, vierschrötiger Mann mit Kettenhemd hatte einige der Umstehenden zur Seite geschoben und baute sich grinsend vor Widukind auf. »Sagt, Herzog, welches von beiden ist Euch lieber?«

Widukind hieß seinen Onkel lachend willkommen. Abbio war kein hübscher Mann – ein derbes Gesicht mit Warzen unter einem Auge und knollenartiger Nase, die herabhängende Hauttasche unter dem Kinn von rotblonden Stoppeln überzogen; die Schädelplatte selbst fast kahl, mit öligen Haarsträhnen über den Ohren und im Nacken. Freilich konnte Widukind das gleichgültig sein: Der jüngste Bruder seiner Mutter war ihm nicht nur Kampfgefährte, sondern auch ein guter Vertrauter und Berater.

»Ich warte noch auf Eure Antwort, Herzog!« Gelbe, kräftige Zähne leuchteten, als Abbio lachte. »Ach was, ich kenne sie schon! Da ist er – wir haben ihn Karl genannt, nach dem Frankenkönig!«

Die umstehenden Männer johlten und machten eine Gasse frei: Zwei breitschultrige Kerle führten ein schwarzbraunes Rind am Strick herbei. Gut fünfhundert Pfund Fleisch starrten den Herzog an.

»Bringt die Axt!«, brüllte Abbio.

»Im Ernst?« Widukinds Lächeln bekam etwas Bemühtes. »Führt selbst das Beil, Onkel.«

»Ich? Nein! Ihr, Herzog der Westfalen!«, rief Abbio und ließ eine knochige Pratze auf Widukinds Schulter fallen. »Ich hab den Männern von den alten Zeiten erzählt! Jetzt wollen sie sehen, wie man einen Ochsen mit einem Hieb tötet. Wo ist die Langaxt, verdammt?«

Einer von Abbios Leuten reichte ihm eine knapp drei Fuß lange Kriegsaxt mit weit hervorstehender Klinge. Er gab sie an Widukind weiter, der sie mit ausdruckslosem Gesicht in beiden Händen wog. Langsam ließ er den Daumen über die frisch geschliffene Schneide gleiten und musterte dann das Rind vor ihm, das den Kopf nervös hin und her warf. Widukind nickte, als hätte er einen Entschluss gefasst; an seinem linken Handgelenk baumelte ein etwa daumengroßer Donarhammer, den er jetzt sorgfältig mit dem rechten Zeigefinger unter den ledernen Armschutz stopfte.

Widukind ließ den Blick im Kreis der Männer herumwandern. »Also gut. Zeigen wir diesem Karltier, was eine fälische Langaxt vermag!«

Die Männer johlten und reckten die Fäuste. Hier wartete ein Festessen! Der Platz unter dem Leinwanddach war jetzt ausgefüllt mit Kriegern, auch im Hauseingang und neben dem Haus standen die Gefolgsleute, begierig, den fast vergangenen Brauch zu erleben. Widukind hatte ihn vor zehn, fünfzehn Jahren während der Kämpfe mit den Friesen wiederbelebt: Wenn sie von einem erfolgreichen Beutezug zurückkamen, tötete der Führer einen Ochsen für ein Festmahl. Der erste Streich hatte Wodans Segen; brauchte man mehr als einen Schlag, hatte Loki seine Hände im Spiel, ein Gott, der mehr Schaden als alles andere stiftete …

Widukinds Hände griffen den Stiel der Axt im unteren Drittel. Das erregte Lärmen der Männer wurde zu einem Gemurmel; ein halbes Dutzend Krieger stemmte sich in den Boden, um den Ochsen festzuhalten. Das Tier grunzte, schien zu spüren, was ihn erwartete. Zwei Kerle packten die Hörner, ganz so, als wollten sie sie aus dem Kopf des Tieres reißen. Widukind trat so weit vor, dass er noch anderthalb Schritte Abstand zum Schädel des Tieres hatte; feuchter Schleim war auf der Schnauze des Ochsen erschienen. Widukind visierte die Stelle zwischen den Hornansätzen an und verlagerte das Gewicht gleichmäßig auf beide Füße. Dann holte er über die rechte Schulter aus. Für einen Augenblick hörte man nur das Knirschen seines Kettenhemdes. Dann krachte der Axtstahl mit größter Wucht in den Schädel des Tieres, die Waffe riss seinen Nacken nach unten, ein Beben lief durch den schweren Körper, die Hinterläufe traten aus – der Karlsochse brach tot zusammen. Neues Johlen setzte ein.

Widukind sah die Männer an, die Axt in beiden Händen. »Wir werden diese verdammte Burg nehmen oder nach Walhall auffahren«, schrie er. »Aber heute, Männer, feiern wir!«

Für die Dauer von zehn Herzschlägen übertönten die Jubelschreie der Männer alles andere. Abbio riss sein Schwert aus der Scheide und reckte es mit dröhnendem Heilsruf auf Widukind in den Himmel.

Abbio reichte seinem Neffen einen bronzenen Becher, den ein Krieger aus einem Weinschlauch befüllte. Sie saßen mit ein paar Gefolgsleuten unter einer knorrigen Eiche, hinter der der Wald begann; eine Pfeilschusslänge entfernt, sahen sie den Pulk von

Kriegern unter dem Segeltuchdach, in trägen Schwaden zog der Rauch über das nahe Unkrautfeld. Es roch nach nassem Holz und verbranntem Fleisch. Mit einem Funkeln in den Augen stellte Abbio fest: »Dieser Ochse, Herzog – der war in schlechter Form!« Und als Widukind nur milde lächelte, fügte er hinzu: »Seien wir ehrlich, das Tier wäre morgen an Altersschwäche verreckt!«

Abbio lachte auf, und die Schildmänner grinsten, während Ingmars Gefolgsleute nur vorsichtig die Mundwinkel verzogen.

»Das mag sein«, sagte Widukind, setzte den Becher an, trank und fügte mit ruhigem Ernst hinzu: »Ich wusste gar nicht, was die Axt soll. Hätte ihn lieber mit einer Ohrfeige erledigt.«

Abbio klopfte sich auf die Schenkel und lachte scheppernd, die anderen stimmten mit ein. So ging es eine Weile hin und her, grienend vernahmen die Neuankömmlinge die Geschichte vom Überfall auf Korbach. Es mochte Zufall sein, dass Abbio anschließend einfiel, die Grüße Galswinthas an den Herzog auszurichten. »Sie freut sich auf Eure Rückkehr, Herzog!«

Widukind nickte, seine Rechte ging zum Bronzehammer am Handgelenk. *Donar, schütze dieses Heim und diese Familie …*

Mit dürren Worten forderte er die anderen auf, ihn mit Abbio allein zu lassen. Als sie außer Hörweite waren – der Geruch von der Bratstelle war deutlich besser geworden –, schob Widukind einen Fuß vor und räusperte sich. »Habt Ihr Gunda gesehen? Lässt Galswintha sie in Ruhe?«

»Sie lebt, sie ist wohlauf«, sagte Abbio bedächtig. Umständlich rückte er den Silberreif in seiner linken Armbeuge zurecht. »Eure Schwester stiftet Frieden zwischen ihnen … sofern Frieden möglich ist.«

»Das höre ich gern«, lächelte Widukind. »Ist Euer Weib wohlauf?«

Abbio machte eine wegwerfende Handbewegung – *was fragst du?* – und wirkte plötzlich sehr ernst. »Ich muss Euch etwas sagen … die Sippe Eurer Gattin ist unglücklich. Sie reden über Eure Litin, Gunda.«

»Abbio, verschont mich damit!«

»Einer *muss* es Euch sagen, Widukind.« Seine robuste Leutseligkeit war wie verdunstet. »Macht nicht den Fehler, ihren Vater und ihre Brüder zu verärgern, bevor wir ... bevor Ihr Eure *ahta* erneuert habt und Euch die Edlinge folgen *müssen*!«

Widukind sah ihn scharf an, seine Brauen hatten sich zusammengezogen. »Sie werden mir folgen, weil ich *siege*! Ich kehre als Sieger zurück oder gar nicht. Botho und seine wichtigsten Gefolgsleute sind auf unserer Seite. Und tut mir nicht so, als hätte Galswinthas Vater nicht selbst eine Zweitfrau! Der alte Volkmar sollte sich besser zurückhalten!«

»Seine zweite Frau ist eine Freie und *keine Litin*. Und wie Ihr wisst, ist sie aus demselben Geschlecht wie Eure Schwiegermutter Hildrun ... niemand von außen kann für sie Partei ergreifen!«

Mit einer federnden Bewegung sprang Widukind auf, das Schwertgehänge schlug gegen die Wurzel. »Euer Rat ist mir wertvoll, aber ich streite jetzt nicht über Frauen mit Euch. Gebt mir Eure Hand, *Onkel!*«

Abbio wusste, dass er mit seinen Worten an eine Grenze gestoßen war. Er streckte die Hand aus und fasste den lederumwehrten Unterarm Widukinds, der schloss seinen Griff um Abbios Unterarm, sodass die Handgelenke aneinanderlagen. Sie sahen sich in die Augen und sagten die alten Verse, mit denen schon die Väter ihrer Väter in den Kampf gezogen waren.

»Wodans Heil und Saxnoths Segen! *Auf Knochen und Blut!*«

Abbios Lippen verzogen sich zu einem kriegerischen Grinsen. »Wie viele Männer werden wir haben? Mehr als tausend?«

»Ja ...« Widukind steckte den leeren Becher unter seine Tunika und ließ die Linke auf den Schwertgriff fallen. »Wenn Ihr unsere Falenkrieger doppelt zählt!«

»Gerührter Dreck«, schnaubte Abbio und kratzte sich an einer Warze unter dem Auge. »Zu wenig für einen Sturm. Belagern also? Der Hessengraf wird uns von Fritzlar aus in den Rücken fallen! Was dann?«

»Er wird *gar nichts* tun, Onkel. Weil ich ihn besucht habe.«

Ungläubig musterte Abbio den Jüngeren. »Er ist ein Gefolgsmann des Frankenkönigs!«

Genüsslich antwortete Widukind: »Ein *Bastard* ist er, aber ein kluger! Also, hört zu …«

7

Frühjahr 774, in einem Seitental der Diemel

Dreck spritzte hoch, bedeckte die Stiefel und die wollenen Hosen der Reiter, die sich zwischen den letzten Nebelschwaden des Vormittags allmählich den strohgedeckten Gebäuden des Engernhofes näherten. Der Weg am Ende des Seitentales war durchsetzt mit Querrinnen, Pfützen und Löchern, denen die Pferde auszuweichen hatten. Die beiden vordersten Reiter – beide angetan mit einem Schuppenpanzer, über dem ein dunkler Mantel hing – unterschieden sich äußerlich deutlich voneinander: Neben Hauptmann Erweins hagerer, steif im Sattel sitzender Gestalt und dem zerfurchten Gesicht wirkte der Unterführer neben ihm gedrungen, jung und auf eine aufdringliche Art *wachsam* – Erwein registrierte seit geraumer Zeit, wie Albrich die Waldränder musterte und sogar die Hufspuren im Schlamm betrachtete. Erwein dachte an Esikos dürre Worte, mit denen er ihm diesen Albrich aufgenötigt hatte – *hat eine scharfe Klinge, auf den kann man zählen* –, und spürte wieder diesen unbestimmten, tief sitzenden Ärger.

»Was wollt Ihr von der Witwe, Hauptmann?«

Den Jüngeren traf ein vernichtender Blick. »Geht Euch einen Dreck an!« Jeder andere, den Erwein so anfuhr, hätte das Maul gehalten. Aber dieser Kerl …

Albrich wischte Wasser vom Saum des Panzers, der beim Reiten die Oberschenkel berührte. »Einer der abtrünnigen Krieger, ein Sachse, soll eine Liebschaft mit ihr gehabt haben. Beim Jagen kam er häufiger hier vorbei.«

»Büffelscheiße!«, knurrte Erwein und blickte nach vorn, zum

Fischteich, der die Grenze des Anwesens markierte. Zwei magere Kerle mit geflickter Tunika zogen dort mit einem Kescher Fische aus dem Wasser und starrten den Ankommenden misstrauisch entgegen; Erwein nickte ihnen zu. »Überhaupt, Sachsen als Krieger anwerben – wer hatte denn diese Idee? Ich wusste, dass die irgendwann abhauen.«

»Schade um unsere Pferde«, murmelte Albrich und neigte wieder den Kopf. »Die Gäule waren alle beschlagen – und ich sehe da ein paar Abdrücke« – er streckte einen Finger aus – »von beschlagenen Hufen! Die meisten Heiden haben *unbeschlagene* Gäule!«

Erwein knurrte etwas; glaubte dieser Bursche, ihm Neues zu erzählen? Ein verlockender Geruch trieb ihnen entgegen: An dem mannshohen, steinernen Häuschen auf halbem Wege zwischen Teich und Haupthaus waren zwei Mägde mit Kopftuch dabei, Brotlaibe mit einem Holzschieber aus der Glut zu holen. Ihr fröhliches Scherzen brach ab, als die Franken näher kamen. Ob die Herrin da sei, fragte Erwein die ältere der beiden.

Sie nickte, ohne den Blick höher als Sattelhöhe zu heben.

»Warum so stumm?«, grunzte er mit einem Anflug von Gutmütigkeit.

Die beiden erröteten und hielten sich schweigend am Korb mit dem dampfenden Brot fest. Erwein zuckte die Achseln und ritt weiter, während Albrichs Blick noch einmal über die sommersprossigen Gesichter und die kräftigen Hälse der beiden ging: *keine schlechte Rasse …*

Hühner flatterten vor dem Haus davon, als sie von den Pferden stiegen. Die Tür unter den gekreuzten Hölzern mit Tiergestalten stand offen, war zweifellos eine bessere Lichtquelle als die kleinen Fensterluken. Erwein warf Albrich die Zügel seines Braunen zu, öffnete die Fibel des Mantels und legte den schweren Stoff über den Pferdesattel. »Passt auf den Klotz auf«, knurrte Erwein noch und sah auf Albrich hinunter – der war gut einen halben Kopf kleiner. Der Unterführer nickte ohne ein Zeichen von Respekt oder gar Unterwürfigkeit. Der Scarahauptmann atmete durch und spürte einen Herzschlag lang etwas wie Nervosität. »Heil der Hausherrin«, rief er laut und trat über die Schwelle ins Halbdunkle des Hauses.

Helles Kinderlachen drang aus einer Ecke des Raumes. Er sah Roswith am Fenster auf der anderen Seite, hinter einem Tisch. Sie hatte ein etwa zwei Fuß hohes Fass zwischen den Beinen eingeklemmt. Ihre Arme ließen den Stampfstab los, der aus der Mitte des Deckels ragte, und sie erhob sich. »Erwein! Euch hatte ich nicht erwartet!«

Er lächelte, rieb die Hände und holte das Säckchen unter dem breiten Schwertgürtel hervor.

Keck baute sich ein junges Mädchen vor ihm auf. »Habt Ihr Honignuss mitgebracht?« Die Kleine hatte die dunklen, lebhaften Augen ihrer Mutter und das spitze Kinn, jetzt schon.

»Nein, aber nachher setz ich dich auf mein Pferd, wenn du magst!«

Die Kleine strahlte ihn an und blickte zur Mutter. Die nickte geschäftig, drückte nun wieder kräftig den Butterstampfer in die Milch und wies mit dem Kopf in die andere Ecke des Hauses: »Mach mit der Schafwolle weiter, aber mit der gewaschenen!«

Mit einem Grinsen lief das Mädchen an ihm und dem langen Tisch mit den Schüsseln gelber Butter vorbei zu einem Schemel, an dem ein Spinnrad stand.

Roswith sah ihn an – immerhin. Die Augen waren so lebhaft wie immer, die Haare liefen in einer Vielzahl von Zöpfen am Hinterkopf zusammen, der Hals zeigte den Ansatz eines frühen Doppelkinns, was zu ihr passte, fand Erwein. Auf und nieder gingen ihre Arme, der Stampfer knirschte und rauschte, und plötzlich ärgerte sich Erwein, dass sie die Kleine nicht hinausgeschickt hatte. »Das ist keine Arbeit für eine Herrin«, sagte er schwerfällig.

»Ich mach's gern, Herr Erwein, das wisst Ihr. Und noch lieber knete ich die fertige Butter!« Sie lächelte – aber etwas war in ihrer Stimme, das nicht passte.

Er räusperte sich und nestelte am Verschluss des kleinen Lederbeutels. »Roswith, Ihr wisst, dass ich kein Mann großer Worte bin ...«

Sie nickte.

Er sah die kräftigen Muskeln ihrer Unterarme den Stampfer handhaben und wünschte, sie würde aufhören. *Auf und nieder ...* »Ich hab nie eine Familie gehabt«, sagte er schleppend. »Aber ich hab ein Stück Land mit ein paar Hörigen, unten im Niddagau, in der Nähe vom Main.«

Sie hörte auf zu stampfen. Mit dem rechten Handrücken fuhr sie sich über die Lippen und blickte zu ihm auf – wachsam, als sei sein Werben eine Bedrohung ...

Eine seltsame Stille entstand – *wo waren die Hunde des Hofes?* Gnädigerweise begann die Tochter in der Ecke beim Spinnen zu singen. Er holte den Ring hervor: breites, schweres Silber, der Stein von funkelndem Blutrot. Er trat neben das Butterfass, der Stoff seiner Hose raschelte leise an ihren Beinkleidern. »Ich möchte Euch zur Frau nehmen, Roswith.«

Aus dem Fass kam ein Grunzen, der Stampfer bewegte sich, als sie nach dem Ring griff.

»Ich hab' Euch lieb«, schob er heiser nach. »Und die Kleine auch.« Unter ihrem Doppelkinn sah er ihren Adamsapfel arbeiten. Stille, bis auf das helle Stimmchen der Tochter: *Der Bär, der sprach zur kleinen Katz' ...*

»Ihr ehrt mich, Erwein«, sagte sie mit belegter Stimme. »Aber Ihr habt den Christusglauben, und ... meine Wurzeln sind hier, in dieser Erde. Es geht nicht.« Sie hielt ihm den Ring entgegen: *Gebt ihn einer anderen!*

Er verlagerte das Gewicht von einem Bein aufs andere, ohne das Kleinod zu nehmen. »Wenn Ihr die Taufe nicht wollt, Roswith, können wir doch trotzdem zusammenleben!«

Sie biss dem Bär wohl in die Tatz,' o weh, o weh!

»Das wäre nicht recht.« Sie berührte ihr Brustbein mit einer Hand und sah sich fahrig um; hinter zwei Wandtruhen war noch eine Pforte, deren Tür einen Spalt offen stand.

»Ihr seht aus, als ... als wollte ich Euch auf dem Sklavenmarkt verkaufen«, raunzte er. »Ihr werdet es gut haben bei mir!«

Sie erhob sich mit roten Wangen und drückte ihm den Ring in die Hand. »Besser, Ihr geht jetzt, Erwein. Wir sehen uns ein anderes Mal.«

In diesem Augenblick drang von draußen lautes Hundegebell durch die Fenster, und ein Schrei zerriss die Luft: *Sankt Martin!*

Im Dreck des Hofes zeichneten sich die Abdrücke beschlagener Hufe ab – *warum interessierte Erwein das nicht? Albrich* musste die Pferde der Witwe untersuchen ... Und warum bellte hier kein Köter?

Unheil – Albrich konnte es riechen. Mit der Hand auf dem Schwertgriff sah er sich um. Der Engernhof dehnte sich auf einer kleinen Ebene von etwa hundert mal hundert Schritt aus, hinter der der buschbewachsene Hang anstieg. Auf der Stirnseite, schon fast in den Hang hineingebaut, war ein Arbeitsschuppen, in dem ein Knecht mit einem halben Eselskarren zugange war. Weiter rechts, dem Haupthaus gegenübergesetzt, kamen Tierlaute aus einem Scheunenstall – mindestens zwei Pferde konnte Albrich heraushören. Hinter dem Stall plätscherte ein kleiner Bach in einem Bogen um das Grundstück, der sich in den Fischteich weiter hangabwärts ergoss. Träge begannen die ersten Krieger, sich ein Plätzchen zum Warten zu suchen; wie von selbst schlenderten sie in Richtung der Weiber, die oberhalb des Backhauses den Hörigen halfen, auf langen Arbeitsbänken Fische auszunehmen.

Allein in den Stall zu gehen konnte gefährlich werden.

»Burghard! Ulfas!«

Aber Burghard war mit ein paar Pferden unterwegs zum Bach, um sie zu tränken. Und Ulfas, den man auch den Klotz nannte, war verschwunden. Nicht leicht, mit seiner Körpergröße ... Albrich unterdrückte einen Fluch. Eine Handvoll Krieger umstand jetzt die Fischbänke und begann mit den Mägden zu flachsen. Als Albrich näher kam, entdeckte er den Hünen mit dem Kinderhirn: Wie ein tapsiger Bär lief er einer *magad* hinterher, die mit einem Korb auf eine Hütte hinter dem Haupthaus zuhielt; die Fensterluken waren mit schlichten Holzbrettern verschlossen. »Ulfas!«

Der Kopf des Riesen ruckte, aber er blickte sich nicht um.

»Schneidet ihm die Eier ab«, grinste einer der Krieger, ein Kerl mit sorgfältig gekämmtem Blondhaar. »Sonst macht er ewig Ärger!«

»Hol deinen Bogen, Angeber!«, zischte Albrich, denn nun roch er förmlich Blutvergießen. »Los!« Dann eilte er mit großen Schritten hinter dem Klotz her.

Die Magd japste und strampelte.

»*Samantwist!*«, grunzte Ulfas, das einzige lange Wort, das er kannte. Mit einer Hand drückte er sie gegen die Rückwand des Hauses, mit der anderen griff er zwischen ihre Beine. Das Kopftuch rutschte herunter und landete zwischen Brotlaiben; kastanienbraunes, welliges Haar kam zum Vorschein, das die Lust des Hünen noch steigerte. Er wollte sie küssen – aber seine Pratze lag auf ihrer unteren Gesichtshälfte. Ihre Augen weiteten sich panisch, als sein Gesicht näher kam: der vorstehende Kiefer mit Krusselbart, die knollige Nase und Kinderaugen, die erregt leuchteten.

»Du Bastard!« Mit einem Klatschen landete Albrichs flache Schwertklinge auf dem Oberarm des Riesen. Böse starrte Ulfas den um so vieles Kleineren an. Er berührte die Axt in seinem Gürtel – dann wurde die tumbe Miene zum Trotzgesicht. »*Magad*«, schrie er und trat heftig gegen die schmale Tür in der Hauswand, einen Schritt neben seiner Beute. Die Pforte war nicht verriegelt: Mit einem Quietschen flog der Flügel nach innen auf. Bellend schossen zwei Hunde hervor, umsprangen die beiden Franken und jagten hinüber zum Haupthaus. Überrascht vernahm Albrich im Halbdunkel der Pforte einen trockenen Husten. *Er kannte diesen Husten!* »Beim Bonifaz«, schrie er, »kommt raus!«

Ein Mann mit öligen, mittig gescheitelten Strähnen trat vor die Tür – *der Witwentröster*! Er hatte ein Kurzschwert in der Hand. Verwirrt ließ der Hüne die Magd los, die schluchzend den Hunden hinterherlief. »Was macht Ihr Bastarde hier?«, knurrte Albrich und packte den Schwertgriff fester.

»Der Witwe helfen, Arschloch«, grinste der andere mit einem Hüsteln, ohne seine Augen vom Unterführer zu nehmen. Hinter ihm zwängten sich zwei weitere Männer durch die Tür nach draußen, beide mit Klingen in der Hand und einem Ausdruck im Gesicht, der keine Zweifel zuließ. Albrich musste nur einen Herzschlag lang überlegen. »Ulfas, *slag dot*!«

Der Mittelscheitel verzog das Gesicht. Anstatt auf Albrich loszugehen, machte er eine halbe Drehung und stieß mit dem Kurzschwert nach Ulfas' Hals. Die beiden anderen stürzten sich auf Albrich selbst. Stahl gegen Stahl: Funken stoben, als der Krieger sie mit sensenartigen Schwerthieben abwehrte, rückwärts weichend. »Sankt Martin!«, brüllte er, so laut er konnte, wehrte einen Schwertstoß gegen seine Brust ab und hatte Glück: Der eine trat in ein Loch, stolperte, tauchte nach unten – sofort zischte Albrichs Klinge über den Schädel, hinterließ einen roten Strich im Haar, dann kam der andere wieder, seine Schwertspitze schlug ein Metallplättchen aus Albrichs Panzer, worauf der Unterführer vorsprang und die Klinge des anderen mit der linken Hand direkt über dem Heft packte. Mit aller Kraft rammte er die Schwertspitze in den Leib vor ihm, waagerecht – der Schrei des Burschen zerriss Albrich das Ohr. Der hielt den Griff der Waffe eisern fest, bis die Klinge auf der anderen Seite wieder austrat – die Kerle trugen keinen Panzer! Mit einem Ächzen krümmte sich der Sterbende um den Schwertstahl und brach zusammen.

Beide Hände brauchte der Sieger, um die Waffe wieder herauszureißen. Keinen Augenblick zu früh, denn der Verwundete taumelte wieder hoch, eine Hand auf dem blutenden Kopf. Albrich nahm Maß und traf ihn am Hals, dort, wo das Blut nicht hervorläuft, sondern sprudelt – der Abtrünnige brach zusammen. Albrich bückte sich hastig zum Durchbohrten nieder, schnitt ihm mit der Schwertklinge ein Ohr ab und klemmte es hinter seinen Gürtel. Mit wenigen Schritten erreichte er Ulfas, der seinen Gegner mit einer Hand um den Hals gegen die Hauswand schmetterte, zum vierten, fünften oder sechsten Mal ... »Lass los!«, rief der Unterführer.

Ulfas hielt inne, zog eine Grimasse und ließ ihn wie eine Strohpuppe fallen. Der Mittelscheitel war zerstrubbelt, das Gesicht war eigentlich kein Gesicht mehr, nur noch rohes Fleisch ...

»*Slag dot*«, nuschelte der Hüne mit einem Rest von Grimm. Dann presste er eine Hand auf die Schnittwunde am Hals; Blut rieselte hervor und färbte den Panzer dunkel.

»Hast Glück gehabt«, schnaubte Albrich und besah den Schnitt in seiner linken Handfläche, aus dem immer mehr Blut hervorquoll. Um die Hausecke bogen vier, fünf Krieger mit gezogenen Waffen, vorweg der Schönling. »*Skizan*«, zischte er und musterte Albrich und dann das Breigesicht auf dem Boden.

»Die Abtrünnigen sind hier, durchsucht die Hütte«, stieß Albrich aus. »Gero, du kommst mit zur Scheune! – Wo ist dein Scheißbogen, he?«

Der Martins-Schrei ließ Erwein gefrieren – ein paar Silben, die alles vollends zerstörten. Die Witwe richtete sich auf, eine Hand auf dem Mund. Einen schrecklichen Moment lang sahen sie einander an: Da waren Scham und Furcht in ihren Augen. Er rannte zur Tür, krachte gegen eine Tischkante und hörte hinter sich eine

Schüssel zu Boden poltern. Draußen standen ein paar Mann bei den Pferden, die so überrascht aussahen wie er selbst. Einer zeigte nach unten: »Da unten, bei den Bänken …« Eine Bogenschussweite. Er lief los. Dann erkannte er Albrich und den Klotz, sie eilten ihm entgegen und riefen etwas Unverständliches. Erwein lief langsamer, links ertönte das Getrappel von Hufen, dann wilde Schreie. Hinter der Stallscheune kamen mehrere Reiter hervor, die schräg auf den Hofweg zuhielten. Sie zersprengten die Handvoll Scarapferde, die ein Krieger in diesem Augenblick vom Bach zurückführte. Der Offizier riss sein Schwert hervor. Der vorderste Reiter sprengte direkt auf ihn zu, lange dunkle Haare umwehten den Kopf: einer der Abtrünnigen! Erwein stemmte die Füße in den Boden, er würde den Angreifer mit einem Schlag vom Gaul holen. Doch der Sachse, der die Ausbildung der Frankenkrieger genossen hatte, lenkte sein Pferd in Erwein hinein. »Verrecke, Alter!«

Im letzten Moment wich Erwein zur Seite aus, stolperte und fiel auf den linken Arm. Ein scharfer Schmerz schoss durch das Gelenk. Er rappelte sich hoch und sah nur noch, wie drei andere Reiter vorbeizogen. Die Demütigung brannte in seinem Gesicht und überdeckte für ein paar Herzschläge das Pulsieren im Ellenbogen. Atemlos rannte er den Flüchtenden hinterher.

Den Weg ins Tal hinab blockierten auf Höhe der Arbeitsbänke Albrich und ein halbes Dutzend Krieger. Es mochte Dummheit sein, oder ein Mangel an Furcht: Der Hüne trat den Reitern in den Weg mit nichts als seiner Axt, eine Waffe, für die die meisten zwei Hände gebraucht hätten. Der gewaltige Hieb zermalmte die Stirn des vordersten Rosses. Das Tier machte noch ein paar Schritte und stürzte krachend zu Boden, der Reiter flog förmlich aus dem Sattel. Das zweite Pferd bremste ab, um nicht in den Körper des ersten hineinzureiten. Die Krieger rannten hinterher und rissen den Reiter aus dem Sattel. Er wehrte sich wie ein Teufel; einer der Franken stürzte über die Bänke, die Hörigen spritzten davon, Fische zappelten im Dreck. Der dritte der Fliehenden jedoch scherte aus, brach durch einige Büsche und zog links am

Backhaus vorbei, um weiter talabwärts wieder auf den Weg zu finden.

»Bogner!«, brüllte Albrich. »Schieß, Mann!«

Während der Gekämmte endlich den Bogen vom Sattel seines Pferdes riss und einen Pfeil auflegte, hatte Ulfas das Axtopfer erreicht. Albrich sah, wie der Sachse die Arme hob und irgendetwas stammelte – es machte keinen Unterschied. Wieder ging die Axt nieder, eine halbe Hand und Teile des Schädels flogen umher. Als hätte das nicht gereicht, schlug der Hüne noch einmal auf das Haupt der Leiche ein, ein Geräusch, als würde man einen halb morschen Stamm bearbeiten.

»Dot!«, rief Ulfas mit zufriedener Miene.

»Erbarmen!« Der andere Abtrünnige kniete geschlagen im Dreck, aus mehreren Wunden blutend. Erwein stieß seine Krieger beiseite, packte den Mann an den Haaren und schrie ihm ins Gesicht: »Wo sind die anderen Gäule?«

»Verkauft«, krächzte der Wodansjünger.

»Gefressen habt ihr sie, gib's zu!« Der Offizier zog den Kopf des Mannes nach hinten, bis der Adamsapfel vorstand. »Ihr Pferdefleischfresser habt mir *Treue* geschworen! Aber ein Sachse weiß gar nicht, was das ist!«

Der andere gurgelte nur noch, als Erwein ihm die Kehle durchschnitt.

Albrich hatte sich abgewandt, zwei Schritt neben dem Bogner verfolgte er, wie der mittlerweile dritte Pfeil loszischte: Der erste war zu weit, der zweite war links des davongaloppierenden Abtrünnigen niedergegangen. Das dritte Geschoss schlug direkt hinter dem Sattel in die Kruppe des Tieres ein. Das Pferd kam aus dem Tritt, der Reiter konnte sich nur mit Mühe im Sattel halten.

»Verfolgt ihn, Ihr Holzköpfe!«, schnauzte Erwein und starrte auf das im Matsch hingestreckte Ross, das Ulfas zerstört hatte. »Wie viele Pferde wollt Ihr noch zuschanden machen?«

»Sie hätten uns fast erwischt«, bellte Albrich zurück. »*Skizan*, Eure *Witwe* hat diese Leute versteckt!«

Erweins Miene versteinerte. Die Krieger um sie herum hielten den Atem an. Und während der Flüchtige sich auf dem verwundeten Pferd weiter und weiter entfernte, spürte der Hauptmann plötzlich den Silberring an seiner linken Hand: Er hatte ihn ohne zu denken beim Laufen über den kleinen Finger gestülpt. Erwein sah den Ring an und dann wieder Albrich. Mit einer achtlosen Bewegung warf er das Kleinod in den schwarzen Dreck zu ihren Füßen. Sein Gesicht schien nur noch aus tief eingekerbten Linien zu bestehen. »Brennt alles nieder«, krächzte er.

8

Frühjahr 774, in der Westfalensiedlung Bylanuelde

Das Heulen eines Köters hatte ihn geweckt. Er drehte sich auf die rechte Seite, die nicht vom Tragen der Sänfte schmerzte. War es überhaupt möglich zu fliehen, ohne die Hunde zu wecken? Jemand hatte eine Fensterluke geöffnet, durch die fahles Mondlicht drang. Vage konnte er an einem Querbalken über sich die Formen von Dreschflegeln, Hacken und regenfeuchten Kleidern erkennen, die dort zum Trocknen hingen. Dann war da eine Form, die aussah wie ein riesiger Vogel – einen Augenblick glaubte Arnulf, zwei Lichtpunkte wahrzunehmen, wo die Augen sein mussten. Der Rabe des Runenmeisters ... Nein, es war größer als ein Rabe: der Umriss einer Eule. Er blinzelte, die Form löste sich in der Dunkelheit auf. Dann: lang gezogenes Wolfsheulen in der Ferne. Nach kurzer Stille antworteten die Hunde der Siedlung. Arnulf bildete sich ein, die beiden mächtigen Viecher zu hören, die zu Widukinds Hof gehörten. Die Sachsen achteten darauf, dass jüngere Sklaven sich nicht mit den Hunden anfreundeten. Einmal hatte Arnulf den Biestern Marbolds ein paar vom Mund abgesparte Fleischstücke zugeworfen. Marbold erfuhr davon und verweigerte Arnulf drei Tage lang das Essen. Feldarbeit ohne die abendliche Grütze aus Roggen und Zweikorn, ohne ein Stück Käse – der Hunger hatte ihn nicht schlafen lassen.

Mit einem *Pferd* entkam man auch Hunden! Aber die Pferde wurden nachts in die Ställe gebracht ... Die Lösung kam ihm am kommenden Tag. Mit einem halben Dutzend anderer Knechte zersägte er auf dem herzoglichen Hof Baumstämme, die die Holzhauer aus einem Forst herbeigeschleppt hatten. Die Stämme lagen auf hüfthohen Böcken, jeweils zwei Arbeiter waren mit einer dünnen Zugsäge zugange. Die Sonne schien, aber kalte Windböen machten deutlich, dass der Sommer noch eine Weile weg war; Arnulf war froh über den Windschutz, den das Haupthaus den Arbeitern gab. Immer wieder starrte er zu dem Haus am Ende des Hofes hinüber, in dem Erika wohnte. Mittags sah er sie tatsächlich, wie sie mit einer Zofe in Richtung der Kulthalle nördlich der Siedlung verschwand: Sie lief aufrecht, mit durchgedrücktem Rücken, und scherzte halblaut mit ihrem Mädchen über zwei Ziegen, die versuchten, die Köpfe zwischen dem Zaun eines Gemüsebeetes in der Mitte des Hofes durchzustecken. Mittags schöpfte Arnulf aus einem Kessel mit Körnern, Zwiebeln, Blut und Schafsinnereien, den eine rotwangige, breitschultrige Küchenmagd herbeischleppte. Sie schenkte ihm dazu einen Holzlöffel und scherzte mit den anderen Männern über fränkische Habenichtse, und plötzlich wusste er genau, was er zu sagen und zu tun hatte ...

Später kamen die Hauer mit Ochsengespannen und neuen Stämmen aus dem Wald. Ein langhaariger Mann zu Pferd mit Schwert an der Seite, Hauer in löchrigen Hemden, die Äxte über den Schultern und zwei kurz geschorene Sklaven ohne Schuhe, die die Zugtiere mit einem Stecken auf den Hof des Sachsenherzogs lenkten. Jedes Gespann schleppte einen mehr oder weniger gerade gewachsenen Ulmen- oder Buchenstamm, der bereits von den größeren Ästen befreit war. *Er musste einer der Hauer werden!* Aber ohne Verdacht zu erregen: Niemand bei Trost meldete sich freiwillig für diese Arbeit ...

Irgendwann traten Baldur und Marbold aus einer Hintertür des Haupthauses und begutachteten die klein gesägten Hölzer. Ohne die beiden aus den Augen zu lassen, schlenderte Arnulf zu den frischen Stämmen hinüber. Ein betörender Geruch driftete gleichzeitig über den Hof, der aus dem Backhaus am Rand der Anlage kam. Zwei Mägde hatten begonnen, die ersten Brote mit einem langen Schieber herauszuholen und auf eine Schubkarre zu stapeln.

Zu Arnulfs Überraschung nahm Baldur einen der flachen Brotlaibe, zerbrach ihn in mehrere Stücke und drückte den Hauern das dampfende Brot in die Hand. Boshaft musterte der Hofmeister den Hessen. »Und du, Franke? Hast du irgendetwas geschafft?«

Arnulf zeigte auf den Haufen mit frischen Bohlen zwischen den Sägeböcken und dem Backhaus. Es erforderte Geschicklichkeit, mit Keilen und Hammer Bohlen aus den Stämmen zu machen.

Baldur nickte gönnerhaft und warf Arnulf einen halben Laib zu. »Die sahen schon schlechter aus ... Du bleibst die nächsten Tage hier und schläfst im Gesindehaus. Es gibt viel zu tun.«

Arnulf musste all seine Selbstbeherrschung aufbringen, um nicht sofort in das duftende, glühend heiße Brot zu beißen. »Herr, seht Ihr diesen Stamm hier?« Er zeigte mit der Linken auf das etwa anderthalb Fuß dicke Ende des Buchenstammes.

»Na und?« Baldur musterte den faserigen, zersplitterten Stumpf, in dem die Spuren vieler Axthiebe zu sehen waren.

»Die Hauer haben nicht gleichmäßig von drei Seiten gearbeitet, sondern fast nur von einer Seite in den Stamm geschlagen ... deshalb ist er schief abgebrochen. Aus den ersten drei oder vier Fuß kann man keine Bohlen schlagen.« Arnulf verstummte. Dann fügte er noch so gleichgültig wie möglich hinzu: »Schlechte Arbeit nennt man das in meiner Heimat.«

Baldur zog eine Grimasse. »Du hast ein großes Maul, Junge, aber es stimmt – das ist Verschwendung, gewissermaßen.« Er fuhr sich über den dünnen Kinnbart und lächelte verschlagen. »Ich bin morgen selbst im Holz, *kneht*. Du kommst mit! Dann werden wir mal sehen, wie lange du für einen sauber gefällten Baum brauchst ...« Mit dem letzten Wort zuckte Baldurs Hand vor, die Spitze der Rute streifte Arnulfs rechte Wange – kein echter Schlag, sondern eine Erinnerung daran, dass der Hofmeister keinen Spaß verstand. Arnulf senkte pflichtschuldig den Kopf und biss herzhaft ins Brot.

Im Gesindehaus gab es mehrere große Bettstellen aus Kiefernbohlen mit löchrigen, nach Vergangenem riechenden Decken. Der Raum war getrennt durch einen quer aufgehängten Vorhang, hinter dem die Frauen schliefen. Ein kahlköpfiger Knecht mit pfeifendem Atem wies ihm die Schlafstelle an der Tür zu; es war der zugigste, unruhigste Platz, doch Arnulf war das gleichgültig. Er fühlte sich nicht mehr wie ein Blatt im Wind, das auf den Abgrund zuflog. Bei Einbruch der Dunkelheit lag er auf seinem Bett und ging nüchtern seine Möglichkeiten durch. Der beste Fluchtzeitpunkt war der frühe Abend: Er würde dann noch zwei oder drei Stunden Licht haben, um sicherzugehen, dass er in die richtige Richtung unterwegs war: nach Osten! Irgendwann würde er dann nach Süden abbiegen, Richtung Frankengrenze … Wer auch immer den Hauertrupp beaufsichtigte, er würde wahrscheinlich zu Pferde sein – vielleicht waren es sogar zwei Freie, und wenn er Pech hatte, drei. Er musste diese Männer töten.

Die Unruhe im Gesindehaus nahm nicht ab: Hörige kamen aus dem Herrenhaus zurück, und manche gingen noch einmal los, um Galswintha und ihren Kindern etwas zu kochen oder andere Dienste zu erfüllen. Irgendwann richtete er sich auf einen Ellenbogen auf und blickte durch eine Fensterluke nach draußen. Silbriges Mondlicht füllte den Hof, er konnte den Haufen mit den Bohlen erkennen, die sie geschlagen hatten. Ein Hund schlug an, doch das Bellen ging schnell in Knurren über und brach dann ganz ab. Schatten huschten draußen vorbei, und erst jetzt bemerkte er, dass sich kaum eine Armlänge neben ihm eine Gestalt in die Decken gewickelt hatte.

»Willkommen in der herzoglichen Hütte!« – der spöttische Tonfall war unverkennbar. »Beim Sägen habe ich dich vermisst, Heden. Wo warst du?«

»Hab den Schwertkampf geübt.«

Hedens Worte ergaben keinen Sinn, es konnte nur ein Scherz sein. »Was ist eigentlich da draußen los?«

»Sie nennen es Nacht der Fülle. Der erste Vollmond in den Wochen Frijas ... wer *minna* will und ein Liebchen hat, geht zu ihr. Nicht nur die Freien, auch die Hörigen! Alle!«

Arnulf versuchte, das Gesicht Hedens zu erkennen. Er wusste, dass die Sachsen mindestens so viel auf die Keuschheit ihrer Frauen hielten wie die Franken, aber es schien ernst gemeint. »Und, wo ist *deine magad?*«, fragte Arnulf plump.

»Sie kämmt der Herrin seit drei Stunden die Haare, verdammt! Galswintha hat eine Art, die Leute bis in die Nacht zu beschäftigen.«

Nur kurze Zeit später knirschte wiederum das Holz der Tür, und mit der Geschmeidigkeit einer Wildkatze huschte eine schmale Gestalt an Arnulf vorbei. Er spürte, wie sich die Rosshaarsäcke bewegten, auf denen sie lagen. Dann war da Flüstern und Kichern und schmatzende Laute. Sahen sie ihn an? Er streifte die Decke ab und tappte über den gestampften Lehm zum Wassereimer neben der Tür. Er war leer. Aber trinken konnte er auch am Bach. *Ein guter Grund, die beiden allein zu lassen.* Er bewegte den Türriegel und trat auf den Hof hinaus. Wolken hatten sich vor den Mond geschoben, er sah den Hund erst, als er direkt vor ihm stand und Arnulf in die gebleckten Zähne schaute.

»Verschwinde, Dreckskôter.« Er begann eine einfache Weise zu summen, die Falenknechte bei der Arbeit gesungen hatten – das Ergebnis war, dass weitere Hunde herbeitrotteten und ihn umkreisten. Langsam, Schritt für Schritt, bewegte er sich in Richtung des Plätscherns, wo das Bachufer sein musste. Die Hunde knurrten, sie schienen zu riechen, dass er kein Fale war. Doch sie versperrten ihm nicht den Weg. Als dunklen Umriss nahm er eine kleine, etwas tiefer gelegene Buschgruppe wahr: Es war die Schöpfstelle am Ufer. Sie war nur einen Steinwurf weit von dem Haus, in dem Widukinds Halbschwester wohnte ... Dann drangen Wortfetzen an sein Ohr. Abrupt hielt er an – und trat in etwas Spitzes. Arnulf unterdrückte einen Fluch und kniete nieder. Seine Hand fingerte etwas Scharfkantiges unter der Fußsohle hervor. In diesem Augenblick riss die Wolkendecke auf. Zwischen den Uferbüschen sah er im silbrigen Mondlicht mehrere Gestalten.

»Hab dich nicht so, du Schaf!« Ein klatschender Laut folgte. Dann: »In der Nacht der Fülle musst du freundlicher zu uns sein!«

Arnulf hörte ein dreckiges kleines Lachen – etwas wie Verlegenheit schwang in diesem Lachen mit, der Kerl konnte höchstens fünfzehn oder sechzehn sein. Eine helle Stimme antwortete: »Geh in den Stall und rammel die Ziegen, du Feigling!«

Arnulfs innere Stimme riet ihm, sofort zu verschwinden: Junge Männer hatten einer Frau am Wasser aufgelauert – sie tat ihm leid, aber er durfte nur an die Flucht denken! Schon trübte sich der Mond hinter grauschwarzen Wolken wieder ein, er konnte sich ohne Aufsehen wieder davonmachen.

Da schlug einer der Hunde an, die ihm gefolgt waren. Er bellte förmlich in Arnulfs Ohr, alarmiert von der schrillen Stimme der Frau, oder von was auch immer. Dann ging alles sehr schnell: Arnulf hörte das Reißen von Stoff, einen gezischten Fluch und einen Schrei. Der Hund schoss nach vorne. Arnulf richtete sich auf und sah sie auf sich zukommen: geistergleich, mit wehendem Hemd. Erschrecken verzerrte ihr Gesicht, als sie ihn gewahrte. »Lauf!«, zischte er. Einen Atemzug später kam auch schon eine kantigere Figur aus der Dunkelheit, lange Haare, kein Bart, noch kein Mann und doch kein Knabe mehr. Er würde die Entflohene mit wenigen Sprüngen einholen …

»Gunther?«, keuchte er Arnulf entgegen. »Halt sie fest, Mann!«

Ingmars Sohn! Der mit dem Speer …

Keine Zeit zu wägen, keine Zeit zu zielen: Arnulfs Faust traf den Jungen mitten ins Gesicht. Als hätte Gott seinen Hieb gelenkt. Der Schlag bremste den Falen wie einen Jungstier, der in die Stallwand rennt. Sein Genosse lief von hinten in ihn hinein, Arnulf hörte den Aufprall der Körper. *Weg von hier!*

Mit großen Sprüngen hastete er zurück in Richtung der Gesindebaracke. Halb rechts vor sich sah er die Frau auf das Haus Erikas zueilen. Wie irre bellten jetzt Hunde um Arnulf herum. Er würde die Unterkunft erreichen, bevor Ingmars Sohn und sein Kumpan ihn verfolgen konnten – aber der Lärm der Tiere musste die Suchenden direkt zum Gesindehaus führen! Er hörte das Klappen einer Tür irgendwo auf dem Hof; noch im Laufen änderte er die Richtung, trat einem der Köter in die Rippen und lief ebenfalls scharf nach rechts. Ein schwacher Lichtschein drang durch die lederne Abdeckung der Fensterluken vor ihm. Heftig atmend pochte er an das Holz der Tür. »Macht auf!«

Kein Laut, nichts. In diesem Augenblick rief jemand von der Rückseite des Haupthauses aus nach den Hunden, es klang wie Baldur. In wenigen Augenblicken konnte man ihn hier entdecken. Abermals pochte er mit der Faust gegen die Tür.

»Wer da?«, drang es ängstlich durch einen Türspalt – eine Frauenstimme.

»Ein Freund«, zischte Arnulf. Die Hoffnung war wie ein Prickeln auf der Haut, als die Tür aufschwang.

Erika selbst stand da im Halbdunkel, ihre Züge ernst, mit offenem Haar über der Schulter. »Herein, schnell!«

Schon krachte der Türflügel hinter ihm wieder ins Schloss. Hinter Erika stand eine stämmige Frau mit zusammengepressten Lippen, die mit beiden Händen einen Dolchgriff umklammerte – die Spitze war auf Arnulfs Bauchnabel gerichtet.

»Leg das Messer weg, Bea«, sagte Erika beruhigend. »Der Kerl ist … nicht gefährlich.«

Der Raum war kleiner, als es von außen den Anschein hatte. Es mochte an dem Vorhang liegen, der eine Schlafnische mit Betten von der rechten Hälfte des Zimmers trennte. An der Rückwand nahm Arnulf die gemauerte Feuerstelle wahr, halb überwölbt mit

Kupferblechen, die als Rauchfang dienten. Davor stand ein Tisch mit einem kissenbedeckten Lehnstuhl und zwei Schemeln. An Wandhaken, wo in anderen Häusern Waffen, Riemen und Schilde hingen, waren Kleidungsstücke und bestickte Taschen aufgehängt. Öllampen auf dem Tisch und auf einem Wandbrett sorgten für ausreichend Licht.

Hinter dem Vorhang kam eine junge, schlanke Frau in fußlangem Kleid hervor. Ihre schwarzen Haare waren zu einem dicken Zopf geflochten, der wie eine Schlange auf der linken Schulter lag. Große dunkle Augen musterten Arnulf halb ängstlich, halb zornig. »Der war's«, sagte sie nur und blickte zu Erika.

Die Schwester des Herzogs nickte, ging um Arnulf herum und nahm einen ovalen Holzbogen vom Tisch, in dem vier Saiten gespannt waren. Durchdringend sah sie Arnulf an. »Ihr ... du warst am Bach? Was ist da passiert?«

Der Hesse fuhr sich mit der Hand durchs Gesicht. Draußen bellten noch die Hunde, es klang, als würden sie vor der Haustür stehen und den anderen die Richtung weisen. Wie ein Angeklagter stand er zwischen den Frauen mitten im Raum. »Ich wollte etwas trinken. Am Bach sah ich Eure Zofe und zwei Kerle – es war klar, was sie wollten.«

»Tamfala war beim Wasserholen«, sagte Erika kühl. Ihre Finger streichelten die Saiten der Leier, ohne dass ein Ton erzeugt wurde. »Heißt das, du warst zufällig dort? Oder solltest du für Olferich Wache stehen? Sag die Wahrheit!«

Arnulf unterdrückte die Verärgerung darüber, sich rechtfertigen zu müssen. »Olferich – ist das Ingmars Sohn, Edelfrau?«

Erika nickte.

»Es ging schnell«, fuhr Arnulf fort. »Er lief in meine Faust, reden wollte er nicht ... Dann bin ich weggelaufen. Die Hunde tobten – im Gesindehaus hätten sie mich sofort gefunden.«

Plötzlich war es sehr still – das Bellen draußen war verstummt. Scharfes Klopfen an der Tür jagte einen kalten Schauer durch Arnulfs Leib.

»Edelfrau?« Baldurs Stimme, gedämpft durch die Türbohlen. »Ist alles in Ordnung?«

Arnulfs Augen suchten Erikas. Ihr Blick war unergründlich – für drei oder vier Herzschläge befürchtete er das Schlimmste. Doch dann zeigte sie mit der Leier in die vordere rechte Ecke des Raumes, die kaum vom Lichtschein erreicht wurde. Arnulf drückte sich mit dem Rücken an die dunkle Wand und hielt den Atem an. Erika öffnete die Tür einen Spalt und erklärte dem Hofmeister, dass sie wohlauf sei.

Baldur schien erleichtert. »Ein paar Kerle waren vorhin auf dem Hof … und, nun, die Nacht der Fülle, Ihr wisst ja …«

Das Geräusch, mit dem der Riegel wieder vorgeschoben wurde, war das Süßeste, das Arnulf seit Langem gehört hatte. Erika ging zum Tisch und setzte sich auf den Stuhl mit der Lehne. Mit einer Handbewegung lud sie den ehemaligen Frankenkrieger ein, Platz zu nehmen. »Du hast einen Freien niedergeschlagen – das war mutig. Wenn Olferich dich erkannt hat, lässt sein Vater dich auspeitschen.«

»Danke«, hauchte Tamfala und bedachte Arnulf mit einem warmen Blick. Sie hatte sich im Schneidersitz auf den Boden gesetzt und eine Handarbeit mit langen Holznadeln hervorgeholt.

Arnulf bemerkte eine rote Schramme über der Oberlippe, die das Mädchen von dem Gerangel davongetragen hatte. Er trat an den Tisch. Sein Hals war trocken wie Stroh. »Er hat mich nicht erkannt, es war zu dunkel. Und wenn doch – darf ein Freier die *magad* einer Edelfrau schänden, wenn er Lust dazu hat?«

»Natürlich nicht«, sagte Erika mit einer kleinen Falte über der Nasenwurzel. »Aber Freie können sich viel gegenüber Hörigen herausnehmen, das ist bei euch Franken nicht anders!«

Arnulf ließ sich auf einem Hocker nieder. Seine Füße spürten etwas Weiches: Auf dem Boden lagen tatsächlich Matten, wenn nicht Teppiche. Einen Augenblick überlegte er, ob er überhaupt noch wach war oder schon träumte.

»Tamfala kam als Kindergeisel an den Hof meines Vaters«, sagte Erika. »Sie ist die Tochter eines Abodritenhäuptlings ... Sie hat die Stimme einer Göttin. Sie könnte sich mit einem Lied bei dir bedanken.«

»Ehrlich gesagt, etwas zu trinken wäre mir lieber, Edelfrau. Und vielleicht habt Ihr auch etwas zu essen ... Baldur achtet drauf, dass die Sklaven nicht fett werden.«

Erika lächelte, legte die Leier auf den Tisch und bat Bea, Arnulf etwas vorzusetzen. »Du wirst sehen, dass du hier mehr Fleisch bekommst als unten bei Marbold. Widukind ist großzügig. Kein Edler, der auf sich hält, lässt seine Leute darben. Egal, ob Freie oder Hörige!«

Durstig stürzte Arnulf zwei Becher Wasser hinunter. Und plötzlich, wie von einer geheimnisvollen Kraft umgeben, dachten sie beide an die Zeit auf der Eresburg, an gemeinsame Jagdausflüge und das eine Schachspiel. »Ich habe dich immer geschlagen, bevor wir richtig angefangen hatten«, murmelte sie.

Arnulf grinste und stopfte mit einem Brotkanten Quark aus einer Schüssel in den Mund. »Ja, Edelfrau, da habt Ihr mich immer überrascht ... Ein blödes Spiel! Nichts für Krieger ... Einhard war sehr gut darin!«

Sie nickte wohlwollend. Kauend betrachtete er den geschwungenen Bogen ihrer Augenbrauen, die grünen Augen mit dem Funkeln, das gleichmäßige Dreieck ihrer spitzen Nase – Arnulf hatte in Erinnerung, dass diese Nase leicht nach oben zeigte. Er hätte es beschwören können! Doch dem war nicht so.

»Starr mich nicht so an, Sklave«, sagte sie halblaut, denn hinter dem Vorhang lauschten ihre Zofen auf die Unterhaltung.

»Du verschwindest jetzt in deine Unterkunft. Wir vergessen, was passiert ist.«

Arnulf schnaubte. »Vergessen? Eure Zofe schuldet mir etwas, oder?«

»Du bist unverschämt!« Sie beugte sich vor, ihre Gesichter trennte jetzt weniger als eine Armlänge. Und nun funkelten ihre

Augen so, wie Arnulf es auf der Eresburg so oft erlebt hatte. »Du hast Witigo getötet, Widukinds Bruder, meinen Halbbruder. Hätte ich das erzählt, sie hätten dich in Stücke gerissen!«

Arnulf warf einen Blick nach links; Tamfala begann ein Lied zu summen. »Warum – warum habt Ihr es denn nicht erzählt, bei Gott?«, flüsterte er. »Worauf wartet Ihr?«

»Weil ich ihn gehasst habe, deshalb!« Sie strich eine Strähne hinter das Ohr, ihre Wangen hatten Farbe angenommen. »Witigo wollte Tamfala an den Oberpriester *tri ouge* ausliefern – als Wodansopfer. Um die Götter mit dem Blut zu besänftigen.«

Arnulf griff nach dem Becher und trank den Rest des Wassers aus. Die Worte des alten Sklaven geisterten durch seinen Kopf. »Warum wollte Witigo Eure Götter besänftigen?« Sie schien zu überlegen, wie viel sie Arnulf erzählen konnte. »Die Falen haben einen Oberpriester, der das Heiligtum bei den Klippen der Götter bewacht. In seiner Bedeutung steht es noch über der … der Irminsul.« Arnulf starrte auf die Brotkrümel vor sich. *Die Heidensäule zu zerstören war der erste Befehl gewesen, den der König ihm selbst gegeben hatte …*

Erika seufzte und fuhr in ernstem Ton fort: »Dieser Oriost, oder *tri ouge*, wie man ihn nennt, ist der Hüter eines alten Römerschwertes. Es gehörte einem Feldherrn, der versucht hat, die sächsischen Stämme und ihre Verbündeten zu unterjochen – lange vor unserer Zeit. Er wurde vernichtet mit seiner gesamten Armee, den Göttern sei Dank.«

Fasziniert überlegte Arnulf, ob dies der Römer sein konnte, von dem Einhard ihm einmal erzählt hatte.

»Jeder Herzog der Westfalen muss den Segen des Oberpriesters haben, verstehst du? Sonst sind Himmel und Erde nicht im Gleichgewicht …«

Das Öllicht verglomm, Schatten fraßen die Flamme. Als sie nicht weitersprach, sagte er schließlich mit kratziger Stimme: »Dann wollte Witigo Eure Dienerin dem Oberpriester ausliefern? Jemand von edler Geburt, der nicht an Wodan und Donar glaubt?«

Sie nickte, als koste es sie Überwindung. »Er war hart, wie Widukind. Aber auch … grausam. Hundertmal hat er mich mit dem Stock geprügelt, als ich ein Kind war – um mich *abzuhärten* … Du wärst nicht mehr am Leben, wenn du Witigo in die Falle gegangen wärst, *sax hamar*!«

9

Frühjahr 774, östlich der Eresburg

Mit dumpfem Huftrommeln und klirrendem Sattelzeug jagten Esikos Männer im ersten Licht des Tages die Kehren des Burgberges hinunter. Unten schwenkten sie nach Osten und gingen vom Trab in den Galopp über. Die Straße war in gutem Zustand, regelmäßig ließ der Statthalter die Sachsen in den umliegenden Dörfern Querrinnen und größere Löcher zuschütten. Esiko drehte sich halb im Sattel und vergewisserte sich mit einem kurzen Blick, dass die dreißig Mann hinter ihm eng aufgeschlossen ritten. Alle trugen das, was die Scarakrieger »großes Geschirr« nannten: Spangenhelme, Schuppenpanzer und Arm- und Beinschienen aus Eisenblech. Bis tief in die Nacht hatte der Waffenschmied arbeiten müssen, um manch zerdelltes Rüstungsteil in die richtige Form zu hämmern. Die mit schwarzen Kreuzen und Adlerköpfen bemalten Rundschilde hingen an den Pferdeflanken und bewegten sich im Rhythmus der Hufe. Nur die beiden vordersten, »Fühler« genannten Reiter trugen ihre Schilde kampfbereit am linken Arm: Sie ritten eine Bogenschusslänge voraus, sie waren es, die einen feindlichen Hinterhalt als Erstes zu spüren bekamen …

Der Himmel im Osten war von feurigem Rot: Schmiedete dort nicht Donar selbst, der mit seinen Hammerschlägen sogar den Amboss zum Glühen brachte? Esiko konnte sich diesen Heidengott vorstellen, so wie er auch den Gott der Christenheit vor sich sah – aber wer konnte sagen, welcher Gott wann wo den Sieg davontragen würde, den letzten aller Siege? Der Offizier knirschte mit den Zähnen, als er an Einhards merkwürdige Empfehlungen vor dem Aufbruch dachte: *Vertraut dem Hessengrafen nicht zu sehr!*

Verlangt zweihundert Krieger von Thegan, innerhalb von zwei Wochen! Warnt die Grundherren der Umgebung, dass die Sachsen unruhig sind!

Warum diente Esiko solch einem Schwächling? Nun, in der frischen Kühle des Morgens, spürte der Offizier die Wucht seiner Panzerreiter hinter sich wie Rückenwind, wie eine Kraft, die ihn schob und mit der er auf diese Art eins wurde. Es war wie eine Wiederbelebung nach Tagen der Ohnmacht gegenüber einer tückischen Seuche, gegen die kein Schwert und kein Speer halfen. Sie ritten in Zweierreihen, mit der schweren Stoßlanze in der Rechten, die bestmögliche Waffe, um Widerstand von der Straße zu fegen! Der Hundertschaftsführer selbst hatte die Lanze in die Halteschlaufen am Sattel gehängt, um beide Hände für die Zügel zu haben. Je länger sie unterwegs waren, desto näher reichte das Gewirr brauner und grauer Stämme mit ihrem zarten Grün an die Straße heran. Riesige Buchen und knorrige Eichen streckten mitunter ihre Äste über den Weg. Blitzartig schossen ein paar Rehe davon, als sie eine Kuppe überwanden. Esiko wurde klar, dass die Fühler zu viel Abstand gewonnen hatten, er brüllte ein Kommando nach vorne. Das Rot am Horizont war mittlerweile verblichen, eine fahle Sonne arbeitete sich zwischen der Wolkendecke hervor. Selbst *harto* hoffte, dass sie von Regen verschont blieben: Vierzig Meilen waren auch bei trockenem Wetter genug für einen Tag!

»In dem Tempo sind wir heute Nachmittag beim Grafen«, grunzte Ansgar neben ihm und stellte sich in die Steigbügel, um sein Hinterteil zu entlasten.

»Würdet Ihr lieber mit unserem Statthalter reisen, alter Mann? Kein Galopp, sondern Schritt, sodass Euch die Ochsenkarren überholen?«

Ansgar grunzte belustigt; der altgediente Truppführer wusste, wann *harto* ihn reizen wollte. Und er wusste auch, dass Esiko die Mission Fritzlar für lächerlich hielt. So nah wie möglich lenkte er sein Pferd an Esikos Rappen heran. »Ihr mögt Thegan nicht, *harto*, aber – die Hessen haben gute Kämpfer! Arnulf war auch so einer!«

Esiko bleckte die Zähne. »Ja. Und hätte er sich an Befehle gehalten, wäre er's immer noch!«

Ansgar nickte, beide schwiegen für die nächste Meile. Der Truppführer spürte, dass da jenseits der normalen Bärbeißigkeit ein tiefer Groll an *harto* nagte. In der großen Sachsenschlacht des Vorjahres war der Oberbefehlshaber der Scara gefallen; Esiko hatte es dem König nicht verziehen, dass er ihn nicht zum Nachfolger ernannte – sondern lieber auf diesem Außenposten am Ende der Welt modern ließ. Selbst das mörderische Tempo, das sie an diesem Morgen anschlugen, schien ein Ausdruck der Wut zu sein: auf den König, auf seinen schmalbrüstigen Statthalter, Wut auf fast alles.

»Vorsicht!« Esiko duckte den Kopf unter einem angebrochenen Ast, der von einem Eichenstamm herunterhing. Die beiden Krieger an der Spitze hatten bereits wieder ihre hundert Schritt Vorsprung gewonnen, denn der Wald wurde lichter und öffnete sich bald auf eine kleine Ebene mit einem gewundenen Wasserlauf und einem halben Dutzend wild durcheinandergebauter Langhäuser. Bellende Hunde kamen ihnen entgegen, Hütejungen trieben Rinder und Schafe an den Wegesrand. Es war eine der Siedlungen, in der die Sippenältesten das Kreuz genommen hatten. Aber keiner der Franken bildete sich ein, dass sie hier deshalb auf Christen stießen: An der verwitterten Eiche in der Dorfmitte, vor der die Reiter hielten, war ein Rinderschädel angeschlagen; am Fuß des Baumes sahen sie Ährenbündel und Mistelzweige liegen. Als die Krieger aus den Sätteln stiegen, verschwanden wie auf ein Signal die Weiber in den Häusern; sie hatten ihre Erfahrungen mit den Frankenkriegern gemacht. Esiko öffnete den Riemen, der die Wangenstücke seines Helmes zusammenhielt, hängte den Kopfschutz an den Sattelknauf und sah sich nach einem der Sippenältesten um. Hunde kläfften die Franken an, blieben aber auf sicherem Abstand. Schließlich kam ein vielleicht fünfzigjähriger Mann mit schulterlangem Haar auf sie zu. Zwei Jüngere, die einen Tonkrug und Sturzbecher trugen, flankierten ihn. Esiko und Ansgar schluckten ein paar Becher Met und fragten die Sachsen nach Widukind aus, während der Rest des Trupps die Pferde tränkte. Wie erwartet, antwortete der Langhaarige ausweichend. Dann überraschte er die Franken mit einer Frage: Ob es wahr sei, dass der große König Karl tot war?

Die Scarakrieger wechselten alarmierte Blicke. »Ein Gerücht, Herr …«, murmelte der Sachse. »Fälische Jäger aus dem Norden erzählten davon …«

»Aus dem Norden?« Esiko legte die Linke auf den Schwertgriff und starrte den anderen an, bis er dem Blick auswich. »Der König, mein Freund, ist in *Italien*. Das ist weit, weit im Süden … Und wenn er tot wäre, und die Nachricht käme aus dem Norden – wie viel Sinn würde das ergeben?«

»Das wäre ein Pferd, das aus dem Maul scheißt«, knurrte Ansgar und wischte sich mit dem Handrücken über den Mund. »Falsche Richtung!«

Die Sonne stand tief im Westen, als die Scarakrieger endlich den *curtis* Elben[7] erreichten: umzäunte Gebäude aus Lehm, Stroh und Holz, für die die Bezeichnung Königshof zu pompös schien. Gänse stieben davon, als die Truppe mitten in die Anlage hineinritt und den Ziehbrunnen umlagerte, als sei man hier zu Hause. Die schweißnassen Pferde ließen erschöpft die Köpfe hängen. Mehrere Krieger, die nicht auf den langsam auf- und absteigenden Eimer des Brunnens warten wollten, lenkten ihre Gäule direkt an den kleinen Fischteich am Rand des Gehöftes. Esiko blieb stoisch im Sattel sitzen, als wären seine Schenkel *nicht* wund geritten. Ansgar reichte ihm eine Schöpfkelle mit Wasser. Der Offizier ließ einen Schluck im geschlossenen Mund herumlaufen, musterte seine erschöpften Krieger und winkte einen von ihnen zu sich. »Spürst du deinen Arsch, Paulus?«

7 Elbenberg bei Naumburg

»Nein, Herr. Wovon denn?« Der Angesprochene grinste schief – nur der rechte Mundwinkel ging nach oben, gleichzeitig hing das linke Auge nach unten, was ein wenig theaterhaft aussah, wie bei einem Schauspieler, der für die Schurkereien verantwortlich ist. Er mochte Ende zwanzig sein; schwarze, schweißverklebte Haarsträhnen hingen ihm in die Stirn.

»Reite mit drei Mann voraus nach Fritzlar und kündige uns an. Ich will warmes Essen und Unterkunft im Palas des Gaugrafen, verstanden? Gleichgültig, ob er einen Abt, einen Bischof oder sonst wen zu Besuch hat!«

Paulus nickte, das Grinsen war verschwunden. Als er sich umdrehte und die Namen von drei anderen rief, mochte er überlegen, ob dieser Auftrag Strafe oder Auszeichnung war. Dass Paulus ein guter Bursche sei, steuerte Ansgar bei, während er sich Wasser aus der Tränke ins Gesicht klatschte. Esiko verzog das Gesicht. »Paulus – so heißt höchstens ein Hofkapellan, oder? Und warum trägt er eine *rote* Tunika unterm Panzer – was soll das?«

»Er will dem Herrn nahe sein«, griente Ansgar. »Aber mit dem Schwert, glaubt mir, mit dem Schwert fackelt er nicht lange!«

Kurz nach Sonnenuntergang ritt die Kriegerkolonne in staubüberzogenen Schuppenpanzern durch das nördliche Stadttor. Fritzlar war nichts weniger als das Bollwerk des Hessengaus gegen die Heiden im Norden. Jeder wusste, dass hier einst der Heilige Bonifatius gewirkt hatte: Mit dem Fällen der Donareiche hatte er den Menschen den Weg zum Herrn gezeigt und die alten Götter vertrieben ... eine Meile westlich der Stadt saß die Büraburg wie ein dunkler, vorsintflutlicher Steinhaufen auf einer Hügelkuppe: Die Fluchtburg hatte schon so manchem Ansturm der Heiden getrotzt. Fritzlar selbst war wie die meisten Frankenstädte aus Holz gebaut, bis auf den aus Feldsteinen errichteten, mit Kalk verputzten Palas des Gaugrafen auf dem höchsten Punkt der Siedlung. Ein Gefühl der Dauerhaftigkeit umgab das gräfliche Gebäude, das auch die Besucher von der Eresburg spürten. Dass die Fensterluken mit Glas ausgekleidet waren, sorgte für beeindrucktes Murmeln unter den Männern. Als ihnen Paulus und zwei Dienstmänner des Grafen die Unterkünfte zuwiesen, hörten sie die Glocke des Klosters: Einen Pfeilschuss entfernt, ragte jenseits der Palisade ein etwa vierzig Fuß hoher, holzverkleideter Glockenturm auf, der zur Andacht rief.

Der Gaugraf war in der Abendmesse, hieß es; Paulus führte Esiko und Ansgar in ein Zimmer mit Glasfenstern im Erdgeschoss des Palas. Neben Federbetten und Schüsseln voll klarem Wasser erfreute Esikos Auge eine mächtige Kupferwanne; Schleifspuren auf dem Estrich kündeten davon, dass sie nicht immer hier gestanden hatte. Der Offizier gähnte, schnallte seinen Waffengürtel ab und ließ Paulus berichten: »Der Bischof von Mainz ist da, er hat den Sohn des Grafen Thegan getauft!«

Esiko warf Ansgar einen schnellen Blick zu. »Bischof Lul, wirklich? Der hält sich für Jesus' Onkel! Einer wie der kommt nicht zur Kindertaufe vorbei, verdammt!« Mit einer kräftigen Bewegung zerrte der Offizier die Eisenblechschiene vom Unterarm und ließ sie neben das Bett poltern.

Mit einem Anflug von Verlegenheit zeigte Paulus auf die Kupferwanne. »Das Bad, Herr …«

»Was ist damit?« Die zweite Unterarmschiene schepperte zu Boden.

»Es stand in der Kammer des Bischofs. War das richtig gehandelt? Ihr hattet verlangt …«

Esiko lachte auf und schlug dem Krieger krachend auf die Schulter. »Gut so! Versuch mir und dem Herrgott zu gefallen, dann handelst du immer richtig!«

10

Nördlich der Eresburg, Frühjahr 774

Abbio kniff die Augen zusammen. »Was bauen die da?«

»Einen Vorposten«, murmelte Widukind und fragte sich abermals, ob die fränkischen Hauer auf der gegenüberliegenden Hügelkuppe sie sehen konnten. *War das Grün der Kiefernäste über ihnen wirklich dicht genug?* »Wenn die Burgmänner da oben einen Turm hinsetzen, können sie die Nordseite der Hügel einsehen ... und vielleicht den Hohlweg, der zum Talgrund führt.«

»Gar nicht dumm«, grunzte Ingmar.

Dago aber streifte sich schweißige, weißblonde Strähnen aus dem Gesicht und musterte Widukind mit einer unausgesprochenen Frage: Konnte dieser *Vorposten einen Überraschungsangriff verderben?* Für einen kurzen Moment lag Stille über der ein Dutzend Mann starken Gruppe; auf Waldpfaden hatten sie sich vorsichtig, die Pferde am Zügel, von Norden her dem Beobachtungspunkt genähert, um das Treiben der fränkischen Hauer zu verfolgen. Widukind wusste von Bewohnern der Sachsensiedlung am Fuß des Burgberges, dass eine Seuche auf der Burg ausgebrochen war: ein Geschenk der Götter! »Sie werden ein paar Tage brauchen«, sagte der Herzog. »Eine Woche, mindestens. Wir müssen *vorher* angreifen!«

»Der Reiter da ...«, entfuhr es Dago, und seine Hand mit ausgestrecktem Zeigefinger schoss nach vorn. »Der schmale, im blauen Wams – das ist der Burgherr!« Kettenhemden knirschten und Leder knarrte, als die Männer sich vorbeugten. Widukind schirmte mit einer Hand die Augen gegen die Sonne ab. Ja, der schmächtige Mann auf dem Fuchs sah aus wie der königliche Statthalter, ein Kerl, dem merkwürdige Verhaltensweisen nachgesagt wurden.

»Er trägt nicht mal ein Langschwert!«, rief Dago ungläubig.

Das Hallen der Axtschläge war abgebrochen, die Arbeitsgeräte ruhten – der Burgherr sprach mit den Arbeitern. Gespannt verfolgten die Sachsen die Szene, es war kaum zu sagen, was dort drüben vorging.

»Wir holen ihn uns, Männer!«, zischte Widukind mit mühsam unterdrückter Erregung. »Wir schlagen einen Bogen und arbeiten uns von Norden an sie heran. Wir nehmen den Zwerg gefangen, vielleicht müssen wir nicht einmal eine Schlacht kämpfen, um die Burg zu bekommen!«

»Wodan und Saxnoth«, murmelte Abbio kopfschüttelnd und umfasste den Griff seines Schwertes. »Wie langweilig ist es dagegen zu Hause!«

Esikos Aufbruch hinterließ bei Einhard ein zwiespältiges Gefühl: Plötzlich fühlte er sich wirklich wie der Herr der Eresburg. Aber wurden die Dinge getan, die getan werden mussten? Er rief Tristan herbei und ging mit ihm in die Halle des schildkrötenartigen Hauptgebäudes. Neben der Feuerstelle an der fensterlosen Nordwand des Raumes lehnte ein Scarakrieger gegen einen der Stützbalken, die das Dach hielten. Bereitwillig gab er mit einem gemurmelten Gruß den Weg frei zur Tür, die in die Nordwand eingelassen war. Der Riegel klemmte, Tristan musste sein Gewicht einsetzen, um die Tür aufzudrücken. Hier, in der Schatzkammer, lag das Silber, das Einhard bei den Edlingen der Grenzmark eingetrieben hatte, außerdem Huldigungsgaben der Sachsen. Der eigentliche Schatz war in einer kleinen Eisenkiste verborgen, die von dunkelrotem Rost überzogen war. Einhard kniete nieder, öffnete das Schloss mit einem Schlüssel und nahm ein Paket aus dickem, rötlichem Samttuch heraus. In der Halle legte er es am Kopfende der großen Tafel ab und entfaltete es mit vorsichtigen Bewegungen, bis der dunkle Stoff zum Vorschein kam. Sanft fuhr Einhard mit der

Rechten über die Reliquie. Er spürte ein warmes Gefühl entlang des Rückgrats und bildete sich ein, dass der Kopfschmerz nachließ, der ihn seit dem Aufwachen begleitete.

»Hol Hauptmann Erwein«, warf er Tristan zu. »Und bring den Zimmermann mit.« Einhard verharrte eine Weile am Tisch und ließ den Türwächter den Mantel berühren – der Krieger wirkte plötzlich befangen, seine träge Art war wie weggewischt.

»Kann er die Krankheit heilen, Herr?«

»Wer?«

»Der Heilige Martin, Herr ... Der Mantel wehrt Pfeile ab, heißt es. Und Blitzschlag im Gewitter ...«

»Er wird einer guten Christenseele helfen«, sagte Einhard mit Zuversicht in der Stimme. Erweins Eintreten ersparte ihm eine genauere Erörterung der Wunderkräfte, die dem Mantel nachgesagt wurden. An dem Offizier klebte ein solch fauliger Geruch, dass Einhard Angst bekam, er könnte selbst erkrankt sein. *Wie oft wechselte dieser Mann die Wäsche?*

»Zwölf Mann, Statthalter«, sagte Erwein mit gequälter Miene – das war die Zahl der Neuerkrankten. »Drei Mann sind heute Nacht hinübergegangen ... es ist übel! Der Priester ...«

»Ich weiß«, unterbrach ihn Einhard und bekreuzigte sich. Ein Todkranker, der nicht mehr seine Sünden beichten konnte, das war in der Tat schlimm. »Schickt Boten nach Korbach: Emmeran soll kommen! Er wird ein paar Tage hierbleiben.« Dann erläuterte er Erwein, was er vorhatte: Der Mantel sollte auf einem Holzgerüst ausgestellt werden, vor den Mannschaftsbaracken. »Die Gesunden dürfen ihn berühren, aber nur mit den Fingerspitzen!«

Als Nächstes stand die Kontrolle der Fällarbeiten auf dem Plan. Mit Erwein und einer Handvoll Krieger ritt er bis zum Kupferberg. Er verdankte seinen Namen zwei höhlenartigen Löchern am unteren Berghang, in denen die Engern Erz schlugen. Der Kupferberg war der mittlere der drei Hügel, die die Burg nach Nordosten und Osten wie mächtige Vorwerke abschirmten: Im Süden schloss sich der Eberkopf an, im Norden der Vorberg, den die Franken Kiliansberg getauft hatten. Die unübersichtlichste Stelle war das kurze, hohlwegartige Tal zwischen Kiliansberg und Kupferberg. Hier warteten zwei Überraschungen auf den Burgherrn: Erstens waren da nur ein Dutzend Mann beim Fällen von Bäumen. Zweitens befand sich eine doppelt so große Anzahl Krieger auf der Kuppe des Berges: Dort errichteten sie seit Kurzem einen Vorposten. Dies war ein Befehl Esikos gewesen, erfuhr der erboste Einhard von Erwein. Den Bau trieb ausgerechnet der Zimmermann voran, den Einhard in der Burg gesucht hatte. Verärgert befahl Einhard, lediglich eine Art Ausguck in der Krone einer Eiche zu errichten – der Rest der Männer musste die anderen Hauer im Tal verstärken. Er blieb noch kurze Zeit auf der Kuppe, ohne aus dem Sattel zu steigen; man konnte von hier die nördlichen Hügel halbwegs einsehen, Esikos eigenmächtige Idee war nicht ganz sinnlos … Je länger er auf den Nachbarhügel starrte, desto mehr kam es ihm so vor, als bewege sich dort drüben etwas im Unterholz. Tiere? Er musste die Augen schließen, denn schon wieder tobte der Kopfschmerz in seinem Hinterkopf. Drüben war jemand. Nein – als er die Augen wieder öffnete, war da nur noch die Klippe unter den Kiefern. Er musste das Weidenrindenextrakt nehmen! Nur das half gegen den Schmerz. Hatte Tristan genügend zubereitet?

»Der Kleine ist weg!« Dago hatte sich mit bloßer Armkraft in die unteren Äste einer Birke hochgezogen, ungefähr hundert Schritt von der Frankengruppe auf der Hügelkuppe entfernt. »Die haben uns gerochen, verdammt!« Mit einem dumpfen Geräusch ließ er sich auf den Waldboden fallen und schüttelte Birkensamen aus seinen schulterlangen Strähnen.

Widukind ließ seine Augen über die kleine Schar seiner Gefolgsleute schweifen. Sie hatten sich auf den Handstreich gefreut! Doch in den letzten Augenblicken war ihm endlich klar geworden, wie ein Überraschungsangriff gelingen konnte. »Wenn wir die Kerle da vorne aufschlitzen, wären die Franken gewarnt. Sie würden sich auf der Burg einigeln. Ich brauch sie hier draußen, als Köder!«

»Seit Wochen kriechen wir um sie herum wie lahme Wölfe«, raunzte Ingmar. »Warum schlagen wir nicht endlich los?«

»Mir gefällt Euer Ton nicht, Vetter«, sagte Widukind kalt. Mit einem schnellen Blick vergewisserte er sich, dass sein Vetter nur einen seiner eigenen Schildmänner mitgenommen hatte, einen breitschultrigen Kerl mit vorspringender Unterlippe, der einen Grashalm im Mund hin und her bewegte. »Zurück zu den Pferden! Dort erfahrt Ihr, was ich vorhabe.«

Geduckt bahnten sie sich den Weg zurück durch das Unterholz zu der kleinen, grasigen Senke, wo Udo und ein weiterer Lite die Pferde bewachten. Mücken summten, und der Gesang einer Lerche erinnerte Widukind für einige Atemzüge an ein Treffen mit Gunda – auf einer wollenen Decke in einem Hain unweit seines Hofes ... Er schob die Erinnerung beiseite.

»Also, Herzog – habt Ihr den Schneid verloren, oder wollen wir bis zur nächsten Sonnenwende mit dem Angriff warten?« Ingmar baute sich vor ihm auf, die Hände in den Gürtel gehakt – nicht nur ein einsam vorstehender Eckzahn im Unterkiefer erinnerte an einen Eber. Die anderen umstanden sie in einem Halbkreis; Dago und Liudolf hatten zu beiden Seiten des Graskauers Aufstellung genommen.

»Habt Ihr schon Wisente gejagt, Vetter?«, fragte Widukind mit rauer Stimme und nickte Abbio unmerklich zu.

Ingmar verzog das Gesicht, die Brauen bildeten jetzt einen massiven Wulst über den Augen. »Was soll das?«

»Der Jäger«, fuhr Widukind langsam fort, »greift mit dem Speer an, wenn der Zeitpunkt günstig ist – und nicht, *wenn sein Hund bellt!*«

Ingmar erstarrte. Dann ging seine Rechte zum Schwertgriff. »Verdammt, ich werde Euch ...«

»Nichts werdet Ihr!« Liudolf hatte Ingmar von hinten einen kräftigen Arm wie eine Würgeschlinge um den Hals gelegt, mit der anderen Hand griff er nach dem Handgelenk des Edlings. Dem Schildmann Ingmars fiel der Grashalm aus dem Mund, als Dago und Ingmar seine Arme packten und den Überraschten eisern festhielten.

Widukinds Stimme war wie Eis. »Ihr seid der Sohn meines Mutterbruders, die Gefolgschaft der Sippe verbindet uns. Aber ich bin der Herzog der Westfalen! Auf dem Kriegszug habt Ihr Euch unterzuordnen – oder Ihr verschwindet, jetzt und gleich.« Beim letzten Satz zog er sein Schwert aus der Scheide.

Ingmars Gesicht war dunkelrot angelaufen. Er entblößte die obere Zahnreihe, kaum imstande, seine Wut zu beherrschen. Drei, vier keuchende Atemzüge – dann brachte er ein Nicken zustande. »Ich folge Euch«, presste er hervor.

Widukind richtete die Schwertspitze auf den Lederpanzer Ingmars in Höhe des Bauchnabels. »Nächstes Mal werden wir keine Worte mehr austauschen, Vetter … lasst ihn los.«

Den Nachmittag verbrachte Einhard im Bett. Als er aufwachte, musste er überlegen, wo er war. Sonnenstrahlen fielen durch das Fenster, es war früher Abend. Der pochende Schmerz war zu einem harmlosen Pulsieren geschrumpft. Als er auf den Burghof hinaustrat, stutzte er – gut hundert Männer in Schuppenpanzern standen da vor seiner Unterkunft, Erwein mit Grimo, dem Bierheiler, auf einem Bretterkreuz in der Mitte. »Gepriesen sei Gott!« und »Er ist wohlauf!« raunte es durch die Menge.

Einhard wurde klar, dass seine Leute ihn selbst meinten: Sie hatten Einhard für das nächste Opfer der Wasserkrankheit gehalten … *wer von diesen Leuten kannte schon Kopfschmerzen?* Die Männer stimmten ein Lied an, das vom ewigen Gott und vom gerechten König handelte und davon, dass seine Streiter stets den Sieg davontrugen. Einhard hörte die rauen Stimmen um ihn herum, er sah in narbige, hoffnungsfrohe und besorgte Gesichter, und etwas wie Rührung überkam ihn. Er wartete, bis der Gesang verklungen war, und rief laut: »Gott ist mit Euch, Männer! In seinem Namen tun wir unser Werk, und im Namen des Königs Karl, und es gibt nichts, was wir fürchten müssten!« Er sah, dass seine Worte auf die Männer wirkten, und war kurz davor, sie selbst zu glauben. Ein warmer Schauer der Zuversicht durchlief ihn: Später, als die Krieger wieder auf ihre Posten oder zu ihren Waffenübungen zurückgekehrt waren, befahl er Tristan, beim Schmied einen Hammer zu leihen und den Burgherrn zu den Kupferlöchern zu begleiten.

Der Schreiber wand sich: »Mit der Feder kann ich umgehen, und Arzneien bereite ich Euch auch gern zu, aber …«

»Wir sehen uns die Höhlen an und brechen ein paar Gesteinsbrocken heraus! Ich muss wissen, wie reichhaltig das Erz wirklich ist! Wenn es sich lohnt, Tristan, holen wir Bergwerker aus der Heimat und treiben einen Stollen in den Berg …«

So kam es, dass sie wenig später zum zweiten Mal an diesem Tag den Burgberg hinunterritten, Einhard, Tristan und zwei Krieger, die Erwein ihnen noch als Begleitschutz aufgedrängt hatte. Aus Tristans Satteltasche ragte der Stiel eines Schmiedehammers. Als sie im Tal nach links abbogen und den Eberkopf passierten, kam ihnen die Kolonne der verschwitzten, mürrisch dreinblickenden Hauer-Krieger entgegen, die Äxte über der Schulter, die Ochsengespanne am Nasenriemen. Einhard nickte ihnen zu und sah eine einzelne Frau mit einem Kräuterkorb am Ende der Kolonne: Ragla, Arnulfs Gefährtin. Rote Haarsträhnen lugten unter ihrem Kopftuch hervor, sie trug eine schmutzige Schürze über dem Kleid. Zuerst war Einhard versucht, einfach weiterzureiten – dann spürte er den Stich in der Seite: Mitleid und ein Gefühl der Schuld. *Arnulf lebte – aber niemand suchte nach ihm …* Der Burgherr zügelte sein Pferd auf ihrer Höhe. Nun sah er auch das Bündel, das auf ihren Rücken gebunden war. »Bist du wohlauf, Ragla? Geht's dem Kleinen gut?«

Ihr Gesicht war noch schmaler geworden, und als sie den Mund öffnete, entblößte sie einen schief stehenden Schneidezahn. »Der Herr sorgt für uns, Statthalter! Ich habe geträumt, dass der Junge seinen Vater zu Gesicht bekommt!« Sie sah ihn ohne Arg und ohne Vorwurf an, was Einhard peinlicher war, als es Beschimpfungen gewesen wären. Natürlich, sie hatte von dem Ring des Händlers gehört ... »Du – du kannst zu mir kommen, wenn du etwas brauchst.« Er gab seinem Fuchs die Sporen.

Ragla teilte das Lager mit einem der Burgschmiede, der ebenfalls ein Höriger war. Ein grober Kerl, aber imstande, sie gegen Übergriffe betrunkener Krieger zu verteidigen. Ihm fiel ein, dass er Emeran bitten musste, die beiden zu trauen; unverheiratete Christenfrauen konnte er auf der Burg nicht dulden. Selbst verheiratete Weiber waren immer wieder Auslöser von Mord und Totschlag!

Die beiden Höhlen waren nierenförmige Löcher, die ein Abstand von etwa zwanzig Schritt trennte. Die untere war doppelt so groß wie die obere und setzte zwischen zwei knorrigen Eichen am Beginn des Hanges an; die Wurzeln der Bäume hingen in der Luft wie erstarrte Schlangen. Die Öffnung war etwa anderthalb Pferdelängen breit, es fiel genügend Licht ein, um ein paar Schritt weit hineinzublicken. Einhard trat vorsichtig auf, um auf dem abschüssigen Boden nicht auszurutschen. Ein Geräusch erklang, wie ein kleiner Stein, der auf einen größeren trifft – wohl ein Tier, ein Dachs oder eine Katze ... Manche Krieger wussten von Zwergen, die in der Höhle lebten; von solchem Unfug ließ sich Einhard nicht Bange machen.

Waagerecht verliefen die Bänder der Gesteinsschichten in der Höhlenwand. Das Ende der Höhle lag im Dunkeln. »Wie weit geht's da rein?«, fragte Tristan zögernd.

»Höchstens zwölf Schritt – hast du eine Laterne mitgebracht? Tristan?« Einhard sah Tristan erstarren. Der *gilerito* wandte den Kopf – aus dem Dunkeln vor ihnen tauchte ein Schemen auf.

Etwas wischte an Einhard vorbei, dann hörte er ein hässliches Geräusch und einen Schrei – Tristan ging zu Boden, der Hammer polterte auf die Steine. Schon war der Mann vorbei, sprang katzengleich zum Ausgang, der Schuppenpanzer war das Einzige, was Einhard von hinten noch wahrnahm. Mit zitternden Händen beugte er sich über das Bündel zu seinen Füßen. »Tristan?«

Ein Wimmern war die Antwort. Der Schreiber lag auf der Seite und presste beide Hände aufs Gesicht. Mühsam bugsierte Einhard den Jungen zum Eingang der Höhle. Blut rann ihm über die linke Wange, die Augenhöhle selbst war voll mit Blut. »Ich kann nichts mehr sehen!«, schluchzte er.

»Ruhig!«, zischte Einhard. *Zum Glück hat der Herr dir zwei Augen gegeben.*

»Die Finger weg!« Nun entdeckte er einen tiefen Schnitt an der Stelle, die die Augenhöhle von der Schläfe trennt – der Augapfel selbst schien unverletzt.

»Wer *war* das, Herr?«

»Ein Krieger …«, stieß Einhard aus. Er sah sich um – die beiden Männer, die Erwein ihm mitgegeben hatte, standen fünfzig Schritt weiter auf dem Reitgrund, den Rücken zur Höhle: Sie verfolgten, wie ein paar Hunde aus der Sachsensiedlung am Fuß des Burghügels einen Hasen über den Reitgrund jagten! »He!«, schrie Einhard, so laut er konnte. »Hierher! Sofort!«

Die beiden drehten sich um, sahen Einhards Gesichtsausdruck und gaben ihren Pferden die Sporen. Einhard merkte, wie seine Beine zitterten. Er sah sich um, nach links, nach rechts, er starrte in den Wald, der sich den Hang hochzog – nichts, niemand! Die einzig sichtbaren Menschen im Schuppenpanzer sprangen vor ihm aus den Sätteln. Der ältere der beiden, ein untersetzter Mann mit platter Nase, buschigem Schnurrbart und hellen, wachen Augen, warf einen halbwegs mitfühlenden Blick auf das blutige Gesicht von Tristan. »Habt Ihr ihn mit dem Hammer getroffen, Statthalter, Herr?«

»Nein!«, rief Einhard verblüfft.

»So was kommt vor, auch in der Schlacht«, schob der Krieger halblaut hinterher.

»Unfug!«, schnauzte Einhard. »Jemand war in der Höhle! Mit einem Panzer, wie Ihr ihn tragt!«

Die beiden Krieger starrten verlegen auf die graubraunen, noch kaum belaubten Buchen oberhalb der Höhle und musterten ihren Burgherrn ratlos. »Seid Ihr sicher, Herr?«

11

Fritzlar im Hessengau, im Frühjahr 774

Krieger? Die könne man kaum entbehren. Frühestens im Sommer, nach der Ernte …

Die Antworten, die Einhards Vizeprokurator Esiko vom Hessengrafen bekam, waren niederschmetternd. Und doch schien Thegan bemüht, den Offizier für sich einzunehmen. Er empfing den Sendboten Einhards am Tag nach der Ankunft mit allen Ehren in einem reich geschmückten Saal des Palas: Die eine Wand war mit Teppichen behängt, die den Gaugrafen mit dem Speer bei der Hirschjagd zeigten, die gegenüberliegende Wand schmückten eine Vielzahl von Schilden, zu denen auch im Krieg erbeutete Sachsenschilde mit den Pferdekopfbildern von Widukinds Kriegern gehörten. In der Mitte, hinter dem thronartigen Holzstuhl Thegans, prangten die riesigen Hörner eines Auerochsen und darunter – die Axt des Bonifatius. Die Axt, mit der der Heilige einst die Donareiche umgeschlagen hatte …

Der Graf war eigentlich eine stattliche Erscheinung, mit einem schwarzen Lederwams über einer blauen Tunika. Die Hosenbeine waren nach Frankenart mit Kreuzriemen geschnürt und steckten in wadenhohen Reiterstiefeln. Das Einzige, was seine Aura von Macht und Würde verletzte, war die Bewegung seiner Hand zur Nase; diese Nase – schmal und weit vorstoßend – war schief. Einst hatte sich der Faustschlag eines Fritzlarer Rebellen in diesem Gesicht eingegraben, wusste Esiko.

Thegan scheute sich nicht, die Frage aufzuwerfen, ob das Ganze nicht ein Ablenkungsmanöver sein könnte: »Die Heiden machen Getöse bei Euch, dann greifen sie Fritzlar und das Edertal an …«

»Vielleicht«, knurrte Esiko. »Und vielleicht pilgert Widukind bald mit einem Kreuz über der Schulter nach Rom.«

Thegan stutzte, dann lächelte er auf seine feiste Art. Wie es dem *gilerito* ging, fragte er mit unüberhörbarem Unterton.

»Gut. Er schreibt viele Pergamente voll …«

Der Graf lächelte mit eigentümlichem Gesichtsausdruck. Esiko wurde klar, dass er auf Einhards Titel hätte beharren müssen. Doch er hatte keine Lust dazu, hier die *ahta* des Schwächlings Einhard hochzuhalten.

Die Einladung zur Falkenjagd war dann eine angenehme Überraschung für den Scarahauptmann. Mit einem Gefolge von mehreren Dutzend Köpfen – Jäger, Hundeführer, Bewaffnete – ritten sie bei bestem Frühlingswetter bis zu einem Seitental der Eder, das mit hohem Gras, Büschen und ein paar Birken bewachsen war. Die Rösser trabten durch kniehohe Wildblumen bis zu einer abgeflachten Stelle, wo ein paar Bohlen auf Baumstümpfen eine schlichte Bank bildeten. Esiko verfolgte jede Bewegung der gräflichen Falkner mit fachmännischem Blick. Der Lieblingsvogel Thegans hatte ein goldbraunes Gefieder und einen scharf gebogenen, fast schwarzen Schnabel – »Pfeil« lautete sein Name. Ein magerer Kerl in Lederkluft, der seinem Vogel erschreckend ähnlich sah, nahm ihm schließlich die Haube ab und gab ihm mit der handschuhbewehrten Hand einen Startschwung. Mit schnellen, kraftvollen Flügelschlägen schraubte sich der Vogel in die Luft. Eine Zeit lang kreiste er etwa in einigen Hundert Fuß Höhe über der Jagdgruppe. Als das Tier endlich niederstieß, verdeckte das Gehölz am Bach den Blick auf die Beute. Sie machten sich mit Jägern und angeleinten Hunden auf den Weg, und Esiko erzählte nun von seinem eigenen Falken, den er in seiner Unterkunft in der Burg hielt. Ein lebhaftes Gespräch entstand … Der Pfeil hatte tatsächlich einen Fasan getötet, Thegan warf Falknern und Jägern ein paar Silbermünzen zu. Es war ein Männchen, dessen grüne Halsfedern wie poliertes Metall in der Sonne leuchteten. Thegan riss eine Schwanzfeder aus und teilte mit öligem Grinsen althessisches Wissen mit: »Hiermit das Weib zwischen den Beinen gekitzelt, dreimal um Mitternacht, dann wird es ein Junge ...«

Plötzlich war Thegan dicht neben ihm, mit von Wein und Sonne geröteten Wangen. »Warum sich mit elenden Rebhühnern zufriedengeben, wenn man Fasane haben kann, Hauptmann? Jeden Tag?«

»Was?«

»Ihr habt für den König eine große Schlacht gewonnen«, fuhr der Graf in eindringlichem Ton fort. »Hat er Euch dafür erhöht? Einen *Grafentitel* hättet Ihr für den Sieg bei Korbach verdient!«

»*Skizan*«, zischte Esiko überrascht, »hört auf!« Schlagartig fühlte er einen Schmerz im Innern aufbrechen.

Doch nun machte Thegan den Jägern Zeichen, Abstand zu gewinnen. »Habt Ihr Eurem Statthalter einen Treueschwur geleistet, Hauptmann?«

Esiko sah dem Grafen direkt in die Augen – der schwefelige Geruch von Verrat haftete dieser Frage an. »Und was, wenn nicht?«

»Dann müsst Ihr nicht seine Schlachten schlagen, Hauptmann! Wenn Euer Schicksal in der Grenzmark dem Hof wichtig wäre, hätte Karl Euch mehr gegeben als *dreihundert Mann*!« Thegans Augen waren jetzt wie schwarze Kohlen. Mit gepresster Stimme fragte er: »Wollt Ihr *Land*, Esiko? Wollt Ihr eine Herrschaft?«

Esikos Kiefermuskeln arbeiteten, seine Kehle erzeugte einen Knurrlaut. Das Gesicht des Gaugrafen war so nahe, dass Esiko den Wein in seinem Atem roch.

»Am Unterlauf der Fulda gibt es genug Land! Und Wald, der auf Rodung wartet!«, stieß Thegan aus. »Der alte *dux* Gerao nennt sich Wächter der Fuldafurten, und doch hat er seit zehn Jahren keinen Strauchdieb und keinen Kriegsherrn mehr zur

Rechenschaft gezogen. Jagt ihn zum Teufel, dann tut Ihr dem König und dem Reich einen Gefallen! Vor Euch, Esiko, vor Euch haben die Leute da oben Respekt! Einen Höllenrespekt! Kein Krieger des Königs hat mehr *ahta* als Ihr!«

Als die Jagdpartie am Nachmittag wieder durch das Stadttor ritt, war ein Reiterspiel im Gange. Auf einem etwa hundert Schritt langen, kiesigen Streifen unterhalb des steinernen Palas zeigten die Männer der bischöflichen Eskorte ihre Fertigkeiten beim Niederstechen von Strohpuppen, die in vollem Galopp mit der Lanze getroffen werden mussten. Hinter den drei Strohpuppen kam noch ein Pfosten mit einer toten Ziege, auf die die Reiter einen Schwertstreich niedergehen ließen. Ansgar saß mit Paulus und einigen anderen Kriegern auf abgeflachten Baumstämmen und grunzte ab und zu eine Bemerkung, wenn jemand besonders geschickt war oder die Ziege mit dem Schwert verfehlte.

»Schau dir all die Diakone und Priester im Gefolge des Bischofs an, Paulus! Er sollte uns einen abgeben!«

»Mein Vater war ein Priester«, sagte Paulus unvermittelt. Der Dolch in seiner Rechten stocherte ziellos in der Bank herum.

Ansgar strich seinen Schnurrbart und betrachtete den Jüngeren wohlwollend. »Auf das Gebete hattest du irgendwann keine Lust mehr, hm? Hast zum Schwert gegriffen – gute Entscheidung!«

»Er war Diakon, Ansgar«, sagte Paulus mit flacher Stimme. »Meine Mutter ... sie musste gehen, damit er zum Priester geweiht werden konnte, versteht Ihr? Als ich geboren wurde, war mein Vater schon tot. Die Pest ...« Die Messerspitze blieb in der Luft stehen. Eindringlich sagte der Krieger: »Ich muss Gottes Weg folgen! Sonst lerne ich ihn niemals kennen, oben, im Himmelreich!«

Ansgar überlegte kurz, wie einer seinen Vater treffen wollte, dessen Aussehen er nicht kannte. Doch er war niemand, der sich lange mit wolkigen Dingen beschäftigte, und beschloss, Esiko nach dem Gespärch mit Thegan zu befragen.

Ein Affenführer, Sänger und Leierspieler, Gaukler – beim abendlichen Festmahl in der Halle des Palas bot Thegan die Unterhaltung, die man von einem Fürsten mit *ahta* erwarten durfte. Die Köche hatten einen riesigen Wildschweinbraten am Spieß aufgetragen, aus dem sie eine gebratene Ente mit Äpfeln und Nüssen heraushoben; später folgte ein Wels, der geräucherten Aal und in Kräuteröl eingelegte Flusskrebse preisgab. Am Kopf der Tafel, die wie ein lang gezogenes Hufeisen aussah, saßen Thegan und seine junge Ehefrau. Die Gaugräfin Hilde hatte noch das aufgeschwemmte Gesicht von Gebärenden, sie wirkte erschöpft, und doch leuchtete sie von innen heraus. Selbstgefällig war das Grinsen Thegans, gütig das Nicken des Erzbischofs zur Rechten des Gaugrafen. Dieser Lul war nicht irgendein Bischof, er war ein Schüler und Wegbegleiter des Bonifatius gewesen: Das ließ er in jeden zweiten oder dritten Satz einfließen.

Esiko nahm es schweigend zur Kenntnis. Einen Mitstreiter des Bonifatius hatte er sich sehr robust vorgestellt, wie einen Scarakrieger ohne Schwert. Lul dagegen, ein Mann um die fünfzig, war ein eher schmaler, hochgewachsener Kerl, mit hoher Stirn und einem energisch wirkenden Kiefer. Das Haar war glatt und dünn und hatte einen seidigen Glanz. Mit einem kleinen Messer zerlegte er einen Teil der Schweinshaxe so geschickt, dass die goldenen Borten an den weiten Ärmelenden nicht mit den Speisen in Berührung kamen. Ihm allein galt der Aufwand, den Thegan betrieb. Und es war mehr als bitter für Esiko, dass Lul zur Eresburg weiterreisen würde – um den Mantel des Heiligen Martin in Obhut zu nehmen. In Mainz war er sicherer als in einer Grenzfeste! Eine giftige Gärung wuchs in Esiko an diesem Abend heran, der auch mit noch so viel Wein nicht beizukommen war. Trinkspruch folgte auf Trinkspruch; Sänger traten auf, begleitet von Leier und Flöte, und rühmten den Sieg über Herzog Widukind durch König Karl und natürlich den Triumph der fränkischen Gaufürsten. Engel, hieß es, erschienen über dem Schlachtfeld und trieben die heidnischen Unholde endlich in die Flucht. Erfreut klatschte der Bischof, tupfte sich die Lippen mit einem Stück Brotteig ab und versicherte Esiko, dass er gern dabei gewesen wäre.

»So was sagt man hinterher«, knurrte Esiko.

Das Gelächter und Geschreie der Zecher wuchs allmählich zu einem einzigen Getöse an. Am Ende der Tafel wiederum hatte sich das einfache Volk eingefunden, das sich über die von den Herren verschmähten Teile des Wildes hermachte: Freie ohne Verdienst, Hörige des Grafen, darunter Kinder und auch einige Frauen, die auf Aufmerksamkeit seitens der Besucher hofften. Helle Finger mit Juwelenringen und sauberen Fingernägeln kamen auf Esikos Handgelenk zu liegen.

»Niemand verteidigt das Christentum gegen die Heiden besser als Ihr, Hauptmann!«, rief Lul, mittlerweile ebenfalls betrunken. »Ein König David wäre stolz gewesen auf Streiter wie Euch!«

Gereizt leerte *harto* seinen Weinbecher. »Und doch wollt Ihr uns den Mantel nehmen!« Sein verstümmelter linker Zeigefinger zeigte anklagend auf den Kirchenfürsten. »Ihr habt ein paar Kerle, Euer Gnaden, die wissen, wo beim Speer oben und unten ist. Überlasst sie uns für den Sommer. Ich schick sie Euch im Herbst zurück, mit Widukinds Kopf, mein Wort drauf!«

Der Erzbischof lächelte, als hätte der Offizier einen Scherz gemacht. »Der König, Hauptmann, sorgt sich um den Mantel. Aber ich bitte Thegan, Euch Verstärkung zu schicken. Meinen Segen habt Ihr!«

Wut kochte in Esiko hoch, seine Linke griff nach dem Weinbecher – flinke Hände hatten ihn bereits wieder gefüllt – und verfehlte ihn. Der Wein ergoss sich über die Kuchen aus Honig und Nüssen, die den Fleischgängen folgten, und lief die Tischplatte hinunter. *Hartos* Fluch ging unter in einer Welle aus Lärm: Ein Affe, kaum größer als eine Wildkatze, aber mit einem längeren Schwanz, machte wilde Sprünge am Kopfende der Tafel – ein dunkelhäutiges, vierschrötiges Männlein hatte ihn hereingetragen, der nun um die Aufmerksamkeit des Gaugrafen buhlte. Esiko streckte einen Arm aus und zog einen jungen Mundschenk zu sich heran, der mit einer Wasserkanne kreiste. Er riss ihm das Gefäß aus den Händen, setzte an und soff in tiefen Zügen. Dann leerte er den Weinbecher zu seiner Rechten. Sein rechter Nachbar gestikulierte – einer der Pfaffen Luls. Dieser Kerl in schlichtem braunem Gewand musste ein Mönch sein, denn er hatte einen kahlen Fleck auf dem Schädel; das rötlich braune Haar reichte nur bis zu den Ohrläppchen. Esiko sah ihn sprechen, mit wässrigen Augen und einem erhobenen Zeigefinger – er redete und redete, Esiko verstand nur jedes zweite Wort. *Die rote Tunika?* Er hatte spitze, bräunliche Zähne – *warum gab Gott seinen Dienern nicht bessere Zähne?* Der Mann redete immer fort – man hätte ihn erwürgen müssen, um diesen Strom zu stoppen! Esikos Rechte, gespreizt vom Daumen bis zum Mittelfinger, kam auf dem Nacken des Pfaffen zu liegen. Dessen Augen wurden groß, die Lippen blieben stehen. *Es war witzlos, einen Mönch zu erwürgen. Harto* rülpste und stand auf, hinter ihm polterte etwas zu Boden. Noch war er Herr seiner Taten. Aber die Taten sind Kinder der Gedanken, und sie fliegen dem Menschen zu … von wo? Als der Offizier mit schweren Schritten an den Zechern vorbei zum Eingang der Halle stapfte, webten die Mächte des Schicksals Fäden, denen *harto* nicht mehr entgehen würde.

Abgerissene Figuren mit fettglänzenden Gesichtern drängten sich vor dem Eingang, die Esser der Reste. Eine Frau mit Haarbändern und zu engem Gürtel, an der er sich vorbeidrängte, sah ihm direkt ins Gesicht – ein einladendes Lächeln, nicht länger als ein Wimpernschlag. *Nein, hinaus, an die Luft!* Gierig sog er vor dem Palas den kühlen Geruch der Nacht ein. Er fühlte den Wein jetzt in jeder Ader, jeder Faser. *Wo war die Kammer?* Er roch Urin und Erbrochenes, als er an der Steinwand entlangging; fast wäre er über einen Körper gestolpert, der ausgestreckt im Dreck lag. Er fand die Hintertür und sah einen Schatten in der Dunkelheit verschwinden. Der Gang war nur noch schummrig erleuchtet von einem in der Wand befestigten Licht. *Füllte hier keiner Öl nach?* Da waren mehrere Türen, natürlich; vor einer lag eine zusammengekauerte Gestalt: sägende Schnarchgeräusche.

Da hörte er ein Plätschern, wie beim Fischfang … *Im Palas gab es keine Fische. Keinen Teich – außer …* Die Badestube. Er stieg über den Schnarcher hinweg. Zog am Türriegel. Plötzlich stand er in einem dampfigen Raum, Sandsteinplatten auf dem Boden. Er wischte das weiße Tuch beiseite, das von der Decke hing. Im Schein einer Kerze: die Kupferwanne, schwappendes Wasser. Und eine weiße Gestalt, die aus dem Wasser stieg. »Euer Gnaden? Ich … Oh.« Sie hatte Fleisch auf den Rippen, mehr als die Weiber im Engerngebiet. Feste Brüste … Schamhaare, aus denen das Wasser tropfte. Dann das Handtuch – vorbei.

»Das ist *meine* Wanne, Täubchen«. Er sah Angst in ihrem Gesicht, aber keine Panik.

»Ihr habt hier nichts zu suchen!« Eine helle Stimme. Dunkle Augen, die seinen Blick hielten. »Der Bischof wird Euch … er kommt gleich! Geht, schnell!«

Sein Fuß stieß gegen einen Holzeimer, Wasser spritzte unter seinen Fußsohlen weg. »Er kommt nicht, Täubchen«, gluckste Esiko und griff nach ihr. »Aber ein Scarakrieger gibt dir mehr als ein Pfaffe, glaub mir!«

Sie versuchte, den Handtuchständer hinter der Wanne zu erreichen. Er folgte ihr, bekam sie am Arm zu fassen. Sie roch unendlich sauber, nach Seife und Paradies.

»Ich bin eine Freie«, zischte sie. »Das dürft Ihr nicht!«

»Pah!« *Welche freie Frau ließ sich von einem Pfaffen bespringen?* »Du bist eine Hörige«, knurrte er – *oder eine Hure.* Kein Gerichtsherr würde ihr zuhören. Er drückte sie mit dem Gesicht gegen die Wand und versuchte, seine Hose zu öffnen. Es dauerte erstaunlich lange – Wein konnte auch einem Scarakrieger zusetzen. Sie schluchzte auf, und nach den ersten Stößen begann sie zu schreien – laut genug, um selbst den Weinnebel zu durchschneiden. Er presste ihr die rechte Hand auf den Mund. Augenblicke später entlud er sich mit einem tierhaften Keuchen. Er ließ los, und sie sackte zusammen. Durch den Rausch hindurch meldete sich jetzt ein Schmerz: Sein rechter Mittelfinger blutete. Er hob die Hand. Ihre Zähne hatten auf Höhe des mittleren Gelenks eine tiefe Bisswunde hinterlassen. »Dreckstück«, murmelte er verwundert.

Schluchzend, hasserfüllt starrte sie zu ihm auf. Sie flüsterte irgendetwas Unverständliches.

Esiko schnaubte, zog seine Hose hoch und fischte mit der blutigen Hand sein Messer aus der Scheide. Mit wenigen Schnitten hatte er ein Stück Stoff aus einem der Handtücher getrennt, während sie sich langsam aufrappelte und, Verwünschungen ausstoßend, nach ihren Kleidern suchte. »Widukind wird Euch vernichten! Niemand wird Euch helfen, Scarakrieger!«

Sie quatschte wie der mit der Tonsur ... Die Menschen redeten zu viel. Er blickte zur Tür – Zeit zu verschwinden. Beim Gehen wickelte er den Tuchstreifen um den Finger. Dann hielt er inne – da war ein Pfeil, der von hinten kam, aus einer Nebelwolke ... »Weib – was sagst du da?«

»In die Hölle werdet Ihr kommen!«

»Du hast gesagt, niemand wird uns helfen – woher willst du das wissen?«

Sie starrte ihn an, feindselig, aber da war auch etwas wie Häme in ihren Zügen. »Herzog Widukind war hier. Ich habe sein Lager geteilt ... Er hat einen *Pakt* mit dem Grafen!«

12

Am Rand von Bylanuelde, Frühjahr 774

Idorich ist gestern aufgebrochen«, raunte Heden neben Arnulf und wechselte die Fällaxt von der linken in die rechte Hand. »Ins Engerngebiet. Zu Widukinds Männern!«

Die Worte rissen Arnulf aus seinen Gedanken, die nur noch um eine Sache kreisten. »Wozu brauchen sie den Runenmeister?«

»Idorich wirft die Hölzer«, sagte Heden schnell. »Zeichen aus Buchenstäbchen – sie sagen, ob der Tag für eine Schlacht günstig ist.« Und dann, mit seltsamem Frohlocken: »Der Herzog kehrt bald zurück!«

Arnulf fröstelte. Nebelschwaden hingen über der Landschaft, nur mit Mühe konnte er die Umrisse der Kulthalle und die mächtigen Eschen ausmachen. Mit vier anderen Knechten stapfte er hinter den Pferden Baldurs und Marbolds her, im langsamen Tempo der Ochsen, die ihnen am Nasenseil folgten. Kein Vogelzwitschern, kein Geräusch außer dem Quietschen des Ochsenjochs und dem Tritt ihrer Sohlen – es war, als hätte der Nebel die Vögel und alle Laute der Natur erstickt. Ihr Weg führte von der Siedlung weg durch gepflügte Äcker nach Osten, zu einem Forst mit kerzengeraden Ulmenstämmen. Zum dritten Mal ging Arnulf diesen knapp eine Stunde langen Weg – heute spürte er die Nervosität vor dem Kampf: Eidechsen unterm Hemd, so hatten sie es bei der Scara genannt. *War heute ein schlechterer Tag als morgen, um es zu versuchen?*

Am ersten Tag im Holz hatte Arnulf beobachtet – wo Baldur, wo die Vorarbeiter während der Mittagspause saßen, wer womit bewaffnet war, wo die Pferde angebunden wurden. Gestern jedoch, am zweiten Tag, waren es dann gleich zehn Männer beim Fällen gewesen – zu viele! Heute waren außer Arnulf nur Baldur, der Lite Marbold und drei Knechte dabei. Mit Baldur würde er fertigwerden. Der Hofmeister war kein Kämpfer, auch wenn an seiner Hüfte ein Langschwert hing, das im Takt des Pferdeschrittes wippte. Marbold war von anderem Metall: Lite oder nicht, er würde sich dem Hessen in den Weg stellen! Ihn musste Arnulf als Erstes niederschlagen. Dann die Knechte: ein älterer Kerl mit krausem Grauhaar, dem ein Ohr fehlte, und einer in Arnulfs Alter, dessen Bewegungen so langsam waren, als wären schon seine Großeltern als Knechte geboren. Von ihnen ging keine Gefahr aus …

Was Arnulf an diesem Morgen verunsicherte, war der dritte Hauer: Heden. Aus irgendeinem Grund hatte Baldur ihn heute eingeteilt. Aus der Ferne hatte Arnulf gesehen, wie der Thüringer in den Tagen zuvor mit den Jungmännern Schwertübungen gemacht hatte: Mit Schild und Holzstab hatte er die Angriffe der stürmischen Halbwüchsigen immer wieder geschickt abgewehrt. Arnulf mochte diesen ewig gut gelaunten Kerl – aber bei aller Fröhlichkeit hatte er etwas Unberechenbares. Warum freute er sich auf Widukinds Rückkehr? Würde er sich gar Arnulf in den Weg stellen?

»Heden? Sag mal, warum lassen sie dich Waffenübungen machen?«

Bevor der andere antwortete, vergewisserte er sich mit einem Blick nach vorn, dass Baldur und Marbold miteinander sprachen und sich nicht um die Knechte hinter ihnen kümmerten. »Der Herzog weiß, dass ich mit dem Schwert umgehen kann, auch mit dem Speer … Er wird mir Gelegenheit geben, es zu beweisen.«

»Was heißt das?«

»Ich hab dir erzählt, dass ich bei den Ostfalen aufgewachsen bin … Sie hatten mich und ein paar Mädchen und Frauen bei einem Raubzug nach Thüringen entführt. Mein neuer Herr war ein bedeutender Krieger. Er mochte mich und brachte mir das Waffenhandwerk bei, als wäre ich sein Sohn … Bei Gott, ich *war* wie ein Sohn für ihn!« Heden blickte zu Boden, auf die Hufabdrücke der beiden Pferde vor ihnen.

»Sie haben dich an die Westfalen verkauft?«, fragte Arnulf mit vagem Mitgefühl.

»Es war eine Fehde«, fuhr Heden ohne Bitterkeit fort. »Eine unserer Jungmannschaften hatte Falengüter links der Weser heimgesucht. Sie gehörten Widukinds Sippe … Am Ende mussten unsere Leute Buße leisten, um größeres Blutvergießen zu verhindern. Auch mein Herr. Er zahlte mit Vieh und Knechten.«

Arnulf warf einen schnellen Seitenblick auf den Kameraden. »Du warst ein *kneht* und bist es noch«, stellte er nüchtern fest. »Ich war ein Freier.«

Heden nickte. »Der Herzog hat gesagt, er gibt mir die Freiheit. Sobald ich mich bewiesen habe, als *Kämpfer*. Und wenn er die Burg hat, das sagt hier jeder, dann gibt es einen großen Feldzug nach Süden! Und dann wird *meine* Stunde schlagen, Arnulf!«

Sie bogen auf einen Pfad ein, der sie zwischen grün knospenden Birken und Haselnusssträuchern zu einer Lichtung und weiter in einen Forst führte: Gerade gewachsene Ulmen mit wenig Ästen standen da, die gutes Bauholz abgeben würden, aber auch Holz für Speichen und Wagenräder – Ulmenholz trocknete, ohne zu schrumpfen. Helle Kerben leuchteten aus der Rinde der Stämme, wo Baldur die besten Bäume markiert hatte. Er teilte sie in zwei Trupps ein: Arnulf arbeitete zusammen mit Heden unter Aufsicht Marbolds. Der Lite wies die beiden Hauer an, in welcher Reihenfolge sie die ausgewählten Stämme angehen sollten; er selbst hieb hier und da mit einem Kurzschwert störendes Unterholz weg. Schon bald krachten die Astspitzen einer Ulme nur wenige Schritt hinter ihm nieder: Baldurs Knechte hatten ihn gefällt! Er fluchte und nannte die beiden Hornochsen und Schlimmeres. Dies durfte er sich trauen, weil Baldur selbst zwischendurch eine halbe Meile weitergeritten war, um Opfergaben aus Fleisch und Korn in einem Eichenhain abzulegen. »Besser, wir halten fünfzig Schritt Abstand zu den anderen«, sagte Arnulf.

Der Lite nickte grimmig.

»Du kannst mit dieser Axt umgehen, Mann!«

Arnulf grunzte zustimmend, als Heden dies zwischen ein paar Schlägen herauskeuchte. »Ich war Hauer bei einem Baumeister, in Fritzlars Wäldern. Gute Arbeit, nichts für Schwächlinge!«

Heden spuckte aus und erschlug eine Fliege auf dem Unterarm. »Scheißarbeit ist das! Und überhaupt … ein Freier als Hauer? Das ist, als würde ein König seine Schuhe nähen!«

»Du quatschst zu viel, Thüringer!«

Als die Sonne endlich den Nebel durchdrang, glänzte längst der Schweiß auf den nackten Oberkörpern der Männer. Arnulf und Heden bearbeiteten einen etwa zwei Fuß dicken Stamm; abwechselnd trieben sie ihre Äxte immer wieder in das weißliche Holz, sodass der eine ausholte, während der andere schlug. Eine zehn Zoll breite, helle Lücke im Stamm war entstanden, Holzsplitter bedeckten den Waldboden, ihre Schuhe und Hosenbeine. Am Ende galt es, den Baum mit wenigen, genauen Schlägen in die unversehrte Seite zu Fall zu bringen. Als Arnulf aussetzte, um sich den Schweiß von der Stirn zu wischen, sah er sich unauffällig nach Marbold um. Der Lite hieb mit dem Beil Äste einer gefällten Ulme ab und tötete zwischendurch immer wieder mit der flachen Hand Stechfliegen. Schwer atmend setzte Heden ebenfalls die Axt ab und nahm den ledernen Wasserbeutel auf, der hinter ihm lag.

»Lass mir was übrig«, sagte Arnulf beiläufig. Er trat einen Schritt zurück und beäugte die unversehrte Seite des Stammes, als würde er überlegen, wie viele Schläge noch fällig waren. Als Heden zu trinken begann, wendete Arnulf den Kopf nach rechts: Nur hundert Schritt hinter ihnen schimmerte die Lichtung durch die Stämme. *Marbolds Pferd war dort angebunden!*

Heden warf ihm den Beutel zu. Marbold kam herbei, das Gesicht rot von neuen und alten Mückenstichen. Von einem

Zweig in der Hand zupfte er ein paar frische Blätter, die in seinem Mund verschwanden. Mit einer Handbewegung verlangte er nach dem Wasserbeutel.

»Sachsen fressen alles«, murmelte Arnulf und nahm einen tiefen Schluck. »Das Fleisch der Pferde, Blätter von den Bäumen …«

»Und Ihr Franken«, brummte Marbold, »kocht Ihr nicht Eicheln, die bei uns die Schweine fressen?« Damit öffnete er seinen Verpflegungsbeutel und suchte darin nach Käse oder Speck. Sonnenlicht fiel durch die kaum begrünten Baumwipfel, ein Specht hämmerte über ihnen – ansonsten war es still: Auch der andere Trupp hatte die Arbeit unterbrochen.

Heden wischte sich mit der zusammengeknüllten Tunika den Schweiß von Hals und Brust und setzte sich auf den Waldboden. *Worauf noch warten?*

Arnulf konnte Marbold mit einem Axthieb den Schädel zertrümmern, hier und jetzt! Selbst wenn Baldur ihm auf der Lichtung entgegenkam – der Hofmeister konnte Arnulf nicht aufhalten!

»Hier, Großkotz!« Marbold hob den Kopf und hielt Arnulf ein ordentliches Stück Blutwurst hin. »Ganz nutzlos bist du ja nicht beim Fällen …«

Arnulf zögerte ein oder zwei Herzschläge lang – dann nahm er die Wurst, ohne Marbold in die Augen zu sehen. Im selben Augenblick hörte er Rascheln und das Brechen von Zweigen. Baldur erschien zwischen den Bäumen. Aber nicht allein: Hinter ihm folgten ein schlanker Mann mit hellblondem Haar, das links und rechts des Gesichts zu Zöpfen geflochten war, mit einem Jagdbogen in der Rechten; an den formlosen Grußworten, die er Marbold zuwarf, konnte man den Freien erkennen. Der Zweite war ein schmutzig wirkender Bursche mit einer toten Hirschkuh über den Schultern, deren Läufe mit Riemen zusammengebunden waren. Ihnen folgte Olferich, der Edlingssohn, ebenfalls mit Pfeil und Bogen ausgerüstet. Selbst auf zwanzig Schritt Entfernung sah Arnulf den massiven blaugrünen Fleck neben der Nase, der in eine geschwollene Lippe überging. Als der Junge Arnulf bemerkte, nahm sein Gesicht einen hässlichen Zug an.

Kamen die zufällig vorbei?

Die Blutwurst kauend, ging Arnulf neben Heden in die Hocke. Der Thüringer nickte den Jägern gleichmütig zu, bevor er scheinbar teilnahmslos mit einem Stöckchen in einem Laubhaufen stocherte. Zwischen Baldur, dem Freien und Marbold entspann sich eine Unterhaltung; der Knecht mit dem Wild blieb trotz der Last auf dem Rücken breitbeinig stehen und schaute wie ein Ochse ins Nichts.

»... auf fünfzig Schritt an dem Hirsch dran«, hörte Arnulf den Jäger erzählen. »Und dann Axtlärm! Und weg war der Bursche!« Die Hirschkuh aber hatte gelahmt, sie war Opfer eines gut gezielten Pfeils geworden. Nervös horchte Arnulf auf jedes Wort. Dann senkte der Erzähler die Stimme, Arnulf verstand nichts mehr – bis auf zwei Wörter, die im Sächsischen genauso klangen wie im Fränkischen: *sax hamar*. Kalt lief es ihm den Rücken hinunter, seine Rechte krampfte sich um den Axtstiel.

»Gib mir den Wetzstein, Heden.« Langsam begann er, den Stein über die Klinge laufen zu lassen, hoch und runter, hoch und runter ... ein fränkischer Sklave, der Werkzeug schärft, mehr nicht. *Der Blonde hatte ein Kurzschwert an der Seite. Lang genug, um einen Körper zu durchbohren ...*

In diesem Augenblick hörte Arnulf ein selbstzufriedenes Grunzen neben sich: Heden hatte eine faustgroße Kröte aus einem Versteck zwischen Spänen und Laub gezogen und mit einem Holzstäbchen durchbohrt. »Die braten wir heute Abend«, grinste er und warf das hilflos zuckende Tier zu dem Haufen mit dem Werkzeug. Dann stand er auf und verschwand zwischen den Bäumen, um zu pinkeln.

Ein Wind war aufgekommen. Er kam aus Norden. Die Gruppe um Baldur, wurde ihm klar, stand südlich des nahezu fällreifen Baumes; die Axthöhlung in Oberschenkelhöhe war ebenfalls auf der Südseite, es war die natürliche Fallrichtung, denn der Stamm hatte eine leichte Neigung in die Himmelsrichtung. Kurz entschlossen drückte er sich vom Boden hoch, stellte sich auf der noch unversehrten Seite des Stammes auf und begann mit wuchtigen Schlägen die Rinde zu zerstören. Waagerecht, dann schräg, waagerecht und wieder schräg: Im Nu flogen dicke, keilförmige Holzscheiben davon, schnell wurde der Spalt größer. Eine Windbö fuhr durch die Krone und ließ den Stamm ächzen wie einen alten Mann.

»He, du!«

Die Freien standen immer noch um den frischen Stumpf herum, der wie ein Zwergenthron aus dem Waldboden aufragte. *Warum kreisten sie ihn nicht ein?* Weil er bewaffnet war ...

»Sklave! Komm her!«

Mit aller Kraft schlug er die Klinge nochmals so tief wie möglich in das saftige Holz, hebelte das Werkzeug mit Anstrengung heraus und schritt langsam auf die Gruppe um den Baumstumpf zu. *Wie sie ihn anstarrten ...* Seine Bauchmuskeln wurden hart wie ein Brett. *Drei ausgewachsene Männer: der Jäger, Baldur und Marbold, der Lite ...*

»Leg die Axt hin!«, herrschte ihn der Blonde mit dem Bogen an. Er trug den Vollbart wie viele Sachsen, was ihn älter aussehen ließ, als er war. Eine wulstige Narbe lief über Stirn und Wangenknochen, Spuren eines Schwerthiebes.

Arnulf hatte ein halbes Dutzend Schritt vor dem Baumstumpf haltgemacht. Er ließ die Axt so aus der Hand gleiten, dass die Klinge neben seinem Fuß zu liegen kam und der Stiel wie zufällig am Bein lehnte.

»Kennst du einen Frankenkrieger, der *sax hamar* genannt wird?«, fragte der blonde Fale lauernd.

»Nein.«

»Nein, *Herr*«, knurrte Baldur und biss sich auf die Unterlippe; seine Hände gingen vom Kinn zum Schwertgriff und zurück.

Arnulf atmete tief durch. Der Jäger war mit Sicherheit gefährlicher als Baldur. »Dieser *hamar* hat den Bruder des Herzog Widukinds getötet, bei der großen Schlacht im Engernland. Es gibt Leute, die sagen, dass du aussiehst wie er.«

Hinter dem Stumpf, vor den Beinen des Blonden, sah Arnulf die Läufe der Hirschkuh liegen. *Wo war der Knecht?* »Ich habe dort gekämpft«, begann Arnulf und spürte eine Windbö im schweißfeuchten Nacken. »Aber nicht mit einem Hammer! Ich kann mit einer *Axt* umgehen, Herr – Marbold, Ihr wisst das! Warum sollte ich mit einem *Hammer* kämpfen?« Für einen winzigen Moment sah Arnulf eine Unsicherheit in den Zügen des Falen.

Marbold, der rechts von ihm stand und den Halbkreis abschloss, stand leicht vornübergebeugt, das Beil in der Hand – düster blickte er an Arnulf vorbei.

»Du kommst dir klug vor, Sklave?«, grollte der Jäger. Die Narbe im Gesicht sah aus wie rot angelaufen. Dann hob er die Hand – und plötzlich ahnte Arnulf, wo der Knecht lauerte. Er wirbelte herum und zog instinktiv den Kopf ein. Der Knüppel strich über seine Schädeldecke, riss ein paar Haare aus. Der Kerl hatte geblähte Backen, sein Mordgerät schwang durch, bis sich die Arme fast um den Körper wickelten. Geduckt machte der Hesse einen Schritt auf den anderen zu und schmetterte ihm die Axtklinge in das vorstehende Bein. Mit einem Aufschrei ging der Kerl zu Boden. Der Jäger zischte etwas, Arnulf drehte sich abermals um, schon waren Bart und die Narbe direkt vor ihm: Die Klinge des Kurzschwertes glitt am Axtstiel ab und senkte sich in Arnulfs Hand. Ruckartig riss er das rechte Knie hoch und traf den Jäger in den Unterleib. Der Mann brach gurgelnd zusammen. Arnulf holte erneut mit der Axt aus, Baldur im Blick – da hörte er das knallende Bersten von links, aus Richtung der Ulme ...

Noch fünf Herzschläge ...

Baldur schrie mit gezogenem Schwert, Arnulf solle die Axt fallen lassen – lächerlich. Aber der Lite Marbold kam jetzt von rechts, das Beil über dem Kopf. Arnulf wich im letzten Augenblick aus, Marbold wurde vom Schwung des eigenen Schlages vorwärtsgetragen, und der Hesse erwischte ihn am Kopf, die Axtklinge zerfetzte das Ohr. Betäubt ging der Lite neben dem wimmernden Knecht zu Boden. »Schieß!«, schrie Baldur. Erst jetzt sah Arnulf den jungen Olferich mit ausgezogenem Bogen im Hintergrund. Dann: Krachen und Knirschen, etwas Dunkles, Großes kam von oben. Arnulf machte einen Satz über den zerschlagenen Knecht hinweg, während hinter ihm die Krone der Ulme niederkrachte. Zweige peitschten seine Waden, er hörte die Schreie der Falen. Arnulf lief los, ohne sich umzusehen. Zur Lichtung, zu den Pferden! Äste rissen an seinen Haaren, fast wäre er in ein Fuchsloch getreten – dann stand er im Hellen. Und vor ihm, zwischen Farnkraut und Brombeerbüschen: die weidenden Ochsen mit Stricken zwischen den Beinen. *Wo waren die Gäule, bei Gott?*

Atemlos sah er sich um – da, unter ein paar Haselbäumen, vor den Blicken Fremder abgeschirmt! Dünne Stricke verbanden sie mit den Stämmen. Knoten – harmlos für den, der Zeit hat … Mit fieberhafter Hast säbelte Arnulf das erste Band mit der Axtklinge durch, es war der Braune Baldurs. Er ließ Arnulf widerstandslos aufsteigen. Marbolds Pferd hingegen wieherte nervös, stieß mit dem Kopf nach dem Hessen. Er musste den Gaul mitnehmen, zumindest fortjagen – aber Zeit für einen weiteren Strick? Jeden Augenblick konnten seine Verfolger aus dem Wald kommen, konnte ein Pfeil in seinen Rücken einschlagen … Er drückte dem Pferd die Hacken in die Flanken und ritt nach Osten, in Richtung Straße.

13

Unweit der Eresburg, im Frühsommer 774

Während Esiko und die Seinen zurück zur Eresburg eilten und ein nervöser Burgherr über die Verhüttung der Kupfervorkommen im Talgrund sinnierte, verloren die beiden Krieger auf dem Bergposten ihr Leben. Niemand erinnerte sich später an ihre Namen, aber ihr Ende leitete ein größeres Unheil ein, so wie ein Bergrutsch mit dem Abplatzen kleiner Steine beginnt …

Dago hatte sich mit einigen Bognern an den in dreißig Fuß Höhe schwebenden Ausguck herangepirscht. Aus dem Schutz einer halb toten Eiche schossen sie innerhalb weniger Augenblicke mehrere Pfeile ab. Die Franken kamen nicht mehr dazu, in das Signalhorn zu stoßen. Es war fast zu leicht – *wer war so dumm, einen Außenposten mit nur zwei Mann zu besetzen?* Die Falen kletterten hinauf und schnitten den Schwerverwundeten die Kehle durch. Sie nahmen das Horn an sich, ein Stück von außerordentlicher Größe, verziert mit Einritzungen, die Reiter im Angriff zeigten. Der Herzog nahm es mit Genugtuung entgegen, nur eine Meile weiter, in einem Dickicht, in das sich freie Männer nicht ohne Grund begaben. Respektvoll wandte Widukind sich an ihren Priester. »Der Weg ist frei, Runenmeister!« Seit seinem Eintreffen im Waldversteck hatte der in scheinbar vollständiger Ruhe auf einem Baumstumpf gesessen und Zeichen in ein kleines Holzbrett geritzt.

»Habt Ihr den Adler gesehen?«, fragte er den Herzog unvermittelt.

»Nein.«

»Ein gutes Omen …« Idorich richtete sich auf und griff zu

einem knotigen, fast blank polierten Stab aus Weißdorn. »Auch wenn er meinen Hugin nervös gemacht hat.« Als hätte der Rabe die Stimme seines Meisters gehört, sprang er auf die Schulter des fälischen Priesters. Nie begleiteten beide Vögel den Runenmeister – einer der beiden Raben, hieß es, blieb stets zurück, um über die Kulthalle zu wachen.

»Es gefällt den Männern, dass Ihr mittut«, sagte der Edling bewegt. »Ihr bringt den Segen der Götter!«

»Ich hoffe es«, raunte der Alte und holte Getreidekörner aus einer Gürteltasche, die der Vogel blitzschnell aufpickte. »Heute Nacht erschien mir Saxnoth im Traum. Er stand auf einem Berg, höher noch als der Burgberg, und kämpfte mit dem Fenriswolf. Dessen Augen glühten, und Glut war auch an seinen Fängen! Saxnoth zerbrach einen Speer am Kopf der Bestie, bevor er ihr mit dem Schwert zwei Läufe abschlug. *Ihr werdet Euren Wolf erlegen, Herzog!*«

Auf engen Pfaden bahnten sie sich einen Weg durch den Forst bis zu einer größeren Lichtung, an deren Rändern goldener Flieder emporspross. Der Platz wimmelte von Bewaffneten, in ihrer Mitte: Herzog Botho mit seinen Schildleuten. Er war leicht auszumachen: Seine rechte Augenhöhle war unter einem schräg über das Gesicht gebundenen Lederband verborgen. Ein kastanienbrauner Bart wucherte über die untere Gesichtshälfte, die Bartenden liefen in schmalen, goldenen Kapseln zusammen, die über der Brust hingen, wenn er den Hals nicht bewegte. Die Schultern bedeckte ein Umhang aus silberfarbigen Fellen. Sein Atem ging schwer, als er Widukind begrüßte, und seine Sätze begannen zu stolpern, wie nach zu viel Bier. Tatsächlich ließ Botho später am Lagerfeuer Bier aus tönernen Krügen ausschenken, während Widukind noch einmal den Schlachtplan erläuterte. Mit der Dunkelheit kam der Tau, die Sterne erschienen, und noch immer ließ Botho ausschenken. Wem die »Hühnchen« auf der Burg zufallen würden, fragte er schließlich. »Es heißt, Frankenweiber sind enger als unsere!«

Seine Männer grölten bereitwillig, und irgendjemand rief, dass die Handwerker der Burg Weiber hätten – »nicht genug für alle!«

»Vergesst die Weiber«, grollte Widukind unüberhörbar in das Gelächter hinein. »Haltet Euch an den Plan, dann hauen wir die Panzerreiter in Stücke. *Danach kommt alles andere*!«

Das Lachen erstarb. Botho stierte Widukind an, bis sein Blick schließlich zu einem hinterhältig-einäugigen Grinsen wurde. Die Rettung nahte in Form einer schmalen Silhouette – die Form eines Vogels war auf einer Schulter erkennbar. Ruckartig stand Widukind auf. »Kommt in unsere Mitte, Runenmeister! Erzählt uns von den Anfängen!«

14

Unterhalb der Eresburg im Frühsommer 774

Hauptmann Erwein hatte den Geruch feuchter Erde und das Harz frisch geschlagener Bäume in der Nase, als er an der Spitze einer Kriegerkolonne in den Schlauch einbog. Kühle Schauer hatten in der Nacht eingesetzt und die Wärme der ersten Tage des Monats Mai beendet. Missmutig drehte der Offizier den Kopf nach rechts, noch konnte er aus dem Augenwinkel den großen Turm über der Nordbastion sehen. Der *gilerito* würde dort oben stehen: um sicherzugehen, dass der Offizier wirklich einmal den Kiliansberg umrundete, bevor er die Hänge hinter den drei Vorbergen kontrollierte und dann zum Diemelufer durchstieß. Sächsische Aufwiegler sollte Erwein stellen! Einer von ihnen hatte Einhards Schreiber niedergestochen, in der Kupferhöhle – eine alberne Geschichte, der Offizier glaubte kein Wort davon. Aber er hatte in mehr als zwanzig Jahren des Waffendiensts für die Frankenkönige immer seine Pflicht getan. Das, obwohl seine Hoffnung auf Reichtum, auf eine große Landschenkung, nicht in Erfüllung gegangen war. Und spät, zu spät hatte er begonnen, ein Weib für sich zu suchen; seit der Zerstörung des Witwenhofes fühlte er eine seltsame Leere in sich. Mit den Kriegern der Burg mehr als das Notwendigste zu sprechen, war zur Kraftanstrengung geworden. Schlimmer als der feige *gilerito* war dieser Truppführer, der ihm erklären wollte, wie Krieg funktionierte … wie eine summende Wespe im Nacken war der, die man am besten platt schlug!

Erwein hörte halb rechts hinter sich einen Lanzenschaft gegen Schildholz stoßen: Albrich, natürlich; er hatte den ockerfarbenen Schild mit schwarzem Kreuz am linken Arm, seit sie das Burgtor passiert hatten. Albrich war wachsam, das musste man ihm lassen.

»Hauptmann?«

Erwein grunzte etwas und ließ seinen Hengst die Enden der Sporen spüren, gerade so viel, dass er seinen Schritt beschleunigte, ohne in Trab zu fallen – der Braune verstand ihn. Er klopfte ihm mit der linken Hand kurz auf den Hals. Erwein trug keinen Schild: Seit dem Zusammenstoß mit den Abtrünnigen schmerzte sein linker Ellenbogen, wenn er ihn in den Schildriemen steckte.

»Hauptmann, Herr!«

»Was denn?«, knurrte Erwein und blickte in die andere Richtung. Auf einer Breite von gut zwanzig Schritt leuchteten die weißen Baumstümpfe zu beiden Seiten des Reitweges wie kappenlose Riesenpilze, nur Farne und Bäumchen von Armdicke waren stehen geblieben: Der Schlauch bot nun auf den ersten zwei- oder dreihundert Schritt Länge tatsächlich freies Blickfeld. Eine elende Plackerei war es gewesen, hier zu fällen – und überflüssig dazu! Erwein kannte die Sachsen: Sie würden sich nicht wie Tiere im Forst verbergen.

»Wollt Ihr mit der ganzen Mannschaft zum Vorposten hoch, Hauptmann?« Albrich wischte Tropfen vom Schaft seiner Lanze und blickte den Offizier mit flinken kleinen Augen an – schwarze Kieselsteine, hart und irgendwie unverschämt.

»Wer sagt, dass ich zum Posten will?« Erwein fixierte den spitz nach oben zulaufenden Spangenhelm. Albrich war klein für einen Krieger, das konnte man ihm ruhig deutlich machen ... Der Kerl aber war hartnäckig, er ließ sein Pferd nun auf Erweins Höhe im Schritt gehen.

»Die Posten sind letzten Abend nicht zurückgekommen. Sehen wir nach?«

»Wahrscheinlich sind sie einfach besoffen«, grunzte der Offizier und sah weiter geradeaus, gen Ende des Schlauches, wo die Bäume an den Weg heranreichten.

»Den nächsten, der einen Krug mit hochnimmt, lass ich eine

Woche zu Fuß gehen! Ohne Stiefel!« Die letzten Worte hatte Erwein laut gesprochen, und als er sich umdrehte, sah er unsicheres Grinsen in narbigen Gesichtern. Dann, mehr geraunt, zu Albrich: »Wir schauen oben später vorbei. Nach der Rückkehr.«

Erweins Unterschenkel übten stärkeren Druck aus, sein Hengst fiel in Trab. Es hatte aufgehört zu regnen, immerhin. Rot-weiße Pilze leuchteten zwischen grünem Gras am Rand des zertrampelten Weges. Für einen Augenblick spürte Erwein die Versuchung, die bunten Gewächse beim Vorüberreiten mit der Spitze der sechs Fuß langen Lanze zu enthaupten; locker und zugleich fest lag sie in seiner Rechten. *Ein Spiel für junge Krieger ...*

Der Weg stieg jetzt sacht an, sie erreichten das Ende der Auslichtung, das leuchtende Grün frischer Buchen- und Birkenzweige kam von beiden Seiten auf sie zu.

»Wooodaan!«

Geistergleich tauchten langhaarige Krieger zwischen den Bäumen auf. Von links, von rechts – ein Hüne von einem Mann sprang vor Erwein auf den Weg, den Speer auf die Brust des fränkischen Pferdes gerichtet. Ohne nachzudenken, riss der Offizier die Zügel mit einem heftigen Ruck nach links. Noch in der Vorwärtsbewegung änderte das Pferd die Richtung, die Speerspitze des Sachsen traf die Schulter des Rosses, glitt ab und bohrte sich in den Lederwulst des Sattelsaumes – während Erweins Rechte seine Lanze mit aller Kraft in das Bartgestrüpp des Angreifers rammte. Die massive Spitze durchbrach Zähne und Kiefer und drang durch eine haarige Wange wieder nach außen. Gurgelnd fiel der Mann auf den Rücken, während Erwein die Waffe zurückriss und es schaffte, das Pferd fast auf der Stelle zu wenden. *Nichts ging über ein gutes Kriegspferd.*

»Hinterhalt!«, brüllte er, so laut er konnte – damit die Männer wussten, dass er noch lebte. Denn nun stürzten Dutzende langhaariger Krieger mit rotbraunen Rundschilden zwischen den Bäumen hervor und drangen mit gezogenen Schwertern auf den mittleren und vorderen Teil der Frankenkolonne ein. Keine zehn Schritt vor Erwein war Albrich dabei, sich aus den Steigbügeln seines Rosses hervorzuarbeiten, aus dem Pferdehals ragte ein abgebrochener Speerschaft. Von rechts kamen aus dem Schutz einer mächtigen Buche zwei, drei Krieger in Lederpanzer hervor, in wenigen Augenblicken würden ihre Schwertklingen in dem Truppführer stecken ...

Erwein bohrte dem Braunen die Sporen in die Flanken, das Pferd schoss vorwärts. Er ritt in den ersten Sachsen hinein und stieß gleichzeitig mit der Lanze nach dem zweiten: von oben nach unten, er zielte auf die Brust hinter dem Rundschild. Einen winzigen Moment zu spät riss der Heide den Schild hoch, die stählerne Spitze traf ihn an der Stelle, wo der Hals auf das Schlüsselbein stößt, und bis zur Querstange drang der Stahl in den Körper ein. Tödlich verwundet sank der Bärtige nieder – *niemand handhabte die Stoßlanze wie Erwein*!

Atemlos sah er sich um: Die Doppelkolonne der Scarakrieger hat sich in eine Art länglichen Pulk verwandelt. Viele waren aus den Sätteln gesprungen, manche hingen tot in ihren Sätteln, die Füße verkeilt in den Steigbügeln. Andere wiederum lagen eingequetscht unter ihren Gäulen, aus denen Speere und Pfeile ragten.

»Bildet einen Ring!« Die Worte des Hundertschaftsführers gingen im Johlen der Angreifer und panischen Wiehern der Pferde unter. Aus allen Richtungen drangen die Sachsen auf sie ein, machten Männer wie Pferde nieder – nein, hier ging es nicht um Beute, die Heiden wollten mehr, ahnte Erwein: die Burg! Der Hinterhalt war nur ein Vorspiel ... Hinten, am Ende der sich auflösenden Kolonne, sah der Offizier einige Krieger die Pferde herumreißen und fliehen. *Wie schnell würde Einhard Hilfe schicken?*

Erweins Lanze stieß einen langhaarigen Schwertkämpfer zurück, die Spitze ratschte über die Lederhaut des Schildes, mit einem zweiten Stoß müsste er den Kopf treffen ... Da schlug etwas von links in sein Knie ein. »Verrecke!« Der Schock war größer als der Schmerz. Erwein sah in ein aufgerissenes Maul und blutunterlaufene Augen, die Axt holte abermals aus – Erwein aber riss die Lanze in einer flüssigen Bewegung über den Kopf, die Spitze zischt durch die Luft, sie zu drehen dauert zu lange: So jagte der Offizier das stumpfe Ende des Schaftes auf Augenhöhe in das sächsische Gesicht, doch gleichzeitig traf die Axtklinge die Kruppe des Pferdes, nein, traf den *Schild*, der da immer noch hing. Erschrocken sprang der Gaul nach vorne, Erwein erreichte den Knäuel aus fränkischen Kriegern zwischen sterbenden Pferden und den Leichen der Kameraden. »Steigt ab!«, schrie jemand. *Albrich?* Er hatte den Helm verloren und wich kämpfend rückwärts, ein Ohr hing herunter wie ein alter Fetzen, der Schild fing sächsische Axthiebe auf, schon stand er rücklings vor Erweins Ross, als müsse er ihn gegen die Andrängenden beschützen. Ja, Erwein war der Letzte im Sattel: *Seine Leute mussten ihn sehen können!* Er verspürte einen Schlag gegen die Schulter: Ein Pfeilschaft steckte unter den obersten Panzerschuppen, die seine linke Schulter abdeckten. Der Offizier drehte den Oberkörper nach hinten und zog endlich den Schild aus den Halteschlaufen. Im selben Augenblick zischte ein weiterer Pfeil über seinen Helm hinweg, den dritten fing er mit erhobenem Schildarm auf.

»Bastarde!«, schrie er den sächsischen Kriegerreihen vor sich entgegen. Für ein paar Augenblicke schienen die Kerle hinter den Rundschildern mit den weißen Pferdeköpfen zu zögern, sie sahen sich an, ihre Unterführer brüllten irgendetwas. Erwein spürte jetzt einen Schmerz im Knie, der größer war als das Bein, der größer war als er selbst ... *Sahen die Kerle auf dem Burgturm nicht, was hier unten passierte?*

Dann wurde das Angriffsgeschrei wieder lauter: Dort, wo etwa die Mitte des fränkischen Haufens war, stießen die Heiden in zwei Keilen von links und von rechts vor. Sie würden die Franken in zwei Trupps spalten, um sie dann einzeln zu erledigen. Und abermals drückte Erwein dem Hengst die Fersen in die Seite – die linke Ferse, das linke Bein gehorchte nicht mehr. Er ritt an den eigenen Leuten vorbei genau dorthin, auf den Angriffskeil zu. Er war der *Führer* dieser Männer! Hatte sie durch ein Dutzend Feldzüge gebracht – und heute in einen Hinterhalt geführt ... Bevor er den letzten Atemzug tat, wollte er bei Gott noch ein paar Sachsen aufspießen!

Eine Pfeilspitze wischte seinen Kopf kurz nach rechts, das Geschoss glitt am Helm ab, kaum schlimmer als ein Fausthieb. Erwein beugte sich im Sattel nach vorne und fasste einen Kerl mit geflochtenem Haar ins Auge, zwanzig Schritt vor ihm, dessen Axtschläge eine Lücke in die Schilde der Scarakrieger trieben. Der Offizier senkte die Lanze. Doch da liefen zwei Mann von links in seinen Angriffsweg: ein riesiger Kerl im Kettenhemd mit einem Bart aus Gold, ein langes Schwert in der Rechten, der den Heranreitenden mit einem kühlen Blick anvisierte. Der vordere – einer im Schuppenpanzer! – hob schlicht den Schild und schirmte seinen Nebenmann damit gegen Erweins Lanze ab.

Noch drei Pferdelängen, noch zwei ... Wie eine riesige Sichel fuhr die Schwertklinge in die Vorderläufe des Pferdes. Im Sturz sah Erwein für die Dauer eines Lidschlags in das Gesicht des Sachsen: der Herzog der Westfalen. Das Pferd überschlug sich, Erwein wurde aus dem Sattel geschleudert – er versuchte den Aufprall abzufangen, *Dunkelheit ...*

Als er die Augen öffnete, roch er nasses Gras. Er sah die Stiefel seiner Krieger. Grunzen, Schreien war über ihm, und das scharfe Kreischen von Metall auf Metall. Er rappelte sich hoch. Das linke Bein war wie Brei. Seine Rechte fand den Schwertgriff, er riss die Klinge hervor. Noch konnte er kämpfen! Schon drängten die Sachsen den kleinen Ausfall zurück, drückten die Mutigen wieder in den fränkischen Haufen hinein oder fällten sie wie junge Bäume. »Bleibt zusammen!«, krächzte Erwein. Im selben Augenblick hörte er wenige Schritte hinter sich das grässliche »Wodaan!« des anderen Keils, der die Frankengruppe zerriss. *Sterben, eine halbe Meile vor der Burg?* Die Wut gab ihm noch einmal neue Kraft, als der Kerl mit Schuppenpanzer vor ihm auftauchte. Raubtierhaft wirkte dieser Mann, sein Schwert zischte über Erweins Kopf, der zweite Hieb splitterte Holz und Leder vom Schildrand ab. Als der andere abermals ausholte, warf der Hundertschaftsführer seinen geschundenen Körper nach vorne und stieß mit der Schwertklinge direkt nach dem Kehlkopf. Aber das zerschlagene Bein verlangsamte ihn: Der andere konnte die vorstoßende Klinge mit dem Schild zur Seite drücken, die Schneide hinterließ nur einen roten Strich am Hals. Dann schwang Erwein mit einer letzten Anstrengung selbst seinen Schild nach vorn: Der Rand der Holzscheibe krachte in das Gesicht des Gegners, ächzend wich der Getroffene zurück.

Doch es war umsonst. Ein wuchtiger Schwerthieb krachte von rechts auf Erweins Unterarmschiene. Er schrie auf, sein Schwert fiel zu Boden, als hätte man einem Jungen den Stock aus der Hand geschlagen. Er sah den Falenherzog neben sich, der nächste Hieb wäre der letzte … Verzweifelt humpelte der Verwundete rückwärts. Um ihn war nur Röcheln und Sterben, fränkische Todesschreie mischten sich mit sächsischem Triumphgeheul.

»Zu mir, Hauptmann!«

Das war Albrichs Stimme, schräg hinter ihm, ausgerechnet! Aus dem Augenwinkel erkannte Erwein den Truppführer kaum: die Hälfte des Gesichtes war blutig-klaffende Wunde.

Erwein sah Albrichs rechte Hand nach oben gehen – die Finger umklammerten eine Wurfaxt, auf knapp zehn Schritt konnte er Widukind nicht verfehlen! »Friss Eisen!« Mit diesem heiseren Schrei wirbelte die Axt durch die Luft. Noch bevor sie mit dumpfem Geräusch in Widukinds Schild einschlug, hatte Albrich den strauchelnden Offizier an der Schulter gepackt. Er riss ihn fort, in Richtung der Burg, in Richtung der Hilfe, die jeden Moment kommen musste! Albrich sah das Blut aus Erweins Hose sickern, er wusste Bescheid, geschickt stützte er den Älteren auf der linken Seite und zog und zerrte ihn dabei vorwärts, weg vom Gemetzel …

Für einige Atemzüge waren sie sich nahe, zum ersten Mal überhaupt: Das Gesicht des Offiziers war auf Albrichs Höhe, zusammengesackt war Erwein nicht mehr größer als sein Truppführer. Dieser Erwein, der beim Aufsitzen so steif wirkte, hatte ein halbes Dutzend der Heiden niedergemacht! »Rettet Euch selbst«, keuchte der Schwerverwundete, Tränen des Schmerzes liefen die grauen Wangen hinab.

»Schweigt!«, entfuhr es Albrich.

Schon konnten sie über die Baumwipfel die Spitze des großen Turmes sehen. *War die Rettung nicht längst unterwegs?*

Widukinds *bluot trinkar* durchbohrte einen Knienden, dann rammte er einem kriechenden Frankenkrieger die Klinge von oben in den Nacken – aus, vorbei. Nur die sterbenden Pferde zuckten noch. Um die war es schade …

Er blickte den zwei überlebenden Franken hinterher, die in Richtung Ausgang der Schneise davontaumelten. Pfeile surrten über sie hinweg. »Lasst sie«, rief er den Liten-Bognern zu, die er zum Überfall mitgenommen hatte. »Wir holen sie uns selbst!« Er winkte seinen Schildmännern, reckte sein Schwert in den Himmel und brüllte einen Triumphschrei über das Blutfeld. Krieger unterbrachen das Plündern der Toten, Schwerter und Äxte gingen nach oben, Jubelschreie und Heils-Rufe brandeten über die Lichtung. Schon bahnte sich Widukind mit großen Schritten einen Weg zwischen ockerfarbenen Schildern und schuppengepanzerten Leichen. Liudolf holte ihn ein, keuchend, das Helmblech war einige Zoll über dem Stirnsaum geplatzt – ein Axthieb. Der schuppengepanzerte Dago schloss links zu ihm auf, Blut lief ihm aus einer geplatzten Braue über das Gesicht. Irgendwo vor ihnen wendete einer der beiden Franken den Kopf – er sah das Unheil, das ihn einholte, und versuchte trotzdem noch, den Halblahmen an seiner Seite mitzuschleppen.

»Du treuer Narr«, grollte Widukind. Im schnellen Schritt hatten sie bis auf Speerwurfweite zu den Fliehenden aufgeschlossen. Widukinds Arm mit dem Schwert ging nach hinten, dann schwang er wuchtig nach vorn, beim Vorwärtslaufen, als übe er einen Waffentrick: Die Waffe rotierte in einem flachen Bogen nach vorn und senkte sich mit der Spitze zwischen die Schultern des Humpelnden. Der ging zu Boden, schlagartig löste sich der Arm des Truppführers, der ihn mitgeschleift hatte. Ein letzter Blick nach hinten, nur für einen halben Atemzug – dann rannte der Frankenkrieger los.

Der Mann, der zusammengekrümmt im Gras liegen blieb, lebte immer noch. Er sah zu den Sachsen auf: erschöpft, gepeinigt, aber furchtlos. Ein Krieger, der nur noch den Tod erwartete. Das Schwert stand im rechten Winkel von seinem Rücken ab, mehr als zwei oder drei Zoll war die geschleuderte Klinge nicht zwischen den Eisenschuppen eingedrungen. »Er gehört dir, Dago«, sagte Widukind mit flacher Stimme, ohne die Augen von dem faltigen Gesicht des Franken zu nehmen.

Dago grunzte etwas, rotblau leuchtete in seinem Gesicht der Abdruck des Schildrandes. Er zog seine Axt aus dem Waffengürtel und trat neben den Kopf des Liegenden. Dessen Augen vollzogen diese Bewegungen mit. Dago hob die Axt mit der silbrig hell geschliffenen Klinge. Nun formten die Lippen des Todgeweihten noch ein paar lautlose Worte. Ein Wimpernschlag später zerbrach die Axtklinge einen Nackenwirbel. Ein letztes Zucken schüttelte den Körper, die Sache war vorbei. Dago wischte sich Schweiß von der Stirn und zog eine Grimasse. »Viel Glück in Walhall, Alter!«

Einhard hatte von seiner Frau geträumt. Da war dieses eine Bild: wie sie ihm den wachsenden Bauch zeigte und seine Hand führte. Er erinnerte noch die unnatürliche Straffheit um den Nabel herum …

Er legte das lederne Band mit dem Smaragd um den Hals, wie jeden Morgen, bevor er ein sauberes Unterhemd und die Tunika überzog. Der Smaragd war sein Brautgeschenk gewesen; seit ihrem Tod trug er ihn an jedem Tag.

Der Regen der Nacht hatte den Boden vor dem Hauptgebäude in braunen Matsch verwandelt, der an den Rändern seiner Stiefelsohlen kleben blieb. Er stapfte bis zum Innentor, um Erweins Männer zu verabschieden – mit gerunzelter Stirn hatte der Offizier noch einmal Einhards Auftrag über sich ergehen lassen, das Gelände hinter den Vorbergen abzureiten. Esikos Rückkehr am Vorabend, lange nach Einbruch der Dunkelheit, hatte Einhard wieder etwas Zuversicht gegeben. Ungewöhnlich war, dass *harto* morgens nicht in der Halle zur ersten Mahlzeit auftauchte. Stattdessen begegnete Einhard im schummrigen Licht des Haupthauses einem Geistlichen, der noch die braune Kukulle des Klosters mit Kapuze und Kordel trug – er nannte sich Bruder Hunus und im selben Atemzug einen Diakon und war auf jeden Fall enorm hungrig. Während er mit schnellen Bewegungen Suppe mit Speck zu löffeln begann, überzog er den verblüfften Einhard mit Vorwürfen: »Euer Kriegsmann hat mich aus Fritzlar entführt! Wie einen Pferdeknecht hat er mich behandelt! Zwölf Stunden im Sattel, ohne Pause, Heilige Mutter Gottes! Mein Hinterteil ist zuschanden, es schmerzt wie hundert Geißelhiebe …«

»Aber an meiner Tafel sitzt Ihr recht stabil«, unterbrach ihn Einhard, der auf dem etwas erhöhten Burgherrnstuhl am Kopfende thronte und knapp auf Hunus hinabblickte. »Immerhin seid Ihr bei der zweiten Schüssel Suppe – oder ist es die dritte?«

»Der Bischof wird Euch zur Rechenschaft ziehen, Statthalter!« Einhard schickte Tristan los – ein weißer, muselmanenhafter Verband umgab seinen Kopf –, um Esiko herbeizuholen, und versuchte, mit präzisen Fragen den aberwitzigen Redestrom des Mönches einzudämmen. Thegan hätte keine Soldaten für die Eresburg übrig, behauptete der Mönch; der Bischof jedoch würde kommen und den Heiligen Mantel verlangen: angeblich ein Befehl des Königs …

Bei diesen Worten ließ Einhard die Hand mit dem Brot sinken, Empörung wallte in ihm auf, dann Enttäuschung. Wie würde er vor seinen Männern dastehen?

»Was war das, Statthalter?« Beunruhigt starrte Hunus auf das kleine Windloch in der Wand hinter Einhard. Abermals ertönte das dumpfe, lang gezogene Dröhnen – wie eine Fanfare des Unheils.

»Das Signalhorn«, murmelte Einhard, bemüht, sein Erschrecken nicht zu zeigen. Schon verschwand ein Stück Speck zwischen braunen Stummelzähnen. Was denn los sei, fragte der ehemalige oder tatsächliche Mönch, nun schon wieder kauend. Aber da war Einhard schon aufgestanden, um selbst nachzusehen.

Esiko hatte Grimo vor dem ersten Hahnenschrei aus dem Bett geholt. Die Bisswunde hatte die Nacht hindurch geschmerzt, es war wie verhext! Im Licht eines brennenden Kienspans fummelte der Medicus so lange zwischen seinen Trögen und Tiegeln, bis er die Wundsalbe gefunden hatte: die gute mit der Ochsengalle, die man auf die Ränder von Schwertwunden auftrug. »Steht ein Kampf an, Hauptmann?«, fragte er den Offizier beim Zurechtschneiden der Leinenbinden.

»Kann sein«, knurrte Esiko.

»Dann umwickle ich den anderen Finger mit. So könnt Ihr den Schwertgriff besser packen, Herr.«

Esiko nickte. Grimos heilerische Künste waren begrenzt, aber er hatte den praktischen Sinn der Scarakrieger. Mit geübten Griffen umwickelte er Mittelfinger und Ringfinger. »Ein Hund, Herr?«

»Eine Stute«, grunzte Esiko. »Bissig.«

Beim ersten Tageslicht besuchte er mit einem halbwegs genesenen Hauptmann Gailo die Kranken; der Offizier sah gespensterhaft blass aus, seine Kleidung schlackerte an ihm, doch er bestand darauf, wieder Dienst zu tun. Esiko verteilte aufmunternde Worte an die Genesenden und erzählte, dass der Bischof von Mainz selbst ihnen einen Geistlichen geschickt hatte ... Später lief der Hundertschaftsführer rastlos den gesamten Wehrgang ab und kontrollierte die Wachen. Er hätte Einhard aufsuchen und die schlechten Nachrichten mitteilen müssen; nur konnte er sich gegenüber diesem Pergament fressenden Wicht kaum noch beherrschen. Diesem Kerl zu dienen war der Tod von Esikos Träumen! Düstere Gedanken gingen ihm durch den Kopf, als der Offizier im Halbdunkel seiner Kammer – einem von der Mannschaftsbaracke abgeteilten Viereck – immer wieder mit dem Wetzstein über die Schneide seines Schwertes *heliand* ging. Viele, sehr viele Seelen hatte Esiko mit diesem Heiland aus achtfach geschichtetem Damaststahl vom Dasein erlöst. Die meisten waren Heiden gewesen; die Christen unter seinen Opfern mochten zum Herrgott auffahren oder im Fegefeuer landen – war nicht beides erträglicher, als auf der Erde zu vegetieren und sich mit Idioten herumzuärgern? Er unterbrach das Wetzen und nahm den Schwertgriff in die Rechte. Der Erlöser lag gut in der Hand. Einer der besten Schmiede in Metz – ein ehemaliger Krieger! – hatte ihm einst eine Lage Blei in den Griff hineingearbeitet. Das zusätzliche Gewicht balancierte die lange Klinge aus, sodass das Schwert trotz seiner Größe leicht zu handhaben war. Esiko zerschnitt die Luft vor ihm mit einem schrägen Schlag. Er hatte für König Pippin Krieg geführt, er führte seit einigen Jahren Krieg für König Karl – was hatte ihm das alles gebracht, außer einer dunklen Kammer am nördlichsten Arsch des Reiches?

Wohu wohu wohu …

Das Dröhnen des Signalhorns riss ihn aus allen Gedanken. Er stieß das Schwert in die Scheide, griff nach dem Helm und schrie Ansgar im Eingang der Baracke zu, die Hundertschaft auf die Pferde zu bringen. Dann eilte er über den Burghof und jagte die Stiege hinauf, die zum großen Turm führte.

Der Burgherr erreichte die Plattform wenige Atemzüge nach dem Offizier. Aufgeregt zeigte einer der Wachen auf das, was sich vor ihnen im Tal abspielte: Ein halbes Dutzend Krieger, mehrere Pferdelängen trennte sie voneinander, jagten da wie vom Teufel verfolgt über den Reitgrund. Die Trümmer der Erweinschen Truppe! Einer von ihnen blickte zum Turm hoch und schrie etwas, doch sie konnten die Worte nicht verstehen. Ein gutes Stück hinter ihnen rannten und humpelten Verwundete aus dem Schlauch hervor, selbst vom Wall aus konnte man das Rot frischen Blutes an ihnen erkennen.

»Gott im Himmel«, entfuhr es Einhard, der zum ersten Mal Scarakrieger davonlaufen sah.

»Die Bastarde haben ihnen aufgelauert«, presste Esiko hervor. Seine Hände umkrallten den obersten Balken der Brustwehr, als wolle er sie überspringen. »Widukind – kein anderer hätte den Mut dazu … *skizan*, das ist doch Albrich?« Die Luft war wie gewaschen nach dem Regen, deutlich konnten sie einen weiteren Verwundeten im ausgeforsteten Durchgang erkennen, der ohne Schild und ohne Waffe um sein Leben rannte. Ein untersetzter, gedrungener Kerl mit blutigem Gesicht.

»Der Posten auf dem Kupferberg!«, schnaubte Esiko. »Albrich sollte dort mit zwölf Mann wachen – *wer ist noch da oben*?«

Eisennägel bohrten sich in Einhards Augen. Der Burgherr spürte Esikos Rechte am Oberarm, mühelos umgriff die Pratze des Offiziers seinen Bizeps. »Zwei Mann«, schnappte Einhard. »Wir brauchten die anderen zum Fällen … Lasst mich los!« Das Gesicht *hartos* kam Einhard so nahe, dass er die Struktur der Narben auf Stirn und Wangen erkennen konnte. »Zur Hölle mit Euch! Zwei Mann sticht man im Vorübergehen ab! Mit zwölf … der Vorposten hätte uns *gewarnt*, Mann!«

Einhard sah das irre Glühen in Esikos Augen und fürchtete einen Augenblick, dass der Offizier ihm etwas antun würde. »Nehmt Eure Männer, Esiko … helft Erweins Leuten!«

»Was sonst?«, zischte der Offizier und ließ den anderen los.

Einhard atmete auf, heiß brannte die Verlegenheit auf seinen Wangen. »Ich könnte die Männer Gailos nehmen und von der anderen Seite …«

»Nein!«, donnerte der Offizier. »Draußen richtet Ihr nur Schaden an! Holt die Kranken aus den Betten, gottverdammt! Schickt alles auf die Wälle, los!« Damit wandte er sich um und sprang wie eine Raubkatze die Stiege hinunter.

15

Östlich von Bylanuelde, Frühsommer 774

»Lauf, bei Gott! Lauf!« Nach Osten! Immer wieder presste Arnulf die nackten Hacken in die Flanken des Pferdes. Der Braune zwischen seinen Schenkeln schien seine eigene Geschwindigkeit zu wählen: meist ein zäher Trab, der zum Schritt wurde, wenn der feuchte, löcherige Weg mit quer liegenden Hölzern verstärkt war. Manchmal kamen regelrechte Bohlenpfade, die Planken schief und krumm. Dann war das Pferd so langsam wie ein Mann zu Fuß: In jedem Spalt konnte ein Gaul sich die Fesseln brechen!

Hatte Baldur den niedergehenden Ulmenstamm überlebt? Dann würde er Arnulf verfolgen lassen, das war so sicher wie der Sonnenuntergang. Ein verschwundener Sklave war eine Sache – ein Sklave, der bei der Flucht noch Männer getötet oder verkrüppelt hatte, eine andere. Baldur war Widukind verantwortlich!

Alte, turmhohe Bäume ließen nur wenig Licht bis auf den feuchten Waldboden durch, obwohl noch keine Krone das volle Blattwerk des Sommers hatte; die Sonne der letzten Tage war nicht stark genug gewesen, um den Weg zu trocknen. Es musste früher Nachmittag sein, noch stimmte die Richtung – aber wie leicht war es, sie im Wald zu verlieren …

Irgendwann wurde es heller, halb offenes Gelände lag vor ihm: Wiesen und ein paar Pferde, bewacht von Halbwüchsigen, auf der rechten Seite ein langer Steckenzaun und dahinter geduckte Arbeitshütten, halb im Boden versenkt, als wären die Dächer in die Erde eingesunken. Der jüngere der Hütejungen winkte Arnulf arglos mit einem Stecken zu. Der Größere hingegen betrachtete den Vorüberreitenden reglos, ohne ein Mienenspiel. Ohne Schuhe und mit kurz geschnittenem Haar war Arnulf als Sklave zu erkennen. Und Sklaven ritten nicht auf einem Pferd durch die Gegend!

Seine Anspannung ließ nach, als der Weg wieder in den Forst eintauchte. Der Braune unter ihm wurde langsamer. Er brauchte Wasser! In einer Senke hielt er an einem Tümpel, stieg ab und klopfte dem Pferd ermutigend auf den feuchten Hals. Einige Strähnen der Mähne waren geflochten, knöcherne kleine Glücksbringer baumelten an den Enden. Das Pferd schnaubte, blickte ihn an und blieb am Rand des Wassers stehen. Ein Frosch quakte nicht weit entfernt – das einzige Geräusch neben summenden Mücken. Arnulf kniete nieder und wusch die blutigen Schlieren von den Knöcheln der rechten Hand. Das Wasser war trübe, er sah winzige Wesen in Bewegung, aber er musste die Spuren des Kampfes loswerden. Die Klinge des Kurzschwertes hatte den Knöchelansatz des Zeigefingers verletzt. Der pochende Schmerz nahm zu, je länger er den Schnitt betrachtete.

»Trink, los!« Arnulf drückte den Hals des Pferdes zum Wasser hinab, doch der Braune schüttelte sich, stieß Arnulf weg und trabte zwanzig oder dreißig Schritt auf dem Weg zurück. Das saubere Wasser der Heimat lag in der anderen Richtung …

Erschrocken eilte Arnulf hinterher, packte den Zügel und schwang sich in den Sattel, ohne die Steigbügel zu gebrauchen. *Die Brühe war zu dreckig, na gut …*

Jenseits des Tümpels erreichten sie wieder festeren Boden. Arnulf selbst hatte längst einen trockenen Hals, vergeblich suchte er die Umgebung nach sauberem Quellwasser ab. Er war noch durstig, als der Wald sich wieder öffnete und er eine Weggabelung mit einer mannshohen Steinpyramide erreichte: Feldsteine, auf denen ein bleicher Rinderschädel mit abstehenden Hörnern thronte. Als Arnulf näher heranritt, erkannte er Getreideähren, zwischen die Steine gestopft.

Die Sonne stand tief, fast über dem Horizont in seinem Rücken. Der rechte Weg ging etwa nach Südosten, hinter einigen Wiesen lugten Strohdächer zwischen blühenden Apfelbäumen hervor, der linke Abzweig führte nach Nordosten, auf eine flache Anhöhe zu. Er konnte die weit ausladende Krone einer frei stehenden Eiche erkennen, ein paar Waldstücke und Ackerflächen, mehr nicht. Was kam dahinter? Irgendwo musste es fließendes Wasser geben … und einen geschützten Platz für die Nacht. Viel mehr als eine Stunde Tageslicht blieb ihm nicht. Abermals zwang er den Braunen vorwärts. Der Trab schien dem Pferd schwerer zu fallen, Arnulf klopfte ihm auf den Hals und murmelte zuversichtliche Laute, während er auf die Eiche zuhielt und mit scharfen Augen die Kuppe der Anhöhe absuchte. Als er knapp eine Meile seit der Gabelung zurückgelegt hatte, verspürte er ein Jucken im Rücken. Er drehte sich um: Eine Gruppe Reiter passierte den Steinhaufen, unterwegs in Arnulfs Richtung! Er nahm weder Speere noch Schilder wahr, aber – der vorderste sah aus wie Baldur. *Zeigte nicht einer der Reiter auf ihn?* Auf die Entfernung war es nicht klar auszumachen. Konnten sie ihm so schnell gefolgt sein? Er stieß seine Hacken in die Flanken des Braunen, er musste über die Kuppe!

Der Stamm der Eiche war so dick, dass vier Männer sie nicht hätten umspannen können. Beim Näherkommen wurde das Pferd langsamer. Jenseits des schrundigen, bräunlichen Stammes nahm er einen freien Platz wahr, beim Weiterreiten fiel sein Blick auf einen Halbkreis aus Sitzklötzen. Dann erst sah er das Gesicht auf der anderen Seite des Baumstammes: einen Kopf mit Oberkörper, besser gesagt, Augen so groß wie Füße mit riesigen, hervorgewölbten Brauen, der Bart wie ein tropfender Wulst über dem Mund, herausgeschlagen aus dem Stammholz vor etlichen Jahren, die Oberfläche schon silbrig verwittert – ein Gerichtsbaum.

»Weiter, Brauner, weiter!« Den Blick auf die Reiter hinter sich gerichtet, vergewisserte sich Arnulf, dass die Axt noch in der Schlaufe am Gürtel steckte. Es war eine plumpere Waffe als seine alte Streitaxt, aber das Einzige, was ihn vor seinen Verfolgern schützen würde. Er zwang das Pferd jetzt zum Galopp, vor ihm nur Sand und platt getretenes Gras bis zu einem Ring von Eschen, Kastanien und ein paar Kiefern. Das Gelände fiel wieder ab, Arnulf wurde schneller. Doch dann öffnete sich der Blick plötzlich auf Häuser, Zäune und einen Platz in der Mitte, auf dem ein Dutzend Männer ein Kampfspiel abhielten, keine zwei Pfeilschüsse voraus! Er brachte das Pferd zum Stehen. Eine Siedlung lag da, nach sächsischen Maßstäben: Die Heiden kannten keine Städte, sie lebten auf Höfen.

Mit angehaltenem Atem musterte der Flüchtling die Umgebung. Zur Linken liefen Steckenzäune in einer Pferdeweide aus, dort konnte er nicht vorbei, ohne von allen gesehen zu werden; zur Rechten waren kleinere Arbeitshütten und Speicher auf Stelzen verstreut, wie hingeworfen in die Landschaft. Dahinter Büsche, Weidenbäume und ein paar Pappeln, Arnulf ahnte einen Bach. Kurz entschlossen trieb er den Braunen wieder an und hielt auf den rechten Dorfrand zu. Er umritt einen hüfthohen Steckenzaun und erschreckte ein paar Kinder mit einer Magd, die Schweine vor sich hertrieben. Eine Männerstimme rief ihn von der Seite an, doch er sah nicht einmal hin. Dann musste er einem weiteren Steckenzaun ausweichen, der einen Kornspeicher umgab, worauf ein stinkender Graben vor ihm auftauchte. Hinüber mit einem beherzten Sprung! Da kam der Hund von links angeschossen: Er schnappte nach Arnulfs nacktem Fuß, ein struppiges Vieh mit zerbissenen Ohren – *Herr, gib mir eine Stoßlanze!*

Doch dem Allmächtigen reichte es, dass Arnulfs Pferd in Bewegung blieb. Vielleicht wurde es sogar schneller: Im Handumdrehen folgte dem Flüchtenden eine wüst kläffende Meute. Sie blieb dem Braunen auch noch auf den Fersen, als er endlich offenes Gelände erreichte. Das Jucken in Arnulfs Rücken wurde zum Schmerz, im vollen Galopp blickte er sich noch einmal um: Da liefen Menschen zusammen, riefen durcheinander, bestiegen ihre Pferde. Wer anders als ein Dieb oder ein Entlaufener stahl sich so herum? Noch einmal rammte er Baldurs Gaul die Füße in die Seiten. »*Lauf, bei Gott, vorwärts!*«

Bald wurden Wiesen und Brombeersträucher wieder zu Wald. Erbarmungslos peitschte er die Schulter des Braunen mit den Zügelenden. Arnulf spürte den Widerwillen, die Erschöpfung der Muskelstränge unter sich. Die Dämmerung hatte eingesetzt, wie eine feuchte Decke legte sich die Kühle auf alles. Nicht mehr lange, und die Dunkelheit würde ihn für heute retten ... Hinter sich konnte er die Verfolger erkennen, als er endlich zwischen die Bäume eintauchte. Der Boden war nun feuchter, schwerer, das geschundene Pferd konnte nicht mehr, ging immer wieder in torkelnden Trab über ... Wasser spritzte bis über seine Oberschenkel, als sie eine lange Pfütze durchquerten. Augenblicke später sah er den Morast auf sich zukommen, im letzten Moment konnte er die Füße aus den Steigbügeln ziehen, er überschlug sich, rollte über die Schulter ab und tauchte in den Dreck ein. Für einige Herzschläge lagen sie benommen nebeneinander, der Gestürzte und sein halb toter Gaul. Das Pferd stieß ein verzweifeltes Wiehern aus, mehr ein Schmerzensschrei: Die rechte vordere Fessel war abgeknickt, der Huf wackelte hin und her, hilflos wälzte sich der Braune im Dreck. Arnulf richtete sich auf und streichelte dem gequälten Tier mit der Hand über den Hals. *Danke!* Dann verschwand er im Unterholz.

Käuzchenrufe richteten seine Nackenhaare auf. Es war der Bote der Nacht. Ein rechtschaffener Mann war um diese Stunde in seiner Hütte und aß mit dem Weib, was die Mühe des Tages erbracht hatte. Er, ein entflohener Sklave, irrte im Dunkeln durch einen Forst, tastend von Baum zu Baum, wie einer, der das Augenlicht eingebüßt hatte. Kein Verfolger war hinter ihm zu hören. Aber wo und wie würde er wieder aus dieser Wildnis herausfinden? Ein helles Trillern beunruhigte ihn: Das war die Schnepfe, und wo Schnepfen waren, waren Sumpf oder Moor nicht weit ... Tatsächlich wurden die Schemen der Bäume kleiner, dünner. Seine kalten, wunden Füße sanken immer wieder ein bis zwei Zoll ein, Arnulf spürte klebrigen Sumpf zwischen den Zehen. Wie eine Gnade war es, als schließlich die Wolkendecke aufriss und ein blasser Mond am Himmel auftauchte. Arnulf sah einen Erdbuckel vor sich, der halbwegs trockenen Untergrund verhieß. Wenig später entpuppte sich der Buckel als liegender Baumstamm, ein Sturm mochte ihn vor langer Zeit entwurzelt haben. Erschöpft sank er auf dem moosigen, halb verwitterten Holz nieder. Seine Verfolger würden nicht so schnell aufgeben. Er hatte Blut vergossen auf seiner Flucht, sie waren auf Rache aus … Er sah Baldur, der ihm mit dem Stock ins Gesicht schlug. Marbold und Heden hielten ihn fest. »Der Baum wird Euch erschlagen«, rief Arnulf ihnen zu. Baldur schlug weiter auf ihn ein, doch Heden ließ los, er hatte verstanden. Dann krachte die Baumkrone auf sie nieder, ein mächtiger Ast traf Arnulf an Rumpf und Schulter.

Er war aus seinem Baumbett gefallen, alle Glieder schmerzten. Fröstelnd rappelte er sich hoch. Er trug nichts als die Tunika am Oberkörper und spürte die Kälte in jeder Faser. Er dachte an Fritzlar, an sein altes Leben – das so abrupt geendet hatte, als er den Paladin Thegan niederschlug. Weil der das Mädchen beanspruchte, in das Arnulf verliebt war – nein, das er zu lieben glaubte … er war geflohen, hatte sich durch die Wildnis geschlagen wie ein Vogelfreier. Arnulf war davongekommen, aber seine Mutter hatte man aus der Stadt gejagt, in die Wildnis. Niemand hatte seitdem wieder von ihr oder seinem Onkel Dietmar gehört – der fromme Dietmar, der nach dem Tod von Arnulfs Vater dessen Platz eingenommen hatte. Ein Mann, der zufrieden war, hinter dem Pflug zu laufen, morgens und abends Psalmen zu singen und am Tag vor dem Sonntag *samantwist* mit Arnulfs Mutter zu haben. Niemals hatte dieser Dietmar einen Menschen oder gar das Schicksal herausgefordert. Arnulf hatte rebelliert, gekämpft, war mit dem königlichen Heerbann gegen die Sachsen gezogen und zu Ruhm gekommen. Mit »Gefolgsmann« hatte der König ihn angesprochen. Und dann hatte Arnulf einmal zu oft Esikos Befehle in den Wind geschlagen. Um Erika zu beeindrucken? Um ein Held zu sein?

Bilder aus Kindertagen: Im Sommer hatten sie manchmal Mäuse in flache Erdlöcher an der Eder gesetzt, um die Gefängnisse langsam mit Wasser volllaufen zu lassen. Der Überlebenskampf der Tiere war spannend gewesen; einige wenige schafften es zu entkommen. *War er mehr für Gott als eine strampelnde Maus?* Demut!, hatte Onkel Dietmar ihn immer wieder ermahnt. Auch der kluge Einhard hatte ihm diese Haltung mit etwas anderen Worten nahegelegt. *Aber wie ging das: länger als eine Stunde hintereinander demütig zu sein?* Zögerlich stimmte er die ersten Worte des *Kyrie eleison* an, das sie bei Gottesdiensten auf der Burg sangen. Seine Stimme klang seltsam laut in der Nacht – als er verstummte, war da erst gähnende Stille, dann das Rascheln, Glucksen und Gurren, das Hunderte unsichtbarer Wesen um ihn herum erzeugten: Das Moor sprach. Am Ende des Stammes entdeckte er einen dunklen Umriss, nicht größer als ein Kürbis, mit zwei hellen Punkten, die ihn anstarrten. Dann eine abrupte Bewegung, die Form hatte sich im Schwarz der Nacht aufgelöst.

16

Unterhalb der Eresburg, im Mai 774

Die mächtigen Flügel des Himmelstores standen bereits offen, als Esikos waffenstarrende Schar sich in die Vorburg ergoss und wenig später mit dumpfem Hufgetrommel die südliche Rampe hinabdonnerte. Vom Wehrgang, der das Himmelstor überwölbte, schrien die Wachen den Ausrückenden Heilsrufe und den Namen des Heiligen Martin hinterher; einige der Ausreitenden waren noch im Sattel dabei, die Helmriemen zu schließen und die seitlichen Verschlussriemen der Schuppenpanzer festzuzurren. Am Fuß der Rampe kamen der Kolonne die ersten Überlebenden entgegen. »Wie viele?« und »Von wo?« – schleuderte Esiko ihnen entgegen. Die wirren, halb verschämten Antworten brachten wenig Erkenntnis. Die Heiden hatten sich nachts zwischen die Vorhügel der Burg geschlichen, wurde Esiko klar. Ein dreister Hinterhalt! Zu dreist für die Engern, die sich doch sonst kaum zu regen wagten. Nur Widukind konnte dahinterstecken. Und endlich würde der *heliand* ein würdiges Ziel finden …

Sie bogen scharf nach links ab in den schmalen Reitgrund. In gestrecktem Galopp, mit Mordlust im Herzen, ritten sie den Sachsen entgegen, vorbei am Eberkopf und der Einmündung der Fritzlarer Straße, die Esikos Kerntruppe noch vor wenigen Tagen eingeschlagen hatte. Der Offizier warf einen langen Blick nach rechts, doch zu sehen waren nur Buchengrün und dunkler Waldboden. *Was, wenn die Sachsen nicht nur von vorn kamen, sondern auch von hinten?* Wenn eine Horde aus der Fritzlarer Straße hervorbrach, um ihm den Rückweg zur Burg zu versperren?

Er brüllte nach Paulus. Sogleich schob der Krieger sich neben *harto* an die Spitze der Kavalkade, mit vor Kampfeslust leuchtenden Augen. »Bleib mit einem Dutzend Mann zurück! Warnt mit dem Horn, wenn Ihr Heiden seht!«

Herbe Enttäuschung spiegelte sich im Gesicht des Kriegers, bevor er wortlos nickte und seitlich ausschwenkte, um das Befohlene auszuführen. Schon tauchte der um sein Leben rennende Albrich vor ihnen auf. Das Gesicht war eine Grimasse aus Schmerz und Erschöpfung, das Blut aus der zerfetzten Wange hatte die Brust des Schuppenpanzers rötlich gefärbt. Zwei Pfeilschüsse hinter ihm: das Braunrot der Sachsenschilde! Breit aufgefächert kamen sie den Reitgrund entlang, ein wandelnder Schildwall, vierzig, fünfzig Mann breit, drei bis vier Mann tief. Es war, als *suchten* die Sachsen den Zusammenprall, ausgerechnet hier, an der engsten Stelle: Rechts stieg der Kupferberg an, links der grasbewachsene Hang des Burgbergs. »Die haben's eilig mit dem Sterben«, stieß Ansgar aus.

»Helfen wir ihnen dabei«, grunzte Esiko, stellte sich in die Steigbügel und brüllte mit der ganzen Gewalt seiner Stimme: »*Carolus Rex!*«.

Prompt schwenkten die Männer hinter ihm zur Angriffsformation aus, die Kolonne wurde zum lanzenstarrenden Rechteck, zwanzig Mann breit, die ihre Lanzenspitzen auf die Sachsen voraus richteten. Nur mit den Kriegspferden der Scara konnte man in einen geschlossenen Schildwall einbrechen! Mit der Wucht einer Büffelherde machten die Schuppengepanzerten die erste und zweite Reihe der Sachsen nieder. Eisen gegen Eisen, Leib gegen Leib, Hufe gegen Schildholz – ein Krachen brandete über den Reitgrund, dann folgte tierhaftes Gebrüll: Hass, Angst und Mordlust kam aus den Kehlen. Wie Rammsporne zertrümmerten die Stoßlanzen Schilde, durchbohrten Brustpanzer und rissen Gesichter in Fetzen. Im Nu waren die Franken drei, vier Pferdelängen tief in den sächsischen Haufen eingedrungen, hatten genauso viele Heiden niedergetrampelt wie mit den Lanzen getötet. Doch obwohl der erste Reiteranprall ein Drittel der Sachsen niedergemäht haben mochte, liefen sie nicht davon. Schon sah Esiko die ersten Krieger mit erhobenen Speeren von hinten nachdrängen. *Harto*, der mit seinem roten Rossschweif auf dem Helm aus den Franken herausragte, zog die Waffen geradezu an: Einen Speer fing er mit dem Schild, ein zweiter glitt an der eisernen Beinschiene ab – doch dann war da ein Todesmutiger, der mit doppelhändiger Axt direkt vor dem Pferd des Offiziers auftauchte. Mit Mühe konnte Esiko ihm die Lanze in die Rippen bohren. Im Fallen aber drehte sich der Sachse, die Lanzenspitze kam nicht mehr frei, und *harto* fühlte den Stutenbiss aufplatzen: Er musste den Lanzenschaft loslassen, ein scharfer Schmerz pulsierte durch seine Finger.

Schnelle Blicke nach links und rechts: Mehrere der vordersten Scarakrieger sanken getroffen aus den Sätteln, manche sprangen geradezu ab, weil ihre Pferde von Speeren oder Pfeilen getroffen wurden. Dutzende von Sterbenden lagen im Gras, ebenso viele Halbtote krochen auf allen vieren, um ihre zerschlagenen Körper in Sicherheit zu bringen.

Warum flohen sie nicht?

Durch das Gelärme hörte er den Hilfsschrei eines Kriegers, der eingeklemmt war unter seinem zusammengebrochenen Ross: ein brüllender Sachse mit Zöpfen wie eine Frau stach auf ihn ein, einen abgebrochenen Speer in den Händen. Esiko ließ den Rappen zwei, drei Sätze machen, zog das Schwert und erwischte den Heiden mit einem halbkreisförmigen Schlag: Der *heliand* riss ihm den Hals auf, ein paar Zoll unter dem Ohr schoss eine rote Fontäne hervor. Sie sprudelte weiter, als der Mann japsend in die Knie ging. Esiko sprang aus dem Sattel und riss am Arm des bedrängten Kameraden, drei Herzschläge später war er frei.

Ein Horn dröhnte am Taleingang.

Esiko musste zwei Langhaarige mit schnellen Schwerthieben zurücktreiben, dann saß er wieder im Sattel. Der Zügel lag glitschig in seiner Hand, denn der Stutenbiss blutete nun durch den Zweifingerverband hindurch. *Ein kleiner Schmerz, nichts weiter* ... Und wieder ein Hornstoß, lauter noch als beim ersten Mal!

»Das ist Paulus«, brüllte Ansgar ein paar Schritt neben ihm. Ein Pfeil ragte aus seinem Oberschenkel, Bogner schossen sich von hinten auf die Reiter ein. Esiko hob den Schild bis auf Höhe des Helmrandes und riskierte einen Blick in die Richtung, aus der sie gekommen waren. Die Krümmung des Burghügels behinderte die Sicht, trotzdem nahm er die Bewegung am Taleingang war: Da waren Bewaffnete, und zwar viele! »Bei Petrus' Arsch!«, stieß er aus. »ZURÜCK! Alle zurück!«

Ansgar nahm den Ruf auf, dann die anderen Truppführer, Reiter wendeten ihre Pferde, und die ohne Pferd versuchten, bei den anderen mit aufzuspringen. In diesem Augenblick nahm *harto* am linken Rand seines Gesichtsfeldes eine Gruppe von Rundschilden wahr, von denen aufgemalte Pferdeköpfe und gezackte Siegrunen leuchteten: Sie schienen nicht überrascht vom Ausweichen der Franken. Im Gegenteil, sie gingen mit einer Art stillen Wut auf die zurückhängenden Panzerreiter los, die davonzulaufen versuchten. Jetzt erst nahm der Hundertschaftsführer einen breitschultrigen Kerl mit silbrigem Kettenhemd wahr, der ihr Antreiber schien; sein aufwendiger Helm hatte einen Nasenschutz, der die Augenpartie halb verdeckte, aber einen goldfarbenen kurzen Bart freiließ: Esiko erkannte den Herzog der Westfalen.

Die letzten Tropfen des Morgenregens fielen aus den Baumkronen am Vorderhang des Eberkopfes herab. Abbios Blick glitt an den Reihen zu seiner Rechten entlang, wo die Engern standen, äußerlich nicht von seinen Westfalen zu unterscheiden: vom Wald verschmutzte Hosen mit Wadenriemen, Lederpanzer über hüftlanger Tunika, hier und da ein Kettenhemd; angespannte Gesichter, die Schilde an die Knie gelehnt, geraunte Sätze. Der fälische Edling nahm den Helm ab und kratzte sich die fast kahle Haut der Schädeldecke. Da war dieses Jucken, immer wenn er den aus Eisenblechspangen zusammengeschmiedeten Helm aufsetzte ...

Das Murmeln im Schutz der Bäume verstummte schlagartig, als vom Burghügel gegenüber das erste Klirren gepanzerter Reiter ertönte: Von ihrer Warte am Westhang des Eberkopfes konnten sie zwischen den Ästen der Bäume hindurch die Franken den Burghügel hinunterdonnern sehen, im schnellen Trab von einer Kehre zur nächsten, um dann unten im Galopp davonzuziehen. Nach rechts, in Richtung der Männer Widukinds! Abbio roch den Weinatem Bothos hinter sich und hörte ein Rülpsen. »Es geht los, Fale!«

Der einäugige Engernherzog hielt ihm die ausgestreckte Hand hin: »Saxnoths Segen ...«

»... auf Knochen und Blut!«

Bothos Gesicht wirkte aufgedunsen, das eine Auge war gelblich und trübe von der Sauferei am Vorabend. Unter den Ösen des Kettenhemdes war das Braun eines Lederpanzers zu erkennen, denn Botho wusste, was die fränkischen Stoßlanzen anrichteten. »Seht Ihr die Sturmleitern?«

»Ich sehe sie«, knurrte Abbio. »Mit Wodans Hilfe bringen sie uns den Sieg!« Sein Blick streifte die Krieger, die zwischen silbrigbraunen Buchenstämmen hinter Botho standen, mit grob zusammengeschnürten Leitern, vierzig bis fünfzig Zoll breit, gut dreißig Fuß lang – lang genug für den Burgwall.

»*Mir* bringen sie den Sieg, Abbio«, sagte Botho und fuhr sich mit den Fingern über die Goldkapseln der Bartenden. Dann, fast genüsslich: »Ihr Falen seid nur Gäste hier, vergesst das nicht!«

»Ihr habt viele Krieger zusammengebracht, gut«, sagte Abbio hölzern. »Aber wenn wir hier noch lange rumstehen, wird es keinen Sieg geben! Wir müssen den Panzerreitern in den Rücken fallen, und zwar sofort!«

»Euer Herzog«, sagte Botho kalt, »ist ein großer Krieger. Er wird es auch mit hundert Franken gleichzeitig aufnehmen!«

»Was soll das, Botho?«, rief Abbio fassungslos. »Worauf warten wir?«

Die Köpfe der umstehenden Krieger waren jetzt zu ihnen gewandt, zu dem hageren Falen und dem massigen Herzog in doppelter Rüstung. Bothos gesundes Auge fixierte Abbio wie ein gelbschwarzes Loch, das in die Unterwelt führte. »Ihr habt schlecht über mich geredet«, zischte er, »Ihr habt erzählt, ich hätte Euch damals bei Korbach im Stich gelassen! Also: Bringt ein Heil auf Botho aus, den Herzog der Engern, den Sohn Arbos! Ein Heil auf mich und meine tapferen Männer!«

Abbio stellte sich vor, wie die Frankenreiter in diesem Moment auf Widukinds Schildwall prallten – und eine fürchterliche Wut überkam ihn. Schon deshalb klang sein Heilsruf wie ein Kriegsschrei. Hunderte von Kehlen nahmen ihn auf, und die Männer setzten sich in Bewegung, stapften den regenfeuchten Waldhang hinunter und schlugen dabei mit Speerschäften und Schwertklingen gegen ihre Schilde. Es war ein Trommeln, das weithin zu hören war, auch auf dem Wehrgang der Burg.

Paulus, der das Schauspiel mit seinen Männern vom Eingang des Reitgrundes aus verfolgte, fuhr ein Schrecken in die Knochen. Er riss einem der Männer das Signalhorn aus der Hand und blies hinein wie noch nie zuvor. *Wie hatten sich Hunderte Heidenkrieger unterhalb der Burg verbergen können?*

Wie ein Mann blickten sie zu den Wällen der Vorburg hinauf: Noch waren die Männer aus dem Wald ein Stück vom Zugang zur südlichen Rampe entfernt. Noch konnten Paulus' Männer ihren Pferden die Sporen geben, den Kehrenweg hinaufjagen und sich hinter dem Wall der Vorburg in Sicherheit bringen. Aber Paulus' Entschluss sah anders aus. »Auf, nach vorn, zu *harto*!«, schrie er den anderen zu und schwang sich in den Sattel. Nur einer von den zehn, die dort mit ihm ausgeharrt hatten, ritt in die andere Richtung davon: ein drahtiger Kerl, ein Mann mit mehr Bart als Haut im Gesicht war es – ein Krieger aus sächsischer Sippe, durchfuhr es Paulus.

Ein Feigling war nicht besser als ein Verräter. Der Sohn eines Diakons riss den Bogen aus der Haltevorrichtung am Sattelende. Er hatte einen Pfeil auf der Sehne, als der Flüchtende die ersten fünfzehn Pferdelängen zurückgelegt hatte, hatte die ausgezogene Sehne an der Wange, als der andere schon glaubte, er würde davonkommen. Einen Wimpernschlag später zitterte die Habichtsfeder zwischen den Schulterblättern des Davonreitenden, der Körper schlug nach vorne auf den Pferdehals. Als er Augenblicke später tödlich verwundet aus dem Sattel rutschte, hatte Paulus den Bogen bereits verstaut und den schnellsten Weg ins Gefecht eingeschlagen.

Ansgar hörte Esikos Schrei, sah ihn auf die vordersten Sachsen zuhalten und kehrte sofort um, nicht ohne den Mann mitzureißen, den Esiko unterm Pferd hervorgeholt hatte. Es waren nicht mehr als zwanzig oder dreißig Atemzüge, in denen Esiko und Widukind sich Auge in Auge gegenüberstanden: Die Franken wichen zurück, während sich die Sachsen noch sammelten. Esiko donnerte mit erhobenem Schwert auf den Falenherzog zu. Die Schildmänner spritzten zur Seite, aber Widukind selbst blieb stehen. Anstatt sich mit dem Schild gegen den Schlag des Heranreitenden zu decken, schlug er selbst zu: ein Hieb mit vollem Risiko gegen Esikos rechte Seite. Mit einem markerschütternden Laut kreischten die Schwertklingen gegeneinander, Funken flogen, die Stahlklingen prallten zurück, ohne dass ein Tropfen Blut floss. Ein scharfer Schmerz in der Hand ließ Esiko aufstöhnen.

Als der Offizier sein Pferd abermals wendete und angriff, schlug er trotzdem mit derselben Wucht zu: ein kreisförmiger Schlag, hart rechts am Pferdekopf vorbei, auf Widukinds ungedeckte Schulter gerichtet. Der Falenherzog musste seinen Schild hochreißen, die Schwertklinge glitt am Lindenholz ab und prallte auf den eisernen Schildbuckel. Esikos blutig-nasse Hand krampfte sich um den Schwertgriff, der nun wie ein Dornenzweig in der Hand eines Büßers war ... *Widukind musste sterben!*

Esikos dritter Schlag: Wieder blieb der Fale in Deckung, wieder riss die Schwertklinge Holzsplitter aus seinem Schild – und Widukind bemerkte, dass der Franke schwächer wurde. Für einen winzigen Moment sahen sie einander in die Augen: Kriegsmänner, denen das Töten leichtfiel und die noch in jedem Zweikampf der Bessere gewesen waren ... Dann tauchte Widukind katzengleich unter dem Pferdehals hindurch auf die andere Seite Esikos, riss mit der Linken am Schild des Franken und schlug nach dem Haupt des Reiters. Bevor Esiko das Schwert zu einem Stoß in Widukinds Brust ansetzen konnte, traf ihn die Schwertspitze. Die Wucht des Schlages riss die linke Wangenklappe ab und schlitzte die Schläfe bis auf den Knochen auf. Der Helm verrutschte, ohne vom Kopf zu fallen, lächerlich schräg stand der Nasenschutz nun über dem Gesicht. Mit letzter Kraft rammte er dem Rappen die Sporen in die Seite. Es war sein Glück, dass das Pferd nur geradeaus laufen musste, den anderen Franken hinterher. Esiko sah nur noch blutigen Nebel um sich, als ihn sein Rappe aus der Gefahrenzone trug. Er erkannte Ansgar erst, als der Gefährte ihm in die Zügel griff und beide Pferde gleichzeitig führte, in Richtung der Rampe – dem nächsten, dem letzten Kampf entgegen.

Eine Krise wird zur Katastrophe, wenn der Mensch seinen Verstand ausschaltet und sich treiben lässt. Das gehörte zu Einhards Überzeugungen. Gottvertrauen nannten solches Verhalten die einfachen Menschen, er selbst empfand es als Lethargie. Der Verstand eines Mannes kam genauso von Gott wie etwa sein Magen und sein *faz* – und der Herr missbilligte es, wenn Menschen – Männer! – nur nach ihrem Hunger und Geschlechtstrieb lebten ... Aber wann hatte der Herr der Eresburg aufgehört zu *denken*?

Fassungslos verfolgte der Statthalter Einhard vom südlichen Wall aus die Ereignisse unterhalb der Festung: Der Regendunst war längst aufgebrochen, das Grün der Baumkronen auf den Vorbergen trat deutlicher aus dem Grau hervor und somit auch die Bewegungen im

Tal: Ein feindliches Heer marschierte da unten aus dem Wald heraus, mit einer Art dumpfem Trommelschlag, den er noch im Unterleib spürte. *Wo kamen die her?* Sein tüchtigster Kämpfer war in einem blutigen Schlagabtausch mit heidnischen Angreifern nordöstlich der Burg verstrickt – nachdem zwei Drittel einer Hundertschaft in einem Hinterhalt massakriert worden waren! Ja, es hatte Zeichen und Warnungen gegeben, den dreisten Überfall auf Korbach vor allem. Aber die *Geschwindigkeit,* mit der die Dinge an diesem Frühlingstag über ihn hereinbrachen, hatte etwas Gnadenloses.

»Wie viel Mann haben wir noch, Hauptmann?« Einhard schleuderte die Frage Gailo ins Gesicht, als er gefolgt von Hunus und zwei Kriegern die Stiege zum Wehrgang des inneren Tores erklomm.

»Genug, um ein paar Tage auszuhalten …«, brachte Gailo hervor, wobei sein Atem heftig ging, als wäre er zehn Stiegen hintereinander geklettert. Sein Blick wanderte vom Sachsenheer im Talgrund zum Außenwall und dem Himmelstor, an dem nur ein halbes Dutzend Wachen standen. »Einhard, wir müssen Esikos Männern helfen, sonst kommt keiner von ihnen durch!«

Einhards Herz setzte ein paar Takte aus. In der plötzlichen Stille klang Hunus' Gemurmel umso lauter. »Erzengel Gabriel …«, raunte er wie im Selbstgespräch. Der Blick auf die Heiden im Tal schien seine Angst noch einmal zu verdoppeln. »… gegen meinen Willen hierhergebracht … schändlich.«

»Schließt das Tor«, krächzte Einhard.

Gailo sah ihn mit seinem bleichen, eingefallenen Gesicht an, als hätte Einhard die Anrufung Wodans befohlen.

Einhard schluckte und empfand für einige Augenblicke eine grauenhafte Ratlosigkeit. Hunus' halblaute Beschimpfungen drohten ihm vollends den Verstand zu rauben – *sah dieser Mann nicht, was hier los war?* Einhards rechte Hand zeigte den Berg hinab. »Diese Leitern, Hauptmann – können die Engern damit die Wälle überwinden? Können wir …«

»Bogenschützen«, schnappte Gailo. »Die Bogner auf den Außenwall, alle!«

Einhard nickte lahm, schon lief einer der Krieger los, um die Worte weiterzutragen; der letzte seiner Offiziere trug nichts als eine verschmutzte Tunika und einen dunklen, ärmellosen Überwurf aus Wolle. *Konnte dieser Mann an einem Kampf teilnehmen? Aber wer blieb dann, außer Einhard selbst?*

Dann sahen sie *hartos* Männer. Unten im Reitgrund näherten sich, noch halb verdeckt von der Wölbung des Burgberges, die Panzerreiter, die kurz zuvor mit Esiko ausgerückt waren. Sie hielten direkt auf die noch immer wachsende Schar von Sachsenkriegern zu, die das schmale Tal fast völlig ausfüllte: Wie ein Korken einen Krug verschloss, so sperrten die Engern den Eingang zum Reitgrund und somit den Rückweg der *unfortha.* Mit angehaltenem Atem verfolgte Einhard, wie die Panzerreiter mit gesenkter Lanze einen Durchbruch versuchten, etwa zehn Pferde breit. Sie pflügten einige Dutzend Sachsen zur Seite, ritten etliche in den Boden, jedoch – die Feinde waren zu zahlreich, kaum einer drang durch! Ein wildes Handgemenge entstand, ein Scarakrieger nach dem anderen wurde aus dem Sattel gerissen. Dann sahen die Männer auf dem Wehrgang einige Reiter schräg den Hang hochreiten, an den Engern vorbei, in einem waghalsigen Winkel, fast zu steil für Ross und Reiter!

»Da ist Esiko!«, entfuhr es Einhard. Er meinte, den schwarzen Helm Esikos mit dem roten Schweif zu erkennen, den der dritte oder vierte der Reiter trug. Aber der Kopf hing merkwürdig herab …

Die Sachsen verfolgten das Ausweichmanöver mit Wutgeheul und stürmten nun den Kehrenweg zur Rampe hinauf, um den Panzerreitern den Weg abzuschneiden – *oder die Burg anzugreifen?* Auch die Männer mit den Leitern schoben sich nun am blutigen Getümmel vorbei und begannen, die Kehren des Burgweges hinaufzumarschieren. In einer Art Tagtraum sah Einhard für einen Moment seinen eigenen Kopf auf einem Pfahl über dem Tor stecken, mit heraushängender Zunge, wie bei einem toten Schwein – *die kommen, um dich umzubringen.*

»Wir müssen ihnen entgegengehen, mit Pfeil und Bogen und Speer!«, keuchte Gailo und stierte Einhard an. »Sonst schafft es keiner bis zum Tor!«

Einhards Kopf nickte, als würde jemand anders seinen Hals bewegen. Die Sache war völlig klar: Sie konnten sich einigeln hinter dem Wall oder den um ihr Leben Kämpfenden die Tore öffnen und dabei auf die Verfolger schießen …

»Ich führe den Ausfall an«, hörte Einhard sich sagen.

Tristan starrte ihn an, als hätte der Statthalter sich zum König erklärt. »Ich … ich hole Euer Schwert, Herr! Das Langschwert!«

»Und Panzer und Helm, Junge, schnell!«

Dann folgte er Gailo die Stiege hinab auf den Boden. »Die Heiden werden Euch erschlagen, Einhard!«, rief ihm jemand von oben nach – Hunus. Es klang nicht vorwurfsvoll, eher bedauernd.

Einhard folgte dem mutig vorwärtswankenden Gailo durch das geöffnete Innentor über den Hof der Vorburg, vorbei an den frischen Gräbern der *hokka*-Toten, zum Himmelstor. Ein Dutzend Krieger war dort vor den geschlossenen Torflügeln zusammengelaufen. Von links und rechts eilten andere mit Bögen und prall gefüllten Pfeilköchern herbei.

»Aufmachen!«, brüllte einer der Männer auf dem Wehrgang über dem Tor. »Ansgar und … und *harto*!« Erschrecken schwang im letzten Wort mit.

Zwei Mann waren notwendig, um den schweren Querbalken aus der Verriegelung des Tores zu zerren. Durch einen halb geöffneten Flügel drängte sich der Fuchs Ansgars, mit schleimigem Schaum am Maul, keuchend wie eine sterbende Kreatur. Der Reiter rief den Männern um Einhard etwas zu, das er nicht verstand, dann rutschte Esiko, der hinter ihm durchs Tor kam, schon totengleich aus dem Sattel. Einhard erschrak – die linke Gesichtshälfte war blutüberströmt. Einer der Schuppengepanzerten ließ seine Waffen fallen und fing Esiko auf. Dessen Helm verrutschte, aber schien noch über ein Stück Haut mit dem Schädel verbunden; frisches Blut schoss hervor, Ansgar brüllte nach Grimo *medicus* und nach dem Schmied und nahm den Körper Esikos in beide Arme, als wollte er ihn selbst forttragen.

Einhard unterdrückte ein Würgen. »Wie schlimm ist es, Ansgar?«

»Schwerthieb«, stieß der Truppführer mit rotem Gesicht aus. »Helmteil im Schädel ... eine Zange! Wo ist der Dreckschmied?«

»*Te absolvo*!«, donnerte jemand.

Einhard drehte sich um – Hunus kam mit aufgerissenen Augen und machte mehrere Kreuze über dem Haupt des Mannes, der ihn in eine Kriegshölle geschleudert hatte. »Ich spreche dich frei von Sünde, mein Sohn! Gott möge dir gnädig sein, denn dein Werk war gerecht!«

Doch nun schnauzte Ansgar den Pfaffen an: »Presst den Helm auf den Kopf! Festhalten! *Harto* stirbt nicht, verstanden?« Es klang verzweifelt. Flankiert von Hunus stapfte Ansgar los, wie ein Maultier, das einen Bären schleppt, über den Hof der Vorburg. Ihm lief Tristan entgegen – tatsächlich, er rannte! – mit Einhards Rüstung und dem Langschwert, einer Waffe, die der *gilerito* genannte Statthalter der sächsischen Grenzmark noch nie benutzt hatte.

17

Im Westfalengebiet, weit östlich von Bylanuelde, Frühjahr 774

Die Regenschauer der Nacht durchnässten Tunika und Hose: Arnulf zitterte dem Morgen entgegen, bis endlich, endlich das erste Licht Wärme und neue Hoffnung brachte. *Die Dunkelheit war Satan, das Licht war der Herr!* Gott war trotz allem auf seiner Seite, beschloss Arnulf, denn durch das Eindringen in den Sumpf war er seine Verfolger losgeworden. Der Allmächtige würde ihn früher oder später auch hinausführen ...

Nach den ersten hundert Schritten allerdings wankte seine Zuversicht wieder. Kleine Birken auf scheinbar trockenen Stellen täuschten festen Untergrund vor, doch stets waren es Inseln: Danach sackten seine Füße immer wieder ein, manchmal bis zum Knie. Kalt spürte er den Schlamm zwischen den Zehen. Wollgrasbüschel überzogen den Sumpf, als hätten Schafe hier geweidet und ihr Haar zurückgelassen; Lilien, weiß und makellos, lockten wie das Böse: Sie wuchsen im Nichts, im tückischen Morast. Je weiter er vordrang, desto häufiger musste er Tümpel umgehen, deren Ränder seine Füße gnadenlos nach unten saugten.

Umkehr war unmöglich. Längst mussten die Verfolger aus Bylanuelde in der Siedlung angekommen sein. Sie wussten, dass er hier irgendwo steckte. Sie würden sich Zeit nehmen und die Wege ablaufen ...

Arnulf arbeite sich auf allen vieren aus dem Morast auf einen Buckel aus dicken, grünen Grasstrünken vor. Vögel kreisten über ihm, ein grauer Reiher landete fast schwerelos auf einem Ast, der wie der Arm eines Toten aus dem Untergrund ragte. Der Reiher beobachtete den Flüchtling, als würde er abwägen, wie lange dieser Vierfüßler noch dem Sog des Sumpfes widerstehen konnte …

»Hau ab!«

Der Vogel stieg auf und flog mit ein paar trägen Flügelschlägen davon. Arnulf spürte ein Jucken auf der Wange und schmierte sich beim Kratzen neuen Morast ins Gesicht. Seine Wunde an der Hand war vollkommen verdreckt und sandte einen stetig pochenden Schmerz aus; die Hose war bis zu den Knien nass vom Sumpf, die Ärmel bis zu den Ellenbogen. Die Wälder um Fritzlar, in denen er aufgewachsen war, waren zu hügelig für größere Sumpfgebiete. Nasse Niederungen aber stellten im Frühjahr und Herbst Fallen dar, die ein Jäger tunlichst umging. Wie viele Geschichten gab es von Leuten, die nicht von der Jagd zurückgekehrt waren?

Als die Sonne etwa im Mittag stand, fühlte er die Erschöpfung wie Blei in den Gliedern. Zwei oder drei Meilen mochte er hinter sich gebracht haben, wenn überhaupt. Er hatte von riesigen Mooren im Sachsenland gehört: auf Knüppelwegen und aufgeschütteten Pfaden brauchten Wegkundige ein oder zwei Tage, um sie zu durchmessen, hieß es. Angeblich versenkten die Heiden dort Verbrecher – und Kriegsgefangene mitsamt ihren Waffen. Weil es den Göttern so gefiel …

Er dachte an Einhard *gilerito,* den klugen Mann, dessen Verstand und Wissen man rühmte. Was würde er jetzt hier tun? Zum Frosch werden? Zum Reiher? Arnulf lachte auf, bevor ihn ein Anflug von Verzweiflung überkam. Einen winzigen Moment lang bereute er, geflohen zu sein – dann schüttelte er den Kopf und dachte an die Warnungen des alten Sklaven: Es wäre ihm schlecht ergangen! Abermals zog er einen Fuß aus dem schmatzenden kalten Matsch und setzte ihn zwanzig Zoll weiter vorne auf ein paar Wollgräser. Sein Ring war niemals bei Einhard angekommen …

Doch, er *war* angekommen! Aber der Statthalter hatte keine Krieger riskieren wollen, um ihn im Feindesland aufzuspüren! Hätte Arnulf an Einhards Stelle anders gehandelt? Er knirschte mit den Zähnen.

Die Wollgräser wurden dichter, und plötzlich sah er eine Art Damm, einen halben Pfeilschuss voraus. Sofort schlug sein Herz schneller. Er watete durch einen Pfuhl, kaum knietief, und bildete sich ein, dass der Boden besser trug. Jetzt tauchten auch wieder die kleinen Birken auf, die er am Anfang des Sumpfes gesehen hatte. Hoffnung keimte in ihm auf, der Damm führte irgendwo nach links, wo er das Grün von Baumkronen ahnte. Noch zwanzig Schritt. Noch zehn ... seine Laune stieg wie der Reiher, den er aufgescheucht hatte.

Mit einem Schmatzgeräusch brach sein linker Fuß durch eine dünne, braune Kruste. Im Nu stand er wieder bis zum Knie im Dreck. Er verlagerte das Gewicht auf den rechten Fuß, stützte sich mit der Hand ab, doch es war nichts zum Stützen: Auch das rechte Bein sank ein. Nur eine Armlänge trennte ihn vom Zweig einer Birke, die am Rand des Dammes wuchs! Er beugte sich vor, versuchte, sie zu schnappen – und versank bis zu den Oberschenkeln. Wie ein Besessener kämpfte er, brachte die letzten Kräfte auf, um irgendwie die lächerlichen fünf Fuß bis zum Damm zu überbrücken. Doch jede Bewegung ließ ihn tiefer sinken. Schon umklammerte der Sumpf seine Hüften. Irgendwo da unten warteten die Seelen der Erschlagenen.

»Heilige Mutter Gottes!«

Er schloss die Augen und stellte jede Bewegung ein. Es half nichts: Als er sie wieder öffnete, reichte der Morast über seinen Bauchnabel. Verzweifelt blickte er nach oben – und nahm eine Bewegung auf dem Damm wahr, neben der Birke. Eine Gestalt – nein, ein Ungeheuer, mit Fell und Leder überzogen, das Gesicht eine Maske, grauenhaft und unerklärlich.

»Der Herr ist an unserer Seite, Einhard! Er ist in Euch und Eurem Schwert, denn er verlässt die Seinen nicht in der Not!« Hunus stand im offenen Himmelstor und hielt dem Statthalter das handgroße Holzkreuz ins Gesicht, das er sonst auf der Brust trug. Aus seinen Augen sprühte plötzlich das Gottvertrauen eines Propheten – oder eines Wahnsinnigen. Der Sachsenangriff hatte eine Verwandlung im Kirchenmann ausgelöst, als würde ein Ziegenbock plötzlich zum Schlachtross. Einhard berührte das Kreuz mit den Lippen und wandte sich den drei Dutzend wartenden Kriegern zu. »Seid Ihr fertig?«

Grimmiges Nicken. Die Männer schlugen die Schwertspitzen aneinander und murmelten »Sankt Martin« oder »Carolus Rex«. Zu Einhards Überraschung schien alles von selbst zu passieren: das Zusammenströmen der Männer, mit denen er versuchen musste, den Resten von Esikos Hundertschaft das Erreichen des Walles zu ermöglichen; das Abschießen von Pfeilsalven vom Wehrgang aus, um die nachsetzenden Sachsen auf Abstand zu halten; die Verteilung von Schwertern und Äxten an jeden Mann in der Burg, ob Handwerker oder Pferdebursche. Einhard selbst hingegen fühlte sich schwer, als wären Steine an seine Füße gebunden: Mühsam zog er den Riemen des Spangenhelms fest, jede Bewegung war absurd anstrengend. Noch ein paar Atemzüge, dann würde er durch das Himmelstor marschieren und – und zeigen, dass er der Burgherr war ... Er starrte auf den zertrampelten Teppich von Sägespänen zwischen den mächtigen Torpfosten; etliche Male war er über diese Späne hinweggeritten, die den Matsch im Torbereich banden, und doch hatte er sie nie richtig wahrgenommen. *Worauf wartete er noch?*

»Gott ist bei euch, Männer!«, brüllte Hunus in die Gruppe der Krieger hinein. »Auch Gideon hatte dreihundert Mann bei sich, als Gott an seiner Seite die Midianiter niederstreckte, *bis zum letzten Mann*!« Das kurze Haar und die abstehenden Ohren, die fauligen Zähne – all das überdeckte der Furor in seiner Stimme, und Einhard sah die Krieger sich bekreuzigen. *Würde der Mönch-Diakon mit ihnen dem Feind gegenübertreten?* Geistliche durften kein Blut vergießen! Dann lief Einhard los, den Schild bis unter die Augen hochgezogen.

Der Schild roch nach trockenem Holz. Sein Mund schmeckte

nach Blut. Sein Kopf war leer, für zehn, zwanzig Atemzüge war da nichts als Taubheit. Hundert Schritt weit reichten die Pfeile der Bogner auf dem Wall. Weiter hinaus war Selbstmord! Einhard zählte seine Schritte. Er kam bis vierzig, dann kam eine Gruppe ockerfarbener Schilde so zielstrebig auf ihn zu, dass er das Zählen vergaß. Wie ein Hase vor den Hunden davonläuft, hielt mit knappem Vorsprung vor den Sachsen eine untersetzte Gestalt auf das Tor zu: Albrich, Erweins Truppführer. Arme und Beine wirbelten wie Schlegel auf einem Trommelfell, die Brust des Schuppenpanzers war blutverschmiert von der aufgeschlitzten Wange, das Gesicht war verzerrt vor Anstrengung.

Eine Wurfaxt rotierte am Kopf Albrichs vorbei und landete vor Einhards Füßen. Er marschierte weiter, links und rechts von ihm jeweils vier oder fünf der *unfortha*, und schon war der Verwundete durch sie hindurchgestürmt – Augenblicke später prallten sie auf seine Verfolger. Einhards Verstand setzte vollends aus. In den Ohren: das Wodan-Gebrüll, die Carolus-Rex-Schreie. Er selbst schrie, ohne sich zu hören. Krachen, Grunzen, Klirren um ihn herum – ein scharfer Schmerz im Schildarm: Eine Axt prallte gegen das Lindenholz, schien direkt auf seinen Unterarm durchzuschlagen. Blind stach er mit dem Schwert nach vorne, ohne Widerstand zu finden – als er am Schildrand vorbeisah, lag die Axt mit der Hand am Boden, und der Krieger ging getroffen in die Knie, ein Franke hatte ihm den Arm durchschlagen. Zischen in der Luft – die Pfeile. Mit satten Lauten schlugen sie in sächsisches Fleisch ein, mit hartem Klopfen bohrten sie sich in ihre Schilde. Von irgendwo her hielt ein halbes Dutzend Schuppengepanzerter auf sie zu, zwei Mann auf völlig abgekämpften Pferden, dahinter vier oder fünf zu Fuß, ohne Waffe in der Hand, um ihr Leben rennend. Einhard winkte ihnen mit dem Schwert: *Schneller!* Sein Blick ging den Kehrenweg entlang, der in den Reitgrund hinabführte: Rechts des Weges kamen die Männer mit den Sturmleitern. Sie mochten noch zweihundert Schritt oder mehr entfernt sein; in weit gezogenen Bögen schwebten die weißen Federn der fränkischen Pfeile auf sie zu, mehr Hoffnungsschüsse als alles andere. Auf dem Weg selbst drängten nun starke Trupps langhaariger Krieger heran. Aus ihrer Mitte lösten sich Reiter, die quer über die Rampe schnitten, um die fränkischen Überlebenden an der steilsten Stelle des Hügels abzufangen. Ihnen war nicht mehr zu helfen! Also zurück – Einhards Leute konnten nichts mehr ausrichten! Kaum hatte er den Entschluss gefasst, krampfte sein Magen sich zusammen: Die Angst kam zurück, wie Gefrorenes, das plötzlich taut. Er schrie seinen Leuten zu zurückzugehen und zeigte atemlos mit dem Schwert auf das Himmelstor. Sein Blick fand Gailo auf dem Wehrgang über dem Tor, der dort die Bogenschützen lenkte. Einhard lief auf die offenen Torflügel zu und betete, dass die Bogner die Heiden hinter ihnen niederhielten. Wie von einer Ahnung getrieben, blickte er noch einmal über die Schulter: Die sächsischen Reiter hatten sich geteilt, eine Handvoll hielt jetzt in vollem Galopp auf die Ausfallgruppe zu. Gleichzeitig war der ihnen nächste Sachsenschwarm in Laufschritt ausgebrochen: Ohne Furcht vor den Bognern auf dem Wehrgang eilten die Heiden auf das Himmelstor zu, das ja noch offen war – offen bleiben *musste*, um die letzten Krieger aufzunehmen! Einhard konnte keinen Schuppengepanzerten mehr sehen, der noch den Hauch einer Chance gehabt hätte, das Tor zu erreichen. Immer schneller wich er mit seinen Männern zurück, schließlich *rannten* sie – Ehre zählte nichts mehr! Die Sachsen aber waren schnell: Die Berittenen, die so schlagartig die Richtung gewechselt hatten, erreichten sie zwanzig Schritt vor dem Tor. Die Frankenkrieger machten im letzten Moment kehrt, ein wüstes Handgemenge entbrannte. Einhard spürte die Panik wie nassen Lehm im Hals. Ein Torflügel war offen, er hätte nur weiterlaufen müssen – stattdessen schrie er irgendetwas – »Schlagt sie tot!« – und fuchtelte wild mit dem Schwert. Ein Reiter donnerte auf ihn zu, die Schwertklinge zum Schlag erhoben. Ein Pfeil vom Wall aber zischte in den Hals des Gauls, er stürzte – der Reiter wirbelte über den Pferdehals und mähte den Burgherrn nieder wie ein Geschoss. Einhard schlug mit dem Hinterkopf auf den Boden.

Über ihm war grauer Himmel. »Wodaaan!« Das Geschrei wurde lauter, so laut, als wären sie schon von Heiden umzingelt. Verzweifelt rappelte er sich hoch, ohne nach dem Schwert zu suchen. Prompt krachte eine Axt in seinen Schild und ließ ihn abermals in die Knie gehen. *Hinterm Wall hättest du überlebt!* Dann: ein alles durchdringender Schrei, ein kaum noch menschliches Geheul – etwas Großes, Sperriges krachte in den Axtkämpfer und die beiden Sachsen neben ihm, sie stolperten zurück, und jemand riss wie eine Furie an Einhards Oberarm. »Tötet, schlagt, mordet, mit Gott!« Einhard starrte in die rot unterlaufenen Augen von Hunus. Schon zog der Gottesmann ihn ein paar Schritte nach hinten, zum Tor. Alle drängten nun zur rettenden Öffnung, während ein kaltblütiger Bogner direkt unter dem Wehrgang Pfeile über Einhard hinwegschoss. Das Knirschen des Torbalkens war das süßeste Geräusch, das Einhard je gehört hatte. Er öffnete den Mund, doch es brauchte mehrere Atemzüge, bevor er sprechen konnte.

»Hunus … Was war das?«

Auch Hunus atmete schwer. Seine feuchten Lippen verzogen sich zu einem breiten, halb wahnsinnigen Grinsen und entblößten braun-gelbe Zähne. »Der Herr hat zu mir gesprochen, Einhard! Er war *in mir*! Er sagte ›Steh Ihnen bei, Hunus!‹«

»In Jesus Christus, amen!«, entfuhr es Einhard, und er bekreuzigte sich. »Was habt Ihr den Kerlen an den Kopf geworfen?«

»Ein Holzgerüst«, stieß Hunus aus und kratzte sich ein paar Blutspritzer von der Nase. »Es stand da hinten, irgendwo am Innentor. Euer Schreiber meinte, der Mantel Martins war darauf gespannt!«

Das Holzkreuz, das der Zimmermann gemacht hatte! Groß genug, um damit einen Ochsen zu erschlagen … Einhard lachte auf, mit der Erleichterung des Überlebenden. Doch bevor er noch einmal den Mund aufmachen konnte, krachte ein Körper zwischen ihnen auf die Erde. Da lag Hauptmann Gailo regungslos auf den Sägenspänen, mit einem kastaniengroßen Blutmal zwischen den Augen.

»Holt mich raus!«

Das Vieh antwortete etwas: eine menschliche Stimme! Aber keine, die Arnulf verstand. Gebannt starrte der Versinkende auf die Gestalt auf dem Damm. Rettung kam sofort oder gar nicht mehr. »Einen Stock, schnell!«

Der Fellmensch drehte sich um, lief ein paar Schritt auf dem Damm zurück und kam mit dem armdicken Stamm einer Krüppelbirke zurück. Mit einem schweren Messer, fast ein Kurzschwert, kappte er das dünne Ende und schob den Stamm Arnulf zu. Langsam, Zoll für Zoll, wurde er aus dem morastigen Gefängnis gezogen. Seinem Retter wurde warm dabei: Zwischendurch – Arnulf konnte den Damm schon fast mit der Hand berühren – zog er die Haube vom Kopf. Zum Vorschein kam das zerklüftete Gesicht eines etwa dreißig Jahre alten Mannes. Es war nur wenig hässlicher als seine Maske. Die Oberlippe war gespalten wie von einem Axthieb, Arnulf konnte Schneidezähne und Gaumenfleisch sehen, als er verdreckt und erschöpft festen Boden erreichte. Der Wilde nuschelte ein paar Worte, die wie »Glück gehabt« klangen, als er dem Geretteten die Hand schüttelte, als freue er sich über den Besuch.

»Wer seid Ihr? Warum tragt Ihr diese Verkleidung?« Die Überlebensfreude ließ Arnulf nur so sprudeln.

Der andere schien zu grinsen und sah dadurch noch grausiger aus. Seine Stimme klang, als hätte er einen Lumpen im Rachen und halte sich gleichzeitig die Nase zu. Zu einem »Bienenloch« zu gehen, schlug er Arnulf vor. Dann nahm er einen Korb mit Honigwaben auf. *Ein Honigsammler!* So einem im Wald zu begegnen bedeutete Glück …

»Laute Schreie, laute Schreie!«, rief er und gestikulierte – er hatte schlicht und einfach Arnulfs Hilferufe gehört. Der Damm führte sie direkt in den nächsten Forst, nicht einmal hundert Schritt waren es, bevor der Boden nun wieder trittfest und nahezu trocken wirkte. »Glück, Glück«, nuschelte der andere.

Zweimal hielten sie an hohlen, halb toten Bäumen mit wenig Grün an. Der Bienenmann streifte seine Haube über und zog sich an den Ästen in die Höhe, geschickt und fast geräuschlos – nicht mehr wie ein Sonderling, sondern wie ein Teil des Waldes wirkte er nun. Mit bedächtigen Handgriffen überprüfte er seine Bienenstöcke; von unten konnte Arnulf erkennen, dass der Mann eine Höhlung im Baumstamm so geschickt mit Brettern verschlossen hatte, dass nur ein kleines Ein-und Ausflugloch blieb. Der Maskierte grunzte zufrieden, als er wieder runterstieg, murmelte etwas von »guten Immen[8], guter Ernte« und warf Arnulf dann ohne Übergang die Worte »Keine Schuhe« zu. Dabei grinste er sein schreckliches Grinsen, und Arnulf fühlte das Blut in seinen Wangen. »Meine Schuhe sind im Sumpf«, entgegnete er lahm. *Und die kurzen Haare?*

»*Kneht*«, sagte der andere nur und machte eine Handbewegung in Richtung einer Lichtung, die hell durch das Dickicht der Bäume schien. »Hungrig, ja?«

Arnulf nickte und überlegte, ob der Kerl seine Hütte auf der Lichtung hatte. Und ob dort noch andere Menschen waren … Der Mann schien ohne Arg, und Arnulf wusste längst nicht mehr, wo er war: Ein milchiger Himmel verbarg die Sonne; schlimmer noch war, dass seine Fällaxt im Sumpf geblieben war.

»Waldara!« In der Stimme des Wilden schwang plötzlich etwas Weiches mit. Vor einer sechs oder sieben Fuß hohen Hütte aus ein paar Pfosten und Erdplacken erblickte Arnulf eine Frau mit einem Kleinkind an der Brust. Als sie Arnulf sah, wandte sie sich mit dem Kind ein wenig ab. Sie mochte Anfang zwanzig sein, ihr kastanienfarbenes Haar war zu zwei dicken Zöpfen geflochten.

8 Imme = Honigbiene

Vor ihr glomm eine mit Steinen eingefasste Feuerstelle, und die braunen Teigfladen auf diesen Steinen sprangen Arnulf geradezu ins Gesicht – sein Magen knurrte wie ein Bär! Die Frau lächelte scheu und begann einen kaum verständlichen Wortwechsel mit dem Honigmann. Er verschwand in der Hütte und kam mit einem Krug Wasser und einer Holzschale mit einem Brei aus halb flüssiger Bienenwabe zurück. Er hieß Arnulf, sich an den Feuerkreis zu setzen und zu essen. Die Brotfladen mit dem Honig schmeckten, als wäre dies der Himmel. Am Ende leckte er sich genüsslich die Finger ab. Der Bienenmann hatte angefangen, einen eimergroßen Bastring zu flechten, womöglich der Anfang eines Bienenkorbes. Er summte monoton vor sich hin, sah dabei immer wieder zu Arnulf hinüber und entblößte ab und zu seinen gespaltenen Gaumen. Das Kind der Frau war eingeschlafen, sie trug den Balg irgendwann mit vorsichtigen Schritten in die Hütte und setzte sich danach zu Arnulfs Überraschung neben ihn auf die Decke. Sie wollte wissen, wo er herkam und wie er im Sumpf gelandet war; dabei sprach sie langsam und neigte immer wieder den Kopf. »Bist du aus Thiutmalli[9]?«

Arnulf schüttelte vage den Kopf; er wusste, dass diese Siedlung irgendwo nordöstlich von Bylanuelde lag, fürchtete aber, bei der nächsten Frage als Lügner aufzufliegen. »Aber du bist deinem Herrn davongelaufen, ja? Opferst du Wodan?« Arnulf spürte plötzlich, dass hier die Wahrheit helfen könnte. »Nein, ich bin Christ.«

»Ich auch!« Ihre haselnussbraunen Augen wirkten interessiert und gleichzeitig müde, wie man es häufiger bei jungen Müttern sah; das erdfarbene Kleid war so schmutzig wie abgetragen.

»Aber … Ihr seid Falen, nicht wahr?« Hoffnung stieg in seiner Brust auf.

»Ich bin Christ«, wiederholte sie und wirkte jetzt lebendiger. »Ein Prediger aus dem Frankenreich war vor zwei Wintern in

9 Detmold

Thiutmalli … Er hat uns weiße Kleider gegeben und ins Wasser getaucht und gesagt, dass Frauen auch in die Walhall kommen, wo Jesus ist, wenn wir Wodan und Donar abschwören …« Sie warf einen Blick zum Honigsammler und raunte: »Er hat den alten Glauben! Er will nicht davon lassen …«

Arnulfs Gedanken rannten. »Warum lebt Ihr hier im Wald? Wurdet Ihr aus der Siedlung hinter dem Sumpf vertrieben?« »Wir sind Liten«, sagte sie und biss sich auf die Unterlippe, als würde das etwas erklären. »Wir hatten Streit. Der Grundherr sagte, ihm gehört der Wald, in dem die Bienenvölker leben. Er wollte den dritten Teil von allem, was wir ernten … Wir haben seinen Jagdhund erschlagen. Ein großer, schöner Hund, verstehst du? So viel wert wie ein Knecht, oder noch mehr.«

Aus der Feuerstelle kräuselte sich nur noch ein dünner Rauchfaden nach oben. Ein Kuckuck rief, Mücken umschwirrten seinen Kopf. Arnulf merkte, wie müde er war, doch gleichzeitig schlug sein Herz schneller. »Hört zu, Waldara … kennt Ihr die Eresburg, im Südosten, kurz vor der alten Frankengrenze? Einen guten Tagesmarsch südlich des Paderborns?«

Verständnislos sah sie ihn an. »Was ist mit diesem Ort?«

»Wenn Ihr mich dort hinbringt, wird der Burgherr – er ist mein Freund! – Euch reich entlohnen! Dann könnt Ihr Euch irgendwo an der Grenze ein Stück Land kaufen und müsst nicht mehr in der Wildnis leben! Honig sammeln könnt Ihr ja immer noch …«

Sie sah zu ihrem Gefährten hinüber, der nicht mehr flocht, sondern mit einem Holzspan Dreck unter den Nägeln hervorkratzte. Einige Sätze flogen hin und her. Waldara räusperte sich. »Er hat Furcht vor den Franken, glaube ich. Aber ich, ich hab keine Angst! Irgendwann werde ich Jesus sehen und ein weißes Kleid haben, und mein Sohn und ich, wir werden immer genug zu essen und zu trinken haben!«

Arnulf musste einen Fluch unterdrücken. *Sie wollte ihn nicht verstehen!* »Wenn Ihr einem Christen helft, Waldara, dann ist das als ob – dann führt Ihr Gottes Willen aus, versteht Ihr?«

Ihre Zungenspitze berührte die Oberlippe, eine Falte erschien über ihrer Nasenwurzel. »Der Wille des Allmächtigen … Der Prediger hat gesagt, es ist Gottes Wille, dass wir untertauchen und abschwören und dass wir auch nach Walhall gehen in die Himmelsburg, wo alle Christen sich versammeln … das stimmt doch, oder?«

»Gewiss«, sagte Arnulf tonlos. »So wird es sein …« Er saß immer noch mit gekreuzten Beinen neben dem Feuerring und bekämpfte die Versuchung aufzuspringen. Er knetete die Hände, krampfhaft auf der Suche nach dem rettenden Gedanken. »Ihr wart gut zu mir, ich danke Euch. Und jetzt – gebt mir ein Messer oder ein Beil, dann schlage ich mich irgendwie allein durch!«

Der Bienenmann sah ihn an und richtete sich auf, als hätte er denselben Gedanken gehabt. Mit schleppenden Schritten lief er zur offenen Tür der Hütte. Arnulf hörte Geräusche von Holz gegen Holz, dann quäkte das Kind. Doch der Honigsammler tauchte nicht mit einem Messer auf, sondern mit einem gespannten Bogen, zweieinhalb Fuß lang, groß genug für kleines Wild. Oder Beute, die direkt vor dem Jäger saß … Der Pfeil zeigte auf Arnulfs Brust.

»Jesus – was soll das?«

Statt einer Antwort sprang Waldara auf und löste flugs einen der Stricke, die ihr Kleid an der Hüfte zusammenhielten. Während Arnulf mit ohnmächtiger Wut auf das hässliche Maul des Mannes und den Bogen starrte, zog sie Arnulfs Hände auf den Rücken und band die Handgelenke zusammen. Der Flüchtling wagte keinen Widerstand, denn diesen Wilden war alles zuzutrauen.

»Warum macht Ihr das?«, knirschte er.

»Vergib uns, Franke!« Ihre Verlegenheit war unüberhörbar. »Wir bekommen Silber für einen Entlaufenen, vom *hunto* der nächsten Dorfschaft. Damit können wir das Wergeld für den toten Hund bezahlen. Und Frieden machen mit dem Grundherrn …« Aufgeregt befingerte sie ihre verbliebenen Hüftriemen. »Wir wollen nach Hause, das verstehst du doch?«

Alle Sinne Einhards waren angespannt, als er die Nadel mit dem Seidenfaden durch Albrichs Fleisch zog und gleichzeitig die lateinischen Formulierungen abwog, die dem König ein Bild von dem geben würde, was an der Nordgrenze passiert war. »Streich den letzten Satz, Tristan!«

Der Schreiber blickte vom Stehpult auf, mit einem wissenden Blick: *Der Hof musste nicht wissen, dass die Sachsen sie überrascht hatten wie Weiber am Waschplatz!*

Einhard zog den Faden, noch fünfzehn Zoll lang, ein vorletztes Mal durch die beiden Hautlappen, die Albrichs linke Wange gewesen waren – der Truppführer ächzte, als Einhard wiederum einstach, nun am Ende des Schlitzes auf Höhe des Mundwinkels. Es war nicht leicht, die richtige Tiefe zu finden, obwohl Einhard echte Wachskerzen entzündet hatte, die sonst nur im Gottesdienst brannten. Der Kriegsmann saß am Tisch mit dem eingelegten Schachbrett, Einhard stand vor ihm und beendete das Flickwerk mit einem kleinen Knoten. Albrich atmete hörbar, eine Träne rann über die frisch vernähte, dunkelrot angelaufene Stelle. Dass der Truppführer, die beiden Verwundeten auf Einhards Bett und der Priester an ihrer Seite mithören konnten, was er dem König schrieb, dass alle Augenblicke einer der Truppführer kam oder ging, störte ihn nicht mehr: Es ging ums Überleben. Das Studierzimmer war zum Krankenlager geworden, auch die Halle im Haupthaus war voll mit Verwundeten und Sterbenden. Und in den Baracken lagen immer noch Männer, die zu sehr von der *hokka* geschwächt waren, um auf dem Wehrgang zu kämpfen. Die Toten des Tages hatten sie am Innenwall der Vorburg abgelegt und ihre Gesichter mit ein paar Tüchern abgedeckt – zu mehr war weder Kraft noch Gelegenheit gewesen.

Einhard hob die Stimme. »Also, Tristan – *cum maxima fortitudo.*« Der König sollte wissen, dass die Burgbesatzung Widerstand geleistet hatte! Zweimal war es den Sachsen gelungen, den Königswall mit ihren Leitern zu überwinden und in die Vorburg einzudringen. Sie waren direkt ans Haupttor gestürmt, um den Riegelbalken zurückzureißen – aber bei beiden Gelegenheiten hatten Scarakrieger die Eindringlinge Mann für Mann niedergehauen, zerhackt und durchbohrt. Es waren die Truppführer, die jetzt die Kommandos schrien, denn auch Hauptmann Gailo war tot: Der Stein einer Schleuder hatte den Helmlosen vom Wehrgang gefegt; *wer benutzte noch eine Schleuder?* Albrich stand auf, betastete sein verstümmeltes Ohr – einen Verband hatte er abgelehnt – und das grotesk aufgeschwollene Gesicht. Die Worte, die er hervorquetschte, waren kaum verständlich. »Dem König … Nachricht?«

»Tristan wird zwei Abschriften machen«, sagte Einhard und legte Nadel, Faden und Schere säuberlich auf dem Tisch ab. »Ihr sucht zwei Krieger aus, Kerle, die sich nachts zurechtfinden. Die lassen wir um Mitternacht an einem Seil über die Nordostbastion, da, wo es am steilsten ist; einer wird nach Korbach gehen, der andere wird sich nach Fritzlar durchschlagen, mit Gottes Hilfe …«

»Verzeiht, Herr!« Eine Schwertscheide schlug gegen den Türrahmen, Paulus kam mit vom Blut und Dreck gezeichneten Gesicht durch die offene Tür. »Den Boten für Fritzlar könnt Ihr sparen: Gaugraf Thegan hat eine Absprache mit Widukind, sagt Ansgar. Es wird keine Hilfe kommen!«

Für einen Augenblick war es völlig ruhig in der überfüllten Kammer, nur das schwere Atmen der Verwundeten auf dem Bett war zu hören.

»Woher will Ansgar das wissen?«, fragte Einhard scharf. Seine Blicke gingen von Paulus zu Albrich und zurück zu Paulus. »Warum hat Esiko nichts davon gesagt, bei allen Heiligen! Was?«

Der Krieger hob schwielige Hände und ließ sie wieder sinken. Die Wut, die Einhard auf Esiko verspürte, verdrängte sogar die Furcht vor dem, was morgen war. »Wie geht es ihm?«, blaffte der Burgherr Paulus ins Gesicht. »Überlebt er? Was sagt Grimo?«

»Er lebt, Herr.« Paulus tippte sich mit dem Mittelfinger an die Schläfe. »Der Schmied hat ihm ein Stück vom Wangenschutz aus dem Kopf gezogen – etwa hier … Er ist in Gottes Hand.« Paulus bekreuzigte sich.

»In Gottes Hand sind wir alle«, sagte Einhard. »Krieger, Gelehrte,

Priester, Bettler – niemand ist Gott näher als der andere, glaubt mir. *Harto* hat sich oft über andere erhoben, und nun – nun liegt er halb tot auf dem Tisch in der Halle …« Einhard brach ab, als er merkte, wie sich eine Genugtuung in seinen Ton schlich, ein Gefühl aus dem Keller seiner Seele. »Hunus!«, sagte Einhard streng und wandte sich dem Bett in der Ecke zu. »Ihr wart mit dem Erzbischof bei Thegan – hat er irgendetwas angedeutet? Habt Ihr Gerüchte gehört?« Der Priester hatte sich aufgerichtet. Das Kreuz baumelte jetzt auf lederner Brust, denn Hunus hatte sich irgendwo einen Panzer besorgt – was dagegen sprach, dass er verrückt geworden war.

»Kein Wort, Statthalter!« Hunus war heiser, mindestens so heiser wie Paulus, Albrich und die anderen, und er begann nun mit den Armen zu rudern, wie am Anfang jeder Tirade. »Frevel wäre das, höchster Frevel! Ein Abkommen mit den Heiden – die Faust des Herrn würde dazwischenfahren wie einst in Ägypten, als der Pharao …«

»Das reicht!« Einhards Hand zerschnitt die Luft wie ein Kurzschwert. Verdutzt öffnete Hunus den Mund, ohne einen weiteren Laut zu äußern. Im schummrigen Licht sah Einhard die feuchten Lippen und bemerkte zum ersten Mal eine größere Lücke im Unterkiefer – *verfaulte Zähne oder eine Schlägerei?*

»Hilfe, Herr … zu spät«, stieß Albrich aus. Er drückte sich von der Tischkante hoch und griff nach seinem Gürtel mit der Schwertscheide und dem makabren Trophäenband: ledrige Ohrmuscheln – *der Rosenkranz eines Kriegers*. Schachfiguren fielen um. »Keine zwei Tage …« Schon legte er wieder den Handteller auf die Wange, als könne das den Schmerz lindern.

»Was genau meint Ihr?«, fragte Einhard schnell. »Noch hundert Mann … kämpfen können … Handwerker, Pferdeburschen … morgen noch sechzig, siebzig. Zu wenig!«

Das gleichmäßige Kratzen von Tristans Schreibfeder auf dem Pergament ertönte, während Albrichs schlichte Arithmethik einsank: jeder Tag, an dem die Sachsen angriffen, würde die Verteidiger Dutzende Verluste kosten. Bis größere Verstärkungen aus der

Burg Frankenberg oder der Amöneburg eintrafen, konnten eine oder zwei Wochen vergehen – bis dahin war die Schar der Franken längst überrannt!

»Also«, nickte Einhard und wischte sich die Hände an einem Lappen ab, den er in seinen Gürtel gesteckt hatte. »Dann holt Euch das *Te absolvo* bei Hunus, bevor wir untergehen!«

»Verzweifelt nicht!«, krächzte Hunus, trat auf den Burgherrn zu und legte ihm eine Hand auf den Arm. »Wir streiten für die Sache des *Herrn!* Auch Gideon hatte dreihundert Mann, Einhard, und Gideon ...«

»Ihr habt nicht zugehört, Eure Heiligkeit«, zischte Einhard. »Wir *waren* dreihundert!« Hunus' Anblick, die abstehenden Ohren und das lächerlich kurze Haar – Einhard verspürte plötzlich einen Lachreiz – *war das Verzweiflung?* »Aber falls Esiko überlebt, Priester, und Ihr ebenfalls, dann erzählt ihm Gideons Taten mit den dreihundert von vorne bis hinten!«

Da griff Albrich nach Einhards Hand. Der Kriegsmann war nur ein oder zwei Zoll größer als der Burgherr. »Der Ausfall ... gut! Mutig.«

Und dann räusperte sich Paulus und übersetzte das Ganze: »Ihr habt wie ein Krieger gekämpft, Herr! Alle reden davon!«

Der auch *gilerito* genannte Statthalter und Burgherr sah in die Gesichter seiner Streiter und wusste nicht, ob er lachen oder weinen sollte. Dann fiel ihm etwas ein. Er ging zum Regal mit den Pergamentrollen und Büchern, das über dem Bett hing. Auf dem obersten Brett stand noch ein voller Krug. »Habt Ihr Durst, Männer? Es wäre schade um den Wein!«

Nachts brannten Feuerbecken auf den Wällen: auf der steilen Nordostbastion, dem langen Westwall und vor allem auf dem Königswall der Vorburg. Doch die Heiden ließen die Waffen ruhen, auch sie leckten ihre Wunden. Einhard döste einige Stunden in seiner Kammer, ohne den Lederpanzer abzulegen. Kurz vor dem ersten Hahnenschrei erhob er sich vom Bett – ein Verwundeter war gestorben, der andere war in die Halle geschafft worden – und holte die gerollten Manuskriptbögen aus einer kleinen Holztruhe. »Vita rei Franci« hatte er in großen Buchstaben auf die erste Seite gemalt; seit Wochen hatte er an der Chronik der Frankenkönige nicht weitergearbeitet. Von Karls Taten hatte er erst wenige Zeilen auf Pergament gebracht. Würde das Werk jemals zu Ende geführt werden? Er schob die Pergamentbögen zwischen Panzer und Tunika und zog den Gürtel wieder fest. Dieser Tag musste die Entscheidung bringen. Tod im Gefecht oder Gefangenschaft ...? Den König und die Geschichte seiner Väter unter dem Herzen zu tragen gab Einhard das Gefühl, auf alles vorbereitet zu sein.

Einige Stunden nach Sonnenaufgang zogen Engern und Falen aus ihrem Zeltlager im Reitgrund wieder den Burgberg hinauf. Einhard sah sie kommen mit ihren Sturmleitern und Rammböcken und brennenden Feuertöpfen – es war trocken genug für Brandpfeile. Der Burgherr stand auf dem Wehrgang über dem Himmelstor, eingerahmt von Paulus und Ansgar, die einander kurze Sätze zuwarfen über die Waffen, die da aufgefahren wurden. Ein durchdringender Geruch faulenden Fleisches stieg von unten auf: An der Innenseite des Tors hing noch der mit einem Speer angenagelte Körper eines Sachsen. Es war einer der Sturmleiterkrieger, den der Hüne Ulfas am Vortag durchbohrt hatte – niemand machte sich die Mühe, den Toten dort abzunehmen.

»Widukind!«, knurrte Ansgar und zeigte auf einen hochgewachsenen Krieger zu Pferde, der inmitten einiger anderer Berittener aus einer Schar von Bogenschützen hervorragte. Es mochte eine Entfernung von zweihundert Schritt sein. Ansgar schien Einhards Gedanken zu lesen: »Man müsste hundert Pfeile abschießen, damit einer trifft!« Während Einhard mit einem halben Dutzend Krieger auf dem Wehrgang über dem Himmelstor blieb, bezog Paulus mit den tüchtigsten Bognern den etwa dreißig Fuß hohen Turm namens *skild* und Ansgar den *spatha*. Beide waren mit dicken Bohlen verkleidet, etwa sechs mal sechs Fuß messende Plattformen über dem Außenwall, die ein gutes Schussfeld abgaben. Dann bliesen die sächsischen Hörner zum Angriff. Doch die Sturmtrupps mit den langen Leitern auf den Schultern bewegten sich nicht – stattdessen traten die sächsischen Bogner gerade so weit vor, dass ihre Geschosse die Mauer erreichen konnten. Einhard schluckte, als er die lange Doppellinie von Männern mit den fast mannshohen Bögen sah. Schräg nach oben zeigten die Pfeile! Dann regnete ein Pfeilschauer nach dem anderen auf die Verteidiger. Binnen Kurzem steckte ein halbes Dutzend Geschosse in Einhards Schild. So heftig wurde der Beschuss, dass er sich schließlich zwischen den anderen Kriegern hinter der Brüstung abkniete, um zu überleben. Als das Trommeln der einschlagenden Geschosse nachließ, vernahm Einhard ein Zittern und ein Krachen von unten, das das Holz unter seinen Füßen vibrieren ließ. Ein angespitzter Baumstamm, getragen von Dutzenden von Heiden, wummerte gegen das Tor. Immer wieder und wieder …

»Die Steine!«, brüllte der Burgherr schließlich. Wozu hatten sie an der Innenwand noch am Vorabend Feldsteine in doppelter Schichtung abgelegt? Flink errichteten die Krieger eine Art Pfeilschutz, in dem sie mithilfe von Speeren und Lederriemen mehrere Schilde auf der Brüstung befestigten. Durch die verbleibende Lücke wuchteten die Männer mit wüsten Flüchen Steine auf die Angreifer hinab. Von unten folgten Schmerzensschreie und Wutgeheul. Die Franken hörten den Rammbock auf den Boden krachen. Schon lehnten sich die mutigsten der *unfortha* über den Wall und schossen in schneller Folge ihre gefiederten Schäfte in die Heiden direkt unter ihnen.

Als die Sonne im Mittag stand, klebte Einhards Zunge wie ein toter Fisch am Gaumen. Verwundete lagen links und rechts von ihm auf dem Wehrgang, umschwirrt von Fliegen, und im Hof der Vorburg verblutete ein Dutzend Heiden, die mit ihren Leitern den Wall überwunden hatten – die Verteidiger hatten sie noch auf dem Wehrgang niedergemacht. Einhard winkte Tristan am Innentor zu, der Bursche hörte ihn nicht oder wollte ihn nicht hören. Einhard lief schließlich selbst die Stiege hinab, um einen Wasserbeutel zu holen. Zwischen den offenen Torflügeln kam ihm Albrich entgegen. Sein Schuppenpanzer war gesprenkelt mit dem Rot frischen Blutes und dunklen Stellen, wo Metallplatten abgeschlagen worden waren; furchterregender noch sah das fiebrig aufgeschwollene Gesicht aus. *Wie konnte ein Mann solche Schmerzen aushalten?* Albrich nuschelte wie ein Betrunkener und zeigte mit rot gefärbter Schwertspitze zum anderen Ende der Burg: Die Sachsen hatten einen Überraschungsangriff an der schwierigsten Stelle versucht. Einhards Augen gingen zum Gürtel des Kriegers: Blut tropfte aus frischen Ohrmuscheln, die Albrich vor wenigen Augenblicken auf seinem Trophäenband aufgezogen hatte …

Dann ging alles ganz schnell: Ein neuer Donnerschlag gegen das Außentor ließ Einhard herumwirbeln. Ein zweiter, ein dritter Stoß – der gespeerte Sachse wurde wie eine Puppe durchgeschüttelt, und plötzlich hing einer der Torflügel schräg in der Luft, die Halterung im Gebälk des Walls war zertrümmert. Man hörte das Grunzen und Stöhnen der Leiber, die sich von außen gegen das Tor warfen. Noch ein halbes Dutzend Stöße, dann würden sie durch das zerstörte Tor fluten.

»Zurück! Zurück!«, brüllte Albrich in Einhards Gesicht, dann noch einmal in Richtung des Königswalls.

Einhard wiederholte den Ruf, er schrie, so laut er konnte, und winkte mit den Armen: »Runter vom Wall! Zurück hinter das Haupttor!«

Wieder rammte der Baumstamm den halb losen Torflügel, hohler, lauter klang das nun, und vom Wehrgang des Königswalls, aus den beiden Türmen, stürzten die Krieger herbei, zogen, schleppten Verwundete mit sich, keuchten und humpelten verzweifelt den offenen Torflügeln entgegen. Wodan- und Saxnoth-Schreie füllten jetzt die Vorburg, als sich die schweren Flügel hinter dem letzten Franken schlossen. Einhard eilte die Stiege zum inneren Wehrgang hinauf und sah mit neuer Furcht im Bauch, wie die Sachsen heranströmten, blutigen Wölfen gleich, die ein Wisent gestellt haben und nicht mehr von ihm ablassen werden.

18

Im Westfalenland, östlich von Bylanuelde, Mai 774

Hunto – Arnulf kannte den Begriff. So nannten die Falen den, der im Kriegsfall über hundert wehrfähige Freie gebot, Männer zwischen fünfzehn und fünfzig, und der im Frieden zu den Richtern im *thing* gehörte. Der Bienenmann brachte ihn mit gefesselten Händen und mit einem Strick um den Hals vor Sonnenuntergang zu einem Hof, der südlich vom Sumpf lag. Die winzige Hoffnung keimte in Arnulf auf, dass dieser *hunto* nichts mit den Leuten im Dorf zu schaffen hatte, durch das Arnulf geflohen war. Dass Arnulf ihm irgendeine Lügengeschichte erzählen konnte …

Der *hunto* war ein Mann Ende vierzig. Er saß auf einer Bank vor einem dieser strohgedeckten Westfalenhäuser, die groß genug für sechs Familien samt Vieh wirkten, und schlürfte Bier aus einem Rinderhorn. Links und rechts von ihm hockten jüngere Leute, deren Bärte und Bierhörner kürzer waren. Sie hatten offenbar keine Probleme, das kehlige Genuschel des Honigsammlers zu verstehen. Der Ältere nickte ein paar Mal und rief einem seiner Leute etwas zu. Ein jüngerer, fast bartloser Kerl nahm Arnulf die Fesseln ab und zog ihm die verdreckte Tunika über den Kopf. Der *hunto* stand schwerfällig auf und ging einmal um den halb nackten Gefangenen herum, wie bei einer Viehbeschau. Seine Blicke wanderten über die flachen, plattenartigen Brustmuskeln des Hessen, über die kräftigen Oberarme und das tief eingekerbte Rückgrat. Dann setzte er sich wieder und grunzte, als sei er zufrieden.

»Ich kann dich gebrauchen.« Die Worte kamen langsam und waren deutlich ausgesprochen. »Einer wie du kann in drei Tagen eine halbe Hufe[10] pflügen.« Er nahm einen weiteren Schluck aus dem Horn, und ein Grinsen erschien auf den haarumwucherten Lippen.

Arnulf durchlief es heiß und kalt – selbst das verfluchte Pflügen war besser, als wieder in Bylanuelde zu landen …

»Du hast Fleisch auf den Knochen«, fuhr der *hunto* fort. »Aber keine Peitschenstriemen … Du bist kein Sklave aus Thiutmalli[11] oder einem der Höfe im Norden.«

Nervös fuhr sich Arnulf mit der Zunge über die Lippen. »Ich habe mich verlaufen, Herr. Vor einigen Tagen … mein Hof liegt im Nordosten.«

Der Fale setzte das Horn an und trank. Dann hielt er es am ausgestreckten Arm nach rechts: Sofort nahm einer den irdenen Krug vom Boden auf und füllte ihm nach. »Ein *hunto,* Bursche, sieht viel.« Er nahm einen tiefen Schluck und visierte Arnulf über die Öffnung des Trinkgefäßes an. »Die Narbe über dem Bauchnabel ist von einem Schwert. Die auf deiner Schulter auch. Du hast gekämpft – du warst ein Frankenkrieger.«

Einer der anderen Kerle war aufgestanden, hatte sein Schwert gezogen und sich links von Arnulf aufgestellt. Arnulf folgte seinen Bewegungen aus dem Augenwinkel, seine Bauchmuskeln strafften sich.

»Der letzte Kriegsherr, der nach Süden zog und Gefangene machte, war Widukind«, fuhr der *hunto* gemächlich fort. »*Herzog* Widukind …« Er beugte den Kopf ein wenig vor und spuckte aus. Die Gesichter der anderen gefroren, als hätte ihr Anführer einen Satan erwähnt. Mit einem Seufzen stand der Sippenälteste auf, nahm den Krug vom Boden auf und stellte ihn einen Schritt vor Arnulfs Füßen hin. Mit den Händen in den Hüften blieb er breitbeinig stehen. »Wir mögen deinen Herrn und seine Sippe nicht, ich sage es frei heraus! Und mein Vater mochte seinen Vater nicht …«

---

10 Etwa zehn Hektar

11 Detmold

Arnulf nickte, und wieder schlug sein Herz schneller. *Dieser Mann würde ihn nicht ausliefern!*

»Aber ein kluger Mann, Bursche, ein kluger Mann ärgert einen Herzog nur, wenn er *muss*. Und so viel bist du mir auch als guter Pflüger nicht wert. Also: Trink aus!«

»Was?«

Der Mann links von Arnulf drehte jetzt den Schwertgriff in den Händen, so rasch, als würde er tagsüber nichts anderes üben.

Der *hunto* schien es nicht wahrzunehmen. »Leer den Krug aus! Wir Falen sind nicht herzlos, Bursche. Wenn du Glück hast, wirkt das Bier eine Weile …«

Arnulf zögerte, dann beugte er sich schweigend vor und griff nach dem Krug. Das Zischen der Schwertklinge war ein Schock – im letzten Moment spreizte er den linken Arm ab, um den Hieb abzufangen. Doch das Schwert ging über seinen Nacken hinweg, und als er nach links blickte, sah er den Falen in Lachen ausbrechen. Der Kerl rammte sein Schwert wieder in die Scheide und gesellte sich zu den anderen. *Ein kleiner Scherz junger Männer …* Arnulf setzte den halb vollen Bierkrug an und leerte ihn bis zum letzten Zug.

Der Rammbock pochte an das Haupttor wie ein böses Tier. Abermals brandete die Angriffswelle gegen die fränkische Mauer an: Auf dem Wehrgang des Königswalls errichteten die Sachsen aus ein paar Bohlen Pfeilblenden, hinter denen sie Atem holen konnten und von wo aus sie die Verteidiger auf dem Südwall mit gezielten Schüssen belegten. Einhard sah die rothaarige Ragla vom Haupthaus zu den Wällen eilen, beladen mit Wassersäcken, mit Pfeilbündeln und Wundbinden. Auch die anderen Weiber der Burg waren nun ständig zwischen Schmiede, Wall und dem Verwundetenlager unterwegs, um den Kriegern zu helfen. Selbst einige der Handwerker hielten mittlerweile Schutzschilde auf den Wällen für die eigenen Bogner hoch. Doch trotz allem schmolz die

Zahl der kampffähigen Krieger Stunde um Stunde dahin ... Eine elende Hoffnungslosigkeit überkam ihn. *Warum alle sterben lassen, wenn er einige retten konnte?* Musste er nicht mit Widukind über eine Übergabe verhandeln? Die Festung war vom Umland abgeschnitten, er hatte keine Ahnung, ob seine Boten durchgekommen waren. *Worauf noch hoffen?*

Am frühen Nachmittag lief er zum Brunnen: Ansgar stand dort und wusch Wunden an den Armen und am Hals aus. Erschöpfung und Schlafmangel ließen den Truppführer zehn Jahre älter aussehen. Einhard befahl ihm, ein Stück Tuch an einen zerbrochenen Speerschaft zu binden und auf dem Wall zu schwenken.

Ansgar schüttelte den Kopf. »Sie werden uns nicht anhören, Herr. Spätestens morgen ist das Tor zertrümmert, und dann ...«

»Sie wollen *die Burg* haben! Widukind kann's gleichgültig sein, ob er noch ein paar von uns davonkommen lässt oder nicht.« Der Satz ging Einhard von den Lippen, als hätte er jahrelang Krieg geführt. Ansgar riss ein Stück Holz oder Metall aus dem rechten Oberarm und fluchte. »Wenn der König uns mehr Männer hiergelassen hätte, dann ...«

Ein lauter Schrei vom Wall her unterbrach ihn: Paulus winkte mit dem Rücken zum Vorhof, als sei das ungefährlich. »Lanze nach unten, Herr!«

Einhard traute seinen Ohren nicht. Eine Lanze, die man mit der Spitze nach unten schwenkte: Die *Heiden* wollten verhandeln! In diesem Augenblick brach die Sonne durch die Wolken, und Einhard hätte den Veteranen neben sich am liebsten umarmt.

Auch die Angreifer hatten geblutet. Die Führer beider Stämme verglichen die eigenen Opfer mit denen der anderen und beäugten einander mit noch mehr Misstrauen: Von den höchstens dreihundert Falen, die Widukind und Abbio in die Schlacht geführt hatten, war die Hälfte tot oder so zugerichtet, dass sie im Sommer an keinem Feldzug mehr teilnehmen konnten. Die Engern hatten ähnliche Verluste. Doch ihr Aufgebot war deutlich größer, es musste größer sein, weil sie um ihre Heimaterde kämpften. Zähneknirschend hatte Widukind verfolgt, wie wenige der Engern beim Sturmbalken mittaten, der das Himmelstor zum Einsturz brachte: Vor allem seine Falen waren es, die endlich durchbrachen und die Franken in die Hauptburg zurücktrieben. Widukind stand beim zerstörten Flügel des Himmelstores und rief Kriegern mit Seilen und Hauäxten Befehle zu: Die Falen versuchten, den Torflügel vollständig herunterzureißen. Freies Schussfeld für die Wurfmaschinen wurde geschaffen, mit deren Bau einige der Liten des Herzogs begonnen hatten.

»Einen schnellen Sieg hattet Ihr versprochen!«, schleuderte Botho dem Westfalen entgegen. Er war den Kehrenweg heraufgelaufen, in der Hand eine ellenlange Axt mit dem Braunrot getrockneten Blutes an der Klinge. »Euer verfluchter *Plan* kostet mich mehr Männer als die große Schlacht gegen den Frankenkönig!«

»Bei Donars Hammer, wir siegen – *für Euch!*«, grollte Widukind, ließ den Torflügel fahren und trat nach draußen vor die Umwallung. Er sah die Schweißperlen unter Bothos Helmsaum – es war warm geworden, und immer noch trug Botho seinen lächerlichen Doppelpanzer. Wut stieg in Widukind auf – nirgendwo hatte er den Engernherzog im Gefecht gesehen. »Männer sterben im Krieg, das wird sich nicht ändern!«, sagte Widukind frostig, ohne den hinter Botho wartenden Unterführern einen Blick zu schenken. Und weil der Falenherzog mittlerweile wusste, dass Botho den Nahkampf scheute, knurrte er halblaut: »Was ist besser, als mit der Waffe in der Hand nach Walhall aufzufahren?«

Feindselig starrte das eine Auge des Engern den Falen an, zwei Finger gingen unter die Augenklappe, um Schweiß wegzuwischen. »Wir nehmen ihr Silber, ihre Panzer und ein paar Weiber … wenn wir ihnen freies Geleit zusagen, strecken sie die Waffen!«

Du denkst an Weiber, während unsere Männer noch bluten? Widukind hätte seinen Verbündeten in diesem Augenblick am Bart packen und den Hügel hinunterwerfen können. Er starrte kurz zu Boden, um seine Wut in den Griff zu bekommen. Immer wieder hatte er in den letzten Tagen auf den Engernherzog eingeredet: eine große Allianz aller Stämme, nichts weniger war nötig, um das Frankenreich zu besiegen! Die Engern *mussten* Teil dieses Bundes sein … Widukind *brauchte* Botho!

»Ihr mögt recht haben«, knurrte er. »Machen wir ihnen ein Angebot.« Widukind nahm den Helm vom Haupt, wischte sich mit dem Handrücken über die Stirn und warf einen Blick auf das umkämpfte Haupttor, über dem ab und zu der behelmte Kopf eines schmächtigen Kerls zwischen robusten Scarakriegern auftauchte.

Botho blickte in dieselbe Richtung. »Der Burgherr ist kein Krieger«, dröhnte der Enger nun plötzlich wieder leutselig. »Der küsst uns die Füße, wenn wir ihn davonkommen lassen!«

Die Unterhändler trafen sich auf halber Höhe zwischen den Toren: eine Bogenschussweite vom Haupttor entfernt und ebenso weit vom zertrümmerten Himmelstor. Die Sachsen hatten den Wehrgang des Königswalls geräumt, darauf hatte Einhard bestanden, um nicht während der Unterhandlung von einem Geschoss niedergestreckt zu werden. Der Burgherr kam mit Ansgar und dem Priester Hunus, den die ersten Krieger mittlerweile »Hunus *gideon*« nannten. Ihnen traten die beiden Herzöge entgegen, und ein dürrer Edling namens Wolfger, ein Vertrauter Bothos. Sie standen einander gegenüber inmitten von zertrümmerten Helmen, herrenlosen Schwertern und Aberdutzenden von Pfeilen, die wie Flachsstängel schräg im Boden steckten. Warm schien die Nachmittagssonne auf Lebende und Tote, der süßliche Geruch verwesenden Fleisches kroch in Einhards Nase.

Widukind musterte die Franken abschätzig. Ansgar, der stiernackige Veteran mit dem buschigen Schnurrbart, sah nicht aus wie ein Hundertschaftsführer – *Widukind weiß, dass ich keine Offiziere mehr habe,* durchfuhr es Einhard. Aber Widukind schien nicht das Wort zu führen.

»Ich bin Botho, Herzog der Engern, der Sohn des Brun!«

Einhard nickte, er war diesem Kerl schon begegnet, im letzten Herbst, als er – heuchlerische! – Huldigungen der sächsischen Edlen entgegengenommen hatte.

»Wir haben tausend Mann dabei, Statthalter! Eure Truppen sind geschlagen. Und binnen eines Tages zertrümmern wir euer Tor mit der Steinschleuder, Mann!«

»Und doch wollt Ihr lieber mit uns reden, als weiter zu bluten«, sagte Einhard beiläufig. »Wie lautet Euer Angebot?«

Gereizt stemmte Botho die Hände in die Hüften und erdrosselte Einhard mit einem Blick. »Fleht um Gnade! Bevor wir euch Mann für Mann niedermachen!«

»Gnade erwarten wir nur vom Allmächtigen, Herzog«, sagte Einhard mit erzwungener Ruhe. »Sprecht, wie lauten Eure Bedingungen?«

»Ihr habt zwei Stunden, um die Burg zu räumen!«, schnauzte Botho. »Jeder Krieger, der aufrecht gehen kann, darf mit Euch ziehen. Alles andere ist Kriegsbeute!«

»*Gehen?* Ohne Pferde kommt man nicht weit!« Einhard wollte nach den Verwundeten fragen, aber die Worte blieben ihm im Hals stecken. Die Brutalität leuchtete Botho aus dem Gesicht, er würde sie massakrieren; Wolfgers Raubvogelgesicht wirkte wenig vertraueneinflößender. Einhards Blick ging zu Widukind: ein Gesicht wie aus Holz gehauen, mit kräftiger Nase, dicken Brauen und einer Stirn, auf der ein Eichenknüppel zerbrechen würde. Der Fale schien durch ihn hindurchzusehen.

»Unser König, Herzog, duldet keine Feigheit«, sagte Einhard langsam und blickte Botho direkt in die Augen. »Mich davonzustehlen ohne die Verwundeten wäre armselig. Karl würde mir den Kopf abschlagen lassen.« Einhard warf kurze Seitenblicke auf

Hunus und Ansgar und machte eine Pause. Dann formten seine Lippen drei spröde Worte: »Wir kämpfen weiter.«

»Wir zerquetschen Euch, Mann!«, entfuhr es Botho. »Und Euren Kreuz-Priester ...« – hasserfüllt stierte er Hunus an – »den werde ich häuten und die Haut auf meinen Schild ziehen, bei Wodan!«

Einhard atmete langsam aus und schaffte es, ruhig zu klingen. »Kämpft weiter, dann könnt Ihr unsere Häute haben. Oder Ihr lasst uns die Pferde.«

»Ihr seid so gut wie tot, Ihr habt nichts zu fordern!«, brüllte Brun.

»Mag sein«, sagte Einhard hölzern. »Aber wenn diese Torflügel dort hinter mir zufallen«, Einhard zeigte mit einem Daumen über die Schulter, »dann werde ich jedem, der noch einen Bogen spannen kann, befehlen, auf Euch und *nur auf Euch* zu schießen, Herzog!«

Bothos Gesicht gefror. Seine rechte Hand ging zum Schwertgriff.

Doch dann erschien ein winziges Zucken in Widukinds Mundwinkel, fast verdeckt vom goldenen Draht des kurzen Bartes. »Auch wir mögen keine Feiglinge«, sagte der Falenherzog mit rauer Stimme. »Nehmt fünfzig Pferde – Eure Verwundeten brauchen wir nicht!«

Blitze zuckten über dem Burgberg, als die Kolonne der Geschlagenen langsam den Kehrenweg hinunterkroch. Schwarze Wolken waren aufgezogen, Donnergrollen kündeten vom heidnischen Triumph: Die Engern und Falen bildeten ein Spalier vor dem äußeren Burgtor und schmähten die Abziehenden. Einhard ritt mit zwei Kriegern vorweg, den Blick starr geradeaus gerichtet. Hinter ihm kam Tristan mit absurd großen Bündeln und Säcken am Sattel, in denen Bücher, Pergamentköcher und das Wichtigste von Einhards sonstiger Habe steckten. Ihnen folgten die Verwundeten: Viele der

Pferde trugen jeweils zwei Mann, die man mit Stricken und Stecken so zusammengebunden hatte, dass sie auch bewusstlos nicht hinunterfallen konnten; flankiert wurden sie von marschierenden Kriegern in voller Ausrüstung. Die letzten Gäule zogen schlichte, aus Pfählen und Leinwand notdürftig zusammengefügte Liegen hinter sich her, auf denen die Schwerverletzten lagen. Die Frauen und Handwerker – Hörige zumeist – zurückzulassen war bitter. Aber Einhard hatte herausgeholt, was möglich war! Er verließ die Burg mit hundert Überlebenden; dass er selbst noch atmete, war eine Überraschung, denn vor dem Ausfall hatte er mit dem Leben abgeschlossen … Nun musste er irgendwie den Hof erreichen und dem König berichten, so bald wie möglich!

Erste Regentropfen gingen nieder, als sie den Talgrund erreichten und die Richtung nach Korbach einschlugen. Einhard blickte an den Himmel und sah den Adler. Ein scharfer Schmerz durchzuckte ihn – dieser Vogel hatte alles gesehen, vielleicht alles gewusst. Er drehte sich nach Tristan um, der in diesem Moment hochsah und vorsichtig grinste. Auch sein Schreiber war froh, mit dem Leben davonzukommen! Einhard blickte wieder nach oben: Der Adler war verschwunden. Hatten ihn seine Augen getäuscht?

»Schließt auf!«, schrie Einhard nach hinten. Die Straße wurde breiter, die Marschierer formierten die Pferde zur Doppelreihe, die hinteren rückten auf. Ansgar und Paulus sicherten das Ende der Kolonne. Sie hatten das Wort Widukinds auf freien Abzug – aber Heidenfürsten brachen ihr Wort schnell.

Der Donner wurde leiser, je weiter sie sich von der Burg entfernten. Ein stetiger Regen setzte ein, der sie noch vor Sonnenuntergang durchnässte. Korbach war zu weit weg, um es vor der Dunkelheit zu erreichen. Der erste fränkische Wehrhof, den sie nach stundenlangem Marsch erreichten, war eine schwelende Ruine. Tote Hunde lagen mit heraushängender Zunge vor dem Eingangstor. Sie fanden einen jüngeren und einen älteren Mann und zwei Kinder friedlich nebeneinander in einer Erdgrube, die nach Schwein roch. Die Männer hatten ein faustgroßes Loch in der Schädeldecke, die

Kinder durchtrennte Kehlen. Zehn Schritt dahinter lag eine halb nackte Frau in einer Blutlache, die Beine grotesk verdreht.

Sie gaben ihren Verwundeten aus einem Ziehbrunnen zu trinken und zogen weiter. Es dämmerte, Mücken stachen sie in jede freie Hautstelle. Hunus fing an, einen Psalm zu singen – vielleicht, um die Quälgeister zu vertreiben. Der Priester übertönte das Klappern der Hufen, wurde Einhard klar. Er wollte ihm zurufen, still zu sein, da erklangen Schreie vom Ende der Kolonne, gefolgt vom Klirren von Stahl gegen Stahl. Einhard stieß einen Fluch aus, wendete sein Pferd und galoppierte nach hinten. Das Ende der Kolonne arbeitete sich aus einem Hohlweg hervor, dessen Böschungen von mächtigen Buchenkronen überwölbt wurden – und von der Böschung hinab warfen langhaarige, brüllende Sachsenkrieger Speere in die Franken und schossen aus nächster Nähe Pfeile ab. *Woodaaan!* Einhard schrie denen, die ihm entgegenkamen, zu, die Böschung zu stürmen. Manche liefen weiter, andere machten tatsächlich kehrt und gingen mit gezogenem Schwert auf die Angreifer los. Die mutigeren der Heiden sprangen nun in den Weg hinab und versuchten, die Franken von den Pferden zu hacken.

Mar-ti-nus!

Ansgar und Paulus erreichten das Getümmel, und mit dem fränkischen Kriegsschrei auf den Lippen sprangen sie von den Pferden und stürmten die Böschung hoch. Wenig später endete der Spuk so plötzlich, wie er begonnen hatte: Die Sachsen verschwanden in der Dunkelheit des Unterholzes, mit der Beute, die sich in der Schnelle zusammenraffen ließ.

Pferde mit und ohne Verwundeten irrten zwischen den Kämpfenden herum, kaum konnte Einhard im Dämmerlicht erkennen, wer wer war. Als die Franken sich auf Höhe einer Lichtung wieder gesammelt hatten, befahl Einhard, ein Lager zu errichten. Einer von Albrichs Kriegern hatte im Hohlweg eine Speerwunde in der Brust erlitten und starb, bevor sie die erste Zeltplane aufgezogen hatten; andere hatten zertrümmerte Ellenbogen und schwere Kopfwunden. Ihre Schmerzenslaute gingen unter im Ächzen Dutzender Verwundeter, die von den Pferden genommen wurden. Hunus spendete den letzten Trost, wo einer glaubte, vor seinen Schöpfer treten zu müssen; wohl noch nie sprach der Kirchenmann an einem Abend so viel wie an diesem Tage.

Einhard spürte die Erschöpfung wie Getreidesäcke auf den Schultern. »Paulus?« Er griff den vorbeieilenden Krieger am Arm und hieß ihn, einen Reiter nach Korbach vorauszuschicken. Paulus nickte müde – die letzten beiden Tage hatten ein Dutzend kleiner Wunden in seinem Gesicht hinterlassen; das herunterhängende Auge gab seinem Ausdruck eine gewisse Innigkeit, die Einhard an Erleuchtete erinnerte. Tatsächlich hatte Paulus bereits einen Boten losgeschickt: Esiko, so ließ er Einhard wissen, Esiko hätte ihn doch vor Beginn der Schlacht zum Truppführer ernannt. »Ich bin jetzt wie Ansgar, Herr, und Albrich!« Einhard war es zufrieden.

»Herr?«

»Was?« Einhard gähnte.

»Wir haben fast alle Zeltbahnen verloren. Sie waren auf dem ersten Packpferd – die Sachsen haben es weggetrieben, eben gerade.«

»Verstehe ...«, antwortete Einhard fahrig und begann, die Schnallen seines Lederpanzers zu öffnen. Sie konnten ohne Zeltbahnen auskommen. Dann durchfuhr ihn ein eisiger Schreck. »Der *Mantel*, Paulus! Bei allen Aposteln, sagt mir, dass er auf dem anderen Packpferd ist!«

»Natürlich, Herr!« Paulus befingerte sein Halstuch und sah sich nach dem Pferd um. »Den Mantel haben wir zum Leuchter und dem Altarschränkchen aus Elfenbein gepackt ...«

»Holt den Gaul her, sofort! Los!«

Während Paulus in das Gewirr um sie herum eintauchte, um das Packpferd zu finden, ging Einhard zu der von mehreren Männern umstandenen Schleppliege, die den schwer verwundeten Esiko transportiert hatte. Der Kopf des Offiziers war über den Augenbrauen mit dicken Bandagen umwickelt, in denen sich das Rot frischen Blutes abzeichnete. Einhard kniete nieder und fühlte mit zwei Fingern den Pulsschlag am Hals. *Harto* lebte.

»Ich kümmere mich um ihn, Herr.«

Eine weibliche Stimme! Einhard sprang auf, als hätte Gott selbst gesprochen. Auf der anderen Seite der Trage stand eine schmale Gestalt im Schuppenpanzer. Als sie den Helm abnahm, kam ein Schopf kupferroter Haare zum Vorschein. Ein dunkles Tuch verdeckte den Hals und den unteren Teil des Kinns.

»Ragla? Wo ist dein … bei Gott, wenn die Sachsen dich bemerkt hätten! Wir hätten alle sterben können!« Wie ein Messer in den Rippen fühlte er noch einmal die Schmach, Frauen und Hörige ausgeliefert zu haben. Da stand Arnulfs Weib vor ihm, die nach dem Verschwinden ihres Mannes mit dem Schmied das Lager geteilt hatte … Sie war ein oder zwei Zoll größer als Einhard, eine nicht hübsche, aber auch nicht ganz unansehnliche junge Frau mit schmalen Wangen, die nicht nach Mutterschaft aussahen. »Wessen Idee war das?«, fragte Einhard brüsk. »Hat Ansgar dir geholfen?«

Sie nickte, in ihre Wangen schoss Blut. »Verzeiht mir Herr, aber – es ist nicht wegen mir. Die Sachsen haben Arnulf geholt. Seinen *Sohn* sollen sie nicht bekommen!« Damit ging sie zu den Satteltaschen des Pferdes, das Krieger mittlerweile von der Schleppliege befreit hatten. Sie fischte ein Bündel aus der Satteltasche und drückte es an ihre Brust. Das Quäken, das nun ertönte, war ein seltsamer Laut zwischen Verwundeten und Sterbenden. »Du hast tapfere Eltern, mein Kleiner«, sagte Einhard nicht ohne Bewegung zu dem rosafarbenen Gesichtchen. Dann spürte er wieder den Ring, nun mehr ein Jucken als ein Brennen. Er zog ihn vom Daumen und gab ihn Ragla.

»Ein Händler aus dem Sachsenland brachte diesen Ring. Er behauptete, er hätte ihn von Arnulf … nimm ihn.«

»Ist Arnulf am Leben?« Ihre Augen wurden weit.

Er räusperte sich. »Wir hatten keine Gelegenheit, es herauszufinden.« Er merkte, wie hölzern seine Worte klangen – aber es war gleichgültig, wie so vieles. Doch dann kam sie ihm so nahe, dass das Kind in ihrem Arm fast Einhards Brust berührte.

»Werdet Ihr zurückkehren und ihn befreien, Herr?«

Die Frage überraschte ihn. Feucht glitzerten ihre Augen, und Einhard sah den schräg stehenden Schneidezahn unter der geöffneten Oberlippe. »Ja, Ragla. Irgendwann kehren wir zurück, mit dem König ...« Er war so erschöpft, dass er im Stehen hätte einschlafen können.

»Herr?«

Es war Albrichs Stimme, die wie gequetscht klang. Langsam drehte sich Einhard um.

»Paulus ist bei den Pferden; er muss Euch etwas sagen.« Einhard starrte in das deformierte Gesicht. Albrichs Kieselsteinaugen wirkten nicht mehr hart, nicht mehr entschlossen, sondern – traurig. »Warum kommt er nicht her, verdammt?«, entfuhr es ihm.

»Damit die anderen nichts hören«, raunte der Kriegsmann und sah zu Boden.

Einhard packte ihn am Arm. »Was soll das? Was ist los, Mann?«

»Das Packpferd ist weg«, sagte Albrich tonlos. »Das mit dem Mantel. Die Sachsen haben es davongetrieben.«

19

Im fränkischen Lager nördlich von Pavia, Oberitalien, im Juno 774

Der König saß im Innenhof einer alten Römervilla und las. »Mit ›*größter Tapferkeit*‹ will mein Statthalter gekämpft haben …?« Seine Rechte wischte mit ein paar Fingern über das Pergament, als würde er den Briefschreiber ohrfeigen. »Pest und Seuche, wir haben ihm das Grenzland mit dreihundert Panzerreitern anvertraut! Ein halbes Jahr später verliert er die Eresburg? Was hat er mit den Kriegern gemacht – zum Pilzesammeln in die Wälder geschickt?«

Karl stand auf, schoss einen verärgerten Blick auf seinen Hofkapellan Fulrad von Metz ab und strich sich mehrfach über den sichelartigen Oberlippenbart, der die Wangen hinabwucherte. Der König trug eine einfache Tunika aus hellem Stoff unter einem blauen Überwurf; der vordere Saum steckte unter dem mit Goldbeschlägen verzierten Gürtel. Schweigend wanderte sein Blick über die Bilder antiker Gottheiten an den Wänden. Die beiden Diener an der Tür warfen verstohlene Blicke auf den Adressaten des königlichen Unmuts: Der in elfenbeinfarbene Seide gehüllte Bischof stemmte seine Körperfülle nun aus dem Stuhl zur Rechten des Königs hoch, so geschwind das eben ging; das Kreuz aus Goldblech auf der Brust geriet dabei ins Pendeln. Fulrad hielt es mit einer Hand fest.

»Ein Brandherd mehr … Habt Ihr damit gerechnet?« Karls Stimme war wieder nüchtern geworden, als erwarte er eine ehrliche Antwort.

Aber der Hofkapellan kannte den Herrn des Frankenreiches zu gut. »Nein, mein König. Und es kommt zur falschen Zeit …«

Fulrad schnaufte, er spürte kleine Schweißtropfen durch das kurz geschnittene Haar in den Nacken laufen.

»Welche Niederlage kommt zur *richtigen Zeit?*«, fragte der König sarkastisch.

Fulrad breitete die Hände aus, wiegte den Kopf und sagte nüchtern: »Unsere Lage ist, mit Verlaub, Herr, nicht ganz leicht: Wir haben den Langobardenkönig Desiderius vor uns in Pavia; sein Sohn steht ein paar Tagesmärsche entfernt mit einem Heer in Verona. Und zwischen uns und Rom steht auch noch einer ihrer Herzöge – Hildebrand, meine ich – mit einem weiteren Heer: Er kann gegen den Papst marschieren, oder gegen uns selbst, wenn er sich traut!«

»Wollt Ihr mir *Mut* machen, Euer Gnaden?«, raunzte der König. »Ihr klingt wie meine Mutter, wenn sie wieder mit diesen Verhandlungsvorschlägen kommt!« Mit schnellen Schritten umkreiste er den Bronzelöwen im Hof, der in besseren Tagen Wasser gespuckt hatte und nun trocken lag. Dann las er die letzten Zeilen des Briefes.

»Der Mantel, mein König …«, setzte Fulrad halblaut an.

»Was ist damit?«, knurrte der König, ohne aufzusehen.

Mit einem Seufzer fuhr Fulrad fort: »Den Heiligen Mantel in Obhut unseres Statthalters zu lassen *war* ein Risiko. Ich muss mir selbst vorwerfen, Herrn Einhard dieses Vertrauen geschenkt zu haben!« *Einem Emporkömmling, einem Mann ohne Festigkeit im Glauben, ohne Abstammung und – bis vor Kurzem – ohne Vermögen!*

Der König überflog mit einer Falte zwischen den Augen noch einmal die bleiche Tierhaut. »*Moguntia*! Die Depesche ist in Sankt Alban bei Mainz abgefertigt worden! Er wird die capa[12] dort dem Bischof übergeben haben, was sonst?« Wiederum blieb er am Bronzelöwen stehen. »Er schreibt hier etwas von *Verhandlung mit den Herzögen Botho und Widukind* … Er tut, als hätten sich die Sachsenstämme verbündet. Aber wenn es dort wirklich einen Aufstand gibt, dann hätten doch andere Grenzfürsten etwas hören müssen,

12 Ursprünglich ein Mantel mit Kapuze; nach der capa war die Kapelle des Hofes benannt

der *dux* Gerao an der Fuldafurt oder der Hessengraf in Fritzlar! Wann haben wir zuletzt Botschaften von ihnen bekommen?«

Fulrads Mundwinkel gingen noch weiter nach unten. Er drehte den Saphirring am kleinen Finger, der sich – der Hitze war es geschuldet – kaum noch bewegen ließ. »Der Kanzler nahm gestern eine Depesche entgegen … Soll ich ihn holen lassen?«

Karl schüttelte unwillig den Kopf.

Ein Hitzschlag hatte den nicht mehr ganz jungen Itherius aufs Lager gezwungen. Leichtsinnigerweise hatte er Karls Weib zu einem heiligen Quell ein Stück nördlich des Feldlagers begleitet – barhäuptig!

Der König beugte sich über einen hüfthohen, acht Fuß langen Kartentisch, der auf mehreren Böcken im Hof aufgebaut war. Seine Augen studierten die auf eine Kuhhaut gemalten Umrisse Oberitaliens. Mit einer Spanne seiner Hand maß er den Abstand zwischen den Alpenpässen, Pavia und Rom. »Einhard wird zu uns stoßen, schreibt er.« Ein Finger des Königs fuhr auf dem dicken Strich, der die Römerstraße vom Cenis-Pass nach Mailand markierte, entlang. »Die Klausen sind in unserer Hand, aber wenn er Pech hat, begegnet er langobardischen Streiftrupps – sei's drum, jeder muss sich selbst helfen! Gibt es neue Nachrichten vom Papst? Gute Nachrichten, meine ich?«

»Den letzten Legaten des Heiligen Vaters habt Ihr selbst ausgefragt, Herr, seitdem gab es leider nichts Neues.«

Der König brummte etwas; die Erinnerung an das Gespräch mit dem römischen Archidiakon konnte seine Laune kaum verbessern. Der Gesandte hatte einige Tausend Krieger zugesagt, die der Papst gegen die langobardische Gefahr ins Feld führen wollte – doch dieser Truppeneinsatz war mit überraschenden Gebietsforderungen verbunden, Ländereien Italiens fern von Rom, die künftig dem Heiligen Vater Untertan sein sollten! Entnervt schüttelte der König des Frankenreiches den Kopf. »Warum sind wir hier? Weil der Langobarde größenwahnsinnig geworden ist und Rom überrollen will! Nun stellt sich mein Frankenheer vor den Heiligen Vater, und was macht er? *Nichts!* Außer Forderungen zu erheben und ein bisschen Weihrauch zu verbrennen ... Papst Hadrian will die alten Plagegeister loswerden, ohne sich einen neuen Herrn ins Land zu holen!« Fulrad hatte die Hände vor dem Leib gefaltet, scheinbar demütig, seine flinken Augen folgten jeder Bewegung des Königs. »Vielleicht tut Ihr dem Heiligen Vater ein wenig unrecht, Herr. Er beruft sich ja schlicht auf die Verträge, die wir ...«

»Ich *weiß*, worauf seine verdammten Notare sich beziehen«, schnaubte der König und trat mit bedrohlicher Miene auf seinen Hofkapellan zu. »Da ist noch eine andere Sache – ein Gerücht macht die Runde, Desiderius versucht, sich *hinter meinem Rücken* mit dem Papst zu einigen. Hörtet Ihr davon?« Der Hofkapellan berührte flüchtig sein Kreuz auf der Brust. »Das wird schon länger erzählt, Herr – weder neu noch originell.« Der König hatte nun einen beunruhigten Unterton. »Hört mit dieser Abwiegelei auf, Fulrad! Der Heilige Vater soll mich dazu bringen, heißt es, meine Gemahlin zu verstoßen und Desiderius' Tochter zurückzunehmen ...«

In diesem Augenblick ging einer der Türflügel auf, die zu den vorderen Kammern führten. Einer der Diener musste rasch zur Seite treten, um nicht getroffen zu werden. Eine junge Frau betrat mit schwingendem Schritt den Innenhof, ein Mädchen von 16 oder 17 Jahren. »Heil meinem Gemahl, dem Frankenkönig!«, rief sie fröhlich, stellte einen Korb mit Erdbeeren auf den Kartentisch und lächelte den Herrscher an. Karls Züge glätteten sich, zum ersten Mal an diesem Nachmittag musste er lächeln.

»Mein König – ich hatte ihr gesagt, dass sie nicht hineinplatzen darf!« Es war eine harte, autoritätsgewohnte Stimme, die den Hof füllte: Hinter der Königin war eine reife Frau im dunklen Frankengewand eingetreten, das rockartig bis zu den Knien reichte – darunter waren gebundene Hosenbeine zu sehen. Ein Kopftuch aus doppelt gefalteter Seide ruhte locker auf ihrem Haupt, graue Strähnen durchzogen die Zopfenden, die im Nacken unter dem Tuch hervorschauten.

»Ist gut, Mutter«, entgegnete Karl, ohne die Sprecherin anzusehen. »Meine Frau kümmert sich wenigstens um mich.« Er strich Hildegard über die Wange und warf einen Blick auf die Früchte, die nun die gesamte Po-Ebene verdeckten. Flink tauchte Hildegards Hand in den Korb und reichte dem König eine tiefrote Erdbeere, aus der bereits der Stiel entfernt war: »Das ist die schönste. Ich habe sie für Euch ausgesucht, bei einem Händler aus Mailand!«

Karl nahm die Frucht und musterte sie in der halb ausgestreckten Hand wie einen Edelstein. Sie war etwa walnussgroß, deutlich größer als Erdbeeren nördlich des Alpengebirges. Er verspeiste sie und legte mit einem anerkennenden Nicken seine rechte Hand auf den Bauch, der auf Höhe des Nabels ein wenig vorstand. »Ihr habt mir das Leben gerettet, treue Gemahlin«, lächelte er. »Aber tut mir einen Gefallen, und verzichtet jetzt auf solche Ausflüge. Denkt an unser Kind!«

»Ebendies waren meine Worte«, kam es schneidend von der Königinmutter Berthrada; die Hände vor dem Bauch gefaltet, war sie am Bronzewolf stehen geblieben. Den Austausch zwischen ihrem Sohn und seiner neuen Ehefrau hatte sie mit stillem Missbehagen verfolgt. Und es war kein Trost, dass der Hofkapellan ebenfalls eine säuerliche Miene aufgesetzt hatte; insgeheim wusste sie Bischof Fulrad auf ihrer Seite. Dass Hildegard sich nun auf die Zehenspitzen stellte und Carolus Rex etwas ins Ohr flüsterte, versetzte ihr einen regelrechten Stich. Der König verzog das Gesicht und wandte den Kopf zu seiner Mutter. »Den Blutmond, den Ihr gesehen habt, haben andere auch gesehen – die Sachsen sind im Aufstand.« Seine Augen funkelten böse. »Empfindet Ihr Genugtuung, Mutter?«

Sie schüttelte den Kopf. Dass Karl ihr öffentlich den Titel *Regina* verweigerte, war ärgerlich. »Wie könnt Ihr glauben, dass ich …«

»*Wir* besprechen die Lage nach dem Abendessen im Kronrat«, unterbrach der König sie. »Ach – nehmt von den Beeren, sie sind vorzüglich!«

Die in der Nachmittagshitze dösenden Wachen am Rande des Gartens richteten sich auf und griffen ihre Speere fester, als sie den König und seine Frau sahen. Das mit Zypressen umstandene Areal hinter dem Hauptgebäude maß ungefähr fünfzig mal fünfzig Schritt. Gelbe Fliesenpfade trennten Kräuterbeete von Buschrabatten, die um eine Brunnenschüssel aus dunklem Stein angeordnet waren. Einige Schritte zur Linken und zur Rechten des Brunnens standen Marmorstatuen: ein unbekleideter Jüngling mit einem Schwert und ein Mädchen mit einem Bogen. Die Brustspitzen des Mädchens waren heller als der Rest des weißgelben Steins, ebenso der *faz* des Jünglings: Fast jeder der wackeren Frankenkrieger, der diesen Teil des königlichen Hauptquartiers zu sehen bekam, berührte die sündhafte Nacktheit der beiden.

Karl setzte sich mit Hildegard auf den Brunnenrand und ließ die Hand einmal durch das lauwarme Nass im Becken fahren. Seine kräftigen Finger verteilten Wasser auf Hildegards Stirn und Wangen. Der Schatten eines Ölbaumes fiel auf das Königspaar, sie lächelte ihn an, und für einen winzigen Moment saugten sich seine Augen an ihren geröteten Wangen, der schmalen Nase und den vollen Lippen fest. Grillen zirpten, und ein einsamer Vogel zwitscherte, um sogleich wieder zu verstummen. »Niemals werde ich Euch gehen lassen, Hildegard«, sagte er schließlich. »Und wenn mir einer ganz Italien und Bayern obendrein zu Füßen legen würde.«

Sie schluckte und nestelte an den strohblonden Zöpfen, die in üppigen Schlaufen das Gesicht einrahmten. Karl liebte ihr offenes Haar, doch das schickte sich nicht für eine Königin. »Die Leute sagen, dass Ihr Eure Langobardenfrau auch verlassen habt, mein Herr. Und dass Ihr es jetzt bereut, weil Ihr gegen Desideratas Vater Krieg führen müsst. Und dass …« Sie schlug die Augen zu Boden.

»Sprich weiter«, sagte Karl mit leichtem Kratzen im Hals. »Sprich es aus.«

Auch Hildegard wechselte nun in die intime Anrede ihres Schlafgemachs. »Dass du mit König Desiderius leicht Frieden schließen kannst, wenn du seine Tochter zurücknimmst und mich ins Kloster steckst ...« Sie räusperte sich. »Unsere Ehe gilt nicht, sagen die Leute. Weil der Papst deinen Ehebund mit Desiderata nicht aufgelöst hat ... stimmt das?«

Er nahm ihre Hände: Sie hatte gerade, ebenmäßige Finger mit kurzen Nägeln; Hände, die zufassen konnten, ohne plump zu sein, die streicheln konnten, ohne weich zu sein. Ihr Gesicht hatte durch die Schwangerschaft einen neuen Glanz bekommen, die Lippen waren rot, als hätte Hildegard Farbe aufgetragen – aber das taten fränkische Frauen nicht.

»Du hast zu viel Zeit mit meiner Mutter und ihren Einflüsterern verbracht, Hildegard«, sagte er. »Ja, ich war mit der Tochter des Langobardenkönigs verheiratet. Meine Mutter hatte das eingefädelt ... Wir brauchen starke Verbündete im Süden, sagte sie.« Sein Blick schweifte kurz durch den Garten, ohne dass er ihre Hände losließ. Das Anwesen lag auf einem sanften Hang, zwischen den Bäumen konnte er in der Ferne die mächtigen Mauern Pavias sehen – Mauern, wie es sie sonst nur in Rom gab. »Nun, mein Fohlen, das Ganze war keine gute Idee. Desiderata ist eine Kratzbürste, und dumm dazu! Sie glaubte, ihren König und Herrn zu christlichen Tugenden erziehen zu müssen! Die Langobarden sind nicht einmal richtige Christen, sondern Arianer[13] ...«

»Was Ihr vorher wusstet, mein Gemahl.«

Sie sagte es ihm direkt ins Gesicht: Seine Brauen zogen sich zusammen, aber er bewunderte sie im Stillen für die forsche Entgegnung. »Leider ist der alte Desiderius genauso einfältig wie seine Tochter«, fuhr Karl fort, jetzt wieder geschäftsmäßiger im Ton. »Ein schlechter Halm entspringt schlechter Erde ... Er dachte, dass er mir durch die Heirat *ebenbürtig* ist. Mir, dem *Frankenkönig*, dem Schutzherrn der Heiligen Stadt Rom und des ersten Bischofs von Rom!«

Sie stutzte. »Papst Hadrian würde diese Bezeichnung nicht gefallen!«

---

13 Christliche Glaubensrichtung: Für die Arianer gab es keine Dreifaltigkeit. (»Der Vater allein ist Gott.«)

»Papst Hadrian ist der Nachfolger des *Heiligen Petrus*. Petrus war genau das, *der erste Bischof von Rom*, mein Kind. Aber *ich* bin der Schutzherr der gesamten Kirche Christi! Wenn es einen Stellvertreter Gottes auf Erden gibt, dann bin *ich* das, der König der Franken! Und wenn der Schwiegervater des Frankenkönigs ein Verräter an der Kirche und ein Kriegstreiber ist, dann brauche ich keinen Papst, um eine missratene Tochter zurückzuschicken. Ihr kennt die Heilige Schrift, Hildegard: König David empfing seine Macht von Gott, es gab keinen Papst zwischen Gott und dem Volk Israel! Im Übrigen, liebe Gemahlin … sie hatte Haare auf der Oberlippe wie ein Scarakrieger, sie roch schlecht, und sie wusch sich nicht, wenn ein Weib das tun sollte.«

Karl sah Grübchen in den Mundwinkeln entstehen, bevor Hildegards Hand die Lippen bedeckte. Ein Kichern ertönte. »Heißt das … Habt Ihr die Luft angehalten, wenn Ihr bei ihr gelegen habt?«

Er lächelte, stand auf, und sein Blick glitt für einen kurzen Moment über die apfelförmigen Brüste der Marmorstatue einige Schritt hinter Hildegard. »Ich erinnere mich eigentlich … gar nicht mehr. Seitdem Ihr mein Weib seid, ist alles zuvor wie weggewischt.« Er strich über ihren geschwollenen Bauch, und sie legte mit einem halb verlegenen Lächeln ihre Hand auf seine.

»Behandelt mich nicht wie ein Kind«, murmelte sie. Sie, das Mädchen aus alemannischem Fürstengeschlecht, war zum zweiten Mal schwanger; sie war vertraut genug mit den Sitten des Hofes, um zu wissen, dass Karl gelegentlich mit einer hübschen Sklavin das Lager teilte. Es war ärgerlich. Doch es war auch ein Zeichen seiner Liebe, dass er die andere nicht öffentlich zeigte – und auch keine Frau zur Bettgenossin machte, die dauerhaft am Hofe diente …

Wie er Desiderius besiegen werde?, fragte sie ihn nun – *alles andere als eine Mädchenfrage!* Einen Augenblick schien der König mit der Antwort zu zaudern. Zu wie vielen Ohren drangen die Worte weiter, die er ihr gegenüber äußerte? »Krieger hat der Langobarde reichlich«, sagte Karl mit gedämpfter Stimme. »Aber sein Volk ist nicht einig: Die Herzöge wollen keinen großen Krieg, bei dem sie vielleicht alles verlieren – ziehen wir sie auf unsere Seite, steht er nackt da.« Dann beugte sich der König zu ihrem Gesicht hinunter und stieß abrupt aus: »Welchem Eurer alemannischen Herren vertraut Ihr am meisten, Hildegard? Wer hat Verstand und ist uns *absolut ergeben?*«

Überrascht stand sie auf und legte eine Hand an den Hals. »Ihr meint jemanden, der kämpfen *und* reden kann? Graf Warin – er befehligt zweihundert Mann. Was habt Ihr ...«

»Das genügt«, raunte Karl. Seine Augen gingen nach rechts und links, als gelte es, Mithörer zu entdecken. »Schickt einen Boten in sein Quartier. Aber ohne Aufhebens! Er soll mich genau hier, am Brunnen, treffen. Morgen, zwei Stunden nach Sonnenaufgang! Ich habe einen Auftrag für ihn. Macht er seine Sache gut, wiege ich ihm sein Pferd mit Gold auf!«

Berthrada trat zum Kartentisch. »Heil, *Regina*«, sagte Fulrad respektvoll und neigte kaum merklich den Kopf. Ihre Augen trafen sich. *Die Diener an der Tür konnten mithören.* »Ich möchte mit Euch beten, Euer Gnaden.« Wissend nickte er. Es waren noch drei oder vier Stunden bis zum Abendgebet, das Karl mit der Familie und den engsten Gefolgsleuten abhielt. Aber die Königinmutter galt als fromm, es war unverdächtig, die Kapelle auch zwischendurch aufzusuchen.

Die Kapelle war ein aus hellen Steinen errichtetes Gebäude mit Schrägdach hinter dem Haupthaus. An die Wände hatte der königliche Pfalzgraf Bilderteppiche hängen lassen, die christliche Motive zeigten: Martin von Tours, wie er den Mantel mit einem Bettler teilte, und Sebastian, von Pfeilen durchbohrt, in den Armen des Erzengels Gabriel. Berthrada und der Hofkapellan knieten vor dem Altar aus Ebenholz mit Elfenbeinarbeiten nieder, auf dem ein mehrarmiger Leuchter aus massivem Gold stand. An der Stirnseite des Raumes, fünf Schritte hinter dem Altar, stand ein mannshohes Holzkreuz, das mit Bronzeplatten ummantelt war. Gedämpftes Licht sickerte durch zwei Glasfenster links und rechts des Altars. Berthrada empfand die Kühle wie eine wohlige Umarmung, während Fulrad mit gefalteten Händen lateinische Gebetsformeln zu murmeln begann. Ihre Blicke verharrten kurz auf der Frauengestalt eines Bodenmosaiks, das unter den Bastmatten hervorschaute. Die Finger der Frau, die Fingerringe und vor allem die Taube in dieser Hand wirkten so echt, als könnte der Vogel losfliegen ... Solches war nördlich der Alpen nicht vorstellbar. Etwas in ihr fühlte sich den Menschen verbunden, die diese Mosaike und Marmorstatuen herstellten. Und von ihrem Wohlwollen gegenüber diesen Italiern blieb noch genug für deren *Herren*: den Langobarden.

»Der König hat noch keine Entscheidung getroffen.« Fulrads Murmeln klang, als spreche er immer noch Gebete. »Habt Ihr Nachricht von Hadrian?«, flüsterte sie, ohne aufzusehen. »Geht er auf unseren Vorschlag ein?«

»Ich habe eine Nachricht erhalten«, gab Fulrad zurück und ließ das einen Augenblick sacken. »Der Heilige Vater ist bereit zu vergeben ... er wird des Königs Ehebruch verzeihen, wenn er sein langobardisches Weib wieder annimmt. Und er wird auch König Desiderius verzeihen, sobald er sein Heer nördlich von Rom abzieht und die Rechtmäßigkeit der päpstlichen Gebietsforderungen anerkennt.«

»Ist Desiderius damit einverstanden?«

»Ja – sagen meine Spione an Desiderius' Hof.« Fulrad verlagerte das Gewicht auf das andere Knie. Berthrada bekreuzigte sich. *Eine schnelle Beendigung des Krieges war möglich!* Natürlich, da war noch die alberne Zuneigung ihres Sohnes für *die Alemannin*, wie Berthrada sie vor ihrem eigenen Gefolge nannte. Aber sie traute sich zu, Karls Gefühle so weit erschüttern zu können, dass er sie vom Hof verbannte. Es gab einen jungen, gut gewachsenen Edelmann in ihrem Gefolge, der mehr als nur Verehrung für sie empfand. Mittels dieses Grafen Warin, ahnte Berthrada, würde sie den Ruf der jungen Königin zerstören können. Was war das Glück eines Mädchens gegen einen langen Frieden in Italien?

»Da ist noch etwas, *Regina* …« Fulrad machte das schnaufende Geräusch, das ertönte, wenn er nicht bequem saß. »Ihr genießt Ansehen bei Desiderius und seinen Beratern. Aber sie trauen unserem König nicht. Sie fürchten, dass unser Angebot ein Trick Karls ist, mit dem wir sie dazu bringen, die Tore der Festung zu öffnen …«

Von draußen drang das Zwitschern von Vögeln herein. Berthrada fragte sich, wie lange sie noch mit Fulrad in der Kapelle verbringen konnte, ohne Verdacht zu erregen. »Was wollen sie?«, stieß sie unverblümt aus.

»Ein Zeichen.«

Schnaufen.

»Ein Zeichen, dass Ihr im Kronrat genügend Einfluss nehmen könnt … Sie müssen uns vertrauen, wenn ein Kompromiss zustande kommen soll!« Er nestelte an einer Innentasche seines Gewandes und zog ein auf Handtellergröße gefaltetes Pergament hervor. »Dies ist ein Brief von Desiderius' Kanzler. Schreibt auf die Rückseite, dass er auf Euer Wort bauen kann. Und siegelt mit Pippins Zeichen – die Langobarden halten Karls Vater in hohem Ansehen.«

Die Königinmutter zögerte kurz, dann nahm sie das Stück Pergament an sich und schob es in ihren linken Ärmel.

»Herr, wir erflehen deinen Segen«, tönte Fulrad nun lauter, »wir preisen deine Werke …«

Fulrad verharrte noch eine Weile in kniender Stellung, als Berthrada verschwunden war. Dann stand er mit knirschenden Gelenken auf, trat zum Altar und entzündete eine Kerze. Er stellte sie hinter drei anderen Kerzen auf, die Hildegard auf dem Altar hinterlassen hatte – für ihren Mann, die Jungfrau Maria und für ihr werdendes Kind. Dann rief er halblaut Gott und seinen Sohn an – Fulrad betete stets zu beiden, denn der Hofkapellan war ein Mann mit Bedacht. *Befreie König Karl von schlechten Ratgebern, Herr; Jesus, lass ihn den Weg erkennen, der zum ewigen Heil führt!*

Während der Schmerz in seinen Knien allmählich nachließ, machte sich das Kribbeln kommenden Triumphs in seinen Eingeweiden breit: Seit dem Tod von Karls Vater Pippin hatte Berthrada immer wieder versucht, Karls Entscheidungen zu beeinflussen, oft genug *gegen* Fulrads Meinung. Nun war sie bereit, hinter Karls Rücken mit dem Feind zu verhandeln und sich des Hochverrates schuldig zu machen! *Unmöglich* war es ihm hingegen, die Gelegenheit verstreichen zu lassen, die ihm Berthrada nun bot: *Sie musste fallen*!

Seufzend beendete der Hofkapellan mit gefalteten Händen seine Andacht mit einem Vaterunser. Nach Berthradas Sturz würde er sich um den Rückkehrer Einhard kümmern: Noch ein sogenannter Ratgeber, dessen Verstand vom König grotesk überschätzt wurde …

20

In der Westfalensiedlung Bylanuelde, im Juno 774

Der erste Schlag traf Arnulf seitlich am Schädel und strich glühend über sein Ohr. Beim zweiten Hieb zielte Baldur sorgfältiger: Das Ende der Rute zischte über Arnulfs linke Braue und traf die Augenhöhle. Der Schreck war größer als der Schmerz, es fühlte sich an, als wäre das ganze Auge zerfetzt. Blut füllte die Augenhöhle, Arnulf sah nichts mehr, während er in ohnmächtiger Wut an seinen Fesseln zerrte.

»Schmeckt dir das, Franke?«, brüllte Baldur mit rot angelaufenem Gesicht. Abermals holte er aus, diesmal seitlich: Pfeifend landete der Stock auf Arnulfs rechter Wange. Der Schmerz ließ ihn aufbrüllen, er stemmte sich nach vorn, bis sich die Fesseln strafften, mit denen er an den Eckpfahl des Kornspeichers gebunden war. Aber die Riemen hielten. Ein Dutzend feixender Gesichter sah Arnulf um ihn herum – Freie, Liten, Knechte, für die die Misshandlung eines eingefangenen Flüchtlings eine dankbare Unterbrechung des Tagewerks war. Verwandte von denen, die von der Ulme zerschmettert worden waren … Arnulfs rechtes Auge sah noch: Im Hintergrund glaubte er Heden zu erkennen, ernst und irgendwie verlegen; Baldur stand jetzt so dicht vor ihm, dass kleine Speichelflocken in Arnulfs Gesicht landeten. Der Hofmeister brüllte zwischen den Schlägen wilde Beleidigungen, als wollte er vergessen machen, dass er selbst bei Arnulfs blutiger Flucht nicht einmal eine Schramme davongetragen hatte. Ruckartig senkte Arnulf den Kopf, der nächste Hieb traf die Schädeldecke mit dem filzigen Haar. »Wenn ich mit dir fertig bin, Franke, dann …« Baldur konnte den Satz nicht beenden, denn der Spann von Arnulfs Fuß landete zwischen seinen Beinen.

Zur Hölle mit dir! Der Hofmeister klappte zusammen und jaulte einen Schmerzenslaut hinaus, während die Zuschauer überrascht verstummten. Arnulfs Atempause war nur kurz: Ein bulliger Kerl drängte nach vorne und rammte ihm die Faust in den Magen. »Auf den Block mit ihm!«, schrie er. »Los, auf den Block!«

Blut lief über Arnulfs linke Gesichtshälfte, als kräftige Hände ihn aufrichteten, nur um die Fesseln zu lösen und ihn in Richtung des Haublocks zu stoßen. Es war ein hüfthoher, fast drei Fuß breiter Klotz nahe den Arbeitsschuppen, umgeben von Holzspänen und allerlei Tierknochen. »Den Arm«, schrie einer. Jemand trat ihm in die Kniekehlen, sodass er vor dem Haublock einknickte. »Bringt das Schwein um!«, grunzte ein anderer. Arnulf roch Holzsplitter und verfaulte Fleischfetzen, als sein Gesicht auf den Klotz gedrückt wurde.

Keine Beichte vor dem Tod, kein Priester, er war allein …

»Gebt Baldur die Axt!«

Hinter sich hörte Arnulf jemanden herbeischlurfen, schwer atmend, es mochte sein Henker sein. Arnulf konnte kein Glied mehr bewegen, seine Arme waren nach vorne gestreckt, schwielige Hände umklammerten seine Handgelenke wie Eisen. Plötzlich war eine grelle Frauenstimme über seinem linken Ohr – sehen konnte er nichts, denn er lag auf der rechten Wange, und das linke Auge war vollkommen zugeschwollen.

»Du hast meinen Mann umgebracht! Verrecken sollst du!«

Ihr Speichel traf seine linke Wange. Sein Nacken lag frei – Gänsehaut … Das Gelärme der Menge brach ab.

Würde Gott gnädig sein?

»Verflucht!« Arnulfs Kopf wurde hin und her gezerrt, sein Gesicht schrammte über die Unebenheiten auf dem Block. »Nachtwolf!«, raunte einer – und plötzlich wusste er, dass sie sein Muttermal sahen, das hinter dem Ohr lag. Ein dunkles Ding mit fünf Ecken, geformt wie ein zerlaufener Wolfskopf …

»Schlagt ihn tot!«

Der schrille Schrei des Weibes ging Arnulf durchs Mark. Etwas Scharfes kratzte über sein Mal, als ein Fingernagel die Stelle probte. Er hielt den Atem an.

»Widukind kommt!« Aus dem Augenwinkel sah Arnulf, wie schlagartig Bewegung in die Leute um ihn herum kam. Der Zug an seinen Armen ließ nach. Alle sahen nun zum südlichen Ende des Dorfes, wo laute Rufe der Begrüßung erklangen. Zwei, drei Mann liefen los. Arnulf fühlte immer noch die Klinge des Beils wie ein brennendes Feuerscheit hinter sich – er riskierte es, den Kopf zu drehen. Baldur stand da, die Axt in beiden Händen, und starrte ihn hasserfüllt an. »Du siehst die Sonne nicht mehr aufgehen, *huor kind*!«

Die Sonne beschien die zurückkehrenden Krieger Widukinds während ihres gesamten Rittes nach Bylanuelde. Widukind und Abbio ritten voraus, und der Herzog schlug solch ein Tempo an, dass sie die Doppelreihe ihrer Gefolgsleute immer wieder ein Dutzend Pferdelängen hinter sich ließen. Mit Erreichen des westfälischen Kernlandes ein paar Meilen jenseits der Paderquellen sahen sie häufiger Männer am Wegesrand, die Schwerter und Speere in die Luft reckten und Heilsrufe brüllten; die Nachricht vom Triumph über die verhassten Franken war dem Falenherzog vorausgelaufen. Kinder winkten, Heranwachsende liefen eine Zeit lang neben den Reitern her, warfen ihnen Fragen zu und versuchten Blicke auf die fränkischen Waffen, Geräte und Rüstungen zu erhaschen, die auf den Packpferden verschnürt waren.

»So ernst, Herzog?« Abbio grinste ihm zu. »Deine Falen lieben dich, schau sie dir an!« Im flotten Trab passierten sie eine Gruppe von Höfen, etwa hundert Schritt von der Straße zurückgesetzt. Mehrere Männer im besten Kriegeralter, die mit einem halben

Dutzend ungesattelter Pferde an einem Ziehbrunnen standen, winkten ihnen, einer reckte das Schwert.

»Sie lieben den Sieg, nicht den Sieger«, gab Widukind mit unbewegter Miene zurück. »Sie glauben, wir hätten eine große Schlacht gewonnen ...« An seinen Oberarmen glänzten massive Ringe: Er hatte sie aus den Silberbarren hämmern lassen, die sie in den Kammern der Burg gefunden hatten. Felder mit kniehohem Roggen erstreckten sich links und rechts des Weges, dahinter kam wie eine Wand das grüne Laub von Buchen- und Eichenwald. Männer und Frauen bückten sich auf den Feldern und zogen Unkraut, das den kargen Ertrag des Bodens verringerte; sie winkten den Vorbeireitenden und riefen Heilsgrüße. Liten oder Freie? *Es waren Westfalen: wacker bei der Arbeit, tapfer im Kampf und trotzig gegenüber Schicksalsschlägen ...*

»Bei Donars Hammer, unsere Stämme, unsere Sippen streiten zu viel gegeneinander! Und dann kommt einer wie der Frankenkönig, und unsere Großen küssen ihm reihenweise den Fuß ... Das muss aufhören!« Überrascht von Widukinds Heftigkeit, warf ihm der Ältere einen Seitenblick zu. »Die Edlinge werden Euch hören, Herzog. Sie werden Euch mit ihren Kriegern folgen, auch die Sippen, die bisher abseitsstanden!«

Als hätte er Abbios Worte überhört, sagte Widukind: »Dieser Burgherr – habt Ihr ihn angeschaut? Ein Wicht, wenn auch zäh; wieso gehorchen ihm dreihundert Panzerreiter bis zuletzt? Hatte er große Ländereien oder eine alte Familie hinter sich? Nein! Ich habe die Franken befragt, die uns in die Hände fielen. Dieser sogenannte Statthalter hatte das *Vertrauen ihres Königs* – sonst nichts!«

Abbio kratzte sich an der Warze unter dem Auge. »Und? Was hat das mit uns zu tun?«

»Genau das frage ich *Euch*, Abbio«, gab Widukind scharf zurück. »Wie ist solch ein Vertrauen über tausend Meilen ohne gemeinsames Blut möglich? Ist das dieser Kreuzglaube von ihnen, hm?«

Angeekelt schüttelte der Ältere den Kopf. »Der ist doch nur etwas für Feiglinge und Weichschwänze!«

Widukind nickte. »Ganz recht. Aber da ist irgendwas ... der König ist ihr Oberpriester, heißt es. Wie viel Macht gibt ihm das?«

Das gesamte Dorf lief zusammen – mehr noch, Männer von der Hügelfeste eilten herbei, die den Osningdurchbruch nach Süden bewachte, um den zurückkehrenden Herzog zu begrüßen. Widukinds erster Weg jedoch führte ihn zur Kulthalle oberhalb der Siedlung. Im Beisein Idorichs legte er den mächtigen Holzfiguren Goldstücke und Mistelzweige zu Füßen und dankte den Herren Asgards für seinen Sieg. Sein Weib hieß ihn vor der Tür seines Hauses willkommen, auf ihren Krücken, wie eine von den Göttern gestrafte Königin – sie konnte sich nicht vor ihm verneigen. Er umarmte sie, wie es ein heimkehrender Mann tun sollte. Und er schenkte, was ein erfolgreicher Kriegsherr den Seinen mitbringt: Silberringe, ein Ballen heller Seide aus den Truhen der Burg, gläserne Pokale, die zerbrechlicher und feiner waren als jede Tonarbeit; kupferne Kannen, eiserne Scheren und andere nützliche Dinge.

Abends ließ sich der Herzog von seinem Hofmeister in der Halle des Hauses berichten. Wie viel Hufen waren gesät worden? Wie viel Holz war in den Wäldern geschlagen worden? Wie viele Fohlen waren geboren worden? Widukind saß am Ende eines langen Eichenholztisches, vor sich einen Krug mit dunklem Bier, neben sich – wie ein glücklicher Kobold zwischen Tischkante und Stuhl – ein Mädchen von knapp zehn Jahren mit langen, braunen Locken. Sie schmiegte ihren Kopf an den mächtigen Oberarm des Vaters und musterte abwechselnd den aufrecht stehenden, schnell redenden Baldur und dann wieder das Rotkehlchen: Der Vogel pickte mit abrupten Bewegungen Krümel von der Tischplatte, ohne dabei den Hausherrn aus den Augen zu lassen. Die Mägde hatten die

Häute aus den Fensteröffnungen genommen, das späte Sonnenlicht durchflutete den im Winter fast dunklen Raum. Widukind, so kam es Baldur vor, folgte seinen Worten mit halbem Interesse und einem seltsam gleichmütigen Gesichtsausdruck. Etwas war anders als sonst, etwas hing im Raum, das der Hofmeister *nicht* unter Kontrolle hatte ...

Im hinteren Teil der Halle war die Herrin des Hauses dabei, mit ihren Zofen und der älteren Tochter die Beutestücke zu begutachten und auf die Truhen mit dem Hausrat zu verteilen. Ihre Laute des Entzückens, Erstaunens und unterdrücktes Gelächter war das stete Hintergrundgeräusch für Baldurs Ausführungen. Als die Rede auf den Fluchtversuch eines Sklaven kam, zogen sich Widukinds Brauen zusammen, und ein durchdringender Blick traf den Hofmeister.

»Wir hatten ihn schon auf dem Block, Herr ... Er hat einen Freien getötet und mehrere Männer schwer verletzt. Auch Marbold, den Liten.«

Widukind trommelte mit den Fingern auf die Eichenplatte. »Ich werde nach ihm sehen, später ...«, murmelte er. Der Herzog schob die Kleine ein Stück zur Seite und stand auf. Etwas Kaltes lag in seiner Stimme. »Reden wir von dem Frankenkrieger, den ich im Engernland gefangen genommen hatte? Den meine Schwester leben lassen wollte?«

»Ja, Herr.« Baldur musste sich räuspern. »Man sagt, dass er Euren Bruder getötet hat, in der großen Schlacht.« Widukinds Miene verdüsterte sich. Er warf einen Blick nach hinten, zu den Frauen. Dann fragte er Baldur, wo Erika war.

Galswintha saß auf dem Bett, die Krücken neben sich, und ließ sich die hüftlangen, hellbraunen Haare kämmen. Die Zofe war eine alte Vertraute Galswinthas und summte ein dänisches Lied, das die Fürstin an ihre Kindertage erinnerte. »Soll ich Euch noch einmal die Beine binden, Herrin?«

Galswintha schüttelte den Kopf, den Blick auf die Tür gerichtet. Die Wickel mit der Tinktur waren nichts als ein weiterer Versuch – sie wusste es, und ihre *magad* wusste es. »Nur die Götter können mir helfen«, murmelte Widukinds Weib und musterte widerwillig ihre dünnen, knotig verdrehten Unterschenkel. *Aber sie halfen nicht …* Sie hatte das Kleid bis auf die Oberschenkel hochgezogen, um besser sitzen zu können. Seit drei Wochen ließ sie ihre Beine mit Leinen umwickeln, das mit Eulengalle und Otterfett getränkt war – das Rezept einer runzligen Heilerin, die Ingmar ihr geschickt hatte, Widukinds Vetter. Wieder ging ihr Blick zur Tür aus hellen Ulmendielen. Sie ahnte, was heute Abend passieren würde. Und sie wusste, dass auch ihre Kämmerin es spürte. Umso sorgloser sang jene die sperrigen Laute über einen Fürsten und seine Männer, die zur See fuhren, Beute machten und einer schönen Fürstin solch einen Goldschatz mitbrachten, dass die Götter in Asgard mit Neid auf sie blickten …

Die Tür ging mit kräftigem Schwung auf. Mit eingezogenem Kopf betrat Widukind die Schlafkammer und trat ans Fußende des Bettes. Der Raum maß etwa drei Schritt auf viereinhalb; das Fenster war offen, und im letzten Licht des Abends sah er sein Weib beim Kämmen. »Lass uns allein«, sagte Galswintha und schob den Saum des Kleides über ihre Knie.

Der Kamm stoppte, ohne dass sich die *magad* bewegte – als wollte sie noch etwas sagen. Dann richtete sie sich auf, neigte den Kopf vor Galswintha und verließ rasch den Raum. Bevor die Zofe noch die Tür hinter sich zugezogen hatte, stand Widukind schon halb nackt vor der Waschschüssel, den Rücken zu seiner Frau gedreht. Die Schüssel ruhte auf der sechs Fuß langen Truhe, die die halbe Querwand einnahm. Er klatschte sich Wasser ins Gesicht und unter die Arme und fragte sie über die Schulter, wie die Wickel wirkten? Ob die Holzsänfte geändert, ob sie irgendwie verbessert werden müsse?

»Geh nicht«, sagte sie nur.

Für einen Augenblick war nur das Geräusch eines Tuchs auf

seiner Haut zu hören. Er spürte ihre Blicke im Nacken, während er auf den Lehmputz vor sich starrte, der das Weidengeflecht der Wand verstärkte. Aus der Nachbarkammer kamen gedämpfte Laute – die Zofen hatten dort ihre Bettstatt. Sie würden die Luft anhalten und lauschen … Er öffnete den Deckel der Truhe und holte eine saubere, elfenbeinfarbene Tunika heraus, die Stickereien am Saum und am Kragenschlitz hatte.

Galswinthas Augen folgten seinen Bewegungen. »Das Schwert wirst du nicht brauchen«, sagte sie schließlich, und nun war nichts Herrisches mehr, sondern nur noch Bitterkeit in ihren Worten.

Mit schnellen, geübten Bewegungen legte er den Waffengurt mit der langen Scheide von *bluot trinkar* an. Er sah sie an. »Ich will nach Marbold sehen. Er hat etwas abbekommen, als dieser Sklave geflohen ist.« Es sollte harmlos klingen, aber es klang schleppend und hölzern.

Sie packte eine ihrer Krücken und stampfte sie mit ausgestrecktem Arm auf den Boden. »Du willst seine Tochter sehen«, zischte sie. »Du willst sie aufs Lager nehmen … Du zerstörst meine *ahta*, Mann. Selbst die Raben Idorichs spotten über mich!«

Er stand vor ihr, ungelenk wie selten, die Hände an den Seiten. »Rede kein dummes Zeug, Frau! Und mach dir nicht so viele Gedanken über andere Weiber. Sieh zu, dass du …« Er sah auf ihre Knie und Unterschenkel und merkte, dass er zu weit gegangen war. Entnervt wischte er sich mit einer Hand über den Bart. »Ich sage Roswith, sie soll noch ein wenig bei dir liegen.«

»Meine Tochter soll mich ablenken, während mein Ehemann … ach, ich verfluche dich!« Die letzten Worte waren laut genug gesprochen, um im ganzen Haus gehört zu werden.

Seine Züge erstarrten. Es waren nur vier, fünf Schritte zur Tür. Er hatte den Riegel in der Hand, als sie noch einmal ansetzte. »Du bist mein Ehemann, und ich bin die Tochter des Edlings Volkmar, des Sohns von Udalrich dem Starken! Sie ist eine *Litin* …« Mit diesem Wort brach etwas in ihrer Stimme.

Er sah zurück; eine dünne Träne lief über ihre Wange. »Geh nicht …«, flüsterte sie.

Er schloss die Tür hinter sich und stand in der Halle. Das Letzte, was er hörte, war das Poltern der Krücke gegen die Tür.

In Marbolds Tochter Gunda paarten sich Leidenschaft und Verstand. Nach dem ersten hitzig-ungestümen Drängen Widukinds – wie ein Angriff auf ein offenes Tor – wurde ihr klar, dass sich an diesem Abend etwas geändert hatte. Der Herzog der Westfalen, ein Mann aus altem, reichem Geschlecht, lag ausgestreckt neben ihr: nackt, mit dem Kopf auf dem linken Oberarm; er hatte sie genommen, im Haus ihres Vaters. Der Alte war nach Widukinds Eintreffen zu einem »Besuch« aufgebrochen, obschon es bereits dämmerte und er noch geschwächt war von seiner Kopfwunde.

Eine Mücke verbrannte mit leisem Knistern im Kerzenstummel am Kopfende des Bettes. »Ich hatte Baldur erwartet«, raunte sie irgendwann, den Kopf auf den Ellenbogen gestützt, sodass ihre glatten, blonden Strähnen bis auf die Rosshaarmatratze fielen. »Mit der Nachricht, dass ich dich am Runenstein treffe, hinter der großen Eiche … Die Leute haben dich herkommen sehen. Dein Weib …« Sie brach ab.

»Sie hat mich geschmäht.« Er sah auf und beschrieb mit dem Zeigefinger einen Kreis um ihre linke Brust, immer enger, bis er die knospenartige Verdickung in der Mitte berührte – ihr Busen war noch mädchenhaft fest, unberührt von Mutterschaft. »Wäre es dir lieber gewesen? Am Runenstein?«

»Nein. Aber es wäre leichter – für dich.«

»Zu viele Stechfliegen da hinten«, lächelte er. Seine Finger lösten sich von der Brustwarze, die noch fester geworden war, und schnippten eine Mücke aus ihren Haaren. Plötzlich klang seine Stimme fest, und seine Augen schienen sie aufzusaugen. »Ich bin der Herzog der Westfalen, Gunda, *mich* haben die Sippen damals gewählt! Ich habe die Franken aus dem Grenzland vertrieben, ich habe die Lanzen ihrer Panzerreiter auf mich gezogen, damit die Engern die Eresburg nehmen konnten – und jetzt soll ich mich zu dir schleichen, feige wie ein Dieb?«

Ihre Augen waren größer geworden, während er sprach. Sie beugte sich über sein Gesicht. »Du musst mit meinem Vater sprechen, Herzog.« Sie, die Litin, scheute sich immer noch, ihn einfach mit seinem Namen anzusprechen. »Du weißt, er verehrt dich, aber …«

»Ich werde Euch keine Schande machen, Gunda«, sagte er ruhig und stemmte sich nun ebenfalls auf einen Ellenbogen. Seine Augen streichelten ihren langen, makellosen Hals. »Galswintha bleibt mein Weib nach altem Recht. Loki, der Schadenstifter, hat sie mit dem Ginsterzweig berührt, sagen die Leute. Ich kann nicht mehr bei ihr liegen. Vielleicht geht der Fluch sogar auf mich über … Du wirst meine Gefährtin sein, *swani*.«

Die Schwänin – sie mochte diesen Namen. »Nicht auf dich, Herzog«, raunte sie. »Dafür bist du zu stark.« Ihre Lippen waren zu einem schelmischen Lächeln verzogen – die kleine Einkerbung in der Mitte der Oberlippe stand schief, wenn sie lächelte.

»Du wirst nicht die erste Nebenfrau eines Edlings sein, Gunda!«, sagte er ernst. »Die Leute werden es dulden. Und glaub mir, ich bringe jeden zum Schweigen, der übel gegen uns redet.«

Bewegt legte sie ihm die Hand an das bärtige Kinn und streichelte seine Lippen. Ihre Augen erschienen nun riesig, vergrößert vom gleichmäßigen, dunklen Bogen der Brauen. Aber ihren Verstand konnte sie nicht ausschalten. »Galswinthas Leute werden reden«, flüsterte sie. »Und Flüche gegen mich schleudern – es sei denn …«

»Was?«

Sie ließ eine Hand durch die drahtigen Haare in der Vertiefung zwischen seinen Brustmuskeln laufen, dann weiter nach Süden, zum Nabel, und noch weiter, wo das Haar fast so dicht wie unter dem Kinn spross. »Es sei denn, dass ich dir einen *Sohn* schenke. Einen kräftigen Burschen, der die Herzogkette tragen wird!«

Er küsste sie. »Oder zwei«, raunte er, als er die Zunge zurückzog. »Es ist gut, einen Bruder zu haben.«

»Oder drei«, gab sie zurück, und ihre linke Hand streichelte nicht mehr, sie umklammerte jetzt.

Er ächzte leise und sah sie auf eine besondere Weise an. »Ich habe etwas für dich, Gunda.«

»Das merke ich«, sagte sie mit einem schelmischen Lächeln. Mit einer plötzlichen Bewegung stemmte er sich vom Bett hoch und fischte nach dem Haufen seiner Kleidung auf dem Boden. Gespannt verfolgte Gunda, wie er einen kleinen Lederbeutel hervorholte und ihn auf das Laken vor ihr legte. »Öffne ihn.«

Sie nestelte am Zugverschluss des Säckchens und holte einen Stein von der Größe eines Taubeneis hervor, eingepasst in eine dünne Goldfassung, an der eine Halsschnur hing. Im Kerzenlicht konnte sie den dunkelgrünen Schimmer im Innern des Edelsteins sehen. Ein Smaragd, so viel wert wie ... *ein Dutzend Pferde*? Etwas Heißes rieselte durch ihre Brust.

Mit warmer Stimme sagte er: »Ich will, dass du von jetzt an diesen Stein trägst. Alle sollen ihn sehen können!« Sie legte ihre Hand auf seinen Hinterkopf und küsste ihn gierig. Dann war er über ihr, teilte ihre Schenkel und füllte sie ganz und gar aus.

21

Nördlich von Pavia, im Sommer 774

Einhard schmeckte Staub auf der Zunge, zum hundertsten Mal, seit sie auf den gerölligen Kurvenwegen des Gebirges in die grünbraune Ebene hinabgeritten waren. Es war der Staub Albrichs, etwa zwanzig Pferdelängen voraus: Unter einer turmhohen Zypresse zügelte er jetzt sein Pferd, ein gebeugter Kerl stand dort mit seinem Esel im Schatten, ein mächtiger Ballen Heu wölbte sich auf dem Rücken des Tieres. Der Mann gestikulierte mit plötzlicher Lebendigkeit und zeigte nach vorn. Ein Trupp von Scarakriegern hatte ihnen am Vormittag bereits die Richtung gewiesen: auf der Ebene nordwestlich von Pavia, nur eine halbe Meile vor der Stadt! Längst konnten sie die Mauern der Festung am Horizont sehen, weißgraue Bastionen von biblischem Ausmaß, die seit Generationen die Herrschaft der Langobarden sicherten. *Pavia ist eingeschlossen,* hatten ihnen die fränkischen Reiter mit Triumph in der Stimme zugerufen. *Desiderius frisst Mäuse!*

Einhard musste dem König erklären, was im Norden passiert war. Er durfte es nicht Hofkapellan Fulrad oder einem der anderen Neider überlassen, das Scheitern des *gilerito* auszudeuten: Seine Laufbahn bei Hofe wäre so schnell beendet, wie sie begonnen hatte.

Albrich blickte zurück und nickte Einhard zu: *Na also!* Die Sonne und der Staub hatten dem Kriegsmann ein dunkles Gesicht gegeben, zumal er sich seit dem letzten Alpenpass nicht mehr rasiert hatte. Zusammen mit der wulstig vernarbten Wange sorgte das für ein gefährliches Aussehen. Einhard war froh, dass er ihn zum Führer seiner Leibwache eingeschworen hatte – und nicht

Paulus, der nun im leichten Trab von hinten kam. Kämpfen konnten beide, weiß Gott; aber wo Albrich nüchtern abwog und immer wieder Einhards Meinung einholte, handelte Paulus rasch und mit religiösem Eifer, der keine Rücksicht auf Verluste kannte.

»Werdet Ihr dem König berichten, wie ich gekämpft und andere Krieger geführt habe, Herr?«

»Ihr könnt Euch darauf verlassen«, nickte Einhard mit einstudierter Geschmeidigkeit. Gelber Staub lag wie Pulver auf Paulus' Schuppenpanzer, und ockerfarben – nicht mehr weinrot – schien die Farbe seiner Tunika. *Staubfresser, Lumpensammler* – als Letzter der etwa zwanzigköpfigen Kolonne hatte Paulus die undankbare Aufgabe, nach hinten zu sichern und die Nachzügler vor ihm anzutreiben. Wochen zuvor hatte Einhard ihm angeboten, mit Ansgar, dem schwer verletzten Esiko und den anderen Verwundeten nach Fulda abzuzweigen; dort gab es einen Medicus im Dienst des Abtes, und dann war da die Heilkraft der Reliquien des Heiligen Bonifatius. Der junge Krieger aber hatte sich für Italien entschieden. Einhard hatte einen Grund, Paulus und seinen Ehrgeiz pfleglich zu behandeln. Denn er war einer von zwei Mitwissern. *Oder waren es schon mehr?*

»Wie geht es Hunus?« Der Krieger drehte kurz den Kopf, fasste die grobknochige, schief im Sattel hängende Figur des Geistlichen ins Auge und zuckte mit den Schultern. »Vorhin hat er schon wieder erzählt ... Das Fieber lässt sicher nach, wenn er heute Abend in kühler Seide liegt und der Mundschenk uns verwöhnt.« Einhard lachte. *Verwöhnen würde sie niemand ...* Es war wichtig, dass Hunus Einhards Version der Ereignisse unterstützte: Ein Geistlicher hatte eine andere Glaubwürdigkeit als die Krieger.

Sie erreichten Albrich, der sich mit dem Unterarm den Schweiß von der Stirn wischte und sein Pferd mit leichtem Sporendruck neben Einhard lenkte. Er zeigte auf eine Ansammlung hölzerner Gebäude etwa eine Meile voraus, zwischen den Bauten leuchtete das Weiß von Leinwänden, segelgleich; eine Anzahl größerer und kleinerer Zelte umspannte einen etwa fünfzehn Fuß hohen, spitzgiebeligen Bau aus hellem Holz und Segeltuch. »Das Quartier des Königs, Herr! Aber – diese Mauern, bei Gott!«

Einhard wusste, was Albrich meinte. Riesenhaft erhoben sich im Hintergrund vor dem Tal des Tessinflusses die Stadtbefestigungen der Langobardenhauptstadt. Sie konnten Verschanzungen erkennen, die die Frankenkrieger auf der Nordseite der Stadt angelegt hatten; von dort wirbelten mehrere gewaltige Holzgerüste mit Schwingarmen Steinbrocken in Richtung der Mauern. Im trägen Bogen segelten die Geschosse auf die Wälle zu und zerschellten dort mit einem Krachen, das erst längere Zeit später ihre Ohren erreichte. Zertrampelt waren die gelben Felder vor der Stadt, niedergehauen Reihen von Olivenbäumen; schwer wie Blei lag die Hitze auf der Landschaft, bräunlich flimmerte der Horizont weit hinter den Festungsmauern. Auf einen Schlag *fühlte* Einhard in dieser durchglühten Weite das Denken und Handeln des Königs: Hier war ein Königreich zu gewinnen! Hier waren die Wurzeln einer alten Macht, die der Frankenkönig stürzen konnte. Was war dagegen die Waldödnis der Nordgrenze, das Reich der Heiden und Zauberer? Eine Gegend, der man drei Hundertschaften Scara und einen ehrgeizigen *gilerito* widmete. Und der nun an den Hof zurückkehrte, um seine Überrumpelung zu erklären …

Ein Ring von Zelten umgab mit einem gewissen Abstand die königliche Feldunterkunft. Es waren fünf- oder sechseckige, geräumige Zelte der Edlen, die in unmittelbarer Nähe des Königs sein durften; jenseits ihrer Behausungen kam eine Vielzahl kleinerer Zelte der Vasallen und Bannerherren mit niedrigerer *ahta*. Am Eingang des königlichen Quartiers bewegte sich ein sechs Fuß großes Kreuzbanner träge im Wind. Davor wachte ein halbes Dutzend sonnenverbrannter Krieger, die nach Mücken schlugen und sich von Zeit zu Zeit mit einer Schöpfkelle aus einem Wasserkübel bedienten.

Von diesem Wasser ließen sie auch all die Melder und Bittsteller trinken, die nicht zum Herrscher selbst vorgelassen wurden. Ein paar Schritt weiter warteten unter einem straff gespannten Sonnensegel gesattelte Pferde, deren Schweife nach links und rechts schlugen. Königliche Meldereiter standen zwischen den Gäulen, beobachteten das Kommen und Gehen um sie herum und tauschten halblaute Bemerkungen über die teilweise prachtvoll gerüsteten, teilweise abgerissen wirkenden Italier, Franken, Langobarden und Menschen aus noch ferneren Ländern, die da zum König der Franken vorgelassen werden wollten.

Einhard nahm das mit der Witterung eines Fuchses auf, der in einen lange nicht mehr besuchten Bau zurückkehrt. Alles war vertraut, und doch war alles anders. Eine enorme Anzahl fränkischer Großer erkannte Einhard im Gewimmel zwischen den Zelten, mehr, als beim Sachsenfeldzug des Vorjahres mitgetan hatten; Fürsten, die auf Beute hofften oder die die Gunst des Königs benötigten – beim nächsten Erbfall in der Heimat, bei der nächsten Fehde mit dem Nachbargrafen … Da waren die Steppjacken der Alemannen, so wenig hitzegerecht wie die schweren, langen Mäntel der Nordfranken von Maas und Schelde. Da waren Langobarden, leicht erkennbar am kurzen Haupthaar im Nacken und lammellenartigen, fein gearbeiteten Panzern, die Goldblechverzierungen hatten. Aquitanier mit Halstüchern aus Seide und langen Speeren, und, am überraschendsten für Einhard: eine Truppe von Awaren, Leute mit bronzefarbenen Gesichtern, deren struppige Pferde kaum höher waren als sie selbst, angetan mit schweren, prunkhaften Brustketten, kurzen Schwertern und seltsam geformten Bögen. Ihr Zelt stand einen Pfeilschuss entfernt vom Königshaus, kurz vor der niedrigen Palisade, die das Feldlager umgab – weit genug, um ihnen keine Bedeutung beizumessen. Und doch: Warum ließ man die Heiden in das Lager?

»Der Pfalzgraf, Herr – er gewährt Zugang zum König!« So beschied Einhard ein misstrauisch dreinschauender Kerl mit Rosshaar auf dem Helm. Der Pfalzgraf? Natürlich hatte Einhard schon viele Pfalzgrafen erlebt, sie kümmerten sich auf der jeweiligen Reisestation des Königs um Unterbringung des Gefolges und vieles mehr – dass es einen Pfalzgraf im Feldlager gab, war neu. Das entsprechende Zelt glich mehr einem großen Verschlag aus Brettern, Erde und Leinwand, dem auch Teppiche und zwei dreibeinige, bronzene Wasserbecken nicht den Geruch des Vorläufigen nehmen konnten.

»Herr Einhard? Ihr?« Der ältere Herr mit dem faltenzerfurchten Gesicht kniff die Augen zusammen, um ganz sicher zu sein.

Einhard nickte und blieb zwei Armlängen vor dem Stuhl des anderen stehen, ohne auf der kleinen Bank Platz zu nehmen, die für Besucher gedacht war. »Heil, Marschalk!«, rief Einhard mit einer gewissen Erleichterung. »Ihr seht gesund aus!« *Eine verzeihliche Lüge.* Der weißhaarige Mann, der da etwas zusammengesunken in einem geschnitzten Lindenholzstuhl mit pompösen Armlehnen saß, war niemand anders als der Marschalk der letzten Feldzüge, der Mann, der Pferde und Verpflegung vorhielt. Er stammte aus einer alten, reichen Familie und hatte eine Stimme im Kronrat. Seine Oberkleider waren aus grüner Seide, doch die Beine steckten wie eh und je in wollenen fränkischen Hosen, die unter dem Knie mit breitem Kreuzband geschnürt waren. Links von ihm lungerte ein magerer Schreiber mit schwarzem, öligem Haar und olivenfarbener Haut über ein Stehpult gebeugt, das Ende der Feder berührte sein Kinn. Im Hintergrund lehnten zwei Scarakrieger auf ihren Speeren und verströmten einen Geruch von Schweiß, Leder und Zwiebeln. Bei der Erwähnung von Einhards Namen kam Leben in ihre Gesichtszüge, und der Rückkehrer spürte nun schlagartig eine unterschwellige Spannung im Raum.

»Einhard … schön.« Gichtige Finger kräuselten Barthaare, die aus den Winkeln des Kinnes abstanden. »Wir hörten Gerüchte, Prokurator … Ihr hattet Pech, hieß es … die Sachsen haben Euch bis nach Mainz gejagt, ja?«

»Unsinn«, entfuhr es Einhard und legte die Linke auf den

Schwertgriff. »Die Eresburg ging verloren, das stimmt. Aber es kann noch schlimmer kommen – eben deshalb muss ich rasch zum Herrscher, Marschalk!«

Der Alte runzelte die Brauen, sodass seine Stirn eine ganze Schichtung von Falten ergab – *Zweifler,* so nannte man ihn bei Hofe. »*Wichtig,* Herr Einhard, ist doch jeder, der zu mir kommt; was glaubt Ihr, stellt Karl hier an?«

»Hört zu, Marschalk, ich muss …«

»Karl, der Sohn Pippins?«

Einhard biss sich auf die Unterlippe – überflüssige Informationen mit dramatischem Gebaren zu verbinden, damit hatte der Marschalk schon früher gern genervt.

»*Schach,* Einhard! Das Spiel der Könige!« Die Hände des Weißhaarigen umklammerten den Ansatz der Armlehnen, die wie Löwenpranken geformt waren, der Oberkörper bewegte sich ein Stück nach vorn.

»Der König *verhandelt,* er führt keinen Krieg!«, krächzte der Marschalk mit durchdringender Stimme. »Ja, Herr Einhard, für einen Krieg mit reichlich Beute kamen die Gefolgsleute und all die Großen da draußen mit ihren Kriegern über die Berge, aber der König *verhandelt*! Mit den Langobarden, mit ihren Feinden, mit dem Papst, mit seinen Feinden und … so spart man Blut, Herr! Versteht Ihr?«

Einhard nickte düster. »Vollkommen. Aber …«

»Aber wer immer nur Blut spart«, fuhr der andere seelenruhig fort, »der macht auch keine Beute, nicht wahr? Das wird *Unruhe* geben, Herr Einhard!«

Einhard räusperte sich und setzte sich langsam auf die mit einem Lederkissen gepolsterte Bank. »Menschenleben zu schonen heißt christlich handeln … Und Pavia ist eine reiche Stadt. Wenn sie fällt, gibt es genug Beute!«

»Ja, Desiderius sitzt wie eine Ratte in der Falle«, eiferte der Weißhaarige, und ein Zeigefinger richtete sich auf Einhard. »Wir kaufen seine Herzöge mit Gold! Das wird der erste Krieg, der mit einer Schatzkiste und ein paar Pergamenten entschieden wird, bei allen Heiligen!«

Einhard nickte mit erzwungener Ruhe. »Hört, Marschalk, an der Nordgrenze braut sich etwas zusammen. Die Sachsen sind …«

»Eure Sachsen stehen nicht auf dem Brett, an dem unser Herrscher spielt!« Eine Welle lief durch die Falten auf der Stirn, er kniff die Augen zusammen, atmete ein – und stierte Einhard durchdringend an. »Der Herzog von Benevent ist beim König! Er ist mit dem Langobardenkönig verschwägert. Glaubt Ihr im Ernst, Ihr seid wichtiger?«

Einhards Gedanken rasten. »Lässt er Desiderius im Stich?«

»So sieht es aus«, nickte der Alte und klang nun wieder sanft wie ein Greis am Ende seines Lebens. »Der König verspricht ihm *alles* – und siehe da, dieser Herzog liebt seinen Titel mehr als seinen König!«

Der Alte kicherte kurz, dann furchte sich noch einmal alles im Gesicht zusammen. »Lasst Euch Zeit, *gilerito!* Niemand sollte es eilig haben *mit dem Sterben*!«

»Drei kampferprobte Hundertschaften waren Euch anvertraut, Einhard. Gute, bewährte Krieger, die nicht einfach davonlaufen. Also, was ist passiert? Und was ist mit Esiko *harto*?« Die Worte des Königs waren hart und nüchtern wie Holzknüppel, wenn auch frei von Bosheit.

Einhard merkte, wie die anderen Mitglieder des Kronrates sich vorbeugten auf den mit Kissen belegten Bänken, die hufeisenförmig links und rechts vom Königspaar in den Raum ragten. Ein Dutzend Standfackeln an metallenen Stangen warfen genügend Licht auf ihre Gesichter, um Spannung, Schadenfreude oder schlichte Bekümmerung zu erkennen. Tatsächlich übernahm der König selbst das Fragen; neben ihm im Hochstuhl saß die junge Königin mit einem goldenen Diadem über der Stirn. In ihren Zügen las Einhard aufrichtige Freundlichkeit, gemischt mit einer Portion Besorgnis. Fulrad von Metz jedenfalls saß wie eine fette, in sich zusammengesunkene Kröte unterhalb der Königin und starrte durch den stehenden Grenzstatthalter Einhard hindurch.

»Der Kampf dauerte drei Tage, Herr«, sagte Einhard. Er stand mit leicht gespreizten Beinen etwa fünf Schritt vor dem Königspaar und bemühte sich um eine feste Stimme. »Hauptmann Erweins Hundertschaft wurde von Widukinds Männern überrascht, nicht weit von der Burg. Esiko versuchte, ihm zu Hilfe zu kommen. Er kämpfte und …« Einhard schluckte, es klang völlig trocken und alltäglich, und schmerzhaft wurde ihm klar, wie wenig das Drama jenes Tages sich hier herholen und vorzeigen ließ. »Sie machten einen Teil der Falen nieder, aber gleichzeitig griffen die Engerntruppen des Herzogs Botho ein, mit großer Zahl. Esiko rettete sich mit einer schweren Kopfwunde in die Burg.«

»Halt!« Der König hatte sich unwillkürlich in seinem Sitz vorgebeugt, Daumen und Zeigefinger zwirbelten die Haare der Schnurrbartenden. »In der Nähe der Burg – wie nahe war das?«

»In Sichtweite, Herr.« Einhard spürte das Blut in die Wangen schießen. Ein leises Raunen ging durch die Zuhörer. »Die Sachsen hatten sich im Wald verborgen … über Nacht. Mindestens tausend Mann.«

Der Blick des Königs wurde kalt. »Seit wann verbergen sich die Heiden im Wald?«

Und als wäre die offene Frage Ermutigung für die Männer des Kronrates, kam nun eine kräftige, tiefe Stimme unmittelbar rechts von Einhard. »Ich habe mehrmals gegen die Sachsen gekämpft.« Mit einem grimmigen Lächeln sah der Sprecher zum König hin, Zustimmung heischend. *Graf Worad, der Oberbefehlshaber der Scara.* »Die Heiden stehen grölend im Freien, und manchmal zeigen sie einem noch ihren Schwanz, bevor es losgeht …« Herausfordernd starrte er Einhard an. »Wart Ihr denn alle betrunken auf der Burg? Oder hattet Ihr Schneegestöber?«

Laute der Belustigung liefen durch den Halbkreis, doch der König machte eine ungehaltene Handbewegung. »Herzog Botho ist ein Vieh, dem ist so etwas Listiges nicht zuzutrauen. Aber Widukind hat den Verstand eines Truppenführers, zugegeben ... Warum, Einhard, haben sie Euch laufen lassen? Was habt Ihr ihnen dafür gegeben?«

»Die Burg selbst und die Unfreien, Herr.« Einhards Linke fand jetzt seinen Schwertgriff, und er merkte, wie sich die Hand am Metall festklammerte. »Aber dafür bin ich mit fast hundert Verwundeten und fünfzig Pferden abgezogen. Die meisten habe ich nach Fulda geschickt, um dort ihre Wunden auszuheilen. Den Rest habe ich als Leibwache mit über die Alpen genommen.«

Die Königin raunte dem Herrscher etwas ins Ohr. Der bohrende Blick des Königs wurde milder. »Na schön – die Gerüchte, die Euch vorausliefen, klangen um einiges schlimmer ... Was ist mit Hauptmann Gailo?«

»Er ist tot, Herr.« Mit wenigen Worten schilderte Einhard den Ausbruch der *hokka* vor dem Angriff, und wie Gailo vom Stein einer Schleuder getroffen worden war.

Der König nahm es mit ärgerlichem Kopfschütteln auf. Einhard hörte die geraunten Namen »David« und »Goliath«: Die Gedankenverbindung war übermächtig! Aber dass ein Heide diesen Triumph mit einer biblischen Waffe errang, durfte nicht sein ... Rasch schleuderte der König ihm die nächste Frage entgegen. »Was hat Widukind vor?«

»Ich fürchte, Herr«, antwortete Einhard mit aufkeimendem Selbstbewusstsein, »er zielt auf ein Bündnis aller Sachsenstämme ab. Und dann: ein Angriff auf unsere gesamte Nordgrenze, bis nach Köln und Frankfurt hinab.«

Die Antwort des Königs klang wie das Zischen eines gereizten Raubtieres. »Wenn wir mit Desiderius fertig sind, kümmern wir uns um die Barbaren im Norden. Und sie werden sich wünschen, dass sie in ihren verfluchten Wäldern geblieben wären!«

Kopfnicken und halblaute Flüche links und rechts. Erst jetzt ergriff Hofkapellan Fulrad – der königlichen Billigung gewiss – das Wort. Und er richtete die Frage an den schwitzenden Statthalter, die alle der Großen bewegte. »Wo ist der Mantel des Heiligen Martin, *Prokurator?*«

Die Stille im Raum war mit Händen zu greifen. Einhard spürte den Schweiß aus den Achselhöhlen am Oberkörper hinablaufen, er spürte Schweißperlen über den Augenbrauen. Noch konnte er alles zugeben. Noch konnte er schildern, was wirklich passierte; er konnte sich auf den Boden vor Karls Thron werfen und um Gnade flehen. Er konnte mit der Wahrheit untergehen – aber er wollte nicht untergehen!

»Einhard?« Die Augenbrauen des Königs sagten alles. »Antwortet, Mann!«

»Wir führten ihn beim Abzug aus der Burg mit uns, Herr«, brachte Einhard hervor. »Wir haben ihn mit nach Italien gebracht.« Mit einer Handbewegung zeigte Einhard nach hinten, wo im Schatten Albrich und Paulus mit der Eisenkiste standen. Für ein paar Atemzüge vernahm Einhard Aufseufzen der Erleichterung um sich herum. Der König nickte – seine Gattin streckte nun die Hand nach seiner aus, und als wären sie allein im Raum, ruhten ihre Hände auf der schweren Armlehne seines Hochsitzes ineinander.

Fulrad aber stierte Einhard trübe an, wieder bewegten sich seine riesigen Lippen. »Das war vermessen! Warum habt Ihr den Mantel nicht Bischof Lul in Mainz übergeben? Er hatte den Auftrag, die Reliquie in Sicherheit zu bringen, wie Ihr wusstet: Einer seiner Geistlichen ist in Eurem Gefolge hierher gezogen, warum auch immer!«

»Weil der Mantel uns vor den Sachsen gerettet hat, Euer Gnaden«, gab Einhard heiser zurück. »Ich glaubte, dass er so schnell wie möglich bei Hof eintreffen sollte, um die Sache des Königs zu stärken!«

Die Grimasse Fulrads währte nur einen Herzschlag lang, dann

hatte er seine Miene wieder unter Kontrolle. Und nun gewahrte Einhard Nicken links und rechts, und der König sah plötzlich milde aus, vielleicht sogar ein wenig erfreut. Dass Einhard morgen vor dem Mittag zu ihm kommen sollte, ließ er noch fallen – es klang wie eine Einladung.

22

Ein Mägdelein mit goldnem Haar, goldnem Haar,
ob sie wohl noch ein Mägdlein war?
Ihre Hüften waren rund, ihre Brüste waren fein,
fein und rund und rund und fein, so wurde sie mein Mägdelein!

Wieder und wieder gingen ihm die Worte des Kriegerliedes durch den Kopf. Wenige Tage nach den Rutenschlägen Baldurs spürte er immer noch Schmerz durch seine linke Augenhöhle pochen. Da war die Angst, mit dem Auge nichts mehr sehen zu können; wieder und wieder tasteten seine Fingerspitzen über das von Schorf krustige, halb zerrissene Lid. Irgendwann vor Mitternacht hatte er den Mut, eine Hand über das rechte Auge zu legen und das linke Auge zu öffnen. Es tat weh, aber: Wie durch einen Schleier konnte er das Gittergestänge einen Fuß über ihm wahrnehmen, dunkel gegen das trübe Mondlicht. Die pulsierende Augenhöhle war nicht das Einzige, was Schlafen verhinderte: Pfützen standen auf dem Boden seines Käfigs. Einschlafen bedeutete, dort hineinzurollen, nass zu werden. Noch mehr zu frieren … Zitternd schlang er die Arme um die Knie, mit dem Rücken gegen die Pfahlwand des Erdloches gelehnt. Vom »Wolfszwinger« hatten die gesprochen, die ihn dort hineingestoßen hatten; angeblich hatte man schon gefangene Bären und anderes Getier hier eingesperrt. Eine Tiefe von fünf Fuß reichte für solch einen Käfig. Doch Arnulf konnte nicht einmal aufrecht stehen …

Ihre Hüften waren rund, ihre Brüste waren fein …

Alles, was jetzt kam, würde schlimmer werden als die Misshandlung durch Baldur.

Fein und rund und rund und fein …

Ein Tod im Zweikampf – besser immerhin, als einfach abgeschlachtet zu werden. »*Harm knabo!*«, murmelte er. Und wiederholte die Beschimpfung drei-, viermal: *Wolfsbalg! Unglücksbursche!* So hatten ihn die anderen Jungen genannt, damals in Fritzlar, wenn sie das Mal hinter seinem Ohr sahen. *Der Teufel wartet auf dich!* Eine Zeit lang hatte Arnulf das selbst geglaubt. Gestern – oder war es vorgestern gewesen? – hatte das Mal sein Leben um genau die Nasenspitze verlängert, die ihn vor dem Tod durch das Beil rettete. Wollte Gott ihn noch einmal verspotten? Oder war das schon der Teufel, der mit ihm spielte?

Schritte! *Tap tap tap* ... nur ein Hund. Von Zeit zu Zeit – etwa alle zehn Mägdlein-Strophen – strich einer von Widukinds Kötern um den Erdzwinger. Ein neuer Kälteschauder lief durch Arnulfs Glieder. *Auch mit dem Wolfsmal kannst du auf Gottes Gnade hoffen!* Ein Geistlicher hatte ihm das gesagt, einer mit Verstand; einer, der mit der Feder kleine Zeichen machen konnte, aber keine Axt anfasste: sein eigener Bruder. *Aber zeig Demut gegenüber dem Herrn, Arnulf! Demut, jeden Tag!*

»Arnulf?«

Er zuckte zusammen – über ihm stand ein dunkler Umriss. »Heden? Bist du das, Mann?« Arnulfs Hände umklammerten eine Querstange über seinem Kopf, er richtete sich so weit auf, bis sein Gesicht das Holz berührte.

Der andere ging in die Hocke. »Gemütliches Plätzchen da unten ... Hier, nimm!« Er steckte einen länglichen Gegenstand durch das Gitter.

Ein Knochen, dessen klumpiges Ende nach Fleisch roch. Arnulf biss sofort hinein. »Du bist ein Freund!«, konnte er zwischen zwei Bissen hervorbringen. Doch die Antwort war ein kleines Schnauben – fast klang es verächtlich. »Das haben sie mir vorgeworfen, Bursche. Dass ich dich hab laufen lassen – als du die anderen niedergemacht hast, unter den Ulmen!«

Arnulf war wieder zusammengesackt und kauerte auf den Fersen. Gierig schlang er das Fleisch hinunter.

»Baldur selbst hätte mich mit dem Schwert aufhalten können, dieser Feigling! Du – du warst pinkeln, oder?«

Wieder ein Schnauben.

»Ist jetzt gleichgültig, *sax hamar*.« Dass Heden diesen Namen aussprach, verhieß nichts Gutes.

Heden verlagerte sein Gewicht auf das andere Knie. »Der Herzog sagt, du hast Herrn Witigo getötet. Und der Herzog sagt, ich gehöre zu seinem Haus. Und darf ihn *rächen*.« Und wie im Selbstgespräch fügte er leise hinzu: »Das ist eine Ehre!«

Arnulf hörte auf zu kauen. Er versuchte zu verstehen, was der Thüringer im Dunkeln über ihm gesagt hatte. »Bei Petrus' Arsch, sollst du mich töten?« Er hörte, wie Heden langsam ausatmete.

»Wir werden kämpfen, Arnulf. Mit Schwertern oder Äxten ... Mann gegen Mann. *Nur du und ich*.«

Arnulf ließ den halb abgefressenen Knochen fallen und riss am Querholz, als könne er sich durch schiere Kraft aus dem Käfig befreien. Prompt pochte der Schmerz in der Augenhöhle, sein ganzer Kopf schien zu platzen. »Du Idiot!«, zischte er. »Wer hat dir das eingeredet, he? Wenn du sterben willst, lass dir ein Schwert geben, und such dir eine Schlacht!« Schemenhaft sah er Heden den Kopf schütteln.

»Ich bin *gut* mit dem Schwert ... so gut wie irgendein Krieger des Herzogs! Und ich will nicht über – über einen Krüppel oder Halbverhungerten siegen, verstehst du?« Er richtete sich auf, sah sich um und sagte mit vollkommenem Ernst: »Morgen Nacht bringe ich dir wieder was. Also, vergeude keine Kraft an das Gitter!«

Ein Fieber warf Erika für mehrere Tage aufs Lager, ein Fieber, als befinde man sich im tiefsten Winter. Widukind ließ sie wieder zu Kräften kommen, bevor er sie zum Gespräch stellte. Zwischendurch schickte er Gunda, um Erika zwei Goldstücke zu überbringen, Beutestücke aus der Burg: Sie ließen sich mit wenig Aufwand zu Fibeln umarbeiten, die die Mäntel und Überwürfe der Wohlhabenden verschlossen.

So ritt er für mehrere Tage einige Höfe im Westen Bylanueldes ab, um bei den wichtigsten Sippenoberhäuptern für seine Sache zu werben. Bei seiner Rückkehr an einem warmen Sommernachmittag fand er Erika im Kreis Galswinthas und ihrer Gespielinnen: Die Frauen standen um einen Webstuhl herum und stritten sich mit halbem Ernst über die Farbe der Wollfäden, die in einen werdenden Umhang eingeschossen werden sollten. Später, als seine Halbschwester sich in ihr Haus nahe des Baches zurückzog, folgte er ihr nach kurzem Abwarten.

Was er ihr zu sagen hatte, hätte er ihr ebenso gut in der Halle verkünden können; sie war stark, sie würde standhalten, was immer der Herzog von ihr verlangte. Er war ihr *munt*, der bis zur Eheschließung über sie zu bestimmen hatte – ihr Vater im fernen Wigaldinghus [14] war nahe dem Tode. Und doch war tief in ihm ein Mitgefühl für das Mädchen, das längst kein Mädchen mehr war. Niemand anders als Widukind hatte ihr einst das Reiten beigebracht, er hatte ihr die erste Flöte aus Haselnussholz geschnitzt, er war mit ihr bei den Sonnenwendfeiern über das Feuer gesprungen.

Die Tür stand offen. Widukind zog den Kopf ein und betrat ohne zu klopfen das Haus. Erika stand mitten im Raum mit der Leier in den Händen, ihr Summen brach abrupt ab. »Ich habe Euch etwas zu sagen, Erika. Schickt die Mägde weg.«

Mit einem scheuen Blick auf den Herzog ließen die Zofen Spinnrad und Handarbeit liegen und zogen sich zur Tür zurück. Erika entließ sie mit einem Nicken. Die Letzte, Bea, lehnte die Tür an. Widukind drehte sich um, verschloss sie und angelte sich einen der beiden Stühle, die am runden Tisch unter dem Fenster standen. »Setzt Euch, Schwester.« »So feierlich, Herzog? Gibt es ein Geheimnis, in das Ihr mich einweihen werdet?«

---

14 Wildeshausen (südlich von Oldenburg)

Er mochte diesen gekünstelt unernsten Zug an ihr nicht. Umso ernster musterte er sie. »Es gibt ein paar Geheimnisse, in die Ihr *mich* besser eingeweiht hättet! Der Frankenkrieger, den ich nach Eurem Willen verschonte, hat das Blut Witigos an seinen Händen! Wusstet Ihr davon, Erika? Ihr wart Geisel der Franken!« Sie saß aufrecht mit durchgedrücktem Rücken, die Hände hatten zur Leier gegriffen, als gebe ihr das Instrument Schutz; er kannte die Antwort, natürlich.

»Ich hatte davon gehört, Bruder … Aber …«

»Aber *was*? Ich habe gerade meine Ehre mit einem *Kriegszug* wiederhergestellt, Erika! Blut ist geflossen, und manch einer, der jetzt in Walhall sitzt, wird den Seinen bitterlich fehlen! Meint Ihr, unsere Leute wollen von einem geführt werden, dessen Schwester für einen fränkischen Krieger empfindet?«

Blut schoss ihr in die Wangen. »Ich war Gefangene des Burgherrn. Arnulf – der Franke – hat mir ein paar Freiheiten gelassen, das ist alles!«

Er starrte sie schweigend an, mit dem Blick, der auch ausgewachsene Krieger ins Schwitzen brachte.

Trotzig fuhr sie fort: »Er hat sich als Einziger den Hessen entgegengestellt, als sie den Goldschatz in Aroldis raubten …«

»Weil *Ihr* ihn dazu gebracht habt, Schwester!«, sagte Widukind scharf. »Habt Ihr sein Lager geteilt?«

»Nein!«, rief sie. Ihre Nasenflügel bebten, und ihre Hände zerrten an den Hölzern der Leier, als wollte sie das Instrument auseinanderreißen. »Jetzt geht Ihr *mir* an die Ehre, Bruder!« Er streckte seine Linke aus, der Thorshammer am Handgelenk schrammte über den Tisch. »Ich musste Euch das fragen, verzeiht.« Aber sie nahm seine Hand nicht; sie ahnte, dass da noch etwas kam.

»Wir haben zusammen mit den Engern gekämpft, Erika. Herzog Botho war uns ein guter Verbündeter … Ihr habt davon gehört, nehme ich an.«

Sie nickte und wurde nun mit jedem Herzschlag misstrauischer.

Widukind räusperte sich. »Botho ist der mächtigste Fürst an der

Frankengrenze; er hat Gold, Knechte und Pferde im Überfluss ... Er hat mich um deine Hand gebeten, Schwester.«

»Botho?«, stieß sie ungläubig aus. »Herzog Botho, den sie Ziegenstoßer nennen?« Empört hob sie das Kinn. »Das kann nicht Euer Ernst sein, Bruder!«

Widukind beugte sich vor, pflückte die Leier aus ihren Händen und umfasste ihre schmalen Hände mit seinen Pratzen. »Verstehst du nicht, Schwester? Botho ist bereit, einen *Bund auf Dauer* mit uns einzugehen«, sagte er, jedes Wort betonend. »Engern und Westfalen – zusammen können wir den Franken die Stirn bieten, allein nicht!«

»Er ist ein Schwein«, schnaubte sie. In ihren Augen war Feuer. »Ihr selbst habt auf Botho geflucht, noch im Frühjahr, bevor Ihr losgezogen seid! Dem wollt Ihr mich hingeben?«

Widukind schüttelte das Haupt, unter den Schläfen arbeiteten die Kiefernmuskeln. »Es muss sein, Erika. Die Blutsbande der Edlen müssen den Bund besiegeln, wenn er dauern soll!«

Sie sah sich um, als fände sich zwischen Kissen und Wandbehängen noch irgendeine Fluchtmöglichkeit. »Die Engern ... und wen verheiratest du an die Ostfalen, he? Kommen die auch vor in deinem Plan?«

»Warte es ab ...«, sagte er hölzern und ließ ihre Hände wieder los. »Aber einige von uns werden Opfer bringen müssen, so ist das nun mal!«

Mit rot angelaufenem Gesicht stand sie auf und sah auf ihn hinab. »Opfer? So redet ein Krieger! Ihr liebt den Krieg! Ihr liebt die Schlacht, und wenn es Euch trifft, dann holt Wodan Euch nach Walhall zum ewigen Trunk und Kampf! Aber wir Frauen, wir *dienen*, nicht wahr? Und wenn wir nicht dienen, ja, dann *opfern* wir uns am besten gleich ... ich soll eine von zehn Stuten im Stall von diesem Trunkenbold sein? Verflucht, Bruder, schickt ihm doch gleich noch Gunda, Eure Kebse!«

Widukind schnellte hoch und schlug ihr ins Gesicht. Erikas Kopf ruckte nach links, doch ihre Gestalt erstarrte. Wütend funkelte er sie an, zornig funkelte sie zurück. Auf ihrer Wange erschien der rote Abdruck seiner Hand. Ihre Augen waren feucht, doch keine Träne benetzte die Wange. *Sie war stark – denn sie war seine Schwester.* Seine Erregung verschwand so schnell, wie sie gekommen war. »Warum so störrisch, *kleine magad*?« Unbeholfen legte er ihr die Hände auf die Schultern. »Denk an die Worte unseres Vaters: *Ohne unsere Sippe sind wir nichts*. Und ohne den *Stamm* sind die Sippen nichts! Die Westfalen werden gegen den Frankenkönig nicht allein bestehen. Euer Glück, Schwester, ist mir nicht gleichgültig, aber selbst Wodan und Saxnoth können uns nicht helfen, wenn wir es nicht selbst tun … Wenn du dich Botho hingibst, dann *für deinen Stamm*!« Er war in die vertraute Anrede ihrer Kindertage gerutscht. Vielleicht war es auch Absicht.

Sie war einen Kopf kleiner als er und starrte geradeaus auf seine Bartspitze. »Lieber werde ich Frija-Priesterin und heirate niemanden. Die Göttin kümmert sich auch um *unseren Stamm*!«

»Närrin!«, zischte er, und sie spürte seine Hände jetzt bleischwer auf den Schultern. »Eine Fürstin wird keine Priesterin! Ein Wort von mir, und Idorich verwehrt dir den Zugang zum Heiligtum!«

Sie hob den Kopf. Er sah einen Groll in ihr, der nicht weit weg von Hass war. »Widukind, Herzog der Westfalen … Herzog aller Sachsenstämme?«, murmelte sie stockend. »Ich war Geisel der Franken, ja! Und wisst Ihr was, Herzog? Sie haben mich an jedem Tag meiner Gefangenschaft besser behandelt als *Ihr*!«

Widukind nahm sich die Zeit, erst auszuholen. Sie sah den Handrücken kommen, bretthart, ohne auch nur einen halben Zoll zu weichen. Ihr Kopf flog nach rechts, so heftig, dass die Zöpfe wirbelten. Tränen füllten ihre Augen, dann schüttelte ein Schluchzen ihren Körper, und sie senkte den Kopf.

»Ihr werdet Bothos Frau«, stieß er aus. »Noch diesen Sommer. Gewöhnt Euch an den Gedanken, Schwester. Und kommt nicht auf dumme Gedanken, hört Ihr?«

23

Im fränkischen Feldlager vor Pavia, Sommer 774

Einhard träumte, vor dem König zu stehen: *Ihr habt tapfer gekämpft, Prokurator!*, rief der Herrscher. Aber dann tauchte Fulrad auf und ließ Albrich und Paulus den eisernen Kasten mit dem schweren Schloss öffnen, nahm den Mantel aus schwarzbraunem Stoff heraus und bekreuzigte sich: *Dies ist nicht der Stoff, aus dem Heilige sind! Verflucht, seid Ihr, Einhard, verflucht!*

Danach konnte er nicht wieder einschlafen. Zweimal, dreimal ging sein Griff zur Lederschnur um den Hals – eine uralte Gewohnheit. Nur war die Schnur nicht mehr da, und der grüne Edelstein seiner Frau ebenso wenig. Er musste ihn in den Wirren des Endkampfes um die Burg verloren haben, vielleicht sogar beim Ausfall. Ein Schauder lief ihm über den Nacken, als er sich vorstellte, dass seine verstorbene Frau ihn bei diesem Waffengang gesehen hatte, von weit oben: *Der schmächtige Kerl da unten, der die Krieger vor das Tor führt, der war mein Mann, der gilerito Einhard …*

Mehr als zwölf Jahre hatte er den Stein täglich auf seiner Haut gespürt. Er war weniger schicksalsgläubig als die Menschen um ihn herum, aber da war der gleichzeitige Verlust des Heiligen Mantels. Und noch eine dritte Sache war verlorengegangen: sein Anstand. Oder besser gesagt, seine Wahrhaftigkeit gegenüber seinem König. Er hatte den Herrscher betrogen. Auf solch krude Weise, dass Einhard täglich ein Blitz aus heiterem Himmel treffen konnte …

Müde richtete er sich irgendwann zu sitzender Stellung auf, gebündeltes Pferdehaar knirschte unter ihm. Selbst vor Sonnenaufgang war es schon so warm, dass das Weiterschlafen zum Kunststück wurde. Vor seinem Feldbett ertönten die gleichmäßigen Schnarchtöne Tristans, des Schreibers, der auch auf einem Rinderfell mit etwas Stroh schlafen konnte. Einhard streifte Tunika und Hose über, trat tastend an die Schüssel in der Ecke des Zeltes und spritzte sich Wasser ins Gesicht. Als wäre dies der Hahnenschrei, richtete sich die liegende Gestalt vor dem Zelteingang auf. »Alles in Ordnung, Herr?«

»Bleibt liegen, Albrich. Ich will ein bisschen die Knochen bewegen.«

Nach einer kurzen Pause raunte der andere: »Ich hab gehört, wie – Ihr habt geträumt, Herr …«

Einhard verharrte beunruhigt – *hatte er etwa im Schlaf geredet?* Er nahm den Gürtel mit dem Langschwert von einem Schemel, obwohl er lieber ohne die sperrige Waffe hinausgegangen wäre. »Es sind aufregende Tage«, murmelte er beim Gürten, als spräche er zu sich selbst. »Was träumt *Ihr*, Albrich? Sagt es mir, vielleicht fühle ich mich dann besser.« Als er die Worte sprach, wurde Einhard klar, dass er die Grenze der Vertraulichkeit überschritt, die zwischen ihm und seinem Leibwachenführer bestand.

Doch der andere zupfte Gras oder Insekten aus seinem Haar und grinste nur müde: »Hab gerad dem Paulus in den Arsch getreten, weil er beim Oberbefehlshaber der Scara erzählt hat, dass er Hundertschaftsführer war und ich ein einfacher Krieger!«

Einhard brachte ein Geräusch der Belustigung zustande. »Ihr habt das Zeug dazu, eine Hundertschaft zu führen, Albrich. Seid Ihr sicher, dass Ihr mir weiter dienen wollt, statt Euch dem Grafen Worad anzudienen? In der Scara werdet Ihr Eure … Eure Ohrensammlung sicher erweitern können.«

Albrich schälte sich aus seiner Decke hervor und richtete sich mit leise knackenden Gelenken auf. Im Halbdunkel des Zeltes konnte Einhard schemenhaft die harten Muskeln des Oberkörpers erkennen. »Hundertschaftsführer sind nur bessere Krieger«, sagte Albrich halblaut. »Sie kriegen Befehle, und wenn sie treu sind, führen sie die Befehle aus … Aber ich, Herr, ich bin einer, der sich *Gedanken* macht.«

Einhard war einigermaßen überrascht von dieser Selbstsicht

des Kriegers. »Dann lasst Euren Herrn an Euren Gedanken teilhaben, Albrich.«

»Ihr seid ein Hofmann, Herr«, fuhr der Krieger in selbstzufriedenem, aber nicht respektlosem Ton fort. »Der König vertraut Euch, von seinem Heil fällt etwas auf Euch ab, und ...«

»Und ...?« Einhard ahnte, was jetzt kam.

»Und er wird Euch Land und Silber und Knechte geben. Und davon wird manches abfallen, für die, die Euch treu dienen, nicht wahr?«

»So ist es.« Einhard räusperte sich, da war noch etwas, das er klären musste. Tristan schlief nach wie vor, aus dem Bündel am Boden kamen immer noch gleichmäßige Schnarchgeräusche. Einhard räusperte sich leise. »Weiß Hunus Bescheid?«

»Möglich wär's.« Albrich, die Arme in den Ärmeln seiner Tunika, verharrte kurz. »Paulus quatscht ständig mit ihm, über Gott und sein Seelenheil ... kann sein, dass er's ihm gesagt hat.« Sein Kopf verschwand in dem Oberhemd, und Einhard nahm den schweißigstockigen Geruch der Tunika wahr. Als das narbige, Furcht einflößende Gesicht wieder auftauchte, sprach er Worte, die dem Gelehrten durch Mark und Bein gingen. »Soll ich ihn umbringen, Herr?«

»Nein!«, ächzte Einhard. »Wir dürfen uns nicht an einem Gottesmann vergreifen, egal, wie seltsam er daherredet!«

Albrich grinste beschwichtigend. »Ich meinte Paulus ... Der verrät Euch, sobald er einen Vorteil davon hat.«

»Warum traut Ihr ihm so wenig?«, fragte Einhard gequält.

»Weil er ständig Gott sucht – er ist aber kein Priester, und schon gar kein Heiliger. Hat den Kopf halb im Himmel, umso weniger ist ihm auf der Erde zu trauen ... Erinnert Ihr Euch, was er mit dem Mantelschneider in Worms gemacht hat?«

Einhard zuckte zusammen. *Wer sich mit dem Bösen einließ, der beging immer wieder Böses* ... seine Eltern hatten ihm das eingebläut. Aber die wussten nichts über das Leben eines Consiliarius!

Zum König? Sofort? Nur zu gern folgte Einhard der eher mürrisch zugerufenen Aufforderung des Pfalzgrafen am späten Vormittag. Der vertriebene Grenzstatthalter ließ sich von Albrich und zwei weiteren Kriegern begleiten – weil das jeder im Feldlager so handhabte. Niemand von Rang war allein unterwegs, stellte Einhard immer wieder fest, als er sich im Gewirr der Hütten und Zelte umsah; schon gar nicht die langobardischen Herren, die die Seite gewechselt hatten und nun die Nähe des Königshofes suchten, um möglichst großen Vorteil aus ihrem Treuebruch herauszuschlagen.

Dann kam ihm der König auch schon auf einem prachtvollen Schimmel entgegen, vor der großen Tränke des Hauptquartiers, gesattelt und gespornt, umgeben von einem Dutzend Männern mit teuren Rüstungen, goldverzierten Helmen und erstem Grau in den Bärten, gefolgt von mindestens drei Dutzend behelmter und unbehelmter Reiter mit narbigen Gesichtern, die schwer bewaffnet waren: die Großen und ihre engsten Gefolgsleute. Der König rief Einhard etwas zu, dann passierte die Gruppe das Tor in dem etwa acht Fuß hohen Palisadenring, der das Hauptquartier umgab. Fluchend eilte Einhard mit den Seinen im aufgewirbelten Staub zurück, um die Pferde zu holen.

Sie mussten die Kavalkade des Königs nicht lange verfolgen: Der Herrscher ritt den Ring ab, den seine Truppen um die Stadt gelegt hatten. Einhard merkte schnell, dass Karl mit seinen Heerführern die schwächste Stelle im Mauerwerk suchte – oder einfach eine neue Idee, wie diese Festung zu bezwingen war. Zwischendurch – häppchenweise, sozusagen – richtete Karl Fragen an die von anderen Kriegsschauplätzen herbeigeeilten Verbündeten sowie an Einhard selbst. Eine Königsaudienz war das nicht gerade, aber Einhard wusste, dass Karl gern mehrere Dinge gleichzeitig tat.

»Wird Esiko wieder kämpfen können?«

»Er hatte eine komplizierte Wunde, Herr, aber – ja, ich glaube, er wird sich erholen. Er ist wahrscheinlich« – Einhard zauderte – »unzerstörbar, nicht wahr?«

Karl lachte harsch. »So ungefähr ... Wart Ihr zufrieden mit seinen Diensten?«

Einhard verzog das Gesicht. »Wir haben uns beide Mühe gegeben, Herr. Miteinander, meine ich ...«

»Genau dazu hatte ich keine Lust mehr: mir mit ihm *Mühe zu geben*! – Graf Worad, wir halten beim Wurfgeschütz dort vorn!«

Der Oberbefehlshaber der Scara drehte sich um und nickte; er ritt mit zwei anderen Grafen der Kolonne voraus. Sie kamen bei einem Verhau aus Steineichenstämmen und aufgeschichteten Feldsteinen zum Stehen. Die gut zwanzig Schritt breite Befestigung war auf einer Bodenwelle errichtet, dahinter verlief eine Vertiefung, vielleicht ein trockenes Bachbett, in der etwa eine halbe Hundertschaft lagerte: Ein Dutzend Männer stand in voller Bewaffnung herum, die Augen auf den Burgmauern, die anderen saßen an Kochfeuern, flickten Kleidungsstücke oder dösten unter Sonnensegeln. Im Mittelpunkt dieser Ansammlung ragten die baumhohen Standbeine einer Wurfmaschine auf. Zwei Männer wuchteten einen Steinbrocken von der dreifachen Größe eines Kürbis in eine Art Lederschürze am Ende des Wurfarms, als der König mit dem Gefolge näher kam. Ein Gegengewicht, das in zwölf Fuß Höhe schwebte, würde den Arm beim Auslösen nach oben katapultieren. Schon sah Einhard den Arm eines Offiziers nach unten gehen, wie ein Beil: Die Krieger legten einen Sperrhebel um, der Wurfarm mit dem Felsblock schoss nach oben, mit einem gewaltigen Rauschen schlug der Arm nach vorn. Einhards Stute stieg erschrocken auf die Vorderbeine, während das Wurfgeschoss in hohem Bogen durch die Luft rauschte, der Stadtmauer entgegen. Die meisten Gäule blieben ruhig, sie kannten diese Maschinen; Einhard erntete mildes Gelächter der Umstehenden. Dann starrten alle in Richtung Ziel: Mit sattem, hartem Knirschen schlug das Geschoss nach einigen Momenten in zwanzig Fuß Höhe in einen Turm ein. Staubwolken vernebelten kurz die Aufschlagstelle, der Stein zerschellte in zwei Teile und verschwand im Festungsgraben. Einige Langobardenkrieger, die zwischen den Zinnen des Turmes das Schauspiel verfolgt hatten, machten ihnen obszöne Handzeichen. Der Turm trug keinen sichtbaren Schaden davon.

Ein Fluch kam aus dem Mund des Offiziers. Er grunzte seinen Kriegern zu und bedachte den königlichen Besuch mit nichts weiter als einem mürrischen Blick. Karl zügelte sein Pferd drei Schritt vor dem Mann und rief ihm ein paar Worte zu. Einhard sah das respektlose Schulterzucken des Hauptmanns, der nach Art der Muselmanen ein Sonnentuch um Kopf und Nacken gewickelt hatte. »Bis Weihnachten!« – so klang eine der harschen Antworten, die der König erhielt. Abrupt gab der Herrscher ein Zeichen, wieder anzureiten. Einhard schob sich mit seiner Stute neben den Schimmel des Königs und bemerkte, dass Karl verärgert aussah.

»Die Männer hassen Belagerungskrieg«, murmelte der Herrscher. »Die Beute bleibt ungewiss und die Sonne kocht ihnen das Hirn raus!«

Einhard sagte nun mit etwas gekünsteltem Frohsinn die Worte, die er vom Pfalzgrafen gehört hatte: dass der Langobardenkönig in der Falle saß. »Es heißt, Desiderius' Herzöge laufen zu Euch über, Herr?«

Karl nickte grimmig. »Herzog Hildebrand, Herr über Spoleto, hat sich auf unsere Seite geschlagen! Seine Armee bedrohte Rom – jetzt verhalten sie sich neutral. Ich habe ihm schlicht und einfach zusichern lassen, dass er sein Herzogtum behält und noch etwas dazubekommt, wenn er seinen König aufgibt. Mehr war nicht nötig!«

»*Divide et impera*«[15], rief Einhard anerkennend. »Euer Vater hat es häufig so gehalten.«

Triumph mit einem Schuss Gehässigkeit blitzte in den Augen des Königs auf. »Ganz recht, Einhard. Wie weit seid Ihr mit dem Werk über meine Väter und mich?«

---

15 Lateinisch: Teile und herrsche!

Einhard war froh, eine wahre und halbwegs zuversichtliche Antwort geben zu können. Tatsächlich hatte er während der Schiffsreise auf dem Rhein die Geschichte fortgeschrieben – ohne freilich auch nur mit Pippins Wirken abzuschließen. Der König jedenfalls nickte wohlwollend und wechselte nun in einen vertrauteren Ton. »Ich kann mich nicht erinnern, dass König Pippin sich von meiner Mutter ins Handwerk pfuschen ließ ... Sie will sich nicht damit abfinden, dass wir Desiderius in die Knie zwingen und *meinen Willen* durchsetzen ... Fulrad meint, dass sie hinter unserem Rücken mit Papst Hadrian verhandelt ... Höllenschweiß, diese Hitze ist *schlimm*!«

Wie von selbst steuerten ihre Pferde das fast ausgetrocknete Rinnsal in einem engen Bachbett an, das sich zwischen einigen Zypressen und Steineichen dahinschlängelte. Die Panzerreiter, die den König erkannten, riefen Heilsrufe und machten die Tränke für den Hofstaat frei. Einhard hielt sich an der Linken des Königs, mittlerweile misstrauisch beäugt von einigen der Großen – wer war dieser schmächtige Kerl mit dünnem Haar und ohne Familiennamen, dass der König so viel Zeit auf ihn verwendete? Während die Pferde tranken, entstand Unruhe am Rand der Baumgruppe: Da waren Leute, die zum König wollten, Italier offenbar, doch Graf Worad und seine Männer drängten sie ab. Dann kamen Schuppengepanzerte mit irgendwelchen Gefangenen, die sie gemacht hatten – Überläufer, Langobarden aus Pavia? Opportunisten, oder einfach alte Feinde von Desiderius' Sippe? Der König verfolgte das alles mit einem Auge, während er mit Einhard rasch weitere Punkte abhandelte: Der weise Alkuin, der Gelehrteste der Angelsachsen, war unterwegs an den fränkischen Königshof! Ob Alkuin ein guter Leiter der Hofschule in Aachen sei? Einhard ging im Geiste die Schriften Alkuins zu den Sternen und zu mathematischen Dingen durch und beglückwünschte den König – dann wurde ihm klar, dass dies eine subtile Form Karlscher Schmeichelei war: Einhards Meinung zu einer bereits getroffenen Entscheidung einzuholen.

Vorsichtig erfragte Einhard, was Karl gegen den Sachseneinbruch an der Nordgrenze zu tun gedachte. »Das hängt von den nächsten Wochen ab, lieber *gilerito*«, antwortete Karl mit wohldosierter Respektlosigkeit und schob mit der Schuhspitze einen riesigen, bunt schillernden Käfer an, der aus irgendeinem Grund vor den Füßen des Herrschers zum Stillstand gekommen war. »Wir haben zwar Herzog Hildebrand, aber bei Verona steht noch ein Heer mit Desiderius' Sohn an der Spitze ... mein Gefühl sagt mir, dass der Kleine genau da bleibt, wo er ist. Er mag noch auf Hilfe von den Bayern hoffen, weil die Bayern alles bejubeln, was gegen mich geht ... Aber Fulrads Vögelchen sagen, der Bayernherzog mag die Treue seiner Vasallen lieber nicht auf die Probe stellen. *Schade!*« Der König lachte. Es war ein hartes, zynisches Lachen. »Übrigens, Hofkapellan Fulrad ist nicht gerade Euer größter Anhänger. Befriedet ihn, gebt ihm etwas, das ihm hilft. Er ist ein Mensch, der Sinn für Nützliches hat!«

»Diesen Sinn, mein König, habe ich hoffentlich auch«, sagte Einhard mit belegter Stimme. »Leider hat der Hofkapellan eine Abneigung gegen Menschen ohne Stammbaum. Dass mein Vater Amtmann war und mein Großvater Schmied – das wird Fulrad mir nie verzeihen. Noch dazu sind wir niemals einer Meinung: Wo er für Krieg und Unterwerfung plädiert, bin ich für einen friedlichen Ausgleich, und wo ich für ein hartes Auftreten bin ...«

»Bei welcher Gelegenheit wart je Ihr für hartes Vorgehen?«

Einhard spürte den Ärger wie Galle in seinem Leib aufsteigen, wollte etwas entgegnen, doch schon fuhr der König fort.

»Stimmt es, dass Ihr einen Ausfall angeführt habt nach dem ersten Sachsenangriff?«

»Ja, Herr.« Einhards Wirbelsäule wurde gerader, er spürte das leinene Unterhemd am schweißigen Rücken kleben.

Der König lächelte. »*Sich kraftvoll gegen eine Niederlage zu stemmen ist achtenswerter als ein leicht errungener Sieg* – sagte irgendeiner der Cäsaren. Und ausgerechnet mein Weib Hildegard, das nicht halb so alt ist wie meine Berater, erinnerte mich gestern an diese Weisheit!«

»Jugend muss kein Makel sein«, gab Einhard hölzern zurück.

Der König nickte gefällig und berührte Einhards Schulter. »Ich spüre in Euch eine neue Entschlossenheit, Consiliarius. Gut so! Wir werden neue Aufgaben für Euch finden, schneller, als Ihr denkt!« Die letzten Worte waren laut gesprochen, und der offene, vertrauensvolle Blick des Königs entschädigte Einhard für alle Demütigungen der letzten Zeit. Dann kam ein kleines Knacken von unten, als der Käfer von der königlichen Sohle zerquetscht wurde.

24

Bylanuelde, im Frühsommer 774

Als man Arnulf aus dem Erdloch holte, war die halbe Siedlung auf den Beinen, um den Frankenkrieger zu betrachten – und zu schmähen. Jemand gab ihm ein halbes Brot, das er gierig in sich hineinstopfte – wollten sie ihn zu Kräften kommen lassen? Er wusste nicht genau, wie lange er im Wolfszwinger gesessen hatte; immerhin konnte er mit dem linken Auge wieder sehen, Reste von Schorf klebten noch in der Augenhöhle und auf der Braue. Ein Tuscheln und Rumoren lag über dem dichten Kreis neugieriger Heiden, der ihn mit sieben oder acht Schritt Abstand umgab. Zwei stämmige Krieger Widukinds hatten ihm Hanfschlingen um den Hals gelegt und kontrollierten ihn damit von links und rechts wie einen tollwütigen Hund: Die Falen würden sich nicht noch einmal von diesem *sax hamar* überraschen lassen. Sie ließen ihn kleine Schritte machen, ja, sie ermutigten ihn mit groben Worten, sich zu bewegen – er wusste, was das hieß. Ein Zweikampf war es, was ihn erwartete. Da die Sachsen den Kampf liebten, wollten sie nicht, dass dieser Franke sich einfach abstechen ließ …

Tatsächlich schmerzten seine Knie bei jedem Schritt, seine Füße ebenfalls, er hatte taube Stellen an Rücken und Gesäß von der feuchten Erde. Arme und Hals juckten von unzähligen Insektenstichen. Seine Schultern waren wie eingerostet – und doch war es gut, wieder das Blut in den Adern zu spüren. Dann entdeckte er Erika zwischen einigen Frauen in der zweiten oder dritten Reihe. Ihre Blicke trafen sich für die Dauer eines Herzschlags: Sie sah nicht weg, das war nicht ihre Art. Sie stand dort ruhig und aufrecht, mit zurückgebundenen Zöpfen, in einem schmucklosen grünen Kleid. War das Anteilnahme in ihrem Gesicht – oder gar Furcht?

Nach einer halben Stunde spürte er neues Leben in seine Glieder zurückkehren, die Schmerzen ließen nach. Die Sonne hatte den Mittag durchwandert, es war warm und trocken, und er war sich irgendwann nicht mehr ganz sicher, ob er wirklich bereit war, diese Welt zu verlassen …

Schließlich erschien Baldur, und ein paar Schritt dahinter Olferich, der Edlingssohn; er trug nun einen echten Speer mit Stahlspitze und ein Lederkoller, das von der Eresburg stammen mochte. Mit einem gewissen Sicherheitsabstand baute Baldur sich vor Arnulf auf und musterte ihn mit kaltem Triumph. »Wie geht es einem Sklaven kurz vor seiner Hinrichtung?«

Arnulf schob sich die letzten Brotkrümel in den Mund, nahm das höhnische Feixen Olferichs wahr und antwortete so gleichgültig wie möglich: »Es geht … und Eure Weichteile? Klappt es noch, seit meinem Tritt?«

Einer der Strickhalter ließ ein belustigtes Grunzen vernehmen.

»Der Herzog will ihn sehen«, herrschte der Hofmeister nun die Krieger an. »Bringt ihn hinein!«

Es war das erste Mal seit der Gefangennahme, dass Arnulf dem Falenherzog von Angesicht zu Angesicht gegenübertrat. Widukind saß mit seinen engsten Gefolgsleuten in der Halle hinter einem gut fünf Schritt breiten Tisch, der zwischen zwei im Boden gemauerten Feuerstellen stand. Hinter der rechten Feuerstelle, mit ein paar Schritt Abstand von den Männern, nahm Arnulf Galswintha wahr: Vor ihrem Tragestuhl kauerte eine Zofe mit einer Handarbeit. Der Herzog schien guter Laune. Er trug eine dunkelrote Tunika mit tiefem Halseinschnitt, die Ärmel waren zwei- oder dreimal umgeschlagen, sodass die muskulösen Unterarme mit mehreren Silberreifen hervorschauten. Sturzbecher standen mit der Öffnung nach unten auf dem Tisch, doch Arnulfs Auge fiel als Erstes auf die Bronzeschüssel mit schäumender Milch, die vor Widukind stand. Weder das Pfützenwasser noch das faulige Obst, das man ihm in den Käfig warf, hatten seinen Durst jemals gestillt.

Mit einem Kopfnicken bedeutete der Herzog den Wachen, Arnulf die Schlingen abzunehmen. Widukind musterte ihn mit durchdringendem Blick. »Was macht Ihr Kreuzanbeter mit einem Sklaven, der seine Herren verletzt und Knechte getötet hat?«

»Man schlägt ihm den Kopf ab«, gab Arnulf ruhig zurück. Es war gelogen, denn Unfreie und Sklaven hängte man – aber darauf musste er den Herzog nicht hinweisen.

Widukind stützte sich mit den Ellenbogen auf die Tischplatte. »Wir Falen sehen einen Mann lieber mit der Waffe in der Hand sterben. Wodan mag ihn in die große Halle aufnehmen – wenn er etwas taugt … Aber du bist ein Kreuzanbeter, nicht wahr?«

»Ja, Herr«, sagte Arnulf, worauf der Mann links von Widukind den Kopf zur Seite drehte und ausspuckte. Er trug einen Schuppenpanzer der Scara und hatte trotz der Wärme eine Fellmütze auf dem Kopf, verziert mit riesigen Krallen. Liudolf *bero slahari* – Arnulf hatte gehört von diesem Bärentöter. Der Krieger raunte Widukind etwas zu.

»Geduld«, murmelte der, ohne den Blick von Arnulf zu lassen. »Du hast in der großen Schlacht gekämpft, Franke. Mein Bruder Witigo ging dort zu den Göttern – stimmt es, dass du ihn getötet hast?«

»Warum soll ich es nicht zugeben, Herzog?«, rief Arnulf ihm zu. Er fühlte eine verrückte Leichtigkeit, wie einer, der nach schwerer Krankheit wieder zu sich kommt. »Euer Bruder war ein Kämpfer, einer der gefährlichsten auf dem Schlachtfeld! Und ja, *ich habe ihn getötet!*«

Sie starrten ihn an; Widukind runzelte die Stirn und warf einen Blick zu Galswintha hinüber. »Was genau ist passiert? Sprich, ich will es wissen!«

Arnulf hätte stolz schweigen können. Aber er hatte es nicht eilig, die Halle des Herzogs zu verlassen, im Gegenteil. »Ist das Ziegenmilch?«

»Antworte, du Hundesohn!«, rief ihm der Bärentöter über den Tisch zu.

Widukind starrte den unverschämten Franken halb verwundert, halb feindselig an – dann stieß er die Schüssel in Arnulfs Richtung. Ein Milchschwall landete auf den Tischbohlen.

Arnulf setzte die Schüssel mit beiden Händen an und trank gierig. Zug um Zug leerte er das Gefäß bis auf den Grund, und mit jedem Schluck spürte er alte Kräfte zurückkehren. »Euer Bruder kämpfte ein Stück vor den sächsischen Verhauen, auf der vorspringenden Höhe ...« Arnulfs Arme fingen an zu arbeiten, als er erzählte, wie Witigos Truppe den König und seine Leibwache überrascht hatte; wie Arnulf mit ein paar Kriegern dem König zu Hilfe geeilt war, als dessen Männer einer nach dem anderen von Witigos Langaxt gefällt wurden; wie Arnulf den Falen endlich im Nahkampf mit der Streitaxt über der Stirn getroffen hatte.

Eine gefährliche Stille breitete sich aus. Arnulf sah, dass der Mann mit der Bärenkappe ein Messer gezogen hatte, eine lange Klinge, deren Spitze er senkrecht in den Tisch rammte. Erwartungsvoll blickte er zum Herzog; der ließ den Donarhammer an seinem linken Handgelenk mehrfach durch die Finger der Rechten gleiten. Schließlich sah er wieder auf und musterte den Franken mit einem kalten, prüfenden Blick. »Mann gegen Mann – du hast ihn *von vorn* getötet? Sprich die Wahrheit!«

»Das ist die Wahrheit, Herzog«, antwortete Arnulf grimmig. *Und der König schenkte mir sein Vertrauen und einen Ring.*

»Dann sollst auch du im Kampf sterben«, fuhr Widukind fort, ohne Hass. »Heden?«

Rechts von Arnulf trat jemand vor. Vom eher kurzen Haar abgesehen, sah der Thüringer mit dem Lederpanzer und dem gegürteten Schwert wie irgendein anderer junger Kerl aus, der sich auf die Schlacht vorbereitet.

Widukind erhob sich, schwer und ernst klangen seine Worte

durch die Halle. »Ich habe dir ein Schwert gegeben, Heden; zeige mir, dass du es wie ein Falenkrieger gebrauchst! Töte den Franken, dann gebe ich dir die *Freiheit!*«

Der Kampf sollte zwei oder drei Tage später stattfinden. Das hatte mit den Göttern zu tun: Opfer standen an für Saxnoth, den Gott des Kampfes, hörte Arnulf vom Sklaven mit dem halben Fuß. Er verharrte abends kurz vor dem mit Stäben vergitterten Verschlag auf der Rückseite des Hauses, in den Arnulf gesteckt wurde. »Ich bete für dich!«, stieß er aus und schob dem Gefangenen eine Decke durch die Stäbe.

Die beiden Wachen, die unter dem hervorspringenden Hausdach lehnten, ließen es geschehen. Als Arnulf das wollene Tuch auseinanderfaltete, fiel eine runde, dunkle Form heraus: eine tote Kröte. Ein Holzsspan steckte in dem Tier. Arnulf musste an den Tag seiner Flucht denken, und an Hedens Beute, unmittelbar vor dem Kampf … *Vom Thüringer selbst kam die Decke, er hatte den Sklaven geschickt!* »Du verrückter Bastard«, murmelte Arnulf. Widukinds Kämpfer wollte keinen leichten Sieg über einen Erschöpften …

Als es dunkel geworden war, näherte sich eine in einen weiten Überwurf gekleidete Gestalt. Sie hielt bei den Wachen, ein kurzes Gespräch entstand. Arnulf hörte ihre Stimme und war schlagartig wach. Das Geräusch eines Korks ertönte, der aus einem Trinkbeutel gezogen wurde – *Wein?* Gedämpftes Lachen der Männer, dann war sie bei ihm. Mit klopfendem Herzen richtete er sich auf. Im fahlen Mondlicht erkannte er ihre Gesichtszüge. Sie trat direkt vor die senkrechten Eichenholzstäbe, nur eine halbe Armlänge trennte sie. »Heil, Sklave.«

»Heil … *Fürstin.*«

»Hast du Kraft für den Kampf?«

Die Frage überraschte ihn. Er umklammerte die Stäbe in Brusthöhe und versuchte zu erkennen, ob das tatsächlich ein Lächeln in ihrem Gesicht war? »Eure Leute geben mir mehr zu essen als im Erdloch, immerhin …«

»Ich habe sie beim Üben gesehen«, sagte sie ernst. »Heden mit Liudolf *bero slahari*. Heden ist gefährlich, glaub mir!«

»Ich töte ihn trotzdem«, knurrte Arnulf. »Aber dann habe ich das Spiel verdorben, nicht wahr?«

»Widukinds Spiel vielleicht, nicht meins.« Sie berührte seine linke Hand, die noch den Gitterstab umklammerte. Sein Blut floss schneller. »Du warst gut zu mir, Arnulf … jedenfalls meistens. Ich habe dem Herzog davon erzählt. Es gefiel ihm nicht.« Sie verstummte und machte zwei tiefe Atemzüge. »Er hat mich verprügelt wie eine Magd.«

»Wegen *mir*?« Arnulf stutzte; es gehörte zu den Eigentümlichkeiten dieser Frau, dass sie ihn immer wieder überraschte. »Witigos Tod durch meine Hand – das war der Grund, nicht wahr? Er hat Euch verdächtigt, dass Ihr …«

»Ja«, sagte sie nur und ließ die Hand sinken. Plötzlich klang sie resigniert. »Einerlei! Unsere Geschicke sind bestimmt! Wir können ihnen nicht entkommen, sagt Idorich.«

»Welches Geschick meint Ihr?«, fragte er rau. »Selbst wenn man nur ein Blatt vor dem Wind wäre, dann wisst Ihr trotzdem nicht, wie der Wind morgen weht und ob der nächste Sturm nicht aus einer anderen Richtung kommt …«

Sie war ein Stück zurückgewichen und schien den Sinn seiner Worte zu prüfen. Abrupt fragte sie: »Hast du – habt Ihr schon einmal einen Mann im Waffenlauf besiegt?«

»Was soll das sein?«, knurrte er.

Sie sah sich in beide Richtungen um, auch er hörte jetzt Schritte und Stimmen von links, vermischt mit Jaulen von Hunden. Das besoffene Grölen von Heranwachsenden – *Olferich*.

»Lauft *nicht* bis zum Schwert, hört Ihr?«, stieß sie aus. »Bis zum Schild, weiter kommt Ihr nicht … Saxnoth mag mit Euch sein!« Sie zog die Kapuze über, die Teil des Überwurfs war, wandte sich um und drehte dann noch einmal den Kopf: »Und der Tote am Kreuz!« Dann verschwand sie in der Dunkelheit.

Der Himmel hatte eine Art Eingangstor. Pforte nannte sie ein Priester, der Arnulf davon erzählt hatte; man musste hindurch, um dem Allmächtigen gegenüberzutreten. Gott war heller als die Sonne, er war das Licht der Lichter! Das Tor verhinderte, dass der Ewige alles andere blendete. Die Vögel zum Beispiel. Und die Seelen, die für die Hölle bestimmt waren ... manche sagten, die Erzengel Gabriel und Michael schieden an der Pforte die normalen Sünder von den Verdammten. Andere nannten Petrus als Hüter des Tores. Niemand sei von dort zurückgekommen, hatte Einhard einmal nüchtern festgestellt – *also könne man es nicht wissen.* Dieses Nicht-wissen-Können in Einhards Erklärungen hatte Arnulf oft ermüdet. Nur einen gab es, von dem Arnulf sicher wusste, dass er beim Herrn war: sein Onkel Dietmar. Dietmar, der Fromme ... Ausgerechnet ihn aber wollte Arnulf nicht wiedersehen. Arnulfs Vater hingegen – konnte er mit Gottes Gnade rechnen? Er war an einer Wunde verblutet nach einem *hariskild* mit sächsischen Jägern; wie sollte einer wie er das Himmelstor passieren? Nie hatte er den Gottesdienst besucht! Arnulf war zwölf gewesen, gerade alt genug, um mit dem Bogen des Vaters einen Pfeil abzuschießen. Im Schlaf sah er diesen Bogen vor sich – der Bogen schwebte förmlich in seine Hand! Erst jetzt bemerkte er den Pfeil, der unter seinem Gürtel steckte. Er legte ihn auf die Sehne, zog sie aus bis an die Wange und schoss schräg nach oben in die Wolken – ein röchelndes Krächzen kam zurück, und Grimbald tauchte im Nebel auf: Das Geschoss ragte aus der Brust des Gefährten! Ein Schmerz fuhr Arnulf durch den Leib, als wäre er selbst getroffen. Widukinds Leute hatten Grimmo erschlagen, als Arnulf in Gefangenschaft geriet. Und die anderen auch ... Gute Kerle – in die Hölle gefahren oder ins Himmelreich.

Ein Hahnenschrei brachte ihn auf die Erde zurück. *Lauft nicht bis zum Schwert …!* Wie weit würde es bis zum Schwert sein? Eine Meile? Hunde drehten einige Runden vor dem Verschlag, von den Wachen war nichts zu sehen. Er rappelte sich hoch und dehnte die Glieder, sorgfältig wie ein Ringer, der sich vorbereitet. Erst jetzt verspürte er die alte Anspannung, das Gefühl vor dem Kampf: als ob ein Riemen um die Brust gespannt war … *Gebt mir Kraft und Schnelligkeit, Allmächtiger!*

25

Unweit von Pavia, im Sommer 774

Auf den nach unten führenden Treppenstufen vernahm Fulrad halb irres Gebrüll, das schon mehr nach Tod als Leben klang. Die Schreie des Gefolterten brachen genau in dem Moment ab, als der Kapellan das düstere Gewölbe betrat. Die Kühle war angenehm, doch das war auch alles: Mehrere Öllichter an den Wänden ließen den lang gestreckten Körper wie die blutige, halb zerfetzte Beute eines Raubtieres aussehen. Ein bis auf einen Lendenschurz nackter Mann lag da auf eine Streckbank gebunden, das Gesicht nach oben; Brust und Bauch waren von Peitschenhieben aufgerissen. Am Fußende stand ein Mann mit nacktem Oberkörper und schwarzem, fellartigem Brusthaar, der dem Hofkapellan ein blödes Grinsen zeigte – und etwas Blutiges in der Hand hielt, dicker als ein Daumen. Die andere Hand hielt eine kleine Eisensäge, von der Blut tropfte. Ärger stieg in Fulrad auf, als seine Augen in der schwarzroten Pfütze am Fußende weitere Zehen des Geschundenen erkannte.

»Hat er geredet?«, herrschte er einen Kerl in schlichter schwarzer Kutte an, der am Kopfende der Streckbank stand.

»Noch nicht, Euer Gnaden«, kam es mit heiserer Stimme zurück. Verlegen berührte der Schinder seine Hakennase, wobei die Peitsche, die mit einer Schlaufe an seinem Handgelenk befestigt war, hin und her pendelte. Fulrad trat an die Streckbank heran. Der offene Mund des Gefolterten und das erstarrte Gesicht lösten einen bösen Verdacht in ihm aus. Er fühlte mit zwei Fingern die Blutadern am Hals und betete … Nur das Atmen des Haarigen und Tropfgeräusche von den Füßen waren zu hören. Schließlich richtete sich der Hofkapellan wieder auf und schoss wütende Blicke auf die beiden Handlanger ab.

»Er ist tot, Ihr Idioten!«

Der Kiefer des Hakennasigen klappte nach unten. »Tot? Aber …«

»Hatte ich befohlen, den Kerl zu Brei zu schlagen? Oder zu zerstückeln? Ihr dreimal verfluchten Narren!«

So bedrohlich kamen diese Worte, dass der Hakennasige es nicht wagte, Fulrad ins Gesicht zu sehen. Der andere hatte die Säge in den Gürtel gesteckt und bekreuzigte sich mehrfach, ohne den Zeh des Langobarden aus der Hand zu legen.

»Die Pein des *Bartholomäus* bereiten, hatte ich gesagt! Habt Ihr je von diesem Heiligen gehört, Mann?«

Der Hakennasige ließ die Peitsche hängen und kratzte sich mit der anderen Hand an der Nase. »Euer Gnaden, er wurde … aber hier ist kein Becken, in dem wir Öl …«

»Er wurde *gehäutet*, du Auswurf eines Esels!«

Wut brodelte in Fulrad hoch und verdoppelte seinen Ärger. *Kirchenmänner, die ihre Heiligen nicht mehr kannten, verdienten keine Milde!* »Zieht einem Menschen die Haut ab, halbzollweise, und Ihr lenkt und beherrscht ihn wie ein Pferd, dem man die Sporen gibt! Vor allem aber verreckt er nicht plötzlich wie dieser Gaul hier!«

Schuldbewusst beugte sich der Hakennasige über das Gesicht des Toten, als könne er dort noch etwas lesen. »Herr, er – er muss krank gewesen sein …«

»Ja, so krank wie Eure Mutter, als sie den Samen eines Pestkranken in sich aufnahm! Hatte er noch irgendwelche Dinge am Leib?« Mit gesenktem Kopf holte der Gescholtene ein kleines Amulett von einem Steinsims. Es war gerade hell genug im Keller, um ein Kreuz und einen Vogelkopf darauf zu erkennen. Fulrad wog das runde Metall in der Hand – es war schwer wie Gold. Auch dies sprach dafür, dass der Gefangene alles andere gewesen war als der Straßenhändler, für den er sich ausgegeben hatte.

Mit schweren Schritten stieg Fulrad die Stufen wieder hoch, ohne noch ein weiteres Wort zu verlieren. In der Helligkeit angekommen, blinzelte er kurz und verharrte vor der von Rissen und Löchern übersäten Rückwand einer Langobardenvilla. Aus dem

Schatten einiger Zedern kam ein Mann in der Rüstung eines Scarakriegers herbei. Die Augen wirkten schläfrig, eine Ausbuchtung unter der Wange deutete darauf hin, dass er beim Essen war. »Ist alles recht, Herr?«

»Nein.« Der Hofkapellan sah an sich hinab und stellte fest, dass die Spitzen seiner elfenbeinfarbenen Schuhe mit der Blutlache unter der Streckbank in Berührung gekommen waren. »Die beiden Gestalten unten im Gewölbe haben gesündigt.« Fulrad betonte jedes Wort. Zwei Finger seiner Rechten berührten kurz das goldene Kreuz auf der Brust. »Habt Ihr mich verstanden?«

Leben kam in die Gesichtszüge des anderen, eine Nuss oder eine Dattel wanderte von der linken in die rechte Backe. »Dann verdienen sie Strafe, Herr!«

Fulrad nickte und winkte ungeduldig seinem Diener, der mit den Pferden aus dem Schatten der Bäume getreten war. »Und zwar sofort!«, murmelte der Kirchenfürst.

Der Hals der Königinmutter Berthrada steckte in einer Schlinge. Fulrad musste sie nur noch zuziehen. Das war der letzte Teil des Plans, an dem der Hofkapellan so lange gewoben hatte. Doch dies bedeutete, den Herrscher selbst zum Teil des Spiels zu machen: Nur er konnte sie zur Rechenschaft ziehen! Verbannung als mindeste Strafe, der Giftbecher als höchste. Würde der König seine Mutter richten? Hatte Karl die Härte? Schweißperlen liefen an Fulrads fleischigem Hals hinab, als er die letzten Meter zum königlichen Hauptquartier zurücklegte, neugierig beäugt von den Wachen des Pfalzgrafen und Wichtigtuern, die zu jeder Tageszeit vor dem Gebäude lungerten.

In der Halle stieß Fulrad auf den Pfalzgrafen selbst. Mit saugendem Schmatzen verzehrte der Alte an der großen Tafel ein Stück Melone. Der König ritt keine Stellungen ab, erläuterte der Pfalzgraf beflissen, nein, und er empfing auch keine Gesandten:

Der König – und nun zerknitterte das Gesicht des Weißhaarigen in viele kleine Falten – hatte »Ablenkung« …

Fulrad überließ den Vielredner sich selbst und steuerte direkt die Kammer im hinteren Teil des Gebäudes an, in die sich der König manchmal zurückzog. Für gewöhnlich holte er die rheinfränkische Konkubine erst nach Sonnenuntergang ins königliche Bett. Hildegard war schwanger, also unrein, doch das war nicht der einzige Grund. Der Druck der letzten Wochen, ahnte Fulrad, hatte den Herrscher strapaziert: Die Verhandlungen mit immer neuen »Verbündeten«, die kurz zuvor noch Vasallen des Desiderius gewesen waren; das Gezerre mit den päpstlichen Emissären, kaum dass sich das Blatt gegen die Langobarden wendete. Nicht zuletzt: das immer neue Hinhalten der fränkischen Edlen. Alle ihre Beutehoffnungen ruhten nun auf den Schätzen Pavias!

Karl würde an der Abendmesse teilnehmen, die Königinmutter ebenfalls. Also musste der Hofkapellan den Herrscher vorher abfangen. Täglich, stündlich konnte es zu dramatischen Ereignissen kommen: In Pavia, hieß es, hatte man das letzte Pferd geschlachtet, selbst im Königspalast fraßen sie Hunde. Kurz entschlossen ließ Fulrad sich von Karls Leibdiener einen Stuhl geben. Er würde warten! Der Diener, ein so kluger wie wortkarger Franke aus Utrecht, dessen Sichelschnurrbart den des Königs imitierte, verschränkte die Hände hinter dem Rücken und betrachtete stumm den Bodenteppich, um sein Missfallen kundzutun. Es mochte eine halbe Stunde vergangen sein, als endlich der Ruf des Königs nach Obst und Wasser durch die Holzwand drang. *Keinen Wein,* registrierte Fulrad – das war gut, denn Wein machte milde …

Als der Leibdiener mit einem Tablett die Kammer betrat, saß der König mit einem lose geschlungenen Tuch um die Lenden auf der Kante des flachen Bettes; Schweißtropfen glänzten zwischen den dunklen Haaren auf seiner Brust. Er schüttelte unwillig den Kopf, als er hörte, wer da auf das Ende des Liebesspiels wartete. »Zieh dich an«, raunte er seiner schwarzhaarigen Gespielin zu, als der Diener gegangen war. »Hier endet das Paradies!«

»So rasch?« Sie hatte sitzend die Knie ans Kinn gezogen und zeigte einen Schmollmund. »Reicht mir mein Feigenblatt, Adam Gebieter!«

Karl grunzte und machte eine unmissverständliche Kopfbewegung. »Hinten hinaus, hörst du?! Auf, fort mit dir!«

Sie stand auf und ließ das Laken vom Körper abfallen. Ohne Eile, mit einer Art natürlichen Würde stieg die Nackte vom Bett und raffte ihr Kleid vom Boden auf. Dass sie dem Herrscher beim Bücken noch einmal die straffen Rundungen ihres Hinterteils vorführte, wirkte nicht einmal unkeusch. Wie von selbst wanderte sein Blick zur dunklen Spalte zwischen den weißen Backen und bescherte ihm ein letztes mildes Kribbeln. Was sie für ihn tat, tat sie mit einer Natürlichkeit, die Karl nirgendwo anders fand. Sie gurrte ihm noch ein paar zärtliche Worte zu und schlüpfte aus dem Raum, einer nahezu schmucklosen Kammer: ein Bett, zwei Stühle zu beiden Seiten, ein grob zusammengefügtes Wandregal mit einer bauchigen hellblauen Vase, die ein Gesandter des Kaisers aus Byzanz dargebracht hatte. Geflochtene Schilfmatten bedeckten den Boden. Nachdenklich zog Karl eine Hose aus dünnem Leinen über, dann ein ärmelloses Hemd aus Seide. *Fulrad ante portas* … Karl stählte sich für schlechte Nachrichten.

Der Bischof verschwendete keine Zeit auf Entschuldigungen. »Unsere Krieger haben einen Botschafter Desiderius' abgefangen, mein König. Unmittelbar vor dem Lager! Er hatte das langobardische Königszeichen dabei und eine Botschaft – eine Botschaft *für die Königinmutter*, Herr!«

»Für Berthrada? Wirklich?« Der König stand auf. Waagerechte Linien des Zweifels schoben sich über Karls Brauen zusammen. »Hat dieser Mann das zugegeben?«

»Er gestand es unter der Folter, Herr. Ich … ich hörte es.«

»Ich will ihn selbst befragen!«

»Seine Seele ging hinüber, Herr, leider.«

Karls Blick tauchte in die trüben Augen Fulrads. Die schwarzen Pupillen schienen größer als sonst; es mochte am Dämmerlicht liegen, das mittlerweile in der Kammer herrschte. Er musste Fulrad vertrauen. *Wem sonst, wenn nicht dem ersten Berater?* Aufgewühlt fuhr Karl mit der Hand über die Schnurrbartenden. »Bei Satans Hörnern … Was will Desiderius von ihr?«

»Er verspricht ihr Schätze, wenn sie Euch zu einer friedlichen Einigung anstiftet …« Fulrads Blick bohrte sich in die Augen des Königs. »Es ist eine Antwort auf eine Botschaft der *Königinmutter*. Sie haben hinter Eurem Rücken miteinander verkehrt, Herr. Hier ist der Beweis!« Fulrad reichte dem König ein handtellergroßes, viereckiges Lederetui, auf dem ein flacher Diamant, umgeben von einer Elfenbeinrosette, prangte.

Der Herrscher klappte es auf: Auf der linken Seite waren drei Adlerköpfe mit Goldfäden auf einem Untergrund von dunkler Seide gestickt, durchsetzt mit winzigen silbernen und goldenen Kreuzen. Die Buchstaben D und R – *Desiderius Rex* – waren in Größe eines Daumennagels am unteren Rand angebracht. Auf der rechten Seite war ein hauchdünn geschabtes Pergament angenäht, das in der Mitte durchgerissen war.

»Der Bote hat die Hälfte verschluckt, als er ergriffen wurde«, sagte Fulrad eindringlich.

Karl hielt sich das Etui direkt vor die Augen. »Ich habe ähnliche solcher Brieftaschen gesehen«, murmelte er. »Meine Mutter muss verrückt geworden sein!«

Fulrad beobachtete die mächtigen Augenbrauen des Herrschers – wo blieb die Zornesfalte über der Nasenwurzel?

Karl nahm seinen schweren Gürtel mit dem Schwertgehänge vom Stuhl neben dem Bett. »Sie hintergeht ihren eigenen Sohn, den König …«

Fulrad nickte. »Das ist *Hochverrat,* mein König.«

Karl schien das Verdikt des Hofkapellans kaum zu hören. Stattdessen ließ er *durendal* aus der Scheide gleiten, das königliche

Schwert mit dem prachtvollen Saphir im Knauf und dem in den Griff eingelegten Elfenbeinkreuz. Karl musterte die silbrig matte Klinge und dann die gedrechselten Stäbe der Stuhllehne, als säße die Königinmutter auf diesem Stuhl. »Sie hat es nie verwunden«, sagte er langsam, »nach Pippins Tod nicht mehr die erste Stimme im Kronrat zu haben.«

Fulrad griff nach dem Rosenkranz in seinem Gürtel. »Sie wird Euch bevormunden wollen, solange sie lebt, Herr!«

»Ach ja? Glaubt Ihr das wirklich? Was sind denn die Tugenden eines Herrschers, Euer Gnaden?« Karl klang nun kalt und herausfordernd. »Tapferkeit? Frömmigkeit?« »Gerechtigkeit, Herr«, ergänzte Fulrad sanft; die Kälte des Königs ihm gegenüber war beunruhigend. »Und Pflichtbewusstsein!« Fulrad hatte die letzte Silbe noch nicht ausgesprochen, als die Schwertklinge durch die Luft zischte und krachend den handbreiten Steg durchbrach, der die Stäbe der Stuhllehne zusammenhielt. Fulrad zuckte zusammen. Mit einem Grunzer holte der König abermals aus, drei weitere Hiebe zertrümmerten Rücken und Armlehnen, der letzte Hieb ließ den zerstückelten Stuhl gegen die Wand der Kammer fliegen.

Karl wandte sich Fulrad zu. »*Clementia* – Milde«, schnappte der König. »Die habt Ihr vergessen!«

»Milde nur dort, wo Gerechtigkeit grausam wäre, mein König.«

Die Schnur des Rosenkranzes lief schneller zwischen Daumen und Zeigefinger hindurch. Karl stierte ihn an und rammte das Schwert wieder in die Scheide. »Also, soll ich meiner Mutter den Kopf abschlagen lassen? Wie würde ich damit vor der Nachwelt aussehen, he? Sie ist eine Närrin, ja! Aber Desiderius kann uns gar nicht mehr entkommen, er ist wie ein Falke mit gebrochenen Flügeln, dem helfen kein Wind und kein Luftzug mehr!« Karl stand weniger als eine Armlänge vor der schwitzenden, aufgeblähten Gestalt des Kapellans.

Dessen Miene blieb ruhig, nur die fetten Lippen bewegten sich: »Berthrada hat nicht erst seit gestern mit dem Feind konspiriert ...«

»Das habe ich *verstanden*«, sagte der König tonlos und zurrte den Waffengürtel um die Hüften fest.

Ihr müsst Sie bestrafen! Die Worte lagen Fulrad auf der Zunge. Fieberhaft ging er seine Möglichkeiten durch, während seine Finger von einer Perle zur nächsten klickten. »Da ist noch etwas anderes, mein König. Sie hat einen ihrer Langobardenfreunde nach Rom geschickt, zum Heiligen Vater.«

»Was?«

»Eure Mutter hat Hadrian wissen lassen, dass Ihr notfalls bereit seid, den Vertrag von Quierzy[16] gelten zu lassen – damit hätte der Heilige Vater Anspruch auf ganz Mittel- und Süditalien ...«

»Es gibt keinen *Vertrag* von Quierzy«, herrschte Karl seinen Vertrauten an. »Es gab vielleicht eine Schenkung meines Vaters an Hadrians Vorvorgänger, aber ... Rabenblut, hat das auch jemand *unter der Folter* gestanden? Um danach zu sterben?«

Mit demütiger Miene schüttelte Fulrad den Kopf. »Einer meiner Spione in der Engelsburg schickte die Nachricht. Der Bote kam heute Mittag an.«

Für einen Augenblick schien es, als wollte der König seine Wut an Fulrad selbst auslassen. »Dieser Gierschlund!«, schrie Karl ihm ins Gesicht.

Speicheltropfen trafen den Hofkapellan, unwillkürlich wich er ein paar Zoll zurück.

---

16 Der Vertrag von Quierzy ging als sogenannte Pippinsche Schenkung in die Geschichte ein: Im Jahr 754 salbte Papst Stephan II. den ehemaligen Hausmeier und starken Mann des Frankenreiches, Pippin, zum rechtmäßigen König der Franken. Damit legalisierte der Papst Pippins Ausschaltung der althergebrachten Merowingerdynastie. Im Gegenzug »überließ« der neue König dem Heiligen Stuhl zahlreiche Gebiete in Italien, die freilich gar nicht seiner Kontrolle unterstanden: Vielmehr erhoben auch Langobarden und Byzantiner Ansprüche auf viele dieser Territorien. Später aber, in der Epoche unserer Erzählung, bekamen diese päpstlichen Ansprüche durch Karls Zerstörung des Langobardenreiches eine unerwartete Relevanz.

»Er ist wie ein Vielfraß im Frühjahr! Und diesem Vieh haben wir gerade Leben und Pelz gerettet, dreimal kreuzverdammt!« Karl riss die bauchige Vase vom Wandregal und schmetterte sie gegen die Wand. Hunderte feinster Scherben flogen durch den Raum.

Fulrad blieb vollkommen ruhig. »Berthrada hat mehrfach im Kronrat dafür gesprochen, dem Heiligen Stuhl Mittelitalien zu überlassen, Herr. Als Begründung nannte sie den – die Urkunde von Quierzy, die …«

»Schweigt!«, zischte der König böse. Blut war ihm ins Gesicht gestiegen. Seine Rechte ging zum Schwertgriff, zog die Klinge fünf Zoll weit heraus und rammte sie wieder zurück. »Bringt sie in die große Halle … Nein, schickt Graf Worad! Er soll sie unter Waffen vorführen. Diesmal hat sie den Bogen überspannt!«

26

Die Westfalensiedlung Bylanuelde, im Sommer 774

Mehr als hundert Menschen säumten das Feld östlich des Bachlaufes. Die Nachricht von einem Zweikampf, noch dazu einem Waffenlauf, war rasch zu anderen Höfen weitergetragen worden. Arnulf sah vor allem bärtige Schwertträger und Halbwüchsige mit Kurzschwert oder Speer, aber auch kleine Gruppen von Frauen, die das Schauspiel miterleben wollten. Erika war nicht darunter. Die Sonne hatte den Mittag durchschritten, als ihn die Wachen durch die Siedlung und über einen Bohlensteg über den Bach führten, der auf die große Pferdeweide führte. Am Zaun aus jungen, armdicken Birkenstämmen standen sie: Heden in voller Rüstung mit Schild und Speer; Herzog Widukind, der weißhaarige Priester mit einem Raben auf der Schulter, Baldur und ein halbes Dutzend Gefolgsleute. Sie umstanden den Thüringer in einem lockeren Halbkreis, im Hintergrund erkannte Arnulf auch Gunda, die Buhlin des Herzogs. Etwas leuchtete grünlich auf ihrer Brust, es war eine Art Brosche – Arnulf musste an den Smaragd Einhards denken, den ihm der Burgherr einmal gezeigt hatte. Dann stand Heden vor ihm. Er musterte Arnulf mit angespannter Miene und streckte die Hand aus, auf Höhe des Gürtels, als sei er sich nicht sicher. »Besser, du stirbst von meiner Hand, als auf dem Schlachtblock zu enden!«

Arnulf zog seine Hand zurück. »Dein Herzog trägt ein Kettenhemd«, ätzte er. »Er scheint nicht an dich zu glauben!«

»Halt dein Maul und hör zu«, knurrte Baldur und hielt Arnulf seinen Stock unter die Nase. »Siehst du den weißen Birkenpfahl dahinten?« Seine Hand ging in die angezeigte Richtung, und Arnulf sah das helle Holz inmitten des fetten, knöchelhohen Grases, etwa eine Bogenschusslänge entfernt auf der Mitte der Weide. »Dort steckt ein Speer. Wenn dir der nicht reicht« – er gönnte sich ein höhnisches Grinsen –, »dann läufst du weiter bis zum Schwert. Es steckt im Boden, kurz vor dem Ende der Wiese.«

Arnulf starrte die Linie entlang, auf der die Waffen liegen mussten: Falen standen dort aufgereiht entlang dieses Korridors mit gespannten Gesichtern … Heden hatte den Schildarm bereits angeknickt, als stünde der erste Schlagabtausch unmittelbar bevor, gleichzeitig stocherte er mit der Speerspitze im Gras. *Sein linkes Augenlid zuckte.* »Wann läuft mein Gegner los?«, fragte Arnulf, ohne Baldur anzusehen.

»Wenn der Pfeil, den Dago abschießt, im Boden landet – du wirst ihn sehen!« Wie um die Worte zu unterstreichen, hob der blonde Krieger links von Widukind einen mittelgroßen Bogen, dessen Sehne bereits aufgezogen war. Er hatte zwei Pfeile unter dem Gürtel stecken – genau so, wie Arnulfs es nachts geträumt hatte. Dann hielt ihm Baldur einen mächtigen Schild hin: »Nimm, sonst kommst du nicht weit.«

Arnulf führte den linken Arm durch die Halteschlaufe und umfasste den Griff im unteren Drittel des Holzrundes. Der Schild war größer als die Frankenschilde, und mit jedem Atemzug wich die Erleichterung, nicht schutzlos in den Kampf gehen zu müssen – *konnte er mit diesem Gewicht laufen?* Wieder ging sein Blick den Laufweg entlang: Wie lange blieb ein in den Himmel gejagter Pfeil in der Luft? Vier, fünf Atemzüge lang … *Reichte das bis zum Speer?* Bis er das Schwert erreichte, hatte er Hedens Speer zwischen den Schulterblättern. Sein Magen zog sich zusammen.

»Ich hab einen Jagdfalken gewettet, dass du bis zum Schwert kommst«, knurrte Dago mit einem Wolfsgrinsen und hob den Bogen. »Enttäusch mich nicht!« Der scharfe Schlag der Sehne ließ den Raben von Idorichs Schulter aufsteigen – Arnulf rannte los.

Eine Bogenschussweite: Das waren siebzig bis achtzig Schritt, und doppelt so viel, wenn der Pfeil ungezielt in den Himmel geschossen wurde ... Nach den ersten drei, vier Sprüngen merkte Arnulf, dass der Birkenstamm gut hundert Schritt entfernt war – und dann sah er den Pfeil. Dago hatte nicht in die Luft geschossen, nach oben, sondern in halbhohem Bogen nach vorn, in Richtung der Läufer! Der Schaft mit der weißen Befiederung senkte sich irgendwo vor Arnulf nach unten und blieb schräg im Gras stecken. Eine Welle von Rufen und Kriegsschreien lief durch die Zuschauer. Arnulf starrte auf den Birkenpfosten, während er seine Beine nach vorne warf, so schnell er konnte. *Stürzen wäre der Tod!* Er hatte nicht einmal die Hälfte der Strecke hinter sich, als ihm die Luft ausging: der Fluch des Erdlochs! Das Herz hämmerte gegen seine Rippen, der rechte Arm ruderte wild durch die Luft, aber er wurde so langsam, als trüge er Beinschienen aus Blei. Ein Blick über die Schulter: Heden lief mit erhobenem Speer und an den Körper gepresstem Schild, schnell, stetig ... Vor ihm erkannte Arnulf neben dem Birkenholz den senkrecht steckenden Speer! Er hörte sein eigenes Keuchen. Setzte Heden zum Wurf an? War er nicht schon auf weniger als dreißig Schritt heran? Noch zwanzig Schritt zum Pfosten ... Arnulfs Beine stampften nur noch über das Gras, langsam und immer schwerer. Er konnte die Waffe nicht mehr erreichen!

Verzweifelt drehte er sich noch in der Vorwärtsbewegung um, wie ein Erstickender nach Luft schnappend. Und er sah, wie der Speer die Hand des Thüringers in einer perfekten Bewegung verließ. Die Wurflanze segelte Arnulf entgegen wie an einem Seil gezogen. Das Raunen der Zuschauer ging über das Feld, als die Stahlspitze in das Holz eindrang – und stecken blieb. Der Aufprall drückte den Schild gegen Arnulfs Brust und ließ ihn taumeln. Im Laufen riss Heden das Schwert aus der Scheide. *Slag dot! Slag dot!*, dröhnte es wild vom Feldrand her. *Weiterrennen?* Ohne zu denken, schüttelte er krampfhaft seinen linken Arm aus der Halteschlaufe des Schildes. Endlich fiel das schwere Rund mit dem Speer vor ihm ins Gras, auf zehn Schritt war Heden heran! Arnulf setzte einen Fuß auf den Schildbuckel und hebelte die Speerspitze mit zwei heftigen Bewegungen aus dem Holz. Einen Wimpernschlag später sauste Hedens Schwertklinge auf Arnulf nieder. Irgendwie parierte er den Hieb mit der Speerspitze, beidhändig, wich zurück und wehrte mit größter Mühe einen weiteren Schlag ab. Zwei, drei Schritte rückwärts: Zeit, um den Schaft nur mit der Rechten weiter oben zu fassen, als Stoßlanze: Mit einem Grunzen der Anstrengung machte Arnulf einen Ausfallschritt und stach nach Hedens Hals.

Erika empfand die Schwüle des frühen Nachmittages wie eine Bedrohung. Dänenblut, nannte ihre Mutter das: Unter ihren Vorfahren waren ein paar Nordmänner gewesen. Irgendwann, als Erika das Ende der Pferdeweide erreicht hatte, nahm diese Bedrohung Form an: Es war die Furcht vor dem Ausgang des Kampfes. *Sah man ihr die Furcht an?* Ihre Zofen waren zurückgeblieben in der kleinen Menge am Zaun, nahe dem Herzog; Bea und Tamfala kannten sie zu gut, um es nicht zu merken. Mit einem abweisenden Gesicht hielt sie die grobschlächtigen Kerle um sich herum auf Abstand, die auf einen blutigen Schlagabtausch hofften.

Als Arnulf mit dem Schild in der Linken losstürmte, hielt sie den Atem an. Sie sah den Pfeil fliegen – Dago schoss ihn so nachlässig, als erprobe er lediglich die Bogensehne. *Gib dem Franken keine Zeit, den Speer zu erreichen.* Ein Spiel mit festgelegtem Ende: Arnulf musste sterben, das Gesetz der Sippe verlangte das – Leben um Leben!

Schreie, Raunen: Hedens Speer flog – ihre Zähne gruben sich in die Unterlippe. *Pass auf!* Sie sah, wie der Hesse den Schild hinwarf, und konnte es nicht glauben. Rufe der Überraschung ertönten von den Zuschauern, als Arnulf Hedens Speer aus dem Schild riss. Eine Magd mit Kopftuch, eine junge Litin, lief mit einem halb nackten Jungen durch ihre Blickrichtung. Erika musste ein paar Schritt nach vorne gehen, um besser zu sehen. Alle Zuschauer waren nun in Bewegung, strömten vom gesamten Feld auf die Zweikämpfer zu, denn keiner wollte das blutige Ende verpassen. Auch Widukind und sein Gefolge waren Heden mit raschen Schritten gefolgt; einige Schritt hinter ihnen lief Idorich mit dem gemessenen Schritt des Priesters, den Knotenstab in einer Hand.

Arnulfs erster Speerstoß überraschte Heden. Der Thüringer musste den Schild bis auf Augenhöhe heben und zwei Schritte zurückweichen. Doch so langsam er im Wald mit der schweren Fällaxt gewesen war, so geschickt handhabte er das Schwert: Er duckte sich und wischte den Speer mit einem Sichelschlag aus dem Handgelenk zur Seite. Sofort drang er wieder auf Arnulf ein und trieb ihn mit schnellen Hieben vor sich her. Verzweifelt versuchte der Hesse, den Schwertarm des anderen mit einem Speerstoß zu treffen – doch Heden wandte ihm stur die Schildseite zu. Unter der rechten Fußsohle spürte Arnulf kurz den Buckel seines Schildes, fast wäre er gestrauchelt – er konnte nicht danach greifen, ohne von Heden durchbohrt zu werden!

Immer lauter dröhnten die Anfeuerungsrufe der Falen links und rechts der Kämpfer. Schweiß lief Arnulf in die Augen, er musste blinzeln. Darauf hatte Heden nur gewartet: Mit einem Überkopfschlag ging er auf Arnulf los. Der riss den Speerschaft quer vor sein Gesicht, aber die Klinge zerschlug das Holz und ritzte Tunika und Brustbein auf. Hilflos sah Arnulf die Stahlspitze zu Boden fallen, dann schmetterte er mit einer verzweifelten Bewegung den Schaft gegen Hedens Kopf, wirbelte herum und lief los. Die Menschen wichen zurück, Laute der Verblüffung folgten ihm, ein Korridor bis zum Schwert öffnete sich, als die Zuschauer ihm Platz machten. Er rannte, ohne noch einmal nach hinten zu schauen. Sein Atem ging keuchend, als er endlich die Hand um den Schwertgriff legte und die Waffe aus dem Boden riss: eine drei Fuß lange Sachsenklinge aus damasziertem Stahl. Und schon war Heden heran, mit verschwitztem Gesicht und einer blutigen Schramme unter dem rechten Auge. Schwerthiebe regneten auf Arnulf herab, Stöße mit der Klinge wechselten so schnell mit von oben nach unten und von links nach rechts geführten Schlägen, dass Arnulf nur noch abwehren konnte.

»Bring es zu Ende!« Widukinds Stimme übertönte die Schreie der Zuschauer. Mittlerweile schnappte auch der Thüringer nach Luft, der Schild hing nur noch halb hoch.

Arnulfs Augen waren auf Hedens Schwertspitze gerichtet. *Tu das, was dein Gegner nicht erwartet* – Esikos Worte schossen Arnulf durch den Kopf. »Dein Herr ruft«, stieß er aus. »Warum tötest du mich nicht?« Er musste sich ducken, als die Schwertklinge über seinen Schädel hinwegzischte. »Weil du's nicht *kannst! Weil du ein Knecht bist!*«

Wütend setzte Heden nach, das Schwert über dem Kopf, weiß leuchteten die Augen im dunkelrot angelaufenen Gesicht. Aber gleichzeitig stürzte Arnulf vor und warf sich mit dem ganzen Körpergewicht gegen die Schildseite Hedens. Der Thüringer strauchelte, das Heft seines Schwertes prallte auf Arnulfs Schulter, dann verlor er das Gleichgewicht und fiel nach hinten über. Arnulf presste ihn mitsamt des Schildes auf den Boden und rammte die rechte Faust mit dem Schwertknauf in Hedens Gesicht. Er traf Wange und Kinn, sah die Lippen platzen, während Heden verzweifelt versuchte, sich auf die Seite zu drehen und Arnulfs Schwertarm zu fassen zu kriegen. Dann traf ein Fausthieb die Schläfe, und endlich erschlaffte der Thüringer. Der Kampf war zu Ende.

Das Johlen erstarb. Um Luft ringend, sah Arnulf im Liegen die blauen, braunen und roten Hosenbeine der Falen auf sich zukommen. Mit letzter Kraft rappelte er sich hoch, das Schwert in der Faust. Wie ein erschöpfter Jäger setzte er einen Fuß auf den leblosen Körper unter ihm. Der Hals lag schutzlos da.

»Bring ihn um!«, knurrte Widukind. Der Falenherzog hatte sich direkt vor ihm aufgebaut. Arnulfs Schwertspitze berührte die Halsschlagader des Bewusstlosen. Seine Tunika klebte an der Brust, wo Hedens Schwerthieb die Haut aufgerissen hatte. »Warum soll ich ihn abstechen, Herzog?«, fragte Arnulf trotzig. »Der hat besser gekämpft als die Weichschwänze, die ich bei meiner Flucht erschlug!«

Widukinds Gesicht versteinerte. Seine Rechte ging zur linken Hüfte, und Arnulf erwartete, dass er das Schwert zog. Doch er griff zum Dolch. Arnulf nahm den Fuß von Hedens Körper und hob die Schwertspitze so weit an, dass sie etwa in Widukinds Richtung zeigte. Zu spät hörte er die Schritte direkt hinter sich: Etwas Stumpfes traf ihn in die Nieren, er ging ächzend in die Knie. Jemand schlug ihm das Schwert aus der Hand und packte ihn an den Haaren. Dann tauchte der Dolch vor seinem Gesicht auf.

Allmächtiger, sei mir gnädig.

»Wartet!«

Die Stimme Idorichs. Wortfetzen, sächsisches Gemurmel …

Arnulf atmete ein, er atmete aus – ein Moment, der sich zur Ewigkeit dehnte. Und plötzlich: das Geräusch eines Messers, das in der Scheide verschwindet.

»Gut, es sei!«

Die Sachsenhand gab sein Haar frei. Vorsichtig hob er den Kopf. Und sah einen Waffengürtel, der mit Bärenkrallen besetzt war. Liudolfs Faust krachte seitlich gegen Arnulfs Kinn, wie der Tritt eines Büffels.

27

Südöstlich von Pavia, im Sommer 774

Ein vollkommen überstürzter Aufbruch! Wahnsinn, nach normalen Maßstäben. Aber der König konnte nicht wahnsinnig sein. Abreise bei Anbruch der Dämmerung hatte Karl von Einhard verlangt, abends, ohne jede Vorwarnung – und ihm dann »ein oder zwei Stunden« gewährt, um sich vom Kanzler Beglaubigungsschreiben ausstellen zu lassen, um Waffen und Ausrüstung seiner Leibwache zu ergänzen und schlicht und einfach die knapp zwanzig Männer von Einhards Leibwache über ihre Mission zu informieren: nach Rom!

Vierhundert Meilen durch Italien, entlang des tischflachen Po-Ufers, über die schroffen, wolfsverseuchten Hänge des Appenin, durch das fruchtbare Umbrien, die Toskana und schließlich zur Metropole der alten Welt, zur Stadt der Apostel, zum Sitz des Heiligen Vaters! Der König selbst hatte Einhard das Pergament mit einer Botschaft an Papst Hadrian ausgehändigt, das Siegelwachs war noch warm. Und ihm dann mit Worten anvertraut, was der *consiliarius gilerito* wirklich in der Heiligen Stadt verrichten sollte ...

Und während Einhard und Albrich die Leute zusammentrommelten, aus den Zelten, wo es billigen Wein gab und willige Langobardinnen, während Paulus noch einmal einen Waffenschmied zum Plätten von Schwertklingen und Ausbessern von Helmen zwang, machten Gerüchte die Runde: Die Königinmutter Berthrada wurde angeklagt! Sie hatte Silber genommen von Desiderius, um den Kampfeswillen des Königs zu lähmen! Sie war zum Arianertum übergetreten, war keine echte Christin mehr! Sie stand mit dem Bayernherzog Tassilo in Verbindung, des Königs Rivalen im

Reich! Und das wüsteste Gerücht: *Der Hofkapellan Fulrad von Metz hatte einen Attentäter entwaffnet, der den König niederdolchen wollte!*

»Fulrad?«, schnaubte Einhard mit einer Kopfbewegung zu Albrich, der mit Einhards Stute gleichgezogen hatte. »Er ist zu schwer, um einem Meuchelmörder in den Arm zu fallen, er schickt höchstens selbst einen, verzeiht!«

Der Kriegsmann zeigte ein böses Grinsen. »Wenn Ihr das sagt, Herr ...!« Er wechselte die Zügel von der Rechten in die Linke, hob seinen Helm ein paar Zoll und wischte sich den Schweiß von der Stirn. »Die Hitze kocht einem den Schädel weich! Man sagt, Herr, Ihr kennt die Königinmutter gut ...«

»Möglich. Na und?«

Sie ritten auf einem breiten Damm, rechts erstreckten sich die Stoppeln abgeernteter Felder. Hinter dem gelben Staub seiner eigenen Leute folgte eine noch deutlich größere Wolke der Hundertschaft, die ihm der König mitgegeben hatte. Bis zum Beginn der Berge sollten ihnen die Scarakrieger Geleitschutz geben, dort begann das Gebiet von Kleinfürsten, die Vasallen des Herzogs von Benevent waren – und dieser mächtige Langobarde war seit Kurzem der beste Freund von König Karl, folglich würde Einhard in dessen Herrschaftsbereich halbwegs sicher sein ...

»Berthrada ist eine kluge, aber etwas schroffe Frau«, sagte Einhard. »Sie hat um des Friedens willen immer für einen Ausgleich mit den Langobarden gesprochen. Damit hat sie sich nicht nur Freunde gemacht.«

»Dann glaubt Ihr die Gerüchte nicht?«, knurrte Albrich. Seine harten, kleinen Augen verrieten kein Mitleid. »Worads Männer haben sie unter Waffen vorgeführt, Herr, ich habe es selbst gesehen!«

»So oder so«, antwortete Einhard resigniert, »Berthrada wird wenig Fürsprecher haben. Wenn es *einen* Menschen gibt, der den König in solchen Situationen zur Milde anhält, dann ist es die junge Königin Hildegard. Und sie wird *kein* Mitleid haben: Die Königinmutter wollte Hildegard wieder ihren Eltern zurückschicken in den Augstgau[17]. Damit König Karl seine frühere Frau Desiderata zurücknehmen kann. Versteht Ihr?«

Albrich nickte halbherzig. »Fulrad hat Hunus *gideon* ins Verhör genommen, wusstet Ihr das? Er schickt ihn zurück über die Alpen, heißt es.«

Einhard zuckte die Achseln, doch in Wirklichkeit machte er sich Sorgen. Konnte Hunus etwas über die Sache mit dem Mantel erzählt haben? Der eigenartige Priester war ursprünglich als Hirte für die Gläubigen an den Fuldafurten nördlich von Kaufungen vorgesehen gewesen, halb Franken-, halb Sachsenland: eine Gegend, in der Geistliche gelegentlich von aufständischen Heiden zerstückelt wurden. Fulrad hatte Hunus' Fahnenflucht schwer gerügt; dass der Priester an den Heiligengräbern in Rom für irgendwelche Vergehen büßen wollte, ließ der Hofkapellan nicht gelten. »Der Märtyrertod von Heidenhand ist der schnellste Weg in den Himmel«, so hatte er Hunus mit eisigem Lächeln mitgeteilt.

Einige Hundert Schritt zur Linken der Reiter wälzte sich mehr braun als blau das Wasser des Pos durch die Ebene. Fischreiher stießen auf die Wasseroberfläche nieder, und nun sah Einhard auch kleine Halbkugeln aus Schilf und Leder nahe des Ufers, in denen Fischer ihrem Handwerk nachgingen. Kriegshorden beider Seiten hatten das Land fast menschenleer gemacht … Zum hundertsten Mal hörte Einhard die Sätze des Königs nachhallen: *Auf Euch zähle ich, Einhard! Nur auf Euren Verstand und Eure Findigkeit kommt es jetzt an!* – War der Hofkapellan wirklich nicht eingeweiht?

»Ihr seht grimmig aus, Herr«, kam es jetzt von links. Tristan hatte sie eingeholt, der Damm war breit genug für vier oder fünf Reiter nebeneinander. »Verdirbt dieser Kriegsmann Euch die Stimmung?«

»Du Schrat!«, knurrte Albrich. »Suchst du eine Abreibung?«

»Ist die Scara noch hinter uns?«, fragte Einhard, um die Plänkelei sofort abzuwürgen.

---

17 Der Augstgau lag im östlichen Alemannien, mit Augsburg als Hauptort.

»Zum Glück, ja!«, gab Tristan zum Besten. Mit seinem mehrfach geschlungenen Kopftuch sah er aus wie ein Sarazene. »Ich hörte den Hundertschaftsführer den Befehl zum Überholen geben. Ich hab ihn wissen lassen, dass er kein Recht hat, einen Königsboten in eine Staubfigur zu verwandeln. Dass es aber eine *Ehre* für ihn ist, den Staub meines Herrn zu fressen, der am königlichen Kronrat teilhat!«

»Für den Hinweis hat er sich sicher bedankt«, lächelte Einhard grimmig.

»Durchaus, Herr«, fuhr Tristan fort, als rede er mit seinesgleichen. »Er hat mich noch nach Esiko gefragt. Hab ihm erzählt, wie böse Widukind unsern *harto* zerpflückt hat und wie die Sachsen uns verhöhnt haben. Da wurde er ganz ruhig.«

»Skizan!«, entfuhr es Albrich. »Wie könnt Ihr diesen Hänfling so reden lassen?«

»Widukind *hat harto* schwer verletzt, und die Sachsen *haben* uns verhöhnt«, sagte Einhard mit starrem Blick nach vorne. »Aber Albrich hat recht, Tristan, dass dir solche Reden nicht zustehen. Ich müsste dir meine Reitpeitsche über den Buckel ziehen!«

»Herr, diese Flucht aus dem Lager ist hart für die, die Euch dienen!«, gab Tristan trotzig zurück.

»Hast du etwas Wertvolles zurücklassen müssen, Junge?«

»In gewisser Weise«, murmelte Tristan und fuhr sich mit einer Hand über das spitze Bärtchen am Kinn. »Eine Mailänderin, die sich dem Tross angeschlossen hat. Ein Mädchen wie – gesegnet, sage ich Euch! Schönere Formen kann sich keiner ausdenken …« Tristan, so stellte sich heraus, hatte eine Hure *im Voraus* bezahlt. »Ich wollte, dass sie nur *mir* gehört«, erklärte Tristan in gedämpftem Tonfall. »Die Krieger sind so dreckig, deshalb hab ich sie gleich für eine Woche bezahlt. Und jetzt … ist das gerecht?«

»Gerechtigkeit gibt es im Himmel, mein Lieber«, sagte Einhard ohne Heiterkeit. »Und wenn unsere Mission schiefgeht, dann wirst du genau dort landen!«

Am frühen Nachmittag rasteten sie abseits der Straße zwischen ein paar steinernen Hütten, im dürftigen Schatten von Zypressen und Nussbäumen. Reihen von Weinreben liefen von den Hütten bis kurz vor den Damm. Ein Alter mit ledriger Haut und Knoblauchatem reichte ihnen Wasser in Tonschalen. Meckernd nahm eine Ziege Reißaus, als immer mehr Bewaffnete den Hof füllten. Einer von Einhards Kriegern ahmte das Meckern der Ziege nach und griff nach Pfeil und Bogen. *Warum nicht vorsorgen für das Abendessen?*

»Lasst ihn stecken!«, rief Paulus, bevor Einhard etwas sagen konnte. »Das wäre unchristlich, einem armen Kerl sein Vieh wegzurauben!«

Einhard wechselte einen Blick mit Albrich und dachte an die grausame Tat Paulus' in Worms. *Es war nicht leicht, diesem Mann in die Seele zu sehen …*

Der königliche Consiliarius steuerte eine Bank am Rande des Anwesens unter einem hohen Busch an, der prachtvolle weiße Blüten trug. Er rief Tristan, Albrich und Paulus zu sich. Erwartungsvoll kauerten sie sich um ihren Führer nieder. Prompt begannen Zikaden hinter ihm zu lärmen.

»Ich hatte Euch gesagt, dass wir dem Papst eine Botschaft des Königs überbringen. Aber das ist nicht der wirkliche Grund für unsere Reise.« Einhard vergewisserte sich mit einem Seitenblick, dass die übrigen Männer, die die Tür des größeren Steinhauses belagerten, außer Hörweite waren; der Alte verteilte Oliven aus einem Korb, um sich die Kerle vom Leib zu halten. »Der König will, dass wir den Heiligen Vater als *Betrüger* entlarven.«

Albrichs Augen wurden schmal, und seine Hand berührte die riesige Narbenwulst der Wange; Paulus bekreuzigte sich. Tristan hingegen schien sofort zu verstehen. »Geht es um Quierzy, Herr, um die Schenkung König Pippins an den Heiligen Stuhl?«

»Es geht tiefer«, sagte Einhard ernst. »All die alten Zusagen König Pippins, alles, was die Frankenherrscher jemals dem Papst zugestanden haben, all das beruht auf einer alten Geschichte: Der Papst behauptet, dass der römische Kaiser Konstantin einst dem Bischof von Rom *ganz Italien* als Herrschaft anvertraut hat. Es gibt eine Urkunde, in der das so steht.«

»Warum soll dieser Kaiser das gemacht haben?«, fragte Albrich misstrauisch.

»Er nahm das Christentum an«, fuhr Einhard fort, »und verlegte den Sitz des Römerreiches nach Osten, nach Byzanz – Konstantinopel hieß die Stadt früher. Um die christliche Kirche und den Heiligen Stuhl zu stärken, hat er ihnen angeblich alle Ländereien und Städte zwischen den Alpen und Sizilien vermacht. Unsere Notare am Hof vermuten seit Längerem, dass diese Schenkung nichts als eine Erfindung der Päpste ist. Man könnte es auch Betrug nennen ...«

»Die Pfaffen lügen so viel wie jeder andere«, stellte Albrich grimmig fest und zerschlug eine Mücke auf dem Handgelenk.

»Wenn es ein Schwindel der Päpste ist«, sagte Einhard mit der Ruhe eines Lehrers, »dann hätte das sehr ernste Auswirkungen. Was also Quierzy angeht: Die entsprechenden Zusagen Pippins mögen aus Sicht des Papstes unverrückbar wie Festungsmauern erscheinen; aber diese Festung ...« Er suchte die richtigen Worte, um den Verstand eines Kriegers zu erreichen.

Tristan, der Wortschmied, nutzte diese Pause mit dem ihm eigenen Selbstbewusstsein: »Die Festung Quierzy steht auf einem Berg namens Konstantin: Bebt der Berg, stürzt die Festung in sich zusammen.«

Einhard nickte und wiederholte halblaut, was der König ihm mit einem Frohlocken gesagt hatte: »Dann ist der Papst nur noch *Bischof von Rom!*«

»Und Ihr könnt dieses Beben auslösen?«, fragte Paulus beeindruckt.

Einhard lächelte dünn. »Es gibt Menschen in Rom, die uns helfen werden ... aber wir dürfen keinen Lärm machen! Vor einigen Jahren gab es einen Legaten des Königs, einen pompösen Kerl, der die Archive des Papstpalastes durchforsten wollte. Irgendwann erschien er abends nicht mehr in seiner Unterkunft ...«

Das Stimmengewirr, das vom größeren der Steinhäuser kam, wurde lauter. Eine weibliche Stimme war darunter, sie kam aus dem Gebäude; Gewalt lag in der Luft.

Einhard stand auf. »Ein paar Tage später zogen Fischer den Legaten aus dem Tiber, mit einem Loch im Hinterkopf.«

Die *via francisca*: Manchmal schienen sie zu fliegen. Bis zu sieben römische Meilensteine, kleine dicke Pfosten am Straßenrand, ließen sie pro Stunde hinter sich. Die Hufeisen auf dem felsigen Untergrund: ein Knirschen und Mahlen, das Einhard aus irgendeinem Grund an Mühlsteine erinnerte, die Körner zerkleinern. Mehliger Staub bedeckte die Reiter, bis sich irgendwann ein Hitzegewitter entlud, das die Menschen durchnässte und Berghänge in die Täler rutschen ließ. Der königliche Gesandte rechnete: Zum vierten Mal ritt er diese Strecke! Es bereitete Einhard stilles Vergnügen, den Kriegern mit knappen Worten die steingepflasterten Abschnitte anzukündigen, die noch glatt und intakt waren wie zur Römerzeit: Dann war ein stetiger Trab möglich.

Wie konnte ein Reich untergehen, das solche Straßen baute?

Albrich kaute die Frage hervor, der Krieger, der sich Gedanken machte; sie schöpften Wasser am Brunnen einer tuszischen Bergsiedlung. Mit ihren Pferden füllten sie den kleinen Platz zwischen würfelförmigen Steinhäusern fast aus, deren Vorderseiten auf eine Kirche von hellem Stein ausgerichtet waren; dahinter erhob sich ein runder Wehrturm, von den Franken misstrauisch beäugt. »Die Römer hatten die falschen Götter«, verkündete Paulus und tauchte sein Halstuch ins Wasser. »Sie haben den Heiland kreuzigen lassen!«

Einhard hatte mit solch einer Antwort gerechnet. »Nach der Kreuzigung des Herrn wuchs das Römerreich allerdings noch lange Zeit weiter, Paulus«, sagte er und wartete darauf, dass die Schmerzen in der unteren Wirbelsäule nachließen. »Und dann wurde es ausgerechnet von Heiden und Halbchristen erobert: Gothen, Vandalen, Langobarden …«

»Und Franken!«, rief Albrich und pochte kräftig mit den Knöcheln auf seinen Schild.

Die Männer grinsten, und einer rief: »Jesus wär' nicht ans Kreuz gekommen, hätte er die *unfortha* gehabt!« Die Furchtlosen: So nannten sich die Scarakrieger selbst.

Ältere Frauen mit Kopftuch und brauner Gesichtshaut kamen aus dem Schatten der Häuser. In ihren Körben sahen die Krieger helles Weizenbrot, Granatäpfel, Zwiebeln und Stücke des steinharten Käses, der ewig haltbar war.

»Wo sind eure kleinen Schwestern?«, brüllte einer der Franken.

»Benehmt euch, Männer«, knurrte Einhard und überlegte wieder einmal, wie unauffällig seine Männer sich in Rom verhalten würden … »Reich mir Wasser, Tristan! Dann kaufst du ein paar Granatäpfel, aber reife!«

Immer wieder überholten sie Pilger mit schmalem Bündel und langem Wanderstab, Gruppen von drei, fünf oder gar einem Dutzend Menschen, die gen Rom zogen: Zwanzig Übernachtungsstellen, also Ortschaften oder Herbergen, hatte ein Pilger zwischen Pavia und Rom anzusteuern. Sie selbst konnten es auf ihren Pferden in zehn Tagen schaffen: *Verschwendet keine Zeit, Einhard!* Die Worte des Königs waren deutlich gewesen. Sie sahen Alte am Straßenrand, die so gebrechlich waren, dass sie kaum vorwärtskamen. Sie sahen Männer mit ergebenem Gesichtsausdruck, die zappelnde Irre am Strick hinter sich herzogen. Sie sahen Familien, die einen gichtigen Krüppel auf einen Esel gebunden hatten: *nach Rom, dort werden alle Leiden gelindert!* Dort wirken die Heiligen auch für dich, dort ist das Himmelreich näher …

Irgendwann überholten sie inmitten einer halbwegs grünen, rollenden Hügellandschaft eine Gruppe von Aussätzigen und Krüppeln. Am Ende des traurigen Zuges kroch ein Kerl auf allen vieren: Sein Nacken war verbrannt, er hatte Griffhölzer in den Händen, die er in den Straßenstaub setzte und an denen er sich vorwärtszog wie ein kranker Hund. Einhard zog mit seiner Stute im Trab vorbei und kämpfte das Mitleid in sich nieder.

In diesem Augenblick schloss Albrich zu ihm auf. »Rattenfraß!«, knurrte der Krieger. »Jeder Tod auf dem Schlachtfeld ist besser als das!«

»Vielleicht ist der Mann auf allen vieren ein Hiob, Albrich. Ein Auserwählter, den Gott prüfen will …«

Ein wilder Blick traf den Königsboten. »Was für eine Prüfung soll das denn sein? Vom aufrechten Kerl zum Schwein im Dreck?«

Einhard zuckte die Achseln, überrascht von der heftigen Reaktion.

»Von Prüfungen kann ich Euch etwas erzählen«, knurrte Albrich mit verkniffenem Gesicht. »Ich komme von der oberen Mosel. Als ich alt genug war, um einen Jagdbogen zu spannen, gab es zwei Missernten hintereinander. Hagel, Sturm, Dauerregen … Nichts zu fressen, nirgendwo! Meine Schwester ist verhungert mit einem Stück Leder im Mund. Meine Mutter ging an einem Husten zugrunde … Mein jüngerer Bruder wurde Knecht bei einem der großen Grundherrn. Damit er überlebt. Habt Ihr schon mal von einem *Pfaffen* gehört, der verhungert? Ich nicht.«

»Bekam er seine Freiheit wieder?«, fragte Einhard, ohne seine innere Regung zu zeigen; er kannte zu viele solcher Geschichten.

Albrich schüttelte den Kopf. »Mein Bruder dient diesem Grundherrn immer noch. Hab mir geschworen, dass ich ihn irgendwann auskaufen werde … Als ich ihn vor zwei Jahren sah, hatte er ein Weib und zwei Kinder.« Albrich schüttelte den Kopf. »Um vier Leute freizukaufen, braucht man eine Menge Silber!« Schweigen. Dann: »Wenn unsere Mission glückt, Herr – was dann?«

Einhard verkniff sich ein Lächeln, die Frage war überfällig. »Dann überschüttet uns der König mit Gold, Albrich.«

Der Krieger grunzte, ein Lächeln huschte über sein zerpflügtes Gesicht.

28

Bylanuelde, im Sommer 774

Wolken? Rauch? Eine weiße, wabernde Masse, mittendrin ein Schemen, der immer deutlicher wurde: eine runzlige Gestalt, älter als die Zeit. Um den Hals hing ein Band mit einem Schlüssel – riesig, welche Truhe hätte dazu passen sollen? *Der Rand des Himmels.* Der Kerl hatte einen riesigen Schädel, die Augen bestanden nur aus Pupillen – plötzlich kam Arnulf der Schlüssel gar nicht mehr so groß vor. Ein Arm ging nach oben, in der Hand lag ein Schwert. Die Klinge war wie die Verlängerung des Armes, dreimal, viermal so lang! Die Spitze traf Arnulfs Brustbein. Er fühlte Schmerz, aber gleichzeitig schien die Klinge ihn auch zu stützen, denn sein Gewicht zog ihn nach vorne: Sein rechter Fuß stand im Nichts, sein linker Fuß berührte ein Stoffbündel, einen leblosen Leib: wie Heden sah der unter ihm aus.

»Wer ist frei von Sünde?« Eine Stimme, als spräche jemand unter Wasser. *Niemand ist frei von Sünde.* Er ruderte mit den Armen, als er nach vorne kippte, das Schwert war plötzlich viel kürzer, er schwebte jetzt, nein, er fiel – in eine Düsternis, die ihm entgegenkam, die ihn einwickelte und endlich seinen Mund ausfüllte …

Würgend ruckte sein Kopf vor, er hustete etwas Bitteres aus. Verschwunden war alles andere – da war ein Gesicht über ihm, mit weißem Bart. »Na also … etwas Eulengalle bringt jeden zurück, in dem noch Leben ist.« Im fahlen Licht eines enormen Raumes erkannte er Idorich, den Runenmeister. Andere blickten über seine Schultern: einer von Widukinds Schildmännern, der Hofmeister Baldur und noch ein oder zwei andere.

Arnulf schloss die Augen, er spürte die Wunde auf der Brust. »Wie lange habe ich gelegen?« Die Worte fielen ihm schwer.

»Lange genug für einen bloßen Faustschlag.« Dagos Stimme war das, der Kerl mit den Silberketten um den Hals.

Arnulf versuchte sich zu erinnern, wie Widukind mit dem Messer auf ihn losgegangen war, wie sie seinen Kopf nach unten gedrückt hatten. Die Todesangst, das Gefrieren der Zeit … Arnulfs Augen öffneten sich wieder. Hinter den Männern nahm er eine Art Säule wahr, unten breiter als oben. War da ein Gesicht, das ihn anstarrte? Dann erkannte er die waagerechten Schlitze im Dach, wo trübes Licht einfiel – sie hatten ihn in die Kulthalle gebracht. *Kein Christ durfte sie betreten …*

Der Weißbart erhob sich. »Du gehörst jetzt Wodan«, sagte er nüchtern. »Ich habe das Zeichen an deinem Hals gelesen: Du bist ein Abkömmling der Nachtwölfe, von Wesen aus der Unterwelt; sie haben sich verschworen, die Götter zu zerstören … Wir werden dich den *harugari* übergeben.« Arnulf versuchte den Kopf zu schütteln. Allein das Wort *harugari* löste einen Schwall wilder Erinnerungen aus: ein schwarzgelber Gewitterhimmel, die Irminsul in Flammen und brüllende Langbärte, die in die Waffen der Scarakrieger liefen … Er wollte dem Alten entgegenschreien, dass er ein abergläubiger Irrer war. »Ein Muttermal«, flüsterte er wie zu sich selbst, »sonst nichts!«

Idorich murmelte ein paar kaum verständliche Sätze zu den anderen. Das Wort »Bote« fiel, und ein Name, Oriost *tri ouge* – Arnulf hatte ihn schon einmal gehört, aber wo? Er bewegte die Beine. Es klirrte leise, sein linker Fuß war angekettet. Alle blickten auf ihn hinunter.

»Du wirst an den Klippen der Götter sterben«, sagte der Runenmeister.

»Warum?«, krächzte Arnulf und fühlte eine dumpfe Schmerzwelle in der linken Kopfhälfte.

»Weil die *harugari* dein Blut trinken«, sagte Idorich ruhig, als rede er zu einem Kind. »Das wird den Göttern gefallen.«

Die Kette war vier bis fünf Fuß lang und endete in einem im Boden versenkten Balken. Irgendwann ließ das stumpfe Pochen im Schädel nach, und ihm wurde klar, dass rechts von seinem Kopf nicht die Wand der Halle stand, sondern zwischen mannshohen Pfosten gespannte Rinderhäute. Er versuchte, durch den Schlitz zwischen Boden und Häuten etwas zu erkennen, konnte aber nur den Sockel einer dunklen Masse ausmachen. Regen trommelte auf das Dach. Die Decke über ihm schien mehr als zehn Fuß hoch zu sein, im fahlen Licht war es schwer zu schätzen. Am höchsten war das Dach in der Mitte der Halle, über einer mächtigen Säule, von der Furcht einflößende Gesichtszüge Arnulf anstarrten. Die Figur sah aus, als sei sie aus einem einzigen, gewaltigen Stamm geschlagen. Unter dem Kopf war ein Oberkörper angedeutet, mit mächtigen Armen. *War die Waffe in der Mitte des Körpers eine Axt?* Wenn er den Spielraum der Kette ausnutzte, konnte er das Profil eines weiteren Gesichts sehen, das direkt auf den Haupteingang der Kulthalle ausgerichtet war; links und rechts des Eingangs brannten Öllichter an senkrechten Stützbalken. Unter der schräg zur Dachmitte ansteigenden Decke hingen, Eiszapfen gleich, Schwerter an Riemen herab, auch Äxte und ein runder Gegenstand, der aussah wie ein Helm. Die unmittelbare Umgebung der Säule war etwa um drei Fuß erhöht, Stufen führten vom Eingang hinauf. Im Raum hinter dieser Plattform konnte Arnulf ein Kohlebecken und einen großen Kessel an einem Dreibein erkennen. Von Zeit zu Zeit machte sich dort einer von Idorichs Helfern zu schaffen, ein jüngerer Kerl mit dünnem Bart und knöchellanger Kutte, der mit einem Haken im Kessel rührte und Feuerscheite nachlegte. Weiter links sah Arnulf den Rand eines Vorhangs, hinter dem sich Schlafstätten verbergen mochten; alles andere wurde durch die Holzgottheit in der Mitte verdeckt.

Wodan, Donar und Saxnoth.

Arnulf studierte wieder das ihm zugewandte Gesicht und die mächtigen Schultern. Nun erkannte er auch die Hände, die in etwa fünf Fuß Höhe aus dem Holz herausgearbeitet waren, sie hielten einen Hammerkopf: Donar, dessen Namen die Alten in seiner Kindheit noch auf den Lippen führten, wenn Blitze den Himmel zerrissen und der Donner durch die Täler rollte ... Ein Schauder lief Arnulfs Nacken hinab. *Hatte Petrus ihn nicht abgewiesen?* Nun saß er zu Füßen eines Heidengottes: ein Kreuzanbeter, ein Sklave, der auf den Opfertod wartete. Das Prickeln in seinem Nacken klang ab, dann schwoll es wieder an, direkt hinter dem rechten Ohr: das Wolfsmal! Als läge eine Brennnessel auf der Stelle. Arnulf atmete schneller, ging hin und her wie ein an die Kette gelegtes Raubtier, berührte den Fleck mit den Fingerspitzen. *Harmknabo!*, so hatten ihn die Kinder einst gerufen, wenn sie das Mal sahen. Teufelsjunge, Wolfskopf! Er hatte mit der Faust geantwortet – wie auch sonst? Irgendwann interessierte das Zeichen niemanden mehr, langes Haar verdeckte es, seine Mutter nahm ihn mit in die Kirche, wie ein normales Christenkind.

Etwas raschelte neben seinen Füßen. Eine Maus umkreiste den halben Brotlaib auf seiner Binsenmatte. Er verscheuchte sie mit einem Fußtritt und brach ein Stück vom Brot ab. Wenn Wodan die Figur in der Mitte war, musste Saxnoth auf der anderen Seite sein, der heidnische Gott des Krieges. Arnulf dachte an Samo, einen sächsischen Christen, der ihm gedient hatte: einer, der sich bekreuzigte und alles über den Himmel wissen wollte und der doch vor dem Kampf immer wieder Saxnoths Namen murmelte ... *man konnte nie wissen!*

Der süßliche Geruch aus dem Kessel machte ihn irgendwie benommen und verstärkte gleichzeitig seinen Hunger. Er schlang das Brot hinunter. *Ein Braukessel!* Bier für ein Fest, oder einen Ritus ... Dann hörte er wieder Idorichs fürchterlichen Satz: *Weil die harugari dein Blut trinken.* »Nein, Ihr Bastarde!«, brüllte Arnulf auf.

Der Kerl am Kessel drehte kurz den Kopf. Ein Krächzen ertönte – dunkle Schwingen bewegten sich, einer der Raben saß da auf einem Holzblock gegenüber, jenseits der Plattform. Wie weit war es bis zu den Klippen der Götter? War das der heidnische Schlachtplatz, von dem man sich bei den Franken Schauergeschichten erzählte? Keiner der Sachsen, die Arnulf im Engernland kennengelernt hatte, war selbst dort gewesen; gab man ihnen genug Bier zu trinken, fingen sie an zu fabulieren. Und erzählten Dinge, die man ihnen erzählt hatte.

Gerade Einhard, der *gilerito,* hatte ein feines Gespür dafür, ob jemand fantasierte oder Tatsachen berichtete – er, der so viel wusste, dass ihm nicht einmal totale Finsternis am helllichten Tag Angst machte: *Der Mond verdeckt die Sonne!* Niemand außer Einhard verstand, wie so etwas möglich war. Aber eben dieser Gelehrte hatte keinen Spaß am Kampf. Anders als Esiko, Erwein, Gailo und all die anderen … Plötzlich sah Arnulf seinen ehemaligen Herrn und Befehlshaber auf dem großen Turm, Blick nach Norden, eine Hand strich über den Bart, mit dem wohlbekannten, sorgenvollen Ausdruck im Gesicht – *wie gefährlich war es, nach Arnulf zu suchen?* Einhard hatte ihn im Stich gelassen. Ein *gilerito* tötet keine Maus und weiß nichts von *giniscaft* – wie oft hatte Esiko so über den Burgherrn gelästert! Aber Karl, der große Frankenkönig, er würde mit der Scara aus Italien zurückkehren und Widukind stellen.

Aber war Arnulf dann noch am Leben?

Mittags brachte Idorichs Helfer ihm Wasser, Joghurt und Brot. Er war ein hässlicher Kerl mit verwachsenen Augenbrauen und vorstehenden Schneidezähnen. Später zündete er getrocknete Kräuter in einer Eisenschüssel an, die er zu Wodans Füßen stellte. Dabei ging er auf die Knie und ruderte mit den Armen, ähnlich einem fränkischen Priester beim Gottesdienst.

Abends – das Licht, das durch die Dachluken fiel, war schon schwächer geworden – sah Arnulf auf der anderen Seite der Halle Idorich mit einigen Liten oder Knechten erscheinen. Drei schnaufende Männer waren nötig, um den Kessel zu packen und durch den Eingang hinauszutragen. Unter den Begleitern fiel einer auf, der zwei-, dreimal hinüberblickte; sein Gesicht sah verschwollen aus. Arnulf ließ die Kette klirren und hob eine Hand auf Brusthöhe, wie zufällig. Grinste Heden? Nein, sein Gesicht war einfach ramponiert. Schon war er mit den Trägern hinaus, Stille kehrte ein.

Arnulf hockte mit an den Körper gezogenen Knien auf der Binsenmatte. Was würde Esiko in seiner Lage tun? *Auf die nächste Gelegenheit zur Flucht warten?* Jeder Tod, jeder Pfeil im Rücken war besser, als von den Priestern der Sachsen wie ein Tier zerstückelt zu werden ... Er starrte in die Dunkelheit und lauschte auf die Geräusche von Mäusen oder Ratten.

Ein Mägdelein mit goldnem Haar, goldnem Haar,
ob sie wohl noch ein Mägdlein war?

29

Rom, im Sommer 774

Zurück, Dreckspack!«

Albrich zog das Schwert. Die zerschlissenen Gestalten umringten die Schar der Franken wie ein Wolfsrudel. Einhard warf Albrich einen warnenden Blick über die Schulter zu – *oder bat dieser Blick um Hilfe?* Unmöglich, die letzten Stufen zum Eingang der Peterskirche zu nehmen. Der Kriegsmann schlug die flache Klinge in ein pestzerfressenes Gesicht, einem anderen klatschte er das Schwert auf die nackte Schulter. Aufjaulen, als prügele man Hunde: *Stahl macht mehr Eindruck als Worte!* Albrich drängte sich an Einhard vorbei nach vorn und teilte weitere Schläge aus, sodass vor ihnen eine Lücke im Pulk der Bettler entstand. Dann aber traten ihm andere Furunkelgestalten mit knotigen Stöcken entgegen – und dem frechen Ruf »Barmherzigkeit!«. Münder ohne Zähne, Augenhöhlen ohne Augen … Gleichzeitig reckten sie Albrich die Stockenden wie Speere entgegen. Ein Knüppel traf ihn am Knie, Albrich entfuhr ein Wutschrei.

Da spürte er Einhards Hand auf der Schulter. »Nicht!« Die Münzen des *gilerito* flogen in die Wegelagerer, nach links und rechts. Eintrittsgeld für die größte Kirche der Christenheit! Die Zerlumpten stürzten sich auf die Almosen wie Köter auf einen Knochen. Albrich nahm die letzten Stufen im Eilschritt, die anderen waren ihm auf den Fersen. »Ich hatte Euch gewarnt«, murmelte Einhard seinem Leibwächter zu. Grimmig rammte Albrich das Schwert wieder in die Scheide: »Besser, jemand hätte die Bettler gewarnt!«

Kurz geschorene Hörige der Kirche öffneten die riesigen Türflügel. Drinnen war es kühl. Die Gruppe der Franken atmete durch:

Gewaltig lag das Kirchenschiff vor ihnen. »Gott ist groß!«, entfuhr es Paulus. In Bogenschussweite brannten am Ende der Halle Dutzende, Hunderte von Kerzen. Sie standen um einen Altar herum, der wie eine Brüstung aus rotem Marmor aufragte. Steinerne Heiligenfiguren waren dahinter um ein goldenes Kreuz angeordnet, wie endlose Baumstämme strebten Säulen zur Decke. *Oder war das da oben schon der Himmel?* Sie bekreuzigten sich.

»Die Fenster, Herr«, murmelte Albrich, und Einhard nickte bewegt. Ein seltsam buntes Licht war in dieser Kirchenhalle. Selbst ohne die Kerzen hätte man wie im Freien sehen können! Riesige, senkrechte Fensteröffnungen mit Glas von unterschiedlichen Färbungen ... Es nahm den Männern aus dem Norden den Atem.

Ein Priester mit einer Schriftrolle und einem goldenen Stoffstreifen um Hals und Schultern kam auf sie zu. Noch eine Stunde bis zum Vespergottesdienst! Ob sie nach vorne wollten, auf eine der Bänke? Oder gar auf die Stühle direkt hinter den römischen Patriziern und Amtsherren? Dann sei wohl eine Spende angebracht: gern ein paar Goldstücke ... dort hinein, in die Marmorschüssel am Fuß des Altars! Einhard nickte und fragte den Mann nach dem Priester, den ihm der Kanzler vor Pavia genannt hatte. Der Geistliche schien zu zögern; er musterte Einhard und die kräftigen Männer seiner Begleitung, und in diesem Augenblick wusste der *gilerito,* dass er hätte allein kommen müssen.

»Wartet hier einen Augenblick«, sagte der andere und verschwand in einem Gang zwischen mächtigen Porphyrquadern.

Der Geruch von Weihrauch zog durch die Halle. Die Frankenkrieger flüsterten, als stünde das Jüngste Gericht bevor; beeindruckt, ja, eingeschüchtert sahen sie sich um in dieser christlichen Halle der Wunder. Schließlich kam ein älterer Mann in weißem Ornat auf sie zu. Er hatte einen kurzen grauen Bart und weiche braune Augen, aber er trat mit der selbstbewussten Art eines Scarahauptmanns vor die Franken: »Ihr wollt zu unserem Bruder Johannes?«

Einhard nickte und wollte sich erklären, doch das war nicht nötig.

»Johannes wachte an Karfreitag auf und war blind und lahm. Eine Strafe des Herrn! Wir haben ihn nach Sizilien bringen lassen, in sein Heimatdorf.«

Das Heer der Bettler hatte sich zurückgezogen und umlagerte die steinernen Engel, die das Fundament der breiten Treppe flankierten. Albrich warf ihnen misstrauische Blicke zu, als die Franken im warmen Licht des Abends den Platz betraten und an Säulen und Brunnen vorbei auf die Gebäude am Ende des Areals zuhielten. Zwei Mann der Leibwache warteten dort mit den Pferden.

Albrich überlegte. »Wohin, Herr? Noch mal zu diesem Notarius?«

Einhard schüttelte müde den Kopf. »Zur Unterkunft. Heute richten wir nichts mehr aus.«

Sie stiegen auf die Pferde und schwenkten auf die Straße in Richtung der Tiberbrücke ein. Mit zusammengepressten Lippen starrte der königliche Gesandte geradeaus, brütend. Wiederum fragte sich Albrich, ob der Traum vom Gold wahr werden würde? Der Sizilienpriester war ihr dritter Versuch gewesen – es war wie verhext. Als wüsste man hier, als wüsste jeder in Rom, dass sie auf der Suche waren …

Zur Tiberbrücke hin wurde das Gewühl dichter. Bettler, Hunde, Weiber auf Eseln, Halbwüchsige mit Melonen und Gemüsebündeln auf den Schultern, noch mehr Hunde, Patrizier hinter den Vorhängen rot und gelb gestrichener Tragesänften, robuste Diener mit Spieß und Waffengürtel vorweg, Krieger in voller Rüstung, hoch zu Pferde, die irgendwelche Gesandtschaften begleiteten. Albrich hatte sich mit dem Pferd vor Einhard gesetzt, um den Weg zu bahnen. Vor der großen Mauer verlangsamte sich der Strom der Menschen. Am Stadttor lehnte ein Dutzend Wachsoldaten mit olivfarbener Haut auf ihren Speeren, gelangweilt streiften ihre Blicke die Vorbeiziehenden. Unwillkürlich blickte der Kriegsmann nach oben: *Diese Mauer!* Ein Gebirge aus gebrannten Ziegeln. Der Erde-Holz-Wall der Eresburg kam ihm plötzlich vor wie ein Gartenzaun.

Albrich sah sich um. Seine Truppe folgte. Zehn Mann, Paulus am Ende, alle anderen lagen mit Durchfall in der Unterkunft – das römische Wasser! Sie kamen an Marktständen vorbei, unter Sonnensegeln lagen Feldfrüchte, Gurken, gehäutete Hasen und zerstückelte Ziegen, Fisch stank – die Marktfrauen warfen ihm Blicke zu. Er spürte ein Kribbeln in den Lenden. Höchste Zeit, die Schankhäuser der Stadt kennenzulernen, mochte Einhard doch in seiner Kammer weiterbrüten!

Rom war älter als Jesus. Eine Mischung aus übergroßer Siedlung und einem Steinbruch, überwölbt von einem Ofen, der für unerträgliche Hitze sorgte. Im Trab zogen sie an den Ruinen von Gebäuden vorbei, die einst wie Paläste ausgesehen hatten; Steine waren aus den Wänden herausgebrochen, dienten als Fundament lehmverputzter Wohnhäuser, aus deren Fenster sich jederzeit stinkende Brühe in die Straße ergießen konnte. Säulen standen im Nichts, andere lagen wie Treibholz am Straßenrand herum. An manche Mauern waren Verschläge aus Holz und Tuch gebaut, in denen Menschen hausten – wie warm waren diese Hundehütten im Winter? Vor den Kirchenportalen standen Menschentrauben, Pilger, Bettler und Leute, die sonst nichts zu tun hatten …

Einhard hatte eine unauffällige Unterkunft ausgesucht: eine Niederlassung für Händler und hochstehende Pilger westlich des alten Kaiserforums, mit einem Erdgeschoss für Waren, Pferde und Esel und einem Obergeschoss für die Reisenden. Ein paar Straßen vor ihrem Ziel rief Paulus von hinten, dass jemand sie verfolge.

Unwillig drehte sich Albrich im Sattel um. Paulus' Gesicht wirkte nach Tagen des Durchfalls ausgezehrt; das herunterhängende Auge blickte durchdringender denn je. »Bist du sicher?«

»Ein halbes Dutzend Bewaffnete«, schnappte Paulus. »Seit der Brücke sind die hinter uns, ich schwör's!«

Beunruhigt fuhr sich Einhard über den Bart, blickte nach hinten, wo nur Fuhrwerke, Weiber mit ein paar Schafen und ein Weißhaariger auf einem Esel zu sehen waren. Albrich wies mit dem Kopf nach vorn: Da war der Toreingang zu einem Badehaus oder etwas Ähnlichem, Wasser floss auf die Straße und bildete eine dunkle Pfütze. Einhard nickte, es ergab Sinn, die Verfolger erst einmal vorbeizulassen. Sie ritten weiter, Albrichs Hand ging über die leeren Sattelschlaufen, die sonst die Stoßlanze aufnahmen. Die Langwaffen waren in der Unterkunft ... Schwerter mussten reichen!

Laut klapperten die Hufe ihrer Pferde auf den Steinplatten des Hofes. Ein Einbeiniger an Krücken und vom Aussatz überzogene Gestalten wichen ihnen aus. »Ein Lazarett«, murmelte Einhard, und noch mehr Linien erschienen in seinem übernächtigten Gesicht.

Albrich glitt aus dem Sattel, die Männer nahmen mit gezogenen Waffen links und rechts des Eingangs Aufstellung. Einhard blieb auf dem Pferderücken, Front zum Tor, und wartete mit Spannung auf das, was nun kommen musste. Tatsächlich hörten sie Hufgetrappel, das rasch lauter wurde. Der königliche Gesandte hielt den Atem an, als die ersten Reiter auf der Höhe des Tores erschienen: Krieger mit Kettenhemden und Lanzen, mit buschigen Schnurrbärten und kurzen Bärten. Acht Mann zählte Einhard – oder sieben Mann und einer in der Mitte, der glatt rasiert war und auf keinen Fall ein Krieger! Dieser Kerl hatte keinen Hals und nur Stummel als Beine, und er bekreuzigte sich mit einem flüchtigen Blick in den Hof – offenbar ohne Einhard und seine Leute wahrzunehmen. Drei Herzschläge später waren sie schon wieder vorüber, das Getrappel wurde leiser.

Albrich versenkte sein Schwert in der Scheide. »*Skizan*, wer waren die?« Sein Blick forderte eine Antwort ein.

»Wenn wir sie aufgehalten hätten, wüssten wir es«, sagte Einhard, ohne den Worten einen Vorwurf zu geben.

Albrich fuhr sich mit der Linken über die vernarbte Wange. »Der in der Mitte, zwischen den Kriegern, das war ein Zwerg!«

»Verbrennen!«, grunzte Ulfas, der Hüne mit dem tumben Jungengesicht – sein erstes Wort seit dem Erreichen Roms.

Einhard schauderte. Ulfas war einer der Krieger, der den Ausfall vor dem Himmelstor mitgemacht und wahrscheinlich Einhards Leben gerettet hatte.

»Erzählt mir nicht, dass Euch ein Kleinwüchsiger Angst macht«, rief der *gilerito* über den Hof.

Albrich stieg in den Sattel. »Wir haben vor niemandem Angst, Herr! Aber Zwerge … manche können hexen, und wenn man das Blut eines Zwergen abbekommt, dann …«

… dann zeugt ein Mann nur noch Missgeburten.

»Schluss damit und weiter!«, rief Einhard. Er drückte seiner Stute die Hacken in die Flanken und ritt auf die Straße hinaus. Sogleich erschien Albrich an seiner Seite. Von den fremden Kriegern waren ein Stück voraus noch die Oberkörper zu sehen, denn Treiber mit einer Rinderherde waren aus einer Querstraße gekommen und sperrten nun die gesamte Straße. Dick lag der Staub in der Luft.

»Die sahen nicht wie Römer oder Langobarden aus«, sagte der Leibwachenführer.

»Das waren Leute von uns«, murmelte Einhard. »Und das macht *mir* Angst.«

Der Sänger in der mit Silberfäden verzierten Tunika wurde von einer Flöte und einer Leier begleitet. Die Musik ging fast unter im Lärm des gut gefüllten Schankhauses. Die Zecher um Albrich berührte das nicht besonders. Sie saßen zu acht um einen schweren Tisch an der Wand, tranken umbrischen Wein und konnten nicht fassen, wie süß er schmeckte. Da war eine mächtige Wasserkanne auf dem Tisch, aber dem Wasser musste man misstrauen: Noch immer lagen Kameraden mit Durchfall und Magenkrämpfen in der Unterkunft. Sie tranken auf den König, auf die Königin und auf Esiko *harto*. Wein spritzte über die Tischplatte, Oliven und gebratene Fleischklöße rollten hinterher, schließlich trank Albrich auf Hauptmann Erwein: »Ich hab ihn vom Blutfeld geschleift, Männer!«, brüllte er über den Tisch und verfiel wie von selbst in seinen Kommandoton. »Fast hätten wir's geschafft, da kommt dieses Schwert angeflogen, wie ein Finger des Teufels, sage ich Euch ... Widukind selbst war's, bei Gott!«

Er nickte, sah die Bewunderung in den Gesichtern der anderen und bemerkte, dass Paulus nicht mehr unter ihnen war. »Wo ist die Apostelfresse?«

»Auf der Straße«, sagte einer. »Da ist ein Händler, der Splitter vom Kreuz verkauft.« Dass Paulus bei den Weibern sei, gab ein anderer zum Besten.

Albrich rülpste und sah sich um: »Wo sollen die denn sein, he?«

»Dahinten!« Tristan, von Albrich durch die Fleischmasse Ulfas' getrennt, zeigte mit dem Daumen in den dunkleren Teil des Raumes, als sei er schon häufiger hier gewesen.

Dort waren zwei Türen, mit jeweils zwei Haltern für Öllampen. Einer der Bediensteten war dabei, sie mit einem brennenden Kienspan zu entzünden.

»*Samantwist*«, grinste Ulfas, der aufmerksam zugehört hatte.

»Genau das, großer Klotz«, knurrte Albrich und schlug dem Riesen auf die Schulter, oder besser, auf den Oberarm. »Endlich darfst du, ohne dass dich danach jemand umbringen will ... und jetzt, Tintenmolch, ein paar Verse, los! Sing!«

»Los, Tristan, sing!«

Tristan blickte in erwartungsfrohe Gesichter und stand auf. »Auf die Scara?«

Lautes Grölen war die Antwort.

Tristan wischte sich Wein von den Lippen und schmetterte ein paar Verse von allzeit unerschrockenen Kerlen: Da reimte sich

»saufen« auf »raufen«, »rächen« auf »stechen« und schließlich noch »Rute« auf »Stute«. Sie lachten, johlten und gaben ihm mehr Wein.

Tristan trank und grinste in sich hinein, er wusste, wie man diese schlichten Kerle zu nehmen hatte!

Sie roch anders als die Sachsenweiber an der Grenze: irgendwie süßlich, wie zu reife Früchte. Albrich platzte in ihr wie ein übervoller Schlauch. Als seine letzten Stöße schließlich zu einem Ende gekommen waren, murmelte sie irgendetwas, zwängte sich unter ihm hervor und trat zum Wassereimer neben der Tür. Außer dem Eimer, einem Schemel, einem Wandbrett mit Licht und dem Bett enthielt der Raum nichts. Albrich wälzte sich auf den Rücken und schwebte einen Augenblick zwischen Leere und Fülle – *konnte das Jenseits so sein?* Nein, dort rochen die Matratzen besser. »Du bist keine Römerin?« Er stützte einen Arm auf den Ellenbogen und sah ihr zu, wie sie den Lappen eintauchte und die Innenseite der Schenkel reinigte. Sie hatte glattes, kastanienbraunes Haar und eine bleiche Haut mit kupferfarbenen Sommersprossen um die Nase. »Bist du eine Sklavin? Wo ist deine Heimat?«

»London«, sagte sie schließlich, und endlich verstand er. Eine Angelsächsin ... *die an der Tür, die mit den Apfelbrüsten und den schwarz umrandeten Augen, das war keine Angelsächsin gewesen!* Die Brüste seiner Hure waren keine Halbkugeln, sondern mehr wie Tropfen, die sich zu den Brustwarzen hin verjüngten. Der Nabel war ein kleiner Querschlitz, und die Hüften – er schüttelte den Kopf. »Bei uns, *magad,* nennt man so was Knochiges wie dich einen Ziegenstrick ... geben sie euch nichts zu essen?«

Sie lächelte ausdruckslos und führte ihre Hand schnell zur Stirn und zu den Brüsten.

Eine fromme Hure ... Er richtete sich auf dem Bett auf. »Hol uns Wein, schnell! Bevor ich nüchtern werde!«

Es ging erstaunlich rasch: Sie zog an einer Schnur, die neben der Tür aus der Wand kam. Fußtritte im Gang erklangen, vermischt mit Aufstöhnen und gedämpftem Gelächter in anderen Zellen des Hauses. Kurze Zeit später ging die Tür auf. Ein schwarzhaariges Weib mit einem Tablett, darauf eine kleine Weinkanne, Pinienkerne und Feigen. »Du bist auch noch da«, grinste Albrich und schaffte es, ziemlich schnell aufzustehen. Rote Lippen lächelten ihn an: die Einweiserin, die Kupplerin von der Tür …

Sie stellte das Tablett auf den Boden und reichte ihm einen Becher Wein. Er stürzte den Inhalt hinunter und warf den Becher zur Seite. Sie war vollkommen nackt bis auf eine Kordel, die locker um die Hüfte lag. Seine Hand wurde magisch von den Brüsten angezogen: Wie von selbst schmiegten sich die kirschgroßen Vorsprünge in die Lücke zwischen seinem Zeige- und Mittelfinger. Sie lachte ihn an, pure *minnalust* war das! Blut schoss in seinen Unterleib.

»Wollen wir hier stehen bleiben?«, fragte sie mit dem weichen Akzent der Italier.

In diesem Augenblick klappte die Tür wieder, er drehte sich um – die Hungerziege war verschwunden. Umso besser! Sanft, aber bestimmt nahm sie seine Hand und führte sie zu der Schleife, die die Kordel hielt. *Ein Scherz, aber ein netter!* Er riss die Schleife auf, küsste ihre Lippen und zog sie auf das stinkende Bett.

Es war dunkel, als Einhard wieder zu sich kam. Er lag im verschwitzten Unterhemd auf dem Bett, ein Pochen ging vom Hinterkopf aus. Übelkeit stieg aus seiner Mitte auf. Mit Mühe hob er die Beine vom Bett und schleppte sich zur Waschschüssel auf der Truhe. Ein winziger Moment der Linderung, als das Wasser Gesicht und Haupt kühlte … Dann sackte er wieder auf dem Bett zusammen. Mücken stachen ihn in die Stirn, in die Wangen, auf den Hals – kaum spürbar gegen die Keule, die seinen Hinterkopf bearbeitete. Besoffenes Lachen vom Hof drang durch die offenen

Fensterhöhlen, dann wildes Gebrüll in verschiedenen Sprachen. Er döste, ohne Schlaf zu finden: Da beugte sich einer über sein Bett, etwas Zuckendes in der Hand … eine Maus? Nein, eine menschliche Zunge, blutig. Das Gesicht grinste schief: »Die wird uns nicht verraten, Herr!«

Geh weg, wollte Einhard sagen, aber da überschritt sein Geist schon die unsichtbare Grenze zum Traum.

Die Halle des Erzbischofs, in Mainz. *Und führt Ihr den Mantel mit Euch, Herr Einhard?* Die Frage der Kirchenmänner, immer wieder. *Wohin wollt Ihr nun, Consiliarius?* Zum König, nach Italien – bevor die Männer im Weindunst alles ausplauderten … Ein abrupter Aufbruch, im frühen Morgen, Nebel über dem Wasser: mit dem Schiff auf dem Rhein nach Süden, Richtung Reichenau und Sankt Gallen. Aus dem Nebel tauchen schließlich mächtige Umrisse von Stadtmauern und Türmen über dem rechten Ufer auf: Worms! Und der Himmel gibt ihm einen Plan ein, seine Rettung! Dort, in Worms, hatte der römische Offizier Martinus einst im Kerker gesessen! Hatte gebüßt für die Weigerung, gegen die Germanen zu kämpfen … Einhard weiß endlich, was zu tun ist. Er lässt das voll beladene, von Rudern und Segel angetriebene Schiff an der hölzernen Mole unterhalb der Stadt anlegen. Dem Bootsführer schärft er ein, auf dem Schiff zu warten; mit Paulus und Albrich reitet er vorbei an Stelzenschuppen und hochbeinigen Schifferhütten zum Stadttor hinauf. Die Torwachen sind feindselig: *Woher und Wohin?* Ein alamannischer Herr mit seiner Leibwache, unterwegs von Utrecht nach Augsburg … Im Handwerkerviertel finden sie die Zeile mit den Webern und Tuchmachern. Einhards Gesicht glüht, als sie die Auslagen durchgehen. Da war einer, der hat den dunklen, schweren Wollstoff, den Einhard haben muss. Prompt stellt der Mann lästige Fragen, penetrant mustert er die Schuppenpanzer der Krieger. Im Hintergrund klackert seine Frau mit verkniffenem Gesicht am Webstuhl wie eine Unglücksbringerin. *Soll ich sie umbringen?*, flüstert jemand in Einhards Ohr. Er nennt dem Tuchmacher die Maße: Bis eine Stunde vor Toresschluss, mehr Zeit hat er nicht ... Dann zur Kirche des Heiligen, mitten in der Stadt. Dort war Martins Kerker, wo jetzt der Altar mit dem Kreuz mahnt! *Vergib uns, Martinus!* Es ist zum Besten des Reiches, zum Besten des armen Sünders Einhard ...

Zurück auf dem Schiff sieht Einhard am Himmel den Adler, der alles verfolgt. Abends holt Paulus die Ware ab. Qualvoll Einhards Warten im Bug des Schiffs, abgesondert von den anderen ... Der Krieger kommt mit einem Bündel unter dem Arm, führt sein Pferd aufs Schiff, ablegen! Aber Paulus' Blick ist der eines Sünders und Vollstreckers zugleich. *Er wusste es, Herr!*, schleudert der Krieger heraus. Wusste – was? *Der Schneider hat Euren Namen genannt, Herr!* Aber sorgt *Euch nicht* ...

Paulus greift in die Tasche und zeigt Einhard die blutige Zunge. *Der wird nie mehr dumme Fragen stellen* ...

Dreißig Solidi? Die Zahl war wie ein dunkles, hässliches Vieh, das durch einen Nebel auf Albrich zukam. *Wie viel Denare waren das?* Er schüttelte den Kopf, ohne dass sich der Weindunst um einen Deut lichtete; mit langsamen, mechanischen Bewegungen legte er seinen Waffengürtel mit Langschwert und Kurzschwert um. Der Glatzkopf vor ihm wiederholte die Summe, die Hände in den Hüften, und wechselte Blicke mit einer hageren Alten mit Lederhaut, die mit langem Schrubber und Wassereimer herbeigeschlurft kam. *War es schon Mitternacht?* Sie standen in dem niedrigen Gewölbe, das den Schankraum von den *minna*-Kammern trennte – es roch nach Moschus, Urin und vergossenem Wein. Der haarlose Hurenmeister hatte sich neben einem schmalen Rundtisch aufgebaut, auf dem Albrich im trüben Licht der Ölfunzeln ein paar Haufen Münzen sah, ganze Silberstücke und kleinere Steine.

»Schwachsinn«, knurrte Albrich und fuhr sich mit einer Hand durchs Gesicht. »Ein oder zwei Stunden in der Kammer, das ist nicht mehr als drei Solidi wert, wenn überhaupt!«

Der Kahlkopf grinste ölig. »Du hast drei Knoten gelöst, Mann. Und *jeder Knoten* kostet drei Goldstücke …«

Albrich konnte es nicht fassen. *Die Schleife auf den nackten Lenden …*

»Und vier Kannen vom besten Wein!«, krächzte die Alte und begann zu fegen, nur eine Armlänge neben ihm – idiotisch.

Mit bedrohlichem Unterton fügte der Hurenmeister hinzu: »Dann sind da noch deine Kameraden ohne Silber … Du bist der Anführer? Du kommst für sie auf!«

Eine Hitzewelle durchrollte Albrich, gefolgt von Übelkeit. Mühsam fingerte er nach dem Beutel am Gürtel. Er fühlte die kleinen Denarmünzen unter dem Leder, noch dreißig, höchstens: keine drei Solidi waren das … Der Glatzköpfige klopfte mit den Knöcheln auf das Tischchen. »Du lässt mir deine beiden Schwerter hier, wenn du nicht zahlen kannst.«

»Mein Schwert?« Die letzten Sätze belebten Albrich wie ein Wasserguss. »Du Betrüger, weißt du, mit wem du's zu tun hast?«

»Mit einer Narbenfresse aus dem Norden, die nicht zahlen kann«, grollte der andere.

Ein breitschultriger Kerl tauchte hinter dem Hurenmeister auf, der einen kurzen Knüppel in der Hand hatte. Aus der Lederweste ragten beunruhigend dicke Arme hervor.

»Hol dir die Schwerter«, zischte der Hurenmeister.

»Hier«, murmelte Albrich, zog das Kurzschwert hervor und reichte es, die Klinge voran, dem Schläger. Als der mit dummem Grinsen danach griff, stieß Albrich zu. Mit einem Aufschrei wich der Getroffene zurück. Albrich wechselte das Kurzschwert in die Linke, riss mit der Rechten das Langschwert hervor und hieb zweimal kräftig zu – die Spitze der Klinge berührte kreischend die steinerne Decke, doch die Wirkung reichte, um dem Römer Arm und Hand zu zerfetzen. Fingerkuppen flogen umher, der Geldtisch stürzte scheppernd um, und Münzen rollten über den Boden. »Du Satan!«, schrie der Kahlkopf, dann brüllte auch Albrich aus vollen Lungen: »MAR-TI-NUS!!«

Der Hurenmeister ging mit einem kurzen Beil auf ihn los, einer handlichen Waffe für Schankstuben; mit einem leeren Holzeimer deckte er schildartig seine linke Seite. Albrich wehrte die ersten Hiebe ab, Funken stoben, als Stahl auf Stahl prallte, doch die schiere Körpermasse des Hurenmeisters drängte den Franken zurück. Dann war da etwas zwischen seinen Füßen: *der Besenstiel der Alten!* Er stürzte lang hin, sein Kopf schlug hart auf dem Stein auf. Sie kreischte triumphierend, und hünenhaft baute sich der Kahlkopf über ihm auf, grausames Frohlocken im Gesicht.

»Carolus REX!« – Paulus' Schrei füllte den Raum. Sein halb nackter Körper krachte wie eine springende Raubkatze in den Hurenmeister und riss ihn um. Albrich kam wieder auf die Füße, noch krampfte sich die Linke um den Griff des Kurzschwerts. Da traf ihn eine Keule ins Gesicht, er taumelte, schmeckte Blut und Zahnsplitter im Mund. Die Hexe war es, sie hatte den Knüppel des Toten in den Händen und holte abermals aus. Er traf sie mit dem Kurzschwert unter der Achsel, die Klinge zerschnitt das Kleid über der Brust – sie war keine Frau! Kreischend lief der dünne Kerl in Weiberstoffen davon in den Schankraum.

»Nimm das!«, rief Albrich Paulus zu, der fäusteschwingend auf der Brust des Hurenmeisters saß, schon klirrte die Klinge von Albrichs Kurzschwert neben dem Kameraden auf die Fliesen. Innerhalb weniger Augenblicke drangen nun weitere Männer des Hurenmeisters aus dem Schankraum herbei, während aus den Kammern die Krieger herbeieilten, in Unterhosen, mit blankem Stahl in der Hand und Sankt Martin auf den Lippen.

Schweißgebadet wachte Einhard auf. Schritte vor der Tür! Fackelschein, die Stimme des Mannes, der die Niederlassung leitete, dann das Scharren vieler Füße. Ein Schauder lief durch Einhards Körper. »Albrich!«

Keine Antwort.

»Tristan …?«

Nichts.

Dann ertönte ein Klopfen an der Tür. *Der Teufel klopfte nicht …* Einhard stand auf, ließ den Schmerzstoß hinter den Augen abflauen, holte sein Kurzschwert aus dem Kleiderbündel und öffnete ruckartig die Tür. Im wabernden Fackellicht sah er drei oder vier Bewaffnete weiter hinten im Gang. Er zwinkerte, erst dann bemerkte er den Zwerg direkt vor sich. Er hatte die Daumen hinter dem Gürtel stecken und deutete eine kleine Verbeugung an; der zu große Kopf saß auf dem Körper, als hätte sein Schöpfer sich einen Spaß gemacht und den Hals weggelassen.

»Verzeiht, Consiliarius Einhard«, lächelte der Gnom. »Es war nicht leicht, Euch zu finden!«

Wenig später saßen sie beim Licht eines Kerzenstummels an einem Tisch mit völlig zerschrammter Platte. Es war einer der Konträume, in denen tagsüber alle Güter der Welt gehandelt wurden, von Honig bis Weihrauch. Zwischen ihnen standen silberne Becher: Wein und Wasser hatte einer der mit Kettenhemd angetanen Begleiter auf den Tisch gestellt, außerdem Brot und kleine Honigpasteten. Die ausdruckslose Miene des Mannes mit den herabhängenden Augenlidern war dem Consiliarius nicht geheuer. Reglos lehnte der Kerl mit verschränkten Armen im Türrahmen, als der Zwerg sich endlich als Unterkapellan der Hofkapelle namens Deusdona vorstellte.

»Ich komme in Bischof Fulrads Auftrag, Consiliarius. Ich möchte Euch helfen!«

Ein neuer Anfall von Übelkeit. »Helfen wobei?«

»Bei Eurer Mission. Meint Ihr denn, der König hätte seinen Hofkapellan im Dunkeln gelassen? Ist Euch nicht gut?«

Einhard schloss kurz die Augen. »Ein wenig Kopfweh, nichts Großes …«

»Auch Kleines kann einem den Tag verderben«, sagte der andere trocken. *Ein Zwerg mit Humor.* Einhard nahm einen Schluck Wasser, seinem Magen konnte es kaum noch schaden. »Ihr wisst, in welchem Verhältnis Hofkapellan Fulrad von Metz zu mir steht?«

»Lasst mich raten …«, lächelte der Zwerg. »Er mag Euch nicht.«

»Richtig. Also werde ich Euch schwerlich ein Wort glauben können, was immer Ihr vorzubringen habt!«

Deusdona zog die Brauen zusammen, als wäre er überrascht. Das Zwergengesicht war, aus der Nähe betrachtet, keinesfalls hässlich: glatt gekämmtes, hellbraunes Haar, blaue Augen und ein kräftiges Kinn, das zu einem Holzhauer gepasst hätte. »Ihr seid zu klug für solch eine Abfuhr, *gilerito*. Der Hofkapellan vertritt den Willen des Königs!«

»Ja, und seine Gegner landen mit einem Messer im Rücken in irgendeinem Straßengraben.«

Der Zwerg beugte sich ein wenig vor. »Jetzt geht Ihr zu weit!«

Einhard starrte wortlos zurück, bis der andere die Hände hochwarf und launig ausrief: »Na, vielleicht auch nicht!«

Einhard räusperte sich. »Deusdona, frei heraus: *Was wollt Ihr?*«

Der Zwerg betrachtete für einen Augenblick seinen Weinbecher. »Ich habe ein Sendschreiben des Hofkapellans für einen Römer – halb Römer, halb Franke, um genau zu sein. Er hat dem ehrwürdigen Bonifatius in Ostfranken gedient, zur Zeit der Heidenmission … Später war er Sekretär der Kurie … Wir glauben, dass dieser Mann etwas über den Konstantinischen Schwindel weiß.«

»Warum sucht Ihr ihn dann nicht auf?«, fragte Einhard lauernd.

Deusdona verzog das Gesicht und nahm einen Schluck Wein. »Ich war bei seinem Haus. Tja, er hat einst einem Heiligen gedient und dem jungen König Pippin damals den Himmel erklärt … kurzum, er ist eitel. Will nur mit einem Emissär des fränkischen *Königs* reden.« Der Zwerg machte eine kurze Pause und blickte Einhard direkt in die Augen. »Ihr habt ein Beglaubigungsschreiben mit Karls' Siegel. Wenn wir zusammen auftreten, wird er uns anhören. Schlimmstenfalls erfahren wir von ihm, wo wir suchen müssen!«

Vom Hoftor aus drang Lärm zu ihnen hoch, Hunde schlugen an, späte Heimkehrer suchten Einlass. Einhard wendete den Kopf zum offenen Fenster, aber da war nur pechschwarze Nacht. *Wie hatte der Zwerg ihn gefunden?* »Und wenn ich diesen Mann ohnehin besuchen werde, Unterkapellan? Ohne Euch?«

In diesem Augenblick bewegte sich der Kopf des Türwächters ein oder zwei Zoll, er spuckte aus. Ein Kern hüpfte über den Steinboden. Die schläfrigen Augen, wurde Einhard klar, waren ununterbrochen auf ihn gerichtet.

»Ihr wärt längst bei ihm gewesen«, gab der Zwerg zurück, ohne mit der Wimper zu zucken. »Anstatt Eure Zeit mit Nichtsnutzen zu verbringen!«

Einhard brachte ein Lächeln zustande. *Hatte der Zwerg sie beobachten lassen?* »Ihr seid in der Stadt untergebracht?«

Deusdona nickte. »Bei einem Freund des Hofkapellans. Nahe des Kaiserforums.«

Einhard stand auf. »Ich treffe Euch morgen an der großen Reiterstatue, zwei Stunden vor Mittag!«

30

Bylanuelde, im Juli 774

Ein Knarren ließ Arnulf aus dem Halbschlaf hochschrecken. Licht hinter den Rinderhäuten! Die Kette klirrte, als er mit Angst im Magen hochschnellte. Dann sah er ihre Gestalt hinter der Abschirmung hervortreten, auf Höhe der Kettenbefestigung. Ein winziges Öllicht in ihrer Hand warf flackerndes Licht auf die goldene Doppelbrosche auf der Brust und den unteren Teil ihres Gesichts. »Bleib sitzen«, raunte sie. »Beweg die Kette nicht!« Sie kauerte sich neben ihn und stellte das Lämpchen auf dem Boden ab.

»Woher …?«

»Nicht so laut.« Sie legte einen Finger auf die Lippen. »Hinter mir ist das Frija-Heiligtum. Es ist nicht für deine Augen.«

»Dann gibt es noch einen anderen Eingang?«

»Ja, für die Frauen … der Wodansäule dürfen sich nur die Priester nähern!«

Er wusste nicht, was er sagen sollte. Ihre Gesichter waren sich nahe. Er roch Bier in ihrem Atem.

»Hörst du?«, fragte sie halblaut. »Widukind gibt ein Fest!«

Tatsächlich drangen Johlen und Musik aus der Ferne zum Kulthaus herüber. »Und Ihr feiert nicht mit?«

Ihre Hand ging zu den Broschen, die an einer goldenen Kette hingen und gleichzeitig am Kleid befestigt waren. »Bothos Gesandte sind da. Dies ist ein … Brautgeschenk!«

Arnulf blinzelte überrascht. »Der Engernherzog Botho?« Bilder zuckten durch seinen Kopf vom Besuch des Edelhofes bei Gutingi[18],

---

18 Göttingen

Botho hatte sie empfangen. *Ein Barbar,* so hatte Einhard von ihm gesprochen. »Der Herzog wird euer Ehemann?«

»Ja. Mein Bruder will es so. Das ist Politik, *Sklave.* Verstehst du?«

Im Schein der flackernden Öllampe konnte er den Glanz in ihren Augen wahrnehmen, den sie hatte, wenn sie erregt war. Der Wein hatte ihre Worte beschleunigt, die Wörter quollen aus ihr heraus wie Wasser aus einem zu vollen Schlauch. »Mein Bruder gibt mich hin wie ein Pferd, das man gegen Silber oder Waffen eintauscht.«

»Zur Hölle mit ihm«, grunzte Arnulf. »Wenn ich frei wäre …« Er brach ab.

Ihr Mund öffnete sich, aber sie konnte nichts mehr sagen. Die Kette klirrte leise, als er den linken Fuß anzog und sich in ihre Richtung beugte. Ihre Lippen schmeckten … das Paradies musste so schmecken! Sie wich nicht aus. Ihre Hand kam auf seinem Nacken zu liegen, und dann wurde sein sanfter Druck von ihrem Drängen erwidert. Für einen Augenblick spürte er sie in sich – dann zuckte sie zurück. »Du bist ein Kreuzanbeter, ein Todgeweihter!«

Nicht, wenn du mir bei der Flucht hilfst, wollte er sagen. Stattdessen atmete er tief ein und aus und murmelte: »Fragt Ihr die Leute sonst um Erlaubnis, *Edelfrau?*«

Sie sah ihn an. Abermals brandete fernes Johlen aus dem Dorf auf. Dann löschte sie das Lämpchen und tauchte sie in vollständige Dunkelheit. Arnulf hörte, wie sie das Kleid über die Schultern streifte, ihr Schmuck klingelte leise. Sie kauerte wieder neben ihm, die Hände um die Schultern geschlungen. Er suchte ihre Lippen und zog sie gleichzeitig auf die Binsenmatte, bis sie neben ihm lag. Sie küssten sich. Seine Hand tastete, wie von magischen Kräften bewegt, ihren Körper ab, bis seine Finger auf der Erhebung zwischen ihren Schenkeln lagen. Ihr Atem ging schneller. »Bei Frija, deine Tunika …« Er grunzte, richtete sich halb auf und riss sich das Hemd über den Kopf; der zerlöcherte Stoff roch längst wie ein ganzes Heer ungewaschener Holzhauer. Er befreite sich von der Hose und verbiss sich einen Fluch, als ihm die Kette in die Quere kam.

Dann atmete er den Geruch sauberer Haut, fand ihren Mund und sog ihren Atem ein. Ihre Hände waren auf seinem Nacken und Rücken und zogen ihn, als könne es jetzt nicht schnell genug gehen. Ihre Lippen lösten sich, sie drehte ihren Kopf zur Seite, er meinte zu hören, wie sie die Augen schloss. Ihr Schrei war kaum lauter als sein Aufstöhnen – und leiser als das Klirren der Kette.

»Werden sie dich nicht suchen?« Arnulf wollte nicht, dass sie ging. An ihren warmen Körper geschmiegt, fühlte er sich lebendiger denn je. Und doch war da nun eine neue Art der Furcht – und das war nicht die Angst um sich selbst.

»Heute Abend? Nein. Die Männer waren schon trunken.« Ein kleines Zittern lief durch ihren Körper, es hätte die Kühle der Nacht sein können; sie lagen auf der Seite, eng aneinandergepresst. »Ich bin nur die Braut … Bothos Gesandte haben ihre Geschenke abgegeben, morgen verschwinden sie wieder. Hoffentlich!«

Er musste lächeln, schob seinen Kopf einen Zoll vor und küsste sie auf die Oberlippe, auf die kleine Vertiefung, in der die Linie von der Nase auslief.

»Du hast schon besser gezielt, *kneht*«, flüsterte sie.

»Nennen die Leute Euch manchmal hochnäsig, Edelfrau? Hm?«

»Kann sein. Aber wäre ich's wirklich, würde ich nicht mit dir …«

Er fragte sich, ob er wirklich wach war. *Petrus mit dem Schwert … Angst.* Aber Erika war echt! Irgendwo im Gebälk knackte es. Er spürte ihre Finger auf der schorfigen Wunde seiner Brust.

»Ich habe Angst gehabt«, sagte sie. »Um einen Christen, einen Sklaven, der gegen einen von uns kämpft – und ich glaube, jeder hat es gesehen. Galswinhta, Baldur, Gunda, Widukinds Kebse – alle!« Sie machte eine Pause und klang dann fast bittend. »Warum, Arnulf *hamar*? Warum liege ich hier?«

»*Liubi* …«, sagte er nach einer kurzen Stille. Er hatte das Wort schon bei früheren Gelegenheiten ausgesprochen, zusammen mit anderen, leichtfertigen Dingen. Bei Ragla hatte er manches davon sogar gemeint. Aber mit Erika war es anders, ein Unterschied wie Öllampe und Brandfackel. »Auf der Burg – ich konnte nie klar denken, wenn ich in deiner Nähe war«, sagte er mit belegter Stimme. »Und du hast immer irgendwie … gereizt getan, mich beschimpft und manchmal herausgefordert.«

Sie machte einen Schnurrlaut und kuschelte sich an ihn. Seine Fingerspitzen spürten die Gänsehaut auf ihrem Rücken, seine Hand wanderte die Wirbel entlang bis zum letzten, kaum fühlbaren Buckel und darüber hinaus; ihre Spalte war noch feucht vom Liebesspiel. Sie machte ein kleines Geräusch und hob ihr rechtes Bein auf seinen Oberschenkel, bis ihr Knie sein Becken berührte.

Was waren die Götterklippen? Wie lange dauerte die Reise? Er konnte sie das auch später fragen.

Beim großen *thing* der Westfalen in *Ferdi*[19] an der Aller gewann der Herzog die wichtigsten Sippenführer für den Kriegszug ins Frankenland. Unmittelbar danach ritt er die eigenen, über das Westfalenland verteilten Höfe ab, um Krieger und Pferde, Waffen und Proviant bei Gefolgsleuten wie Abhängigen einzufordern. Sein Vertrauter Abbio suchte unterdessen mit herzoglichen Geschenken den alten Oriost an den Klippen der Götter auf. Der auch *tri ouge* genannte Oberpriester entstammte einer der ältesten Familien der Sachsenstämme. Widukind musste die jahrealte Fehde Oriosts mit seiner Sippe beenden, denn der Alte hütete etwas, das Widukind haben wollte – haben musste!

So kam es, dass Widukinds Gedanken weit weg bei seinem Onkel Abbio waren, als er an einem Tag mit bleiernem Himmel Pferde auf dem Hof eines zinspflichtigen Halbfreien musterte. Mit seinen Schildmännern lehnte er am Zaun eines Gatters und begut-

19 Verden

achtete zwei- und dreijährige Stuten und Hengste. Das Fell der Tiere war ein gesundes, rötliches Braun, fast alle hatten leuchtend weiße Blessen auf der Stirn. Die Besucher freuten sich am kräftigen Wuchs der Mähnen und am Spiel der Muskeln unter dem Fell, wenn die Tiere zu einem spielerischen Galopp ansetzten.

»Eine gute Rasse«, knurrte Liudolf.

Der Satz holte Widukind in das Jetzt zurück. »Eine gute Zucht«, sagte er, ohne die Augen von einem Fuchs zu nehmen, der den Boden kaum zu berühren schien.

»Wo ist der Unterschied?«

»Beim Züchter!«, lächelte der Falenherzog. »Der alte Sato kümmert sich um seine Pferde wie kaum jemand sonst!«

»Er hat uns einen seiner Söhne angeboten«, sagte Dago halblaut. »Für den Kriegszug. Wir nehmen nur die Gäule, hab ich ihm gesagt.«

Widukind nahm die Hände vom Zaun und strich sich über den struppigen Kinnbart. »Warum nicht beide? Unsere Liten haben gut gefochten vor der Eresburg!«

Dago und Liudolf wechselten Blicke. Über Dagos Nase erschien eine Einkerbung, ein sicheres Zeichen, dass er über einen Wetteinsatz oder Wichtigeres nachdachte. »Wie können wir ihm noch Pferde abverlangen, Herzog, wenn sein Sohn für Euch streitet? Was unterscheidet ihn dann vom Freien, der mit Schwert und Schild an Eure Seite tritt?«

»Streitet so ein Lite nur für *mich*?«, fragte Widukind ernst. »Gewiss, aber auch für seinen Stamm!«

Doch nun räusperte sich Liudolf schwerfällig. »Wisst Ihr, Herzog, dass manche der großen Herren uns ›Litenstreichler‹ nennen? Und euer Weib – es heißt, sie *ermutigt* dieses Gerede!«

Widukind verzog das Gesicht. »Galswintha wird uns zu den Klippen begleiten«, raunte er nach kurzem Schweigen. »Sie wird die Götter um Erlösung von ihrem Fluch bitten. Wenn es irgendwo gelingen kann, dann dort … *tri ouge* steht ihr bei, wenn Abbio seine Sache gut macht.«

»Wirklich?«, fragte Dago. »Neulich, als Ihr über Oriost gesprochen habt, wolltet Ihr ihn noch ins Feuer stoßen!«

Widukind bleckte die Zähne und klopfte zweimal, dreimal mit der Faust gegen Dagos Brust, sodass die Ketten mit den Silbermünzen klirrten. »Ich sagte auch, dass wir das Römerschwert haben müssen! Das Schwert des Varus, das der große Feldherr Armin im Triumph heimführte – zu Tausenden hat er damals die Römer niedergemacht, und genauso werden wir die Franken niedermachen! *Deshalb* bin ich freundlich zu diesem Gott der Runzeln! Und gebe ihm einen Franken, an dessen Händen das Blut meines Bruders klebt … mag Oriost seine Adern aufschneiden!«

Was mit dem Thüringer geschehen solle, fragte Liudolf noch und schob die Bärenfellmütze vom Hinterkopf nach vorne, denn der Nieselregen wurde stärker.

Widukind zuckte die Schultern. »Ganz nutzlos ist er nicht. Erika soll ihn haben, als Diener und Beschützer. Für ihr Leben unter den Engern.«

Zwischen den Pferden näherte sich ihnen ein stämmiger Mann mit graubraunem Bart, der einen Fuß nachzog. Das wettergegerbte Gesicht war halb von einer Kapuze bedeckt, die am wollenen Schulterkoller befestigt war. Ob der Herzog seine Wahl getroffen hatte?

»Noch nicht«, schnaubte Widukind. »Welche Pferde würdet Ihr selbst wählen, Sato?«

Der Regen prasselte nur so auf sie herab, als sie mit den Pferden und einem breitschultrigen, etwa achtzehn Jahre alten Sohn des Liten zum nächsten Hof ritten. Dago fluchte und band ein Tuch aus Schafswolle um sein Haupt.

»Falenwetter«, grinste Widukind, der als Einziger barhäuptig ritt. »Als wir Kinder waren, hat mein Vater uns bei Regen vor die

Tür gejagt. Dann dreimal um die Pferdekoppel ... das härtet ab, ihr Weichhäute!«

Die anderen grinsten pflichtschuldig. Schließlich wurde der Regen so stark, dass sie ihre Pferde unter eine weit ausladende Eiche am Rand der Straße lenkten und dort warteten. Widukind musterte seine Schildleute mit einem harten, wenn nicht brutalen Lächeln. »Wir werden nicht nur die Höfe der Franken niederbrennen und sie zu Sklaven machen«, verkündete der Herzog. »Wir werden auch die Zerstörung der Irminsul rächen ... Kennt Ihr das größte Heiligtum der Franken?«

Dago und Liduolf antworteten mit einem Schulterzucken.

»Es liegt an der Fulda, noch südlich von Hersfeld. Die Knochen eines alten Priesters liegen dort, eines Mannes, der bei den Hessen und Thüringern den Christenglauben verbreitet hat wie kein anderer!« Widukind spuckte aus.

»Ihr meint den Mann, den sie Bonifatius nannten?«, knurrte Dago.

Eisig sah Widukind ihn an. »Sein Holzkreuz war schlimmer als tausend Frankenspeere! Hessen war Wodansland, als mein Großvater jung war! Wir werden seine Kultstätte dem Erdboden gleichmachen und die Priester im Fluss ersäufen!« Dann rief der Herzog den Sohn Satos zu sich. »Kannst du mit einem Schwert umgehen, Junge? Oder bist du besser mit dem Bogen?«

Warten auf den Tod.

Aber – nicht nur auf den Tod. Jeder Tag endete in einem bangen Harren: Würde Erika noch einmal kommen? Noch einmal bei ihm liegen, ihn lieben und von merkwürdigen Dingen erzählen: von der Erzeugung der Welt durch den Urriesen Ymir, von der Weltenesche Yggdrasil, an der die Götter Ratsversammlungen hielten, und von den sogenannten Nornen namens Schicksal, Werden und Schuld, jungen Frauen, die über die

Lebenszeit eines Menschen entscheiden? Der Runenmeister Idorich war nur selten abwesend; oft empfing er Besucher, die die Holzfiguren anbeteten und als Opfergaben Speisen, Met oder Bier mitbrachten. Dann war da der dünnbärtige Helfer, der stundenlang mit seinen Kräutermischungen zugange war und bis in den Abend hinein Runenzeichen in Speerschäfte und Schilde einritzte. Etwa zehn Tage nach der Nacht der *minnalust*, an einem Nachmittag, erschien ein grobschlächtiger, lautstarker Besucher in der Halle. Arnulf richtete sich auf ein Knie auf und reckte den Hals, um über die Plattform mit den Holzgesichtern hinwegzublicken: Es war ein Mann, den Arnulf schon in Widukinds Nähe gesehen hatte. Er übergab Idorich etwas, das nicht nach Essen aussah; der Begriff *tri ouge* fiel, und Arnulf verspürte eine Gänsehaut. Schließlich verschwanden beide, etwa eine Stunde vor Beginn der Dämmerung. Idorichs Jungpriester blieb zurück, als müsse er auf den Angeketteten aufpassen. Umso aufmerksamer wurde Arnulf, als im Haupteingang eine schlanke Frauengestalt erschien. Sie trug ein Tuch über dem Kopf, doch Arnulf erkannte ihre Stimme: Tamfala, Erikas slawische Dienerin!

Eine kurze Unterhaltung zwischen ihr und dem Priester entspann sich; Arnulf verstand nicht einmal die Hälfte, aber der zunächst einsilbige Runenschnitzer klang nach ein paar Sätzen freundlicher und schließlich geradezu verlegen; an dieser Stelle zog Tamfala sich geräuschlos zurück. Wenig später erschien der Priester in Arnulfs Ecke. Er machte sich die Mühe, die hölzerne Plattform, die die Kultfiguren umgab, zu umgehen, um dann sorgfältig die Verankerung der Kette im Boden zu prüfen. Er knurrte zufrieden, griff in seine Kutte und warf Arnulf ein Stück Speck hin. Der Gefangene sah mit unbeweglicher Miene zu ihm auf, bis der Priester grunzte. »Essen!«, als wäre Arnulf tumbe.

Arnulf nickte. *Was sollte dieser Unsinn?*

Dann zog der Fale einen gestreckten Finger unter seinem Kehlkopf hin und her: »Opfer!«, knurrte er, wiederholte die Bewegung noch einmal mit einem Grinsen und verschwand durch den schweren Tuchvorhang, der den Eingang verdeckte.

Ruhe kehrte ein. Arnulf biss ein Stück Speck ab; das Fleisch war so zäh, dass es sich kaum kauen ließ. Endlich, nach einer kleinen Ewigkeit, hörte er das Holzquietschen hinter der Lederwand … sie kam durch den Fraueneingang.

Sie wirkte ernst, fast so ernst wie an dem Tag, als er sie das erste Mal erblickt hatte: als Gefangene der Franken, die sich gegen ihr Schicksal auflehnte. Sie machte Anstalten, ihm etwas zu erzählen – doch ihre Gesichter waren nun eine Handbreit voneinander entfernt, und schon fielen sie übereinander her. Später, als sie nass und verschwitzt neben ihm zur Ruhe kam, weihte sie ihn ein: die Hochzeit mit dem Engernfürsten an den Himmelsklippen; die lebende Opfergabe an Oriost; das Kriegsheer, das Widukind sammelte, um in Hessen einzubrechen. Arnulfs Rechte streichelte langsam ihre Wange, und seine Bewegung gefror, als ihm klar wurde: Am kommenden Tag, spätestens übermorgen, würde man aufbrechen …

Das Bellen eines Hundes ließ Erika zusammenzucken. »Wir haben nicht viel Zeit«, raunte sie. »Ich weiß nicht, wie lange Tamfala ihn hinhalten kann.«

Je nachdem, wie weit sie geht, dachte er. »Bist du mir lieb?«, quetschte er hervor.

»Merkst du das nicht?« Sie holte Luft. »Soll ich dich *minnari* nennen? Nur um dir in ein paar Tagen beim Sterben zuzusehen?«

»Lass mich frei, Erika!«

Sie richtete sich auf einen Ellenbogen auf. »Und dann?« Ihre Stimme klang belegt. »Sie würden mich totschlagen.«

Er schwieg und berührte ihre Wange und ihre Lippen. »Es muss möglich sein«, raunte er schließlich, »ohne dass deine Leute etwas merken! Die Reise zu den Klippen – wie lange dauert das?«

Sie schnaubte. »Es sind kaum zwei Marschtage! Sie werden nicht nur dich bewachen, sondern auch mich. Mein Bruder vertraut mir nicht, hörst du? Er glaubt, ich hätte dich geschützt, weil wir … weil ich dir verfallen bin, als Geisel auf der Burg!«

»Wirklich?« Ein müdes Lächeln ging über sein Gesicht: »Dein Bruder ist nicht dumm.«

Sie setzte sich auf und angelte im Dunkeln nach ihrem Kleid. Fernes Gebell, Käuzchenrufe, Stille – bis auf das leise Klirren der Kette. Sie standen auf, und er umarmte sie. Durch den Stoff des Kleides spürte er ihre Brustwarzen, unter seinen Händen fühlte er ihre Rückenmuskeln: fest, geschmeidig, stark …

»Die Alten sagen, wir können unser Schicksal nicht selbst bestimmen«, murmelte sie, den Kopf an seine Brust gepresst. »Aber was, wenn doch?«

Er meinte, ein Glitzern in ihren Augen zu sehen, und musste sich räuspern. »Unser Gott sieht alles, sagen die Priester – aber manches ist ihm gleichgültig, glaube ich.« Er roch ihren Atem und versuchte, den eigenen Gestank nicht wahrzunehmen.

»Was ist mit Euren Frauen, Arnulf? Wohin gehen sie nach dem Tod?«

»In den Himmel«, sagte er, nicht ohne sich über die Frage zu wundern. »Wenn sie fromm waren …«

»Bei uns nicht«, sagte sie langsam. »Die Männer, die Krieger, *sie* gehen nach Walhall und essen Eberfleisch und trinken Met und feiern bis in die Ewigkeit. Aber wir Frauen, wir *dienen* – den Göttinnen, der Frija und der Saga und den anderen. Wir halten ihre Kleidung rein, heißt es, und besorgen ihre Höfe. Und niemand weiß zu sagen, wann und ob eine Frau ihren Mann dort wiedersieht …«

Hunde bellten vor der Kulthalle, gleich darauf ertönten Schritte auf Kies aus Richtung des Eingangs. Sie küsste ihn und wollte sich losmachen, doch er hielt sie an einem Arm fest. »Hilf mir zu fliehen! Ich komme mit meinen Kriegern wieder, schicke diesen Botho nach Walhall und nehme dich zur Frau, Erika!«

»Deine Leute würden mich steinigen!«, zischte sie. »Und meine Leute würden dich hassen!«

Sie riss sich mit katzenartiger Beweglichkeit los und verschwand im Dunkeln.

31

Rom, im Sommer 774

Am Morgen kam der Kopfschmerz zurück wie ein böser Geist. Erst als Einhard mit einem Dutzend Krieger durch das Hoftor auf die Straße ritt, bemerkte er die blutigen Abschürfungen und verbundenen Gliedmaßen bei den Männern. Aber überraschender war: Paulus und Albrich ritten nebeneinander her. Ihrem gemurmelten Austausch konnte Einhard nicht folgen. Der Consiliarius rief Albrich zu sich und stellte ihn zur Rede.

»Wir waren unauffällig und ruhig, wie ihr's verlangt habt«, knurrte der Krieger, dessen Gesicht blaurot angelaufen war. »Aber dann haben sie versucht, uns zu betrügen …«

»Ich verstehe«, seufzte Einhard und kniff sich mit den Fingern in die Schädeldecke, um den Schmerz zu unterdrücken. »Hat es Tote gegeben?«

»Bei uns? Nein.«

Wenn die Stadtwache nachher vor dem Quartier stand, um sie festzunehmen? Es gab Hurenhäuser, die von Mittelsmännern der alten Patrizierfamilien kontrolliert wurden …

Sie trafen den Zwerg mit zwei Bewaffneten an der verabredeten Stelle. Die Vormittagssonne tauchte das Forum in grelles Licht, Schweiß lief Einhard am Körper hinunter. Er wusste nicht, wie er diesen Tag überstehen würde – aber was immer sie herausfanden, Fulrads Werkzeug durfte auf keinen Fall vor ihm mit guten Nachrichten bei Hofe eintreffen.

Zusammen ritten sie in nordöstlicher Richtung, in ein Viertel mit breiten Straßen und riesigen Anwesen hinter Mauern. »Lusino stammt aus einer der angesehensten Familien Roms«, erzählte der

Zwerg unterwegs. »Er war einige Jahre lang als Diakon an der Seite Bonifatius' in Hessen, Thüringen und auch in Bayern, als das Heidentum noch lebendig war … Später diente er noch einige Jahre als päpstlicher Gesandter. Warum wir ihn aufsuchen? Ganz einfach: Die ältesten Schriftstücke im Archiv der Hofkanzlei, die von einer Schenkung Konstantins an den Papst erzählen, sind mit dem Jahr des Herrn 752 datiert – zwei Jahre vor Bonifatius' Aufgang zu Gott! Und da er als Missionsbischof in engem Austausch mit dem Heiligen Vater stand, war er vielleicht sogar in den Schwindel eingeweiht …«

»Ein Heiliger als Teil eines Betruges? Das ist Blasphemie!«, bemerkte Einhard mit einem bitteren Lächeln.

»Aber eine kluge Blasphemie, bei Gott!« Deusdona zügelte sein Pferd vor einer acht Fuß hohen Mauer. »Ein Zwerg *muss* klüger sein als die anderen! Sonst steckt man uns ins Gauklerkleid – oder gleich ins Feuer … hier ist es!«

Anspannung ergriff Einhard, ähnlich dem Gefühl, als er vom Tor der Eresburg aus die heranmarschierenden Sachsen erblickt hatte. *Warum?* Sie folgten teuer gekleideten Dienern über einen Hof, der einschüchtern oder zumindest beeindrucken sollte: Sie wandelten über rosafarbene Marmorplatten, durch einen Säulengang mit Heiligenfiguren und kamen unvermittelt an im Boden vertieften Käfigen vorbei: ein wisentgroßes, vollkommen nacktes Tier mit gewaltigem Spitzhorn döste dort, das selbst Einhard noch nirgendwo gesehen hatte; ein hin und her trabender Löwe mit schwarzer Mähne, dessen Blicke die Franken genau abzumessen schien; zwei mannshohe Vogelwesen mit Stelzenbeinen und glänzenden Federn, aus deren Hälsen merkwürdige Glucks-Geräusche kamen … In der Empfangshalle plätscherten Wasserstrahlen aus zwei bronzenen Fabelwesen. Das Geräusch, fand Einhard, erzeugte eine Illusion von Kühle.

»Dekadenz auf Rädern!«, raunte Deusdona, als man Lusino hineinschob. Der ehemalige Mitstreiter des Heiligen Bonifatius saß in einem breiten Stuhl, der kleine Holzräder an den Füßen hatte. Ein diamantenbesetztes Silberkreuz drückte sich auf Brusthöhe in die Falten der Toga. »Gottes Segen, mein Sohn!«, grummelte der rotgesichtige Kloß und wedelte mit Einhards königlichem Beglaubigungsschreiben, als müsse er sich Luft zufächern. »Warum kommt König Karl nicht selbst zu mir? Ich nahm seinem Vater Pippin einst die Beichte ab, Herr Einhard, wusstet Ihr das?«

Einhard trat vor, küsste eine feuchtwarme Hand und trat wieder zurück. »Der König belagert Pavia, verehrter Lusino ... Ich genieße sein Vertrauen.«

»Das behaupten so einige«, sagte der schlanke Kerl hinter dem Schiebesessel mit einem gelangweilten Gesichtsausdruck.

»Seid nicht so streng, Marcus«, grunzte Lusino und holte ein Stück Mandelgebäck aus einem Beutel auf seinem Schoß. »Der kleine Mann, ist das ein Gastgeschenk, Einhard? Mein Narr starb letztes Jahr ... kann er springen und Kunststücke machen?«

Bevor Einhard etwas erwidern konnte, senkte Fulrads Gesandter demütig den Kopf und nannte Namen und Titel. Lusino kicherte. »Deusdona ... ein langer Name für einen kurzen Kerl, nicht?«

Einhard räusperte sich. »Lusino, wir kommen mit einem Anliegen, das größte Verschwiegenheit ...«

»Ich weiß, warum Ihr hier seid«, unterbrach ihn der Römer. »Ihr zweifelt die Schenkung Kaiser Konstantins an. Und von mir wollt Ihr einen Beweis, richtig?« Fiebrige Weichheit lief durch Einhards Eingeweide – er war froh, dass er saß. *Woher wusste der Kerl davon?* Er dachte an den königlichen Legaten, der mit einem Loch im Kopf aus dem Tiber gefischt worden war ...

»Warum esst Ihr nichts?« Lusino wedelte ermutigend mit einer fetten Hand – geröstete Schnecken und Mandelpasteten lagen da auf einem Tablett, das ein schwarzhäutiger Diener zwischen den Stühlen der Gäste abgestellt hatte.

Einhard wechselte einen Blick mit Deusdona, der dies als Aufforderung verstand. »Ihr habt uns empfangen, ehrwürdiger Lusino … Ihr seid also in der Lage, uns zu helfen?«

Der fette Greis musterte den Zwerg wie eine Nachspeise. »Was bietet Ihr mir?«, grunzte er, während der Marcus Genannte seinem Herrn die schweißige Stirn mit einem Tuch abtupfte. »Gold? Edelsteine? Die besitze ich.«

»Dann *nennt* Euren Preis«, quetschte Einhard hervor. »Andernfalls verschwenden wir unsere Zeit!«

»Nicht so vorlaut, Consiliarius!« Lusinos Augen waren plötzlich kalt, und das aufgedunsene, mit roten Äderchen durchzogene Gesicht war nur noch hässlich. »Ein Signal von mir an den Präfekten, und draußen stehen hundert Mann der Stadtwache! Ich denke, auf solch eine Begegnung könnt Ihr verzichten.« Er wedelte mit einer schlappen Hand, worauf der Diener eine lederne Mappe von einem Wandtisch nahm, ein Pergament hervorholte und es Einhard entgegenhielt.

Der *gilerito* erhob sich und überflog die ersten Zeilen des Schriftstücks. Heiß und kalt lief es ihm über den Rücken – ein Brief, gerichtet an den Heiligen Vater Zacharias im Jahr 749, unterzeichnet vom päpstlichen Missionsbischof Winnifred, genannt Bonifatius, weilend in Erfurt –

»Ich habe dieses Schreiben dreißig Jahre lang aufgehoben«, gluckste Lusino. »Ich selbst habe es entworfen, Einhard! Ja, Winnifred – der Herr habe ihn selig – ließ mir Raum bei solchen Dingen!« Einhard nahm diese Worte mit einem Ohr auf, während seine Augen über die Zeilen rasten; die Sätze waren unendlich lang, die lateinischen Formulierungen wirkten steif und veraltet – vom großen Ruhm Kaiser Konstantins in der »Germania« las er dort, von der angeblichen Ehrfurcht der Franken vor Urkunden und Verträgen, die im Gegensatz stehe zur Unkenntnis der meisten Menschen beim Schreiben und Lesen …

Dann riss ihm Lusinos Diener das Pergament wieder aus der Hand. Blut schoss Einhard ins Gesicht. »Lasst mich zu Ende lesen!«

Lusino grinste hinterhältig und stopfte ein weiteres Gebäckstück in den Mund. »Der Heilige Vater wollte die Franken als Schutzmacht gegen die Langobarden und gegen Byzanz«, erzählte er kauend, »aber ohne sich ihnen auszuliefern; deshalb ersann man Gebietsansprüche aus grauer Vorzeit. Er wollte von uns wissen, welcher Römerkaiser bei den Barbaren des Nordens – Verzeihung, bei den Franken – das meiste Ansehen hat …«

Einhard erlaubte sich für die Dauer eines Augenzuckens die Vorstellung, wie Albrich sein Langschwert durch diesen Fettwanst stieß – es war kein Trost. »Ihr habt also den Heiligen Stuhl bei diesem Betrug *beraten*«, stellte er eisig fest. »Wo ist das erste Schreiben des Papstes an Euch? Und gibt es ein Antwortschreiben?«

Lusino wischte sich Krümel vom Mund. Seine Schweinsäuglein leuchteten. »Alles, was Ihr sucht, ruht in einer eisernen Kiste, Consiliarius. *Unter meinem Bett!*«

»Was wollt Ihr dafür haben, Lusino?«

Deusdona war vom Stuhl gerutscht, breitbeinig stand er nun neben Einhard. Der Römer musterte ihn und sah dann wieder Einhard an mit seinem trüben, hinterhältigen Grinsen. »Ihr bringt mir die Reliquien des heiligen Marcellinus und des Petrus«, schnaufte er. »Sie liegen in einer Basilika an der Via Labica! Ich habe nicht mehr viel Zeit auf dieser Erde, Consiliarius. Ein kluger Mann denkt bei Zeiten an sein Ende; mit Eurer Hilfe werde ich bald über den Reliquien schlafen, denn sie sollen dort liegen, wo jetzt die Kiste mit den Pergamenten ruht!«

Einhard traute seinen Ohren nicht. »Ihr wollt, dass wir die Reliquien für Euch stehlen? Aus der Basilika, die täglich Hunderte besuchen?«

»Für die Heiligen spielt es keine Rolle, wo sie liegen!« Schweißtröpfchen standen auf seiner Stirn, der Alte atmete plötzlich schwer. »Entscheidet Euch rasch, Einhard!« keuchte Lusino, dann schüttelte ein Husten seinen Körper, ein unheimliches Geräusch, das da aus den Tiefen der Fleischmassen aufstieg.

Die Franken hielten in der Hitze des Mittags auf einem kleinen Platz unter einer Platane. Wasser floss aus aneinandergefügten Granitquadern hervor und füllte ein steingefasstes Becken im Boden. Nur im Unterbewusstsein nahm Einhard das langlebige Werk römischer Baumeister auf. Ihm war übel, und er wusste nicht einmal, ob das Fieber die Ursache war. Marcellinus und Petrus – Märtyrer, die wegen ihres Glaubens von Kaiser Diokletian hingerichtet worden waren. »Noch im Kerker, den Tod vor Augen, bekehrten sie ihre Mitgefangenen zum wahren Glauben«, murmelte Einhard, den Blick auf den Boden gerichtet.

Deusdona nickte ernst, bekreuzigte sich und holte eine kleine Schere hervor, mit der er einen Nagel der linken Hand stutzte. Er prüfte das Ergebnis sorgfältig und sah zu Einhard auf, der am Baum lehnte, auf der vom Becken abgewandten Seite. »Von jedem dieser Briefe, lieber Herr Einhard, muss es Abschriften geben. Das Schreiben war in Erfurt aufgesetzt, sagtet Ihr?«

Einhard nickte. *Bonifatius hatte den Thüringern mit Erfurt das erste Bistum gegeben ... aber was half das jetzt?* Deusdona machte ein paar Schritt hin und her, betrachtete seinen linken Daumen und entdeckte etwas; schon wieder war die Schere – die kleinste, die Einhard je gesehen hatte – in seiner Rechten.

»Ich kenne die Bischofskirche dort gut ...«, sagte er und schnipselte winzige Nagelsplitter ab.

»Großartig«, höhnte Einhard und wischte sich mit einem Seidentuch den Schweiß aus dem Nacken. »Leider liegt Erfurt nicht an der Via Labica. Wollt Ihr mit leeren Händen zurückkehren?«

Der Zwerg schüttelte den Kopf, ließ die Schere verschwinden und holte einen noch kleineren Metallstab aus der Tasche. »Verzeiht«, murmelte er, »mit sauberen Nägeln kann ich besser denken ...« Mit schnellen, kurzen Bewegungen feilte er den Daumennagel – Einhard war zu überrascht oder auch zu schwach, um etwas zu sagen. Der Zwerg hatte ledrig wirkende Kinderhände, aber selbst edle Frauen hatten nicht solch gleichmäßige Fingernägel.

»Ich habe Angst, Einhard, dass das Ganze eine Falle sein könnte«, sagte Deusdona schließlich und sah Einhard Verständnis heischend an. »Dass Lusino gleichzeitig die Truppen des Papstes vor einem Anschlag auf die Basilika warnt – sie könnten uns mit größter Berechtigung an Ort und Stelle erschlagen!«

»Das wissen wir hinterher«, bemerkte der Consiliarius. Bunt schillernde Eidechsen huschten neben ihm den Stamm empor. »Ich traue ihm zu, dass er die Reliquien für sich will. Er malt sich das Sterben aus: Er will mit den Heiligen in der Hand hinübergehen!«

»Aber wären wir nicht elende Gesellen, wenn wir ihm den Gefallen tun?«

Erschöpft sah Einhard auf den Zwerg hinab. »Hört auf zu heucheln, verdammt! Ihr dient Hofkapellan Fulrad! Für den sind Skrupel das, was die Pocken für andere Menschen sind. In Wirklichkeit hofft Ihr nichts mehr, als dass ich das Geschäft mit dem Römer mache!«

Deusdona begutachtete noch einmal die hellen Kanten seiner Fingernägel und mahlte mit dem Unterkiefer. Magere Straßenköter umkreisten die Wasserstelle, Einhard glaubte, ihr schmutziges Fell riechen zu können. »Ihr solltet mir vertrauen, Einhard«, sagte der Zwerg schließlich; etwas Verletztes lag in diesen Worten. »Wir pflügen denselben Acker. Ich bin Franke wie Ihr, und beide dienen wir letztlich dem König!«

»Wie wahr«, murmelte Einhard und schloss die Augen. *Und der König war Gottes Stellvertreter – oder glaubte es zu sein …* Er dachte an den Wormser Mantel und ekelte sich. Doch einen Herzschlag später erschien ihm der Mantel nur noch wie eine Kleinigkeit. *Er, Einhard, Sohn eines einfachen Amtsmannes, hatte Widukind eine Schlacht geliefert. Er konnte nicht vor einem korrupten Römer kapitulieren!*

»Ihr seid krank, Herr Einhard!« Deusdona klang aufrichtig besorgt. »Ich habe eine gute Arznei, wenn es wieder die Leibschmerzen sind!«

»Später, Mann«, keuchte Einhard. »Wie viele Leute habt Ihr dabei? Ein Dutzend?«

»Zehn Bewaffnete, Consiliarius. Aber sie ... sie dienen meinem Schutz, versteht Ihr?« Deusdona hob theatralisch die Hände. »Zwerge taugen nicht für Schwertabenteuer!« Zum Abschied reichte er Einhard die Hand: Sie war trocken und kühl und übte nur wenig Druck aus.

Die Torwachen musterten die waffenstarrenden Franken neugierig bis misstrauisch. Die Morgenluft war noch frisch und der Platz vor dem Stadttor leer bis auf eine auf dem Pflaster zusammengekrümmte Weinleiche. Aus einem Steinhaus neben dem Tor trat ihnen der Wachhabende entgegen, ein Kerl mit Olivenhaut und Ringen um die Augen; Rostflecken waren auf seinem Lamellenpanzer zu sehen. Frech starrte er Einhard und Albrich ins Gesicht. »Seid Ihr Franken? Wo wollt Ihr hin?«

Einhard richtete sich schwankend im Sattel auf, doch Albrich kam ihm zuvor. »Gebt den Weg frei!«

Der Wachhabende blieb stehen, berührte seinen Schwertgriff und knurrte etwas von einer »Schenke«, die ein Haufen Franken zerlegt habe: »Zwei Männer tot, ein halbes Dutzend zum Krüppel geschlagen ... der Anführer der Franken hatte eine Narbe vom Auge bis zum Kinn ...«

Die Augen des Römers tasteten Albrichs Gesicht ab wie ein Rasiermesser: Der Franke trug den Helm, aber selbst die Wangenklappen ließen den unteren Teil der wulstigen Narbe sehen. Und – dann war da noch das frische Ohr an Albrichs Rosenkranz, noch ganz hell und nicht ledrig braun wie die alten Schlachtentrophäen.

Albrich senkte die Spitze der Stoßlanze, sodass sie etwa auf den Helmbusch des Wachhabenden zeigte. »Zur Seite!« Damit gab er seinem Pferd die Sporen, und sogleich setzte sich der ganze Kriegertrupp in Bewegung. Mit einem Fluch machte der Wachhabende ein paar Schritte nach hinten, um nicht von den Pferden gerammt zu werden. Schon waren sie unter dem gewaltigen Tor hindurch – nichts passierte. Als sie zehn Pferdelängen Abstand auf die Stadtmauer gewonnen hatten, folgte ihnen ein wüster Schrei: Etwas Italisches, Unflätiges – dann zischte ein Pfeil zwischen Albrich und Einhard hindurch und kratzte über das Steinpflaster.

Sofort fielen die Männer in schnellen Trab. Die Via Labica ging nach Norden ... aber dort verlief mehr als eine Straße. Sie ließen die Peterskirche links liegen, dann wurde es unübersichtlich. Wohnhäuser, Tempel, Basiliken, Straßen mit Pflaster und ohne ... Gestalten mit gesenkten Köpfen huschten an ihnen vorbei, Knechte, die dem Haus ihres Herrn entgegenstrebten, Handwerksburschen, die zu den Werkstätten eilten ... Einhard schien im Reiten zu dösen, ein Kranker, der sich kaum im Sattel halten konnte. Entnervt fragte Albrich schließlich Tristan nach der Richtung. Der gestikulierte und faselte etwas von Himmelsrichtungen, mit denen Albrich nichts anfangen konnte. Eine Möwe kreischte über sie hinweg: ein schriller Laut, wie der Todesschrei eines Kastraten. Sie hatten sich verirrt! Wütend wendete Albrich sein Pferd. Endlich, ein Alter am Wegesrand mit Pilgerstock und zerlöcherter Tunika konnte Auskunft geben: Hinter der riesigen Konstantin-Basilika lag die letzte Ruhestätte der Heiligen!

Etwa hundertfünfzig Schritt abseits der Straße klebte die Marcellinus-Basilika wie ein Anhängsel an der hoch aufragenden Rückwand der Konstantinischen Totenhalle. Albrich wechselte Blicke mit Paulus: Einem Riegel gleich versperrte die Steinwand einen möglichen Fluchtweg nach Norden; rechts lief eine Reihe von Pinien mit einer flachen Mauer auf die Konstantinische Wand zu, dahinter ein Graben mit faulig-stinkendem Wasser, kaum zu überwinden für einen Reiter!

»Das ist wie der Schlauch«, murmelte Paulus, und Albrich nickte grimmig. Zu ihrer Linken bildete ein massives, aus Sandsteinquadern gefügtes Eckhaus den Eingang in die Sackgasse, das nach Pilgerherberge aussah; dahinter, unmittelbar vor der Basilika: die Reste eines alten Herrenhauses, halb verfallene Mauern, eine Terrasse mit Sonnensegel, unter der sich einige Bewaffnete regten. Mit zusammengekniffenen Lippen hielt Albrich darauf zu: Die Männer Deusdonas kamen hervor, hinter einer frei stehenden Säule tauchte der Zwerg selbst auf. Er hatte das heitere Lächeln im Gesicht, das Albrich wie die Verstellung Satans erschien. Der Krieger beobachtete, wie Einhard mühsam aus dem Sattel stieg und ein paar Sätze mit dem Unterkapellan wechselte: zerbrechliche Gestalten, die nicht wussten, worauf sie sich eingelassen hatten ... Albrich atmete durch. *Auf ihn kam es an!* Über Einhard und Deusdona hinweg machte er dessen schlafäugigem Wachenführer Zeichen: »Passt auf die Straße auf! Wir gehen hinein ...«

Vor dem Haus der Heiligen überquerten sie eine Marmorterrasse, die wie geschruppt wirkte; die Strahlen der Vormittagssonne ließen die Goldornamente an den Torflügeln aufleuchten. Schneeweiße Säulen stützten den Portikus, zwischen denen Bettler dösten. Erschrocken sprangen sie zur Seite, als Albrich mit einem halben Dutzend Mann die Torflügel aufriss und im Laufschritt in die Basilika stürmte. Die Krieger durcheilten einen hallenartigen Raum mit hoher Decke, Licht drang durch viereckige, in Kopfhöhe angebrachte Maueröffnungen am Ende: auf einer Art Altar waren zwei Steinsarkophage aufgebahrt. Schwalben flatterten auf und verschwanden durch die Mauerdurchbrüche. Einen Augenblick lang standen die Männer still, fast atemlos vor dem Doppelschrein – Märtyrer lagen hier, ihre Seelen waren bei Gott! Alle schlugen das Kreuz und riefen den Allmächtigen oder die Jungfrau Maria an, dann schallte Albrichs Stimme durch den Raum: »Ulfas! Burghard! Gero! Packt an, los!«

Zu viert versuchten sie, einen der Steindeckel anzuheben. Aber da war kein Vorsprung und keine Leiste, um richtig anzupacken! Sie brachen Schwerter ab, dann die Spitze einer Stoßlanze – gnadenlos verrann die Zeit.

»*Almahtigan!*«

Ein Lepröser taumelte aus einer dunklen Ecke hervor, *wo kam der her?* Ulfas fegte ihn zur Seite, der Mann prallte gegen die Wand: Erst jetzt nahmen sie die lebensgroßen Bilder an den Wölbungen der Kuppel über ihnen wahr: die beiden Heiligen in weißer Toga, das Lamm und über allem Jesus und der Herrgott.

Dann, endlich: Mit Axtklingen hebelten die Männer den Spalt zwischen Steinkasten und Deckplatte auf, schon waren ein Dutzend kräftiger Hände dazwischen: Krachend landete die erste Platte auf dem Boden. Der kühle Atem von Vergangenem schlug ihnen entgegen: *Asche zu Asche, Staub zu Staub* … Da lag der Schädel neben Speiche und Elle, Rippenbogen und Rückenwirbel, alles durcheinander, durchsetzt mit Stofffetzen, die unter den Händen der Franken zu Staub zerfielen. Goldene Ringe kamen zwischen den Knochen zum Vorschein, eine Silberschnalle, Edelsteine? Die Männer rafften die Knochen zusammen und schlugen alles in Decken ein … wo waren die Transportbehälter für die Reliquien? Bei den Pferden! Sie hasteten zurück zum Eingang. Albrich fühlte das Blut in seinen Adern wie kochenden Wein, sie hatten die Heiligen, sie würden die Pergamente bekommen und später das Gold des Königs …

»Die Römer!« Paulus brüllte das, draußen vor dem Portikus. Schon hörten sie das Geräusch von Schwertklingen, die aus Scheiden gerissen wurden, Metall auf Metall. Die goldene Blase vor Albrichs Augen platzte mit einem Krachen.

Zuerst sah Albrich nur panisch fliehende Bettler, dann die Pferde: Seine Krieger versuchten, sie vor einem Haufen lamellengepanzerter Stadtsoldaten zu retten, die vor der Palastruine mit gezückten Schwertern aufmarschierten. Auf Höhe der frei stehenden Säule, halb rechts vom Eingang der Basilika aus, hatte ein blutiges Handgemenge begonnen. Paulus und ein paar andere rissen Bogentaschen und Pfeilköcher von den ersten Gäulen, doch im Gemenge von Franken und Römern konnten Pfeile den falschen treffen. Albrich riss einem Krieger die Stoßlanze aus der Hand und ging brüllend auf die vordersten Römer los. Über die Schildkante hinweg stieß er dem ersten Kerl die Lanzenspitze ins Gesicht, nur die Querstange verhinderte, dass der Stahl vollständig im Rachen verschwand. Während der Römer zusammenbrach, riss Albrich die Waffe zurück und wehrte den Schwerthieb eines anderen Angreifers ab. Mit schnellen, kurzen Stößen trieb er diesen Mann zurück; die Angreifer waren in der Überzahl.

»Im Namen des Papstes – legt die Waffen nieder!« Eine Römerstimme, aber die fränkischen Worte waren zu verstehen. Albrich erkannte in der zweiten oder dritten Reihe der Römer den Wachhabenden mit den versoffenen Augen. Er trug einen hohen, kegelförmigen Helm, Lamellenpanzer, hinter ihm formierten sich mehrere Dutzend Männer mit Schilden, Speeren quer über die Straße, Holz schlug an Metall, Schildkanten stießen aneinander: die Kerle drängten sich zusammen, noch fehlte ihnen der Mut …

Wo waren die Männer des Zwergs? Davongelaufen …

»Gebt auf!«, brüllte der Römer. »Ihr kommt nicht lebend hier raus!«

Albrich nickte grimmig. »Und du auch nicht, *huorkind* … Paulus!«

Der Krieger nahm Albrichs Fingerzeig auf, ließ kurz den Bogen sinken, als ein Kamerad mit zwei Pferden am Zügel durch die Schussrichtung rannte, dann ging sein rechter Arm in einer fließenden Bewegung nach hinten, verharrte für die Dauer eines Wimpernschlages, bevor sich die Finger lösten … fünfzig Schritt weiter schlug der gefiederte Schaft in den Hals des Wachhabenden ein. Der Getroffene fiel lautlos hintenüber. Schreie und Flüche kamen von den Männern um ihn herum, alle rissen nun die Schilde hoch – *so habt Ihr Euch das nicht vorgestellt, was?*

Albrich brüllte zum Sammeln, seine Augen suchten Einhard – *wie kam man hier lebend raus?* Ihres Führers beraubt, schienen die

Italier abzuwarten, sie bewegten sich nur zollweise auf die Grabräuber zu …

»Durchbrechen?«, schnaufte ein Krieger Albrich ins Ohr.

Aber das war sinnlos. Nicht einmal die Hälfte von ihnen würde davonkommen! Verwundete, Römer wie Franken, krochen blutend zwischen beiden Gruppen herum; auch Pilger hatte es erwischt, einige von ihnen tauchten in den Jauchegraben auf der anderen Seite des Platzes ab, andere verschwanden irgendwo hinter der Basilika …

»Hier ist ein Durchgang!«, schrie Tristan und winkte aufgeregt. Er war ein Stück nach hinten gelaufen, einigen Bettlern hinterher, in Richtung der Konstantinischen Mauer: Drei Fuß breit liefen dort Steinstufen zwischen der Basilika und dem Konstantintempel hinauf, zu einem Durchlass, den die Bettler kannten, zu einer Terrasse … oder in den Tod.

Sofort brüllte Albrich den Männern zu, in Tristans Richtung zurückzuweichen. Schon hatte Ulfas einen Verwundeten über seine Schulter geworfen, Paulus und ein anderer Krieger schleiften einen dritten am Portikus vorbei nach hinten, während andere zwei oder drei Pferde am Zügel führten. Die Treppe war gerade breit genug für ein Kriegspferd mit Ausrüstung! »Schneller! Schneller!«, schrie Albrich.

Die Römer rückten nach, aber als lange Speer-und-Schild-Kette, noch konnten sie den Ausweg hinter der Basilika nicht einsehen, als sie sich auf den Portikus zubewegten. Aber – *wo war der gilerito?*

»*Skizan*!« Zwischen Torflügel und einer Säule entdeckte Albrich seinen Herrn auf allen vieren. Er war gestürzt und sah aus wie der kriechende Tod, ohne aber den Reliquienbeutel loszulassen.

Albrich packte einen der Krieger am Arm und lief mit ihm ein paar Schritt zurück. »Hilf ihm, Gero!« Wenige Schritte vor dem Portikus schleuderte er den ersten Römern seine Stoßlanze entgegen, schon waren sie nahe genug heran, um die Farbe ihrer Augen zu erkennen. Aus dem Augenwinkel sah Albrich, dass Einhard mit der Hilfe Geros ins Laufen kam. Der *gilerito* gab nicht einmal den Knochenbeutel her, sondern taumelte keuchend den anderen hinterher, auf den Treppendurchgang zu. Albrich wirbelte herum und raste seinen Leuten hinterher; schon segelte ein Wurfspeer der Römer knapp über seinen Kopf hinweg. Doch das Glück des einen war das Unheil des anderen: Die Waffe landete zwischen Geros Schulterblättern, direkt vor Albrich brach der Krieger auf den ersten Stufen zusammen, sein Schwert klirrte über die Steine.

Gott sei dir gnädig, Kamerad!

Schwer atmend jagte Albrich die Stufen hinauf, eilig abgeschossene Pfeile der römischen Bogner zerplatzten an der Konstantinischen Mauer über ihm. Den torkelnden Einhard fing Tristan auf: Er hakte den Älteren unter und zog ihn die Stufen hoch. Tristan hörte das Keuchen Albrichs hinter sich, hatte mit Einhard die erste Treppenkehre genommen, war schon im toten Winkel der Bogner – da zersplitterte halb rechts von ihm ein letzter Pfeil an der Mauer. Ein halber Pfeilschaft bohrte sich in Tristans Augenhöhle.

Und auch dir, Junge!

Auch Tristan?

Je weiter sie sich von Rom entfernten, desto tiefer sank dieser Schmerz ein. Der ewig gut gelaunte, der freche, der so gescheite Bursche – niemals hatte Einhard daran gedacht, dass Tristan vor ihm selbst abberufen werden könnte! Und als würden die himmlischen Mächte den Consiliarius verhöhnen wollen, fiel die römische Krankheit nun mit jeder zurückgelegten Meile von ihm ab: umso besser, umso gründlicher konnte er diesen besonderen Schmerz fühlen.

Sie hatten die Heiligen – aber die Rückkehr nach Rom war unmöglich! Also, wohin mit der Beute? *Zum König, wohin sonst?* Er hatte versucht, was möglich war! Abends, als ein genügend großer

Abstand zur Stadt auf den sieben Hügeln hergestellt war, rasteten sie an einer schäbigen Ansammlung von Steinhütten. Der Brunnen gab kaum Wasser her; die Schmerzensschreie Paulus' aus dem vierrädrigen Wagen, den sie ein paar nichts ahnenden Händlern entrissen hatten, sorgten für misstrauische Blicke der Dörfler. Sie wollten gar nicht erst wissen, woher diese fremdländischen Krieger ihre Wunden hatten ...

Zwei der unverletzten Krieger hatten im goldenen Abendlicht die Decken mit den Reliquien unter dem Blätterdach einer alten Platane entrollt. Mit einer Behutsamkeit, die Einhard ihnen nicht zugetraut hätte, legten sie die Knochen in die abgeteilten, mit Wollstoff ausgepolsterten Kammern der beiden Transportkisten. Sie waren aus Kupfer und etwa so lang wie ein Kind von fünf Jahren. Aufgewühlt lief Einhard hin und her, tastete Verletzungen ab und munterte die Männer so gut wie möglich auf. Drei Tote, fünf Verwundete, einer davon Paulus: Auch ihm war ein Pfeil zum Verhängnis geworden. Die Spitze steckte auf Höhe des Beckens einen halben Fingerbreit neben der Wirbelsäule ... Diesen Unglückseligen noch gen Pavia mitzuschleifen hatte etwas Gnadenloses. Selbst still liegend, wimmerte er vor Schmerzen. Einhard fing einen dunklen Blick von Albrich auf, der mit einem Schweißtuch in der Hand aus dem Wagen kletterte. »Armes Schwein«, grunzte er. »Ein oder zwei Tage, dann hat er's hinter sich.«

»Zurücklassen können wir ihn nicht«, sagte Einhard hölzern und fuhr sich durch das dünne Haupthaar. Er räusperte sich. »Ich danke Euch für Euren Mut! Ich wäre da wohl vor dem Portikus liegen geblieben ...!«

Der Krieger nickte, und seine Rechte ging zu der Ohrensammlung, die wie ein Knoblauchkranz an seinem Gürtel hing. Beide blickten unwillkürlich zu den Umbettern der Knochen. Und ausgerechnet in diesem Augenblick verließ Einhard sein Sinn für die Gedanken anderer. »Ihr und Gero«, sagte er mit einem halben Grinsen, »Ihr habt nicht mich gerettet, sondern auch den, der uns Gold und Ruhm einbringen soll, nicht wahr?«

»Ziegendreck!«, knurrte Albrich und starrte Einhard mit diesen kieselsteinharten Augen an. »Was redet Ihr da! *Giniscaft*, kennt Ihr das Wort? Esiko ließ mich *giniscaft* schwören, an meinem ersten Tag in der Scara! Kriegertreue heißt das! Sich auf das Schwert des anderen verlassen können! Ja, auch Gero hat vom Gold geträumt. Aber nicht dafür hat er sich umbringen lassen! Er ist für *Euch* gestorben, Herr, weil ... weil ein Mann für einen anderen einstehen muss, verdammt!«

»Beruhigt Euch«, stieß Einhard verunsichert aus. »Gero war einer der Fritzlarer, nicht wahr? Stand er Euch nahe?«

Albrich spuckte aus, gefährlich glühte die Riesennarbe zwischen den Bartstoppeln. »Heilige Jungfrau, Ihr klingt, als wäre er ein *Weib* gewesen! Er hat *Schlachten* mit mir geschlagen, *neben* mir! Verflucht, ja, und wenn Ihr's genau wissen wollt: Er war ein Freund von Arnulf *sax hamar*. Falls Ihr den noch erinnert ...«

Nun spürte Einhard das Blut in die Wangen schießen. »Ich erinnere mich an ihn, Albrich, und ich hoffe, dass ...«

»Hätten nach ihm suchen sollen«, unterbrach der Krieger seinen Herrn. »Hat er Euch nicht den Ring geschickt? Er war noch am Leben. *Feige* war das!«

32

Bylanuelde, Sommer 774

Am Nachmittag ließ Widukinds Weib sich auf den Hügel südlich der Siedlung tragen, um nachzudenken. Die Träger setzten sie nahe des von alten Bäumen umringten Kultsteines ab, an dem sie so oft göttliche Hilfe erfleht hatte. Von hier aus konnte man die Siedlung und – bei klarem Himmel – die wellige Ebene überblicken, die sich nördlich des Osnings erstreckte. Es war kühler, als sie erwartet hatte, denn die Sonne verschwand schon wieder hinter grauem Gewölk – Regen lag in der Luft. Doch sie lehnte die Decke ab, die einer der Träger reichte: »Bin ich eine alte Frau?«

Rache! Nichts anderes würde ihren Schmerz lindern. Sie musste einen Weg finden, Widukind wehzutun und ihre Rivalin zu vernichten. Doch mit Bedacht musste das geschehen, und möglichst so, dass sie nicht wie die Rächerin erschien. Denn viele der fälischen Männer – und auch der Frauen! – würden sagen: Ein Mann *braucht* eine Nebenfrau, wenn sein Weib ihm nicht mehr Weib sein kann!

Neuerdings hatte Widukind die Kebse in aller Öffentlichkeit an seiner Seite. Die junge Litin mit dem Schwanenhals spielte ihre Rolle mit einer Selbstverständlichkeit, die bei Galswintha blanken Hass auslöste. Sie, die Herzogin, war aus altem Geschlecht: Ihre Muttersippe war mit der Familie des Dänenkönigs verschwägert; die Familie ihres Vaters stellte im nordelbischen Land seit Urzeiten Heerführer und *harugari,* schon damals, als die Sachsen sich aufmachten, von den Küstenstreifen aus nach Süden vorzustoßen und Land zu nehmen. Die Angehörigen der besiegten Stämme wurden zu Halbfreien, zu Liten nämlich wie Marbold und seiner

Tochter Gunda, die ihre eigene Scholle und die ihrer adligen Herren beackerten … Bis heute.

Sie legte den Kopf in den Nacken: Regentropfen landeten in ihrem Gesicht. Ihre Wangen waren warm, fast heiß, war das der Zorn? Sie nahm eine weiß-braune Form auf einem Ast in einer der Eichen wahr: eine Eule – der Vogel der Göttin War, der Wächterin über Schwüre und Gelübde, die die Menschen ablegten. Galswintha dachte an den ehelichen Treueschwur, den der junge Widukind ihr einst gemacht hatte, und starrte mit einem merkwürdigen Kribbeln im Bauch in Richtung der Eule. Und der Vogel starrte zurück – sie meinte die Eulenaugen zu erkennen! *Ein Zeichen?* Ohne ihren Kopf auch nur einen halben Zoll zu bewegen, ging sie die Menschen durch, die als Rachewerkzeug taugen könnten. *Wem hatte der Herzog einst Unrecht zugefügt, wen hatte er gekränkt?*

Dann spürte sie eine Bö im Nacken. Prompt spannte der Vogel seine Flügel auf und erhob sich mit ein paar Schlägen über die Baumkrone. Galswintha atmete langsam aus und entdeckte unterhalb des Baumes, am Rand der Hügelkuppe, den Grund für das Verschwinden des gefiederten Boten: Dort schritt ein massiv gebauter Mann mit dunklem Bart auf sie zu, mit kräftigen Schritten, als wollte er das Gras auf Dauer niedertreten. Ein hartes Lächeln erschien auf ihrem Gesicht, als sie eine Hand zum Gruß erhob. *Die Göttin hatte sie erhört!*

Widukinds Vetter Ingmar neigte kurz den Kopf vor Galswintha, was den Hals noch dicker aussehen ließ. Er trat neben ihren Tragestuhl und brummte etwas von der Rückkehr auf seinen Hof. »Ich nehme Olferich mit, er wird mich auf den Kriegszug begleiten.«

»Er war den Burschen an unserem Hof ein guter Kamerad!«, sagte Galswintha im freundlichsten Ton, der ihr möglich war, und fügte nette Worte über Olferichs Reitkünste hinzu. Ingmar hatte neben Olferich nur zwei Töchter, der Heranwachsende hatte sich an Widukinds Hof mit gleichaltrigen Jungmännern messen können. Dann kam sie auf die nahende Hochzeit zu sprechen.

»Sicher werdet Ihr einer der Schildträger der Braut sein, Ingmar?«

»Warum sollte ich das wollen, Herzogin?« Seine kräftigen Augenbrauen zogen sich zusammen, er fuhr sich mit der Hand durch den dunklen Bart, und sie wusste, dass sie auf der richtigen Spur war. »Ich folge dem Herzog in den Krieg, weil der *thing* das beschlossen hat – aber zu seinen Schmeichlern muss ich nicht gehören. Dafür hat er mich zu schlecht behandelt!«

Mit besorgtem Gesicht sah sie zu ihm auf. »Ihr zürnt Widukind noch wegen der Verteilung der Beute?«

Ingmars Miene war nun so düster wie der Himmel hinter ihm. Er warf einen Blick zu ihren Trägern, die etwa zwanzig oder dreißig Schritt weiter herumlungerten. »Er hat mich beim Silber übergangen, und an Pferden hätte ich doppelt so viel bekommen müssen! Aber er musste ja den Engern gefallen. Sogar seinen Liten hat er ein paar fränkische Waffen gegeben …«

Galswintha schüttelte empört den Kopf.

Und dann redete er sich in Wut. »Er hat das Kultschwert aus dem Römerkrieg, vom alten Oriost an den Klippen – jetzt denkt er, er kann sich alles leisten und andere beleidigen, die genauso gut sind wie er! Und auch *Euch,* Galswintha!«

Die Edelfrau senkte den Blick. »Ja, Ingmar, auch mich! Der Schmerz in meinen Beinen ist nichts gegen die Schmach, die er mir mit dieser Litin antut!« Eine verlegene Pause entstand.

Als Ingmar wieder ansetzte, lag seine Hand auf Galswinthas Schulter. »Ihr habt Besseres verdient, Edelfrau«, sagte er mit kehliger Stimme. »Wenn Euer Vater mich damals nicht zurückgewiesen hätte …«

»Redet nicht davon, Ingmar«, sagte sie schnell und spürte das Blut in ihren Wangen. »Ihr seid mir ein treuer Freund, das ist viel wert!«

»Ihr könnt auf mich zählen, Edelfrau«, murmelte er und zog

seine Hand zurück, wobei die Silber- und Bronzeringe an seinem Handgelenk leise klirrten. »Heute und immerdar!«

Sie betrachtete sein Gesicht: die kräftige Brauenpartie, die fleischige Nase, das mächtige Kinn mit dem hervorstehenden Eckzahn: Widukinds Züge, mehr oder weniger, aber auf unvorteilhafte Weise zusammengeschoben – etwas Verbissenes, ein ewig glimmender Unmut war in diese Züge eingegraben … »Helft mir, Ingmar! Ich will« – sie senkte die Stimme, als stünden Lauscher direkt hinter ihrem Stuhl – »ich will, *dass Ihr ihren Stolz brecht*, hört Ihr?«

Er sog die Luft ein. »Ihr sprecht von Widukinds Kebse?«

Sie nickte. »Die Litin wird an seiner Seite sein, auch bei den Klippen. Alle werden sie sehen, die Herren der Engern, unsere Edlen, alle! *Das ertrage ich nicht*!«

»Er würde jeden töten, der ihr zu nahe kommt«, sagte Ingmar bedächtig.

»Auch Widukind kann nicht überall sein«, zischte sie. »Wenn er zum Feldzug aufbricht, schlägt Eure Stunde!«

Regenschauer gingen über den Zug von Reitern, Karren und Marschierern hinweg. Krieger, Halbfreie, Frauen und ein paar Alte auf zweirädrigen Pferdekarren, bepackte Esel und die allgegenwärtigen Hunde, die ihren Herren folgten: Über mehr als eine Pfeilschussweite dehnte sich die Schlange des Hochzeitstrosses, der zu den Götterklippen unterwegs war. Leicht hügeliges, offenes Gelände wechselte mit dunklen Waldstücken ab; wenige Meilen nach dem Abmarsch in Bylanuelde wurde dem Gefangenen klar, dass er diese Strecke schon einmal zurückgelegt hatte: bei der Flucht!

Arnulfs linke Hand krampfte sich um das Seil, das von seinem Hals zum Sattel von Liudolfs Pferd führte. Angestrengt stapfte er vorwärts. Ständig mussten seine Füße den Löchern und Wagenspuren in der Straße auszuweichen. Jedes Mal, wenn das Pferd ein paar schnellere Schritte machte, straffte sich das Seil und riss den

Gefangenen brutal vorwärts. Schon nach wenigen Meilen war die Haut in Arnulfs Nacken wund gescheuert. Hass wuchs mit jeder zurückgelegten Meile in ihm heran: ein Gefühl, fast stärker als die Angst vor dem, was bei den Klippen passieren würde. Als sie aus einem dunklen Buchenwald hervorkamen, übersah Arnulf die letzten Wurzeln und stürzte. Er schrie Liudolf zu, stehen zu bleiben – doch der trabte einfach weiter. Auf der nächsten Anhöhe brachte Widukinds Schildmann das Pferd zum Stehen und sah sich nach dem geschundenen Sklaven um. »Wir bringen dich zu den Klippen, *lebend*! Also heul nicht wie ein Weib!« Dann stieg er vom Pferd und gesellte sich zu anderen Kriegern, die Trunk und Brotstücke austauschten. Schwer atmend sah Arnulf sich um: Die ganze Kolonne rastete nahe des Gerichtsbaumes mit dem Wodansgesicht, an dem der Fliehende Wochen zuvor vorbeigekommen war.

Wie von selbst suchten seine Augen Erika. Er konnte sie nicht entdecken, stattdessen sah er einige der bartlosen Burschen auf sich zukommen. Sie trugen keine Holzwaffen, sondern richtige Speere: Einer richtete die Stahlspitze auf Arnulfs Brust. Er wich zurück, mit einer Hand am Seil, das noch am Pferdesattel befestigt war; prompt spürte er einen scharfen Schlag von hinten, zwischen die Schulterblätter. »Wieso bist du noch am Leben, Sklave?« Olferich stand hinter ihm. Kaum hatte Arnulf ihn im Blickfeld, als er schon die Speerspitze des anderen Kerls in der Seite spürte. Er schrie auf und ging auf den anderen los, packte den Speer direkt unterhalb der Spitze und hätte ihn mit einem Faustschlag zu Boden geschickt – doch er wurde von den Beinen gerissen, als der dritte der Jungmänner mit seinem ganzen Körpergewicht am Seil zog.

»Gefällt dir das, Arschloch?« Mit Wucht trat Olferich dem Liegenden in den Leib. Arnulf versuchte, Gesicht und Bauch mit den Armen schützen, was gegen die Tritte halbwegs half, aber nicht gegen die Speerspitze, die einen halben Zoll in seine Schulter eindrang.

»Hört auf!«, rief jemand. »Liudolf sagt, Ihr sollt verschwinden.«

Arnulf nahm den Arm vom Gesicht und sah, wie Olferich und Heden einander anstarrten.

»Sei höflicher, Thüringerknecht«, knirschte Olferich. »Wir bringen dem Franken Benehmen bei!«

Heden nickte mit unbewegter Miene. »Ist gut. Und jetzt: Haut ab.«

Die Jungmänner überzogen Heden mit Schmähungen, aber sie sahen auch Liudolf vom Wodansbaum herüberblicken, und endlich zogen sie ab.

Heden sah auf Arnulf hinunter, wie Arnulf nicht lange zuvor auf den Geschlagenen hinabgeblickt hatte. »Merkst du etwas, Mann?«, fragte der Thüringer halblaut und stocherte mit dem Schaftende seines Speers im Boden.

»Was?«, knurrte Arnulf verbittert und befingerte die blutende Wunde in der Schulter.

»Mit dem Seil führt man Kälber zur Schlachtbank«, sagte Heden in der ein wenig unernsten Art, die er Arnulf gegenüber vor dem Kampf gepflegt hatte.

Arnulf schnaubte und versuchte, seine Wut irgendwie zu überwinden. War Heden nicht der Einzige, der ihm überhaupt noch helfen konnte? Der Hesse räusperte sich. »Ich sage dir, Heden, du kämpfst besser als die zehn oder zwanzig Mann, die ich in der Sachsenschlacht getötet habe. Ein Krieger wie du – im Frankenland würdest du dem König dienen!«

Heden starrte ihn an. Außer zwei kleineren Narben am Kinn zeigte Hedens Gesicht keine Spuren ihres Kampfes mehr; die braunen Augen mit den langen, schwarzen Wimpern musterten Arnulf mit einer Mischung aus Neugier, Zorn und – einem Schuss Mitleid? »Was zur Hölle willst du mir sagen, he?«, stieß der Thüringer aus. »Ich mag ein Höriger sein, aber du – du wirst hingerichtet! Und glaub keinen Augenblick, dass mir das leidtut!«

Mit einem schnellen Blick vergewisserte sich Arnulf, dass Liudolf noch von einer Gruppe Krieger umgeben war, die in diesem Augenblick in lautes Gelächter ausbrach. »Du tust *mir* leid – weil du nicht mehr als ein Knecht für Widukind bist, ein alter Lappen, den er wegwirft …«

Heden stutzte und schüttelte heftig den Kopf. »Dein König, Arnulf, hat *dich* weggeworfen! Niemand hat versucht, dich zu befreien, großer *sax hamar*!«

Arnulfs Gesicht nahm Farbe an. »Hilf mir!«, brach es aus ihm heraus. »Lenk heute Nacht die Wachen ab, oder schlag sie nieder! Dann fliehen wir zusammen nach Süden!«

Heden sah ihn abschätzig an. »Warum sollte *ich* mit dir davonlaufen?«

Arnulf trat auf Tuchfühlung an Heden heran, in einer Hand das Seil, mit einem Seitenblick auf das Pferd Liudgers, das friedlich einige Gräser zupfte. »Weil du sonst ein Knecht der Engern wirst … Dein Herzog Widukind gibt dich und ein paar Pferde als Mitgift an Botho, hat dir das noch keiner gesagt?«

Hedens Züge wurden hart, er machte einen Schritt zurück, als sei eine Hornisse vor ihm aufgetaucht. »Woher willst du das wissen?«, rief er wütend, und Arnulf wurde klar, dass er das Falsche gesagt hatte.

»Die Leute reden davon«, sagte der Franke. »Alle wissen es …«

Heden packte den Seilstrang um Arnulfs Hals und blitzte ihn an. »Wenn das stimmt, Hesse, dann freue ich mich umso mehr, dass sie *dich aufschlitzen*!«

33

In einer Abtei nahe der Straße nach Pavia, Sommer 774

»Die Sündflut!«, raunten die Krieger einander zu. Der Regen prasselte mit solcher Gewalt auf die Fliesen im Innenhof der Abtei, dass die Spritzer die Stiefel der Männer unter dem Vordach nässten. Irgendwann befahl Albrich ein paar Leuten, den Planwagen mit den Reliquienkisten und dem verwundeten Paulus in die Scheune hinter dem Hauptgebäude zu schieben. Völlig durchnässt, mit Flüchen auf den Lippen, kamen die Männer zurück, die nicht als Wache beim Wagen blieben – aber diese rauen Worte hatten kaum Biss, sie klangen mehr wie ein Heilsgruß am frühen Morgen. Jeder schien den anderen dabei überbieten zu wollen, den Reliquien so nahe wie möglich zu sein …

Albrich warf einen Blick durch die nächste Fensteröffnung: Einhard und Itherius saßen immer noch an einem Tisch in der Mensa der Abtei und redeten miteinander. Den königlichen Kanzler samt Gefolge am Rande des Appenins zu treffen, auf der Straße in Richtung Pavia, ließ Befürchtungen aufkommen: Würden sie erfahren, dass der Zwerg längst beim König eingetroffen war? Womöglich mit genau den Dokumenten, die sie selbst nicht gefunden hatten? Albrichs große Hoffnung, zu Reichtum und Ansehen zu kommen, welkte wie eine Sonnenblume im Herbst; in den letzten Tagen hatte er nicht mehr als drei Sätze mit dem Consiliarius gewechselt …

Pavia: Erobert! Das Langobardenreich: zerschmettert! Desiderius: zum Mönch geschoren, unterwegs in ein fränkisches Kloster ... Itherius selbst war unterwegs, um den Papst auf halber Höhe zwischen Pavia und Rom zu direkten Verhandlungen über die Aufteilung Italiens zu treffen.

»Ich hatte, ehrlich gesagt, nicht damit gerechnet, Euch heil wiederzusehen«, sagte der Kanzler schließlich mit einer Anteilnahme, die in Einhards Ohren echt klang. »Vor ein paar Tagen traf Unterkapellan Deusdona ein; er sagte, Eure Männer hätten die ganze Mission ruiniert, durch die Zerstörung einer Schenke und dümmliches Blutvergießen.« Eine plötzliche Wut kochte in Einhard hoch, als er sich vorstellte, wie Fulrad den Bericht Deusdonas mit der schlimmstmöglichen Tendenz am Hof weiterverbreitete.

»Ganz so war es nicht, Cancellarius ...«

Itherius ließ Einhard erzählen, ohne ihn ein einziges Mal zu unterbrechen. Das schmale Gesicht des Kanzlers mit den tiefen, senkrechten Alterslinien und dem fast kahlen Haupt erinnerte Einhard an die steinernen Skulpturen römischer Senatoren – dieser Mann taugte nicht als Teilhaber Fulradscher Intrigen, wollte Einhard glauben. So ließ Einhard nichts aus, bis auf den eigenen Schwächeanfall beim Kampf vor der Basilika. Als Einhard fertig war und zum Wasserbecher auf dem Tisch griff, bekreuzigte sich Itherius mit zwei Fingern und warf einen Blick über die Schulter zu seinen Notaren und Schreibern, die das Gespräch im Stehen verfolgt hatten. Als er sich Einhard wieder zuwandte, klang er sehr nüchtern. »Dann müssen wir darauf setzen, dass Fulrads Unterkapellan im Thüringgau die Pergamente findet, die dieser Römer Euch angeboten hat; höchste Zeit, dass wir etwas in die Hand bekommen, um dem Heiligen Vater Peinlichkeiten zu bereiten!«

Einhard drückte den Rücken durch und zog die Schultern hoch. »Das weiß ich, verehrter Itherius. Aber Erfurt ist so weit weg wie die Sachsengrenze, und ...«

»Deshalb ist der Zwerg auch sofort weitergereist, Einhard«, unterbrach ihn der Kanzler mitleidslos. »Er hat sich Graf Warin und seinen Alemannen angeschlossen. Der König hat ihn mit fünfhundert Mann losgeschickt, um an der Sachsengrenze für Ordnung zu sorgen.«

Einhard spürte einen Stich in der Brust – er selbst hätte diesen Auftrag bekommen müssen, der gewesene – oder noch amtierende? – Statthalter der Grenzmark ... Verärgert sah er zum Fenster hinaus, immer noch prasselte der Sturzregen in den Hof der Abtei, als würde nie wieder die Sonne hervorkommen. »Mit fünfhundert Mann, Itherius, kann Graf Warin vielleicht das Schlimmste verhindern. Für Ordnung sorgen kann er mit einer Truppe dieser Größe nicht. Das weiß der König auch, nicht wahr?«

Die Augenbrauen des Kanzlers gingen nach oben, und in den Mundwinkeln erschien ein kleines Lächeln – *keiner, der Maßnahmen seines Herrn in Zweifel zog!*

»Graf Warin«, fuhr Einhard fort, »kennt die Grenzmark nicht, er ist unerfahren – ich werde ihm folgen, um das Mögliche an seiner Seite zu tun!«

»Warum nicht«, murmelte Itherius, »der König wird es sicher gutheißen; und er wird sich freuen, Marcellinus und Petrus eine neue Heimstatt zu geben, in Pavia oder Aachen. Allmächtiger, selbst Fulrad wird Euch dafür preisen!«

Einhard beugte sich vor und verschränkte die Hände auf dem Tisch. »Ich werde darüber nachdenken, Itherius.«

Die Heiterkeit in den Zügen des Kanzlers verschwand. »Nachdenken? Ich denke, Ihr folgt Graf Warin nach Norden? Dann habt Ihr keine Zeit zu verlieren!«

»Die Heiligen werden uns kaum verlangsamen«, verkündete Einhard, ohne mit der Wimper zu zucken. »Im Gegenteil.«

Der Kanzler erhob sich mit einer gewissen Schwerfälligkeit, plötzlich drang helles Licht von draußen herein, die Sintflut hatte von einem Augenblick auf den anderen aufgehört. »Lieber Einhard, wollt Ihr denn dastehen wie ein ... ein Reliquiendieb?«

»Der Herr mag mich dafür bestrafen oder auch nicht«, rief Einhard aus und sah für einen Augenblick Tristans sorgenlose Miene vor sich – einer, der in Einhards Namen mit dem Leben gezahlt hatte. »Aber bei allem Respekt, Cancellarius, die Tat wird nicht besser dadurch, dass die Beute im Schoß der Kirche landet!«

Die Passstraße war eine bröckelige Sache, gerade breit genug für zwei Pferde nebeneinander – oder für den schmalen Römerwagen, der zwei Heilige, einen Verwundeten und ein paar Besitztümer Einhards transportierte. *Warum war dieses leichte Gefährt noch nicht auseinandergefallen?* Mit angehaltenem Atem verfolgte Einhard, wie ein am Fuß des Berges angeheuerter Führer auf dem Kutschbock die beiden Zugpferde am schroffen Abgrund entlanglenkte; Steinbrocken lösten sich am Wegesrand und verschwanden ins Nichts, es dauerte, bevor man die fernen Aufschlaggeräusche hörte. Jenseits des Abgrunds: ein tiefes Felsental mit Sturzbächen, dann eine graue Wand, mächtig wie eine Götterburg, die in weißen Schneezinnen auslief.

Einhard genoss die Kühle: Hier oben war die Sonne nicht mehr ihr Feind. Ein paar Geier kreisten erwartungsvoll über dem Trupp, geduldig den Fortschritt der Franken beobachtend. Die Krieger schickten Flüche nach oben, als sie die Vögel jenseits der Passhöhe entdeckten. Albrich schloss mit seinem Pferd zu Einhard auf, der sich wieder an die Spitze gesetzt hatte. »Wir sollten rasten, Herr … Zwei Meilen voraus ist ein Hospiz, meine ich.«

»Seid Ihr müde, Albrich?«, erwiderte der *gilerito* und blickte nach vorn, wo Steinhaufen die Wegwindungen markierten.

Der Krieger schnaubte verächtlich, schwieg für ein paar Meter und sagte dann: »Ihr treibt die Leute an, als wärt Ihr Esiko *harto* … verdammt, Herr, ich weiß nicht einmal, was Ihr vorhabt!«

»Wir sind kurz davor, Graf Warins Truppe einzuholen – was müsst Ihr noch wissen?«

Entnervt presste der Krieger die Luft durch die Nasenlöcher. »Ihr habt gesagt, Ihr wollt mit Warin an die Sachsengrenze – aber dann verlieren wir den Zwerg, wenn er mit seinen Leuten nach Osten abbiegt, nach Erfurt und … Ihr wisst schon!«

Einhard warf dem Krieger einen Seitenblick zu, betrachtete zum hundertsten Mal die riesige Narbe mit den Stichen, die er selbst gesetzt hatte. »Erinnert Ihr Euch an den Abend auf der Burg, Albrich, als ich die Nadel durch Eure Wange zog? Da war ich nur von einem einzigen Gedanken beseelt: irgendwie lebend aus dieser Falle herauszukommen!«

Albrich sah ihn mit zusammengezogenen Brauen an. »Herr, so ging es uns allen!«

»Wirklich? Nun, Ihr habt mir Feigheit vorgeworfen – ich gebe es zu, ich war feige.« Mit diesen Worten zügelte Einhard sein Pferd und ritt in langsamem Schritt weiter, um die Pferdebeine nicht in den Ausläufern einer Steinlawine zu riskieren.

Hinter sich hörte er verlegenes Schnaufen seines Leibwachenführers. »Herr, Einhard – ich wollte Euch nicht beleidigen. Verzeiht mir!«

»Ich habe Euch verziehen.« Einhard brachte das Pferd zum Stehen, ließ Albrich herankommen und vergewisserte sich mit einem Blick über die Schulter, dass alle Übrigen folgten. »Aber mir nicht.«

Albrich fuhr sich mit einer ratlosen Miene durch die filzigen Haarsträhnen, griff nach der Wasserflasche am Sattelhorn und bot sie Einhard an.

Der lehnte ab. »Ihr und die anderen, Ihr spürt die Gier, Albrich, nicht wahr? Nach Gold und Land und vielen Leibeigenen … das ist menschlich.«

»Dafür werde ich mich nicht schämen«, grunzte der Krieger.

»Nein, das müsst Ihr nicht! Ich selbst habe diese Gier in mir: nach Ruhm, nach der *ahta*, die die Nähe zum König bringt … Und doch fahren wir mit den Knochen von zwei Menschen durchs Land, die als Märtyrer für ihren Glauben starben, die für Höheres standen als für Ruhm oder Besitz. Das passt nicht zusammen, so wenig wie *giniscaft* zu Feigheit!«

Albrich setzte die Wasserflasche ab, Einhard las jetzt Misstrauen in seinem Gesicht. »Ich weiß nicht, ob ich Euren Worten folgen kann, Herr. *Was habt Ihr vor?*«

Einhard warf einen Blick auf die fernen Eisspitzen, und als er Albrich wieder in die Augen sah, sprach er mit völliger Ruhe. »Versäumtes nachholen! Graf Warin hat ein halbes Tausend Mann dabei. Brauchen wir mehr, um herauszufinden, ob Arnulf *sax hamar* noch lebt?«

Hinter Sankt Gallen, unweit vor dem Bodensee, holten sie endlich das Heer Warins ein. Sie überwanden einen Sattel und sahen die Truppen in einem lang gezogenen, grünen Tal unter sich, dessen Bergflanken von Kiefernwald bedeckt waren. Die Kolonne war weit auseinandergezogen in mehrere Truppenkörper: Da waren nicht nur Alemannen unterwegs, vermutete Einhard, sondern auch Edelherren anderer Stämme, die sich zeitweise dem jungen Grafen untergeordnet hatten; sie würden Warin folgen, solange das Schlachtengeschick ihm hold war …

Einhard war dem Grafen ein- oder zweimal bei Hofe begegnet. Warin war ein gut gebauter Kerl Anfang zwanzig in Eisen und Leder, ein Mann wie aus den Liedern, die die Sänger bei Hofe vortrugen: helle blaue Augen, blondes, in den Nacken zurückgekämmtes Haar und ein ansteckendes Lachen, das klang, als wäre die Welt zur Unterhaltung kühner Recken erschaffen worden. Bei einem Halt einige Meilen vor dem Seeufer begrüßte er den Consiliarius und nahm mit freundlichem Grinsen zur Kenntnis, dass der Ältere ihn – auf »Geheiß des Königs«, wie Einhard mit ernster Miene verkündete – an der Sachsengrenze unterstützen würde: »Ich kenne die Gaufürsten und Bischöfe nördlich des Mains, Graf Warin; wir werden ihre Krieger brauchen!«

Warin nickte, ließ seinen Blick über Einhards leicht geschrumpfte Gefolgschaft und den seltsam zierlichen Wagen wandern und murmelte seinen in Eisen und Leder gekleideten Gefolgsleuten etwas zu – das nicht wirklich respektvoll klang.

Einhard ließ ihre abschätzigen Blicke an sich abperlen. »Wir haben die Reliquien von Marcellinus und Petrus aus Rom geholt«, stellte er laut fest. »Sie werden unseren Leuten an der Grenze neue Zuversicht geben!«

Warins Grinsen kam zurück, breiter als zuvor. »Wenn wir mit Widukind fertig sind, können wir sie in Augsburg neu betten, oder in Bregenz – ich habe genügend Güter hier wie dort!«

»Ich fürchte, der König hat das erste Anrecht, Graf«, bemerkte Einhard und wechselte rasch das Thema. »Ist der Unterkapellan Deusdona bei Eurem Heer? Ich habe mit ihm zu sprechen.«

Warin zupfte an seinem zwei Zoll langen Kinnbärtchen. »Der kleine Mann auf dem großen Pferd? Der dem fetten Fulrad dient?« Grinsend machte er eine Kopfbewegung hangabwärts, wo eine größere Zahl von Kriegern ihre Pferde an einem Bach tränkte. »Irgendwo da vorn bei den Thüringern … er will nach Erfurt, sagt er. Geheime Mission … eine Zwergenversammlung, schätze ich!« Er lachte, und seine Gefährten fielen ein.

Einhard wechselte einen Blick mit Albrich, dessen Hand bei Warins letzten Worten zum Griff des Kurzschwertes gewandert war. »Noch etwas, Graf: Habt Ihr einen Medicus dabei? Ich habe einen Verwundeten.«

Warin schüttelte den Kopf. »Wir haben einen Geistlichen, der nicht schlecht bei der Wundversorgung ist … redet allerdings viel!«

Als hätte er auf seinen Einsatz gewartet, trat ein hochgewachsener Mann in formloser Kutte nach vorne, ein Strahlen morscher Zähne im Gesicht. »Herr Einhard! Gelobt sei Jesus Christus, gelobt sei die Heilige Jungfrau, Ihr lebt! Ich habe täglich gebetet für Euch, bei allen Heiligen! Was für eine Freude, Euch wiederzusehen.«

»Dass du noch lebst, verdankst du der Gnade des Herrn, mein Sohn«, stellte Hunus nach einer Untersuchung des Siechen mit Verwunderung fest. »Noch nicht mal eine Blutvergiftung …«

»Wenn wir die Spitze herausreißen, kann es sein, dass die Beine lahm werden – ich hab so was schon gesehen«, murmelte Einhard.

Hunus nickte düster, aber Paulus, der jedes Wort aufmerksam verfolgte, legte einen Arm um die Kupferkiste mit den Resten des Marcellinus, wie ein Ertrinkender, der sich an Treibgut klammert: »Holt sie endlich raus, Herr! Ich hab keine Angst!«

Deusdona nahm Einhards Vorwürfe mit lächelnder Maske hin. Als Einhard ihm schließlich vorhielt, sie an der Basilika ohne jede Warnung im Stich gelassen zu haben, rang sich der Unterkapellan eine irgendwie reuige Miene ab und schlug Einhard endlich vor, gemeinsam nach Erfurt zu reisen. »Vier Augen sehen mehr als zwei! Wenn wir erfolgreich sind, mag uns die königliche Belohnung gleichermaßen treffen …«

»Ich habe andere Dinge zu erledigen«, gab Einhard kalt zurück und erhob sich vom lang gezogenen Tisch im Haus des Bregenzer Amtmannes. Halb volle Schüsseln mit Fisch, mit Quark und Weizenbrei standen zwischen ihm und dem Zwerg; der Raum war überfüllt mit Dutzenden von Kriegern, deren Geräusche und Gerüche Einhard zunehmend unangenehmer wurden. Er stützte sich noch einmal mit den Händen auf die Tischplatte und sagte in einstudiert belanglosem Ton: »Der Führer meiner Krieger, verehrter Unterkapellan, hat vorgeschlagen, Euch die Kehle durchzuschneiden. Nachts, ohne Aufheben …«

Das Stück Brot, das Deusdona in die Schüssel vor ihm getunkt hatte, blieb in der Luft stehen. Sein Lächeln wirkte jetzt sehr angestrengt: »Ihr meuchelt niemanden, *gilerito*! Ihr seid ein Mann mit Anstand.«

Einhard hielt seinen Blick. Und während bei den Männern

am Tisch hinter ihm wildes Gelächter einsetzte, sagte er gerade laut genug, sodass der Zwerg ihn verstehen konnte: »Meine Männer sind schwer zu kontrollieren. Denkt an das Hurenhaus in Rom!« Am nächsten Tag, als das Heer wieder im Sattel saß, hörte Einhard von den Thüringern, dass der Zwerg mit seinen Männern schon lange vor Sonnenaufgang losgeritten war.

Am Ufer des Neckars fingen Warins Männer Boten aus dem Norden mit beunruhigenden Nachrichten ab. Widukind, hieß es, schmiedete eine Allianz mit Engern und Falen; durch das Grenzland liefen Gerüchte eines Aufstandes. Dann war da noch eine Nachricht vom Abt von Fulda, gerichtet an den König, die Warin sich mündlich von den verschwitzten Meldereitern am Rand der Straße mitteilen ließ. Einhard, ein paar Pferdelängen hinter dem Grafen, sah ihn verwundert das blonde Haupt schütteln. Bei einer Rast an einem flachen, kiesigen Bootsanlegeplatz, die das Tränken von fast hundert Pferden gleichzeitig erlaubte, nahm der Alemanne dann Einhard beiseite, einen Lederbeutel mit Wein in einer Hand. »Hattet Ihr nicht gesagt, dass wir in Fulda noch Krieger aus Eurer Burgmannschaft finden? Harte Kämpfer, die unsere Truppe verstärken werden?«

Einhard nickte und fragte sich zum zwanzigsten Mal in den letzten Tagen, ob Esiko sich von seiner Kopfwunde erholt hatte, ob er jemals wieder ein Schwert führen würde ...

»Diese Krieger«, fuhr der Graf fort, »sind nach Norden gezogen, zu den Fuldafurten nördlich von Kaufungen, an der Heidengrenze. Die Furten werden von einem Vasallen des Königs kontrolliert ...«

»Wozu?« Einhard empfand eine Vorahnung und berührte die silberne Kapsel, die er neuerdings um den Hals trug: Eine Fingerkuppe des Petrus war darin, die den verlorenen Edelstein seiner Frau ersetzte. »Um sich ihm anzuschließen?«

Warin schüttelte sanft den Kopf. »Um ihn zu erschlagen. Eure

Männer ... sie haben seine Burgen genommen, heißt es. Sie roden Wald und geben das Land an Freisiedler, die mit dem Schwert umgehen können!« Einhard entschlüpfte ein Fluch. »Der *dux* Gerao sitzt da hinten, seit Generationen schon! Ihm gehört die halbe Buchonia[20]!«

»Jetzt nicht mehr«, raunte Warin und nahm einen tiefen Zug aus dem Weinbeutel. »*Harto,* so nennt man den neuen Machthaber. Ihr kennt ihn?«

Einhard entfuhr ein Ächzen – Esiko *hatte* sich erholt.

---

20 Ausgedehntes Buchenwaldgebiet im nördlichen Hessen, zu dem auch der heutige Kaufunger Wald gehörte.

34

An den Externsteinen, im Grenzgebiet von Westfalen und Engern, Sommer 774

Die Felsen ragten aus dem Boden auf wie Zähne aus dem Kiefer eines Drachen. Auf einer Länge von mehreren Hundert Schritt versperrten sie den Eingang zu einem engen Tal, dessen tiefster Punkt ein kleiner See rechts der Klippen war. Dort konnte Arnulf sich abends waschen – nach all den Kriegern, Liten, Frauen und Sklaven, die hier mittlerweile zusammengeströmt waren. Unterhalb der Götterklippen stand verstreut im Talgrund ein Dutzend Holzhäuser mit steilen Dächern und doppelt so viel Zelte, viele von ihnen an dem Bach, der den See entwässerte.

Die erste Nacht an den Götterklippen verbrachte er, an Händen und Füßen gefesselt, mit ein paar anderen Geknechteten in einem Holzverschlag, in dem es nach Urin und Schafmist roch. Er konnte von dort die Felsenpforte sehen, ein natürliches Tor, durch das Kuttenmänner und Krieger den Bereich oberhalb der Felsen betraten. Als Arnulf nachts aufwachte, sah er einen Feuerschein auf der höchsten Klippe – ihn fröstelte.

Die Sonne ging auf, und nichts passierte; mittags sah Arnulf Widukind mit seinen Schildmännern aus dem Tor reiten. Huldvoll nickte er dem einfachen Volk zu, Heilsgrüße wurden gerufen, und viele der Niedriggeborenen liefen ein Stück neben seinem Pferd her. Am Nachmittag entstand ein gewisses Rumoren, dann Getöse hinter den Klippen; Arnulf meinte die kehligen Rufe der *harugari* zu hören, und die Bilder von der Zerstörung der Irminsul stiegen wieder vor ihm auf. Es war ein düsterer Tag gewesen, der Himmel schwarzgelb, als stünde das Jüngste Gericht bevor – und rings um ihn stürzten die Sachsenpriester mit ihren ekelhaft langen Bärten und zerschlissenen Kutten aus dem Wald, um sich förmlich in die Pfeile der Franken hineinzuwerfen …

Irgendwann am Nachmittag sah er Tamfala zum See laufen, Erikas Zofe. Scheu, aber doch merklich drehte sie sich nach Arnulf um, den die Wachen an einen Baum gefesselt hatten. Aufmerksam verfolgte der Gefangene ihre fließenden Bewegungen, und für einen winzigen Moment kreuzten sich ihre Blicke. Später sah er sie wieder durch das Tor verschwinden, den Kopf geneigt – *dort, in der Pforte, würden Wachen stehen?* Als Liudolf *bero slahari* kurz vor Sonnenuntergang erschien, um ihn vom Baum zu lösen, machte sich Arnulf darauf gefasst, durch das Felsentor gebracht zu werden. Auf einen Schlachtstein mit Rinne, durch die das Blut abfließen würde … Doch Widukinds Schildmann schleifte den Gefesselten abermals in Richtung des Verschlags.

Wie so oft verlieh ihm die Erleichterung neue Kühnheit. »Lasst mich woanders schlafen, Liudolf«, grunzte Arnulf. »Nicht in der Schafscheiße.«

Prompt gab er Arnulf einen Tritt, der ihn ein paar Meter über das Gras rollen ließ. Dann kniete der Krieger neben ihm mit einem bösen Funkeln in den Augen nieder. »Sei froh, dass die Kapuzen noch mit sich selbst beschäftigt sind … wenn's nach mir ginge, wärst du längst Fraß für die Hunde!«

Nachts sah Arnulf die Mondsichel, und er hoffte, dass Erika erscheinen würde. So wie vor dem Kampf gegen Heden … *lächerlich.* Würde sie miterleben, wie sie ihn aufschnitten? Neben ihm wimmerte immer wieder einer, schlafen war gar nicht möglich. Irgendwann wurde Arnulf klar, dass er die Laute des anderen verstand: Jesus, Maria, Allmächtiger … »Wer seid Ihr?«

Auch der Jammerer hatte auf den Rücken gefesselte Hände, er wälzte sich herum und versuchte Arnulf zu erkennen. »Mein Name ist Hildegar – Ihr seid ein Franke?«

Arnulf nannte seinen Namen und erzählte kurz, wie er als Krieger des Königs in Gefangenschaft geraten war.

Bei Hildegar lagen die Dinge ganz anders: »Ich habe bei den Ostfalen missioniert. Der Fürst, an dessen Hof ich lebte, wandte sich gegen mich.«

»Warum?«

»Ich habe einigen seiner Sklaven die Taufe gegeben. Später lief einer von ihnen davon, und die Sachsen fanden raus, dass ich ihm Brot und ein Messer gegeben hatte. – Werden sie uns umbringen?«

»Ja«, sagte Arnulf. »Wenn wir uns nicht vorher in Mist verwandeln.«

Der Priester stutzte. »Seid Ihr … seid Ihr wirklich so furchtlos, mein Sohn?«

Arnulf verstummte. Die Angst war längst ein Teil von ihm geworden, aber er spürte sie nicht mehr so – wie ein Geschwür, mit dem man schon lange herumläuft. »Ich habe Petrus gesehen«, sagte er. »Er hatte ein Schwert …«

»Und – hat er Euch aufgenommen?«, fragte Hildegar gespannt.

»Nein.«

Arnulf hörte den anderen laut ein- und ausatmen. »Dann beichtet Eure Sünden, solange noch Zeit ist! Erzählt mir alles!«

Mit reinem Gewissen zu sterben wäre für Arnulf noch in der Kulthalle so etwas wie Trost gewesen. Doch er fand kein Zutrauen zum Mitgefangenen, der noch kurz zuvor so verzweifelt gewirkt hatte. Er dachte an die alten Gefährten, mit denen er Widukind in die Arme geritten war – alle tot, längst beim Herrn oder in der Hölle. *Würde Arnulf ihnen begegnen, im Jenseits?* Nicht mit der Faust konnte er sich noch retten, höchstens mit der Zunge … »Sagt, Hildegar, was heißt das: *Am Anfang war das Wort?*«

»Dass der Herr mit seinen Worten die Welt erstehen ließ, mein Sohn; wie kommt Ihr darauf?«

»Ich weiß nicht«, log Arnulf. »Ich hörte das einmal bei der Messe … Ihr habt Mut, Hildegar! Ohne Eskorte und Waffen unter den Heiden leben – warum habt Ihr das getan? Um dem Herrn zu gefallen?«

Hildegar nahm sich Zeit, bevor er antwortete. »Ich komme

von einem Hof nahe der Würzburg, hinten am Main«, sagte er endlich mit einer Stimme, die wenig mehr als Flüstern war. »Als junger Mann war ich in die Tochter eines wohlhabenden Mannes verliebt, der in unserer Nähe lebte. Ich freite um sie. Wir empfanden *minna* füreinander ... Aber ihre Eltern ließen sie einen anderen heiraten, der zehnmal so viele Hufen hatte wie wir, und dreimal so viele Knechte. Ich konnte es nicht ertragen!« Hildegar verstummte. Nach einigen heftigen Atemzügen beendete er seine Geschichte mit Worten, die Arnulf nicht mehr überraschten: »Ich ging zu den Brüdern, um mein Leben dem Herrn zu widmen.«

»Dann seid Ihr hier wegen – wegen einer Frau?«

»Nicht nur, aber – auch wegen ihr, ja.«

Wir haben etwas gemeinsam, Priester Hildegar.

Am nächsten Tag ließ Liudolf ihnen die Fußfesseln abnehmen und trieb sie durch das steinerne Tor. Arnulf sah in den Fels gehauene Treppenstufen, die auf die Kuppen führten, und er sah Runenzeichen in den Fels geschlagen. Der Weg führte direkt auf einen Holzbau mit flachem Kegeldach zu, der wie die Kulthalle von Bylanuelde aussah, nur größer. Und tatsächlich lag vor der Halle ein hüfthoher Stein, sechs Fuß breit, mit einer Vertiefung in der Mitte. Eine ihrer Wachen rief etwas. Sie warteten. Und starrten auf den Stein ...

»Herr, erbarme dich unser ...«, begann der Priester zu murmeln. Dann traten drei *harugari* aus einer Tür, über der riesige Rinderschädel angebracht waren. Sie trugen die mit Lederriemen zusammengehaltenen Kutten, die Arnulf häufiger gesehen hatte, doch der Stoff war schwarz, und sie hatten trotz der Wärme Kapuzen ins Gesicht gezogen. Nur die gekrümmte Figur in ihrer Mitte hatte die Kapuze im Nacken, Arnulf konnte das Gesicht erkennen, und er erschrak: das Faltengewirr eines Greisenantlitzes, mit einem Auge auf der Stirn? Nein, ein Hautfleck … Der Alte starrte Arnulf für einen langen Moment an, der ihm die Knie weich werden ließ.

»Dein Reich komme, dein Wille geschehe …«, murmelte Hildegar.

Der Dreiäugige krächzte etwas. Die Kerle mit den Kapuzen packten den Priester, warfen ihn auf den Bluttisch und zogen kurze Äxte aus ihren Gürteln. Einer durchtrennte mit einem schnellen Messerschnitt die Kehle des Opfers, dann kamen die Beile dran. Es ging so rasch, Arnulf mochte kaum glauben, was er sah. Hatte Idorich nicht behauptet, die *harugari* würden das Blut ihrer Opfer saufen? Da trat Widukind selbst aus dem Eingang der Halle: groß, wuchtig, doppelt so breit wie die mager wirkenden *harugari*, angetan mit einer schweren Goldkette um den Hals – *die Herzogskette*. Scharf sah er Arnulf an. »Er war nicht wichtig, *hamar*«, rief er mit höhnischem Unterton. »Du wirst dort oben sterben!« Er deutete mit dem Kinn auf die Klippenhöhe, dorthin, wo Arnulf den nächtlichen Feuerschein gesehen hatte.

Arnulf schluckte. Die Henker Hildegars aber waren noch nicht fertig: Sie trennten das Haupt des Opfers ab, anschließend die Arme, und dann wiederum zerhackten sie die Arme in kleinere Teile. Als wären die Geräusche der knochenbrechenden Beilhiebe ein Lockruf, kam hinter der Kulthalle eine Meute Hunde herbei. Sie waren Wölfen ähnlicher als alles, was Arnulf je gesehen hatte. Mit erregtem Jaulen umliefen sie den Opferstein und schnappten gierig nach den Körperteilen des Priesters, die die Kapuzen ihnen zuwarfen.

Dann ergriffen sie Arnulf und zogen ihn nach vorn, dorthin, wo der Dreiäugige stand. Jemand packte Arnulf in die Haare und drückte seinen Kopf nach unten. Ein Grunzen entfuhr dem Alten. »Zum Feuer!«

Arnulfs Eingeweide zogen sich zusammen, als ihn die Bewacher in Richtung einer Schmiede schleiften, die rechts oberhalb der

Kulthalle zwischen zwei lang gezogenen Häusern stand. Er hörte das Geräusch des Blasebalgs, als sie näher kamen, und dann roch er das Brenneisen – vielleicht, weil noch Fleischreste daran hafteten. Als die Glut seine Haut hinter dem Ohr versengte, brüllte er auf wie ein Tier.

Zwei langbärtige Sachsen in erdbraunen Gewändern schleppten den Besinnungslosen auf den rechten Talhang zu, wo sich die Klippen in den Hang hineinschoben. »Beim nächsten Vollmond«, raunte Oriost, »werden wir ihn auf dem Wodansfelsen opfern. Einen Tag zuvor will ich Eure Schwester mit dem Engernherzog vermählen.«

»Das sind mehr als zwei Wochen, ehrwürdiger Oriost«, gab Widukind zurück, ohne seine Ungeduld zu verbergen.

Der Alte berührte mit gichtigen Krüppelfingern die Knochenkette um seinen Hals. »Die Dinge brauchen ihre Zeit, Herzog ... Die Welt gerät aus dem Gleichgewicht, wenn wir sie schneller machen wollen, als sie ist.«

Widukind presste die Lippen zusammen. Es war Teil der Übereinkunft mit *tri ouge*, ihn den Tag des Eheschlusses wählen zu lassen! Dass danach ein großer Kriegszug begann, dass es darauf ankam, bald loszuschlagen, schien den Alten kaum zu berühren – genoss er es nicht sogar, Widukinds Drängen ins Leere laufen zu lassen? Oriost wies mit einer Bewegung seines Knotenstocks zu einem längs gespaltenen Baumstamm, der als Bank vor der Kulthalle lag. Widukind wartete, bis der Alte sich gesetzt hatte; respektvoll blieben Liudolf, Dago und sein Vetter Ingmar mit ein paar Schritt Abstand auf der Wiese stehen. Ingmars neue Anhänglichkeit konnte der Herzog nur damit erklären, dass er nun auch Oriosts Unterstützung hatte – *und das Schwert*. Er starrte auf die Scheide mit dem Elfenbeingriff und den Goldeinlagen, die *tri ouge* ihm in der Kulthalle übergeben hatte. Das Varusschwert war zierlicher und weniger beeindruckend, als er erwartet hatte. Aber es war die Waffe des Römerfürsten, der vom großen Armin geschlagen worden war. Diese Trophäe stand wie nichts anderes für das Heil sächsischer Waffen!

»Lebt euer Vater noch?«, fragte der Alte unvermittelt.

»Es geht zu Ende mit ihm«, antwortete der Herzog. »Er war froh zu hören, dass wir Frieden schließen.« Das war gelogen: Mochte der Greis sich ruhig an kleinen Freundlichkeiten erfreuen! Seine Finger strichen über das gedunkelte Elfenbein mit den feinen Ziselierungen, und in diesem Moment wusste er, dass er die Waffe niemals wieder an Oriost zurückgeben würde.

»Wollt Ihr es im Kampf tragen?« Oriost sah ihn an – der schwarze Fleck über der Nasenwurzel war das Auge, mit dem er die Gedanken anderer Menschen las, hieß es.

Widukind schüttelte den Kopf. »Im Kampf vertraue ich nur auf *bluot trinkar* …« Er räusperte sich. »Wir brechen morgen zu den Ostfalen auf, ehrwürdiger Oriost. Ich werde ihre Edlen zu einer Versammlung rufen und das Schwert des Armin sprechen lassen. Ich habe auch Nachricht zu den Nordelbiern gesandt, damit sie sich unserem Feldzug anschließen.«

Der Alte atmete hörbar aus und befingerte seine Halskette aus Knochen. Die Ankündigung musste ihn überraschen; es entsprach dem Brauch und *tri ouges* Stellung, dass der *munt* der Braut bis zur Vermählung an den Klippen blieb, gleichsam als Gast, der dem Oberpriester huldigte. »Besser, Ihr bleibt«, sagte der Alte mit seiner knarrenden Stimme. »Viele Edlinge werden zur Vermählung kommen, ich weiß es, denn – jedes Geschlecht besucht einmal im Jahr die Klippen. Sie werden Euch ein offenes Ohr leihen, dafür sorge ich.«

Widukind lächelte grimmig. *Du willst wichtiger sein als ich, Alter!* »Wir brauchen nicht nur die Edlinge, wir brauchen ihre Krieger, und wir brauchen sie bald!« Widukind stand von der Bank auf und neigte den Kopf vor dem versteinerten Alten. Blaue Adern auf den Handrücken des Alten traten hervor, fest hielt er seinen Knotenstock umklammert.

Mit allen Augen blickte er zu dem Jüngeren hoch. »Der große Armin besiegte die Römer. Dem eifert nach, gut! Aber beherrscht Euren Ehrgeiz, Herzog! Denkt daran – der Cherusker wurde von seinesgleichen getötet, nicht lange nach dem Sieg!«

Ein Baumstamm als Gefängnis: Sie steckten den Gefangenen in eine sechs oder sieben Fuß breite Baumruine. Der Einlass war eine nach unten enger werdende Öffnung im Stamm, durch die ein Erwachsener eben so hindurchpasste. Die *harugari* verschlossen den wulstigen Spalt mit einem schweren, spitz zulaufenden Steinquader, der wiederum mit einem Riemen festgezurrt beziehungsweise gesichert wurde. Danach blieb wenig mehr als eine kopfgroße Lücke, durch die Arnulf durch einige tief hängende Zweige hindurch einen Blick auf die Kulthalle und das Geschehen im Talgrund hatte. Es roch modrig im Baum, der Untergrund war schwarz und erdig; er hörte das Wieseln kleiner Pfoten und manch andere Geräusche. Als der Schmerz der Brandwunde so weit nachgelassen hatte, dass er wieder denken konnte, setzte bald der Juckreiz zwischen den Lenden und auf der Brust ein, der ihn auch im Erdloch gequält hatte. Das Kratzen brachte keine Linderung … Auf der rückwärtigen Seite der Baumhöhle entdeckte er schließlich in Brusthöhe ein Loch. Er konnte den Boden des Waldes sehen, der sich den Hang hinaufzog. Sofort untersuchte er die Ränder der Öffnung: hart wie Eisen! *Dein letztes Gefängnis.* Die kaltblütige Zerstückelung des Priesters ließ kein Platz für Hoffnungen.

Abends erschienen zwei Gestalten mit einer Kanne Wasser und einem halben Brot. Sie reichten beides wortlos durch die Lücke über dem Verschlussstein hindurch. Ihre Gesichter waren noch etwas jünger, die Bärte hatten noch keine Fülle.

»Wie lange habe ich noch, he? Redet mit mir, ihr Vogelscheuchen!« Ihre Kutten hatten keine Kapuzen, fiel dem Gefangenen auf; er wollte glauben, dass die eigentlichen Opfer die dunklen Gestalten

waren, die mit dem *tri ouge* in der Kulthalle saßen ... »Kannst du die Wodansklippe sehen, Franke?«

Im Weggehen drehte der eine den Kopf. »Dann weißt du, wann es so weit ist!«

Als sie verschwunden waren, presste er seinen Kopf in die Öffnung, die der Felskeil noch frei ließ: Musste die Wodansklippe nicht die höchste sein? Von seiner Warte aus waren die Felsen einer hinter dem anderen aufgereiht, doch auf dem mittleren überragte eine kleine Pyramide die Höhe der anderen: Es mochten Rinderschädel sein, genau war es nicht zu erkennen ... doch zwischen diesen Rinderschädeln lag noch etwas anderes: Steine? Menschenköpfe?

Am zweiten Abend im Baumkerker hörte er das Knacken von Ästen auf der Hangseite. Und eine gedämpfte Stimme. »Arnulf?«

Seine Hoffnung schoss wie ein Pfeil in den Himmel, er sprang auf und versuchte, durch das faustgroße Loch zu spähen.

»Du atmest ja immer noch, Mann.«

Arnulf knirschte mit den Zähnen. »Heden, zum Teufel ... Warum bist du gekommen?«

Eine Stille entstand. »Kam so vorbei, weißt du ...«

Arnulf dachte an die tumben Worte, mit denen er Heden beim Hermarsch vertrieben hatte – Worte wie Steinwürfe, die einfach nur wehtun.

»Bei Vollmond passiert es, sagen die *harugari.*« Heden dämpfte seine Stimme so sehr, dass Arnulf sein Ohr an die Öffnung legte. »Sind noch ein paar Tage. Dachte, das willst du wissen.«

»Danke«, sagte Arnulf schnell. »Es tut mir leid, wenn ich dich beleidigt habe – entschuldige!«

Keine Antwort. Arnulf seufzte. »Ich hätte nicht ...«

»Schon gut«, kam es von draußen. »Du hattest recht, sie geben mich an Bothos Haus weiter ... zusammen mit zehn anderen *Knechten* und zwanzig Pferden. Brautgeschenke!«

Unter der kaltschnäuzigen Oberfläche hörte Arnulf die Verletzung heraus. Dann räusperte sich der andere, die nächsten Worte waren kaum hörbar: »Soll ich der Edelfrau etwas von dir ausrichten?«

»Ja – nein. Sag ihr …« Plötzlich zog sich in seinem Hals etwas zusammen. Als er sich wieder unter Kontrolle hatte, bat er Heden, morgen wiederzukommen.

Doch er erhielt keine Antwort – der Thüringer war bereits verschwunden. Arnulf blickte aus der Vorderöffnung: Zwei Wachen mit Speer und Helm schlenderten in Richtung des Baumes.

Heden kam tatsächlich noch einmal. Und diesmal hatte Arnulf Worte geformt und zurechtgelegt wie Gänsefedern, die einem Pfeilschaft die richtige Flugbahn geben. »Unser König kann jeden Hörigen, jeden Unfreien zum Freien machen! Der König, Heden, hat es mir selbst gesagt: dass der Verdienst eines Mannes so viel wert ist wie das Geblüt.«

»Pah!«, schnaubte Heden. »Geblüt ist überall wichtiger als Verdienst! Und – was hast du mit dem König zu schaffen? Wenn du dem König am Herzen liegen würdest, dann …«

»Der König«, sagte Arnulf schnell, »hat mich zu seinem Gefolgsmann gemacht … er hat mich in seine Leibwache aufgenommen. Er hat mir sein Leben anvertraut. Der König hat mir befohlen, die Irminsul zu zerstören. Und wenn ich hier rauskomme, bei Gott, *dann schuldet der König mir mehr als einen Gefallen*!«

Heden nahm das schweigend hin. Doch durch die faustgroße Öffnung sah Arnulf, wie der andere die Stirn in Falten legte. »Wir haben keine Aussicht davonzukommen«, sagte er mit schrecklicher Ruhe. »Es wimmelt von Kriegern im ganzen Tal, täglich werden es mehr! Und die *harugari* überprüfen ständig dein Gefängnis – auch wenn du das da drinnen nicht merkst!«

»Wann ist die Vermählung? Einen Tag bevor sie mich umbringen wollen, ja?«

Heden brummte ein Ja.

»Dann werden fast alle besoffen sein! Bei solch einer Feier wird tagelang getrunken ... Ich sage dir, nur die *harugari* selbst sind am zweiten Abend noch aufrecht, und mit denen werden wir fertig, bei der Jungfrau Maria!«

Für mehrere Herzschläge war da nur Schweigen. Mit angehaltenem Atem wartete Arnulf auf Hedens Antwort. Dann lehnte sich Heden gegen die Wand der Baumhöhle und sprach direkt durch die Öffnung, sodass der Ton seltsam im Gefängnis hallte: »Schwöre, Arnulf, bei deiner Mutter: Du wirst deinen König dazu bringen, mir die volle Freiheit zu geben! So als wären meine Eltern Freie gewesen! Und wenn ich eine Frau habe und Kinder, dann müssen sie ebenfalls zum Stand der Freien gehören!«

»Ja!«, rief Arnulf viel zu laut. »Und wenn du gelogen hast, mein Freund, und der König dich gar nicht kennt, dann werde *ich* dir die Kehle durchschneiden!« Heiße Aufregung durchströmte die Glieder des Hessen, seine Worte überschlugen sich: »Bring mir einen Dolch, hörst du? Und versteck dich an dem Abend hier, hinter dem Baumverlies, mit einem Schwert und einem Speer ...«

35

Kassel an der Fuldafurt, Sommer 774

»Da vorne ist es!« Albrichs Finger zeigte in Richtung eines mächtigen Balkenvierecks mit zwei Wehrtürmen, etwa hundert Schritt oberhalb des Flussufers, außerhalb der Hochwasserzone. »Da war früher nur 'ne bessere Palisade, mehr nicht!« Der Krieger spuckte eine der winzigen Fliegen aus, die den Reitern in Mund und Nasen krochen, und sorgte dafür, dass die Stoßlanze locker genug in den Halteschlaufen am Sattel lag.

Einhard runzelte die Stirn. »Die werdet Ihr nicht brauchen.«

Düster blickte ihn das zerpflügte Gesicht des Kriegsmanns an. »Der alte Gerao war ein Vasall des Königs, richtig? Esiko hat ihn erschlagen. Ihr seid auch ein Mann des Königs!«

»Niemand kann Euch ein Mangel an Wachsamkeit unterstellen«, sagte Einhard und ließ es wie Anerkennung klingen.

»Deshalb hab ich auch noch beide Ohren«, sagte der Krieger leichthin. »Und Ihr auch!«

Einhard lächelte mit einem Mundwinkel; Albrichs Hoffnung auf Goldschätze war enttäuscht worden. Nun war er dabei, sich mit Einhard in eine Gefahr zu begeben, die vernünftig kaum zu begründen war. *Oder spielte ihm der Krieger etwas vor*?

Der Uferweg war in überraschend gutem Zustand, die fünfzig Köpfe zählende Truppe konnte locker in Zweierreihe reiten; träge schob sich unterhalb der Straße das Wasser der Fulda in seichten Schleifen nach Norden. Lediglich ein paar sonnengebleichte Baumstämme auf Sandbänken kündeten vom letzten Hochwasser des Frühjahrs. Vor dem Burgtor sah Einhard Männer mit nackten Oberkörpern Schubkarren bewegen, andere brachten Zugochsen mit Baumstämmen in die Burg; auf dem Wall quietschten dreibeinige Flaschenzüge mit Steinkisten und Erde. Die Nachmittagssonne warf ein warmes Licht auf die Arbeiten, alles wirkte friedlich.

Wachen im Schuppenpanzer riefen sie vom Wehrgang über dem Tor an. Erst jetzt gewahrte Einhard den Kopf, der drei Fuß unterhalb des Wehrgangs baumelte: Ein Lederriemen war durch ein Ohr gezogen. Der graue Bart war noch zu erkennen, die Augenhöhlen waren leer, auch Wangen und Lippen waren von Vögeln zerfressen.

»Gerao?«, knurrte Albrich.

Einhard nickte. Der Krieger schmetterte Einhards Namen und Rang hinaus – alles hielt einen Augenblick inne, die Arbeiter auf den Wällen und auch die Weiber, die mit Obstkörben auf dem Burghof unterwegs waren und die Fremden beobachteten. Hinter Einhard und Albrich trabte Hunus *gideon* durchs Tor – vermissten die Männer nicht schon lange ihren Priester? Vorbei ging es an einem Dutzend Krieger mit Stoßlanzen, die nickten und halblaute Grußworte riefen: narbige Gesichter mit Schnauzbärten, die ihm vertraut vorkamen. Einhards Unsicherheit schwand – er tat das Richtige! *Oder sorgten die Heiligen dafür, dass er das fühlte?*

Die Krieger ließen sie absteigen. Man führte sie an einer steinernen Schmiede vorbei, in der bullige Männer Blasebälge fauchen ließen, in den hinteren Teil der Anlage, in dem sich ein massiver Turm erhob. Mehrere Männer zerteilten dort einen Auerochsen, zwischen dessen Hornenden eine Schwertklinge gepasst hätte. Der Boden war schwarz vom Blut des Tieres. Eine kräftige Gestalt in dunklem Leder stand über den Brustkorb gebeugt. Als Einhard näher trat, richtete der Zerteiler sich mit einem triefenden, braunroten Klumpen in der Hand wieder auf – Esiko *harto*.

Sie musterten einander. »Ihr traut Euch nach Casila …? Heil!« Esiko fing an zu grinsen, ein heller Zahnbogen in schwarzem Stoppelfeld.

»Es freut mich, dass Ihr Euch gut erholt habt, *harto*«, sagte Einhard trocken und nickte auch dem stiernackigen Kerl neben Esiko zu.

Ansgar nickte und wischte blutverschmierte Hände an der Hose ab.

»Wenn Ihr den *dux* Gerao sucht«, rief Esiko, »er hängt am Tor!«

»Wir haben ihn gesehen«, antwortete Einhard unbewegt.

»Falls Ihr seine Söhne sucht – ich warf sie in den Fluss. Sie müssten bald bei den Küstensachsen ankommen.«

Verhaltenes Gelächter kam von den Kriegern ringsum. Ein flaues Gefühl durchquerte Einhards Magen. »Ihr habt die ganze Familie …?«

»Und einen jüngeren Bruder Geraos! Ich will nicht zehn Jahre *feuda* mit seiner Sippe. Ich, Esiko, nehme jetzt den Wegzoll von den Händlern an der Furt! Und ich lasse roden, Einhard … Ihr glaubt gar nicht, wie viele Leute mir dienen wollen, weil sie scharf auf ein Stück Land sind! Nächstes Jahr habe ich tausend Schwurleute, mindestens!« Seine Hand mit dem Fleischklumpen ging hin und her, als wiege er Hühnereier. »Warum seid Ihr hier?«

Einhard holte Luft. »Ich will Arnulf befreien. Und die Burgleute, die ich Widukind ausliefern musste … Helft uns dabei, Esiko!«

»Ihr?« Esiko starrte ihn an mit diesen schwarzen, fiebrigen Augen unter der dicken Brauenpartie, die wie Kohlen waren. »Ein *gilerito* will zu den Sachsen und Gefangene befreien?« Ein halb wahnsinniges Gelächter dröhnte Einhard um die Ohren. Ringsum vernahm Einhard Töne des Staunens und der Belustigung, und ein Geräusch von Albrich, das wie Zähneknirschen klang. Zu allem Überfluss drückte *harto* Einhard den triefenden Klumpen in die Hand. »Leber vom Auerochsen, verleiht Kraft und Mut! Davon werdet Ihr reichlich brauchen!«

Das Fleisch war warm und feucht in Einhards Händen, aber auch jetzt blieb er ruhig. »Wenn Kraft und Mut ausreichen würden«, rief er, »gäbe es mehr Auerochsen als alles andere im Wald! Aber diese Tiere sind fast verschwunden – *weil sie verdammte Einzelgänger sind*! Was glaubt Ihr, wie lange Ihr Euch hier halten könnt? Habt Ihr auch einen *Pakt* mit den Heiden geschlossen, wie Graf Thegan in Fritzlar?«

»Vorsicht, *gilerito*!« Esiko stemmte die Hände in die Hüften und starrte drohend auf Einhard hinunter. »Sonst hängt Euer Kopf am Tor neben Gerao!« Den Statthalter jedoch überraschten die harschen Worte nicht. Stoisch hielt er die Leber in die Höhe: »Lässt sich dieser Haufen Fleisch braten? Ich habe ein paar Weinschläuche dabei; warum reden wir nicht im Sitzen weiter?«

Die Halle am östlichen, dem Flussufer zugewandten Wall war nicht groß genug, um all die vielen Krieger jeden Alters aufzunehmen, die sich um den neuen Herrn der Furten drängten. Da waren viele fremde Gesichter, auch langbärtige Kerle aus dem Sachsenland, die Knochenamulette oder Donarhämmer um den Hals trugen. Auch den Zungenschlag von Thüringern hörte Einhard heraus, Leute aus dem östlichen Grenzgebiet, die die Aussicht auf Land anzog. Die alten Scarakrieger, die Einhard wenige Monate zuvor noch befehligt hatte, begrüßten ihn mit einer Mischung aus Respekt und unbeholfener Freundlichkeit. Alles wollten sie wissen über die Eroberung Pavias – hier musste Einhard ein wenig fabulieren. *Tristan tot? Der Liederschmied? Der konnte Verse machen wie andere Pfeile und Speere!* Das Bier floss in Strömen, der Auerochsenkörper am Spieß wurde immer kleiner; Albrichs Schilderung von der Zerstörung des römischen Hurenhauses erzeugte Grölen, Schenkelklopfen und Gelächter im ganzen Raum. All das brach ab, als Einhard verkündete, dass zwei echte Heilige aus Rom auf ihrem Packwagen mitfuhren. Die Männer bekreuzigten sich, ehrfürchtiges Gemurmel setzte ein. »Erzählt, Einhard! Wie habt Ihr das angestellt?«

Er ließ Albrich und Hunus den Triumph, davon zu erzählen – er selbst stand leicht angetrunken auf, denn Esiko hatte irgendwann genug von alldem und schleppte den Statthalter aus dem verräucherten Raum ins Freie.

Einhard folgte Esiko die Stiegen des Turmes hinauf. Im milden Abendlicht summten Mücken vor ihren Gesichtern, schon spürte Einhard Stiche in Hals und Hände. Die Plattform überragte den Wehrgang um sechsfache Mannshöhe. Von hier konnten sie die Flusswindungen für einige Meilen in beide Richtungen überblicken. Deutlich zeichnete sich eine Schneise im dichten Grün auf beiden Seiten des Ufers ab, die den Handelsweg vom Rhein in Richtung Thüringgau und weiter in das Slawenland markierten. »Den Weg werden wir richtig ausholzen, auf beiden Ufern! Man muss sehen können, wer da kommt!«

Einhard stocherte Fleisch zwischen den Zähnen hervor. »*Krieger sind keine Holzhauer* – wer hatte das gesagt?«

Esiko lachte harsch auf. »Das war früher! Jetzt, *gilerito,* bin ich mein eigener Herr! Casila, so hieß meine Mutter. Mein Vater war ein Gefolgsmann Geraos ... Hatte einen schönen Falken, aber keine Tunika zum Wechseln! Er fiel in einem Zweikampf. Der *dux* holte meine Mutter in sein Bett, wenn ihm danach war. Er hatte auch drei Weiber ... als sie von ihm schwanger war, haben sie meine Mutter vergiftet.«

Einhard murmelte eine Beileidsbekundung, überrascht von Esikos Vertraulichkeit.

Dessen Züge verhärteten sich. »Der Alte erinnerte sich noch an mich – ihn abzustechen war ein gutes Gefühl! Kaufungen lasse ich meinen Gefolgsleuten, Casila wird der Stammsitz meines Geschlechtes, Einhard!«

Für einige Herzschläge waren nur die Mücken zu hören. Einhard räusperte sich. »Graf Warin steht bei der Klosterburg Fulda. Ich habe fünfzig Krieger dabei ...«

»Er hatte keine Lust, Eure Suche zu begleiten, nicht wahr?« Esiko sah ihn abschätzig an. »Warin ist ein Schönling, aber kein dummer – warum zum Teufel soll *ich* mit Euch in den Untergang reiten, he?«

Einhard kratzte sich am Hinterkopf. »Untergang? Widukind will Krieg, mag sein. Aber die Fürsten der Stämme sind zäh. Noch marschieren sie nicht. Ihr kennt die Nordgrenze mit all ihren Schlupfwinkeln, Esiko!«

Harto sah ihn mit zusammengezogenen Brauen an, der Stummelfinger raspelte durch den Kinnbart. »Was zum Teufel … Ihr wart immer ein Pergamentschisser, verzeiht! Und jetzt – wollt Ihr Euch auf ein Abenteuer einlassen, auf Leben und Tod? Ist das irgendein Zaubertrank, den sie Euch in Rom gegeben haben?«

Einhard lächelte steif. »Ich habe zehn Pfund Gold dabei. Sie gehören Euch, wenn Ihr uns begleitet!«

»Gold ist gut«, grinste Esiko. »Und womit bezahlt Ihr die Sachsen? Damit sie Arnulf rausgeben?«

»Sagen wir, ich habe zwölf Pfund Gold …«

Esiko nickte, als hätte er es so erwartet. »An Eurer Stelle würde ich zur Iburg[21] ziehen, knapp zwei Tage nordwestlich von hier. In der Nähe soll's eine große Zusammenkunft geben, eine Fürstenhochzeit. Klingelt da mit Eurem Gold, dann wird sich irgendjemand an Arnulf erinnern, ganz sicher – falls er noch lebt!«

Einhard verschränkte die Arme, die Enttäuschung war wie Mehl im Hals. »Heißt das, Ihr wollt mir nicht helfen?«

Esiko wandte Einhard den Rücken zu und starrte nach Norden – nein, er starrte auf das Holz der Brustwehr. Seine Hände gingen an die Schläfen. Ein Ächzen kam aus seiner Kehle.

»*Harto?* Ist Euch nicht wohl? Kann ich …«

»Schweigt!«, zischte der Kriegsherr. Ein Storch flog einen weiten Kreis um den Turm, während Esiko fast reglos mit dem Rücken zu Einhard verharrte, die Ellenbogen auf die Brüstung gestützt, die Hände an den Kopf gepresst. Endlich drehte er sich wieder um mit bleicher, verkniffener Miene. »Hier steckt noch Eisen drin, Einhard!« Seine Finger entblößten eine wulstige Narbe unter dem Haar an der Seite des Kopfes. »Ich spür's jede Nacht! Widukind! Wenn der Herzog mir vors Schwert läuft, garantiere ich für nichts!«

»Dann kommt mit!«, sagte Einhard, überrascht von der eigenen Kaltschnäuzigkeit. »Der König schenkt Euch die halbe Buchonia, wenn Ihr Widukind zur Strecke bringt!«

---

21 Das heutige Bad Driburg

»Hört mir auf mit dem König!«, grunzte Esiko, fast wieder er selbst. »Er verspricht alles, wenn die Gefahr groß ist, und hält nichts, wenn sie vorbei ist! Nein, *gilerito* – Ihr müsst mehr auf den Tisch legen als ein bisschen Gold und königliches Geschleime!«

Einhard schwieg, weil er spürte, dass Esiko nun kam. Aber die nächsten Worte *hartos* waren wie eine Ohrfeige. »Gebt mir die Heiligen, beide!«

»Das ist lächerlich!«, krächzte Einhard.

Esiko bleckte die Zähne. »Ich nehme hundert meiner besten Männer mit! Zumindest werden wir Euch wieder lebend zurückbringen …«

Einhard schüttelte den Kopf. *Wie hatte er glauben können, dass Esiko etwas für ihn tun würde?* »Schlagt ein oder zieht weiter, morgen, bei Sonnenaufgang!«

»Ich habe Männer für diese Knochen geopfert«, murmelte Einhard und starrte auf das Flusstal zu ihren Füßen: Sandbänke mit bleichem Treibholz, schrundige Weiden am Ufer und dichtes, sattes Grün in den sumpfigen Seitenarmen; das Quaken von Fröschen hatte dort unten eingesetzt … *Keine Spur von Zivilisation.* Freilich, zwei Heilige – selbst wenn es nur römische waren – würden viele Menschen anziehen, mehr noch als die Aussicht auf Rodung und Land!

»Euer Schreiber blieb in Rom, stimmt's?« Esikos Stimme war nun nahezu freundlich – vielleicht sprach er auch einfach nur halblaut. »Seht es als Tausch, Einhard.«

Aufgewühlt blickte der *gilerito* den Kriegsmann an. »Was redet Ihr da, Mann?«

Esiko hob einen Zeigefinger. »Der Schreiber war Euch lieb, aber – Ihr findet in jedem Kloster einen neuen! *Sax hamar* dagegen – an dem war etwas! Er kann ein großer Kriegsherr werden … wenn wir uns beeilen!«

36

An den Externsteinen, im Sommer 774

Den voller werdenden Mond verfolgte Arnulf aus seinem Baumgefängnis mit Furcht, die von neuer Hoffnung durchsetzt war. Gegen Mitternacht gab es eine Zeit, in der er den silbernen Kreis am Himmel sehen konnte, voll und rätselhaft wie ein riesiges Brot. Aus der Ferne war um diese Zeit Wolfsgeheul zu hören. Vielleicht trauten die *harugari* auch ihm zu, sich noch in einen Wolf zu verwandeln: Vor seinem Gefängnis hatten die Kapuzenmänner einen Stab in die Erde gerammt, auf dessen Spitze ein Wolfsschädel befestigt war. Arnulf sah direkt auf die Fangzähne und die leeren Augenhöhlen, wenn er durch die Öffnung blickte. Plötzlich konnte er wieder den Schmerz der halbwegs verheilten Brandwunde hinter dem Ohr fühlen – nein, eigentlich war es ein tieferes Brennen, älter als die Wunde …

Wo blieb Heden mit dem Dolch? Hatte er sich doch noch anders entschieden? Als Arnulf einige Tage später die *harugari* vor der Kulthalle sah, wie sie einen Kreis mit hellem Pulver markierten, wurde ihm klar, dass die Hochzeit unmittelbar bevorstand. Nun fühlte er die Erregung ansteigen wie ein Prickeln unter der Haut, das man nicht wegkratzen kann; seine Hände lagen auf den Rändern der Stammöffnung, angestrengt starrte er auf den zwei- oder dreihundert Schritt entfernten Kreis vor der Halle: Erika in weißem Kleid, er sah ihren Goldschmuck in der Sonne blitzen. Sie wirkte steif und reglos. Neben ihr: Widukind mit einem prachtvollen blauen Mantel über den Schultern und Botho, der Engernherzog. Sein dunkler Bart und die Körperfülle ließen ihn wie einen behaarten Kloß neben den dürren *harugari* aussehen, die um sie herumstanden. Es war eine Probe: Bald verschwanden sie wieder in den Schatten der Gebäude, während nun durch das Steintor mehr und mehr Edelherren mit ihren Kriegern kamen. Arnulf stellte sich Erikas Gedanken vor. Tage- und nächtelang hatte er nur *an sie* gedacht; nun dachte er in ihr – sah den widerwärtigen Botho, sah die Hochzeitsnacht …

Er schlug mit der Faust gegen das steinharte Holz des Baums. Morgen schon würden die *harugari* ihn auf den Wodansfelsen zerren. Hundertmal war er die Bewegungen durchgegangen: vier *harugari*, die den Steinklotz aus der Öffnung hebelten und den Gefangenen herauszogen … Den Dolch musste er unter dem Hosenbund verbergen, sorgfältig, sodass die Kerle ihn nicht sahen. Sie würden ihm sofort die Hände auf den Rücken binden! Deshalb musste er den ersten in dem Augenblick niederstechen, in dem er aus dem Baum heraus war. Heden würde dann aus dem Hinterhalt den zweiten töten. Die Überraschung war auf ihrer Seite – danach stand es schlimmstenfalls zwei gegen zwei!

Alles hing an Hedens Hilfe. Den ganzen Tag über zuckte Arnulf bei einem Geräusch im Wald zusammen, immer wieder tauchte er in das Bauminnere, zum rückwärtigen Loch: nichts. Am frühen Abend war der Platz zwischen Kulthalle und Klippen mit Menschen angefüllt, ein erwartungsfrohes Raunen lag über der Menge. Mit Mühe konnte Arnulf das Brautpaar im Mittelkreis ausmachen. Das gebückte Männlein vor ihnen musste der Alte sein, Oriost; schließlich dröhnten dreifache Heilsrufe der Menge in den Himmel, und Erika, die Braut, wurde auf einem Brettergeviert in die Höhe gehoben. Eine Schneise öffnete sich in der Menge, ein halbes Dutzend Männer trug die Braut in Richtung des Steintors. Alles war nun in Bewegung, er hörte den Klang von Flöten und Leiern, ein großes Fest stand an, auf der Talseite der Klippen: Nur dort war genug Raum für Hunderte.

Heden hatte ihn verraten. Er war zu feige für den Griff nach der Freiheit: Er würde irgendwie als Unfreier weiterleben – ohne *ahta*, ohne Gewalt über sein eigenes Dasein. Arnulf versuchte ihn zu hassen. Es ging nicht. Viele Menschen waren so!

Irgendwann kamen die beiden Wachen, die zu Widukinds Sippe gehörten, und blickten in das Innere des hohlen Stamms. »Morgen holen sie dich, *hamar*! Fang schon mal an zu beten!« Das Wasser in dem Krug, den sie zurückließen, schmeckte seltsam.

Der Tag war am Verdämmern, als sie schließlich kamen. Vier Mann, alle mit in das Gesicht gezogenen Kapuzen. Zwei hatten kurze Äxte im Gürtel, und jeder hatte ein Messer in einer Gürtelscheide. Sie fesselten seine Hände auf den Rücken, wie erwartet. Auf dem Weg hangabwärts zu den Klippen konnte er den Lärm der Feiernden auf der anderen Seite vernehmen: Der zweite Tag der Festlichkeiten. Dann ging es die Steinstufen hoch. Wie eine Spirale liefen sie um den riesigen Felsen. Einer zog ihn am Halsseil hinauf, andere liefen hinterdrein. Er sah Einhards alte Sanduhr vor sich: mit den letzten Körnern, die da durch die Öffnung fielen, verging eine Stunde, die niemand wiederbrachte … *Warum ließ er sich zur Schlachtbank führen? Das Wasser – irgendein Gift war in dem Wasser, das sie ihm am Vorabend gegeben hatten. Er sah sich selbst zu, sah alles wie im Traum.*

Erika war irgendwo da unten, sah zwischen grölenden, trunkenen Kerlen einem Hundekampf zu, oder Gauklern, die auf zahmen Hirschen ritten … *so nahe*! Sie erreichten eine Plattform, die kleiner war als das Innere eines Hauses. Auf beiden Seiten loderten Feuer, in der Mitte eine Art Bank aus zusammengefügten Steinen, am Ende eine Kupferschüssel. Ein paar Schritt hinter der Schüssel strebte ein schmaler Holzsteg über den Abgrund zum nächsten Felsen: Die Klippe gegenüber war noch einmal dreißig Fuß höher! Oben sah er Feuerschein, als er den Kopf hob. Sachsenpriester riefen dort den Mond an, der als gelbe Scheibe am Himmel hing.

Die *harugari* um Arnulf herum verharrten einige Augenblicke reglos, bis auf der Brücke eine Gestalt auftauchte. Sie hatte den Wolfsstab in der Hand – es war Oriost. Er trat bis an das Becken und machte den anderen Zeichen. Dann zog er ein Messer. Zwei der *harugari* stellten sich links und rechts der Steinbank auf. Die zwei anderen schoben Arnulf so weit vor, bis er nur noch einen Fuß vor der Bank stand. Endlich fühlte er Angst, zum ersten Mal an diesem Tage. Etwas lief aus seinen Eingeweiden nach oben, durch die Lunge, in den Hals – er schrie. Wie ein Tier brüllte er auf, das den Schlächter vor sich sieht, und im selben Moment spürte er seine Glieder wieder.

Prompt schlug ihm der Kerl zur Linken die Faust in den Leib. Arnulf würgte und schnappte nach Luft, worauf der andere ihm ein Stück Wolle in den Mund stopfte. *Auf brüllende Opfertiere legten sie keinen Wert.* Oriost nahm etwas aus dem Beutel und warf es auf die beiden Feuer, die daraufhin hoch aufloderten. Die *harugari* gingen in die Knie, breiteten die Arme aus und riefen Wodan an. Arnulf schluckte und drehte den Kopf: Der Schein des Feuers reichte bis zur ersten Steinstufe, nur ein paar Schritt hinter ihm. Ein Kapuzenmensch bewachte den Abgang – nein, er löste sich aus dem Schatten und kam direkt auf Arnulf zu. Eine Messerklinge ragte aus dem überlangen Ärmel hervor. Instinktiv wandte Arnulf dem Mann die Seite zu. Der hob das Messer bis auf Kopfhöhe, machte zwei schnelle Schritte vor und stach zu. Mit einem Ächzen ging der *harugari* auf Arnulfs linker Seite in die Knie, die Klinge hatte ihn zwischen Hals und Brust getroffen. Der Alte mit dem Wolfsstab kreischte etwas. Daraufhin kam Bewegung in die Priester, der Kerl rechts von Arnulf zerrte seine Axt aus dem Gürtel hervor. Und die Kapuze des Angreifers gab das Gesicht frei: schmale Wangen und Kurzbart – Heden! Schon stürzte er sich mit erhobenem Messer auf den Priester zu Arnulfs Rechten. Der Kerl wich nach hinten aus, aber ein weiterer Messerstoß Hedens ließ ihn rückwärts in das rechte Feuer stolpern.

»Meine Fesseln!«, brüllte Arnulf.

Aber schon griffen die beiden unversehrten *harugari* Heden mit ihren Kurzäxten an. Blitzschnell trat Arnulf mit aller Kraft nach dem, der ihm am nächsten war: Seitlich krachte der Priester auf die Steinbank. Der andere aber trieb den Thüringer mit nun wilden Luftschlägen an den Rand der Klippe. Arnulfs Handgelenke rissen wild an dem Strick, der ihn band. *Jesus hilf!* Der Gestürzte wollte sich hochrappeln. Arnulf verlagerte sein Gewicht, zielte und trat abermals zu. Er erwischte den Sachsen am Hals, hart schlug er mit dem Kopf auf dem Kupferbecken auf und blieb leblos liegen. Im selben Augenblick schüttelte der Erste, den Heden ins Feuer geschickt hatte, die Funken ab und suchte mit rauchendem Gewand nach seiner Waffe. Arnulf wollte auf ihn losgehen, doch – er hatte Oriost übersehen. Dessen Wolfsstab streifte Arnulfs Schädel, ein scharfer Schmerz, der ihn zur Seite taumeln ließ. Mit einem schrillen Schrei schwang der Alte noch einmal die Stange, als wäre sie eine übergroße Keule. Arnulf ging in die Knie, die Waffe sauste über ihn hinweg. Halb betäubt richtete er sich auf und rannte, die gefesselten Hände auf dem Rücken, in den Alten hinein. Der stürzte rückwärts, landete auf den ersten Planken der Brücke, griff ins Leere und verschwand mit einem Schrei in der Dunkelheit.

Wie wahnsinnig zerrte Arnulf an den Fesseln – *umsonst*. In tödlicher Umklammerung stand Heden mit dem *harugari* am Rand des Abgrunds. »*Martinus!*«, brüllte Arnulf, um den Halbverbrannten abzulenken. Aber der eilte Hedens Gegner zu Hilfe. Mit der Axt traf er den Thüringer an der Schulter. Heden schrie auf, stieß den anderen von sich weg und schwebte einen Moment lang über der Klippenkante. Doch irgendwie fing er sich und machte Front zum neuen Angreifer, den nun das kalte Blut verließ. Für die Dauer einiger Herzschläge standen sie einander schwer atmend gegenüber – während Arnulf den Strick mit einem glühenden Scheit aus dem Feuer durchbrannte. Mit freien Armen schnellte er hoch, packte einen der beiden *harugari* von hinten und schleuderte ihn hinab ins Dunkle. Der andere sah sich panisch um, dann eilte er mit wenigen Sprüngen zur Brücke und verschwand auf die andere Seite. »Wo ist der hin?«, keuchte

Arnulf. »Auf der anderen Seite gibt es noch eine Treppe«, stieß Heden aus. »Der wird Alarm geben!«

Arnulf biss sich auf die Lippen und spürte Blut durch seine Arme strömen ... »Dann über die Brücke ... auf der anderen Seite runter!« Als sie schon auf dem Steg waren, kehrte Arnulf noch einmal um und schüttelte den Halbtoten auf der Steinbank aus seiner Kapuzenkutte. Dann hastete er Heden hinterher. Der Thüringer hatte im Licht einer Fackel, die auf der anderen Seite in den Fels gesteckt war, den Abgang entdeckt. Ein jüngerer Kerl mit entblößtem Haupt trat ihnen nach den ersten Stufen entgegen. »Oriost? Herr?« Arnulf schlug ihn nieder, sie hörten den Körper irgendwo unter sich aufprallen, als sie in fiebriger Eile nach den nächsten Stufen leuchteten. *Der Mond?* Hinter Wolken verschwunden ... Und nun nahm Arnulf auch wieder das Festgelärme wahr, das Grölen der Betrunkenen, spitze Schreie von Weibern, Hundegebell, Liederklang ...

»Wo sind die Pferde?«

»Unterhalb des Sees«, keuchte Heden. »Ein Stück nach links in den Wald hinein ...«

»Wir brauchen drei«, verkündete Arnulf.

»Drei?«

»Wir nehmen Erika mit.«

Heden schnappte nach Luft. »Bist du *irre?*«

»Im Gegenteil«, grunzte Arnulf und begann, die dunkle Priestertracht überzustreifen. »Gott ist bei uns, glaub mir! Also, wo ist ihr Zelt?«

Das Schwert tat seine Wirkung.

Einige Meilen östlich der heiligen Klippen, an einem flachen Hang über dem Flüsschen Emmer, sah die Litin Gunda Widukind zu den Kriegern der sächsischen Stämme sprechen. Es war der zweite Tag der Hochzeitsfeiern; Galswintha war im Lager an den Klippen geblieben, um mit Botho und Erika die Reiter- und Kampfspiele zu verfolgen, die zu einer großen Feier gehörten. Gunda war froh, ihrer Gegenwart zu entkommen; Widukinds Frau hatte nur noch hasserfüllte Worte für ihre Rivalin. Stolz verfolgte die Litin, was für eine stattliche Figur der blonde Westfalenherzog mit der kräftigen Gestalt zwischen dem Herzog der Ostfalen, zwischen Abbio, Ingmar und den anderen Gefolgsleuten abgab.

Immer wieder reckte er das Römerschwert in die Höhe, als er mit weit tragender Stimme die Namen der Stämme aufzählte, die damals dem übermächtigen Feind aus dem Süden die Stirn geboten hatten. Und er malte den Zuhörern aus, wie viel Beute nun in den Frankengauen auf sie wartete: »Vereint wie die Vorväter zu einer großen Schlagmacht: Wer sollte uns widerstehen, Ihr Falen- und Engernkrieger?«

In einem riesigen Halbkreis standen die Sippenverbände und Hundertschaften aus allen Teilen des Sachsenlandes: die Engern Bothos, einige beutehungrige Nordelbier, Widukinds Westfalen und die Ostfalen aus den Gebieten jenseits der Weser. Letztere erkannte man an ihren geflochtenen Zöpfen und den Fingerknochen der Vorfahren, die ins Haar eingebunden waren. Alle diese Männer hatten Blut vergossen und Narben aus früheren Kämpfen davongetragen. Sie folgten ihrem Herzog, weil das Gesetz, weil der *thing* es so festlegte – aber kämpfen oder gar einen Kampf suchen, das wollten sie nur mit einem, der sie mitriss!

Gunda verspürte eine leichte Gänsehaut, als die Masse dröhnende Heilsrufe auf Widukind ausstieß und die Waffen in die Höhe reckte. Sie stand etwas abseits der Menge unter einem üppigen Haselnussgebüsch, bei den Pferden von Widukind und seinem Gefolge. Wieder spürte sie Udos Blicke auf sich; der rothaarige Lite, von Widukind mit einem eisenverstärkten Lederpanzer und sogar einem Spangenhelm ausgerüstet, stand ein paar Schritt hinter ihr. Sie hatte sich mit diesem Aufpasser abgefunden. *Weich nie von ihrer Seite, Udo!* Widukind hatte ihm das eingehämmert. Er, der Furchtlose, hatte diese eine Angst: dass ihr ein Leid widerfahren könnte.

Die Sonne war fast verschwunden. Träge, weiße Wolkenknäuel schlossen sich allmählich zu einer zusammenhängenden Decke zusammen. Eine Brise ging über den Hang, die erstaunlich frisch war. Nicht eine Mücke umschwirrte Gunda, denn der Sommer war müde geworden. Sorgfältig tasteten ihre Blicke die hinteren Glieder des Hufeisens ab, zu dem die Krieger sich versammelt hatten: Da waren manche Gesichter ohne Kampfnarben. Ihr Gebaren zeigte nicht die unerschrockene Kampflust der Freien, die Liten wirkten ernster – oder unsicherer? – als die anderen. Sie kämpften für ihre volle Freiheit, hieß es – *wenn die Sachsen siegten*!

»Könnt Ihr sie zählen, Udo?« Sie blickte ihn direkt an, worauf sein Gesicht die Farbe seiner Haare annahm, wie so oft.

»Vierzig mal hundert, vielleicht fünfzig mal hundert …«, sagte er mit einem Achselzucken. Dann strich er wieder seinem Pferd über den Hals, räusperte sich und sagte mit bemühter Beiläufigkeit: »Es werden noch mehr, sagt der Herzog, wenn der Ostfalenherzog Wort hält …«

Ja, wenn … Die Ostfalen versprachen schnell etwas. Aber wenn es hart auf hart kam, so murrte Widukind vor seinen Vertrauten, dann zogen sie sich lieber in ihre Burgen zwischen Weser und Elbe zurück, weit weg von Eder, Fulda und Main. Die Slawen mussten dann als Grund herhalten, der alte Feind im Osten …

Tatsächlich tauchte wenig später ein größerer Kriegertrupp im Norden auf. Eine Doppelkolonne von Reitern zog da an den Gebäuden des Edelhofes Steynhem[22] vorbei, dessen Felder als Sammelpunkt des Heeres galten. Einer der vorderen Reiter hielt ein gelbes Banner in der Hand, auf dem ein rotes Wesen abgebildet war – ein Bär, ein Wolf?

---

22 Steinheim

»Mehr von den Knochenzöpfen«, grinste Udo. »Seid Ihr aufgeregt?«

Die Frage kam Gunda altväterlich vor. »Wer nicht?«, gab sie leichthin zurück.

Er rückte seinen Helm zurecht und klang nun wie der junge Bursche, der er war. »Vorher leeren wir noch ein paar Schläuche von Bothos Wein, was?«

Es fügte sich, dass Widukind seine Geliebte mit ein paar Gefolgsleuten unter Ingmars Obhut vorausschickte, während er selbst noch mit einigen frisch eingetroffenen *huntari* die Angriffspläne besprach; auch wollte jeder der Neuankömmlinge das Schwert des Varus berühren.

Bis zu den Klippen war es wenig mehr als eine halbe Stunde. Ingmar schlug sofort einen flotten Trab an. Mit einem seiner Krieger nahm er Gunda in die Mitte, sodass Udo mehr oder weniger freiwillig vor ihr ritt. Widukinds Vetter und sein Gefolgsmann warfen sich launige Bemerkungen über die Gaue zu, deren Krieger noch nicht da waren, dann über die Gaukler, die Herzog Botho zum Fest mitgebracht hatte, schließlich über die »Kummerbraut«, die den gesamten Ritus mit eisigem Gesicht über sich hatte ergehen lassen.

»Warum war sie so widerspenstig, Gunda?«

»Fragt sie am besten selbst, Herr Ingmar«, sagte sie mit dünnem Lächeln.

»Sie ist hochnäsig«, rief Ingmars Krieger; eine Schwertwunde ließ seinen Mundwinkel auch beim Grinsen nach unten hängen. »Ich meine Erika, die Braut; deshalb fragen wir dich, *magad*!«

Gunda gab ein paar Belanglosigkeiten zur Antwort und war froh, als der Schiefmund über etwas anderes sprach. Ob Udo der Lite sei, der einen Franken auf der Eresburg mit einer Schleuder getötet habe? Sie bejahte, worauf der andere sein Pferd antrieb und mit Udo gleichzog. Bruchstückhaft hörte sie von vorn, wie der Krieger dem Liten schmeichelte und bewundernde Bemerkungen über Udos Pferd machte. Ingmar hingegen blieb neben ihr, lobte ihre Haltung im Sattel und ihren schönen Schmuck – mit einer Mischung aus Stolz und Verlegenheit berührte sie den Edelstein auf ihrer Brust.

Dann fiel vorne das Wort »Wettrennen«. Udo drehte sich kurz zu ihr um, grinste und rief dem Schiefmund etwas zu. »Bis zu den Klippen!« Schon flogen ihr Erdklumpen um die Ohren, beide gaben ihren Gäulen nun die Sporen.

»Wir halten uns vorne an der Gabelung links, Gunda«, rief Ingmar. »Der Weg führt ebenfalls zu den Klippen, durch ein hübsches Bachtal; ich will Euch dort etwas zeigen.«

»Und was soll das sein?« Sie nahm einen kühlen Wind wahr, der an einem heißen Tag angenehm gewesen wäre.

»Ein Gewässer – ein Teich mit goldfarbenen Forellen. Das Wasser verleiht einer Frau Fruchtbarkeit, sagt man.«

Ihre Wangen nahmen Farbe an. Schon bogen sie an der Weggabelung ab, Udo und der Schiefmund waren bereits aus ihrem Blickfeld entschwunden.

»Das ist nicht nötig«, brachte sie schließlich hervor.

Ingmar grinste und wischte mit einer Hand Dreck von der Schulter des Schuppenpanzers.

Sie sah nach hinten, da waren etwa zwei Dutzend Männer: kein Gesicht, das ihr vertraut war. Bald ritten sie einen enger werdenden Uferpfad entlang, ein Pferd hinter dem anderen. Mit geheimnisvollem Murmeln schlängelte sich der Bach mal in einem, mal in zwei Betten durch ein grünes Dickicht: Eschen, Weiden und alles überschattende Buchen, vielfach überzogen und miteinander verkettet durch Kletterpflanzen. Immer wieder verengte sich der Wasserlauf zu kleinen Stufen, die dann in mehr oder weniger große Tröge mündeten. Irgendwann erreichten sie eine kleine Lichtung mit einem silbrig scheinenden Rund, dessen Oberfläche fast ruhig war. Ingmar zügelte sein Pferd unmittelbar vor ihr und sprang aus dem Sattel. Schlagartig flatterten zwei Enten auf und verschwanden zwischen den Baumkronen.

»Hier ist es«, grinste er und nickte ihr zu: *Steig ab!* Als ihre Füße den Boden berührten, packte er sie am Arm.

»Was wollt Ihr, Ingmar?«

Sein Grinsen entblößte den hervorstehenden Eberzahn, und plötzlich war jede Ähnlichkeit mit dem Gesicht Widukinds dahin. »Die hässlichen Enten fliegen davon, kleine Litin! Vor Neid! Du bist der Schwan hier!«

Swani – woher wusste er, dass Widukind sie so nannte? Mit wachsender Angst stellte sie fest, dass die Krieger Ingmars ein Stück vor der Lichtung zurückgeblieben waren. »Nehmt Eure Finger weg!«, stieß sie aus und versuchte vergeblich, sich loszumachen. Als er seine Rechte in ihren Nacken legte, schwer und kräftig, sah sie sein Gesicht auf ihres zukommen. Sie roch den Wein, den er getrunken hatte; seine linke Hand landete auf ihrer Brust, sein Grinsen bekam etwas Gieriges.

»Zieh dich aus, weißer Schwan. Ich werde dir zeigen, wie fruchtbar du bist!« Er grunzte und riss am Nackensaum ihres Kleides, sie hörte etwas reißen.

»Widukind wird Euch töten«, keuchte sie.

»Wartet nicht auf Widukind«, schepperte eine Stimme hinter ihr. »Ich schlitz ihn hier und jetzt auf.«

Ingmars Züge gefroren. Ein Mann mit strähnigem grauen Haar kam mit großen Schritten aus dem Unterholz, kaum zwanzig Schritt hinter ihnen, in einer Hand ein Schwert, in der anderen die Zügel seines Pferdes. Direkt dahinter erschien eine junge Frau auf einem Gaul, eigentlich noch ein Mädchen. Ihr Gesicht war rot angelaufen.

»Was zum Teufel …« Ingmar ließ Gunda los und griff zum Schwert, ohne die Klinge aus der Scheide zu ziehen.

»Alter Mann, was soll das?« Abbio sah Gunda an, machte eine Bewegung mit dem Schwert in Richtung ihres Pferdes und zog mit der Linken das zerknitterte Ende seiner Tunika nach unten, wie einer, der gerade aus dem Bett gestiegen ist. »In ein paar Tagen, Ingmar, könnt ihr die Weiber der Franken besteigen – die hier ist nicht für Euch!«

Ingmar sah zu seinen Kriegern – sie waren in Rufweite und reckten die Hälse. Dann ging sein Blick zurück zu Abbio und schließlich zu dem Mädchen hinter ihm; mit fahrigen Bewegungen versuchte sie, ihr offenes Haar mit einem Stoffband unter Kontrolle zu bringen.

»Satan«, grunzte Ingmar, »ein grauer Hengst sollte nicht auf junge Fohlen steigen!« Damit spuckte er Widukinds Onkel vor die Füße.

Der bleckte nur die Zähne und schwang sich mit der Behändigkeit eines Jüngeren einarmig in den Sattel, das Schwert immer noch in der Rechten. Auch Gunda hatte den Augenblick genutzt, um in den Sattel ihrer Stute zu klettern. Die Augen fest auf Ingmar gerichtet, scheuchte Abbio die Pferde der Frauen auf den Pfad am Bach. »Wir sehen uns bei Bothos Weinschläuchen!«, rief er gut gelaunt beim Wegreiten.

37

Südlich der Iburg im Engernland, im Sommer 774

Sie waren am Hof Geismar[23] nach Westen abgebogen und durchquerten stundenlang fruchtbare Landstriche. Sie ritten vorbei an abgeernteten Feldern, auf denen nur noch Krähen nach Getreidekörnern suchten; auf den Wiesen sichelten die letzten Schnitter, Heubüschel trockneten auf dreibeinigen Gestellen. Die Blicke der Menschen folgten den Franken, wo immer sie auftauchten. Kinder liefen an den Wegesrand, Hunde bellten die Pferdekolonne an. Sie überholten Trupps von zehn bis zwanzig Mann, den Schild über den Rücken geschnallt, die mit Schwert, Speer und Bogen ausgerüstet waren. *Krieger, die dem Kriegsruf der Herzöge folgten?* Aus dem Halbdunkel des Waldes am Straßenrand starrten ihnen die Heiden hinterher, ihre Schmährufe waren zu laut, um sie zu überhören …

Als sie sich der Hofsiedlung Borgetrich[24] näherten, ließ Esiko beiläufig fallen, dass er den Grundherrn kannte: »Wir haben Geschenke ausgetauscht.«

Einhard nahm es überrascht zur Kenntnis: Wie gemein hatte sich *harto* mit den Sachsen gemacht? Während die Krieger ihre Pferde zu den Tränken zwischen den Langhäusern führten, als seien sie hier zu Hause, verschwand Esiko in das Haupthaus. Verärgert blieb Einhard zurück, ohne auch nur abzusitzen; mit wachsender Nervosität verfolgte er, wie aus einem der strohgedeckten Häuser am Rand der Siedlung eine Gruppe langhaariger Kerle

---

23 Hofgeismar

24 Borgentreich

in Lederpanzern kam, sie mochten hier übernachtet haben. Mit scheelen Blicken auf die herumstehenden Frankenkrieger holten sie Pferde aus einem Stall, gesattelt und ungesattelt. Im Nu flogen die ersten Schmähworte hin und her, die Hitzköpfigen begannen Rangeleien mit Reitpeitsche und dem stumpfen Ende der Lanzen …

»Holt *harto* aus dem Haus«, rief Einhard Albrich zu.

Da kam Esiko schon aus der Tür, über der stolz gekreuzte Pferdeköpfe in den Himmel ragten. Schnurstracks lief er zu seinem Pferd, sprang in den Sattel und brüllte mit seiner stierartigen Kommandostimme zum Aufsitzen. Unter Esikos Führung schlug die Kavalkade am Straßenkreuz hinter der Siedlung den Weg nach Norden ein, nicht ohne dabei eine Schweineherde zu zerstreuen, deren Hirten beim eiligen Ausweichen die Strohhüte verloren.

Als der Geruch der Tiere nicht mehr in der Luft lag, stieß Esiko nur vier Worte aus: »Wir kommen zu spät!«

Sofort steuerte Einhard sein Pferd direkt neben Esikos Rappen. »Warum? Was hat Euer Freund gesagt?«

»Er ist kein Freund«, kam es harsch zurück. »Er schickt Herzog Botho Krieger, die Engern haben den Heerbann aufgerufen! Diesmal passiert's wirklich, bei Petrus' Arsch … Widukind hat sie zu einem großen Bündnis angestiftet, auch die Ostfalen … Ihr könnt Euch vorstellen, was sie vorhaben!«

Einhard stellte sich das vor – aber etwas in ihm verweigerte sich. »Die Gerüchte gibt es schon länger«, entfuhr es ihm. »Muss uns das Angst machen?«

Mit bebenden Kiefermuskeln starrte Esiko den Gelehrten an. »Ihr redet mir von *Angst*? Die Sachsen sammeln sich einen Tagesmarsch nördlich der Iburg – wahrscheinlich genau der Fleck, wo dieses Fürstenfest stattfindet! Sich in die Bärenhöhle schleichen ist eine Sache, *gilerito*. Dem Bären den Arm ins Maul rammen ist eine andere!«

Esiko zügelte sein Pferd und hob die Hand. Sein Gesicht war dunkel. Die Kolonne kam zum Stehen. »Denkt an Petrus und Marcellinus«, sagte der Consiliarius nach einer kleinen Pause, denn etwas Besseres fiel ihm nicht ein. »Wenn wir jetzt umkehren … ich kann sie Euch nicht lassen.«

»Doch! Wenn ich Euch vom Pferd steche!«

Ihre Blicke kreuzten sich. Der schwarze Bart war länger als früher, die hervorspringende Nase war wie eine Waffe auf Einhard gerichtet. Einhard schwieg. Nach ein paar Augenblicken machte Esiko einen wütenden Grunzlaut, und sein Blick glitt von Einhard ab und überflog die Reihen der Krieger hinter ihnen mit Ansgar und Albrich an der Spitze. »*Skizan*, wenn wir schon mal so weit sind … hab Euch mein Wort gegeben, was? Legt alles Eisen an, das Ihr habt!« Die letzten Worte waren gebrüllt, Einhard schien den Luftzug an den Ohren wahrzunehmen.

Mit festgezurrten Helmen, mit eisernen Schienen an Beinen und Oberarmen setzte die Truppe ihren Weg fort. Esiko selbst ritt jetzt immer wieder mit der Stoßlanze in der Rechten ein Stück voraus, zusammen mit den Spähern, um nicht in Überraschungen hineinzustolpern. Wenn er sich wieder zurückfallen ließ auf Einhards Höhe, warf er ihm merkwürdige Blicke zu und grummelte etwas wie: »Seit wann suchen Pergamentfresser den Tod?«

Später, die Sonne stand schon tief, flog der erste Pfeil. Das Geschoss kam aus einem kleinen Dickicht, das bis an die Straße heranreichte. Esiko galoppierte nach hinten, in Richtung der Schmerzensschreie, Einhard folgte ihm. Es war einer der Thüringer, aus dessen Oberschenkel der Pfeilschaft ragte. Der Schütze blieb im Wald verborgen und regte sich nicht. Einhard selbst verband die Wunde mit Leinenstreifen, nachdem er sie mit ein paar Schwüngen aus einer Wasserflasche gereinigt hatte; er sah in betretene Gesichter, die Kameraden des Getroffenen begannen zu grummeln. »Wir werden alle draufgehen«, sagte irgendjemand. »Hätten die Heiligen mitnehmen sollen …«

»Hört auf zu heulen!«, schnauzte Albrich. Aber der Blick, den er Einhard schickte, sagte alles.

Ratlosigkeit legte sich auf Einhards Schultern wie Bleiplatten. Dass der Pfeil ihn selbst hätte treffen können, beunruhigte ihn kaum. Es ging tiefer: Seit dem Alpenpass, als sein Entschluss herangereift war, nach Arnulf und den in Gefangenschaft geratenen Burgleuten zu suchen, war er sich seiner selbst sicher gewesen. Es war ein Gefühl gewesen, das natürlich Richtige zu tun: so wie ein Durchgefrorener die Glieder zum Feuer hin wendet. Und nun? Er musste seinen Verstand beerdigen, um nicht zu sehen, wie recht Esiko hatte!

Abermals setzte sich die Truppe in Marsch. Mindestens jeder zweite der Krieger hatte ein Kreuz auf dem Schild, von Weitem waren sie als Franken zu erkennen! Nun, da Einhard ins Grübeln geriet, schien Esiko wieder der Alte. »Sachsenblut ist gut gegen Rost, wusstet Ihr das? Mein Schwert hat seit der Eresburg keinen Heiden mehr von innen gesehen!« *Oder war das nur eine Art Verhöhnung des Consiliarius?*

Dann sahen sie ihn.

Zunächst erkannten sie vor sich eine Ansammlung von Menschen unter einem Kultbaum nahe der Straße, von denen viele bewaffnet waren. Schon zeichneten sich die Wälle einer Befestigung auf einem Berghang im Nordwesten ab. Schon überlegte Einhard, mit welchen Worten er Esiko zur Umkehr auffordern würde – da sahen sie halb links, auf einem Ackerpfad drei Reiter, die direkt auf sie zuhielten. Die Gäule hatten Schaumflocken am Maul und wirkten völlig erschöpft.

Der vorderste Reiter hatte kurzes Haar und ein von Anstrengung gezeichnetes Gesicht; dunkler Stoff flatterte um seinen Körper, wie bei einer zu großen Kukulle eines Mönchs. Dann sah Einhard das Grinsen, sein Herz machte einen Sprung, und seine Hand kam auf der Kapsel mit dem Petrusfinger zu liegen.

»Satan«, entfuhr es Esiko. »Das ist *sax hamar*!« Er schüttelte die Stoßlanze über dem Kopf und stieß einen Kriegsschrei aus.

Arnulf sprudelte wie eine Quelle. »Euch schickt Gott!« – sein erster Satz, Esiko und Einhard ins Gesicht gebrüllt, war nichts als die Wahrheit: wie die Teilung des Roten Meeres vor dem fliehenden Moses. »Hab Eure Schilde gesehen, vom Waldrand aus – ich dachte erst, ich träume!« Er lachte wie einer, der dem Teufel von der Schaufel gesprungen war. Auch Erikas Züge heiterten sich auf, bevor ihre Mundwinkel wieder nach unten gingen. Sie trug ein ärmelloses blaues Kleid mit reichen Goldstickereien unter dem Ausschnitt, darunter ein helles Unterkleid, dessen Ärmel ebenfalls mit Stickereien überzogen waren. Nackte Unterschenkel guckten unter dem Saum hervor, die Füße in den Steigbügeln steckten in dünnen, von Staub gefärbten Lederschuhen.

Arnulf war aus dem Sattel gesprungen und schüttete einen Wasserbeutel in sich hinein; Einhard machte seinen eigenen Trinkbeutel vom Sattel los und reichte ihn der Edelfrau. Wenig in seinem Leben hatte ihn derart überrascht: *sax hamar auf der Flucht – mit Widukinds Halbschwester?* Und auch in ihren Augen war Verunsicherung zu sehen, gleichzeitig Erleichterung.

»Danke, Consiliarius!«

Niemals während ihrer Gefangenschaft hatte sie ihn mit seinem Hoftitel angesprochen. »Ich freue mich, Euch wiederzusehen, Edelfrau«, lächelte er schließlich, als begrüße er eine Besucherin bei Hofe.

Arnulf hatte die Kutte ausgezogen und an den Straßenrand geworfen. Beeindruckt betrachteten die Männer die Narben aller Größe, manche dunkler, manche heller, die wie schmale Bänder über den Oberkörper verteilt waren. Wasser lief ihm über Kinn,

Bart und Brust, er legte eine Hand auf Erikas Knie und rief aufgekratzt: »Sie mochte ihren Ehemann nicht.«

Alle lachten.

»Geht halt nichts über einen echten Frankenkerl!«, dröhnte Esiko, und das Gelächter wurde lauter.

Einhard aber spürte etwas wie ein Beben unter seinen Füßen. »Erzählen können wir später«, rief er. »Auf die Pferde und weg hier!«

In den letzten Strahlen der untergehenden Sonne machten sie sich an den Rückweg. Noch mehrmals drehte Einhard sich um. Mit einigem Abstand tauchten ein paar Reiter hinter einer Bodenwelle auf: Die Leute am Kultbaum hatten die merkwürdige Straßenversammlung der Franken beobachtet, man folgte ihnen!

Abends, als sie nach längerem Galopp nichts mehr von den Verfolgern sehen konnten, zogen sie in einem Gehöft unweit der Straße unter. Ein brusthoher Zaun umgab das Gelände mit zwei Wohnhäusern und den spitzgiebligen, in die Erde versenkten Wirtschaftsgebäuden. Vom feindselig dreinblickenden Weib des Hofherrn erfuhren sie, dass er mit einem Sohn zur Heeresversammlung an der Emmer marschiert war. »Was wollt Ihr Kerle hier?« Eine forsche Frage, als stünden zwanzig bewaffnete Engernkrieger hinter ihr. Einhard versuchte, sie zu beruhigen: Morgen war man wieder unterwegs …

Hinter Apfelbäumen und Esskastanien floss ein schmaler Bach am Grundstück vorbei. Schon bald säumten Krieger mit und ohne Pferd das Rinnsal, stillten ihren Durst und wuschen den Staub vom Gesicht. Zwei von ihnen waren Arnulf und sein Begleiter, ein dunkelhaariger, eher drahtiger als kräftiger Bursche mit lebhaften Augen, der Einhard wie eine ältere Version von Tristan vorkam.

»Gib her!« Arnulf nahm Heden den gefüllten Wassereimer aus der Hand.

»Das kann ich machen«, raunte der Thüringer, bis zu den Knöcheln im Wasser stehend.

»Ist gut«, grinste Arnulf. *Mein Weib, mein Eimer.* In feierlicher Stimmung marschierte er zurück zum Haupthaus. Auf einer Bank neben der Tür saß Erika und empfing eine Schüssel Milch von der Hofherrin. Der Mund der Frau war ein ins Kinn gekerbter Strich, sie musterte Arnulf halb verunsichert, halb angeekelt – diesen fast nackten Kerl konnte sie nicht einordnen.

Er setzte den Eimer vor Erika ab. »Wenn du dich waschen willst …«

Sie lächelte mit milchweißen Lippen. Endlich: Ein Blick, der Arnulf sagte, dass er die richtige Entscheidung getroffen hatte. Der erste solche Blick, seitdem er sie aus dem Zelt des vollgesoffenen Bothos geholt hatte … er beugte sich hinunter zu ihr und küsste sie. *Mochten die anderen denken, was sie wollten.*

Der verdatterten Sächsin befahl er, ihm eine neue Tunika, Hose und Unterwäsche zu bringen. »Hoffe, dein Mann ist kein Zwerg!«

Sie verschwand eilig im Haus.

»Wir gehören zusammen, *minnari*«, sagte er halblaut.

Sie wischte sich die Milch vom Mund. »Ich bleibe bei dir, Arnulf. Aber … bei Frija, Botho wird uns finden!« Arnulfs Grinsen wurde hart. »Dann bringe ich ihn um! Alles wird gut, Erika!«

Sie verzog das Gesicht und betrachtete ihre Schuhe.

Auf dem Weg zurück zum Bach flogen ihm Grußworte von einem Dutzend Kameraden aus Scarazeiten zu. Die alte *giniscaft* war noch spürbar! Mit jedem Schritt fühlte er sich einen halben Zoll größer werden. Das Bachwasser war längst nicht mehr sauber, als er mit Gesicht und Schultern eintauchte. Trotzdem genoss er es, den Gestank der letzten Tage abzuspülen. Dann stand irgendwann Esiko hinter ihm. Er sah nicht aus, als würde er sein Kettenhemd noch ablegen. »Nehmt das fürs Erste«, knurrte er wohlwollend. »Hat einem Gerao-Sohn gehört. Er konnte nicht damit umgehen.« Arnulf nahm das Schwert, zog es aus der Scheide und ließ die Klinge durch die Luft sausen. Da war eine Ahnung von Nachgiebigkeit im damaszierten Stahl, etwas Schwingendes, das ein Brechen der Klinge verhinderte … *eine gute Waffe*. Still betrachteten sie einander, umgeben von Prusten, Lachen, Schimpfen der Männer und dem Gewieher abgekämpfter Rösser.

»Hätte nicht gedacht, dass Ihr da wieder rauskommt«, murmelte der Kriegsherr. Die Worte kamen einer Freundschaftserklärung näher als alles, was Arnulf je von ihm gehört hatte. »Was wollt Ihr mit dem Edeltäubchen, hm? Soll sie ein Pfand sein, für Verhandlungen mit den Heiden?«

»Ich werde Erika zur Frau nehmen, *harto*. Ich liebe sie.«

Ein Faustschlag in Esikos Gesicht hätte nicht mehr Wirkung erzielt. »Eine Sächsin, aus Widukinds Sippe … ?«

Arnulf nickte. »Sie ist Herzog Bothos Braut. Widukind hat sie ihm zur Frau gegeben, um ein Bündnis gegen uns zu schmieden.«

»*Skizan*!«, schnaubte Esiko und stemmte die Hände in die Hüften. »Ist das ein Scherz? Ihr habt *Bothos Weib* geraubt – damit er das ganze Grenzland auf der Suche nach ihr umpflügt? Nur weil euer Schwanz glaubt, dass … EINHARD! Hört Euch diese *Scheiße* an!«

Arnulf sah den *gilerito* zwischen den Apfelbäumen auf sie zukommen. Als Esiko erneut lospolterte, machte der Consiliarius nur eine dürre Handbewegung: »Ich habe mit ihr gesprochen. Die Ehe wurde vollzogen, sie ist Bothos *Weib* …[25]« Arnulf atmete durch. Anklagende Blicke trafen ihn; Esikos Rechte wurde zur Faust, und für einen Augenblick schien es, als würde *harto* auf ihn losgehen. Arnulf stieg die niedrige Bachböschung hoch, sodass ihn nur eine Armlänge von beiden trennte. Langsam wischte er mit ein paar Leinenfetzen die letzten Tropfen von Brust und Bauch. *Am Anfang war das Wort – und am Ende?*

»Hört mir zu …«, sagte Arnulf eindringlich, ohne die Stimme zu

25 Die Ehe galt erst nach dem ersten Beischlaf als tatsächlich geschlossen.

heben. »Die Sachsenstämme haben ihren Heerbann versammelt. Auch die Ostfalen sind da ... Sie werden den gesamten Hessengau verwüsten, ja; vielleicht stoßen sie bis zum Main durch oder noch weiter. *Weil Widukind Rache will* – versteht Ihr? Ob ich Erika an meiner Seite habe oder nicht, *ändert nichts daran*!«

Es war ruhig geworden um die drei, denn alle in Hörweite lauschten jetzt gespannt.

»Woher nimmst du diese Anmaßung, Junge?«, knirschte Esiko und verfiel in die Anrede, die er sich einst als Hundertschaftsführer erlaubt hatte.

Arnulf erwiderte sein wütendes Starren mit einem trotzigen Blick. »Habt Ihr meinen Ring erhalten, im Frühjahr? Ein friesischer Händler müsste damit bei Euch erschienen sein!«

Esiko und Einhard sahen sich an. Einhard räusperte sich. »Wir bekamen den Ring«, sagte er nach einer kurzen Stille. »Aber – ich war nicht verwegen genug, um Euch zu suchen ... Die Burg ging verloren.«

»Hättet Ihr meine *Befehle* befolgt, *hamar*, die Sachsen hätten Euch nie erwischt!«, grollte Esiko.

»Vielleicht war meine Hoffnung wirklich anmaßend«, entgegnete Arnulf nachdenklich. Dann grinste er, hob das neue Schwert ein Stück in die Höhe. »*Almahtigan*, umso mehr freue ich mich über das Wiedersehen! Übrigens« – er nickte Heden zu, der das Ganze mit ein paar Schritt Abstand verfolgte – »dem Thüringer da verdanke ich mein Leben. Behandelt ihn gut. Er ist ein *Freier*, wie ich!«

Ein Wind pfiff über die Ebene, als hätten die Bäume keine Blätter mehr. Graue Wolken jagten über den Himmel nach Südosten. Widukind sah die Trümmer des Kampfes und wusste, was passiert war. Entlang des Weges, der von der Straße zum Herrenhof führte, lagen Schilde und geborstene Speere. Sogar die schwarzen Blutflecken im Staub waren noch zu sehen, wo Engernkrieger von den

Stoßlanzen der Ausbrechenden getroffen worden waren. Fliegen summten um den Kopf eines toten Gauls, noch hatte niemand den Ledersattel oder das Zaumzeug entfernt. Lederplatten vor der Brust und der sauber getrimmte Schweif verrieten, dass es ein Pferd der Panzerreiter war …

Sie sprangen vor dem Haupthaus aus den Sätteln. Halbrechts vor dem Eingang lag ein halbes Dutzend Körper nebeneinander, die Gesichter mit Tüchern abgedeckt. In die rechte Hand hatte man ihnen das Schwert gedrückt, damit sie nach Walhall finden konnten. Herzog Brun beachtete sie nicht, sondern lief zu den Männern, die mit dem Rücken an der Hauswand saßen. Sie hatten rot gefärbte Verbände und standen mühsam auf, als die Edlen näher kamen.

»Wo sind die Franken?«, brüllte Botho sie an.

Einer, dessen Gesicht zwischen Augen und Mund mit Leinenwickeln umbunden war, kaute kaum verständliche Worte hervor und zeigte nach Osten.

Botho packte ihn an der Schulter. »Wo ist mein Weib, Mann?« Dann stand die Hausherrin neben ihnen. Ihre Hände hielten ein Wolltuch um die Schultern, sie sah bleich aus.

»Sie sind im Morgengrauen davon. Die Nachbarn haben versucht, sie aufzuhalten … es waren zu viele.«

»Hatten sie eine Frau dabei?«, herrschte Botho sie an.

Ihr Blick wurde starr. »Einer von denen da ist mein Sohn. Er war vierzehn.«

»Schade um den Jungen, *magad* … Hatten sie ein junges Weib dabei? Antworte!«

»Ja, Herzog! War das *Euer Weib*?« Botho fluchte, seine Speicheltropfen landeten in ihrem Gesicht.

»Reißt Euch zusammen«, knurrte Widukind. »Wir finden sie!«

Aber die Mutter eines getöteten Sohnes hatte noch etwas zu sagen. »Sie sah erschöpft aus«, sagte sie und hob den Kopf. »Und zufrieden.«

Mit offenem Mund starrte Botho sie an. Dann krachte seine Pratze in ihr Gesicht, sodass sie zu Boden stürzte.

Widukinds Griff schloss sich um Bothos Oberarm. »Beruhigt Euch! Wir müssen das Heer nachholen, sofort!«

Dago hatte die Verwundeten befragt: Die Franken waren in Richtung Osten verschwunden.

»Fast ein Tag Vorsprung«, raunte Widukinds Schildmann.

Widukind nickte mit düsterer Miene. »Die Kerle trugen Schuppenpanzer: Das müssen die Abtrünnigen sein, die sich auf Geraos Land einrichten ... Wir ziehen das Heer nach, marschieren zur Fulda und machen ihre Burg dem Erdboden gleich!«

38

Die Burg Kassel[26] an der Fuldafurt, Spätsommer 774

Der Ritt zurück war hart, selbst für die altgedienten Krieger. Esiko trieb seine Männer ohne Rücksicht auf das halbe Dutzend Verwundete an, das der Durchbruch gekostet hatte. Erst am späten Abend erreichten sie auf vollkommen erschöpften Pferden wieder fränkischen Boden. Es dunkelte, als die Torflügel von Casila für sie aufschwangen. Mühsam kletterte Einhard aus dem Sattel, inmitten eines lauten Austauschs von Begrüßungen, Geschrei und den üblichen Kriegerflüchen. Er hätte neben seinem Pferd einschlafen können …

Es wimmelte noch von Leben in der werdenden Burg. Vor den an den Wall gebauten Verschlägen saßen nicht nur Männer, sondern auch Weiber; vor dem Hauptgebäude stand eine Traube von Menschen. Worauf warteten die?

»Franken von der Grenze«, murmelte Albrich, als er Einhard zu ihrer Unterkunft begleitete, einer winzigen Kammer hinter dem Hauptgebäude.

»Flüchtlinge«, knurrte Einhard. »Die Sachsen kommen, das hat sich rumgesprochen!« In der Kammer streifte er Panzer, Waffengürtel und Tunika ab und brach auf einem der beiden Betten zusammen.

»Esiko will Euch noch sprechen, Herr«.

»Nein!«, ächzte Einhard. *Er würde heute nur noch mit dem Bett sprechen.*

---

26 Zum Ursprung des Stadtnamens habe ich mich im Nachwort ausgelassen.

Albrich hatte einen glimmenden Kienspan mitgebracht und entzündete damit einen Kerzenstummel. Überrascht nahm Einhard ein Holzkreuz an der Wand wahr, darunter einen schmalen Schrank mit einem weißen Tuch und einem Kerzenleuchter. »Ist das ihre Kapelle?«

»Sie *war* es«, sagte Albrich mit belegter Stimme. »Sie haben die Kisten mit Petrus und Marcellinus in der großen Halle aufgestellt: Deshalb drängeln sich so viele Leute davor, selbst jetzt noch! Jeden drängt es zu unseren Heiligen …«

Einhard schlitterte bereits der Dunkelheit des Schlafes entgegen. *Unsere sind es nicht mehr* … Doch ein Bollern an der halb offenen Tür riss ihn zurück.

»Consiliarius! Verzeiht …«

»Kommt morgen wieder, Arnulf«, raunte Albrich.

»Schon gut«, knurrte Einhard. »Was gibt es?«

»Diese Heiligen, Petrus und Malinus …«

»Marcellinus«, verbesserte Einhard.

Arnulf hob die Hände, öffnete den Mund und rang um Worte. »Ihr habt sie an *harto* abgetreten – um mich zu befreien?«

»So kann man es sagen.«

Mit einer gewaltigen Anstrengung richtete Einhard sich in eine sitzende Stellung auf. Arnulf trat an das Bett, streckte beide Hände aus und ergriff Einhards Rechte. »Niemand sonst auf der Welt hätte das getan … Danke!«

Einhard lächelte. »Ich hatte, ehrlich gesagt, auch die Hoffnung, die Hörigen der Eresburg freizukaufen; wir mussten sie den Sachsen lassen. Außerdem …«

Er warf einen Blick zu Albrich, der noch unentschlossen in der Tür stand. »Ohne meinen Leibwachenführer hätte ich es niemals gewagt. Albrich hat die Heiligen aus ihrer Basilika in Rom geholt. Er war mir treu – darauf bin ich stolz.«

Arnulf nickte, ließ endlich Einhards Hand los und schlug dem zwei Handbreit kleineren Kriegsmann auf die Schulter.

Der ließ das über sich ergehen.

»Ich diene einem guten Herrn«, grunzte er schließlich. »Aber die Heiligen hätt' ich für niemanden aufgegeben!«

Der Lärm der Arbeiten setzte nach Sonnenaufgang ein: Quietschende Flaschenzüge wuchteten Balken und Steinkisten in die Höhe, schwitzende Handwerker-Krieger erhöhten den ersten Wall durch zwei zusätzliche Holzmauern, die mit Erde und Steinen verfüllt wurden. Allein zwei Dutzend Männer arbeiteten mit Äxten und Sägen an den halb fertigen Turmrümpfen auf der Südseite, links und rechts des Tores: Bogner mussten von diesen Türmen das Vorfeld beschießen können.

»Alles ist halb fertig«, murmelte Arnulf, während er mit Einhard durch die in kurzer Zeit aus dem Boden gestampfte Festung lief. Casila, oder wie auch immer man diesen Posten früher genannt hatte, war nicht viel mehr als ein Herrenhaus mit Pferdestall und einer Palisade gewesen! Der Geruch von Harz und frisch geschlagenem Holz erinnerte Arnulf an die Fronarbeit in den Wäldern von Bylanuelde.

»Ihr seht zufrieden aus, Arnulf«, sagte Einhard leichthin.

Arnulf nickte und kratzte sich am kräftig sprießenden Bart. So wenig er Einhards selbstloses Vorgehen wirklich verstand, so stark empfand er seit dem Wiedersehen eine tief gehende Übereinstimmung mit dem *gilerito* – nichts, was er hätte in Worte fassen können.

»Heil! Segen dem, der lange schläft!« Ein höhnender Esiko stand auf dem mit Hölzern und Steinen vollgestellten Wehrgang des Nordwalls, inmitten von schuftenden Kerlen. Schnell stiegen sie die Trittstufen hinauf. *Harto,* stellte sich heraus, war beim ersten Tageslicht zu unbefestigten Außenposten wie Wolfsanger und Ditmold aufgebrochen, die bei einem größeren Sachsenangriff untergehen würden. »Ich ziehe alles hier zusammen«, erklärte er und legte eine schwere Hand auf den Trittbalken, der auf eine

Beobachtungsplattform hinaufführte. »Draußen bleiben nur ein paar Beobachter.«

»Die Burg ist nicht kampfbereit, *harto*!« sage Arnulf, als spreche er zu einem Gleichrangigen. »Die Heiden werden Euch wegfegen; kommt mit uns nach Hersfeld!«

»Belehrt Ihr jetzt Euren Lehrmeister?«, knurrte Esiko. »Was wollt Ihr bei den Mönchen? Das Kyrie eleison singen?«

»Widukind will Fulda und das Grab des Heiligen zerstören!«, stieß Einhard aus. »Erika ... die Edelfrau hat es bestätigt. Wir müssen ihn *vorher* stellen – und die Fronhöfe des Klosters stellen mehr Schilde und Waffen her, als der Abt an Männern aufbieten kann! Wir können Eure Freisiedler dort ausrüsten ...«

Esikos Blick schien ein Loch in Einhards Gesicht zu brennen. »Ich soll den Sachsen eine Schlacht liefern, was? Wo ist denn Euer *König*, Einhard? Wo ist die Scara? Ich habe Pippin und Karl lange genug gedient! Steht nicht ein Graf Warin mit seinen Truppen im Süden herum? Warum ist er nicht hier, an der Grenze? Nein, *gilerito*, ich bin jetzt mein eigener Herr!«

»Und was ist mit dem *Reich*?«

Selten hatte Arnulf solche Verärgerung bei Einhard gehört.

Esiko raspelte mit dem Stummelfinger im Bart herum. »Das Reich? Was ist es anderes als ein paar fette Fürsten, Pfaffen und der Königshof? Ich habe Karl keinen Schwur geleistet, Einhard. Noch nie! Ich habe Graf Ruodbert geschworen, dem Befehlshaber der Scara.«

Einhard konnte seine Überraschung kaum verbergen. »Ruodbert ist tot – und der König hat Euch nicht schwören lassen?«

Ein merkwürdiger Triumph leuchtete aus Esikos gelben Augen. Einhard schien in diesem Augenblick kleiner zu werden. Sie mussten Arbeitern ausweichen, die bei den Rundhölzern zulangten, um sie als Querstreben in den Wallaufsatz zu verbauen. Prompt rief Esiko ihnen Anweisungen zu, als sei das Gespräch beendet.

Arnulf machte einen letzten Versuch. »Die Sachsen machen keinen Bogen um Casila! Kommt mit uns, *harto*!«

Esiko ließ seinen Blick über die Höhen am nördlichen Horizont schweifen. Der Himmel hatte sich zugezogen, erste Regentropfen gingen nieder. Als er wieder sprach, fehlten Trotz und Angriffslust. »Wir werden sehen … vielleicht stoßen wir zu Graf Thegan. Fritzlar ist näher als Hersfeld!«

»Der Hessengraf ist ein Verräter!«, entfuhr es Arnulf, und Einhard nickte düster.

Esiko zuckte die Achseln. »Mag sein. Aber seine Burg ist aus Stein, die brechen auch die Sachsen nicht!«

Sie verbrachten die nächsten Tage mit dem Ausbessern der Ausrüstung und dem Flicken von Kleidung und Zaumzeug. Paulus wurde außerhalb der Burgmauern begraben, auf einem kleinen, mit Steinen eingefassten Feld. Der Krieger war in der Nacht von Einhards Rückkehr gestorben. Eine Entzündung der Rückenwunde? Man fand ihn mit offenem Mund und gefalteten Händen auf seinem Lager, nicht wie einen Sterbenden, eher wie einen, der sich von schwerer Strapaze ausruht. Einhard sprach selbst am Grab ein paar Worte, bemüht, keine Rührung zu zeigen; der Krieger mit dem Drang zum Himmlischen war ihm bis zuletzt ein Rätsel geblieben. Dicht an dicht standen die Schuppengepanzerten an der Grube und lauschten – selbst das tumbe Gesicht Ulfas' zeigte Regung.

Später verschrieb der Statthalter seine letzte Tinte und fertigte mehrere Boten ab: an Graf Warin, damit er ihnen entgegenmarschierte. An den Abt von Hersfeld, um Bewaffnete aufzubieten und Kriegsgerät vorzubereiten. An den zwielichtigen Hessengrafen Thegan, ohne dessen Waffenhilfe es schwer werden würde. Selbst dem Bischof von Erfurt schrieb er noch eine Botschaft, dass mit einem Angriff auf die Gaue der Thüringer zu rechnen sei. Und dass, wenn dieser Angriff ausbleibe, der Bischof Krieger an die Fulda schicken sollte … Durch die geöffnete Tür der

Schreibkammer sah er eine Traube von Männern, Frauen und älteren Kindern, die sich irgendwie an den Torwachen vorbeigeredet hatten und nun das Hauptgebäude belagerten. Gebrechliche und Verkrüppelte waren dabei, als wäre man auf einem Platz in Rom. Eine Frau mit grauem Kleid fiel Einhard auf, die einen rötlich leuchtenden Ausschlag auf der Wange und am Hals hatte. Sie gestikulierte heftig, vergoss Tränen, aber die Krieger vor der Tür ließen sie nicht hinein. »Sie nehmen Silber oder Bernstein«, knurrte Albrich, der die Briefe übernahm. »Man kann damit reich werden!«

Einhard seufzte. »Morgen ziehen wir ab«. Er stieß den Federkiel in den leeren Tintennapf. »Ich habe keine Lust mehr, auf *hartos* Läuterung zu warten!«

Albrich nickte trübe. Er suchte ein paar Thüringer aus, die mit der Sachsenwarnung gen Osten aufbrechen sollten, dann lief er mit Einhard durch eine Reihe von Zelten zum Fluss hinab. Dort fanden sie Arnulf, umlagert von einer Horde dünnbärtiger Jünglinge mit Bögen jeder Größe; sie gehörten zu den Freisiedlern und lernten gerne das Schießen von einem, der schon auf dem Schlachtfeld getötet hatte.

Etwa achtzig Schritt entfernt, stand Heden am Ende der Schießbahn und beobachtete die Einschläge in einen zusammengeschnürten Heuballen. Die meisten Pfeile zischten ins Gras. Albrich winkte Arnulf herbei. Er nickte, legte einen Pfeil auf, hielt sorgfältig an und schoss – der Schaft landete zwischen Hedens Füßen. »Bastard!«, erscholl es vom Ende der Bahn. Grinsend trat Arnulf zu Einhard und schien erleichtert, dass es bald weiterging. »Ist dieser Diakon Hunus wieder in Ditmold, oder streichelt er noch Petrus und Marlinus?«

Einhard hob und senkte die Schultern. »Gestern hat er ein Kind getauft, in einem Zelt vor der Burg … was wollt Ihr von ihm?«

»Nichts weiter; Erika muss mit ihm sprechen. Wenn er sie zu Wort kommen lässt …«

Da erklang Esikos herrische, laute Stimme hinter Einhard. »Ihr verschwindet, höre ich?« Breitbeinig stapfte er den Pfad zum Ufer hinunter, mit einem Falken auf der linken Hand. Der Kopf des Tiers ruckte hin und her, eine Lederkappe verdeckte die Augen. »Ich wollte Euch zur Beizjagd mitnehmen, *gilerito* – und glaubt nicht, dass ich dazu *jeden* mitnehme!«

Misstrauisch musterte Einhard den Vogel. »Danke, aber – es gibt jetzt Wichtigeres als die Jagd.«

»Zum Beispiel den Heiligen Mantel?«

Schon war da wieder das hämische Grinsen, das Einhard so hasste.

»Was soll das, *harto*?« Sie standen etwas abseits von der Bognergruppe, doch Esikos Stimme, fürchtete Einhard, war im ganzen Umkreis zu hören.

»Der Mantel des heiligen Martin – Eure Krieger erzählten, dass die Sachsen ihn geholt haben!«

Einhard lief rot an. »Das erzählen sie ganz sicher nicht. Weil es Unfug ist!«

»Männer mit Tugend sind schlechte Lügner«, schnarrte Esiko. Sein Gesicht kam Einhards nun sehr nahe: ein halb irres Grinsen mit dem Geruch von Kümmel und Zwiebel. »Jetzt hört mir gut zu, *Statthalter Einhard*: Vor einigen Jahren waren wir mit dem ganzen Hof im Hügelland nördlich der Pyrenäen unterwegs, der König wollte irgendeinen Vasallen besuchen. Wir hatten nur eine Hundertschaft, mehr nicht ... Irgendwann versperrte uns eine Streifschar Sarazenen den Weg: zwei-, dreimal so viele Krieger wie wir!«

»Und warum erzählt Ihr mir das?«, knirschte Einhard mit einer unguten Ahnung; fast berührten Esikos Bartstoppeln sein Kinn.

»Wir kamen davon«, fuhr der andere fort, »aber Packtiere gingen verloren. Und der Mantel war weg! Weg, verloren, auf Nimmerwiedersehen! Der Hofkapellan sorgte dafür, dass der König keine Fragen stellte ... Ihr habt die falsche *capa* ersetzt, Einhard!«

Regen begleitete ihren Aufbruch, Regen blieb ihnen treu. Die friesische Wolle in Einhards Mantel ließ wenig durch, auch die flache Mütze hielt dicht bis zum späten Vormittag. Aber die feste graue Masse über ihnen drückte die Stimmung und machte die Männer schweigsam. Sie überholten Familien mit Eselskarren, durchnässte Figuren mit zwei oder drei Rindern am Strick hinter sich, Kinder mit angeleinten Ziegen und Schafen: Alles strömte in südliche Richtung. Der Sachse kam, und die Älteren wussten, was das hieß …

Arnulf bildete mit ein paar Thüringern die Spitze. Ihre Steppjacken mit den bunten Würfelformen waren rare Farbtupfer in der Kolonne von dunklen Mänteln. Heden, der seine Stammesgenossen immer wieder nach dem Stand in der alten Heimat ausfragte, hatte eine grün-rote Tunika eingetauscht – oder besser gesagt, mit Silber aus Einhards Börse gekauft. Der Lederpanzer und der Mantel darüber stammten aus den Truhen Esikos. Heden ritt neben Erika, sofern sie nicht zu Einhard vor ihnen aufschloss, um ihn über die Bräuche bei Hof auszufragen. Und um zu verstehen, warum die Jungfrau Maria eine Jungfrau war?

Auf Höhe des ersten Straßenabzweigs nach Fritzlar sahen sie einen großen Hof mit Steckenzaun, der zu einer Pause im Trockenen einzuladen schien. Einhard ließ halten, doch sofort kam Albrich von hinten herbeigaloppiert; seit dem frühen Aufbruch hatten seine Kommandos dafür gesorgt, dass keiner säumte und die Männer mit den Packpferden nicht zurückblieben. Stur forderte er Einhard auf weiterzuziehen. »Warum nicht hier, Albrich?«

»Weil ich etwas habe, dass *harto* vermissen wird …«

Einhard sah seinen Leibwachenführer streng an. »Frei heraus, was meint Ihr?«

Albrich stellte sich in die Steigbügel, warf einen Blick nach hinten und verzog das Gesicht. »Ich will's Euch lieber in Hersfeld sagen!«

»Unsinn«, knurrte Einhard und lenkte sein Pferd an Albrichs

weiß-braune Stute heran. Der Krieger hatte schmale Augen, als hätte er nicht geschlafen. »Ich habe den Petrus genommen, Herr. Heute Nacht, als die Wachen schliefen.«

»Was?« Einhard überlief es heiß und kalt. »Beim Bonifaz – damit breche ich mein Wort gegenüber *harto*!«

»Ist das wahr?«, rief Arnulf, der die letzten Sätze mitbekommen hatte.

Mit zusammengepressten Lippen nickte Albrich zum ersten Packpferd hin, an dessen Seite ein kantiger, in Öltuch eingewickelter Behälter hing. Arnulf klatschte Albrich auf die nasse Mantelschulter und fing laut an zu lachen. Dann brüllte er die Nachricht den anderen zu. Bekreuzigungen, Kopfschütteln, Grinsen … Und während Einhard noch überlegte, was zu tun und zu sagen war, zauberte Heden einen ledernen Weinbeutel hervor. »Trinkt, Herr! *Harto* hat es nicht anders verdient!«

Einhard trank. Den halben Beutel leerte er, die anderen teilten sich den Rest. Aufgekratzt, gewärmt von der Magie der alten Knochen, ritten sie weiter, den Klosterburgen am Mittellauf der Fulda entgegen. Dann stimmte Arnulf ein Lied an, in das nach und nach alle mit einfielen, selbst Einhard: »Komm Herr Jesus und führe meine Lanze …«

Sie ließen Melsungen links liegen – ein Etappenort, in dem Esiko sie als Erstes gesucht hätte – und hielten einige Meilen weiter an einem größeren Hof, den Stoppelfelder und eine Pflanzung mit Esskastanien von der Hauptstraße trennten. Einhard kannte den Besitzer aus der Statthalterzeit, er war des Schreibens mächtig – doch war dieser Mann gar nicht mehr da. Stattdessen standen ein halbes Dutzend Eselskarren und Planwagen herum, denn Flüchtlinge aus der Grenzmark drängten sich um die Feuerstelle im Haupthaus. Nasse Kleidung trocknete an kreuz und quer gespannten Leinen und erzeugte einen fürchterlichen Geruch. Die ansässige Familie war geflohen, hieß es. Albrich wollte sie mit der Reitpeitsche aus dem Haus treiben, doch Einhard fiel ihm in den Arm. »Diese Leute haben ihre Heimstätten verloren! Wir finden ein Plätzchen …«

»Wenn die Sachsen auftauchen, verlieren sie noch mehr!«, grunzte der Kriegsmann und ließ sich von Heden die Kiste mit dem Heiligen geben. »Auf den pass ich selbst auf, bei Gott!«

Am nächsten Tag ging der Dauerregen in gelegentliche Schauer über. Aber nun bremste sie der dichter werdende Verkehr: So, wie kleine Zuflüsse aus den Seitentälern einen Strom anschwellen lassen, so füllte sich die Hauptstraße mit Ochsenwagen und Viehherden, mit schimpfenden Reitern und jammernden Weibern, die riesige Bündel auf dem Rücken schleppten und Kinder vor sich herscheuchten.

»Wenn das so weitergeht, sind wir morgen noch unterwegs«, fluchte Arnulf, als er sein Pferd und das von Erika an einem gestrandeten Wagen mit Achsenbruch vorbeilotste. Wie nah das Sachsenheer sei, riefen ihm ein paar Berittene zu, die Schwerter an der Seite hatten. »Zwei oder drei Tage«, gab Arnulf zurück. »Schließt Euch an, Leute! Das Heer des Königs steht in Hersfeld, dort warten wir auf die Heiden!«

»Der König ist in Italien«, kam es prompt zurück. Und wie groß das Aufgebot denn sei?

»Groß genug, wenn nicht alle Waffenfähigen davonlaufen!«, rief Arnulf scharf. »Wo ist euer Bannerführer? Aus welchem Gau seid Ihr?«

Die Männer sahen einander mit müden Gesichtern an; einer, der nur einen vom Regen dunklen Lederpanzer über der Tunika trug, antwortete: »Wir sind aus dem Hessengau. Wollten in die Büraburg, aber man wies uns ab.«

»Die Festung ist überfüllt, jetzt schon …«, klagte ein Grauhaariger neben ihm und klopfte seinem Pferd auf den Hals. »Bringt Euer Weib in Sicherheit! Die Sachsen sind Bestien!«

Arnulf sah Erika neben sich zusammenzucken. »Nicht schlimmer als Ihr selbst!«, brauste sie auf. »Was meint Ihr, was die Panzerreiter machen, wenn sie in Westfalen und im Engernland einfallen?«

Er war schweigsamer geworden, je näher sie Hersfeld kamen.

»Was ist?«, forschte sie schließlich. »Denkst du an die Schlacht?« Sie selbst empfand Übelkeit bei dem Gedanken, dass ihr Halbbruder ihrem Geliebten auf Leben oder Tod gegenüberstehen würde. *Würde der Himmel, würden die Götter das zulassen?*

Er sah sie an. Sie saß gerade im Sattel, aufrechter als er selbst. Dunkle Dreckspritzer waren über das gesamte Kleid verteilt, ein blaues Wolltuch verbarg die Haare; ihr Gesicht hatte Farbe bekommen. »An meinen Bruder dachte ich, Liebes«.

»Dein *Bruder*? Von dem hast du noch nie erzählt!«

Arnulf lächelte ohne Heiterkeit. »Er war Prior in Hersfeld, als ich letztes Mal diesen Weg nahm. Ich hatte mich mit dem Gaugrafen in Fritzlar angelegt, rannte um mein Leben, verstehst du?«

Was ein Prior war, wollte sie wissen.

»Der Prior ist der Erste der ... der *harugari*, wenn du so willst. Der Abt aber ist der Oberpriester – wenn es einen Abt gibt.« Er fiel in sein Schweigen zurück.

Was zwischen ihm und seinem Bruder passiert sei, bohrte sie nach.

»Er hat mich fortgejagt wie einen bissigen Hund. *Arnulf, das musste so kommen* – das waren seine Worte! *Fängst immer Streit mit den Falschen an.*«

Sie schüttelte den Kopf. »Dem eigenen Bruder die Tür weisen, das ist gegen das Gesetz der Sippe. Bei uns hätte ein Fluch auf dem Haus gelegen ...«

Er schnaubte. »Ich *habe* ihn verflucht, Erika! Habe ihm die – ja, die Sachsen an den Hals gewünscht! Das waren meine letzten

Worte … und nun? Nun kommen sie, und alles bricht auseinander …!«

»Umso froher wird dein Bruder sein, dass du kommst!«

Er nickte, aber etwas Bitteres lag in seinen Zügen. »Mag sein. Aber Widukinds Heer ist viel größer als damals bei Korbach. Niemand will einem angreifenden Wisent in den Weg treten! Jeder denkt nur an sich. Und …«

»Was?«

»Ich schätze, ich war früher auch so«, murmelte er, ohne sie anzusehen.

Eine Weile schwiegen sie. Dann, mit einem kaum verhohlenen Seufzen: »Du *musst* nicht kämpfen, Arnulf!« Und ihre Augen sagten noch etwas anderes: *Was wird aus mir, wenn du stirbst?*

Erst hörten sie von ferne Glockengeläut. Dann kamen ihnen von einer Anhöhe über der Fulda Reiter in gestreiften Mänteln entgegen, blau auf bernsteinfarbenem Untergrund: Warins Alemannen, die die Franken die letzten Meilen zur Abtei begleiteten. Die Klosterburg erhob sich halb rechts am Rande einer von Waldhöhen umkränzten Ebene, die vom Bett der Fulda zerteilt wurde. Ein Stück weiter im Süden knickte der Fluss hinter der Abtei nach Westen ab: Das Flussbett umgab die Wehranlage in Form einer ovalen Rundung, gleich dem Bauch einer Schwangeren, der das werdende Leben beschützt.

»Ich hatte mir das Kulthaus nicht so groß vorgestellt«, murmelte Erika. Ein dreischiffiger Bau aus Sandstein, umgeben von Mauer und Graben, kündete von der Größe christlichen Frankentums.

»Wir nennen es Kirche«, lächelte Arnulf und berührte sein Augenlid; beim Blick in die Ferne musste er seit den Rutenschlägen Baldurs das Lid mit dem Finger straffen, um klar zu sehen.

Straßen von Westen, Norden und Osten liefen nördlich der Abtei auf einem Platz zusammen, der Sammelbecken war für

Flüchtlinge aus den nördlichen Gauen. Dutzende von Ochsenwagen standen herum, Vieh muhte und blökte, Hunde hechelten hin und her auf der Suche nach Essbarem. Menschen kochten, webten, wuschen, stillten und verrichteten ihre Notdurft, alles unter freiem Himmel. Zwischen dem Platz und den Burgmauern begannen die flachen Giebelzelte der einfachen Krieger, die ihre eigenen Feuerstellen hatten. Der Geruch von Pferdeäpfeln und Holzfeuern wurde von etwas anderem abgelöst, als sie die Ostseite der Abtei umrundeten und am Graben entlangritten. Gut zwölf Fuß breit, war er die Kloake für Hundekadaver, Tonscherben, Pferdemist und Küchenreste in jedem Zustand der Verwesung. Erika kräuselte die Nase. *Das Christentum stank.*

Sie durchritten das Tor, ohne anzuhalten, die Alemannen vorweg. Innerhalb der Mauern war jeder Meter genutzt: mit farbigen Bannern geschmückte Zelte der Edlen, mannshoch und mit mehreren Pfählen abgestützt, umstanden die Klosterkirche. Zwischen zerrupften Apfel- und Pflaumenbäumen lungerten Bewaffnete, warfen Äxte auf Holzklötze, wetzten Schwerter und schossen Pfeile auf Scheiben. Erika tat das Richtige, stellte Arnulf fest: Sie trug das Kinn hoch und blickte keinen dieser Neugierigen an. Als sie vor der Klosterkirche abstiegen, war die Glocke über dem steinernen Halbrund des Chors am Verklingen. Als hätte eine höhere Gewalt dies geplant, setzte ein Choral ein: stimmgewaltig und alles durchdringend, als würden dort Hunderte Mönche zugleich um Gottes Gnade streiten.

»Wenn die Kerle so kämpfen, wie sie singen«, grinste Heden, »dann scheißen sich die Sachsen in die Hosen!«

Arnulf lachte und half Erika aus dem Sattel. Nicht dass es nötig gewesen wäre – er stahl sich vielmehr einen Kuss, obwohl sie aus allen Richtungen beobachtet wurden. Röte überflog ihre Wangen. Warme Zuversicht durchlief ihn. Er beschloss, dass er mit seinem Bruder Frieden schließen musste. Was immer Konrad auch sagte, Arnulf würde ihn nicht hassen! Sein Blick schweifte über ihre

Krieger, die nass und müde aus den Sätteln rutschten. Weiter hinten, zwei Steinwürfe entfernt, liefen ein paar Mägde durchs Tor hinaus, leere Eimer an schlenkernden Armen. Die letzte drehte unter dem Torbogen den Kopf: eine mager wirkende junge Frau, deren Kopftuch die Fülle des roten Haares kaum bändigte – Ragla.

39

Die Abtei Hersfeld, im Spätsommer 774

Bannerführer, Vögte und Waffenmeister drängten sich um den kreisrunden Steintisch im Konvent des Klosters, an dem nur ein knappes Dutzend der Edlen und der höheren Geistlichen Platz fand. Graf Warin leerte lustlos den Weinbecher, zupfte am sauber geschnittenen Bart und sah in die Runde. Die Männer von Bedeutung taten ihre Meinung kund, ganz wie er es verlangt hatte. Aber keine zwei hatten dieselbe.

»Wir sind zu schwach für eine Schlacht, warten wir auf Verstärkung!«

»Von wo soll die kommen? Gott ist mit uns, marschieren wir ihnen entgegen!«

»Wir haben die Sachsen immer geschlagen, wenn's drauf ankam!«

»Diesmal kommen sie mit einem Heer! Verschanzen wir uns in der Klosterburg, hier sind wir sicher!«

»Thegan schickt sechs mal hundert Berittene, dann sind wir stark genug!«

»Thegan wird nicht mal ein Maultier schicken!« Das war eine neue Stimme – Warin blinzelte zum Consiliarius Einhard hinüber, dem von der Grenze geflohenen Statthalter. Hinter ihm stand ein robust wirkender Kerl mit auffallend kurzem Haar und kleinen Narben um die Augen, die nicht von einer Schwertklinge stammten. Und der erdreistete sich, noch mehr beizutragen: »Wir kamen an Flüchtlingen vorbei, die man nicht mehr in die Fritzlarer Burg einließ! Wenn diese Burg voll ist, dann weil Thegans Leute selbst drinsitzen!«

»Woher wollt Ihr das wissen?«, fragte Warin mit zusammengekniffenen Augen.

»Ich bin Arnulf von Fritzlar, der Sohn des Arthur. Man nennt mich *sax hamar*. Und ja, ich kenne die Büraburg so gut wie Euer Prior!«

Einhard räusperte sich. »Arnulf dient mir. Er war Widukinds Gefangener.«

Wachs tropfte vom eisernen Leuchter, der an einer Kette über dem Tisch hing. Der Mann in der dunklen Robe neben Warin erhob sich: Eine hagere, hochgewachsene Gestalt mit rasiertem Gesicht und kahlem Fleck auf dem Schädel. »Gelobt sei Gott, Ihr lebt, Bruder!« Der Prior Konrad bekreuzigte sich. »Ich habe Euch täglich in meine Gebete eingeschlossen …«

»Sicher«, entgegnete Arnulf rauer als beabsichtigt. »Sonst hätte ich's nicht geschafft. Und Erika erst recht nicht!«

Warin blickte von einem zum anderen. »Was soll das heißen? Meint Ihr diese Sächsin von Geblüt, die hier rumläuft?«

Arnulf nickte, und Konrad schüttelte betroffen den Kopf. »Sie war die Braut des Engernherzogs«, fuhr Arnulf fort und bemerkte seine Torheit, die Sächsin hier in großer Runde zu erwähnen. »Aber sie … sie wird meine Frau.«

Der Raum explodierte in wildem Lärm, wieder schrien alle durcheinander. »Wie könnt Ihr das Weib hierher bringen?« »Geschieht dem verdammten Botho recht!« »Das ist Tollheit!«

Konrads Züge verdüsterten sich. »Ihr könnt die Räume der Abtei nicht mit einer Heidin entweihen«, rief er, als der Aufruhr abgeklungen war.

»Sie ist eine *Christin*!«, rief Arnulf, was ihm einen überraschten Seitenblick von Einhard einbrachte. »Der Diakon Hunus hat sie in der Burg Casila getauft!«

Neues Gelärme entstand, bis Graf Warin mit scharfen Worten Ruhe einforderte. »Nun, Consiliarius Einhard, habt Ihr noch mehr solcher Überraschungen für uns?«

Die Leute beugten sich vor, sie wollten tatsächlich hören, was dieser Statthalter dazu zu sagen hatte. Doch der Angesprochene blickte den Frager mit eisiger Miene an, seine Hände lagen ineinander verschränkt auf dem Tisch. »Reden wir über das, was *kommt*, Graf! Alle sächsischen Stämme stehen im Feld! Sie wollen das heilige Grab zerstören, Hersfeld liegt auf ihrem Weg!«

Konrad beugte sich vor, eine Hand massierte das Kinn. »Können wir sie denn aufhalten, Einhard? Was ratet Ihr?«

»Schickt Boten nach Fulda und in die umliegenden Gaue«, rief Einhard mit fester Stimme. »Wir brauchen jeden, der ein Schwert führen kann. Was ist mit Eurem Abt?«

»Er steht noch am Rhein und sammelt Männer«, sagte Konrad. »Ihr wisst, dass Lul auch Bischof von Mainz ist ... Ich bin sicher, dass er bald Hilfe bringen wird!«

Aber so schaust du nicht drein, dachte Einhard.

Warin stellte einen Zeigefinger senkrecht in die Luft, wie ein Magister. »Wir haben mehr als tausend Bewaffnete, und in Fulda sitzen noch einmal fünfhundert des fuldischen Abtes. Ziehen wir uns zum Grab des Heiligen zurück; die Klosterburg ist größer als Hersfeld, wir können uns in Fulda besser verteidigen!«

»Dann zerstören die Heiden alles, was wir hier aufgebaut haben«, sagte der Prior kopfschüttelnd. Doch nun kamen mehrere Zurufe, aus deren Wildheit auch der Wein herauszuhören war: Lieber hinter einem festeren Wall fechten, weiter im Süden, als hier die Kraftprobe mit den Heiden suchen ...

»Und dann?«, rief Arnulf scharf und stützte sich neben Einhard mit den Händen auf die Tischplatte. »Da draußen lagern Hunderte von Menschen, Vertriebene, die auf unsere Schwerter zählen! Und noch mehr Leute sitzen zwischen Hersfeld und Fulda und warten darauf, dass sie wieder zurückkönnen. Die überlassen wir Sklaverei und Tod, wenn wir aufs Bonifatiusgrab zurückweichen!«

»Das wäre unchristlich«, sagte Konrad bewegt und nickte seinem Bruder zu. Schließlich stand der Alemannengraf auf, tauschte ein paar Sätze mit den Kriegsleuten hinter sich und verkündete, dass er am nächsten Tag mit seinen Hundertschaften gen Norden erkunden würde. »Mit Gottes Hilfe jagen wir Widukinds Horden einen Schrecken ein, so wie den Langobarden in Italien! Vor unseren Panzerreitern haben die Heiden Angst!«

Getöse entstand, als die Edlen um den Tisch nun allesamt aufstanden. Konrad kam auf Arnulf zu. »Auf ein Wort, Bruder …« Er zog den Jüngeren in eine Ecke, in der ein Marienbild mit Jesuskind auf den Putz der Wand gemalt war. Arnulf musterte die grauen Haare, die in den kurzen Stirnfransen Konrads zu sehen waren, und die Ringe um die Augen. Er sah zehn Jahre älter aus – als hätte Konrad, nicht Arnulf unter der Knute der Sachsen gelebt. Der Prior lächelte verlegen, berührte das silberne Kreuz auf der Brust und starrte auf den kleinen Narbenwulst, der einmal Arnulfs Augenlid gewesen war. »War es schlimm?«

»Was?«

»Gefangen zu sein, bei den Heiden?«

Arnulf verzog einen Mundwinkel zu einem schiefen Grinsen, aber in Wirklichkeit war ihm flau zumute. »Ja, es war schlimm, Bruder … was meint Ihr: Hatte ich es verdient, hm?«

Der Ältere schüttelte den Kopf. »Kein Christenmensch verdient so etwas. Gott liebt auch Euch, Arnulf, das dürft Ihr nie vergessen! Wenn es zum Kampf kommt …« Er rang die Hände, Arnulf hatte ihn noch nie so verlegen erlebt. »Soll ich Euch die Beichte abnehmen? Ich tu's gern für Euch!«

»Es *kommt* zum Kampf«, sagte Arnulf und dachte an das, was Konrad erwartete, wenn die Sachsen Hersfeld überrannten. *Der zerstückelte Priester* … Beide schwiegen einen Augenblick. Arnulf dachte an seine Mutter und wie stolz sie darauf gewesen wäre, Konrad hier als Prior zu sehen; und auch in Konrads Blick lag etwas Fernes, Unbestimmtes. Doch es war keine Zeit, die Vergangenheit zu verhandeln.

»Wenn es Euch ernst ist mit der Sächsin«, sagte Konrad schließlich mit belegter Stimme, »dann *heiratet* sie! Sobald es geht!«

Arnulf überlegte. »Es macht Euch nichts aus, dass sie eine Sächsin ist?«

Konrad schüttelte kaum merklich den Kopf. »Der Allmächtige

ist für alle da, die ihn erhören wollen … ich habe Waffen für Euch, Arnulf!«

Waffen? Das kam so überraschend, dass Arnulf die Hand des Älteren nahm. »Mit so viel Fürsorge hatte ich nicht gerechnet, Bruder! Ich hab ein gutes Schwert und den Schuppenpanzer, aber wenn dein Vogt noch einen Helm in der Waffenkammer findet, in den ein Dickschädel reinpasst, um so besser!«

Erika hatte Unterkunft gefunden in einer Ecke des Herbergshauses, ein flacher Holz-Lehm-Bau mit Strohdach nicht weit entfernt von der Kirche. Hartnäckig bestand sie darauf, Arnulf zu begleiten, als er den Panzer anlegte, um mit ein paar Kriegern die nähere Umgebung zu erkunden.

»Warum sprichst du nicht mit Einhard über die Gebote, Erika? Heute ist ein guter Tag dafür!«

Sie blitzte ihn an. »Das kann ich später noch machen. Im Kloster starren mich so viele Leute an!« Sie trug Hosen unter dem Kleid mit gebundenen Waden und einen leichten Sommermantel aus weißem und rotem Leinen – eines der wenigen Kleidungsstücke, das sie auf die Flucht mitgenommen hatte.

»Wenn das hier vorbei ist«, raunte er ihr aus dem Sattel zu, »werden wir schöne Sachen für dich kaufen! Auf den Märkten in Frankfurt findest du alle Dinge unter der Sonne!«

Sie wischte einen langen, geflochtenen Zopf über die Schulter. »Vielleicht brauch ich die gar nicht! Und überhaupt – hast du vielleicht Silber?«

»Nein«, grinste er. »Nur ein Schwert, ein gestohlenes Pferd und eine geraubte Braut. Gehorchen tut nur das Pferd!«

Sie schlug ihm mit der Gerte auf den Oberschenkel. »Achte auf die Reihenfolge!«

Sie ritten nach Osten, zur Holzbohlenbrücke über die Fulda. Die auf schiefen Pfeilern im Flussbett ruhende Brücke war mehr als doppelt so breit wie das Wasser, denn im Frühjahr und Herbst schwoll der Strom an. Im schnellen Trab ging es dann auf die Höhe, die das Tal nach Osten abschloss. Oben stießen sie auf einen Posten mit einem halben Dutzend Klostersoldaten, die Schuhe nähten und Knochen schnitzten. »Die Kerle merken nichts, bis es zu spät ist!«, murmelte Arnulf, Albrich zog eine narbige Grimasse – Zustimmung! – und streichelte die Ohrensammlung an seinem Gürtel. Heden starrte nach Osten, auf den grünen Pelz des Waldes, in dem die Straße Richtung der thüringischen Gaue verschwand. Beiläufig fragte er dann einen der Wachen, wie weit es bis zum Grabfeld war. »Zwei Tage mit einem guten und drei mit einem schlechten Gaul!«

Arnulf zerstörte die Grübelei des Kameraden mit einem kräftigen Schlag auf die Schulter: »Wenn der König wieder da ist, wirst du vor ihn treten, ich schwör's!«

Sie ritten zurück. Einen Bogenschuss südlich der Brücke, nahe des Westknicks des Flussbettes, wo lange Reihen von Kastanienbäumen begannen, mündete der Haunebach in die Fulda. Sie schlugen den Weg ein, der am Bachufer entlang direkt nach Süden führte, in Richtung der Bonifatius-Abtei. Am Rand abgeernteter Felder sahen sie immer wieder Ochsenwagen und Eselskarren. Männer reparierten Speichen und Zaumzeug, Frauen blickten unter ihren Kopftüchern misstrauisch zu den Bewaffneten auf, Kinder hüteten Schafe und Ziegen. Irgendwann verengte sich das Tal auf eine halbe Meile Breite und machte eine Kehre nach rechts, nach Westen; dahinter sahen sie die Dächer von Hofgütern. Beim Näherkommen erkannten sie Gefährte und Zelte aller Art, die nahe den Wohngebäuden abgestellt waren. Menschen auf der Suche nach Schutz …

Durch hohes Gras und schiefe Weidenbäume ritten sie zum Bachufer. Arnulf ließ Wasser in seinen Trinkbeutel laufen und gab ihn Erika. Sie lächelte und trank. Ihre Wangen hatten die frische Röte, die wie ein Strahlen von innen zu kommen schien. Er überlegte kurz, ob er sie im Ufergebüsch betten konnte: *Eine kleine Pause am Nachmittag* … Dann musste er an die *magad* im Torbogen denken: *War das wirklich Ragla gewesen?* Sein Übermut verdampfte.

Tage nervösen Wartens: Spätsommerwetter brachte letzte Mückenschwärme hervor. Pflaumen und Äpfel in Fülle. Endzeitstimmung wechselte mit Lebenslust. *Würde man nicht doch verschont bleiben?* Fritzlar zerstört? *Na und? Bis Hersfeld kommen sie gar nicht* … Noch trafen Bannerherren mit ihren Aufgeboten aus umliegenden Gauen ein. Hat nicht ein Königsbote den Heerbann einberufen? Wenn sie hörten, dass der König noch hinter den Alpen saß, dass Abt-Bischof Lul noch nicht aus Mainz herbeigekommen war, dann fluchten sie. Manche wollten zur stärker ausgebauten Klosterburg Fulda weitermarschieren, andere umkehren – *musste ein Mann nicht den eigenen Hof verteidigen, wenn der Sachse kam?* Aber Einhard nötigte sie mit des Priors Unterstützung, Hand anzulegen: Ein riesiger Verhau aus Baumstämmen wurde binnen weniger Tage errichtet. Mehrere Hundert Schritt lang schob sich dieses Hindernis aus ineinander verkeilten Stämmen vom Ufer der Fulda bis zu den armseligen Holzhütten der Hörigensiedlung, die den Rand des Vertriebenenlagers markierten. Für die Arbeiten trieb man auch all die Männer und Heranwachsenden zusammen, die dort lagerten; ihre Familien scheuchte man mit Sack und Pack fort. Die meisten freilich blieben einfach nahe des Fuldaufers südlich der Klosterburg sitzen, unter den Walnuss- und Esskastanienbäumen, die dort von den ersten Mönchen gepflanzt worden waren.

Es dauerte, im Wald nördlich und westlich der Stadt Stämme zu schlagen und mit den Ochsengespannen herbeizuschaffen; so ließ Konrad seine Mönche mehrere Reihen von Gräben ausheben, und zwar im Nordwesten der Klosterburg – der Vorteil war, dass diese Arbeit von vielen zugleich geleistet werden konnte. Zwischen Verhau und dem Ostende der Gräben blieb ein etwa hundert Schritt breiter Durchgang.

»Dadurch haben die Heiden weniger Aufmarschfeld«, erläuterte Einhard. »Sie können uns nicht erdrücken mit ihrer Kriegermenge!«

Arnulf grinste und kratzte sich am Kinn. »*Harto* würde staunen über Euch, Einhard ...«

Der *gilerito* lächelte dünn und senkte seine Stimme. »Euer Bruder lieh mir das Werk eines Römers aus der Bibliothek: über Feldbefestigungen. Man lernt darin viel über den Krieg, mein Lieber!«

Arnulfs Augen leuchteten. »Einhard, ich will dieses Buch sehen!«

»Dann lernt Lesen, *sax hamar*!«

»Gut«, strahlte Arnulf unerschrocken, »dann bringt's mir bei! Am besten noch heute!«

Warin kehrte zurück. Nicht im Trab, im müden Schritt kamen die Panzerreiter aus dem nördlichen Tal hervor. Zwischen Hunderten von Kriegern, Vertriebenen und Benediktinern, die die Äxte und Schaufeln ruhen ließen, zog die Reiterkolonne durch die Öffnung in den Verhauen direkt bis zur Burg.

»Wenn du mich fragst«, flachste Heden, »dann sehen Sieger anders aus!«

Arnulf kniff die Augen zusammen und brummte etwas; er hatte mit Heden einen Kalkofen untersucht, der als mächtiger Steinklotz nahe des Flussufers südlich der Abtei aufragte. Etwas weiter flussabwärts war auch noch eine Salzsiedeanlage, die Hedens Neugier ausgelöst hatte. Weder das eine noch das andere konnte Arnulf fesseln, umso rascher hielt er nun mit dem Kameraden auf die Burg zu, um Warins Geschichte zu hören.

Der Alemannengraf saß im verdreckten Kettenhemd am Steintisch im Konventsgebäude, umgeben von Einhard, einigen Edelherren, dem Prior Konrad und seinem Vogt. Letzterer, ein grobknochiger Mann mit von Pockennarben verwüstetem Gesicht und scharfem Knoblauchatem, schenkte dem Grafen einen Becher des sauren Klosterweins ein. Warin leerte den Trunk in einem Zug, verzog das Gesicht und wischte sich mit dem Handrücken über den Mund. »Wir haben eine Streifschar der Heiden nördlich des Knüllwalds gestellt. Wir haben hundert erschlagen, mindestens. Am nächsten Morgen kam dann ihre Hauptstreitmacht. Nicht dumm, die Kerle! Sie hätten uns fast den Rückweg abgeschnitten …«

Arnulf nahm zwischen einem Gaugrafen und dem Vogt Platz – wer scherte sich noch um Rang und Namen der Sitzordnung? »Wer führte sie?«, stieß der Hesse aus. »Widukind oder Botho?«

Ein Schleier lag über Warins blauen Augen, als er den Frager musterte. »Sie haben sich nicht vorgestellt, Mann … verfolgt haben sie uns. Mit allem, was reiten konnte … mehr Wein!« Er streckte den Becher aus.

»Die Westfalen sind eben doch keine Langobarden«, murmelte der Hesse lauter als beabsichtigt.

Böse funkelte Warin ihn an. Konrad, der Prior, gab bekannt, dass Boten des Abt-Bischofes eingetroffen seien: Luls Truppen hatten Frankfurt hinter sich gelassen, sie mussten in den nächsten Tagen eintreffen!

»Wir müssen Widukind so lange aufhalten, wie wir können«, fasste Einhard mit ernster Stimme die Lage zusammen. Konrad erhob sich. »Läutet die Glocke! Und gebt jedem eine Waffe, der noch keine hat!«

Die Klosterkirche war gepackt voll. Hinter dem Altar blinkte das Kupfer der Petruskiste im Glanz der Kerzen. Nach dem Ausklingen des letzten Psalms sprach Konrad die christlichen Streiter vor ihm von ihren Sünden los. Und hinten in einer Ecke vertraute ein Krieger sich einem Freund an. »Letzte Nacht … sie ist mir im Traum begegnet.«

»Sie ist die Mutter Eures Kindes, also sucht sie! So viele Rothaarige gibt es nicht im Wagenlager.«

»Das will ich, aber – sie rammte mir ein *Messer* in den Leib. Es war so echt, ich bin davon wach geworden.«

»*Almahtigan!*«, entfuhr es Einhard. »Ihr seid bereit, Widukind mit dem Schwert gegenüberzutreten – und scheut Euch, *Ragla* Rede und Antwort zu stehen?«

Ein gewaltiges Amen donnerte durch das Kirchenschiff. Die Knienden erhoben sich, ein Raunen setzte ein, Menschen in Lederpanzer und Kettenhemd drängten und schoben sich mit kleinen Schritten durch die Ausgänge ins Freie.

»Ich habe sie verraten, Einhard«, sagte Arnulf mit gesenktem Kopf. »Damals, als ich mit meinen Leuten und Erika in den Untergang ritt, die Sache bei Aroldis, da sollte wenige Tage später die Vermählung sein ... Raglas Bauch war nicht mehr flach! Und dann ...« Er brach ab und starrte auf seine Hände.

Einhard seufzte, unschlüssig, was hier noch zu raten war.

Schließlich ging ein Ruck durch Arnulfs Körper. »Ich gehe zu ihr! Nach dem Kampf. Wenn ich überlebe, dann ... ich werde sie schützen und ihr Silber geben und mich um meinen Sohn kümmern!«

Einhard legte ihm eine Hand auf den Unterarm. »Versprecht es mir, *sax hamar*!«

Arnulf ergriff Einhards Finger mit beiden Händen. »Ich verspreche es.« Sie sahen sich an, der Consiliarius und sein Krieger.

»Ihr werdet leben, Arnulf. Ich weiß es!«

40

Die Abtei Hersfeld, im Spätsommer 774

Am nächsten Morgen öffnete sich der Himmel. Eisklumpen wurden auf die Erde geschleudert. Geschosse von der doppelten Größe einer Walnuss, mit einer Wut, zu der nur der Höchste im Stande war! Hühner wurden erschlagen, Pferde brüllten getroffen auf, ein Kind blieb leblos im Dreck liegen, irgendwo auf dem Platz, wo die Vertriebenen gehaust hatten. Mit metallischem Klirren prallten die Eisgeschosse von den Helmen der Krieger ab; manche duckten sich einfach unter ihre Schilder und bewegten sich nicht mehr. Andere flohen in die Burg.

Als die Luft wieder aufklarte und alles mit schneeweißem Hagel überzogen war, waren die Sachsen keine halbe Meile mehr entfernt. Sie kamen aus dem nördlichen Tal, wie erwartet; Männer dicht an dicht, Reiter neben Fußkämpfern, ohne Ordnung. Die Gaufürsten und Bannerherren der Franken begannen Befehle zu brüllen, was fast im wilden Glockengeläut unterging; atemlos hetzten die, die vor dem Hagel Schutz gesucht hatten, nach vorne zu den Verhauen. Beschlossen war, dass die Heerbannkämpfer der umliegenden Gaue die Gräben links verteidigten und die Truppen, die zur Klosterburg selbst gehörten, den Verhau aus Pfählen und Baumstämmen zur Rechten. Die Scara und Warins Alemannen hingegen bildeten eine fünf-, sechs- oder siebenfach gestaffelte Kette in der Mitte. Weiter hinten, unweit des Burggrabens, warteten noch einmal zwei berittene Hundertschaften als Reserve: Sie trugen weiße Überwürfe mit schwarzem Kreuz über den Panzern und waren erst Tage zuvor vom Fuldaer Abt geschickt worden. »Ihr werdet den Gegenangriff führen«, hatte Warin ihren Führer wissen lassen.

Einhard stand mit pochendem Herzen neben Konrad und dem Vogt auf dem Wehrgang der Burg, von wo das ganze Geschehen halbwegs zu überblicken war. Seine linke Hand hatte angefangen zu zittern, als das schreckliche *Wumm – Wumm – Wumm* einsetzte: Waffen, die rhythmisch gegen Pferdekopfschilde schlugen. Das Bild vor der Eresburg tauchte vor Einhard wieder auf, Bothos Horden, die den Burgberg stürmten ... Übelkeit zuckte durch seinen Magen. Tausende Krieger marschierten hier auf!

»Der Hagel war ein Zeichen!«, verkündete Konrad und bekreuzigte sich. »Der Herr wird uns geißeln!« Er blickte zum Himmel, und die kurz geschorenen Mönche in seinem Gefolge taten dasselbe. Eine warme, schmale Hand schloss sich in diesem Augenblick um Einhards Linke. Erika zitterte auch, stärker als er selbst. Sie trug den Halsschmuck mit den Goldfibeln, zum ersten Mal seit der Flucht. Das Kleid von dunkelgrüner Wolle hingegen sah wie irgendein fränkisches Gewand aus.

»Wo ist Arnulf?«

Einhard streckte eine Hand aus. Der Hesse war irgendwo am linken Rand des Durchlasses, zwischen zwei der stehen gebliebenen Hütten ... »Auf dem Dach!«, entfuhr es ihm. Die Entfernung betrug mehrere Hundert Schritt, genau zu erkennen war der Kerl nicht, der da behände auf ein Strohdach kletterte, einen Halt unterhalb des Firstes fand, sodass nur der Oberkörper von der anderen Seite zu sehen war. Von unten reichte jemand etwas hinauf, das wie ein Bogen aussah, dann stieg ein weiterer Schuppengepanzerter auf das vom Hagel noch weiße Dach.

Es war nicht leicht, Halt zu finden und gleichzeitig den Bogen zu handhaben: Ein Dutzend Pfeile jagten Arnulf und Heden innerhalb kürzester Zeit in die Reihen der Bärtigen. *Wo war Widukind?* Dann fingen die sächsischen Bogner weiter hinten an, die dreisten Franken zu beschießen, und rasch ließen die beiden sich wieder das Dach hinabrutschen. Das Letzte, was Arnulf zur Linken sah, waren Sturmleitern … sie würden Leitern über die Gräben werfen!

Arnulf nahm den Schild auf und zog das Schwert. »Du hast davon geträumt, im Schildwall zu kämpfen?«

Heden nickte grimmig. Auch er trug einen der einfachen Spangenhelme, die die Handwerker des Klosters bis zuletzt zurechtgehämmert hatten.

»Dann pass auf die Speere auf!«, grunzte Arnulf noch und drängte sich nach vorn, dorthin, wo der Tod regierte. In diesem Augenblick prallte die vorderste Sachsenreihe auf die Schuppengepanzerten in der Mitte der fränkischen Stellung. Ein dumpfes Krachen, als ramme eine riesige Eisscholle einen Brückenpfeiler – Brüllen, das Klirren von Stahl, der Aufschrei der Getroffenen, das Dröhnen von Holz, wenn Äxte und Schwerter auf Lindenholz trafen. Dicht an dicht standen die Männer, versuchten den Gegenüber niederzumachen und gleichzeitig den linken Nebenmann auf der Schildseite zu decken. Es dauerte, bis ein in die Knie gehender Scarakrieger eine Lücke im Schildwall entstehen ließ: Arnulf riss ihn nach hinten und schlug mit dem Schwert in die bärtige Fratze vor ihm.

Auf engstem Raum drängten jetzt Hunderte von Kriegern gegeneinander: Kein Platz für einen guten Schwerthieb! Dann sah Arnulf den Mann mit der Bärenfellmütze. Mit schnellen Axthieben und wuchtigen Schildstößen drückte Liudolf *bero slahari* eine Delle in den Frankenwall. Blitzschnell sah Arnulf nach links und rechts. »Liudolf«, brüllte er in Richtung von Widukinds Schildmann. »Komm her, Feigling!«

Der Hüne mit dem dunklen Fell über dem Panzer zertrümmerte den Helm des Franken vor ihm, schob sich mit einem Warnschrei an zwei Heiden vorbei und ging auf den Hessen los. Aber zwischen ihm und Arnulf stand noch Albrich. Die Spitze der Stoßlanze riss dem Vorstürmenden das Bein über dem Knie auf. Wie angewurzelt blieb der Fale stehen, um den Schild nach vorne zu bringen und Albrich zu erschlagen. Arnulf selbst drängte den Kameraden zur Seite und ließ die Schwertklinge auf den Hünen niedersausen. Der Stahl federte zurück, wie Holz war die Bärenkappe! Liudolf brüllte und schlug halb blind zu. Kreischend glitt seine Axt an Arnulfs Schildbuckel ab, Arnulfs zweiter Schlag war tief angesetzt und traf das unverletzte Bein Liudolfs: Der Fale knickte ein, seine Schildkante prallte auf den Boden. Neben ihm schnellte ein Krieger vor, um den Verwundeten zu schützen – aber schon traf Albrichs Lanzenspitze den Hals *bero slaharis,* wie ein Hornissenstachel.

Der Tod des Kämpfers war wie ein Signal für Arnulfs Männer, sie stürzten sich mit frischem Mut auf die Sachsen, Heden verteilte rechts von Arnulf giftige Schwerthiebe, als hätte er etwas nachzuholen. Die Schildreihe der Sachsen riss auf, plötzlich kämpften die vordersten Franken zehn, zwanzig Schritt tief zwischen den Feinden. *Wo war Herzog Widukind?*

»Zu weit vorn!«, keuchte Albrich, als Arnulf einem Zurückweichenden das Gesicht zerpflügte. Arnulf grunzte etwas, hob den Schild bis zur Helmkante und brüllte den anderen zu, vorzurücken. Einer Windstille im Sturm gleich brach das Töten für einige Augenblicke ab. Die Reihen bildeten sich neu, man nahm Maß; Verwundete krochen herum, Halbtote kotzten Blut. Dann kam der erste Speer. Flach und gefährlich, geworfen aus den hinteren Reihen, zu erkennen erst einen Wimpernschlag vor dem Aufprall. Eine Handbreit unterhalb der Schildkante krachte er in Arnulfs Schild – schwer hing das Holzrund plötzlich am Arm herab! Arnulf fing zwei weitere Geschosse ab, ließ sich zurückfallen und brüllte nach einem neuen Schild … und schon drängten die Sachsen wieder vor. Schritt um Schritt wichen die Franken rückwärts, bis sie wieder auf der Höhe der ersten Verhaue waren. Aber mittlerweile hatten die Mutigsten der Heiden ihren Weg durch die Baumstämme gefunden, sie stießen nun in die Bewaffneten der Abtei vor und hieben eine erste Schneise in den Feind: Die Härte und Kühnheit der Angreifer jagte den Verteidigern einen Schrecken ein, Arnulf sah Leichtverletzte fliehen, als wäre die Schlacht verloren. Der Hesse entriss einem Verstümmelten, der nach hinten taumelte, den blutbesudelten Schild. Er hörte den Vogt brüllen, ein blutiges Schwert in der Hand und ein Schild mit Runenzeichen. »Die Gräben – helft uns, schnell!« Arnulf rief nach Albrich und Heden und zerrte den riesigen Ulfas mit sich. Sturmleitern hatten die Sachsen über die ersten Gräben gelegt und darauf die Schilde einiger Krieger. Über diese Stege stießen die Verwegensten der Krieger in die Frankenschar hinein, Arnulf hörte das Krachen der Schilde, wo die Heidenäxte niedergingen. »Woodaan!« Und Arnulf sah Angst in den Gesichtern der Verteidiger. Der Vogt brüllte etwas von »Schildwall«, was das Chaos noch vergrößerte. Arnulf krachte mit erhobenem Schild in den vordersten Sachsen und rammte ihm die Schwertspitze in den Leib. Die nächsten schmetterte Ulfas nieder, einarmig mit einer langstieligen Axt, niemand sonst hatte diese Reichweite. Dann erschienen Heden und Albrich mit einer Handvoll Schuppengepanzerter, gemeinsam trieben sie die Wodanbrüller zurück und schafften es, ein paar in den Graben hinabzustoßen.

Keuchend rang Arnulf nach Luft. Drei quer verlaufende Gräben sah er vor sich, fünf bis sechs Fuß tief. Zahlreiche Laufleitern überbrückten die ersten beiden; an einigen Stellen, wo die Gräben nicht tief genug waren, kletterten die Sachsen einfach hindurch. Im Gewoge auf der anderen Seite nahm Arnulf endlich eine kräftige Gestalt im Kettenhemd wahr, die die Heidenkrieger anfeuerte, der Arm mit dem Schwert zeigte mal in die eine, dann in die andere Richtung. Der silbrig glänzende Helm mit dem massiven Nasenschutz machte den Krieger noch auffälliger.

»Da ist er!« Albrich streckte den Arm aus, seine Unterarmschienen waren blutbespritzt.

»Widukind!«, grunzte Arnulf. »Warum kämpft der nicht in der Bresche?«

Albrich schrie den weiter hinten herumstehenden Bognern zu, nach vorne zu kommen, doch niemand war mutig genug. Dann war der Falenherzog auch schon wieder von anderen Kriegern verdeckt; aber nun erregte etwas anderes Arnulfs Aufmerksamkeit: Ein Trupp dünnbärtiger, jüngerer Krieger arbeitete sich am linken

Ende der Stellung zwischen den Gräben und Erdwällen hindurch, ausgerüstet mit Speer und Schild, andere mit Pfeil und Bogen. Der Kampf an der Grabenkante unmittelbar vor Arnulf war abgeflaut, die Angreifer schöpften neue Kraft; Arnulf visierte die Jungmänner an und fühlte Mordlust. Hinter den eigenen Leuten eilte er weit nach links zwischen die vorderen Gräben, ohne auf die alarmierten Rufe Hedens hinter sich zu achten.

Die Gruppe zerrte an einem toten Gaukrieger herum: Sie hatten ihm den Helm abgerissen und säbelten mit kurzen Messern an den Riemen des Brustpanzers herum. Einer sah Arnulf kommen, er schrie – Arnulf fällte ihn mit zwei schnellen Schwerthieben, dann hatte er Olferich vor sich. Erschrecken ging über das Gesicht des Halbwüchsigen. Viel zu langsam war sein Schwertstoß gegen Arnulfs Brust, der Hesse wehrte ihn mit einer Schildbewegung ab und trieb den jungen Falen mit einem Wirbel von Hieben zurück. Zwei seiner Kameraden flohen, ein anderer blieb stehen – Arnulfs waagerechter Sichelschlag traf ihn im Gesicht, gleichzeitig fegte er Olferich die Lederhaube vom Kopf. Endlich wandte der Sohn des Ingmar sich zur Flucht. Für einen kurzen Moment gab er die Seite mit dem Schwertarm preis, gnadenlos schlug Arnulf zu: Die Klinge der Geraos durchtrennte den Unterarm oberhalb des Handgelenks. Ein schauriger Schrei, ein ungläubiges Staunen – sofort schoss rotes Blut aus dem Stumpf.

Mit banger Hoffnung verfolgte Einhard auf dem Wall, wie die fränkischen Verteidiger dem Sachsenangriff standhielten. Er biss sich auf die Unterlippe, als ihm klar wurde, dass die Zahl der Angreifer in die Tausende ging – deutlich mehr als bei früheren Sachseneinfällen! Er dachte an die Eresburg und sah in den Graben zu ihren Füßen hinab und überlegte krampfhaft, wie lange man die Klosterburg gegen solch ein Heer verteidigen konnte …

Mehr und mehr ihrer Krieger schleppten sich verwundet nach

hinten, in Richtung der Burg; manche wurden von ihren Kameraden einfach auf Zeltbahnen abgelegt – aber niemand kümmerte sich um die Schwerverwundeten! »Wir müssen die Verletzten bergen!«, stieß Einhard endlich aus.

Zu seiner Überraschung war Konrad sofort einverstanden; auch er mochte etwas wie Scham empfinden, dem Kämpfen und Sterben von der Mauer aus zuzuschauen. Rasch rief er ein Dutzend heilkundiger Benediktinermönche zusammen, die sie begleiten würden. Einhard sah Erika nicken und begriff, dass sie mitkommen wollte. Er versuchte, es ihr auszureden.

»Ich komme mit«, sagte sie nur, ohne den Blick vom Kampfgeschehen zu nehmen, als wäre die Sache damit entschieden.

Sie ritten durch das nach Süden ausgerichtete Tor, bogen nach links und erreichten nach wenigen Hundert Schritt den Rand des Sterbefeldes. Konrads Leute fingen an, die ersten Schwerverletzten auf Decken oder Zeltbahnen zu packen, um sie in die Abtei zu schleppen; die noch Lebenden reagierten mit Schmerzensschreien und Gewimmer.

»Verbindet erst die schlimmsten Wunden«, rief Einhard. Er konnte nicht untätig herumstehen und machte sich mit einer Rolle Leinenbinden bei einem zu schaffen, aus dessen Hosenbein das Blut wie aus einem löchrigen Sack lief.

Erika hielt das Bein des Stöhnenden fest. »Ich muss Euch etwas fragen, Einhard, verzeiht! Gehe ich mit Arnulf zusammen in die Himmelsburg, wenn er stirbt – wenn wir beide sterben?«

Überrascht hielt er inne; schon war seine linke Hand rot vom blutverschmierten Stoff. »Ihr seid getauft, also – bei einem sündenfreien Leben, ja!«

»Stimmt es, dass der Herr Jesus uns ... *liebt*?«

Einhard zog eine Grimasse. »Hebt sein Bein etwas an – ja, so! Ja, die Liebe Jesu schließt alle Christen ein.«

»Muss ich Jesus zurücklieben, Einhard? Verzeiht, aber wir lieben keine Götter, und – *die Falengötter lieben uns Menschen auch nicht*, versteht Ihr?«

Er verknotete die Enden der Binde miteinander. Ihr Gesicht war nur eine halbe Armlänge von seinem entfernt, die Pupillen waren groß und dunkel. *Eine Sucherin* ... »Nachher, Erika! Lasst uns später sprechen ... Heilige Mutter Gottes – wer kommt da?«

Ein halbes Dutzend Reiter hatte die Fuldabrücke östlich von ihnen überquert und hielt in gestrecktem Galopp auf sie zu. Die Reiter durchstürmten die Felder und Obstbaumreihen, als sei der Teufel selbst hinter ihnen her. Sie trugen Lederpanzer, darunter die dunklen Stoffe der Abteikämpfer. Brutal brachte der erste sein Pferd zwischen den Geistlichen zum Stehen, prompt ließen zwei Mönche einen der Verwundeten entgleiten. »Sachsen!«, keuchte der Mann mit rotem Gesicht. »Ein ganzer Heerzug, auf der Thüringerstraße!« Überflüssigerweise zeigte sein Arm nach Osten, auf die Höhe.

Konrad bekreuzigte sich mit aschfahlem Gesicht. Einhard aber drängte die umstehenden Mönche zur Seite und packte das Pferd des Wachsoldaten am Zaumzeug. »Seid Ihr sicher, Mann? Können das nicht die Thüringer selbst sein?«

»Nein!«, rief der andere aufgelöst. »Die Kerle haben Knochen in den Haaren, Herr! Und Banner mit Bären und Runenzeichen!«

»Wir sind geschlagen!«, rief Konrad mit einem düsteren Blick zum Himmel. »Wir müssen hinter die Wälle zurück!«

»Die Burg ist eine Todesfalle, Prior!«, schrie Einhard, denn ruhig zu sprechen war ihm nicht mehr möglich. »Die Wälle halten den Sachsen keine zwei Tage stand!« Einhard sah die Verzweiflung in Konrads Zügen, und seine Hand ging an die Stelle des Panzers, unter der die Fingerkuppe des Petrus hing. »Die Reserve – schickt die Fuldaer Reiter den Ostfalen entgegen! Das bringt uns Aufschub ... gleichzeitig holen wir alles aus dem Kloster, was sich bewegen lässt ...«

»Die Abtei aufgeben?«, krächzte Konrad hilflos und rang die Hände.

»Fünfhundert Heiden könnt Ihr wiederstehen, Prior, aber nicht fünftausend!«, rief Einhard. »Sie werden die Burg nehmen, und Euch Geistliche werden sie … wir müssen über die Fulda, nach Süden, glaubt mir!«

Die Wucht des ostfälischen Angriffes zerstreute binnen Kurzem die Fuldaer Reiterei an der Brücke. Viele der Angreifer stürzten sich mit ihren Gäulen ins Wasser und durschwammen oder durchritten den Fluss, der im Spätsommer nicht viel Wasser führte. Die Fuldaer durchbohrten ein paar der ungestümeren Angreifer, stellten fest, dass weit mehr als tausend Mann anrückten – und besannen sich auf das eigene Überleben: Eine halbe Meile hinter ihnen verlief im Süden der Abtei die Furt, auf deren anderem Ufer das Haunetal begann, der direkte Fluchtweg zur Bonifatiusabtei …

Im Nu lief die Nachricht vom Angriff neuer Feindmassen durch die an Gräben und Verhauen kämpfenden Truppen. Die Schlachtreihen brachen zusammen wie ein Dach, dessen Stützbalken fallen. Triumphierend, mit Blutgier in den Augen, drängten Widukinds Sachsen nach, trieben die eben noch so tapfer Kämpfenden vor sich her. Bannerherren und Gauführer brüllten vergeblich herum, die Krieger fluteten zurück in Richtung der Burg. Zusammenhalt bewahrten nur Warins Alemannen und die Scara-Hundertschaften: In alle Richtungen austeilend, bewegten sie sich auf die Furt zu, gleichsam im Wettlauf mit den rasch vorstoßenden Ostfalen. Blutige Scharmützel am Ufer des Flusses entstanden, schon trieben die ersten Leichen im Wasser. Nur dank des grünen Kleides hatte Arnulf Erika entdeckt; eine Woge der Fliehenden riss sie zur Furt hin, er sah Einhard und Konrad von hinten, wie sie im Laufschritt mit ihren Pferden in das Wasser platschten, während Pfeile und Speere der Ostfalen über sie hinwegzischten. Arnulf hatte mit eisernem Griff ihre Hand gepackt. Er ließ sie selbst dann nicht los, als er mit einem Schildstoß einen rotgesichtigen Falen abdrängte, der ein paar Schritt vor ihm den gestrauchelten Vogt durchbohren wollte. Er hörte den Fluch des Veteranen hinter sich, sah Schuppengepanzerte niedersinken und stürzte sich mit Erika in das seichte Wasser. Die Heiden folgten ihnen, sie schrien wie Wahnsinnige, instinktiv hob er den Schild, als das Wasser schon seine Knie berührte – er spürte einen dumpfen Schlag, eine Wurfaxt hing im Lindenholz. Erika rief die Heiligen an, auch die Frija, und wollte mit einer Hand ein aus dem Wasser ragendes, blutverschmiertes Haupt vor dem Untergehen bewahren. »Komm!«, schrie er nur und riss sie fort.

Auf dem anderen Ufer war das wilde Lager Vertriebener, die zuvor auf dem Platz nördlich der Klosterburg gehaust hatten. Erst jetzt begannen sie zu fliehen, als das Verderben schon auf sie zukam! Und sie wollten ihr Vieh und ihre Karren retten … Als Arnulf und Erika atemlos die ersten Rinderweiden nahe der Haune erreichten und Hoffnung zu schöpfen begannen, kamen gellende Warnrufe aus Richtung der Fulda: Sächsische Reiter hatten ihre Pferde durch den Fluss geführt und setzten den Fliehenden erbarmungslos nach.

Als der Tag dem Ende zueilte und die Sonne ihre letzten Strahlen schickte, war die Klosterburg in sächsischer Gewalt. Mit Schauder und Triumphgefühl drangen die Eroberer in die Basilika ein: Auf dem Steinboden wurde ein riesiges Feuer entzündet und das Glas aus den Fenstern gebrochen, sodass der Rauch abziehen konnte. Johlend zerhackten die Gefolgsleute Widukinds die mannshohe Kreuzfigur, die unter den Fenstern hing und warfen die Stücke in die Flammen; sorgfältig wurden hingegen die silbernen Leuchter und das Silber aus dem Opferstock eingewickelt und zu den Beutewagen gebracht. Auch die dicken, länglichen Kerzen nahmen die Heiden mit anerkennendem Grunzen an sich. Schließlich schlachteten die Krieger auf dem mit weißen Tüchern belegten Tisch ein paar fette Schafe, die wenig später an Spießen über dem Feuer schmorten. In einer Truhe hinter dem Tisch stießen die Durstigen auf Wein, Wein in lächerlich kleinen, blechernen Kannen. Dago ohrfeigte einen überlebenden Mönch, bis er ihnen die Stiege in die Speicherkammer hinab zeigte: Wein fässerweise ... Der Rausch begann. Und während die einen zechten, brüllten und Fleisch in sich hineinstopften, kämpften am anderen Ende der Halle Schwerverwundete ums Überleben. Dutzende von Kriegern lagen dort, einigen hatte man bereits den Schwertgriff in die Hand gedrückt; andere stöhnten, riefen nach Wasser oder grapschten in verzweifelter Gier nach den Weibern: Fränkische Frauen mit bleichen, maskenartigen Gesichtern huschten zwischen den Liegenden herum. Sie wuschen Blutkrusten ab, nähten Wunden und schienten Brüche – und wussten doch, dass sie dies nicht vor der Lust der Sieger retten würde. Schon drang das Schreien der Geschändeten aus den Nebengebäuden, bis es vom Gebrüll und Gesang der Zecher wieder übertönt wurde.

Einer, den das Treiben kaltließ, war Ingmar. Er kniete am Lager eines Halbwüchsigen, für den die Gefolgsleute eine Matratze gefunden hatten. Das Gesicht des Jungen war kalkweiß; Ingmar strich mit einer Hand über den Arm des Jungen und die durchtränkten Verbände, die aufhörten, wo das Handgelenk begann. *Das Brandeisen* ... ohne das Ausglühen der Wunde drohte Entzündung und Tod. Der Geruch von verbranntem Fleisch stieg ihm in die Nase; halb besoffene Krieger glühten ein paar Schritt weiter die Pfeilwunde eines Kameraden aus. Während er selbst Herzog Kurzhands Ostfalen über die Höhe geführt hatte, da stand Olferich wie viele andere Jungmänner unter der Obhut Widukinds ... Fünfzehnjährige, Sechzehnjährige, die ihren ersten Feldzug erlebten – die ließ man nicht auf den Feind los wie junge Hunde! »Ihr solltet auf ihn aufpassen!«, schrie Ingmar über das Lager der Verwundeten hinweg – kaum jemand horchte im allgemeinen Trubel auf.

Was war ein Fale, der kein Schwert mehr führen konnte?

»Herr? Habt Ihr gerufen?« Der Schiefmund – ein treuer Helfer, auf dessen Stirn eine tiefe, blutige Schmarre vom Nahkampf erzählte.

Ingmar packte ihn am ledernen Handgelenkschutz. »Wo wart Ihr, als das passierte?«

Der andere schluckte. »Vorne, im Gewühl ... Widukind hat uns immer wieder mit den Leitern über die Gräben geschickt!«

Böse funkelte Ingmar ihn an, ohne das Handgelenk loszulassen. Der andere räusperte sich und beugte sich nun direkt zum Ohr seines Herrn. »Sie ist hier, Herr. Gunda ... Sie kam mit einer Zofe auf einem der Trosswagen an. Zwei Liten passen auf sie auf, sonst niemand!«

Ein böser Glanz erschien in Ingmars Augen. Wo der Herzog war, wollte er wissen.

Schiefmund brachte ein hässliches Grinsen zustande. »Er berät mit Botho und Kurzhand im Haus mit dem steinernen Tisch!«

Ein Zittern fuhr durch Ingmars Körper. »Mein Sohn ist ein Krüppel, und der Herzog richtet kein Wort an mich? Seine Schwänin soll es büßen!«

Die überlebenden Franken versuchten zu entkommen. Manche sprangen in der Dunkelheit einfach über die Mauer. Wer unversehrt im brackigen Wasser des Grabens landete, musste zwischen Lagerfeuern und Zelten der Sachsen hindurch, die sich bis zur Furt hinzogen. Viele wurden aufgegriffen, von einfachen Kriegern draußen vor der Klosterburg, die noch keine vernünftige Beute gemacht hatten. *Ein guter Sklave war halb so viel wert wie ein Pferd!*

Die Rothaarige mit der kürbisgroßen Ausbuchtung auf dem Rücken war bis zu den dunklen Umrissen des Kalkofens gekommen. Dann sprangen mehrere Krieger auf, die auf der dem Fluss zugewandten Seite bei einem Krug Bier und einem heruntergebrannten Feuer saßen. »Sie gehört mir!«, schrie der Erste, und schon rissen mehrere Arme an ihr. »Du hast schon zwei Pferde erbeutet, Mann!«, grunzte ein anderer und griff ihr ins Haar, sodass ihr Kopf zur Seite gezogen wurde. Ein dritter sprang auf, er hatte weit aufgerissene Augen und eine vom Bier nasse Tunikabrust. Er schlug dem Ersten ins Gesicht, sodass er zur Seite taumelte, und riss mit einer Hand den Halsausschnitt des Kleides auf. »Du wirst *meine* Stute, bei Wodan!«

»Ich gehöre dem Herzog!«, rief die Frau mit vor Angst klirrender Stimme. »Ich muss Wasser holen am Fluss!« Sie hob den Eimer an – der eigentlich ein Floß war, bestimmt für das Kind auf ihrem Rücken.

»Du lügst!«, schnauzte der Zweite, der wie eine Pferdedecke stank. Seine knochige Hand landete klatschend auf ihrer Wange, zweimal, dreimal. »Welchem Edling willst *du* gehören, Täubchen?«

»Botho«, würgte sie hervor, einfach, weil sie den Namen in den letzten Stunden mehrfach gehört hatte, zitternd in ihrem Versteck aus Menschen- und Pferdeleibern, voll Angst, dass das Kind schreien könnte …

Bothos Name schien Wirkung auf sie zu haben, sie grunzten irgendetwas Trunkenes, es klang neidisch. »Wenn du uns angelogen hast, *magad*, wirst du's büßen …« Das Gesicht des Besoffenen kam ihr ganz nahe. »Ich bring dich zum Herzog – und deinen Balg, den holst du dir nachher *bei mir* ab …« Er zog ein Messer aus dem Gürtel und durchtrennte mit schnellen Schnitten das Tuch auf ihrem Rücken. Prompt begann das Kleinkind zu schreien.

»Nicht! Lasst mir das Kind!«, flehte sie.

Der Sachse stieß sie zurück und betrachtete das immer lauter schreiende Bündel. »*Skizan*«, zischte er und warf es gegen die Wand des Ofens.

41

Die Abtei Hersfeld, im Spätsommer 774

Herzog Botho war nicht ohne Appetit; da ein Fürst großzügig sein sollte, überließ er dem Überbringer der Rothaarigen ein Frankenschwert mit einer aufwendig gearbeiteten, edelsteinbesetzten Scheide. Es fügte sich, dass der Kriegsrat der Edlinge gerade auseinandergegangen war: Die Herzöge mussten sichergehen, dass die richtigen Männer den besten Teil der Beute erhielten. Aber damit hatte Botho es an diesem Abend nicht eilig.

Die Mönchszelle, in die er Ragla schaffen ließ, war von Kerzen erleuchtet. Diese Fränkin schien auf den ersten Blick ein robustes Weib, mit rotem Haar, das Botho reizte. Dass sie vor sich hin wimmerte, als er ihr Kleid herunterzog, störte ihn nicht. Aber wie sie ihn dann gewähren ließ ohne den geringsten Widerstand, das ärgerte ihn. »Du traurige Ziege«, grunzte er und drängte sich zwischen ihre Schenkel. »Lässt du dich von jedem so nehmen?«

Sie öffnete die Augen. »Mein Kind ist da draußen …«, schrie sie mit tränengefüllten Augen. »Gebt ihn mir zurück!«

Er ohrfeigte sie. »Ich mache dir *neue* Kinder! Merkst du das nicht?«

Sie schrie auf, als er eindrang wie ein Rammsporn, der Widerstand brechen will. Der vor nicht langer Zeit Erikas Widerstand gebrochen hatte: langsam und brutal … *Er musste sie wiederhaben!* Endlich fing das Weib unter ihm an zu kämpfen, spuckte ihn an und versuchte, sein Gesicht zu zerkratzen. »Jetzt gefällst du mir besser, Kätzchen«, knurrte er und drückte ihr mit der Rechten den Hals zu. Er ließ erst wieder los, als sie röchelte. Schweiß glitzerte auf seiner Stirn, als er sich schließlich halb vom Bett rollte. Mit einer Hand griff er nach der Weinkanne auf dem kleinen Tisch und trank. *Zeit, sich um die Gefolgsleute zu kümmern.* Er verschnaufte, trank abermals und betrachtete ihr Gesicht. Schlaff lag sie da, nur ein leises Schluchzen ließ den nackten Körper erbeben. Er rülpste, musterte seine Männlichkeit und stellte fest, dass da Blut war. »Hol mir Tuch und Wasser! Und bring mein Gewand mit.«

Er trank und schloss das gesunde Auge; mit einem Finger kratzte er sich mit langsamen Reibebewegungen unter der Lederklappe, die das tote Auge verbarg. Er hörte sie hinter sich aufstehen, das Geräusch ihrer Füße auf den Steinplatten. Wie lahm sie war … »Beweg dich«, grunzte er und setzte sich auf die Bettkante. Zitternd stand sie da mit einem Leinentuch und seinen Hosen und dem Gürtel. Am Gürtel hing eine Messerscheide. *Sie war leer …* Er zwinkerte mit dem intakten Auge – *wo hatte er den Dolch zuletzt …*

Sie ließ seine Tunika vor seine Füße fallen. »Fahrt zur Hölle!« Der Stahl durchstieß Bothos Augenhöhle und blieb mehrere Zoll tief im Schädel stecken. Bothos Ächzen war weniger laut als seine Geräusche zuvor.

Ansgar kreiste mit seinen Schuppengepanzerten um die Trümmer des Frankenheeres wie ein Hütehund. Immer wieder setzten ihnen Reitertrupps der Sachsen nach, um ihre Speere noch einmal in Blut zu tauchen oder ein paar Sklaven unter den Flüchtlingen zu machen: Frauen und Kindern zumeist, die im Talgrund zwischen den Geschlagenen nach Süden eilten. Aber je fahler das Licht wurde, desto lustloser wurden die Angriffe. Gab es in Hersfeld nicht einen Sieg zu feiern? Irgendwo in der Mitte der Menge ritt Einhard. Es dämmerte, als er während eines Halts – Albrich war weiter vorne auf der Suche nach Quartier – Arnulf von hinten herankommen sah. Er hatte die Zügel eines Pferdes in der Hand, auf dem Erika saß, die einzige Frau im Sattel weit und breit. Arnulfs Gesicht war mit getrockneten Blutstropfen übersät, als hätte er riesige Sommersprossen. Aus einem Schnitt am Oberarm sickerte Blut, und der Schuppenpanzer wies dunkle Stellen auf, wo sächsische Waffen Spuren hinterlassen hatten.

»Wo ist mein Bruder, Consiliarius? Lebt er noch?«

Einhard zuckte die Schultern. »Weiter vorn ist ein Haufen Benediktiner, und Konrads Vogt ... Fragt ihn.« *Warum hatte Einhard selbst das nicht festgestellt? Auch Graf Warin hatte er seit Stunden nicht mehr gesehen!*

Arnulf murmelte etwas und sah zu Erika auf. Im nachlassenden Licht bemerkte Einhard bei ihr eine breite, dunkle Schramme an Kinn, Hals und Brustansatz.

Sie hielt seinen Blick. »Ich bin froh, dass Ihr davongekommen seid, Einhard! Es gibt eine Sache, die ich Euch noch fragen muss ...«

Fast hätte der *gilerito* aufgelacht. »Heute, an diesem Tag? Noch nie habe ich einen solch wissensdurstigen Menschen getroffen wie Euch!«

»Gott mit Euch«, grunzte ein stiernackiger Reiter im Panzer, der neben ihnen sein Pferd zügelte.

»Ansgar!«, rief Arnulf mit müdem Grinsen. »Pest und Seuche, Ihr kamt zur rechten Zeit!«

»Schätze ich auch«, knurrte der Unterführer. »Esiko und ich, wir dachten, machen wir mal einen Ausritt ... Und siehe, da ist ein Haufen Krieger auf der Flucht, wie Schafe, hinter denen der Wolf her ist!«

»Spart Euch den Spott!«, rief Einhard verärgert. »Warum habt Ihr Euch so viel Zeit gelassen, he? Warum – wo ist Esiko?«

Ansgar machte eine Kopfbewegung voraus, in südliche Richtung. »Erholt sich ein bisschen ... hiervon, versteht Ihr?« Er tippte sich mit dem Finger an die Stirnseite – die Widukind-Wunde ... »Er ist wütend, Einhard! Ihr habt den Petrus mitgenommen! Besser, Ihr gebt ihn zurück!«

»Das wird nicht schwer«, schnaubte Einhard. »Wir müssen einfach nur umkehren« – er wies mit dem Daumen über die Schulter – »und die Kiste aus der Klosterkirche holen. Mehr nicht!«

Widukind zollte dem aufgebahrten Körper *bero slaharis* einen letzten Tribut und drückte ihm das Schwert in die leblose Hand. Der großartige Erfolg schien dem Verlust Sinn zu geben: Sie hatten die Franken auf eigenem Boden geschlagen. Der Sturm auf das Bonifatius-Heiligtum fuldaaufwärts war nur noch eine Sache von wenigen Tagen!

In einer Halle unweit der Kirche mit enorm langen Tischen, den die Klosterhörigen Mensa nannten, ließ er das Mahl für all die richten, die heute in den vorderen Reihen gekämpft hatten. In einer feuchten Kammer hinter der Mensa stieß man auf das Bierlager der Abtei; Dutzende, Hunderte von Kriegern waren sturzbetrunken, bevor sich noch der erste Spieß mit einem Schlachtrind drehte. Zu den Westfalen stießen die Engernkrieger und die Falen von jenseits der Weser, die von dem Bier hörten; lautstark prahlten die Männer Kurzhands mit ihrem Reiterangriff und der Jagd auf die Franken im Haunetal: »Wie die Hasen liefen sie!« Hatten die Ostfalen nicht die Schlacht entschieden? Wer morgens am Verhau geblutet hatte, der hatte Zweifel; und wer schon drei Krüge Bier im Magen hatte und beutelos war, der zweifelte mit der Faust: Schlägereien entstanden, mit Stühlen, Krügen und selbst den Holzkreuzen, die man von der Wand der Mensa riss.

Die Edlinge griffen nur dann ein, wenn Schwerter gezogen wurden; Trunkene waren im Banne Lokis, daran änderten auch Befehle nichts! Selbst als der junge Lite Udo mit zerschlagenem Gesicht vor Widukinds Tisch auftauchte, ahnte der Herzog noch nichts Böses. Udo, der Schleuderer, der einen Frankenoffizier getötet und dafür ein Pferd als Belohnung erhalten hatte, brach fast vor der Tischplatte zusammen. Wohlwollende halfen dem Jungen auf, und nun gewahrte der Herzog einen dunklen Fleck auf Udos Tunika in Bauchnabelhöhe. Was er Widukind ins Ohr keuchte, ließ den Herzog aufspringen. Er stieß die Umstehenden zur Seite und eilte durch grölende Pulks von Zechern zum Ausgang. Die vielen Lagerfeuer und Fackellichter verwirrten eher, als dass sie den Weg wiesen, doch Widukind wusste genau, wo das Quartier lag. Sein Gefolge hatte für ihn eines der flachen, hölzernen Nebengebäude in Beschlag genommen, das den Franken als Spital gedient hatte. Und dorthin hatte der Trossmeister auch die Frauen gebracht – und die Liten, ihre Bewacher. Die Tür stand weit offen. Zwei Kerzen brannten auf einem Tisch. Im Halbdunkel erkannte Widukind eine auf dem Rücken liegende Gestalt – Udos Kamerad. Eine riesige, dunkle Lache umgab das Haupt. Angstvoll durcheilte er den Vorraum und riss einen Vorhang zur Seite. An der Wand: Betten, Truhen. Auf dem Boden, zwischen umgekippten Stühlen: zwei Frauen, eine zusammengekrümmt, schluchzend und eine zweite daneben auf der Seite liegend, den Kopf widernatürlich nach hinten abgestreckt.

»Gunda!« Er ging neben ihr auf die Knie, das Schluchzen erstarb. Sie öffnete die Augen und murmelte etwas Unverständliches. Seine Finger glitten über die aufgeplatzten Lippen und das halb geronnene Blut unter der Nase. Ihr Kleidsaum war weit über die Knie geschoben, an den Schenkeln konnte er noch die Abdrücke der Hände sehen, die sie festgehalten hatten. Er strich über ihr Bein und ihren Arm, und dann stöhnte sie auf – der Arm ruhte nicht mehr im Gelenk. »*Swani*, meine *swani* …«, murmelte er.

Ihre geschundenen Lippen formten ein Wort: *Tamfala?*

Widukind starrte den reglosen Frauenkörper der Zofe an und schüttelte langsam den Kopf. Erikas ehemaliger Zofe hatte man den Hals gebrochen.

Schritte im Vorraum ließen ihn zusammenzucken. Abbio blieb wie angewurzelt am Vorhang stehen. »Bei Wodan«, flüsterte der Grauhaarige und musterte erst Gunda, dann die Tote.

»Helft mir!« knirschte Widukind. Vorsichtig richteten sie Gunda auf.

Als Widukind den Arm zurück ins Gelenk stieß, schrie sie schrill auf. »Swani«, flüsterte er bewegt und nahm sie vorsichtig in seine Arme. »*Wer war das?*«

»Sie hatten Tuch vor dem Gesicht«, brachte sie hervor. »Haben die Wachen niedergemacht und dann Tamfala und dann …« Neue

Tränen unterbrachen den schrecklichen Bericht. »Sie waren zu dritt ...«

»*Wer*, Gunda?«, keuchte der Herzog. »Hast du eine Stimme erkannt?«

Sie schwieg, den Kopf an seiner Brust. Er führte sie zu einem der Betten und legte sie vorsichtig auf die Wolldecke. Der Smaragd hing noch an ihrem Hals. Für einen oder zwei Augenblicke verflucht er sich dafür, dass er dieses Weib in das Licht der Gemeinschaft gezogen hatte.

Abbio beugte sich über Tamfala, grunzte und richtete sich wieder auf. »Sie wurde nicht geschändet«, sagte er halblaut. *Gunda, die Schwänin, war das Ziel gewesen ...*

Die Verletzte schluckte laut, ihre Augen waren halb geöffnet. »Der eine ... der klang wie Ingmar.«

Ungläubig wiederholte Widukind den Namen. »Bist du sicher?«

»Ich weiß nicht ... hab Angst vor ihm seit der Sache beim Silberteich.«

»Welcher Sache?«, fragte Widukind scharf. Er warf Abbio einen Blick zu, der sich verlegen über den Bart strich.

»Er hat es versucht, vor ein paar Wochen ...« In wenigen Sätzen erzählte er seinem ungläubigen Neffen, was an dem Tag passiert war. Widukind trat vor seinen Onkel, seine Hände kamen auf Abbios Oberarmen zu liegen. Ein mörderischer Blick traf den Älteren, tief gruben sich Widukinds Finger in dessen Arme. »Und davon erzählt Ihr mir *erst jetzt*?«

Zwischen Klosterküche und der Mensa war ein steingefliester Raum mit Spülbecken und Wandregalen mit Schüsseln und Töpfen; rauchige Öllichter warfen genügend Licht, um die Kratzspuren an Ingmars Hals sofort zu erkennen. Dago hielt Schiefmund in Schach, Widukind selbst drängte seinen Vetter in eine Lücke zwischen zwei Regalen. »Habt Ihr sie angerührt?«

Statt einer Antwort verzog Ingmars Gesicht sich zu einer hämischen Fratze. Sofort schlug Widukind zu. Erst beim zweiten Faustschlag brachte Ingmar die eigenen Arme hoch; Widukinds nächster Hieb in die Magengrube krümmte den anderen zusammen, dann traf der Herzog den Schänder wiederum ins Gesicht, spürte das Nasenbein brechen. Wieder und wieder schlug er zu, knochenharte Fäuste trafen Ingmars Gesicht und Körper. Gequält schrie der Vetter Widukinds auf, Blut aus geplatzten Augenbrauen lief ihm in die Augen, er sah die Schläge nicht einmal kommen. Augenblicke später lag der Bestrafte auf dem Steinboden, die Hände vor dem zerstörten Gesicht, die Unterarme vor der Brust. Keuchend hielt Widukind inne. »Ein Haufen Eselscheiße ist mehr wert als Ihr«, keuchte er. »Und diese Schande ist mein Blutsverwandter! Warum, Ingmar? Warum?«

Der Verletzte spuckte Blut und krächzte etwas. »Olferich … verstümmelt!«

Widukind und Dago sahen einander an; Dago Silberhals drückte den einen halben Kopf kleineren Schiefmund gegen die Wand, krallenartig umschloss seine Linke den Hals des Mannes. »Er hatte Pech!«, grollte Widukind kopfschüttelnd. »Und deshalb fallt Ihr über mein Weib her?« Als von Ingmar nur blutiges Husten kam, trat Widukind ihm in den Leib. Während der Getroffene japste, als würde es zu Ende gehen, zischte Dago seinem Gefangenen etwas ins Ohr: »Willst du das auch haben?«

Krampfhaft versuchte der Eingequetschte, den Kopf zu schütteln.

»Hätte drauf gewettet«, knurrte der Silberhals und rammte dem Schiefmund das Kurzschwert in den Winkel zwischen Kiefer und Hals. Gurgeln, strampeln – dann ließ Dago den erschlafften Körper an der Wand hinabrutschen wie eine tote Ziege.

Widukind stand nun direkt über Ingmars Kopf. »Ihr habt Gunda schon am Silberbach nachgestellt, während ich zu den Aufgeboten sprach – *warum*? Antwortet, vielleicht lasse ich Euch leben …«

Schnaufen und Röcheln kam von unten. Dann: »Galswintha – sie wollte Rache … an der Schwanfrau!«

Widukind wurde bleich. Ekel, Wut und Verzweiflung wetterleuchteten in seinem Gesicht. Er atmete tief ein und aus, dann befreite er *bluot trinkar* aus der Scheide.

Noch vor Mitternacht wanderte die Schreckensmeldung durch die Gänge des Klosters: Der Herzog der Engern war tot! Kurzhand, der hengstmähnige Herzog der Ostfalen, hatte ihn gefunden. Botho war von einer Hexe geritten worden – einer rothaarigen Hexe, wie in den Geschichten. *Ein Omen?* Noch einmal kamen beide Herzöge am Steintisch zusammen. Konnte man auf die Engernkrieger nun noch zählen?

Das Grinsen Kurzhands erinnerte Widukind an einen Pferdehändler. Der Edling streichelte die kleinen Silberamulette, die an der Lederumkleidung der Stummelhand angebracht waren; mehr Beute, bemerkte er, blieb für West- und Ostfalen, wenn die Engern zurückblieben …

»Ich erinnere mich an Feldzüge«, grollte Widukind, »die gar nicht begannen – weil ein Herzog *gewählt* werden musste.«

Kurzhand leerte einen Bierbecher, den wievielten schon? Ein dunkles Loch erschien in seinem Gesicht, und er rülpste mehrmals. Nach einem Blick zu der Gruppe erhitzt durcheinanderrufender engerscher Edlinge in der anderen Ecke des Raums meinte er: »Vielleicht schieben sie die Wahl besser hinaus … Versprecht ihren Herren einfach einen größeren Teil der Beute, die noch kommt!«

»Wie wäre es mit *Eurem* Anteil, Kurzhand?«, entgegnete Widukind schroff und fing wider Willen an, den anderen zu beschimpfen: Die Ostfalen hatten höchstens ein Drittel des Blutzolles gezahlt, den die anderen vor Verhauen und Gräben leisten mussten!

Kurzhand schüttelte empört den Kopf, die Mähne flog nach links und rechts – *wie der Schwanz eines verhexten Pferdes* … Der

Begriff »Litenstreichler« kam über seine Lippen. Und dass es das Unglück herausfordere, einen engen Blutsverwandten wie Ingmar zu erschlagen: »Unglück für *uns alle*!«

Schon ahnte Widukind, dass der andere trunkener tat, als er eigentlich war. Schon ließ Abbio neben ihm den Becher stehen und nahm die Hand unter den Tisch, um den Weg zum Schwertgriff abzukürzen, und Dago studierte mit kaltem Blick, wo die schwächste Stelle des Panzers bei den Leibwächtern des Weserfürsten war. Doch dann kam nach gefährlichen Schmähworten eine so nüchterne wie schwerwiegende Frage des Ostfalen: Ob nicht nach Bothos Ende nun er selbst, Herzog Kurzhand, ein besserer Ehemann für Widukinds Schwester sei? »Wenn ich sie morgen im Haunetal finde, siegreicher Widukind, oder in Fulda – gebt Ihr unserer Verbindung den Segen? Auf Dauer?«

Verblüfft fragte sich Widukind, warum der andere nicht sofort damit herausgekommen war – einerlei ... *es war das Sinnvollste, was Kurzhand bisher geäußert hatte.* Der Westfale stand auf und reichte dem anderen Fürsten die Hand. Und der winkte seinen Leuten und lachte laut und hatte nun zu allem Überfluss auch noch ein »Geschenk« zu machen: »Diesen Burschen haben wir in der Burg Erfurt eingefangen, Herzog! Er soll Euch gehören!«

Bewaffnete stießen eine kindsgroße Gestalt nach vorne. Ein Arm war mit blutgetränkten Tüchern an den Körper gebunden, das Gesicht war verschwollen und mit blauroten Flecken überzogen. Ein seltsamer Strang aus dünnem Leder war um den Hals gewickelt, von dem ein Seil hing, an dem einer der Ostfalenkrieger zog: Der Zwerg fiel auf den Rücken, und Kurzhand kicherte wie ein Halbwüchsiger. »Der Kobold hatte sich in einem Schrank mit Pergamenten versteckt ... könnt Ihr Euch das vorstellen? Die Männer haben fliegender Kürbis mit ihm gespielt, aber sonst ist er noch ganz heil!«

Halb fasziniert, halb angeekelt musterte Widukind den Zwerg, der sich hochrappelte, um sogleich vor seinen neuen Herren wieder auf die Knie zu fallen.

»Ich diene dem Frankenkönig, großer Herzog, er wird mich gegen Silber auslösen! Ich bin ein Berater bei Hofe und kann Euch …« Ein Fußtritt Dagos ließ den Kleinwüchsigen über die Fliesen rollen, was trunkene Laute der Heiterkeit unter den Sachsen hervorrief.

»Ein Zwerg, der einen König berät?«, murmelte Widukind kopfschüttelnd. »Unsere *harugari* sollen dich bekommen …«

Im letzten Tageslicht fanden sie den Hof am Rand einer kleinen Höhenzunge, die von Osten in den Talgrund ragte. Ein Ring von Panzerreitern bewachte das Anwesen; ihre Anwesenheit wiederum hatte viele der Vertriebenen dazu bewegt, in der Nähe mit ihren Ochsenwagen unterzuziehen und entlang des Kehrenweges zu kampieren, der zum stattlichen Haupthaus hinaufführte. Gegen die Silhouette des Abendhimmels erkannte Einhard ein gewaltiges Storchennest auf dem Dach. *Brachten Störche nicht Glück …?*

Ansgar fing sie vor dem Haus ab und ließ ihnen Becher mit Wasser reichen, aber ihr Durst war größer. Mit Arnulf, Erika und Albrich zog Einhard zum Brunnen, der hinter einem halb in der Erde versenkten Spinnhaus lag; durch die offenen Fensterluken sahen sie Fackelschein, auch dort breiteten sich Krieger aus. Neben der hüfthohen Brunneneinfassung fanden sie ihn, auf allen vieren.

»Esiko? Hört Ihr mich?«

Esiko *harto*, der Herr von Casila, kauerte auf dem Boden, mit dem Kopf in einem Wassereimer. Bestürzt kniete Arnulf neben ihm nieder.

»Lasst ihn«, rief Ansgar von hinten, der ihnen mit einer Fackel in der Hand gefolgt war. »So ist es seit Stunden … der Schmerz macht ihn rasend.«

Esiko zog ruckartig das Haupt aus dem Eimer, nahm die Neuankömmlinge mit einem glasigen Blick wahr und richtete sich langsam auf.

Wasser lief ihm aus den Haaren, über die von schwarzem Haar bedeckte Brust und die wie aus Holz geschnitzten Bauchmuskeln. Er hob eine Hand und betastete die linke Schädelhälfte über dem Ohr.

Einhard trat näher und spürte plötzlich nichts als Mitleid mit dem alten Widersacher. »Lasst mich das ansehen!« Schon hatte er eine Hand ausgestreckt, doch Esiko packte sein Handgelenk, als gelte es die Knochen zu zerquetschen.

»Eure Reliquien bringen nichts«, knirschte *harto*. Der nächste Satz war Sprache gewordene Verzweiflung: »*Gott hasst mich*!«

Einhard konnte seine Hand befreien. Verlegen bot er Esiko vom geriebenen Weidenextrakt an, das er selbst seit Rom nicht mehr genommen hatte – seit dem Raub der Heiligen. Esiko antwortete nicht einmal, er ging langsam in die Hocke und legte den Kopf in die Hände. »Verschwindet«, flüsterte er.

Später erzählte Ansgar im Haupthaus, wie sie nach Einhards Abmarsch eine erste Engern-Streifschar abgewehrt hatten. »Dann kamen sie mit einem richtigen Heer, und da sind wir dann los, die Eder hinauf, zu Graf Thegan ... aber da waren sie auch schon!«

»Was heißt das?«, fragte Arnulf alarmiert. »Belagern sie die Büraburg?«

Der Veteran nickte grimmig. »Die Stadt haben sie angezündet – ein hübscher Brand! So eine Fackel, Leute, sieht man nicht alle Tage: Fritzlar ist nur noch Asche!«

Wenn Gott nur selbst ein Gott war und keinen neben sich zuließ, keinen Donar, keinen Loki und auch keine Riesen, dann *musste* er stärker sein als ein Wodan, beschloss Erika. »Jesus muss ihm gehorchen, das ist klar – und wir auch. Aber der Heilige Geist?«

Sie saßen in der kühlen Abendluft auf einer Bank vor einem Hof, den Rücken an der Hauswand. Verwundete stöhnten und zuckten auf ihren Decken, die man zwischen den Gebäuden verteilt hatte, weil die drei, vier Gebäude einschließlich der Scheunen überfüllt waren. Sterne blinkten über ihnen. Was Arnulf dazu sage, fragte Einhard lustlos zurück; in Gedanken war er beim Hof, beim König in Italien, der die Beute Pavias unter seinen Gefolgsleuten verteilte, bei Lusino, der möglicherweise schon tot war, bei Deusdona, der schon auf dem Rückweg zum Hof sein mochte …

»Ich glaube, Einhard« – sie flüsterte jetzt geradezu –, »Arnulf weiß nichts über diese Dinge, weil sie *in ihm* sind.«

Einhard musste lächeln. »So wie ein Bär nichts über Kraft weiß – er ist einfach stark!«

Sie nickte und streifte noch einmal die Gebote: »Man darf nicht nach dem Weib eines anderen gieren, nicht wahr? Einhard, wie konnte Gott dann dem Josef die Maria nehmen, um Jesus zu machen? Wenn Josef ein Fale gewesen wäre, er hätte sich blutig gerächt – meint Ihr nicht?«

Albrichs Erscheinen ersparte Einhard eine Antwort. »Graf Warin sucht Euch, Herr!«

Einhard nickte und seufzte und stand schwerfällig auf.

»Er will beim ersten Tageslicht auf Fulda zurückgehen«, sagte Albrich halblaut.

»Ich weiß«, murmelte Einhard, und ihre Blicke trafen sich. »Jetzt heißt es, rette sich, wer kann!«

42

Im Haunetal zwischen Hersfeld und Fulda, im Spätsommer 774

Am nächsten Morgen zogen die Trümmer des Hersfelder Heeres weiter nach Süden. Zwischen ihnen und hinter ihnen bewegten sich Flüchtlinge mit ihren Familien, Menschen, die einen Sieg der Franken erhofft hatten oder gar im Haunetal selbst siedelten. Anfangs bewegte sich dieser Haufen im Talgrund recht stetig voran; die meisten hatten bei der panikartigen Flucht die Pferde eingebüßt, vollständig beritten waren nur die Hundertschaften, die Esiko und Ansgar herbeigeführt hatten. Doch nach einigen Meilen machte das Tal einen Knick und verengte sich dabei so, dass das breite Marschfeld auf die Straße oberhalb des Baches zusammengezwungen wurde. Genau in dem Engpass ertönte bald das Gebrüll von Ochsen, übertönt noch vom Geschrei der Fuhrleute und dem wilden Schimpfen Berittener: Ein Ochsenwagen war mit einem toten Zugtier liegen geblieben, und der Fahrer eines anderen Wagens, der sich oberhalb der Stelle vorbeizwängen wollte, war den Hang hinabgerutscht. Beide Gefährte waren hoffnungslos ineinander verkeilt. Die Nachdrängenden stauten sich auf nahezu einer Meile Länge, bevor Warins Alemannen endlich die Ochsen losgeschnitten und die Wagentrümmer in den Bach gestoßen hatten. Umso lauter schrien und fluchten die Besitzer, die nun nur noch das besaßen, was sie auf ihren Schultern fortschleppen konnten. Überrascht beobachtete Arnulf, dass auch der Vogt ein paar Leute hinabsteigen ließ, die Kisten und Bündel von den Ladeflächen holten; es mochten Dinge sein, die sie in der Eile noch aus der Abtei gerettet hatten.

Dann begann das grausame Spiel des Vorabends aufs Neue: Sächsische Reitertrupps tauchten auf und griffen die Nachzügler an. Hinter der Talkehre war nicht einmal Platz genug für die Panzerreiter, nach hinten zu eilen und die Angreifer zurückzuschlagen. So flüchteten manche die bewaldeten Talhänge hinauf, um sich zu verstecken. Die Schreie geschändeter Weiber kündeten davon, dass die Sachsen dort ebenfalls suchten. Mit düsterem Gesicht kämpfte sich Arnulf so weit nach vorne durch, bis er endlich seinen Bruder zu Gesicht bekam. Schwitzende, schnaufende Mönche in Kutten – ihre Lederpanzer und Schilde hatten sie weggeworfen – schleppten ihn auf einer Trage der Rettung entgegen. Als die Träger hielten, um die Seiten zu tauschen, öffnete Konrad die Augen. Er war leichenblass, seine Hände ruhten bewegungslos auf dem Leib, der mit blutigen Binden umwickelt war.

»Eine Speerwunde«, grunzte der Vogt; Konrads Waffenmeister hatte ein halbes Ohr eingebüßt, Mücken krabbelten auf der braunschorfigen, unverbundenen Wunde, die Haare klebten als schwarze Strähnen an seiner Stirn. Nur das schwere Bronzekreuz am Hals unterschied ihn von einem Scarakrieger.

Arnulf kniete neben der Trage.

»Verzeiht mir!«, krächzte der Prior.

»Ich habe nichts zu verzeihen«, sagte Arnulf verlegen und nahm eine Hand seines Bruders.

Konrad rang um Atem. »Ich jagte Euch fort, als Ihr Hilfe brauchtet. Und dafür züchtigt der Herr mich … Verzeiht mir!«

»Es ist verziehen, Konrad, redet jetzt nicht mehr!« Arnulf spürte einen Kloß im Hals, der ihm fast die Luft nahm. »Wir bringen Euch ins Spital des Bonifaz, dort wird man Euch gesund pflegen!«

Ein dünner Blutfaden rann aus Konrads Mundwinkel. »Der Vogt hat …«

»Sprecht nicht weiter, bei Gott!«, rief Arnulf aufgebracht. »Ihr dürft keine Kraft vergeuden!« Er drückte seinem Bruder noch einmal die Hände und hieß die Träger in rauem Ton, so schnell wie möglich weiterzumarschieren.

Als die Stunde der Wahrheit nahte, ging ein kühler Wind durch das Haunetal. Die Sonne war zum milchigen Fleck am südlichen Himmel geschrumpft. Das schlauchartige Tal öffnete sich zu einem flachen, knapp eine Meile breiten Kessel, dessen Boden nach Süden hin sanft anstieg. Ein kleiner Eichenforst unterbrach dort die Abfolge von Weiden, gestrüppigen Brachflächen und Stoppelfeldern. Oberhalb der Eichen ragte am östlichen Talhang ein halb verwitterter Holzturm auf, zu dessen Füßen noch die Reste einer Bastion unter einer Schicht von Dornen auszumachen war. Dort, angetan mit einem dunkelroten Mantel über dem Panzer, betrachtete der Bischof von Mainz und Abt von Hersfeld, Lul, die geschlagene Armee. Eine etwa hundert Mann starke Schar gut gerüsteter Reiter umgab ihn; ihre bernsteinfarbenen Schilde waren mit sauberen Kreuzen bemalt, unter den Panzern trugen sie dunkle Steppjacken von ähnlichem Schnitt.

Das Rot des Mantels wirkte auf die Zurückweichenden wie ein Signal zum Sammeln: Der Vogt ließ den Prior dort hinschleppen, Graf Warin trabte mit seinen Offizieren aus dem Durcheinander des Trümmerheeres an, auch Einhard fand sich wenig später mit Albrich und dem Rest seiner Leibwache ein. Der Abt-Bischof hatte zwischen Mainz und Frankfurt auf die Verstärkungen aus Italien gewartet, erklärte er mit großem Ernst, ohne dass man ihn danach fragte; sie waren nicht gekommen. Er besah das Elend der Geschlagenen, warf einen mitfühlenden Blick auf den schwer verwundeten Prior und schlug ein Kreuz über ihm. »Herr, erbarme dich … wie groß ist das Heer der Heiden? Graf Warin?«

Der einstmals schöne Alemannengraf zuckte mit den Schultern; ein Schildstoß hatte seine untere Gesichtshälfte in eine blutige Schwellung verwandelt, mindestens zwei Zähne fehlten.

»Fünftausend? Achttausend? Ihr könnt sie zählen, wenn Ihr Lust habt!« Er nickte in Richtung des Talgrundes, wo die nachdrängenden Sachsen nun erstmals eine breitere Formation einnahmen.

Der Bischof kniff die Augen zusammen und knetete die Unterlippe mit zwei Fingern. »Sie halten Kriegsrat … Nein, sie schicken Unterhändler! *Almahtigan*, ein gutes Zeichen!«

»Das glaube ich nicht, Euer Gnaden«, sagte Einhard und nahm einen Schluck aus dem Wasserbeutel, den Albrich ihm reichte. »Sie werden uns eine Schweinerei vorschlagen.«

Der Abt-Bischof lächelte angestrengt. »Wir werden sie gleichwohl anhören müssen, Consiliarius!« Mit diesen Worten setzte er seinen Helm auf, ein prachtvolles Stück Handwerk mit silbrig glitzerndem Wangen- und Nasenschutz.

»O ja«, knurrte Einhard, der nun eine vage Wut auf Lul verspürte. »Ich kann's nicht abwarten, sie zu hören!«

Mit dem Abt-Bischof, Graf Warin und drei Kriegern ritt Einhard los, um die Reiter der Sachsen mit den zerbrochenen Speeren im Talgrund zu treffen.

»Die Heiden geben uns eine Stunde Ruhe! Sie bewegen sich nicht weiter. Ihr habt Zeit, die Tore Fuldas zu erreichen, Krieger Hersfelds!«

Falls Lul das Ganze peinlich war, konnte man es ihm nicht ansehen: Die tiefen Linien in den Wangen und um die Augen gaben ihm etwas Asketisches und zugleich Aufrichtiges. Ein Raunen lief durch die Menge, die an der Straße auf halbem Weg zwischen Eichenhain und dem Wachturm zusammengeströmt war; viele klangen erleichtert.

»Büffelscheiße«, knurrte Arnulf nicht besonders leise und schob sein linkes Augenlid zurecht, um die Reihen der Falen und Engern besser erkennen zu können. »Selbst wenn ihre Reiter erst in einer Stunde wieder im Sattel sind, kriegen sie noch Hunderte der Hörigen und Bauern, die hier rumirren!«

»Neue Sklaven für die Edlingshöfe«, bemerkte Heden scheinbar teilnahmslos.

»Genau!«, zischte der Hesse. »Und wir? Wir laufen weiter davon!«

»Und wenn? Du kannst ihnen nicht helfen, Arn!« Erika fasste ihn von hinten am Arm. Ihr Blick sagte alles: *Fort von hier, solange wir noch können!*

Graf Warin rief nach Pferden, das Raunen und Murmeln wurde lauter. Arnulf berührte Erikas Hand für die Dauer von zwei Herzschlägen. Es war fast ein Streicheln. Er sah ihr in die Augen, dann machte er sich von ihrem Griff frei und versuchte zu Einhard vorzudringen, der von abgekämpften Edlen und Kriegern umlagert war.

»Consiliarius!«, rief Arnulf laut, fordernd. »Was wollt Ihr tun? Ihr seid der Statthalter!«

Einhard brach den Satz ab, den er begonnen hatte, und fixierte Arnulf über ein Dutzend Köpfe hinweg. »Abziehen, Arnulf! Die Sachsen haben uns gestern besiegt – heute haben wir nicht mal mehr ein Heer!«

Arnulf stieß mehrere Leute zur Seite, bis er direkt vor Einhard stand. »Hier sind Krieger genug! Denkt an Korbach, an die große Schlacht! Wir waren den Heiden dreifach überlegen, und trotzdem haben sie uns bis zuletzt die Stirn geboten! Die sind nicht davongelaufen!«

Einhards Gesicht verfärbte sich. »Wollt Ihr unbedingt als Held sterben?«, schnaubte er. »Wir erweisen dem König keinen Dienst, wenn wir uns jetzt totschlagen lassen!«

Die Gesichter um Einhard herum nickten stumm, doch als Arnulf sie musterte, mieden sie seine Augen.

»Müssen Christenmenschen nicht füreinander einstehen?«, rief Arnulf wütend. »Ihr selbst erzählt das immer!«

»Ihr vergesst wohl, wer Euch aus dem Dreck geholt hat!«, knirschte der Consiliarius mit grimmiger Miene.

Und Arnulf hatte das in der Tat vergessen. Abrupt wandte er

sich ab – da tauchte die Pockennarbengrimasse vor ihm auf, eine Hand betastete das Stummelohr.

»Wie viele kampffähige Männer habt Ihr, Vogt?«

»Hundert, die noch können«, grunzte der andere und spuckte Knoblauchschalen aus. »Und zwanzig, die noch wollen.« Rülpsen.

»Euer Bruder ...«

»Trommelt Eure Leute zusammen«, unterbrach Arnulf ihn. »Und hindert die anderen am Fortlaufen, los!« Entnervt drängte sich Arnulf durch das Gewühl, um zum Bischof vorzustoßen. Er war mit seinen Offizieren in Richtung des Eichenwäldchens geritten, an dem die Straße vorbeiführte, als zähle er die, die da nach Süden in die vermeintliche Sicherheit strömten

»Arnulf?« Heden folgte ihm. »Die Engern sind weg!« Aufgeregt zeigte er mit einem Arm auf die das halbe Tal ausfüllende Truppenansammlung. »Da vorne links sind die Pferdekopfbanner der Westfalen, und weiter rechts die Bärenzeichen von Herzog Kurzhand. Aber keine Wölfe mehr!«

Arnulf kniff die Augen zusammen, aber Heden konnte ohnehin besser sehen. *War Botho im Kampf gefallen? Hatten die Heiden einen Beutestreit?* »Bist du sicher?«

Der Thüringer nickte. Arnulf starrte nach Norden, wiederum sah er Krieger die westliche Talböschung herabkommen, die Weiber mit ihren Kindern hinter sich herzogen wie widerstrebendes Vieh. Arnulf atmete durch und erkannte den silbrigen Helm des Kirchenfürsten nur wenige Schritt vor sich, eingerahmt von seiner Leibwache. »Euer Gnaden!«

Etwas in der Stimme des Rufers ließ Lul aufmerken; er kaute an einem Stück Schinken, das ihm einer der Gepanzerten gereicht hatte, während nur wenige Schritt weiter Bauern, Karren und Pferde vorbeizogen. »Ich bin Arnulf *sax hamar* und diene dem Statthalter Einhard.«

»Natürlich!« Der Bischof machte eine entgegenkommende Handbewegung. »Ihr werdet Platz hinter dem Wall Fuldas finden ...«

Arnulf schob einige Leiber beiseite und baute sich direkt vor dem Kirchenfürsten auf. »Den will ich nicht. Gebt mir Eure Hundertschaft!«

Lul hörte auf zu kauen und musterte Arnulfs zerhackten Schuppenpanzer und das von Blut und Dreck entstellte Gesicht. »Wozu?«

»Um den Heiden *wehzutun*! Greifen wir sie an, jetzt! Sonst marschieren sie durch bis zum heiligen Grab!«

»Es sind zu viele«, sagte Lul ernst. »Nein, wir müssen auf den König warten!«

»Der ist tausend Meilen entfernt!«, schnauzte Arnulf ihn an. »Hier in der Talenge können die Heiden nicht mit allen Kriegern antreten, das ist unser Vorteil! Gebt mir Eure Männer, jetzt gleich! Der Vogt hat zweihundert Mann, und die Panzerreiter von Esiko *harto* kämpfen mit und ... Warins Alemannen sind auch noch da!«

Heftiges Murmeln setzte unter den Steppjacken ein, die Arnulf in den Kampf werfen wollte. Doch Luls Antwort war wie ein kalter Wasserguss. »Warin ist abgezogen, mein Sohn.« Er warf den Schinkenrest weg und wischte die Finger am leuchtend roten Mantelstoff ab.

Arnulf berührte den Abt-Bischof am Oberarm. »Wäre der König hier, er würde kämpfen, das wisst Ihr!«

Lul runzelte die Stirn. Die Hand vom Geistlichen zu nehmen, zischte ihm einer ins Ohr. Arnulf drehte den Kopf, starrte in ein sauberes Gesicht mit eng zusammenstehenden Augen und hob die Faust.

»Nicht!« Heden zog ihn aus der dichter werdenden Umringung bischöflicher Streiter. »Wolltest du ihm die Fresse einschlagen?«, knurrte Heden, als spreche er mit einem Narren. »Damit er dir in den Kampf folgt, ja? Gute Idee.«

Wo Erika sei, fragte Arnulf nur, nachdem er seine Wut heruntergeschluckt hatte.

»Bin ich ihr Aufpasser?«

Neuer Zorn flammte ihn ihm auf, doch Hedens kalter Blick

brachte ihn wieder auf den Boden. *Er würde Erika suchen und Ansgar um Pferde bitten und dann ... Rette sich, wer kann.*

Als er ihr braunes, zu Zöpfen geflochtenes Haar endlich wieder unter den Kriegern erblickte, ein Stück weit die Straße hinunter, als warte sie auf ihn, legte der Vogt eine Pratze auf Arnulfs Schulter. »*Hamar*? Hier ... nehmt das. Wir haben Zeug genug zu schleppen!« Er drückte Arnulf einen länglichen, in Ziegenleder eingeschlagenen Gegenstand in die Hand. »Hat der Prior machen lassen«, schnaufte der Vogt. »Sollt' ich Euch längst geben, aber – irgendein Scheißheide kam immer dazwischen!«

Arnulf schlug das Ziegenleder zurück. Ein hölzerner Schaft kam zum Vorschein, länger als eine beidhändige Axt, der in einem Stahlklotz steckte: abgeflachte Hammerfläche auf einer Seite, schmal zulaufende, axtartige Schneide auf der anderen. »Was soll das sein?«, krächzte Arnulf.

Der Vogt wischte sich mit dem Handrücken die Nase ab. »Für den Kampf, schätze ich ... Als damals die Kunde kam von der Sachsenschlacht und Euren Taten mit dem *hamar*, da wollte der Prior – na ja, ein Geschenk, versteht Ihr? Er hatte 'n schlechtes Gewissen.«

Arnulf schüttelte den Kopf. »Konrad, wirklich? Und ich habe ihn verspottet ...«

»Der Prior hat keine Ahnung von Kriegszeug«, grunzte der Vogt wie zur Entschuldigung. »Macht damit, was Ihr wollt!«

»Ist er bei Bewusstsein?«, fragte Arnulf.

Der andere schüttelte den Kopf, dicke Finger schlugen ein Kreuz über der Brust. »Hinübergegangen ... es ist vorbei.«

Arnulf spürte etwas Warmes über seine Wangen laufen. Erstaunt musterten ihn die Umstehenden, Albrich, Ulfas, Heden – dann senkten sie schamhaft die Blicke. »Herr im Himmel!«, quetschte Arnulf hervor, mit einer Hand ins Leere greifend. *Du hast mir einen*

Bruder gegeben – für eine Stunde! Konrad, der Herr der Bücher und Buchstaben, der Gelehrte, hatte seinem Bruder einen *Kampfhammer* hinterlassen. Oder nur einen riesigen Eisenklumpen – mit dem man Steine für den Kirchbau zerschlug.

Verlegen berührte der Vogt seinen Ohrstummel. »Und jetzt – verschwinden wir, was?«

»NEIN!«, herrschte Arnulf ihn an, so laut, dass noch in zehn oder zwanzig Schritt Umgebung die Menschen den Kopf wendeten. »*Wir kämpfen!*« Er bleckte die Zähne. »Ulfas! Heb mich hoch! Heden, pack mit an!«

Bereitwillig stemmte der Hüne den Hessen auf seinem Schild in die Höhe, eine Hand von Heden reichte, um den Stehenden zu stabilisieren. Plötzlich konnte Arnulf die Menge der Krieger überblicken: Hunderte abgekämpfter Streiter, froh, ihr Leben gerettet zu haben – aber gleichzeitig sah Arnulf in ihren Mienen die Demütigung, vor den Heiden davonzulaufen.

»Ich bin Arnulf *sax hamar*!«, brüllte er über die Köpfe hinweg. »Ich habe Widukinds Bruder in der Schlacht bei Korbach getötet!«

Vereinzelte Heilsrufe ertönten, und zu Arnulfs Überraschung schrie ein bulliger Kerl mit zerbeultem Helm: »Ich war dabei! Heil, *hamar*!«

Arnulf holte Luft, seine Rechte hielt den Axthammer in Kopfhöhe, allein dieses Ding hätte ihm die Aufmerksamkeit gesichert. »Da hinten«, er zeigte mit dem Hammerkopf auf die feindliche Armee, die keine halbe Meile entfernt stand, »stehen die Heiden! Sie plündern, morden und schänden – wenn wir sie lassen! Sie werden Fulda stürmen und das Bonifatiusgrab zerstören – *wenn wir sie lassen!*«

»Es sind zu viele!«, brüllte einer weiter hinten, in der Nähe des Bischofs.

»Ja«, rief Arnulf. »Sie haben mehr Schwerter als wir! Aber wer soll die Heiden aufhalten, wenn nicht wir? Kriegertreue habt Ihr Euren Grafen und Bannerführern geschworen, ihr alle, Hessen, Thüringer, Krieger der Fuldagaue!«

Lautes Gemurmel lief wie eine Welle durch die Menge, durchbrochen von einzelnen Rufen: »Unser Gaugraf ist tot!« »Gottes Gnade ist wichtiger als Kriegertreue!«

Arnulf bog die nächsten Sätze zurecht wie eiserne Stäbe: »Genau«, brüllte er, »und wem ist Gott gnädiger – einem, der Frauen und Kinder den Heiden zum Fraß vorwirft? Oder einem, der den Kerlen in die Hand fällt?« Er atmete durch, sah Zweifel in den Gesichtern, sah Mut und Feigheit, Angst und Gottvertrauen. »Ihr könnt weglaufen«, brüllte er, »und irgendwann im Stroh sterben. Oder – Ihr geht mit mir nach vorne, schlagt die Kerle tot und erzählt dem Allmächtigen, dass Ihr die *giniscaft eines Christen* geübt habt!«

»Lasst uns kämpfen, bei Gott!«, schrie eine helle, klirrende Stimme, nur wenige Schritt von Arnulf entfernt, und hundert Fäuste gingen nach oben. Und Arnulf sah, dass es Einhard war.

43

Im Haunetal zwischen Fulda und Hersfeld, im Spätsommer 774

Wo eben noch Verzagtheit und der Gedanke an Flucht gewesen war, brandete nun wildes Kriegsgeschrei auf. »*Slag dot*!«, dröhnte auch der Schildhalter Ulfas, dem dämmerte, dass er Teil von etwas Größerem geworden war. Arnulf sprang auf den Boden und war binnen weniger Augenblicke umringt vom Bischof und seinen Offizieren und dem Vogt, von Einhard und Albrich und anderen.

»Nehmt achtzig meiner Krieger«, rief der rotgesichtige Lul, der ein Gespür dafür hatte, was man dem König später von diesem Tag erzählen würde. »Ich bete für euer Seelenheil, *sax hamar*!«

»Gebt mir Euren Helm«, sagte Arnulf nur, als sei der Kirchenfürst sein Gefolgsmann.

Lul stutzte, nahm seinen Prachthelm ab und legte die silbrig glänzende Halbkugel in Arnulfs Hände. Mit Mühe löste sich der Hesse aus dem Gewühl, machte ein paar Schritt in Richtung der Sachsen und brüllte etwas von Aufstellung an der Querrinne: Auf halbem Wege zwischen beiden Heeren lief ein Rinnsal vom rechten, östlichen Talhang in Richtung des Haunebaches. Unmittelbar hinter der Rinne verengte sich das Tal etwas: Von rechts wuchs eine breite Zunge mit Haselnuss- und Dornengestrüpp in die Wiese des Talgrundes hinunter, und links kündete der hellgrüne, kniehohe Bewuchs am Treffpunkt von Rinne und Hauneufer von sumpfigem Boden, der sich etwa hundert Schritt nach Norden hinzog.

Je enger, desto besser ...

Und dann tauchte Esiko auf. In einem seltsamen Schlenderschritt hielt er auf Arnulf zu; die Augen saßen tief in den Höhlen, das Gesicht wirkte eingefallen, und das Schlimmste war: Der Kriegsmann trug nur eine dünne Tunika, eigentlich nicht mehr als ein Unterhemd aus fleckigem Leinen. »Schöne Ansprache, Junge!«, warf *harto* ihm hin.

Betrunken? »Besorgt Euch einen Panzer«, rief Arnulf.

»Wozu, Mann?« Das irre Grinsen hatte wenig Menschliches. »Du willst ein Märtyrer werden, ja? Darauf scheiße ich! Denn ich bin schon *berühmt!*«

Böse starrte Arnulf ihn an, ihre Gesichter trennte nur eine halbe Schwertlänge. »Ihr habt viele Heiden erschlagen, sicher. Aber vor der Eresburg hat Widukind Euch in den Arsch getreten! Ihr habt keinen *Schneid* mehr, großer *harto*!« Arnulf machte einen Schrittt zur Seite, sah Hunderte Augenpaare auf sich gerichtet und brüllte mit erhobenem Axthammer: »Wer will mein Schildmann sein?«

Einhard, angetan mit Helm, Schild, Lederpanzer und Kurzschwert, starrte auf ledrige Nacken und filzige Haare der Krieger vor ihm. Der fränkische Schildwall, der auf die Heiden zumarschierte, war kaum vier Reihen tief; trotzdem füllte man nicht einmal den schmalen Talgrund aus. Nach dem Abflauen der Gänsehaut, die Arnulfs Worte erzeugt hatten, kam die Angst zurück wie eine Ratte, die an seinen Eingeweiden fraß. Aber zurückzubleiben war nicht möglich – seine Leibwache, Albrichs Kämpfer, hatte er Arnulf an die Seite gegeben! Ungläubig hatte Einhard verfolgt, wie Arnulf die mutlosen Truppen anfeuerte – bis er verstand.

Alles ergab Sinn!

Die Reise nach Rom und der selbstmörderische Griff nach den Heiligen; die Vertreibung und der Entschluss, den Zwerg Deusdona fahren zu lassen; die Anwerbung Esikos im Tausch gegen die Heiligen, die Rettung des flüchtigen Arnulfs – und jetzt die *Rettung der Grenzgaue, die Rettung der Wehrlosen durch Arnulf sax hamar?* Wer sonst könnte das Schlimmste vielleicht doch noch verhindern?

Aus dem Augenwinkel nur nahm ihn der Hesse wahr, als er den Kopf drehte und Einhard einen halben Satz zurief. Der *gilerito* verstand nur ein Wort: Erika – tatsächlich hatte Einhard die Sucherin – so nannte er sie insgeheim – einem Mann an die Hand gegeben, der kein schlechter Bewacher sein würde: Hunus *gideon*. Der Kriegerdiakon hatte im Tross von Esikos Casilatruppen die ganze Irrfahrt nach Fritzlar mitgemacht – thronend auf der Kupferkiste mit dem Marcellinus.

Einhard versuchte, über die Schultern vor ihm die Sachsen auszumachen. Noch saßen viele im Gras, andere standen in Gruppen zusammen, Reiter und Fußkämpfer durcheinander. Dann erreichten die Franken das Rinnsal, eine drei Schritt breite Bodenvertiefung mit wenig Wasser, und die ersten Sachsen sprangen auf, heisere Rufe tönten über das Feld. Arnulf hob den Arm mit dem Axthammer. Heden, sein rechter Schildmann, raunte Arnulf etwas zu. Der nickte, lief durch das knöchelhohe Wasser und drehte sich zu den Kriegern um. Der glänzende Helm des Bischofs verdeckte den größeren Teil seines Gesichts und gab ihm zusammen mit der übergroßen Waffe etwas Mystisches: als würde hier einer Saxnoth selbst herausfordern!

»Gestern«, brüllte er aus vollen Lungen, »gestern standen wir den Engern und den Falenstämmen gegenüber. Die Engern *sind nicht mehr da!* Sie sind abgezogen!«

Automatisch suchten Einhards Augen im Haufen der Sachsen nach dem roten Wolfsbanner, das Botho stets begleitete. *Konnte das wahr sein?*

Arnulf holte noch einmal Luft, nahm den Axthammer in beide Hände und donnerte: »Jetzt zeigt den Bastarden, dass hier fränkische Erde ist: *Schlagt sie tot*!«

Johlend sprang die erste Reihe der Franken durch die Querrinne und holte Arnulf ein, der mit schnellen Schritten auf die Sachsen zueilte. Einhard lief hinterher, sah eine Schulter von Albrich vor sich und den aus allem herausragenden Schädel Ulfas'. Ratten fraßen an seinen Därmen, er spürte einen kühlen Windhauch im Nacken und fragte sich, wie es im Jenseits sein würde.

Da lief einer an ihm vorbei, mit wedelnden Armen und erhobenem Schwert, blutrünstige Schreie auf den Lippen: *Slag dot! Slag dot, met God!* Hunus wusste, wo sein Platz im Augenblick der Entscheidung war!

Ragla presste das Bündel an sich und beobachtete den alten Wachturm eine Pfeilschussweite unterhalb des Verstecks. Die Ansammlung von Kriegern hatte sich aufgelöst: Nur noch eine Handvoll Reiter stand dort um eine auffällige Gestalt im roten Mantel und blickte gen Süden, in Richtung des Talbodens; ein Stück abgesetzt von ihnen wartete entlang der Straße eine Schar schuppengepanzerter Reiter, wie Leute, die nichts zu tun haben. Sie drückte das Kind an die Brust und lief den Hang hinunter, bis sie das südliche Ende des Eichenwäldchens sehen konnte. Mehrere Wagen waren dort untergezogen – Pferdewagen. *Transportierte man Heilige auf Ochsenwagen? Nein!* Die Hoffnung gab ihr neue Kraft. Sie ließ das Dickicht des Waldhangs hinter sich und trat mit schnellen Schritten ins Freie. Zügig lief sie an den Kriegern vorbei, die am Rande des Eichenwäldchens lungerten, und ließ ihre Blicke an sich abprallen. Und mit jedem Schritt betete sie flüsternd zur Jungfrau Maria, dass die beiden Heiligen des königlichen Statthalters Einhard nicht den Heiden in die Hände gefallen waren ... *Petrus und der mit dem fremden Namen waren ihre letzte Hoffnung!*

Entschlossen steuerte sie auf den ersten Pferdewagen zu, den man etwa zehn Wagenlängen tief zwischen die Bäume gezogen hatte; die angeschirrten Gäule blickten ihr müde entgegen. Ein Schuppengepanzerter rief sie an, es klang anzüglich – sie blickte starr nach vorn. Vor dem vordersten Wagen hockten zwei Männer mit Filzmützen an einem Feuer, über dem sie einen gerupften Vogel brieten; der Geruch verbrannter Federn verursachte ihr Übelkeit. Neben dem vorderen Wagenrad, mit ein paar Schritt Abstand, stand eine Frau im grünen Kleid, auf deren Brust Goldschmuck leuchtete. Sie hatte ein ernstes, ebenmäßiges Gesicht und mochte etwas jünger sein als Ragla selbst. Ihre Lippen formten Worte, ein Rosenkranz bewegte sich zwischen ihren Fingern.

»Herrin, sind die Heiligen des Statthalters bei Euch? Wo kann ich sie finden?«

Die Angesprochene musterte Ragla, ihr schmutziges, vom Dickicht zerrissenes Kleid mit den dunklen Spuren von Blut, das in die Stirn gezogene Kopftuch und das reglose Bündel vor der Brust. »Du hast Glück, *magad*! Die Knochen des Marcellinus sind in der Kupferkiste, hinter dem Bock! Bist du aus Hersfeld?«

Ragla nickte, doch dann brach ihre Selbstbeherrschung zusammen. »Es war so schlimm ... sie müssen meinen Jungen zurückholen!«, schluchzte sie. »Lasst mich zu den Knochen!«

Die Frau mit dem Goldschmuck betrachtete einen Moment lang das wachsstarre Gesicht des Kindes und berührte verlegen ihr Kinn. »Gibt Euer Sohn denn noch Laut?«

Ragla schüttelte den Kopf und machte Anstalten, auf die Bank des Wagenlenkers zu klettern. »Sie wollten ihn umbringen, aber er ist nicht tot, er ist nicht tot!« Obwohl sie nur einen Arm frei hatte, stieg Ragla behände auf den Wagen und blickte erwartungsvoll durch die Öffnung unter der Zeltplane in das Innere. Die Männer am Feuer grunzten ein paar Protestlaute, doch die Frau mit dem Rosenkranz machte ihnen ein Zeichen, still zu sein. Die Geschundene aber legte ihr lebloses Kind auf den flachen Deckel der Kupferkiste des Marcellinus und rief mit gefalteten Händen die Jungfrau Maria an, Jesus und schließlich den Allmächtigen.

»Erbarmt Euch! Gebt mir meinen Sohn zurück!«

Beim Überschreiten des Rinnsals konnte Arnulf einzelne Runenzeichen und Tierköpfe auf den Sachsenschildern erkennen, und ihm wurde klar, dass sie nur eine Chance hatten: Widukind töten, sofort! Bevor die Sachsen sich von der Überraschung erholten, ihre Überzahl ausspielten und das Frankenaufgebot einschlossen … »Ohne den Herzog sind sie wie ein Wolfsrudel ohne Anführer!«, grunzte er seinen Schildmännern zu und fasste die ersten Sachsen vor sich ins Auge. Rotbraune Schilde mit Pferdebildern – dahinter verunsicherte Bartfratzen, und dahinter andere Krieger, die sich mit lauten Alarmrufen in die Sättel schwangen. Noch zwanzig Schritt, noch zehn …

Arnulf machte eine schnelle Kopfdrehung: Heden und Albrich waren gleichauf, schirmten ihn mit erhobenem Schild ab, sodass vor Arnulf nur eine ellenbreite Lücke war. *Breit genug für einen Speer von vorn …*

»Sankt Martin!« Arnulf wuchtete den Axthammer in einen Pferdekopfschild. Der Schlag traf das Lindenholz weit links und mit solcher Wucht, dass der Sachse herumgerissen und mitsamt dem Schildarm nach unten gedrückt wurde – Kopf, Nacken und Schulter bot er dar, als wolle er sich unterwerfen. Während *sax hamar* wieder ausholte, stieß Albrichs Lanze zu, sogleich schoss Blut aus dem durchstoßenen Hals. Arnulf machte einen Schritt am Sterbenden vorbei und zertrümmerte dem Dahinterstehenden Helm und Schädel. Der Mann brach zusammen wie vom Blitz getroffen. Heden brüllte etwas, sein Schwert klirrte mit dem Sachsen rechts von Arnulf zusammen; Arnulf wollte dem Thüringer helfen, doch vor ihm selbst tauchte ein Pferd auf, das sich drehte, weil der Langhaarige mit dem Schwert zu ungestüm in den Sattel steigen wollte … der Axthammer zermalmte den Oberschenkel des Reiters, erschrocken schoss das Pferd nach vorne und rannte zwei sächsische Krieger über den Haufen. Hedens Schwert traf den Ellenbogen seines Gegners, wimmernd wich der Sachse nach hinten aus.

»Weiter«, brüllte Arnulf, »bleibt zusammen!« Dann riss ein harter Schlag seinen Kopf nach links, er sah Pfeilsplitter zwischen den Kriegern niedergehen. Luls Helm hatte ihn vor dem Geschoss gerettet. Er atmete durch, sah für einen Augenblick nur verschwommen, dann wandte er sich mit vor Schmerz pochender Schläfe nach links und schlug einen Kerl um, der Albrich mit einer Langaxt traktierte; die Stoßlanze erledigte den Rest.

Wo war Widukind?

Sie hatten die Heiden derart überrascht, dass sie keinen zweiten Schildwall, eigentlich überhaupt keine Abwehrformation zustande brachten. Truppweise warfen sich die Sachsen gegen Arnulfs Linie, dann ritten wieder einzelne Krieger mit erhobener Lanze an, für einen ohne Schild das Gefährlichste: Schon glaubte Arnulf, Widukinds Apfelschimmel vor sich zu haben, doch dem Reiter flog schwarzes Haar um die Ohren, sein Schwerthieb schlug eine Handbreit Holz aus Hedens Schild, ein Huf traf Arnulf beim Ausholen am Bein – dann schlug der Klotz Ulfas zu: Kräftige Axthiebe fällten das Pferd und beendeten das Leben des im Gras landenden Reiters.

Arnulf sah, dass die äußeren Kämpfer am linken und rechten Ende nicht mehr mitkamen, dass er selbst wie die Spitze einer Pflugschar war, die sich als Dreieck in die Sachsen hineinbohrte … Er brüllte nach links und rechts, nachzuziehen, vorzugehen, doch das Lärmen der Tötenden und Sterbenden, das Dröhnen der Schilde und das Wiehern der Pferde war viel zu laut. Er selbst holte aus und schlug zu, wartete auf den Pfeil oder den Speer direkt von vorn, der sein Schlachten beenden würde. Längst glühten seine Oberarme, die Sehnen schmerzten, und sein Atem wurde kürzer. Er begann weniger Kraft in die einzelnen Hiebe zu legen, und selbst das war meist zu viel. Vier, fünf Kerle mit Zöpfen und Knochen im Haar warfen sich gegen die Spitze der Franken, brüllten *Woodan!*, bis Arnulf dem Mittleren mit der Axtseite voran den Brustkorb zertrümmerte. Der zweite Hieb schmetterte dem Nebenmann den Schild aus den Händen, er starb mit einem Staunen im Gesicht – die anderen flohen. *Skild bracha*!, riefen sie, was wie ein Warnruf klang.

Arnulfs Blut kochte, sie hackten und kämpften sich vorwärts – aber wohin? Mussten die Sachsen sie nicht mit ihren Reitern einkreisen? Noch waren es Pferde ohne Reiter, die das Durcheinander vergrößerten und die jegliche Schlachtordnung aufhoben! Sie stiegen über Verwundete, die wie Schlachtvieh ins Gras bluteten, sie rochen Urin und Erbrochenes, sie traten auf Waffen, die niemand mehr brauchte, sahen zwei Männer mit Dolchen in tödlicher Umarmung auf dem Boden, blutverschmiert, wer war wer? Ein Pferd ging vor ihren Augen zu Boden und zerquetschte einen, der dort mit aufgeschlitztem Bauch lag.

»Sie hauen ab«, keuchte Heden und wischte sich Blut von einer geplatzten Braue. Seine Schwertspitze zeigte auf einen Pulk Reiter, halb links, ein Stück hinter den Fußkämpfern.

Arnulf zwinkerte, der Schweiß biss ihm in die Augen.

»Das ist Widukinds Banner«, grunzte Albrich. »Der läuft nicht davon.«

Arnulf nahm den Konradhammer wieder auf, die Linke, unter dem Stahlkopf, denn aus dem Getümmel vor ihnen kamen ein paar Langmähnige mit blutbespritzten Gesichtern auf sie zu; rasch blickte er noch einmal den Reitern hinterher, die das Gewühl hinter sich gelassen hatten und in südliche Richtung einbogen. »*Skizan*! Sie reiten am Bach lang, durch den Morast … die wollen uns von hinten packen!«

Ansgar beobachtete das Blutvergießen mit zusammengekniffenen Augen und wachsender Anspannung; wenige Schritte hinter ihm, vor den ersten Bäumen des Eichenwäldchens, kniete sein Befehlshaber im Dreck und presste sich die Hände an den Kopf. Ein kleines Stück Eisen irgendwo zwischen Knochen und Haut: Höllenpein, selbst für einen, den man *harto* nannte … ein Stück Eisen, das eine Schlacht entscheiden konnte – so oder so.

Beklommen standen die Krieger mit drei oder vier Lanzenlängen Abstand um ihren Führer herum. Abwechselnd betrachteten sie den Zusammengekauerten im Leinenhemd und das Morden und Sterben weiter unten im Tal. Die Ordnung der fränkischen Angriffsreihe hatte sich aufgelöst, sie war verkeilt mit den Sachsen; doch hundert, zweihundert Berittene der Heiden machten Anstalten, auf der westlichen Talseite vorzustoßen – wie weit? Ansgar spürte eine erste Gänsehaut im Nacken. Er trat zu Esiko, der sich langsam, gespenstergleich erhob. »Herr, die Sachsenreiterei geht am Bach entlang vor! Die gehen auf uns los – oder sie packen *hamars* Männer von hinten! Greifen wir an?«

Esikos flackernder Blick ging zu den Reitern, deren Pferde sich durch den sumpfigen Uferstreifen quälten, über das Kampfgetümmel und bis zur Gestrüppzunge und weiter hangaufwärts bis zum Abt-Bischof im roten Mantel. Wieder berührte er seine Schläfe, ächzend. Dann hob er die Hände und brüllte: *»Ich hasse Gott!«*

Obwohl der Lärm der Schlacht weit trug, sah man den Kirchenfürsten zusammenzucken – Ansgar selbst erschrak über diesen Ausbruch.

Esiko packte den Arm des Veteranen. »Einen Riemen, los!«, knirschte der Kriegsherr. »Bindet mir den Schädel, sonst werde ich irre!«

Ansgar verstand sofort; er zog sein Messer und wollte schon den Weinbeutel zerschneiden, den Esiko geleert hatte, als ein Krieger mit einem halben Zügelriemen herbeieilte. *Harto* stöhnte wie ein wunder Bär, als Ansgar den Riemen mit aller Kraft um die Stirn zusammenzog und verknotete. Wankend richtete sich der Herr von Casila auf. Er schloss die Augen, öffnete sie wieder und grunzte ein Wort – das Wort, auf das seine Männer gewartet hatten. »Aufsitzen!«

Im Nu saßen mehrere Hundert Krieger in den Sätteln: Veteranen im Schuppenpanzer mit Kreuzschildern neben den neuen Siedlerkriegern, die meist Lederpanzer trugen und unbemalte Schilde. Dann zog sich auch Esiko selbst in den Sattel seines Rappen.

»*Harto*? Euer Panzer …?«, raunte Ansgar.

»Kommt mit«, knirschte der Kriegsherr nur und lenkte sein Pferd auf die Gruppe um den Bischof zu. Ansgar und ein Dutzend weiterer Krieger folgten ihm, während alle anderen gespannt abwarteten, die Arme durch Schildschlaufen steckten und den festen Sitz ihrer Sättel überprüften.

Der Abt-Bischof sah den Halbnackten auf sich zureiten und fühlte in diesem Moment etwas wie göttlichen Willen walten – *ausgeübt durch ihn selbst, Abt-Bischof Lul.* Einer Eingebung folgend, löste er sich aus der Schar seiner Leibwächter und lief dem Rappen entgegen. »Mein Sohn?«, rief er, beide Hände hebend, sodass die Säume des Mantels fast über die Schulter rutschten. »Ich vergebe Euch Eure Flüche! Alle Sünden sind Euch vergeben! Aber helft unseren Streitern da unten, es ist nicht zu spät, Hauptmann!«

Esiko ließ den Rappen vor dem Kirchenfürsten halten. Ein bohrender Blick traf den Geistlichen. »In Fritzlar bat ich Euch um Krieger. Erinnert Ihr Euch?«

Lul nickte und legte eine Hand auf das Eisenblechkreuz, das auf seinem Brustpanzer befestigt war. »Meine Krieger, *harto,* kämpfen bereits! Und nun segne ich Eure Waffen!«

»Dann küsst den Heiland!«, grollte Esiko und zog das Schwert aus der Scheide.

Lul zögerte, dann drückte er seine Lippen rasch auf das verdickte Ende des Schwertgriffs, den Esiko ihm ins Gesicht hielt. Esiko stieß das Schwert wieder in die Scheide und streckte dem Bischof eine schwielige Pranke entgegen. Der Geistliche blickte mit gerunzelten Brauen in das Schmerzensgesicht – und ergriff die Hand. *Harto* aber packte zu und riss den anderen in die Höhe, als wäre er ein Kind: Plötzlich lag der Vollstrecker göttlichen Willens bäuchlings über dem Sattelknauf. Der Rappen wieherte erschrocken, und die Leibwache Luls schrie alarmiert auf. Ein irres Grinsen flackerte über Esikos Gesicht. »Setzt Euch vor mich wie ein Kerl, verdammt!«

Luls gekeuchte Antwort war kaum verständlich, aber sein Strampeln deutete Missfallen an.

»Gott hasst mich«, grunzte Esiko. »Aber Euch, Lul, Euch *liebt* er!«

»Wache!«, japste Lul. »Hilfe!«

Ein Ruck lief durch die Leibwächter, sie zogen ihre Schwerter, doch schon riss *harto* den Apfelschimmel herum und hielt mit dem roten Kirchenfürsten vor sich auf die Hundertschaften zu.

»Heilige Jungfrau Maria, mach, dass mein Junge wieder schreit …«

Nach zehn oder mehr Wiederholungen waren Raglas Sätze langsamer geworden. Betreten kletterte Erika schließlich auf den Kutschbock. »Du kannst ihn nicht wieder lebendig machen«, sagte sie so sanft wie möglich.

Ragla murmelte Heiligennamen, drückte das Bündel mit dem toten Kind an die Brust und hob es hoch, in Richtung des Wagendaches.

»Dein Kind ist tot«, wiederholte Erika etwas lauter. »Kein Allmächtiger kann es wieder zurückbringen, auch Wodan kann das nicht …«

Ragla verharrte reglos für ein halbes Dutzend Herzschläge – dann schluchzte sie auf und legte das Bündel so hart auf der Kupferkiste ab, dass sie hohl tönte. »Habt Ihr schon ein Kind verloren?«, fragte sie, ohne ihre Tränen wegzuwischen.

»Nein.«

»Woher wollt Ihr es dann wissen?«

Verlegen senkte Erika den Kopf. »Die Götter … Gottvater hat es genommen. Du siehst deinen Jungen erst wieder in der Himmelsburg.«

Ragla stand auf, blickte auf das Kind hinab, dann zu Erika. »Seid Ihr überhaupt eine Christin? He? Oder seid Ihr eine aus dem Norden?«

Erika versuchte zu lächeln. »Ich habe die Taufe genommen. Sprecht mich einfach mit Erika an.«

Raglas Blick klebte jetzt an den Zügen der Sächsin. »Ich kenne Euch«, entfuhr es der Geschundenen. »Ihr seid Widukinds Schwester?«

In diesem Moment zerrissen laute Kommandostimmen die Stille zwischen den Bäumen. Die beiden Männer am Feuer sprangen auf, wechselten ein paar hastige Worte, nahmen ihre gegen den Wagen gelehnten Speere und liefen zum nahen Waldrand.

Ragla bahnte sich einen Weg aus dem Wageninnern hinaus auf den Kutschbock, ohne sich zu setzen. Ihre Augen waren wie dunkles Glas. »Ich war auf der Eresburg, als Ihr Einhards Geisel wart – erkennt Ihr mich nicht?« Sie streifte ihr in die Stirn gezogenes Kopftuch ab, und kupferrotes Haar fiel ihr über die Schultern. »Das da im Wagen ist *Arnulfs* Kind! *Eure Leute* haben es ermordet!«

Erika richtete sich auf, mit feuerrotem Gesicht. »Dann bist du sein Weib?«

»Er teilte mein Lager!«, stieß Ragla aus. »Er wollte mich zur *Gemahlin* nehmen – und dann hat ihn der Falenherzog verschleppt. Und jetzt …« Raglas Kopf ging zwei Zoll vor, Erika wich instinktiv zurück, bis an den Rand der Sitzfläche. Die Hände der anderen verschwanden in ihrem Kleid. Dann sah Erika die Messerklinge. Raglas Hand ging nach oben, Erika riss die Arme hoch – die Spitze ritzte ihren Unterarm und fuhr eine Handbreit unter dem Schlüsselbein in die Brust. Der Stoß warf sie vom Wagen, hart schlug sie auf dem Waldboden auf. Ragla starrte auf sie hinab wie eine rächende Göttin – da richtete sich die Verwundete stöhnend auf. Ohne zu denken, sprang Ragla vom Bock und war hinter Erika, als die stolpernd das Ende des Wagens erreichte: Die Messerklinge glitt an einem Halswirbel ab und riss den Rücken des Kleides auf. Die Verwundete taumelte nach links, um den Wagen herum, da war die Feuerstelle – *warum lief die Sächsin nicht davon*? Ragla stürzte hinter ihr her und bekam einen Zopf Erikas zu packen, als die Sächsin vor dem Feuer einzuknicken schien. *Das Messer in den Nacken rammen …* Aber bevor sie zustechen konnte, wirbelte Erika herum, ihr Feuerscheit traf Ragla im Gesicht.

Das Verhängnis war ein Rabe. Aus dem wolkengrauen Himmel stieß er nieder, kreiste krächzend über Albrich, Arnulf und den anderen und verschwand wieder. Prompt blies Einhards Leibwächter eine kalte Bö ins Gesicht. Der Wind kühlte den Schweiß auf Albrichs Stirn: Dutzende von Lanzenstößen gegen Schilde und Körper, Dutzende Hiebe mit dem Schild abgewehrt, ein Dutzend Mal dem Tod entronnen. Wie lange noch? Der fränkische Ungestüm mit Arnulfs Axthammer in der Mitte hatte den Haufen der Sachsen fast in zwei Teile zerrissen. Albrich merkte, wie die Heidenkrieger vor ihnen zurückwichen. Aber er sah auch, was Widukind vorhatte, und nun erschien ihm der Rabe wie ein Todesbote. *Den Teufel lässt man nicht dreimal warten!*

Den Schlauch hatte er überlebt, die Basilika auch. *War dies das dritte Mal?* Er berührte die Schnur mit den aufgereihten Ohrmuscheln an seiner rechten Seite – mindestens zwanzig Stück! Zwanzigmal gesiegt über einen anderen, zwanzig Leben beendet; sollte ein Sachse diese Trophäen von seiner kalten Leiche reißen? Heiser brüllte er den Kriegern auf der Linken zu, aufzuschließen. Zwischen Toten und Verwundeten formierten sie sich neu, mit Arnulf in der Mitte, bereit für den letzten Kampf. »Wir töten Widukind«, keuchte der Hesse ihm zu. Die blutunterlaufenen Augen unter dem Stahlblech sahen schrecklich aus, Schweiß strömte unter dem Wangen- und Nasenschutz hervor, der Brustkorb hob und senkte sich wie bei einem, der eine Eiche gefällt hat. Blut sickerte aus einer tiefen Wunde am linken Oberarm hervor.

»Nehmt lieber einen Schild auf«, stieß Albrich aus – Arnulf grinste.

»Ihr *seid* mein Schild!«, grunzte der Hesse und zuckte zusammen, als ein Pfeil mit sattem *Wock!* in Hedens Schild landete, nur zwei, drei Handbreit neben Arnulf. Der fluchte und schrie nach dem Vogt.

Konrads Waffenmeister hielt mit seinen Leuten und Hersfelder Gaukriegern die rechte Seite des Dreiecks, das die Franken darstellten. Der Helm, mit dem der Befehlshaber auf Arnulf zukam, war in der Mitte von einem Axthieb tief eingedellt, tiefe Risse und

Einkerbungen um den Schildbuckel herum kündeten vom Nahkampf. Schwer atmend befahl ihm Arnulf, nicht mehr anzugreifen. »Haltet sie auf Abstand, hört Ihr?«

Der Pockennarbige stierte ihn an, ein Auge war fast zugeschwollen. »Und dann, *hamar*? Gehen wir schlafen?«

Arnulfs Lippen zeigten ein mörderisches Grinsen. »Ihre Reiter umgehen uns, Mann! Also verschwendet kein Blut, sondern lauft davon, wenn wir fallen!« Der Vogt folgte Arnulfs Blickrichtung: Einige Pfeilschusslängen hinter ihnen war die sächsische Reiterei eingeschwenkt und hielt in donnerndem Galopp auf das Schlachtgetümmel zu.

Wut kochte in Widukind hoch, als Kurzhand und seine Krieger sich ebenfalls durch den Ufermorast kämpften, direkt hinter den Westfalen, um wenig später das Rinnsal in der Talmitte zu erreichen. Wären sie stehen geblieben, wo sie waren, zischte Widukind Dago zu, die Franken hätten kaum so tief vorstoßen können! Ein paar Pferdelängen hinter Kurzhand, unübersehbar durch seine mächtige Mähne, folgte einer seiner jungen Edlinge mit dem Kiefernpfosten, an dem das riesige Bärenbanner flatterte. Hinter dem Rinnsal schwenkten sie nach links ein und erreichten wieder festen, trockenen Boden. Augenblicke später brachte Widukind seinen Apfelschimmel neben dem Pferd des Ostfalenherzogs zum Stehen, dessen Beine und Bauch von Schlammspritzern bedeckt waren. »Wir hatten dieselbe Idee«, grinste der Ostfale breit und wischte sich Dreck vom Ärmel. »Aber was ist mit den Kerlen da hinten, he? Schauen die nur zu?« Misstrauisch musterte Kurzhand die fränkischen Panzerreiter, die mit ihren Pferden nur einige Hundert Schritt entfernt vor dem Saum des Eichenwäldchens herumstanden.

»Das sind die Männer aus Casila«, gab Widukind mit rauer Stimme zurück. »Einer ihrer Überläufer sagt, dass ihr Anführer nicht mehr kämpfen will.«

Kurzhand grinste hässlich. »Dieser *harto*? Den Ihr vor der Eresburg fast umgebracht habt?«

Widukind zuckte die Achseln, es war keine Zeit für Kampfgeschichten. »Wir müssen sie im Auge behalten, damit sie uns nicht von hinten überraschen! Lasst die Hälfte Eurer Leute hier stehen, Kurzhand, hört Ihr? Alle anderen fallen mit mir den Fußtruppen in den Rücken.«

Verärgert nahm der Ostfale seinen Helm ab, stülpte ihn über den Handstummel und wischte sich Schweiß von der Stirn, während seine Offiziere den Westfalenherzog mit verkniffenen Mienen musterten. »Wir sind keine Aufpasser, die Ihr hin- und herschieben könnt!«, grollte Kurzhand.

Blut schoss Widukind ins Gesicht. Er hätte diesen Fürsten aus dem Sattel schlagen können! Abbio aber drängte das Ross eines Ostfalen zur Seite und raunte Widukind etwas ins Ohr. Der zögerte, warf einen Blick auf den hinteren Teil seiner Reiterei – und nickte grimmig.

Kommandos hallten, Krieger fluchten, Pferde glitten wiehernd aneinander vorbei, dann teilte sich die viele Hundert Köpfe zählende Reiterei: Eine massive, mehr als fünfzig Schritt breite Formation hielt auf das Schlachtgetümmel im Talkessel zu; zurück blieben Kurzhands Bannerträger und etwa dreihundert Reiter. Viele hatten keinen Helm, trugen schlichte Lederpanzer oder auch nur lederne Halskoller, hatten Schild und Speer, aber kein Langschwert an der Seite … es waren Widukinds Liten.

»Der auf dem Apfelschimmel, das ist Widukind«, rief Arnulf heiser. Links und rechts von seinen Getreuen standen Kämpfer des Bischofs, aber auch Krieger aus den Gauen um Hersfeld; sogar Vertriebene aus dem Norden waren dabei, die endlich zur Waffe gegriffen hatten.

»*Slag dot!*«, keuchte Ulfas zum zwanzigsten Mal. Schnitte im

Gesicht und in den Armen, Löcher im Panzer, blutend aus vielen Wunden: ein wankender Turm, der nicht umfiel. Gebannt verfolgten sie, wie der Galopp der Pferde zu Trab wurde, bis die ersten Krieger aus dem Sattel sprangen.

»Die Leichen verderben ihnen das Spiel«, knurrte Albrich. Die auf dem Blutfeld verstreuten Körper, Tote und Krieger im Todeskampf, zerstörten Widukinds Plan, die Franken schlicht niederzureiten. Die Sachsen mussten absteigen: Wenige Atemzüge später eilten sie mit gezogenen Schwertern, mit erhobenen Äxten auf die leicht vorgewölbte Linie von Kreuzschilden zu.

Noch einmal holten die Franken Luft, stemmten sich in den Boden – dann krachten die Reihen aufeinander, Wisentköpfen gleich, ein Gebrüll von Hass und Angst ging durch das Tal, Schwertklingen dröhnten auf Schilde, Funken stoben, wenn Stahl auf Stahl kreischte, Axtklingen gruben sich in Schildränder und Panzer. So dicht standen die Krieger, dass der Kampf mehr ein Schieben, Drängen und Hacken war. Dann fiel der erste Franke durch einen Schwertstoß über den Schildrand hinweg, dann der nächste – die Heiden waren frischer als ihre Gegner! So stark war ihr Druck, dass die Linie der Kreuzkrieger an mehreren Stellen gleichzeitig auseinanderriss. Heden und Albrich waren plötzlich damit beschäftigt, nur noch sich selbst zu schützen! Arnulf konnte nicht anders, er wich mit ihnen zurück. Alles ging schnell, zu schnell! Arnulf zerschmetterte einen Sachsenschild und wurde doch nach hinten abgedrängt, bevor einer der Kameraden den Heidenkrieger auch nur ritzen konnte …

Dann sah er Widukind. Der Herzog kämpfte nicht unter den vorderen, sondern lauerte im Hintergrund. Arnulf verlor ihn aus den Augen, dann sah er den hellen Helm wieder, unter dem die blonden Strähnen schulterlang herabfielen. »Herzog!«, brüllte der Hesse – und wurde fast von einem Speerstoß getötet. Die Spitze durchbohrte den Rand seines Panzers auf Hüfthöhe, ein glühender Schmerz durchfuhr ihn. Während der andere die Waffe zurückriss, wuchtete Arnulf ihm einhändig den Hammerkopf auf die Schulter, er hörte Knochen brechen. *Verrecke!* Wie Wellen lose Hölzer am Strand zerteilen, so drängten die Sachsen die Frankenkrieger auseinander. Albrichs Stoßlanze zerbarst an einem riesigen Schild – Heden versuchte verzweifelt, zwei Sachsen gleichzeitig mit dem Schwert aufzuhalten.

Widukind töten, oder alles war verloren!

»Herzog *Widukind!*« Er sah Widukinds Kopf in seine Richtung rucken, nahe, getrennt nur durch ein halbes Dutzend hackender, stechender, brüllender Berserker.

Der Bischofshelm machte Arnulf unkenntlich!

Er riss am Helmriemen, brachte ihn irgendwie vom Schädel und brüllte lauter als zuvor: »Wir stoßen Eure Litenhure!«

Der Herzog der Westfalen hielt inne, sah den Rufer und erkannte ihn. »Jeder von uns wird sie nehmen«, schrie Arnulf. »Jeder!«

Mit dem Gebrüll eines verwundeten Löwen stürzte Widukind auf Arnulf zu, rammte eigene Krieger zur Seite und sah plötzlich nur noch diesen einen Sklaven, den Töter seines Bruders, den Entführer seiner Schwester, der ihn zum Narren gemacht hatte.

Auf sechs, sieben Schritt ließ der Hesse ihn herankommen. Dann schleuderte er Widukind mit letzter Kraft den Axthammer entgegen.

Am Anfang war das Wort.

44

Im Haunetal zwischen Fulda und Hersfeld, im Spätsommer 774

Jedes Wort schien den zerschlagenen Krieger Überwindung zu kosten. »Ist Widukind tot?«

Keine Antwort. Auf Einhards Schulter gestützt, hinkte Arnulf mit der Geschwindigkeit eines Greises vom Blutfeld – hinter sich erklangen schrille Dankgesänge des Abt-Bischofs, der auf blutgetränkter Erde kniend, umgeben von seinen überlebenden Streitern, den Herrn für den Sieg der christlichen Waffen pries – und für die eigene Rettung.

Einhard drehe noch einmal den Kopf, versuchte zu verstehen, was passiert war. Esikos später Angriff hatte den hintersten Teil der Falenreiterei in wilde Flucht ausbrechen lassen: Die Panzerreiter *hartos* hatten diese schlecht ausgerüsteten Kerle geradezu vor sich hergetrieben; ihre Flucht wiederum riss Teile der zu Fuß kämpfenden Falen mit, klar und deutlich hatte er den Träger des Bärenbanners davongaloppieren sehen, nach Norden – und Widukind hatte sie nicht aufhalten können! »Er hat ein Loch im Kopf«, quetschte Arnulf hervor.

Der Krieger atmete angestrengt, wie ein alter Mann.

Einhard spürte das ganze Gewicht des Kriegers auf seiner Schulter: Das rechte Bein zog Arnulf nach, Blut war durch die Beinriemen auf Höhe der Wade gesickert; der linke Arm des Hessen hing schlaff herab, rot tropfte es von der Hand auf den Boden, so gleichmäßig wie die Körner durch die Enge einer Sanduhr rieseln.

»Wo habt Ihr Erika zuletzt gesehen?«

Einhard musste sich räuspern. »Bei Esikos Packwagen … sie wird dort irgendwo auf Euch warten.« Hunus Gesicht tauchte einen Herzschlag lang vor ihm auf, schmerzverzerrt. Einhard hatte ihn nahe des Bachufers gefunden, sprechen konnte der Diakon mit dem Pfeilschaft im Hals nicht mehr.

Arnulf hob den Kopf. Sie hatten die Querrinne erreicht und sahen weiter hinten die ersten Menschen aus dem Eichenhain kommen.

»Wie ist Albrich gestorben, Arnulf?«

Sax hamar ächzte und schüttelte den Kopf, als könne er es nicht glauben. »Hat Dago getötet, Widukinds Schildmann.«

»Und dann?«.

»Er bückte sich nach diesem Silber am Hals von Dago – nur einen Moment lang … Scheißsilber! Warum hat er das gemacht?« Wieder hielt er an.

»Soll ich Euch ein Pferd holen?«, fragte Einhard mit belegter Stimme.

Arnulf schüttelte den Kopf. Rau fuhr er fort: »Ein Sachse sieht, wie Albrich sich bückt … und trifft ihn mit der Axt!«

Einhard fühlte den Schmerz einsetzen, ein anderer Schmerz als nach Tristans Tod, aber – er würde nicht minder lange anhalten. Schritt für Schritt näherten sie sich dem Eichenhain. »He! *Gilerito*!«

Die altbekannte Stimme, von hinten … Esiko trabte auf seinem Rappen heran, das Pferd hatte blutige Striemen auf der Brust. *Harto* saß irgendwie schief auf seinem Rappen, im zerfetzten Unterhemd, mit von Blutstropfen besprenkeltem Gesicht – *Krieger-Jesus.* Er stieg aus dem Sattel, trat in eine im Gras verborgene Klinge und fluchte. Einhard roch den Weinatem – *wie konnte dieser Kerl noch am Leben sein und atmen?*

Der Herr von Casila grunzte etwas und legte sich den Blutarm von Arnulf über die Schulter. »Ihr habt sie mit dieser Keule fertiggemacht, *hamar* … Büffelscheiße, nur ein Irrer versucht so was!«

Ein Irrer? Einhard wollte Esiko nach dem Schmerz im Kopf fragen, dann besann er sich. Während sie nun zu dritt mit Arnulf in der Mitte das Wäldchen ansteuerten, spann der Kriegsherr bereits wieder Pläne: »Der König muss mich zum Grafen von Casila machen, Einhard! Mein Gau soll die nördliche Buchonia sein, mehr brauche ich nicht ... Ihr müsst bei Karl für mich sprechen – der Abt-Bischof wird es auch tun!«

»Der? Für Euch?« Einhard konnte es kaum glauben.

Arnulf blieb stehen und hob den Kopf. »Könnt Ihr Erika sehen?«

Aber weder Einhard noch Esiko konnten sie unter denen entdecken, die ihnen vom Hain aus entgegenkamen. Heilsrufe flogen ihnen zu; am ergriffensten wirkten die, die zwischen *harto* und dem Statthalter den eigentlichen Schlachtensieger erkannten.

»Wo habt Ihr sie versteckt?«, murmelte Arnulf, als sie sich den Eichen auf hundert Schritt genähert hatten.

Einhard beschlich ein böses Gefühl.

»Dahinten ist er, der erste Packwagen mit meinem Heiligen«, knurrte Esiko. »Da findet Ihr Euer Täubchen, mein Wort drauf!« Aus seiner Kehle kam ein rauer Raspellaut, fast wie ein Lachen. »Auf den Wagen legen wir Euch auch, Arnulf! Neben den Heiligen, von mir aus ...«

»Gott schütze Euch!« Dutzende von Vertriebenen kamen zwischen den Bäumen hervor, Bauern, Hörige, Halbwüchsige und dahinter ihre Weiber mit Schürzen und eng gebundenen Kopftüchern. Viele Stimmen begleiteten sie, als Einhard und Esiko ihn langsam auf der Straße vorwärtsschoben und dann in den Wald hinein, wo man auf vier, fünf Schritt Breite das Unterholz herausgeschlagen hatte. Vor dem massiven Wagen mit der hellen Plane stand eine tuschelnde Gruppe, Männer wie Frauen in armseliger Kleidung.

Arnulf spürte, wie ihm etwas die Luft abschnürte. »Weg! Lasst mich!« Er ließ Einhard und Esiko los und hinkte so schnell er konnte vorwärts.

Verlegen traten die Menschen auseinander. Erikas Kopf lag auf einem Wolltuch, das Gesicht war bleich. Der grüne Stoff über Brust und Bauch war braun eingefärbt vom Blut. Das Kleid war aufgeschnitten, er schlug den Saum auseinander und sah die Einstiche: ein kleiner, zwei große, notdürftig mit Leinen abgedeckt; ein klaffender Riss unter dem Schlüsselbein. Unter Arnulfs schmutzigen Händen begann die Wunde erneut zu bluten – unglaublich rotes Blut, es floss zwischen seinen rissigen Fingern hindurch, schien diese Finger veredeln zu wollen … »Einhard!«, brüllte er verzweifelt. Dann schrie er nach Verbandsstoff.

Aufgebraucht, murmelten ein oder zwei verlegen. Doch schon ertönte das Reißen von Stoff, Esiko hielt ihm ein paar Fetzen aus einer Tunika hin, die er einem der herumstehenden Burschen schlicht vom Leib gerissen hatte. Dann waren Einhards saubere Hände da: Er benutzte Seidentücher, die er aus einer Falte seiner Tunika zog, und darauf die Tunikafetzen. Arnulf richtete sich auf und packte den Nächstbesten an der Gurgel.

»Wer war das?«

Kopfschütteln, Röcheln – keine Antwort. »Ein Weib, Herr, eine Vertriebene, mein ich …«, rief der Wagenlenker, ein schmuddeliger Kerl mit aufgeschwemmtem Gesicht, der hinter dem Wagen hervorkam. »Sie hat auf Euer Weib eingestochen wie eine Furie.«

»Ein Weib?«

Der Mann nickte beflissen, mit kleinen Verneigungen des Kopfes. »Sie ist davongelaufen, als wir zurückkamen – da lang, in Richtung der Abtei Fulda.«

Arnulf wurde übel, er konnte nichts mehr sagen. Einhard erhob sich mit blutroten Fingern. Arnulf versuchte ihm in die Augen zu sehen. Es gelang nicht.

»Sie hat viel Blut verloren«, murmelte er. »Aber sie ist stark … wir sollten sie in den Wagen legen. Ich besorge Euch saubere Verbände!« Arnulf kniete neben Erika nieder und schob einen Arm unter ihren Kopf und versuchte, ihren Atem zu spüren. Die Wangen waren kalt. »*Minnari*«, flüsterte er. »Komm zurück, bleib bei mir …«

Er hielt sie und nahm nichts von dem wahr, was zwischen Esiko und Einhard über ihm gemurmelt wurde. Tränen lösten sich und zogen kleine, saubere Bahnen über seine Wangen. Ihre Lider bewegten sich, siedend heiß durchlief es ihn. Ihre Pupillen waren klein und trübe, und sie sah aus, als wäre sie Petrus nahe gekommen. Ein Geräusch kam aus ihrem Hals. »Schh …«, mache er automatisch. »Sag nichts, Kleines!« Aber Erika aus dem Geschlecht der Widonen, die Halbschwester des Sachsenherzogs Widukind, war ein Mensch mit eigenem Willen. Ihre Lippen formten zwei Silben.

»Ragla?«

Arnulf zuckte zusammen, als hätte er in ein Kohlenbecken gegriffen. »Sie hat dir das angetan?«

»Ich wollte sie … ich hätte …«

Er blickte auf und sah durch den Tränenschleier das versteinerte Gesicht Einhards. Etwas in seiner Brust schien zu platzen. Mit der Rechten streichelte er ihre weiße Wange. Er schmeckte das Salz seiner Tränen, und als sie nachließen, drückte er seine Lippen auf ihre. »Bleib bei mir«, flüsterte er und küsste sie nochmals, so zart, wie er noch niemals die Lippen einer Frau berührt hatte. Und es schien ihm, als antworte ein schwacher, sehr schwacher Druck.

Nachwort

Ist das wirklich so passiert?, lautete eine der häufigsten Leserfragen nach Veröffentlichung des ersten Arnulf-Bandes. Im Wesentlichen ja, darf ich auch diesmal zur Antwort geben: Wir bewegen uns eng an den historischen Großereignissen des Jahres 774. »Südfront« war das oberitalienische Langobardenreich, dessen Krone Karl sich nach Aushungerung Pavias aufs Haupt setzen konnte; den König Desiderius verbannte er auf Nimmerwiedersehen in ein Kloster. Während der Siegesfeiern freilich fielen weit weg im Norden sächsische Stammesverbände in die fränkischen Gaue ein. Die Chroniken des frühen Mittelalters verlieren darüber wenig Worte – wir erfahren, dass die Eresburg (Obermarsberg) überrannt und Fritzlar zerstört wurde. Letzteres spricht für einen größeren Angriff, denn Fritzlar lag unter den steinernen Mauern der Büraburg, heute nur ein Ruinenrest. Fulda und das Bonifatiusgrab erreichten die Eindringlinge offenbar nicht, denn eine Zerstörung des Grabes wäre erwähnenswert gewesen. Oder einfach peinlich? Die Quellen der Zeit lassen unerfreuliche, schmachvolle Dinge oft unter den Tisch fallen …

Diese historische Bühne lässt also Raum für zusätzliche Dramen wie Arnulfs verzweifelte Fluchtbemühungen und Einhards riskante Geheimermittlungen in Rom. Letztere hätten so oder ähnlich ablaufen können: Die besagte Konstantinische Schenkung, eine päpstliche Urkundenfälschung, wurde erst im späten Mittelalter durch Nikolaus von Kues entlarvt; Zweifel an der Echtheit hatten im fränkischen Lager von Anfang an geherrscht. Die territorialen Ansprüche des Papstes arteten gerade im frühen Mittelalter immer wieder in bitterem Zwist mit den karolingischen Verbündeten aus.

Unser Einhard *gilerito* ist natürlich niemand anderes als der spätere Königsbiograf, der uns die »Vita Caroli« hinterließ, die erste Karls-Biografie; freilich taucht der echte Einhard erst einige Jahre später am Hof auf, ich habe ihn zeitlich zwei bis drei Jahrzehnte vorgezogen. Er hatte keine adlige Abstammung, geschweige denn Land oder Vermögen, und von mickriger Statur war er obendrein. »Schmachthaken« hätten wir ihn früher genannt (ich habe drei unschmächtige Brüder). Aber er hatte Verstand und Beharrungsvermögen und setzte sich in Karls Beraterkreis durch! Was wiederum für den König spricht – dumme Fürsten haben dumme Berater.

Im Roman verarbeiten wir Einhards wohl spektakulärstes Abenteuer, den Raub von Märtyrerreliquien aus einer römischen Basilika. Wer dieses Treiben für moralisch fragwürdig hält – Gräber plündern um höherer politischer Ziele willen –, nehme zur Kenntnis, dass die Wirklichkeit schlimmer war: Einhard – damals ein betagtes, hoch angesehenes Mitglied der fränkischen Hofgesellschaft – schickte seine Mittelsmänner allein zum Zweck des Heiligen-Diebstahls nach Rom. Pikanterweise war der Ideengeber ein römischer Diakon; so, wie Einhard die Sache in einer freimütigen Abhandlung[27] schildert, hatte dieser Hehler im Nebenberuf Listen mit infrage kommenden Reliquien dabei, die sich in Rom »organisieren« ließen. Angebote also, die offenbar auf Nachfrage stießen … Übrigens ruhen die Überreste des Marcellinus und Petrus heute in der Einhard-Basilika in Seligenstadt am Main, dem Alterssitz des Gelehrten.

Kommen wir zu Widukind. Der charismatische Gegenspieler Karls des Großen hat deutsche Schriftsteller komischerweise nie gereizt; in der Rumpelkammer, in die wir viele geschichtliche Heroen verbannt haben, steht er im untersten Regal, mehr Mythos als reale Figur. Nur durch die Strophen der Niedersachsen-Hymne,

27 2015 erschien der Bericht in einer schön illustrierten Neuübersetzung: Einhard – Translation und Wunder der Heiligen Marcellinus und Petrus, hg. von Dorothea Kies, Petra Lang u. a., Seligenstadt 2015.

eines recht kriegerischen Liedes aus den Dreißigern, geistert er noch als Ahnherr der Norddeutschen. Vergleichen Sie, liebe Leser, diese Stille einmal mit all dem, was Sie über Robin Hood, Richard Löwenherz, Sir Francis Drake, die Musketiere, Sitting Bull oder »Braveheart« William Wallace mitbekommen haben. Warum finden wir all diese Heroen so interessant, und warum interessieren wir uns so wenig für die Kerle (und Kerlinnen), die beim Werden unserer Nation eine dramatische Rolle spielten? Vielleicht, weil zu wenig Geschichten über Letztere erzählt werden.

Widukind war jedenfalls die Seele des sächsischen Widerstandes bis zu seiner schließlichen Kapitulation – Taufe! – im Jahr 785. Als Arnulfs – und Einhards – Gegenspieler müsste der Westfalenherzog eigentlich ein Bösewicht sein; das erschien mir zu simpel. Ich sehe ihn in erster Linie als Politiker, zweitens als Kriegsherrn; drittens gab ich ihm einige sozialreformerische Ansätze: die Litenaufwertung zum Beispiel. Dies allerdings *nur* zum Zweck größerer militärischer Schlagkraft! Alles andere wäre wenig glaubwürdig.

Der sächsische Heerbann dürfte deutlich schwerfälliger gewesen sein als die fränkische Landeswehr. Was Widukind und den anderen Herzögen (Engern, Ostfalen) zudem fehlte, war ein Machtzentrum, wie es der fränkische Königshof darstellte (selbst wenn er herumzog). Nur solch eine »Machtmitte« konnte eine gut trainierte Eingreiftruppe wie die Scara hervorbringen, mit der der Frankenkönig kurzfristig fast überall zuschlagen konnte. Hätten die Sachsen diesen Dauerkrieg gewinnen können? Wohl kaum. In lang anhaltenden Kriegen setzt sich meist die Gesellschaft durch, die über mehr Belastungsfähigkeit *und zugleich* Mobilisierungsfähigkeit verfügt. An Leidensfähigkeit waren die Falen/Sachsen mindestens ebenbürtig, ihre heidnische »Trutzigkeit« wurde sprichwörtlich. Aber die politische Zersplitterung verhinderte es immer wieder, zügig Truppen ins Feld zu stellen. Auch hatten die Teilstämme sicher ihre eigenen Interessen, eigenes Beutedenken: Die Ostfalen rangelten lieber mit den – später frankisierten – Thüringern oder auch den slawischen Nachbarstämmen, statt sich den Panzerreitern Karls entgegenzuwerfen.

Die gesellschaftliche Stellung der sächsischen Liten bzw. Halbfreien ist unter Historikern umstritten. Saßen sie tatsächlich mit im *thing*? Waren sie wehrpflichtig? Ich kann es mir nicht recht vorstellen. Letztlich waren es die Nachkommen eroberter Stämme, die die Sachsen irgendwann bei ihrer Ausdehnung nach Süden unterworfen hatten. Ähnlich wie die Halbfreien/Hörigen bei den Franken waren die Liten rechtlich schlechter gestellt. Bei meinen Arnulf-Lesungen sprechen Zuhörer gelegentlich die Vorstellung aus, dass die freiheitsliebenden Sachsen vom autoritär-despotischen Frankenkönigtum vergewaltigt wurden; das ist eine eher romantische Vorstellung, die sächsische Gesellschaft war mindestens ebenso hierarchisch wie die fränkische.

Grollende Anerkennung für Widukind ist aus den fränkischen Annalen herauszulesen. Merke: Alles, was wir wissen, entstammt den Chroniken seiner Feinde! Vermutlich entstammte er einer der wohlhabendsten Familien Westfalens und verfügte über eine Vielzahl von Höfen und Gütern. Und ja, da wird in den Quellen auch ein gewisser Abbio genannt als Mitstreiter. Ich habe Bielefeld/Bylanuelde als Arnulfs Leidensort gewählt; offiziell gegründet wurde Bielefeld 1214, aber natürlich haben am dortigen Osning-Durchlass schon lange vorher Menschen gesiedelt. Interessanterweise ist das Städtchen Enger nur einen Tagesmarsch entfernt, dort liegt Widukinds Grabstätte, offenbar gehörte der Flecken zum Gut seiner Familie. Beim Recherchieren begann ich mit der großen Bielefelder Stadtchronik von Reinhard Vogelsang; ein von ihm skizziertes Hof-Bebauungsmuster für das frühe Mittelalter zwischen dem Doppelbach (alte Stadtmitte) beflügelte gleich meine Fantasie. Der Stadt-Archäologe Dr. Spiong äußerte sich zurückhaltender, als charmant-nüchterner Ausgräber wies er mich darauf hin, dass dergleichen (noch) nicht archäologisch nachgewiesen ist. Gleichwohl waren unsere Gespräche zur damaligen Lebensweise, zum Aussehen von Haus und Hof sehr fruchtbar.

Leider – oder zum Glück – wissen wir nichts von Widukinds Schwester. In meiner Fantasie ist Erika die Sachsenfrau, die für die Urform der Emanzipation steht: die Gleichbehandlung im Jenseits. Geht man nach der Edda, einer Sammlung altnordischer Dichtungen, hatten die Männer in Walhall das deutlich bessere Los. Unklar bleibt, inwiefern Mann und Frau überhaupt im Jenseits vereint waren! Und ebendies fällt bei manchen mittelalterlichen Heiligenviten auf: dass angeblich oft erst die Frau den neuen Glauben annahm, später ihr Mann (so z. B. bei der Bekehrung des Frankenkönigs Chlodwig.) Es wäre also plausibel für einen damaligen Missionar, vor allem den Frauen die Herrlichkeit und Gleichheit des christlichen Himmels auszumalen. Insofern wird Erikas Wechsel in die fränkisch-christliche Welt zwar von Arnulf ausgelöst, aber es ist ihr inneres Zweiflertum bzw. ihre Rolle als Sucherin, die sie bereitwillig mitgehen lässt.

Ragla treibt als Hörige gleichsam im Strom der Ereignisse mit; ein gewaltiger Graben teilte damals die Freien von den Nichtfreien! Letztere waren zum Beispiel kaum in der Lage, ihr Recht vor Gericht einzuklagen. Dies klingt an in der Fritzlarer Badestubenszene: Esiko fällt über die Badende her, die offenbar keine Freie ist. Nebenbei bemerkt, betrug die offizielle Strafe für die Schändung einer Unfreien auch nur 15 Solidi (= Schillinge) ggü. 63 Solidi für die Schändung einer Freien. War das Opfer verheiratet, kostete es den Täter im Verurteilungsfall immerhin 200 Solidi; viel Geld, wenn ein Pferd 30 bis 60 Solidi kostete. Und die hörigen Männer? Kastration war eine Strafe, die mehr als einmal im fränkischen Gesetzbuch auftaucht. Selbst für Diebstahl!

Die Rohheit des Strafenregisters spiegelt wohl die Härte des damaligen Lebens. Womit wir beim *dux* Gerao sind, der Esikos Mutter – nennen wir sie Casila – ausnutzte. Einen Edling namens Gerao gab es damals wirklich, vermutlich war Kaufungen sein Herrschaftsschwerpunkt. Sicher verbürgt ist nur, dass er ein größeres Erbe hinterließ, nämlich Teile der Buchonia, des nordhessischen Waldgebietes. Man darf Siedlungen/Militärposten wie Wolfsanger, Ditmold und Kassel ruhig zum Einflussgebiet dazuzählen. Stichwort Kassel: Der Ursprung der Stadt ist vermutlich ein Königshof oder eine militärische Nachschubstation aus dem siebten oder achten Jahrhundert; der tatsächliche Ursprung des Namens liegt im Dunkeln, germanische oder keltische Wörter für »Wasser« mögen mitgespielt haben. An dieser Stelle sei dem Kasseler Historiker Dr. Christian Presche Dank gesagt, der mir die historischen Hintergründe erhellte. Seine monumentale Stadtgeschichte Kassels ist eine Fundgrube für dichtende Historiker, die eine Geschichte gerne auf solidem Untergrund errichten.

Gut möglich, dass in der Anfangszeit der Sachsenkriege eine erste, richtige Befestigung des Ortes erfolgte, um vor heidnischen Überfällen sicher zu sein, was im Kapitel von Einhards Besuch in der Burg Casila anklingt. Das Aufsiedeln von Wald – und Brachlandschaften mit Freisiedlern, die dem Oberherrn Militärdienst schuldeten, hat es damals häufig gegeben, gerade in den unwirtlicheren Grenzregionen. Weniger vorbildlich war es, die Begründung einer Herrschaft mit einer Bluttat zu beginnen. Doch wenn es einem wie Esiko gelang, sich als Grenzschützer zu bewähren, konnte er darauf hoffen, mit dem König ein Auskommen zu finden; hier passt das russische Sprichwort: Der Himmel ist weit, und der Zar ist fern. Schwerwiegender waren die Erben bzw. Verwandten des Getöteten: Solche Rachefehden konnten sich lange hinziehen. Insofern erscheint Esikos Tötung der Söhne auf brutale Weise rational.

Die meisten Leser werden wenig mit dem Namen Lul anfangen können, dem Abt von Hersfeld und Bischof von Mainz; die Hersfelder erinnern mit einem jährlichen »Lullus-Fest« an ihn. Saß er damals im königlichen Lager vor Pavia? Wenn nicht, liegt es nahe, dass er eine Verteidigungsanstrengung irgendeiner Art gegen die Sachsen unternommen hat. Offiziell war Geistlichen das Blutvergießen verboten, doch es war gang und gäbe, dass Bischöfe als Truppenführer auftraten. (Und sicher konnte er sich einen besseren Helm leisten als der Krieger Arnulf!) Dass Hersfeld und Fulda damals die Rolle von Wellenbrechern spielten, dafür spricht die Erhöhung der Klöster zu Reichsabteien (freie Abtwahl etc.) nach der Rückkehr des Königs aus Italien: Karl anerkannte damit tapferes Standhalten und womöglich erlittene Verluste. Und weil er immer nach vorne dachte, wies er Hersfeld die Rolle einer Missionsbastion gegenüber dem unruhigen Heidenland zu: Geistliche der Abtei waren künftig bei den Feldzügen nach Norden dabei und verblieben als Missionare und Priester vor Ort. Auch Fulda und Würzburg steuerten im weiteren Verlauf des Krieges robuste Missionierer bei – nicht jeder von ihnen starb im Bett! Der Lohn der Angst war dann ein Bischofsamt in den neu errichteten Bistümern des Nordens.

Oriost *tri ouge*: Es ist unklar, wie lange die Sachsen tatsächlich noch Menschen opferten. Für skandinavische Regionen sind noch Mooropfer zu dieser Zeit belegt, in »deutschen« Regionen kam das Menschenopfer im frühen Mittelalter irgendwann aus der Mode. Nehmen wir an, dass diese Sache mit Oriost vielleicht sogar ausstarb …

Da ich vermutlich sämtliche Regeln für die maximale Länge eines Nachworts bereits gebrochen habe, sei noch ein Hinweis auf Königin und Königinmutter erlaubt: Berthrada fädelte offenbar Karls erste Vermählung mit Desiderius' Tochter ein. Dafür sprachen strategische Gründe. Karl hat diese Frau nicht gut behandelt; hinzu kamen offenbar politische Differenzen, er schickte die arme Desiderata sang- und klanglos ihrem Vater zurück, eine Demütigung sondergleichen. Die zweite Frau, Hildegard, scheint dann nicht nur Karls große Liebe gewesen zu sein; als Alemannin band sie gleichsam ihren Stamm fester an das fränkische Kernvolk.

Und Arnulf? Er wird mir – und Ihnen vielleicht auch – immer sympathischer. Mittlerweile kann unser Held einschätzen, ob die Faust oder eher die Zunge eine Lage rettet. Das lässt meine Vorfreude wachsen auf weitere, noch schwierigere Abenteuer irgendwo in den Weiten Mittel- und Westeuropas. Ich würde mich freuen, wenn Sie seinen Weg weiter begleiten! Besuchen Sie mich zwischendurch gern auf www.robertfocken.de oder auf Facebook.

Wodans Heil und Saxnoths Segen!

Robert Focken, im Juni 2017.

Namensliste

Die Franken

Der Hof

König Karl Sohn König Pippins; Regierungszeit 768 – 814
Königin Hildegard Karls (zweite) Frau aus alemannischem Geschlecht
Berthrada Königinmutter
Bischof Fulrad v. Metz Hofkapellan, oberster Berater des Königs
Graf Worad Führer der königlichen Leibwache (Scara)
Graf Warin Alemannischer Fürst, Truppenführer
Einhard Königl. Statthalter in der sächs. Grenzmark
Tristan Einhards Schreiber
Deusdona Unterkapellan in Fulrads Diensten

Die Krieger

Esiko Hauptmann der Scara, gen. *harto*
Gailo, Erwein Hauptleute der Scara
Ansgar Unterführer der Scara
Arnulf Scarakrieger aus dem Hessengau, gen. *sax hamar*
Albrich Unterführer der Scara / Leibwachenführer Einhards
Paulus Unterführer der Scara
Ulfas, Gero, Burghard Scarakrieger
Heden Knecht Widukinds mit thüringischer Abstammung

Ferner ...

Lul Bischof von Mainz und Abt von Hersfeld
Hunus Diakon, gen. Hunus *gideon*
Konrad Arnulfs Bruder u. Prior von Hersfeld
Lusino Römer, ehemaliger Wegbegleiter des Bonifatius
Ragla Marketenderin, Arnulfs erste Braut

Die Sachsen

Westfalen:

Widukind Herzog der Westfalen
Galswintha Widukinds Ehefrau
Erika Widukinds Halbschwester
Idorich Runenmeister von Bielefeld/Bylanuelde
Oriost Oberpriester der Sachsen, gen. *tri ouge*
Abbio Widukinds Onkel und Berater
Ingmar Widukinds Vetter
Olferich Ingmars Sohn
Dago Schildmann Widukinds, gen. Silberhals
Liudolf Schildmann Widukinds, gen. *bero slahari*
Baldur Widukinds Hofmeister
Marbold Lite/Halbfreier, Vater von Gunda
Gunda Widukinds Nebenfrau
Tamfala Erikas slawische Zofe
Udo Lite/Halbfreier an Widukinds Hof

Engern:

Botho Herzog der Engern
Wolfger Bothos Halbbruder und Berater

Ostfalen:

Sato Herzog der Ostfalen, gen. Kurzhand

Erläuterung: Ortsnamen und althochdeutsche Begriffe

Die fränkischen Ortschaften/Klöster habe ich mit ihren heutigen Namen wiedergegeben, die sächsischen jedoch mit ihren mittelalterlichen Bezeichnungen (Gutingi statt Göttingen, Ferdi statt Verden). Einerseits möchte ich damit das Fremdartige fühlbar machen, das das Sachsenland aus Sicht der Franken wohl hatte, andererseits reduzieren wir damit die Zahl der alten Ortsbegriffe insgesamt: Das kommt den E-Book-Lesern entgegen, die nicht gern zu den Anmerkungen blättern. Ansonsten habe ich wieder einige althochdeutsche Begriffe einfließen lassen, weil sie so schön erdig und handfest klingen. Die folgende Liste umfasst die wichtigeren – ich setzte darauf, dass die Bedeutung sich aus dem Text ergibt. Und wer die »Klippen der Götter« kennenlernen möchte, besuche die sogenannten Externsteine im Raum Detmold!

ahta Ansehen, Rang
almahtigan Allmächtiger
consiliarius Ratgeber (lat.)
faz das männliche Geschlechtsteil
gilerito Gelehrter
giniscaft Kriegertreue
kneht Knecht
minnari Geliebte(r)
samantwist das (intime) Zusammensein
sax hamar Sachsen-Hammer
skizan Scheiße
slag dot! Aufforderung zu körperlicher Agressivität
thing Stammesversammlung/Gericht
unfortha Die Furchtlosen (= Scarakrieger)

Danksagung

Mein Dank gilt so manchem treuen Unterstützer für Hilfe, Kritik und Ermutigung bei der Entstehung dieses Romans. Namentlich erwähnt seien:

Meine Frau Anke, mein Sohn Henrik, mein Freund Thorsten Bode, der Wormser Buchhändler Eike Baumann und der Mittelalterverein Ursellis Historica (Oberursel), der mich nicht nur bei Waffentests unterstützte.